Izabelle Jardin
Funkenflug

Das Buch

Manchmal glühen die Funken der Vergangenheit im Feuer der Gegenwart weiter.

Constantin ist die Liebe ihres Lebens. Daran hat Faye Duncan keinen Zweifel. Deshalb will die Journalistin ihren Freund auf dem Schloss seiner Ahnen heiraten.

Aber Constantins Vater ist damit nicht einverstanden. Tradition verpflichtet und Faye genügt nicht seinem ausgeprägten Standesdünkel. Doch so leicht gibt die selbstbewusste Faye nicht auf.

Als sie das alte, wunderschöne Gemälde der Urgroßmutter Constantins entdeckt, fängt sie an, fieberhaft zu recherchieren. Nach und nach taucht sie ein in ein Familiengeheimnis, das sie zurückführt ins viktorianische Zeitalter und in die Lebens- und Liebesgeschichte dieser faszinierenden Frau. Für Faye beginnt die Reise in eine Vergangenheit voller Tragik und Schicksalsschläge, an deren Anfang ein unglaubliches Ereignis steht: eine nicht standesgemäße Verlobung im August 1851 ... und der Funke eines Feuerwerks, der mehr entfacht als bloße Leidenschaft.

Izabelle Jardin verknüpft das Leben zweier Paare über Jahrhunderte hinweg. Auf zauberhafte Weise entführt sie die Leser in eine längst vergangene Epoche voller dramatischer Ereignisse.

Die Autorin

Die deutsche Autorin Izabelle Jardin lebt und arbeitet in Norddeutschland. Sie ist Mutter zweier Söhne und verheiratet mit dem »idealen Mann«.

Ihr erster Roman »Unter die Haut« und der Krimi-Liebesroman-Mix »Snow Angel« erzielten Bestplatzierungen auf Amazon.

»Remember« erreichte Rang 2 der Kindle-Charts, sowie den 5. Platz beim »Deutschen Leserpreis 2014«. 2015 wurde der Titel von Tinte & Feder neu verlegt, gefolgt von dem Bestseller »Bernsteintränen«.

Izabelle Jardin

Funkenflug

ROMAN

Deutsche Erstveröffentlichung bei
Tinte & Feder, Amazon Media EU S.à r.l.
5 Rue Plaetis, L-2338 Luxembourg
Oktober 2017
Copyright © der deutschsprachigen Ausgabe 2017
By Izabelle Jardin

Umschlaggestaltung: semper smile, München, www.sempersmile.de
Umschlagmotiv: © Ryan McVay / Getty; © Kellis / Shutterstock; © Peter Gudella / Shutterstock; © sergign / Shutterstock; © BERNATSKAYA OXANA / Shutterstock; © Leonardo Emiliozzi / Shutterstock
Lektorat: Stefan Wendel
Korrektorat: Manuela Tiller/DRSVS
Printed in Germany
By Amazon Distribution GmbH
Amazonstraße 1
04347 Leipzig, Germany

ISBN: 978-1-503-94680-4

www.tinte-feder.de

Juli 2010 – Der Morgen

Seit Wochen dauerte diese Hitzewelle in ganz Europa nun schon an. In den letzten Tagen war es zudem auch noch unerträglich schwül geworden. Jeder hoffte, dass die angekündigte Gewitterfront endlich eintreffen würde. Als wir heute bei Sonnenaufgang in Hamburg aufgebrochen waren, hatten bleigraue Wolken den Himmel verdunkelt. Folglich hatte mein Schwiegervater in spe entschieden, das Verdeck des Mercedes SL Oldtimers nicht aufzuklappen. Mit generöser Geste hatte er meinem Verlobten Constantin die Wagenschlüssel gereicht und es sich selbst auf dem roten Leder des Beifahrersitzes bequem gemacht.

Nun fuhren wir seit geschlagenen vier Stunden südostwärts. Südost war auch die von den Wetterfröschen vorhergesagte Zugrichtung des Tiefausläufers, der endlich die ersehnte Abkühlung bringen sollte. Ich klemmte verdammt unkomfortabel auf den hinteren Notsitzen und beobachtete die leuchtenden Augen meines Liebsten im Rückspiegel. Ganz offenbar hatte er ein Heidenvergnügen an den Qualitäten des frisch restaurierten, knallroten Benz. Das Auto war nämlich nicht nur optisch, sondern auch technisch in exzellentem Zustand und packte seine reichlich dimensionierten Pferdestärken grimmig brummend und ausgesprochen flinkfüßig auf den heißen Asphalt. Kurz: Wir flitzten unter der brennenden Sonne über plattes Land und schafften es spielend, dem Unwetter immer ein paar Nasenlängen voraus zu bleiben.

Leider! Denn ich schwitzte fürchterlich auf meinem Büßerbänkchen. Klimaanlagen waren im Baujahr dieses Wagens noch kein Thema gewesen. Von dem sachten Zug, der den Männern vorn durch die leicht geöffneten Fenster Kühlung zufächelte, kam bei mir nichts an. Zusätzlich brachte das rasante Tempo mein Blut in Wallung. Auf mein leises, gequältes Stöhnen reagierten die beiden nicht.

Viel zu vertieft waren sie in ihr Gespräch, das sich seit der Abfahrt um die männlichste aller Leidenschaften drehte: um Autos. An dieser Stelle gilt es, zum besseren Verständnis der Situation, die eingangs erwähnte Wagenschlüsselübergabe an Constantin ins rechte Licht zu rücken. Diese Generosität gehorchte nämlich einer nagelneuen Notsituation seines Vaters. Hatte er doch letzthin eine ganze Reihe unschuldiger Mülltonnen über den Haufen gefahren, welche am Straßenrand ihrer Leerung harrten. Was die Polizei auf die merkwürdige Idee gebracht hatte, seine mangelnde Sehfähigkeit in Verbindung mit seiner fraglichen Fahrtauglichkeit zu bringen. Was denn gewesen wäre, wenn nicht Abfallbehälter, sondern Schulkinder an der Stelle gestanden hätten, die da des Morgens in jenem Villenvorort, wo er residierte …? Seine Argumentation, die hätten ja dann schließlich Augen im Kopf gehabt und seinem nagelneuen BMW-Sportwagen ohne Weiteres ausweichen können, verbesserte seine Situation nicht wirklich! Wie man sich denken kann, ging die Sache nicht gut für ihn aus und führte zu einer Trennung, die ihn ungeheuer schmerzte. Nachdem der abzuliefernde Führerschein zunächst wundersamerweise nirgends auffindbar war (ein Märchen, denn eher hätte er sich von seiner Geburtsurkunde getrennt), hatte Constantin ihm hinter verschlossenen Türen derart ins Gewissen geredet, dass er sich letztlich darauf einließ, seine »Freiheit und Manneskraft« abzugeben. Nicht ohne jedoch seinem Sohn das Versprechen abzunehmen, ihn gegebenenfalls anlässlich besonderer Verpflichtungen zu chauffieren.

Die Erinnerung an diese Geschichte entlockte mir zwar ein Schmunzeln, änderte aber natürlich nichts an meiner scheußlichen Lage. Also versuchte ich, mir Gehör zu verschaffen: »Könnten wir nicht das Verdeck öffnen? Es regnet doch gar nicht, und ich kriege hier bald einen Hitzschlag.«

Mit skeptischem Blick auf die Breitling an seinem Handgelenk schüttelte Constantins Vater den Kopf. »Wir sind spät dran, eine Pause kommt nicht infrage. Ich möchte als Ehrengast wirklich nicht zu spät eintreffen.«

Resigniert ergab ich mich in mein Schicksal, zog eine Wasserflasche aus der Kühlbox neben mir, kuschelte fortan mit dem kalten Glas und ärgerte mich. Eigentlich war die Idee, mit dem schicken Cabrio zu reisen, sehr verlockend gewesen. Bei mir hatte sie Assoziationen von herrlichem Fahrtwind in den Haaren geweckt. Sogar ein Kopftuch hatte ich eingesteckt, um nicht mit völlig derangierter Frisur anzukommen. »Standesgemäß« wollte hingegen mein zukünftiger Schwiegervater vorfahren. Wie standesgemäß ich nun in meiner Rolle als attraktives Anhängsel der Herren noch wirken würde, war dahingestellt. Mein zauberhaftes, gerade erst für diesen Anlass gekauftes langes, weißes, ärmelloses Baumwollkleid würde zerknittert und völlig verschwitzt sein.

Der Anlass, das war hauptsächlich die Einweihung des alten Familienstammsitzes nach Vollendung des letzten Renovierungsabschnittes. Zudem feierte man in diesem Jahr den 140. Geburtstag des wohl berühmtesten »Sohnes der Stadt«, dessen Enkel nun den Mercedes lenkte. Das Schloss, gelegen in den dunklen Wäldern Thüringens, hatte böse Zeiten hinter sich. Ich kannte nur prächtige, handkolorierte Zeichnungen aus dem 19. Jahrhundert und einige Fotos, die den katastrophalen Zustand vor Beginn der Wiederaufbauarbeiten zeigten. Eine Stiftung hatte es sich zur Aufgabe gemacht, den alten Kasten wieder aufzumöbeln, und in Constantins Vater einen geneigten Sponsor gefunden.

Jung und wenig auf Rosen gebettet, wie wir waren, hätten wir ganz gerne ein bisschen Unterstützung für unseren ersten gemeinsamen Hausstand von ihm gehabt. Aber ihm war definitiv mehr daran gelegen, sich von den Mitgliedern des Stiftungsausschusses umschwänzeln und feiern zu lassen, als uns unter die Arme zu greifen. Glücklich war er mit unserer Verbindung sowieso nicht. Ich erschien ihm nämlich nicht als geeignete »Partie« für seinen Sohn. Hinter vorgehaltener Hand wurde für diese Ablehnung im Familienkreis ein ganzer Katalog triftiger Gründe diskutiert. Erstens waren meine Ahnen ganz offenbar bürgerlich. Zweitens war ich Ausländerin, denn ich komme aus England, wohin ich überdies den bedauernswerten Constantin auch noch heimtückisch »verschleppt« hatte. Drittens galt ich als »Gebrauchtfrau«, hatte ich doch bereits eine Ehe hinter mir. Viertens, und das setzte der Sache die Krone auf, hatte ich auch noch zwei Kinder mitgebracht, die sich der »alte Wolf« nach Kräften bemühte, gleich von vornherein aus dem »Rudel« zu verbeißen. Und last, but not least konnte ich nicht einmal mit dem Umstand punkten, wenigstens aus altem oder neuem Geldadel zu stammen. Das zumindest hätte er noch akzeptiert.

Constantin waren all diese attestierten »Makel« völlig egal. Er liebte mich. Ich liebte ihn. Für ihn war ich »seine Frau« und fertig. Selbstverständlich planten wir, in Bälde zu heiraten. Ein Vorhaben, das der alte Herr mit aller Macht verhindern wollte. Ich focht einen Kampf der besonderen Art mit ihm aus, und er zwang mich regelrecht zu harten Bandagen. Meine schärfste

Waffe war der Titel, den ich ihm schon vorzeitig verliehen hatte: Schwiegervater. Oder noch perfider, und wie man sich leicht vorstellen kann, stets in äußerst zärtlichem Tonfall: mein lieber Schwiegervater. Oh, wie er auf die Palme ging, wenn ich ihn, insbesondere in Gesellschaft, so nannte! Manchmal konnte er sich nicht wehren, ohne extrem unhöflich zu wirken (was er tatsächlich meistens war), aber immer durfte ich zeitnah mit irgendeiner gemeinen Retourkutsche rechnen.

Komischerweise konnte er mich jedoch für den einen oder anderen repräsentativen Zweck immer ganz gut gebrauchen, und ich machte Constantin zuliebe stets gute Miene zu diesem bösen Spiel.

»Gute Miene« zu machen fiel mir gerade in diesem Moment nicht schwer, als ich Constantins Zwinkern im Rückspiegel entdeckte. Anderthalb Jahre waren wir nun schon zusammen. Aber das Feuer, das unsere Beziehung so unglaublich erfüllend machte, loderte genauso hell wie am ersten Tag. Ein Blick aus diesen blaugrünen Augen ließ meine Knie noch immer weich werden, ließ mein Herz schneller schlagen und trieb mir zusätzliche Röte in die Wangen. Ich lächelte ihm zu und bekam einen angedeuteten Kuss, ehe er sich wieder auf die Straße konzentrierte. Allein dieser Augenkontakt hatte bewirkt, dass ich nun auch noch fühlte, wie feucht meine dunklen Locken auf den Schultern klebten. Ich tauschte die warm gewordene Flasche gegen eine neue, kühle und presste sie gegen meine glühend heiße Brust. Langsam beruhigte sich der beschleunigte Herzschlag wieder.

Die vorbeiziehende Landschaft begann sich zu verändern, wurde hügeliger, bald sogar richtig bergig. Schattige Wälder nahmen uns auf. Ich hoffte auf Abkühlung, aber hier stand die Luft erst recht. Durstig und staubgrau wirkten die Bäume.

Meine zaghafte Bitte, einen kleinen Stopp zum Frischmachen vor der Ankunft einzulegen, wurde mit einem erneuten Hinweis auf die knappe Zeit abgewiesen. Tatsächlich mussten wir uns sputen. Das lag aber gewiss nicht an mir (die Behauptung, Frauen bräuchten ewig im Bad und würden ständig zu spät kommen, ist nämlich einfach unwahr), sondern schlichtweg daran, dass der alte Herr sich trotz unseres Drängens vor dem Losfahren alle Zeit der Welt genommen hatte, sein Frühstück und die unverzichtbare Kanne Tee wie gewohnt in Ruhe zu genießen.

Ein bisschen zuvorkommender hätte er wirklich sein können, denn nur um ihn zu begleiten, hatten wir einen Affenaufstand machen müssen. Für die Betreuung der Kinder hatten wir bereits vor zwei Tagen meine Eltern aus London zu uns nach Tintagel geholt. Gestern Abend waren wir nach Deutschland geflogen, hatten eine unruhige Nacht in einem Hamburger Hotel verbracht, wo bis in die frühen Morgenstunden lautstark eine Hochzeit gefeiert wurde, waren sehr früh aufgestanden und hatten uns ein Taxi genommen, um pünktlich bei Constantins Vater auf der Matte stehen zu können. Jetzt litt ich Höllenqualen und war ziemlich mürrisch. Mein Liebster schickte mir einen beschwichtigenden Blick, und ich verdrehte die Augen. Er lachte. »Gleich da, Schatz«, sagte er und wies auf sein mobiles Navi, dessen Display eine Ankunftszeit binnen zehn Minuten ankündigte.

Es wurde beinahe eine halbe Stunde, denn in den Straßen des Städtchens wurde an allen Ecken gebaut, und wir kamen nur langsam voran. Damit hatten wir uns nun endgültig verspätet. Der Parkplatz vor dem Schlosstor stand voller Autos. Keine Menschenseele zu sehen, die uns direkt vor das Gebäude hätte lotsen können. Offenbar hatte man den Festakt auch ohne den Ehrengast begonnen, dachte ich und konnte mir eine gewisse Häme bezüglich des »standesgemäßen Vorfahrens« nicht ganz verkneifen.

Als ich endlich aus dem Brutkasten klettern durfte, fasste ein erfrischender Wind unter mein Kleid und bauschte es bis zu den Hüften hoch. Constantins Grinsen war anzüglich. Um neue Hitzewallungen zu vermeiden, bemühte ich mich um Nichtachtung und wandte meinen Blick zum Himmel. Eindeutig, das Unwetter hatte uns schließlich doch eingeholt.

Auch mein zukünftiger Schwiegervater schaute nach den schnell dahintreibenden Wolkenbergen, wiegte bedenklich den Kopf und nahm seinen Stockschirm aus dem Kofferraum. Dieses unsägliche Ding mit dem Knauf aus poliertem Silber, der die Form eines Fisches hatte. Fische waren Bestandteil des Familienwappens. Kaum, dass die Torflügel sich hinter uns wieder geschlossen hatten, schritt der alte Herr flott aus. Ganz in seinem Element. Ganz auf »seinem« Anwesen. Normalerweise wirkte er schon ein wenig gebeugt, bewegte sich bedächtig. Aber jetzt schien er derart einem Jungbrunnen entstiegen, dass ich mit meinen High Heels Schwierigkeiten hatte mitzuhalten und Constantins gereichte Hand dringend zur Stabilisierung benötigte.

In der Ferne war Donnergrollen zu hören. Erste Böen fegten welke Blätter von den Parkbäumen. »Was sind das für Bäume?«, fragte ich Constantin. »Die kommen mir zum Teil vollkommen unbekannt vor.«

»Mein Ururgroßvater war persönlicher Adjutant Friedrich Wilhelms IV. und hat von vielen gemeinsamen Reisen alle möglichen exotischen Pflanzenarten mitgebracht und hier kultiviert. Welche Sorten es sind, kann ich dir nicht sagen. Aber wie man sieht…«, er wies in die gewaltigen Kronen hinauf, »… gedeihen sie prächtig in diesem Klima.«

»Das bedeutet, sie sind ungefähr hundertfünfzig Jahre alt.«

»Mindestens, ja. Die Linden haben allerdings schon mehrere Jahrhunderte auf dem Buckel. Schade, dass die berühmte

Orchideenzucht nicht mehr existiert. Schau mal, da drüben erkennt man noch die Überreste der ehemaligen Orangerie.«

»Die bauen wir auch wieder auf«, schaltete sich sein Vater siegessicher ein und musterte mich dabei mit kritischem Blick. Wahrscheinlich prüfte er, ob man sich mit mir so sehen lassen konnte. Er schien zufrieden – ich bildete mir sogar ein, ein wohlwollendes Flackern im rechten Augenwinkel zu erkennen – und eilte weiter schräg vor uns her über die kiesbestreuten Wege.

Nun konnte man das Schloss endlich sehen, und ich muss gestehen, ich war beeindruckt. Die frisch renovierte, cremeweiße Fassade spiegelte sich in dem kleinen schilfumstandenen See, den wir noch halb umrunden mussten. Der zweigeschossige Bau wirkte schlicht klassizistisch. Wäre da nicht der prominente Mittelturm gewesen, der eine verspielte, zwiebelförmige Bronzekuppel trug. Vermutlich eine Reminiszenz an die Neorenaissance, die zur Bauzeit des Schlosses den Klassizismus ablöste.

Schon von Weitem war die Festgemeinde zu erkennen, die offensichtlich einem Redner lauschte, der oben am zweiläufigen Treppenaufgang stand. Der Mann hielt ein Bündel Papierbögen in der Hand. Eine heftige Bö wollte ihm sein Manuskript gerade entreißen, und er schnappte hektisch nach den Blättern, die ihm davonzufliegen drohten. Von uns nahm niemand Notiz, denn abgesehen von diesem sturmumtosten Mann, der buchstäblich alle Hände voll zu tun hatte, stand die ganze Festgesellschaft mit dem Rücken zu uns. Mir war es recht. Ich hätte es eher als unangenehm empfunden, wenn wir den Rest des Weges unter den Blicken von zig Augenpaaren hätten zurücklegen müssen.

Der Himmel war es letztlich, der uns dreien dann doch noch den ultimativen Auftritt bescherte. Mit infernalischem Krachen kündigte ein einziger Donnerschlag zeitgleich mit einem grellen Blitz unser Eintreffen an. Im selben Moment ging ein erster schwerer Regenschauer nieder, ergriff der Sturm meinen langen Rock, bemächtigte sich meines Haares und presste alles in eine Form, die mich wahrscheinlich aussehen ließ wie eine Galionsfigur in schäumender Gischt.

Alle wandten sich um und irgendjemand rief: »Die weiße Frau! Da, seht nur ... da ist sie. Sie ist wieder da!«

Mein Schwiegervater klappte mit einem Ausdruck bissiger Entschlossenheit den Schirm auf. Und der Wind klappte ihn zu.

Constantin packte meine Hand, und wir liefen auf die Menge zu. Sie teilte sich, wich zurück und ließ uns durch. Ein paar ältere Damen tuschelten leise und sahen mich ungläubig an.

Ich verstand nichts.

* * *

Nun brach das Unwetter mit voller Kraft direkt über uns los. Constantin ergriff meinen Ellenbogen und schob mich die Freitreppe hinauf in die Eingangshalle. Die Festgemeinde flutete an uns vorbei und wurde von einer sehr hektisch wirkenden Dame in den großen Saal gewunken, der vorausschauend bestuhlt worden war. Ich hatte das Gefühl, man machte einen Bogen um uns. Oder speziell um mich? Was hatte es auf sich mit dieser »weißen Frau«? Warum hatte mein, zugegebenermaßen theatralisch untermalter, aber doch letztlich völlig irdischer Auftritt solche Reaktionen hervorgerufen? Warum guckten die Leute so verblüfft?

Mir blieb vorerst keine Zeit, weiter darüber nachzudenken, denn mein Schwiegervater erschien, spannte direkt vor uns seinen nassen Schirm auf und schüttelte ihn, dass die Tropfen nur so flogen. Ich wich zurück, Constantin schimpfte verhalten. In Schwiegervaters Gefolge der Bürgermeister und mehrere

Mitglieder des Stiftungsausschusses, denen er mit unverhohlenem Vaterstolz Constantin vorstellte. Mich hätte er ganz übergangen, wären da nicht die fragenden Blicke einiger Damen gewesen.

»Äh, ja ... die Lebensabschnittsgefährtin meines Sohnes«, murmelte er demonstrativ uninteressiert und brachte mich damit wieder einmal innerlich zum Kochen. So machte er das immer. Diese herabwürdigende Bezeichnung resultierte aus seiner immer noch nicht aufgegebenen Hoffnung, der besagte Lebensabschnitt möge gefälligst denkbar kurz ausfallen. Zur Verwirrung seiner Gesprächspartner konnte er sich zudem die dämliche Bemerkung nicht verkneifen, ich hätte ein Faible für elektrisch geladene Auftritte. Den Ausschussmitgliedern blieb nichts anderes übrig, als diese Andeutung verständnislos zu überhören, aber mir war natürlich klar, worauf er hinauswollte. Er spielte auf jene Situation an, in der Constantin und ich uns zum ersten Mal begegnet waren. Und die war tatsächlich in mehrerlei Hinsicht ein elektrisierender Moment gewesen.

* * *

Unsere Liebe begann auf der »Grünen Woche« in Berlin, und sie begann an einem (stromführenden!) Schafzaun. Die britische Züchtergemeinschaft, eigentlich ein reiner Männerverein, hatte ausgerechnet mich dazu ausersehen, eine typisch englische Rasse in der deutschen Bundeshauptstadt zu präsentieren. Einerseits deshalb, weil meine Lincolnschafe mit ihren seidig langen Korkenzieherlocken und ihrem dichten Stirnschopf, der sie wie drollige Hippies aussehen lässt, besonders bei Kindern so beliebt sind und als ideale Botschafter unserer Region gelten. Andererseits, und das war wohl der wahre Grund, weil man mich unbedingt endlich auf andere Gedanken bringen wollte. Ich muss gestehen, in der Rückschau bin ich den Züchterkollegen immer noch dankbar, obwohl ich mich anfangs sträubte wie die berühmte Zicke am Strick.

Harte Jahre lagen hinter mir. Den Kampf gegen die Leukämieerkrankung meines wunderbaren Ehemannes John hatten wir verloren, und ich stand mit zwei kleinen Kindern und dem ganzen Betrieb plötzlich allein da. Mein Lebensentwurf war ein Scherbenhaufen. Hinschmeißen und die geliebte Farm aufgeben? Zurück nach London zu meinen Eltern fliehen und die raue, zerklüftete Küstenlandschaft Cornwalls womöglich gegen eine großstädtische Steinwüste tauschen? Die Kinder in der Stadt großziehen? Wie früher am Schreibtisch irgendeiner Redaktion sitzen und oft genug den ganzen Tag die Sonne nicht zu Gesicht bekommen? Nein. Es wäre nicht in Johns Sinn gewesen, all das, was uns gemeinsam so wichtig gewesen war, fortzuwerfen. Und ehrlich gesagt konnte ich es mir selbst nicht vorstellen, denn ich hatte mich an das Leben im Einklang mit der Natur gewöhnt. Ich brauchte den weiten Blick übers Meer bis zum Horizont, brauchte den ruppigen Wind um die Nase, brauchte das Gefühl von Freiheit, ja, sogar die von harter Arbeit schmerzenden Muskeln – jetzt mehr als je zuvor, um mich selbst, um überhaupt noch *irgendetwas* spüren zu können.

Betrachte ich die Situation heute in der Rückschau, muss ich mir selbst eingestehen, dass mein Verharren in Cornwall durchaus auch etwas mit einer meiner eigentlich wirklich schlechten Angewohnheiten zu tun hatte. Unangenehme Dinge, ja, möglicherweise folgenschwere Entscheidungen schiebe ich ausgesprochen gern auf. Alle Umstände zusammengenommen, führte die Sache letztlich dazu, dass ich einsehen musste: Um überleben zu können, blieb mir nichts anderes übrig, als die Ärmel hochzukrempeln, anzupacken und zu versuchen, den Scherbenhaufen wieder zu kitten. Wie ich das tat und wie gut es mir letztlich gelang, die Farm am Laufen zu halten, gefiel Johns alten Züchterfreunden, und ich konnte mich in mancher Situation darauf verlassen, helfende Hände zu finden. Was sie aber schwer ertragen konnten, war meine abgrundtiefe Traurigkeit, die auch nach zwei Jahren keinen Deut besser wurde. John, der wichtigste Bestandteil des Ganzen, fehlte eben, und wenn auch nach außen alles ganz prächtig erschien, so war doch in meinem Innern gar nichts in Ordnung.

Kaum etwas können Männer bekanntlich schwerer ertragen als weinende Frauen. Es macht sie hilflos. Und in ihrer Hilflosigkeit hatten sie sich den Trip nach Berlin einfallen lassen. In der Hoffnung, mich wenigstens für ein paar aufregende Tage aus meinem dunklen Loch zu holen. Ich sah die nette Absicht, die dahintersteckte, fühlte mich geehrt und war gerührt. Dennoch fielen mir eine Menge vernünftiger Gründe ein, warum ich weder die Kinder noch meine kleine friedliche Farm verlassen wollte. In Wirklichkeit hatte ich nämlich einfach das Gefühl, noch nicht so weit zu sein. Nur zu Hause fühlte ich mich damals sicher, nur dort begleitete mich Johns Geist bei jeder Entscheidung, nur dort konnte er, da war ich sicher, jederzeit an meiner Seite sein.

Letztlich fassten sie den Beschluss einfach über meinen Kopf hinweg, stellten mich vor vollendete Tatsachen und warfen mich ins kalte Wasser. Na gut, sie hatten dafür gesorgt, dass es immerhin nicht eiskalt war. Ich hatte an diesem sonnigen Morgen nicht mit Besuch gerechnet und war entsprechend erstaunt, als der Pick-up der Fergusons vor meinem Cottage hielt. Heraus kletterten meine Nachbarn Bob und Molly. Molly, eine Mom wie aus dem Bilderbuch, hatte ihre beiden eigenen, schon beinahe erwachsenen Kinder auf ein paar Tage in Eigenverantwortung eingeschworen und erschien mit Sack und Pack und selbst gebackenem Kuchen. Meine Kinder liebten Molly. Der fünfjährige Phil und Lucy, die kurz vor ihrem dritten Geburtstag stand, stürmten ihr entgegen und waren begeistert von der Idee, ein paar Tage mit ihr zu verbringen.

»Geh packen, Faye. David wird bald hier sein, um die Schafe reisefertig zu machen«, wies Molly mich an. Mein letztes Aufbegehren fiel schon ziemlich schlapp aus, als Bob wortreich meine Sorge um die Schafe beschwichtigte. Er würde sich vorbildlich kümmern. Das wusste ich. Tja, und dann erschien David O'Leary. Clubpräsident und ein Schafmann, an dessen Kompetenz keiner auch nur kratzen konnte. Derart abgesichert konnte mir im Grunde auf dieser Reise gar nichts passieren, und ich ließ mich darauf ein.

* * *

Da standen sie nun, mitten in den Berliner Messehallen, meine hübsch frisierten Schafe. In einem schneeweißen Kunststoffcorral auf ebenso schneeweißen Hobelspänen bildeten sie einen echten Blickfang vor dem mit britischen Fahnen geschmückten Stand. Anziehungspunkt für die Kinder, die ihren Eltern die Arme lang zogen, weil sie unbedingt die putzigen Zwillingslämmer streicheln wollten. Zwei Tage lang ging das prima. Am dritten wurden die übermütigen Lämmer immer frecher. Nachdem uns eines unterm Zaun hindurch entwischt war, ich es zwischen Tausenden von Messebesucherbeinen quer durch die Halle gejagt hatte, während David alle Hände voll zu tun hatte, das völlig durchgedrehte, herzerweichend blökende Mutterschaf zu beruhigen, entschieden wir uns für den Aufbau eines zusätzlichen Elektrozaunes.

Nun wussten wir zwar die Schafe gut aufgehoben. Aber kaum wurden morgens die Pforten der Messe geöffnet, strömten die Kinder heran. Ich nahm meine Aufgabe als Streichelzootante sehr ernst, und da wir natürlich vermeiden wollten, dass die Kids am Zaun eine gewischt kriegten, hob mir David eins nach dem anderen in den Corral herein. Wirklich stressfrei war die Sache natürlich weder für die Schafe noch für mich. Abends spürte ich mein Kreuz mehr als deutlich und war am letzten Messeabend wirklich froh, mich endlich auf einen Stuhl fallen lassen zu können, um ein Pfund piksender Sägespäne aus den Schuhen zu kippen.

Eine Viertelstunde später hatten sich die langen Gänge geleert, David mischte gerade das Abendkraftfutter in dem Kabäuschen hinterm Stand, ich schüttelte den Tieren das Heu auf. Ich wähnte mich allein, hatte ihn nicht kommen sehen. Und verpasste den Moment, das Lämmchen Emily daran zu hindern, mit ein paar vergnügten Bocksprüngen an den Zaun zu hüpfen, um sich noch einmal kraulen zu lassen. Aus dem Augenwinkel bemerkte ich, wie sich jemand zu ihr hinunterbeugte.

»Careful, Sir!«, rief ich, sprang dazu und Emily mir direkt in den Weg. Ich flog auf den Allerwertesten, fühlte eine helfende Hand nach meinem Arm greifen ... und dann: Zing!

Lachend standen wir voreinander. Ich zupfte mir die Sägespäne aus den Haaren und blickte zum ersten Mal in Constantins strahlende blaugrüne Augen.

»Junge, Junge, da ist aber ganz schön Zunder drauf. Alles okay bei Ihnen?«

Ärgerlich! Ich musste ein tolles Bild bieten. Nach zwei Jahren begegnete ich erstmals einem Mann, der meinen Herzschlag nicht nur im Moment des kräftigen Stromschlages beschleunigt hatte. Auch jetzt noch, nachdem ich ihm schon einen Moment lang gegenüberstand und wortlos meine Jeans abklopfte, fühlte ich meinen Puls pochen. Das gab es noch? Dieses Gefühl? Die Kombination aus seinem Lächeln und dem kleinen Stromschlag hatte die Wirkung eines Defibrillators auf mein stummes, vor Trauer starres Herz.

Ein bisschen verlegen nickte ich, nahm Emily auf den Arm und hielt sie ihm zum Streicheln hin. »I'm sorry, Sir. Es tut mir leid«, kramte ich entschuldigend meine damals noch dürftigen deutschen Vokabeln hervor. Constantin schwenkte sofort auf die englische Sprache über, und ich war fasziniert, dass er sie so gut beherrschte. Unter anderem ... denn es gab so viel Faszinierendes an ihm zu entdecken.

Wie schnell dann alles gegangen war! Unsere »Liebe auf den ersten Zing« entwickelte sich in rasender Geschwindigkeit. Constantin wollte von Anfang an keinen Tag mehr auf mich verzichten, und für mich wäre es unerträglich gewesen, eine Beziehung auf Distanz mit ihm zu führen. Also beschlossen wir schon nach den ersten Tagen, die wir gemeinsam in England verbracht hatten, Nägel mit Köpfen zu machen. Er beantragte einen Homeoffice-Arbeitsplatz bei seiner Firma. Werbetexte kann man Gott sei Dank überall auf der Welt kreieren, und da das Unternehmen eine Dependance im nahen Bristol unterhielt, wurde ihm seine Bitte gewährt.

Nur ein paar Wochen blieben mir nach der Entscheidung dafür, Johns Arbeitszimmer auszuräumen, um Platz für Constantin zu schaffen. Bis dato hatte ich dieses Zimmer exakt so belassen, wie es gewesen war. Nicht einmal die Lage der Stifte auf dem Schreibtisch hatte ich verändert, und ich gestehe, es waren viele schwere Momente, als ich Johns Sachen verpackte, für einiges, das ihm besonders lieb gewesen war, neue Plätze im Haus fand, manches auf den Speicher schaffte, aber auch eine Menge wegwarf. Während dieser Arbeiten hatte ich stets das Gefühl, John würde mir über die Schulter schauen und mich ermuntern.

Als Constantin dann schließlich mit Sack und Pack eingezogen war, verblasste Johns Gesicht nach und nach. Ich wusste, er zog sich nun endgültig zurück, denn ganz offenbar wollte er dem Glück seiner Familie keinesfalls im Wege stehen. Zu diesem Glück gehörte zweifellos auch der Umstand, dass die Kinder noch so klein waren. So fiel es ihnen leichter, den neuen Mann an unserer Seite zu akzeptieren. Phil spricht heute noch oft von John und tut das vollkommen unbefangen auch mit

Constantin. Die beiden haben ein wunderbar kumpelhaftes Verhältnis. Aber für Lucy ist Constantin ihr Dad. Das stellt sie niemals infrage.

Meine Schafzüchterkollegen behaupteten augenzwinkernd, die Redewendung des »überspringenden Funkens« hätte sich ihnen nun endlich erschlossen, und waren ausgesprochen zufrieden mit dem überwältigenden Erfolg dieses Ausflugs. Tatsächlich war es ihnen zu verdanken, dass ich endlich wieder zurück an die Oberfläche des Lebens gespült worden war. Ihnen und der kleinen Emily, die sich eines dauerhaften Platzes in meiner Mutterschafherde sicher sein kann. Und diesem Funken, der ein neues Licht in meinem Herzen angezündet hatte.

* * *

Natürlich kannte Constantins Vater meine traurige Vorgeschichte. Dennoch verweigerte er mir jeglichen Respekt und schien einen Mordsspaß daran zu haben, bei jeder sich bietenden Gelegenheit auf mir herumzuhacken. Anfangs hatte es mich sehr verletzt, so wenig willkommen zu sein, und ich hatte hilflos und tapfer jede Unhöflichkeit geschluckt. Aber mittlerweile schlug ich zurück, wann auch immer sich die Gelegenheit bot. Constantin, der ein ausgeprägtes Harmoniebedürfnis besaß, waren diese Kriegshandlungen stets unangenehm, und er versuchte immer wieder, diplomatisch einzuwirken. Meiner Bereitschaft zu Friedensverhandlungen konnte er sich dabei sicher sein. Aber zu seinem Ärger blieb der Vater stur wie ein alter Bock und wetzte die Messer bevorzugt vor Publikum. So hatte er auch jetzt offenbar diebische Freude daran, mit seiner Bemerkung einen diffusen Schatten auf meine Person geworfen zu haben und unsere Gastgeber im Unklaren zu lassen. Immer nach dem Motto: Die bleibt sowieso nicht lange und ist keiner weiteren Erklärung wert.

Ich spürte Constantins schützenden Arm um meine Taille und sein besänftigendes Streicheln, als man uns in den wunderschönen Saal führte. Für mich glich der Weg bis in die vorderste Reihe, die man für die Ehrengäste reserviert hatte, einem Spießrutenlauf, denn ich fühlte aller Augen auf meine nackten Schultern gerichtet.

Glücklicherweise fanden wir Plätze ganz am Rand des Geschehens. Ich blätterte angelegentlich in dem kleinen Veranstaltungs-Flyer, den man mir in die Hand gedrückt hatte. Programmpunkt eins sollte die Festrede zu Ehren des besagten »großen Sohnes der Stadt« sein. Allerdings gab es vorn am Pult offenkundig Probleme mit dem Mikrofon. Aufgescheucht und mit einem Ausdruck peinlich berührten Bedauerns in den Gesichtern wuselten die Damen des Stiftungsausschusses um den Redner herum. Vorläufig gelang es ihnen jedoch nur, der Technik schrill pfeifende Töne zu entlocken, die gemein in den Ohren gellten.

Das gab mir Gelegenheit, Constantin flüsternd um Aufklärung zu bitten. »Sag mal, was hat es auf sich mit dieser ›weißen Frau‹? Und warum feiert man deinen Großvater eigentlich ausgerechnet hier so ausgiebig, obwohl doch jeder weiß, dass er in Berlin zur Welt gekommen ist?«

Constantin nahm meine Hand und begann leise zu erzählen.

März 1870

Der raue Wind trieb schwarze Wolken über den stahlgrauen Himmel. Zerrte am frischen Grün der Birken, bog die schlanken Kiefern. Peitschte waagrecht Graupel über frosttrockene Brandenburger Sandwege, mischte wirbelnd Staub mit Eis. Der Kutscher hatte den Hut tief ins Gesicht, den goldbetressten Mantel fest um die Schultern gezogen. Eisern stemmte er die Füße gegen den Bock, hetzte die beiden Braunen unerbittlich vorwärts. Schwer ging ihr Atem. Geblähte Nüstern, blutrot geädert. Hälse, Flanken schaumbedeckt.

Schon färbte sich der Himmel rot. Das Ziel musste noch vor Einbruch der Dunkelheit erreicht werden. Vor einer Stunde hatte das Gespann die Wälder der Parforce-Heide hinter sich gelassen. Nun nahm es über befestigte Landstraßen Kurs auf die königliche Residenzstadt Berlin.

Im Inneren der Kutsche schob Clara Henriette die Gardine beiseite. Der Hagel nahm beinahe jede Sicht. Sie hatte sich bewusst dafür entschieden, die Reise nicht mit der Eisenbahn anzutreten. Es war ihr daran gelegen, keine Spuren zu hinterlassen, denn sie war auf der Flucht. Jetzt schalt sie sich für diese Entscheidung. Drei Tagesreisen lagen bereits hinter ihnen. Die Anstrengungen der beschwerlichen Tour über endlose, holperige Wege, die nächtlichen Aufenthalte in unkomfortablen Herbergen und überdies ihre unübersehbar weit fortgeschrittene Schwangerschaft forderten jetzt Tribut.

Heiter und vorfrühlingshaft warm waren die Tage gewesen, als sie den überstürzten Entschluss hatte fassen müssen zu fliehen. Dieses Kind würde er nicht bekommen. Er würde sie nicht finden. Würde nicht einmal wissen, wo er suchen müsste. Und was sollte schon geschehen? Ihr gegenüber saß Mary, ihre Hebamme. All ihre Kinder hatte sie auf die Welt geholt. Alle fünf.

Ja, Mary hatte protestiert. Hatte alle Gefahren der Reise in den düstersten Farben gemalt. Aber Clara Henriette hatte sich über jeden ihrer Einwände hinweggesetzt und ihr letztlich befohlen zu packen. Nun wirkte Mary wie das personifizierte schlechte Gewissen. Mit zusammengekniffenen Lippen weigerte sie sich bereits seit zwei Tagen zu sprechen. Jetzt gleich würde sie sprechen müssen. Viel länger konnte Clara Henriette weder das bedrückende Schweigen ertragen, noch den stetig zunehmenden Druck in ihrem Leib stillschweigend wegatmen. Sie hatte die Sekunden gezählt, dem großen Zeiger ihrer silbernen Taschenuhr beim Weiterspringen zugesehen. Unzweifelhaft! Die Wehen kamen nun in gleichmäßigen Abständen von fünf Minuten.

Die Dörfer Steglitz und Schöneberg hatten sie hinter sich gelassen. Ab der Stadtgrenze ging es langsamer voran, aber lange würde es nicht mehr dauern, bis die Berline die Straße Unter den Linden passierte. Dann nur noch einmal abbiegen und das Ziel, der »Englische Hof«, oder internationaler »Hotel D'Angleterre« genannt, würde erreicht sein. Gerade noch zur Zeit, dachte Clara Henriette, und ihr tiefer Seufzer, gemischt aus Erleichterung und neuem Schmerz, veranlasste Mary endlich, sie anzusehen.

»Ist es so weit, Mylady?«

»Alle fünf Minuten, Mary. Wir werden uns sputen müssen.«

Die Hotelsuite hatte Clara in aller Eile telegrafisch bestellt, nachdem sie Kunde bekommen hatte, dass der schnelle Klipper ihres Ehemannes Henry unter günstigem Wind heimwärts gesegelt war und viel früher als erwartet in Bristol angelegt hatte. Damit war jede Hoffnung zerborsten, das Kind in der harmonischen Atmosphäre des väterlichen Schlosses in Thüringen zur Welt zu bringen.

Nichts würde Henry abhalten können, sich umgehend auf den Weg nach Deutschland zu begeben, um sie nach England zurückzuholen. Und nichts wollte sie jetzt dringender verhindern. Nur ihren Vater hatte sie eingeweiht. Sein Mund, dessen konnte sie trotz all der Vorwürfe, die er auf sie hatte niederprasseln lassen, absolut sicher sein, würde verschlossen bleiben.

Die Berline war inzwischen zum Stehen gekommen, auf der Straße gab es einen lautstarken Tumult. Die nächste Wehe überrollte Clara Henriette, fest krallte sie beide Hände in den Sitz.

Mary fixierte sie besorgt und schüttelte alarmiert den Kopf. »Keine fünf, höchstens noch drei Minuten, Mylady.«

So steif und stumm, wie sie die ganze Zeit dagesessen hatte, so lebendig wurde die erfahrene Hebamme nun. Von Geburt zu Geburt waren die Kinder schneller gekommen. Mary wusste genau, wie wenig Zeit jetzt blieb. Sie schob Clara Henriette ein Kissen ins Kreuz, hieß sie, die Beine lang auszustrecken, und betastete mit kundigen Händen den zum Bersten gespannten Bauch. »Es bewegt sich ...«, murmelte sie, ließ ihre Doktortasche aufschnappen und holte das Horchrohr heraus. »Gut, alles gut ...«, befand sie, nachdem sie minutenlang mit konzentriertem Gesichtsausdruck gelauscht hatte. Dann legte sie Clara Henriette ein kariertes Reiseplaid über, öffnete das Fenster, lehnte sich halb hinaus und trieb den Kutscher zur Eile an.

»Ja, soll ich denn die Menschen über den Haufen fahren?«, brüllte der Kutscher zurück. Clara Henriette lugte durch einen Spalt in der Gardine hinaus und entdeckte in dem von Fackeln gespenstisch beleuchteten Dämmerlicht eine beachtliche Menschenansammlung, die sich fahnenschwenkend mitten auf dem Fahrweg der Straße Unter den Linden langsam, quälend langsam, in Richtung Schlossbrücke voranbewegte. Sacht rollte das Gefährt wieder an, und je näher sie der Menge kamen, desto deutlicher war zu hören, was da aus Hunderten Kehlen skandiert wurde: »Paris, Paris, wir fahren nach Paris!«

»Wenn sie es doch täten«, stöhnte Clara Henriette mit einem gequälten Lächeln. »Schnell, schnell, alle fort da und auf nach Paris!«

»Wird der Krieg also inzwischen ausgebrochen sein«, nickte Mary und zuckte im nächsten Moment unter dem scharfen Peitschenknall des Kutschers zusammen.

»Weg da, Leute, macht Platz!«, brüllte er. »Ich fahre eine Gebärende. Seid ihr denn des Teufels? Wollt ihr sie das Kind im Wagen zur Welt bringen lassen? Macht Platz. Auseinander!«

Das Gespann nahm Fahrt auf. Durch den Spalt konnte Clara erhitzte junge Männergesichter vorbeihuschen sehen. Beängstigend begeistert, ja, geradezu beseelt vom »großen Abenteuer Frankreichfeldzug«. Was für dumme Tölpel! Clara schloss die Augen und bemühte sich, über den Höhepunkt der nächsten Wehe hinwegzuhecheln. Dieses kleine Menschlein schien allzu neugierig zu sein und wollte nun dringend das Licht der Welt erblicken. Täuschte sie sich oder spürte sie ein wenig Flüssigkeit in das rote Brokatpolster rinnen? »Ich glaube, das Wasser bricht, Mary!«

Im nächsten Augenblick hielt die Berline mit einem Ruck, der Clara beinahe auf den Wagenboden befördert hätte. Die

Pferde schnaubten, der Kutscher war vom Bock gesprungen und riss den Schlag auf.

* * *

Später konnte sich Clara Henriette Marie, geborene Gräfin von Beiersdorf, todunglücklich verheiratet mit dem unermesslich reichen Reeder Henry Ames, kaum noch an die Minuten erinnern, die nun folgten. Nur ein wirrer Eindruck von der ungeheuren Betriebsamkeit des äußerst diskret agierenden Hotelpersonals blieb. Sie war hier keine Unbekannte, denn wann immer Clara mit dem Vater nach Berlin gereist war, hatten sie im »Englischen Hof« Quartier genommen. Selbstverständlich erkannten die Angestellten, wie prekär ihre Lage war, und taten alles, um es ihr in Windeseile so bequem wie möglich zu machen.

Endlich schloss sich die Tür ihrer Suite in der Beletage, und Claras Maske äußerster Beherrschung fiel. Sie stand im Schlafzimmer, hatte gerade noch Zeit, die Hutnadeln zu ziehen, während Mary bereits stapelweise Handtücher heranschleppte und das breite Bett abdeckte. Da barst die Fruchtblase. Clara hob ihre Röcke über die Hüften, öffnete mit fahrigen Fingern die Bänder der Unterhose, ließ die durchnässte Unaussprechliche zu Boden gleiten und kniete sich mitten auf das Bett.

»Legen Sie sich auf den Rücken, Mylady. Der Kopf ist schon zu sehen. Um Himmels willen, ich bitte Sie, legen Sie sich hin, ich muss Sie untersuchen«, keuchte Mary.

Aber Clara ließ sich nicht beirren, raffte alle zur Verfügung stehenden Kissen zusammen und vergrub die Stirn in einem Berg aus Daunen und Damast. Zwischen zwei Presswehen fauchte sie Mary an, es gäbe gar nichts mehr zu untersuchen, sie solle nur zusehen, dass sie das Kind auffinge. Niemand sollte sie schreien hören. Kein Gast des Hotels sollte mitbekommen, dass hier eine Geburt im Gange war. Fest biss Clara in die Kissenbezüge.

Kaum eine Viertelstunde nach ihrer Ankunft tat allerdings Clara Henriettes Sohn seinen ersten Schrei. Seine Mutter lugte zwischen ihren zitternden Knien hindurch, sah, dass das kräftig strampelnde Baby sicher in Marys Armen gelandet war, und ließ sich erschöpft lächelnd auf den Bauch fallen. Dann endlich gab sie den Wünschen der Hebamme nach und rollte sich auf den Rücken, damit Mary ihre Arbeit vollenden konnte.

Aller Schmerz war vergessen, ein Gefühl vollkommenen Glücks überschwemmte sie, als Mary ihr den in ein weißes Tuch gehüllten Säugling in die Arme legte. Er war so schön. Seine Züge so fein und zart, der dunkle Flaum auf seinem Köpfchen so weich. Der erste zaghafte Blick aus seinen leuchtend dunkelblauen Augen traf sie ins Innerste. Er hatte die Augen seines Vaters. Seines so geliebten Vaters!

Juli 2010 – Der Vormittag

»Und dieses Kind war dein Großvater?«, fragte ich Constantin. Er nickte stumm. Endlich waren offenbar die technischen Schwierigkeiten des Organisationskomitees überwunden, und er wandte seine Aufmerksamkeit nun höflich den Rednern zu.

Ein Zittern überlief meinen Körper. In den alten Mauern war es unwirtlich kühl, und mein Kleid wollte so schnell nicht trocknen. Aber das war es nicht allein. Das Schicksal von Constantins Ahnin Clara Henriette, die ja offenbar fünf Kinder in England zurückgelassen hatte, um mit dem sechsten unter dem Herzen vor ihrem Ehemann zu flüchten, ließ mich schaudern. Was hatte sie überhaupt in mein Heimatland verschlagen? Was war ihr passiert?

Constantin musste mein Schlottern bemerkt haben. Er schaute mich von der Seite an. »Du frierst.«

Gentlemanlike zog er sein Sakko aus und hängte es mir fürsorglich um die nackten Schultern. Ich schenkte ihm ein dankbares Lächeln. Seine Wärme und sein Duft hingen in dem leichten, weichen Wollstoff, der zudem eine Art Schutzwall vor die neugierigen Blicke schob, die ich noch immer im Nacken spürte. Umgehend fühlte ich mich ihnen weniger ausgesetzt.

»Kennst du die gesamte Geschichte?«, flüsterte ich.

hausgemachten Apfellimonade und zog die Freundin mit glühenden Wangen tiefer in den Park hinein.

»Bernadette, meine Liebe, setz dich und sei dir bewusst, dass du jetzt unter jener Linde sitzt, wo sich der legendäre allererste Kuss ereignet hat«, schmunzelte sie und zog die Comtesse neben sich auf das Bänkchen. »Jetzt musst du beichten. Was hast du deinem Ehemann alles über mich verraten?«

»Alles«, sagte Bernadette franchement und schien keinerlei Arg bei diesem Geständnis zu empfinden. »Du weißt doch, wenn du mich nicht so genau aufgeklärt hättest, wäre ich vollkommen ahnungslos in die Ehe gegangen. Ich werde immer in deiner Schuld stehen, denn ...«, Bernadettes Gesichtsausdruck wurde schwärmerisch, ihr Blick verlor sich in fernen Sphären, »... denn nur deiner Hilfe habe ich es zu verdanken, dass ich die Liebe ... oh, die wundervolle Liebe und Leidenschaft mit François von Anfang an in vollen Zügen genießen konnte. Bedenke bitte, Clara, er ist ein erfahrener Mann! Wie hätte ich dagestanden als dummes Putchen? Bestimmt hätte er allzu schnell die Freude an mir verloren.«

Geradeheraus sah ihre Freundin sie strahlend an, und Clara schluckte. Sollte sie jetzt selbst ihre Beichte ablegen? Sollte sie der Freundin die Illusion rauben, die doch so wunderbaren Nutzen für sie gehabt hatte? Nein. Sie brachte es nicht fertig. Stattdessen beglückwünschte sie Bernadette herzlich und holte sich im Verlauf der folgenden Stunde einen freiweg ausgebreiteten Erfahrungsschatz über Erotik und Leidenschaft, der seinesgleichen suchte. Das, was Bernadette unverblümt berichtete, übertraf ihre eigenen Fantasien in solchem Maße, dass es ihr mehr als einmal die Röte in die Wangen trieb. Allerdings ließ sie sich nichts anmerken und bestätigte nur ab und zu scheinbar wissend Bernadettes Erfahrungen.

Es musste ein Himmel voller Geigen sein, diese körperliche Liebe. So viel hatte Clara nun immerhin begriffen. Und es steigerte ihre Ungeduld auf das Eintreffen Martins auf ein hohes Niveau geradezu körperlich empfundener, schmerzhafter – und doch so süßer Qual.

* * *

Um den leeren Platz an einer Tafel neben Clara Henriette zu umgehen und gleichzeitig dem zu erwartenden Ansturm der Bevölkerung gerecht werden zu können, hatte sich der Graf eine besondere Form der abendlichen Verköstigung seiner Gäste ausgedacht. Die Ankündigung und die sichtbaren Vorbereitungen zu diesem Schmaus hatten alleweil zu großem »Oh« und »Ah« unter den Geladenen geführt. Bereits zur Mittagszeit waren in einem von extra aufgestellten Palisaden gegen neugierige Blicke geschützten Areal im Garten mehrere prächtige Spanferkel auf gewaltige Spieße gesteckt worden. Ein paar Buben aus dem Rittergut hatten es sich natürlich nicht nehmen lassen, per Räuberleiter hinaufzuklettern und die Kunde herumzuposaunen. Spätestens seit dem Nachmittag aber verbreiteten die Ferkel einen so verführerischen Duft, dass auch ohne die kleinen Späher jedem klar gewesen wäre, woraus der Hauptgang bestand. Gegen Abend füllten sich dann die langen, von weißen Tüchern bedeckten Tische an der Seitenfront des Schlosses mit verschiedensten Körben, Schüsseln und abgedeckten Pfannen auf raffinierten Heizplatten. Für die Bevölkerung waren bei den gewaltigen Bierfässern reihenweise Holztische und Bänke aufgebaut worden, die sich zunehmend füllten, je dunkler es wurde.

Kurz nachdem der Graf zum Essen gebeten hatte, lief Clara in ihr Zimmer hinauf. Sie hatte kaum einen Bissen hinunterbekommen und konnte ihre Aufregung nicht mehr verbergen. Unter Emmas und Bernadettes Assistenz zog sie ihr Sternenkleid an. Jenes Kleid, das sie auf dem Porträt trug, dessen Enthüllung im großen Saal gleichzeitig mit der Verkündigung der Verlobung geschehen sollte.

Bernadette straffte gerade die Korsettschnüre, Emma legte letzte Hand an Claras Frisur, steckte hier und da noch ein paar filigrane Sternchen in die Flechten, als es klopfte und der Graf in Galauniform den Raum betrat. Er tat geheimnisvoll und schickte die beiden persönlichen Zofen mit einem verschwörerischen Zwinkern hinaus.

»Du weißt, mein Liebling, meine erste Ehe blieb kinderlos. Aber meine unvergessene Luise hat mir etwas gegeben, das meiner ältesten Tochter gehören soll. Ich habe überlegt, ob ich es bis zu deiner Hochzeit aufbewahre, aber dein Hals ist so jung und schön, wie er nie wieder sein wird. Und ...«, ein Schmunzeln huschte über seine Züge, »... er ist so nackt.«

Unwillkürlich griff sich Clara an die Kehle. Lächelnd sah sie ihrem Vater entgegen, der mit einem Schmuckkästchen auf sie zukam und sie hieß, sich umzudrehen. Sie schloss die Augen und fühlte, dass es etwas Wundervolles sein musste, das sich da gerade um ihren Nacken legte.

»Komm vor den Spiegel und schau es dir an.«

Hinter sich sah Clara die strahlenden Augen des Vaters über ihre Schulter lugen. Dann nahm sie ihr jetzt vollendetes Spiegelbild wahr. Aus herzoglichem Besitz stammend, hatte das Diamantcollier ihr Dekolletee zum Strahlen gebracht.

»Vater, es muss unermesslich kostbar sein«, flüsterte sie überwältigt. »Ich danke dir!«

Es lag in seiner Art, nun verlegen zu reagieren. »Schon gut, schon gut, Kind. Es schmerzt mich ein wenig, etwas so Schönes und Kostbares wie dich am heutigen Abend in andere Hände zu versprechen. Aber Martin ist es wert, und du sollst glücklich sein.«

Liebevoll zog er sie in die Arme und hielt sie eine ganze Weile. Dann nahm er ihre Hand und führte sie in den Saal hinunter.

* * *

Schon auf der Treppe vernahm Clara Musik. Beim Eintreten bildeten die Tanzenden für Vater und Tochter eine Gasse, die direkt unter den gleißenden Kronleuchter führte. Das Orchester verstummte, die Gäste traten zurück, der Graf hob die Hand, wünschte einen Walzer, dann forderte er seine Tochter formvollendet zum ersten Tanz auf.

Führen, das konnte er! Und nicht nur als Kommandant. Clara Henriette fühlte sich im Arm des Vaters sicher und geborgen, als er sie über das Parkett wirbelte. Aller Augen spürte sie auf sich, und jeder Blick war fröhlich und bewundernd für das schöne Paar.

Mit einer galanten Verbeugung entließ der Graf sie, als die letzten Walzertöne verklungen waren. Da stand auch schon der erste Anspruchsteller von Claras Tanzkarte vor ihr und nahm sie aus Vaters Armen.

Die Zeit flog nur so dahin. Kaum eine Minute lang hatte sie Ruhe. Scherzte, lachte, warf zwischendurch den kleinen Schwestern, die sich oben auf der Galerie versteckt hatten, verstohlene Luftküsse zu. Übte sich in leichter Konversation, ließ jeden Mann verzaubert und mit bedauerndem Gesicht zurück. Und konnte nicht aufhören, mit den Augen zu suchen. Wo war Martin? Wann würde er endlich da sein? Hatte er sich womöglich schon unter die Gäste gemischt? Beobachtete er sie? Clara merkte, dass sie im Geist ihre Tanzkarte nur noch abhakte, ungeduldig dem Ende dieser Pflichterfüllung entgegenfieberte, immer häufiger den Gesprächsfaden verlor, unkonzentriert wurde, hin und wieder sogar ihren Partnern auf die Füße trat. Immer nervöser wurde sie, je weiter der Abend voranschritt.

Dann, plötzlich, wie aus dem Nichts, war er da.

»Martin«, flüsterte sie und errötete wie ein kleines Mädchen. Natürlich, der Frack stand ihm fantastisch. Natürlich, er wirkte so honorig, so stattlich. Aber ihr Herz sprang ausschließlich wegen dieser Augen. Wegen dieses Blickes, der heute nicht nur zärtlich und liebevoll, sondern ungewohnt stark und selbstbewusst war. Für Sekunden schossen ihr Bernadettes Schilderungen durch den Kopf. Ihr Herz stand in Flammen, ihre Seele kannte nur noch ein Ziel, ihr Körper vibrierte vor Erregung.

Eine knappe, fast zackige Verbeugung, dann legte Martin den Arm äußerst korrekt in Position, ergriff ihre Hand und nahm *sie*, anders konnte Clara es nicht empfinden, offiziell in Besitz. Alle Anwesenden hatten darauf gewartet zu erfahren, mit wem Clara diesen letzten Tanz vor dem großen Moment tanzen würde. Und diese Geste Martins konnte niemandem entgangen sein. Ein Raunen ging durchs Publikum. Wispern, zusammengesteckte Köpfe, erstaunte Gesichter.

Die Musik setzte ein, und wenn sich Clara vorhin vom Vater sicher geführt und wohl aufgehoben gefühlt hatte, so schwebte sie jetzt auf Wolken. Kaum berührten ihre Füße noch den Boden. Martin führte sie gefühlvoll und souverän, ja, siegessicher. So hatte sie ihn noch nie erlebt. Was für einen herrlichen, starken Mann ich bekomme, jubelte ihr Inneres, und von Drehung zu Drehung wurde ihre Haltung stolzer, ihr Ausdruck triumphierender. *Dies* war der Moment. Dies war der wichtigste Moment für Clara Henriette. Der Moment, in dem sie fühlte, dass ihre Mädchenjahre vorbei waren, sie nun, sofort, zur Frau geworden war. Und sie hätte gewünscht, dieser Moment würde nie enden.

Er endete mit den letzten Walzerklängen. Tusch.

Wie im Traum hörte sie die Rede des Vaters, verfolgte sie die Enthüllung des Porträts, realisierte nur am Rande, dass der Maler das Diamantcollier schon in seinem Werk verewigt hatte, ließ sich – ganz weit weg und doch lächelnd – den Verlobungsring anstecken und wartete auf den erlösenden Augenblick, der den ersten offiziellen Kuss erlauben würde.

Martin hielt sich an die Etikette. Claras Fantasie war dem weit voraus.

Dann ertönten draußen die ersten Schläge des Feuerwerks. Alle stürmten ins Freie und genossen das herrlich bunte Spektakel am sternenklaren westlichen Nachthimmel. Kristallgläser klirrten, Clara merkte, dass sie anstieß, trank, für Glückwünsche dankte, wie ein Automat funktionierte – und hatte doch nur Augen für ihn. Ihre Hand lag fest in seiner. In die Dunkelheit wollte sie mit ihm fliehen. Allein sein. Es würde doch niemand merken!

Die letzte Rakete war schillernd am Himmel verglüht, der letzte Schlag verhallt.

Über dem Rittergut glühte der Himmel rot.

Dann ein Schrei: »Feuer!«

Juli 2010 – Der Abend

»Um Himmels willen!« Ich stoppte uns mitten in einer schwungvollen Rechtsdrehung, starrte Constantin entsetzt an.

»Du guckst ja so schmerzverzerrt. Hat er dir auf die Füße getreten?« Mein Schwiegervater kurvte just gut gelaunt und erstaunlich elastisch mit Mathilde im Arm vorbei.

Ich warf ihm kopfschüttelnd einen vernichtenden Blick nach. »Töffel«, murmelte ich ärgerlich.

»Er kann ja nicht ahnen, welche Katastrophen aus dem Familiennähkasten ich dir gerade erzählt habe«, versuchte Constantin zu beschwichtigen.

»Nee, aber ich habe das Gefühl, es würde ihm ausgesprochen gut gefallen, wenn du mir kräftig wehtun würdest. Er ist wirklich, um mit Clara Henriette zu sprechen, ein ekelhafter alter Knacker.«

»Von ›ekelhaft‹ hat sie nichts gesagt.«

»Schon okay, lass uns weitertanzen. Ich bin jedenfalls froh, wenn wir die ganze Sache hier hinter uns haben und wieder zu Hause sind. Du kannst drauf wetten, es gäbe Mord und Totschlag, wenn wir längere Zeit auf einem Haufen zusammensitzen würden. Gut, dass eine Menge Wasser zwischen unseren Wohnorten liegt.«

Constantin bemühte sich um erneute Koordination unserer Tanzschritte, aber die rechte Harmonie wollte nicht mehr aufkommen. »Lass uns was trinken gehen«, schlug er vor, nahm mich bei der Hand und steuerte auf den Familientisch zu. Ehe wir dort aber gleich wieder von Charlotte vereinnahmt werden würden und ich mich zweifellos in Kürze wieder den zynischen Sprüchen des vom Tanz erschöpften, erholungsbedürftigen alten Herrn aussetzen müsste, änderte ich die Richtung, zog Constantin an die Bar und bestellte zwei Daiquiri.

»Der Schaden war groß bei diesem Feuer, stimmt's?«

»Du erinnerst dich, ich habe dir erzählt, dass die Ernte in diesem Jahr sowieso nicht gerade grandios ausgefallen war. Schloss und Rittergut bildeten eine wirtschaftliche Einheit. Das Gut ernährte die gräfliche Familie, und der Graf war für das Wohl seiner Leute verantwortlich. Die Verlobungsfeier hatte eine Unmenge Geld verschlungen. Die sowieso spärliche Ernte war völlig vernichtet. Außerdem hatte Claras Bruder Alexander eine ganz besondere Geschichte gebeichtet, die sich als äußerst kostspielig erweisen sollte. Du wirst dir vorstellen können, dass es noch keine Feuerwehr gab, wie wir sie heute kennen. Wochenlange Trockenheit, die ganze Bevölkerung auf der Feier. Im Grunde hat dieses Feuer alles zerstört, was Clara Henriette sich für die Zukunft erträumt hatte.«

»Das verstehe ich nicht. Was hatte Claras Liebe zu Martin mit den Finanzen ihres Vaters zu tun?«

Constantin sah auf mich herab und schüttelte erstaunt den Kopf. »Das kannst du dir nicht ausmalen?«

»Nein. Wir haben auch wenig und würden deshalb doch nie unsere Beziehung infrage stellen.«

»Du bist wirklich ein Geschöpf der Moderne.«

»Bloß weil ich unsere heutige Gesellschaftsordnung für richtig halte? Wenn ich mich recht erinnere, hatte doch schon Clara sich anlässlich ihrer Lektüre mit diesen Fragen auseinandergesetzt. Und das war Mitte des 19. Jahrhunderts. Übrigens ist ›Sturmhöhe‹ nicht von Ellis Bell, sondern von Emily Brontë!«

»Jein.«

»Wie, jein?«

»Es war damals höchst unüblich, ja, sogar undenkbar, dass Frauen Bücher veröffentlichten. Also erschien ›Sturmhöhe‹ 1847 unter dem androgynen Pseudonym Ellis Bell. Nichts anderes kann Clara 1851 gelesen haben. Erst nach dem Tod der drei Brontë-Schwestern erschienen ihre Werke erstmals unter den realen Namen. Das war aber erst 1899 der Fall.«

»Oh, das wusste ich nicht«, musste ich zugeben und wunderte mich ein bisschen, dass Constantin es ausnahmsweise nicht im Schulmeisterton erklärt hatte.

»Du hast allerdings recht, Faye. Clara hat sich mit den Fragen um das gesellschaftliche Oben und Unten kritisch auseinandergesetzt, war sich jedoch glasklar der Tatsache bewusst, dass zwischen ihrem und Martins gesellschaftlichem Rang eine Schieflage bestand. Sie prüfte ja anhand der Geschichte des mittellosen Findelkindes Heathcliff Martins Stand richtig ab. Und kam zu dem Schluss, dass er immerhin nicht *so* tief unter ihr stand, dass er ohne das Protektorat ihres Vaters nicht immer noch überlebensfähig gewesen wäre. Bedenke, dass erst 1919 mit der Weimarer Reichsverfassung die Privilegien des Adels aufgehoben wurden und die ehemaligen Titel zu schlichten Namenszusätzen wurden. Das hat Clara Henriette schon gar nicht mehr erlebt.«

»Dann war sie ihrer Zeit aber voraus, denn in ihrem Brief betitelt sie ihren Vater als ›unmodern‹ ob seines Zauderns, Martins Identität vor der Verlobung preiszugeben. Und was hatte es eigentlich auf sich mit ihrer Anspielung, der Vater habe sich selbst nie um Konventionen geschert?«

»Meinst du nicht, dass verliebte junge Mädchen durch alle Zeiten auf Konventionen gepfiffen hätten, um ihren Liebsten zu bekommen?«

Ich nickte.

»Und Claras Vater? Nun ja, der war damals als schlichter Freiherr auch an so ein verliebtes junges Mädchen geraten. Blöderweise war sie allerdings schon mit einem wirklich alten Knacker verheiratet, und noch blöder war, dass der ein Herzog war. Er fand es zwar selbst völlig okay, seine blutjunge Frau nach Strich und Faden zu betrügen, aber ihr gestand er das natürlich nicht zu. Folglich ...« Constantin unterbrach sich und überlegte einen Augenblick, ehe er fortfuhr: »Ich glaube, das geht jetzt zu weit, denn das ist eine ganz eigene Geschichte. Die erzähl ich dir ein andermal. Was hältst du davon, wenn wir es uns jetzt mit einem Schlummertrunk in Claras Zimmer gemütlich machen? Die letzte Nacht war kurz, ich werde langsam müde.«

Sein Gähnen war ansteckend. »Du hast recht. Aber ein bisschen weitererzählen musst du noch. Ich will nicht bis morgen warten, um zu erfahren, was nach dem Feueralarm passierte.«

1851 – Feuer

Martin ließ Claras Hand los. »Alexander, komm!«, brüllte er.
Schreckensstarr sah Clara Henriette die Freunde rennen. Beide entledigten sich im Laufen ihrer Röcke, krempelten die Hemdsärmel hoch. Dann verschwanden sie in der aufgescheuchten Menschenmenge, die dem Rittergut zustrebte.

Verlassen lag der Park, gespenstisch erhellt von den vielen Fackeln, die der Bevölkerung bei Speis und Trank Licht gespendet hatten. Claras Blick fiel auf achtlos zu Boden geworfene Instrumente und Notenständer der kleinen Kapelle neben dem runden, hölzernen Tanzparkett, das extra für die Gutsleute aufgebaut worden war. Totenstille herrschte unter den Damen, die eben noch fröhlich lachend auf der Terrasse neben Clara verweilt hatten. Aller Augen waren in den rot leuchtenden Himmel gerichtet. Gleißender Funkenregen strahlte die schwarze Rauchwolke an, die sich bedrohlich schnell vergrößerte.

»Brot. Es riecht, als wäre Brot im Ofen angebrannt«, flüsterte Emma, die dicht neben Clara stand. »Die Kornspeicher brennen lichterloh.«

»Mein Gott. Die ganze Ernte wird vernichtet, Emma. Wie sollen wir die Leute im Winter satt bekommen?«

»Wollen wir nur hoffen, dass die Männer schnell genug löschen können, ehe der Brand noch auf die Ställe oder gar die Häuser übergreift.«

»Ich habe Angst, Clara.« Friederike hatte sich dicht an Clara gedrängt und ihre Ärmchen um die Taille der Schwester geschlungen. »Kommt das Feuer auch ins Schloss?«

Tröstend streichelte Clara der Kleinen über die Schultern. »Das glaube ich nicht, Riekchen. Dafür ist es zu weit weg, und schau, es geht gar kein Wind, der es hertreiben könnte.«

»Und die kleinen Kinder unten im Dorf? Müssen die nicht Angst haben?«

»Mach dir keine Sorgen, Riekchen, die Männer werden schnell alles löschen.«

* * *

Schon eine Stunde später glich der Festsaal einem Lazarett. Und noch immer stiegen nur hie und da – viel zu wenige – weiße Qualmwolken in den Nachthimmel, die bewiesen, dass ein Sieg über die vernichtende Macht des Elements gelungen war.

Emma koordinierte in ihrer unnachahmlich praktischen Art jene Damen der Gesellschaft, die in der Lage waren, Erste Hilfe zu leisten, um die vielen Brandwunden zu versorgen. In den Geruch von angebranntem Brot mischte sich mehr und mehr der Gestank nach versengtem Fleisch.

Auch Clara hatte gewisse Grundkenntnisse in der Wundversorgung. Nachdem sie die kleinen Schwestern auf ihre Zimmer gebracht hatte und Friederikes Ängste halbwegs besänftigt waren, hatte sie rasch das Sternenkleid gegen ein einfaches Hauskleid getauscht, in dem sie sich frei bewegen konnte, und sich bei Emma zum Hilfsdienst gemeldet. Doch die Köchin wollte sie schonen.

»Geh, plündere die Zeugtruhen, Kind. Ich brauche massenhaft reines Leinen, um die Wunden abdecken zu können. Und weis die Mädchen in der Küche an, Eisblöcke zu zerkleinern. Sie sollen das Eis in alle verfügbaren Champagnerkühler füllen und schleunigst herbringen.«

Clara lief. Besorgte Verbandsmaterial, schleppte Decken heran, auf denen Verletzte gebettet werden konnten, schob Brokatkissen unter leichenblasse Köpfe, riss Leinen in Streifen, füllte mit steif gefrorenen Händen Unmengen kleiner Kissenbezüge mit Eis.

Erschreckend viele Kinder waren unter den Verletzten. Jene Kinder, die zu jung gewesen waren, um an den Abendfeierlichkeiten teilzunehmen. Und ständig trugen Männer neue Patienten herein.

»Was bedeutet das, Alexander?«, schrie Clara außer sich, als der Bruder mit einem vielleicht vierjährigen blonden Mädchen auf dem Arm hereinkam. »Nicht nur die Kornspeicher?«

Rußgeschwärzt war Alexanders Gesicht. Die Arme von Brandblasen bedeckt. Da, wo vorher seine Augenbrauen, seine Wimpern gewesen waren, wuchs kein Haar mehr.

»Nein, Clara. Das ganze Rittergut. Wir haben die Speicher Speicher sein lassen, erst die Kinder aus den Häusern geholt und dann das Vieh aus den Ställen getrieben.«

Clara schlug die Hände vors Gesicht. »Wo ist Martin? Hast du Martin gesehen?«

Der Bruder drückte ihr das weinende Kind in den Arm, das mit weit aufgerissenen Augen ununterbrochen »Lotte, Lotte retten ... Lotte ...« murmelte, und wandte sich in aller Eile ab. »Nimm sie, Clara. Sie heißt Sophie. Martin hat sie gerade aus dem lichterloh brennenden Elternhaus gerettet. Sie ist nicht verletzt, aber sie steht unter Schock. Tröste sie ein bisschen. Ich muss weiter. Noch sind nicht alle in Sicherheit.«

»Alexander! Lebt er?«, schrie Clara ihm gellend hinterher. Fort war er.

* * *

Kein Haus hatte das Feuer verschont. Als die Sonne aufging, lag das einst so stolze Rittergut in Schutt und Asche. Clara hatte die ganze Nacht keine Ruhe bekommen. Nun stand sie erschöpft auf der Terrasse und sah dem Morgenrot entgegen. Im Osten glühte der Himmel, die Sonne schob sich just über die Baumwipfel des Parks. So überwältigend schön, so friedlich, als wäre nichts geschehen. Clara wandte den Blick gen Westen. Mächtig erhob sich der Kirchturm aus brandigem Dunst. Nur die meterdicken Steinmauern der Kirche und das dicht dahintergekauerte Pfarrhäuschen hatte das Feuer nicht angreifen können. Kurz bevor die Flammen das Gotteshaus erreicht hätten, war ein gewaltiges Gewitter losgebrochen, und Regengüsse, so stark, wie sie noch keiner hier je erlebt hatte, nahmen den Männern die verzweifelten Löschversuche ab. Gegen Morgen war sogar der Fluss über die Ufer getreten und hatte alles, was das Feuer nicht hatte vernichten können, mit einer schlammigen Flut überspült. Welche Ironie des Herrn! Nur eine Stunde früher, und das Gut wäre vielleicht zu retten gewesen.

Zum ersten Mal in ihrem Leben haderte Clara mit Gott. Warum nur? Hätte es nicht in seiner Macht gestanden, dies alles zu verhindern? Was war das für ein Hochmut, die Menschen stundenlang um Hab und Gut, ja, um so viele Leben ringen zu lassen, wenn es doch nur eines gewaltigen Wolkenbruches bedurft hatte, dem Schrecken ein Ende zu bereiten? Wofür strafte Gott? Was wollte er beweisen, was anmahnen? War es menschlicher Leichtsinn gewesen? Ein einziger Feuerwerksfunke, entzündet nur zur Feier eines wundervollen, glücklichen Ereignisses, der alles genommen hatte?

Nie zuvor hatte sich Clara derartige Gedanken gemacht. Selbst den Tod der Mutter hatte sie damals als Gottes Wille hingenommen, hatte nicht dran gezweifelt, dass ein Sinn hinter dem entsetzlichen Verlust gestanden hatte. Aber die Tatsache, dass Gott erst eingegriffen hatte, als sein eigenes Haus in Gefahr war, machte sie hilflos wütend.

Ein Zittern überlief sie. Erschöpfung. Allzu kühle Morgenluft. Fest zog sie ihr Tuch um die Schultern. Plötzlich schoss ein Gedanke durch ihren Kopf, der sie mit seiner Klarheit und Unausweichlichkeit schockierte. Mit einem Schlag war das sicher geglaubte Gefühl von Unverletzbarkeit, von unverbrüchlicher Harmonie, vom Vertrauen in eine wohlwollende höhere Macht verschwunden, das sie so sicher durch ihre gesamte Kinderzeit getragen hatte. Die qualmenden Ruinen jenseits des Schlossparks symbolisierten das Ende des Rittergutes. Und sie symbolisierten das Ende ihrer behüteten Kindheit. In dieser Nacht war sie erwachsen geworden. Anders, ganz anders, als sie es sich gewünscht hätte.

* * *

In Kirche und Schloss hatte man den Großteil jener nicht lebensgefährlich Verletzten untergebracht, die nicht in weiter entfernten Hospitälern aufgenommen werden mussten. Alle verfügbaren Mediziner der umliegenden Ortschaften taten rund um die Uhr Dienst. Es glich einem Wunder, dass niemand ums Leben gekommen war. Ein Glück im Unglück, das nur der militärisch straffen Organisation des Grafen zu verdanken war. Die brennenden Güter waren ihm egal gewesen. Einzig das Leben seiner Leute hatte ihn interessiert.

Clara hatte es vorerst genügen müssen zu wissen, dass Martin zwar schwer verwundet, aber außer Lebensgefahr war. Die Tage nach dem Brand waren angefüllt mit Arbeit, die es ihr nicht erlaubte, auch nur einen einzigen Gedanken daran zu verschwenden, ihn in der Geraer Klinik zu besuchen. Erst zwei Wochen nach dem Inferno erbat sie vom Vater den Einspänner.

»Kind, ich kann keinen einzigen Mann entbehren, der dich begleiten könnte«, wiegelte der Graf ab.

»Ich brauche keine Begleitung, Vater. Ich kann allein fahren.«

»Auf keinen Fall. Wo kämen wir da hin? Ein junges Mädchen allein über Land!«

Clara trat dicht vor ihren Vater und schaute entschlossen zu ihm hoch. »Papá, ich habe wochenlang hart gearbeitet, mir keine Ruhe gegönnt, dem Grauen ins Gesicht gesehen. Ich habe Verantwortung für viele Verletzte übernommen, habe mich selbst und alle Sorgen um meinen Liebsten hintangestellt. Ich bin jung, kräftig und gesund. Meinst du nicht, ich könnte für das kleine Stück Wegs bis nach Gera Verantwortung für mich allein übernehmen? Ich bin erwachsen geworden, Vater. Siehst du das nicht?«

Der Graf schüttelte den Kopf, sah weg. Wollte jetzt offenbar nicht sehen, was aus seiner behüteten Tochter binnen so kurzer Frist geworden war, wollte sich zum Gehen wenden.

»Bleib, Vater«, sagte Clara mit klarer Stimme und hielt ihn am Ellenbogen fest. »Bleib, sieh mir in die Augen und gib mir Antwort. Ich habe sie verdient.«

Nur einen Augenblick zögerte der Vater noch. Dann schaute er auf sie herunter. Alle Liebe lag in seinem Blick. Und für einen Wimpernschlag meinte Clara, einen Ausdruck von Anerkennung und Bewunderung zu erkennen. »Nimm dir Pferd und Wagen. Aber pass um Himmels willen auf dich auf, meine wunderbare ... meine kostbare Tochter!«

Wie merkwürdig er das Wort »kostbar« betont hatte, ein unangenehm verwirrendes Gefühl auslösend. Kaum aber hatte sie den Raum verlassen, fand sie schon ihre eigene, beruhigende

Erklärung. Clara wusste, er hatte sich ihre Zukunft anders vorgestellt. Sorglos glücklich hatte er sich ihr Leben gewünscht. Sorglos glücklich, das würde es wieder werden. Daran bestand für Clara überhaupt kein Zweifel. Alles, das hatte der Vater schon verkündet, würde wieder aufgebaut werden. Schöner, moderner, als es je gewesen war. Diesen Herbst würde man zusammenrücken müssen, viel Arbeit würde anstehen, aber niemand sollte frieren oder gar verhungern müssen. Er sah seine Schuld als gegeben. Und er war ein Ehrenmann, der für sein Wort immer eingestanden hatte.

Vater wird alles wieder richten, dachte Clara zuversichtlich, als sie ins annähernd zwanzig Kilometer entfernte Gera aufbrach, und ihr Herz wurde leicht. Gut kam sie voran, denn die Wege, die sich durch die unwetterartigen Niederschläge der Brandnacht teils in überflutete Furten verwandelt hatten, waren unter der nachfolgenden Sonnenglut längst wieder trocken und fest geworden. Das Pferd lief brav, und sie hatte auch keine Mühe, es zu zügeln, als sie in die belebten Straßen der Stadt einfuhr.

Nur zwei Mal musste sie nach dem Weg fragen und fand rasch die Gebäude des Krankenhauses. Ein prächtiger Bau mit breiter Zufahrt und einem hübsch bepflanzten Blumenrondell vor dem Portal. Nur das große Schild am Eingang »Privatkrankenhaus für Dienstboten, Gesellen und Lehrlinge« irritierte sie. Das war doch Martin alles nicht. Warum hatte man ihn hierhergelegt?

»Wen dürfen wir melden?«, fragte der Lakai, der Clara das Pferd abnahm.

»Clara Henriette Gräfin von Beiersdorf. Ich möchte zu dem Patienten Martin Klopstock.«

Eine tiefe Verbeugung – schon winkte er eine Schwester in schneeweißer Tracht herbei.

»Kommt, Gräfin, er wird sich über Ihren Besuch freuen«, sagte die junge Krankenschwester und begleitete Clara durch lange, stille Flure. Dann klopfte sie an eine Tür, und von drinnen ließ sich Martins Stimme vernehmen. »Herein.«

Nicht so kräftig wie am Verlobungsabend, dachte Clara beim Eintreten und fühlte ein leises Zagen. Was würde sie erwarten?

Leise schloss sich die Tür hinter ihr. Sonnenlicht flutete durch bodentiefe angelehnte Fenster, die auf einen gepflegten Garten hinausschauten. Welche Ruhe. Was für ein erholsamer Kontrast zu der geschäftigen Betriebsamkeit, die jetzt im Schloss herrschte. Martin lag in blendend weißen Laken, und Clara musste sich erst fassen, ehe sie ihm direkt in die Augen schauen konnte. Sein Kopf steckte in einem Verbandsturban, sein linkes Bein hing steif waagrecht hochgestreckt in einer sehr technisch anmutenden Apparatur, die an einem Galgen über dem Bett baumelte.

»Martin ...«, flüsterte sie erschreckt. »Was ist dir bloß geschehen?«

»Komm zu mir, Clara, meine Liebste. Ich bin so glücklich, dass du da bist.«

Langsam näherte sie sich dem Bett. Jetzt, endlich, wagte sie es, ihm in das unergründlich tiefe Blau seiner Augen zu schauen. Und fand darin alles, was sie brauchte, um ihre Welt wieder geradegerückt zu sehen. Dieses Strahlen war purer Optimismus. Nichts hatte sich geändert. Drei Schritte, dann fanden ihre Lippen die seinen. Martins Arme umschlangen sie, hielten sie so fest, als bestünde Fluchtgefahr. Woher denn? Nur bei ihm sein, gehalten werden, ihn spüren, ihn lieben, seinen Duft atmen, alles Schreckliche vergessen. Ein Glücksgefühl durchströmte sie, wie sie es noch nie empfunden hatte. Er war lebendig. Verletzt, ja, aber bald schon wieder würden sie den nächsten Tanz miteinander tanzen.

Erst Minuten später lösten sie sich voneinander.

»Nimm den Hut ab, Clara«, lachte er.

»Oje, ich stoße an deinen Verband. Tut es sehr weh?«

»Der Kopf kommt bald in Ordnung. Nur Haare habe ich derzeit nicht allzu viele.«

»Die wachsen wieder.«

Er nickte. »Das Bein machte Dr. Dietl mehr Sorgen. Ein paar Tage lang wurde diskutiert, ob sie es abnehmen sollten. Wundbrand schien sich breitzumachen. Aber nun haben sie alles im Griff. Steif wird's im Knie wahrscheinlich bleiben. Nimmst du mich auch als Lahmen?«

»Ich nehm dich als Lahmen, als Krüppel, ganz egal. Hauptsache du! Wenn ich nur an deiner Brust liegen und deine Arme um mich fühlen kann, in deine Augen sehen und ganz dein sein darf.«

»Du darfst nicht nur, du musst. Und jetzt erzähl mir: Wie geht es zu Hause?«

Clara zwängte sich recht unbequem auf die schmale Bettkante und erzählte. Martins Gegenwart beflügelte sie derart, dass sie alles in den rosigsten Farben schilderte, was doch eigentlich schwarz verkohlte Wirklichkeit war. Dann wollte sie endlich wissen, was Martin so zugerichtet hatte.

Sehr ernst sprach er jetzt. »Es wäre fast zu spät gewesen für die kleine Sophie. Ihr Vater, der Dorfschmied, verwitwet seit einem Jahr, hatte auf der Feier dem Bier so feste zugesprochen, dass er sturzbetrunken war und beinahe seine kleine Tochter vergessen hatte, die schlafend in ihrem Bettchen lag. Hätte die Nachbarin uns nicht darauf hingewiesen, wäre das arme Ding umgekommen. Der Dachstuhl stand schon in Flammen, da bin ich rein ins Haus. Fand sie schlafend, trug sie die Treppe hinunter. Die brach nur wenige Augenblicke, nachdem ich Alexander das Kind in den Arm gedrückt hatte, mit lautem Krachen zusammen. Da wurde die Kleine wach, sah, was passiert war, und schrie wie am Spieß, die Lotte sei doch noch im Haus. Ganz unten, gleich neben der Eingangstür, in der Stube.

Der Vater stand lallend neben uns. Ob noch ein Kind im Haus sei, wollte ich von ihm wissen. Er lachte nur. Also bin ich wieder hinein.«

Clara fühlte sich wie im Fieber vor Aufregung über seine Schilderungen. »Sag schnell, was geschah dann? Hast du das andere Kind auch bergen können? Alexander hat mir die kleine Sophie ins Schloss gebracht. Sie sprach noch stundenlang davon, dass Lotte gerettet werden müsse.«

»Ja, ich habe Lotte gerettet«, sagte Martin, und ein Ausdruck zwischen Belustigung und Ärger glitt über seine Züge, den Clara nicht deuten konnte.

»Und als ich mit Lotte das Haus verließ, kam der Türbalken herunter. Das Ergebnis siehst du hier.« Er wies auf sein Bein.

»Martin, was redest du so komisch? War Lotte es nicht wert, gerettet zu werden?«

»Nun ja, du musst wissen, Lotte fand ich in einem Käfig. Sie ist eine Elster mit gebrochenem Flügel. Deine Schwester Friederike, der kleine Klettermax, hat kürzlich das verletzte Tier aus der Krone eines Baumes gepflückt, und Sophie hat es seither gepflegt.«

»Du meine Güte! Beinahe wärest du ums Leben gekommen, hättest vielleicht zumindest dein Bein verloren für eine ... eine Elster? Ach Gott, diese Kinder ...«

Martin lachte. »Immerhin hat mir die Rettung des Tieres einen besonders guten Stand bei Dr. Dietl eingetragen. Er ist ja nicht nur der Vater eines Kommilitonen, sondern auch der Gründer eines Tierschutzvereins. Du siehst, ich liege hier sehr komfortabel und habe ein Einzelzimmer.«

»Ich hatte mich schon gewundert, warum du in eine Krankenanstalt für Dienstboten und Lehrlinge eingeliefert wurdest«, lachte Clara. »Aber wenn es sich denn so schön fügt, wollen wir der kleinen Sophie und ihrer Elster nicht mehr böse sein. Wir sind jung, Martin. Und ehe wir Weihnachten heiraten, wird alles längst geheilt und vergessen sein.«

* * *

Clara fuhr zwei Stunden vor Sonnenuntergang wieder heim. Ein wundervolles Hochgefühl begleitete sie. Alles würde wieder gut werden. Martin liebte sie. Sie liebte ihn. Nichts würde sie trennen können, und ganz bald würde sie ihn wieder besuchen. Seinen letzten Kuss auf den Lippen, der ihr noch immer ein so aufregendes Kribbeln im Bauch bescherte, strahlte sie jeden Menschen an, der ihr auf der Fahrt aus der Stadt hinaus begegnete. Die Leute zogen die Hüte. Claras Fröhlichkeit war ansteckend.

Ausgelassen pfiff sie auf den einsamen Waldwegen ein so lustiges Liedchen, dass sogar das Pferd die Ohren spitzte und die Tritte flotter werden ließ. Daheim angekommen versorgte sie das Tier selbst, denn niemand war da, der ihr hätte behilflich sein können, gab dem verdutzten Wallach zum Dank für seine Bravheit noch einen Kuss zwischen die Nüstern und stürmte die Freitreppe zum Schloss hinauf. Dem Vater wollte sie berichten. Ungestüm und mit hochroten Wangen klopfte sie an die Tür seines Rauchzimmers. Aber sie erhielt keine Antwort.

»Der Graf ist gen England abgereist, Clara«, ließ sich Emma vernehmen, die schwer beladen mit frisch gebackenen Broten aus der Küche heraufgeächzt kam.

»Emma, lass dir helfen.« Clara sprang auf die Köchin zu und wollte ihr ein paar Laibe abnehmen.

»Lass nur, Kind, lass nur.«

»Was will er denn in England? Er hat vorhin gar nichts gesagt.«

Emmas Miene kam ihr düster vor. Warum? Was war geschehen?

Mit bedächtigen Bewegungen legte die Köchin die Brotlaibe auf einem Tisch ab. Dann drehte sie sich langsam zu Clara um. So langsam, dass Clara den Eindruck hatte, sie nähme sich Zeit, um sich erst zu sammeln, ehe sie antworten konnte. »Clärchen, denkst du, Reichtümer liegen bei uns im Keller in großen Kisten, die niemals leer werden? Geld wird er beschaffen wollen. Was glaubst du, was der ganze Neubau kosten wird?«

»Woher weißt du das, Emma? Hat er dir das erzählt?«

Nun war es an Emma, rot anzulaufen. Verlegen schaute sie zu Boden.

»Du hast gelauscht?«

»Ich gebe es zu. Er sprach vorhin mit dem Verwalter. Es klang sehr ernst. Dann hieß er mich eilends packen und brach Hals über Kopf auf.«

»Ach, wenn es weiter nichts ist, Emma ... Weißt du, ich bin ganz froh über die guten Beziehungen, die Papá zu seinem Stiefsohn hat. Albert ist doch immer hilfreich, wenn guter Rat teuer ist. Denk nur an Sir Talbot. Der kam doch auch auf seine Vermittlung hin.«

Emma wiegte den Kopf. »Einen Fotografen vermittelt man leicht, Kind. Aber nun geht es um sehr viel Geld. Mir scheint, dazu hast du so gar keine Beziehung.«

»Nein«, lachte Clara ausgelassen und drehte sich mit ausgebreiteten Armen und in den Nacken geworfenem Kopf dreimal um sich selbst. »Ich habe nur eine Beziehung zur Liebe. Und die Liebe, das ist Martin. Oh Emma, wie ich ihn liebe! Er wird bestimmt schon bald wieder ganz gesund sein, und es macht mir gar nichts aus, wenn wir die Hochzeit im ganz kleinen, bescheidenen Kreis feiern, falls nicht mehr so viel von diesem dummen Geld da ist.« Damit fiel sie Emma um den Hals und drückte sie aus Leibeskräften. Die seufzte schwer, und Clara konnte gar nicht begreifen, warum sie heute so schwermütig wirkte.

»Mach dir doch nicht solche Sorgen, meine Allerbeste, Liebe«, wollte Clara trösten und suchte nach einer Ablenkung von dem Thema, das ihr überhaupt nicht in ihre wunderbare Euphorie passte. »Gibt es sonst noch irgendetwas Neues?«

»Ein Päckchen ist angekommen, Clara«, sagte Emma. Offensichtlich selbst froh, sich nicht weiter mit der Angelegenheit beschäftigen zu müssen, wies sie hinüber zum Salon. »Geh mal nachschauen, es ist an dich adressiert und kommt aus London.«

»Da bin ich aber gespannt. Ob Sir Talbot es geschickt hat? Ich muss es mir gleich ansehen.«

* * *

Ein paar Augenblicke schaute Emma Clara Henriette noch hinterher, wie sie leichtfüßig im Salon verschwand. Eine eiserne Klammer schien sich um ihre Brust gelegt zu haben, die ihr den Atem knapp werden ließ. Emma hatte mehr gehört. Hatte viel zu viel gehört, was ihr das Herz schwer machte, und hatte es nicht fertiggebracht, ihr so unbeschwert und glücklich wirkendes Ziehkind mit der ganzen Wahrheit zu konfrontieren. Ein tiefer Seufzer noch, dann stapelte sie die Brotlaibe wieder auf ihren Arm und machte sich auf den Weg hinüber zum Pfarrhaus.

* * *

Ja, da lag ein braunes Paket auf der Anrichte. Clara wunderte sich einen Moment, dass es bereits aufgerissen war. Neugierig klappte sie die Pappdeckel auseinander. Zum Vorschein kamen zunächst zusammengeknüllte Seiten der »London Times«. Den Leitartikel über die Eröffnung der Weltausstellung, bebildert mit einem ungewöhnlich luftigen Glasbauwerk namens »Crystal Palace« nahm sich Clara vor, später zu lesen. Dann fand sie einen Bogen dicken Wachspapiers inklusive eines offenbar sorgfältig aufgeknüpften Schnürchens. Und ein ebenso eingewickeltes, ungeöffnetes Päckchen in der Größe eines Schulheftes. Vorsichtig band Clara den Bindfaden los und hielt einen fein ziselierten Silberrahmen mit ihrem eigenen Konterfei in der Hand. Sie war begeistert. So hübsch wie auf dem Foto hatte sie sich selbst noch nie im Spiegel gesehen. Martin bekommt eine schöne Braut, dachte sie stolz und presste das Bild an die Brust.

Aber Talbot hat nicht Wort gehalten, fuhr es ihr gleich darauf ärgerlich durch den Kopf. Wo war das Foto, das er ihr für Martin versprochen hatte? Behutsam legte sie den zierlichen Rahmen auf den Tisch und suchte noch einmal in dem Paket. Ob jemand das zweite Porträt herausgenommen hatte? Das leere Wachspapier wies Knickstellen auf, die das vermuten ließen. Wer öffnete ihre Post und stahl ihr Bildnis? Menschen waren ja genug im Haus. Aber wer von all denen, die nach dem Unglück hier so liebevolle Aufnahme gefunden hatten, würde so etwas tun? Nachdenklich schüttelte Clara den Kopf und dann, plötzlich, kam ihr der erleuchtende Gedanke, und ein seliges Lächeln huschte über ihre Züge. Natürlich! Was hatte doch der Vater am Morgen gesagt? »Meine wunderbare, meine kostbare Tochter …« Tränen der Rührung liefen über ihr Lächeln. Er hatte sie, seine kostbare Tochter, mit auf Reisen genommen. Aus Liebe. Und vielleicht, weil er einen Glücksbringer brauchte bei diesem leidigen Geschäft des Geldbeschaffens.

1851 – Asche

Schon beinahe vier Wochen waren vergangen, seit der Vater abgereist war, und Clara hatte jeden Tag mit der Versuchung gerungen, Martin ein zweites Mal zu besuchen. Allzu gut konnte sie sich jedoch ausmalen, wie die Antwort gelautet hätte, falls es möglich gewesen wäre, den Vater zu fragen. Sie wusste, es wäre ein Vertrauensbruch gewesen, wenn sie gegen seinen Willen gehandelt hätte, und entschied sich schweren Herzens, daheimzubleiben.

Zum Trost nahm sie ihre alte Gewohnheit wieder auf und schrieb Martin einen langen Brief, den sie einem liebevoll zusammengestellten Paket beilegte. Außer einer nagelneuen Ausgabe der »Sturmhöhe« enthielt es ein selbst gemachtes Lesezeichen – eine sorgfältig gepresste Orchidee auf feinstem Büttenpapier –, zwei Flaschen Apfellimonade »zum Gesundwerden« und als Krönung ihr entzückendes Talbot-Porträt. Vorsichtshalber gab sie dieses Päckchen einem der Zimmerleute mit, die jeden Morgen bei Sonnenaufgang aus der Stadt angereist kamen und erst bei Einbruch der Dunkelheit nach Gera zurückkehrten. Sie schärfte dem Mann ein, sehr sorgsam mit seiner Fracht umzugehen, und drückte ihm einen Silbertaler in die Hand. Überschwänglich bedankte er sich, und Clara überlegte, was man wohl alles für einen Taler kaufen könnte, dass er sich so freute.

Schon drei Tage später hielt sie den Beweis für die Zuverlässigkeit des Boten in Händen. Martin hatte auf drei eng beschriebenen Seiten geantwortet. Den Brief an ihrem pochenden Herzen verborgen, lief sie in den Park, setzte sich auf das Bänkchen unter der alten Linde und las. Milde Septembersonne fiel durch die dichte Krone. Hier und da lagen schon ein paar bunt gefärbte Blätter im Gras, und junge Baldachinspinnen segelten auf zart gesponnenen Silberfädchen durch den sachten Wind. Was hätte besser zu dieser romantischen, vollkommen entspannten Atmosphäre gepasst als Martins Liebesworte? So voller Pläne, voller Lebensmut, dass Satz für Satz verschmolz mit den Geräuschen, die aus dem Rittergut herüberklangen. All dieses Sägen und Hämmern stand für Wiederaufbau und Neuanfang, versprach genauso wie Martins Zeilen eine strahlende, sorglose Zukunft.

»Clara, wo bist du denn? Wo hast du dich versteckt? Komm doch, Papá ist zurück«, scholl Theklas aufgeregte Stimme von der Terrasse und riss Clara aus ihren Träumen.

»Ich komme!«, antwortete sie fröhlich, versteckte Martins Brief im Mieder und lief zum Haus hinüber. Heute war ein wunderbarer Tag. Martin genas vortrefflich. In drei Wochen würde er entlassen werden. Und nun war Papá heimgekehrt und würde gute Nachrichten mitbringen. Ganz sicher würde er ihrem Charme nicht widerstehen können, wenn sie ihn gleich bat, einen weiteren Besuch bei ihrem Liebsten zu gestatten.

Außer Atem vom Laufen warf sie sich dem Vater in die Arme. »Du bist wieder da, mein lieber Papá! Wie war die Reise? Bist du sehr erschöpft?«

Der Graf wirkte, als habe er eine schwere Schlacht erfolgreich geschlagen. Abgespannt sah er aus. Kein Wunder, lange Fahrten mit Schiff, Eisenbahn und Postkutschen konnten überaus anstrengend sein. Heimlich suchte sie nach Spuren von Sorge und Verzweiflung in seinem Gesicht, die zu Emmas dunklen Andeutungen gepasst hätten, aber sie fand nichts. Und dennoch bemächtigte sich ihrer ein unbestimmtes Gefühl, das ihr vorsichtige Zurückhaltung empfahl, und sie wagte nicht, sofort mit ihrem dringlichsten Wunsch herauszuplatzen.

»Lass mich erst mal richtig ankommen, Clara. Ja, ich bin erschöpft. Aber wenn ich ein paar Stunden geruht habe, möchte ich ein Gespräch mit dir führen.«

Liebevoll strich er mit dem Handrücken über Claras Wange und sah sie entschuldigend, beinahe bittend an.

»Natürlich, Papá! Wann immer du mich sehen möchtest. Ich laufe ja nicht weg.«

»Das will ich hoffen«, murmelte er, und obwohl er es mit einem Zwinkern sagte, verdoppelte sich Claras unwohles Gefühl.

* * *

Im Kamin des Rauchzimmers brannten einige Holzscheite. So recht ziehen wollte der Schornstein wohl nicht, denn als Clara Vaters Refugium betrat, musste sie die tränenden Augen reiben, so viel Qualm lag in der Luft. Auf ihr Anklopfen hatte er nicht reagiert. Aber es war seit jeher den Kindern (und nur den Kindern!) erlaubt, auch ohne Antwort das Arbeitszimmer zu betreten.

Die schweren Samtportieren hatte er schon zugezogen, obwohl die Sonne gerade erst untergegangen war und noch ein herbstlich goldener Schimmer über der Landschaft lag. Der Graf saß im Licht eines Lämpchens am Schreibtisch und hatte die Stirn in beide Hände gestützt. Vollkommen vertieft, den Kneifer auf der Nase, studierte er Papiere voller Tabellen und Zahlen.

»Papá?«

Er schien sie gar nicht bemerkt zu haben und schaute nicht auf.

»Papá, soll ich wieder gehen? Du wolltest mit mir sprechen. Bin ich zu früh?«

»Clara! Oh … nein, bitte setz dich.«

Clara nahm ihm gegenüber Platz. »Vater, du bist mit Sorgen abgereist und nun hoffentlich beruhigt zurückgekehrt. Ich habe bemerkt, dass du eines der Fotos mitgenommen hast, die Sir Talbot geschickt hat. Sicher als Glücksbringer, dachte ich mir. Habe ich dir denn Glück gebracht?«

Ein Ausdruck zwischen Bitterkeit und Zärtlichkeit erschien auf seinen Zügen. »Du hast der Zukunft Glück gebracht, meine zauberhafte Tochter.«

»Dann ist es mehr, als ich erhofft habe, Vater.«

»Und ich bin überzeugt, dass die Zukunft auch dir das Glück bringen wird, das du verdienst.«

Clara zuckte zusammen. Vater sprach von Glück. Sprach von ihrer Zukunft. Aber der Tonfall in seiner Stimme gemahnte sie an jenen, den sie seit der Botschaft vom Tod der Mutter noch immer im Ohr hatte. »Ich verstehe nicht, Papá! Warum klingen deine Worte so, als hätte sich für mich durch deine Reise irgendetwas verändert? Was verbirgst du mir? Meine Zukunftsaussichten könnten doch nicht rosiger sein! Ich bin glücklich. Martin wird in drei Wochen aus dem Hospital entlassen, die Handwerker arbeiten von früh bis spät, bald wird alles wieder neu und noch viel schöner sein als je zuvor. Alle Weichen sind aufs Schönste gestellt. Warum dann dieser todtraurige Unterton in deiner Stimme?«

Der Graf seufzte tief und senkte den Kopf.

»Was denn, Vater? Bitte, sprich mit mir.« Clara fühlte, wie lähmende Angst in ihr hochkroch. Hier stimmte doch irgendetwas ganz und gar nicht.

Jetzt schaute er sie direkt an. »Clara, die ganze Wahrheit ist: Wir sind bankrott. Das, was die Handwerker da draußen tun, können wir nicht bezahlen. Alexander ... die Verlobung ... die schlechte Ernte ... und, um dem Ganzen die Krone aufzusetzen, der verheerende Brand.«

»Aber was ist denn mit Alexander?«, fragte sie verschreckt und sah Vaters Gesichtszüge wütend entgleisen.

»Dein Bruder hat unvorstellbare Spielschulden angehäuft. Spielschulden, mein Kind, sind Ehrenschulden. Die bezahlt man, oder man gibt sich die Kugel. Glaubst du, ich wollte meinen Sohn verlieren?«

Entsetzt hielt sich Clara die Hand vor den Mund. In ihrem Kopf kreisten wirre Bilder und fieberhafte Gedanken, die nach Auswegen suchten. »Deshalb war er so komisch bei seinem letzten Besuch ... Jetzt begreife ich«, stammelte sie. »Was kann ich tun? Ich will alles geben, damit dir deine Sorgen genommen werden. Ist es das Diamantcollier, das du zurückwillst? Es ist ein ungeheuer teures Schmuckstück. Ich gebe es gern zurück, wenn wir damit bezahlen können. Wir müssen doch die Leute ernähren, zusehen, dass alle wieder ein Dach über dem Kopf bekommen. Nicht mehr lang, und es wird Winter.«

Gerührt wirkte der Vater, doch er schüttelte den Kopf. »Deine Überlegungen stimmen exakt mit dem Quell meiner Sorgen überein, Kind. Ja, es geht um unsere Leute. Ihr Wohlergehen liegt in unseren Händen. Es imponiert mir, dass du sofort begreifst, und obwohl ich das Opfer, das du zu geben bereit bist, sehr hoch schätze, muss ich dir sagen, dass wir das Hundertfache dessen benötigen, was das Collier im besten Falle wert ist. Du hast dich nie um Geld sorgen müssen, hast keine Erfahrungen im Umgang damit, kannst seine Bedeutung nicht ermessen ... und ahnst nicht, wie schnell es durch die Hände rinnen kann, wenn Ungemach auf Ungemach folgt.«

»Was dann? Was könnte ich denn zu Geld machen, das hundertmal wertvoller ist als das Collier? Ich habe doch sonst nichts.«

»Doch, Clara. Das Kostbarste bist du selbst.«

Clara begriff nicht. »Wie meinst du das, Vater?«

Sie blickte ihn hilfesuchend an, doch er zuckte nur niedergeschlagen die Schultern und antwortete nicht. Es schien, als zögen dunkle Wolken über seine Stirn, und fassungslos sah sie das klare, helle Licht in seinen blauen Augen flackern, dann vollends verlöschen. Dieses Licht, das seit Claras Kindheit all ihre Wege beleuchtet hatte. Wie ein Wanderer in mondloser Nacht tappte sie nun rat- und ziellos durch einen finstern Wald voll wirrer Emotionen. Starr und düster wirkte das so sehr geliebte Gesicht auf einmal. Es war, als würde sie einem vollkommen fremden, seelenlosen Wesen gegenübersitzen. Clara hatte sich nie vor ihrem Vater gefürchtet, aber jetzt hatte sie Angst. Ein eisiger Schauer lief über ihren Körper. Sie begann am ganzen Leib zu zittern.

»Papá! Mein lieber, mein wunderbarer Papá, wo bist du? Wer ist der Mann, der jetzt vor mir sitzt? Du bist es nicht, es ist ein Fremder, den ich gar nicht kenne. Wo ist das Leuchten in deinen Augen geblieben? Lass mich doch nicht ganz allein im Dunkeln stehen, ich fürchte mich so!«

Ein Ruck ging durch den Grafen. Mit der flachen Hand schlug er so heftig auf die Tischplatte, dass Clara vor Schreck zusammenzuckte. Wieder und wieder schüttelte er den Kopf, sah sie nicht an. Dann fuhr es aus ihm heraus, ein Stöhnen wie das eines waidwunden Tieres, gefolgt von den Worten: »Mein Gott, Kind, mach es mir doch nicht so schwer!«

Clara war vollkommen überfordert. Sie hatte ihn weinen sehen, als die Mutter starb. Sie hatte ihn wütend erlebt, den Kopf unter dem lichtgrauen Haar zornesrot. Mit diesen Gemütszuständen hatte sie umzugehen gewusst. Trösten konnte sie ihn, besänftigen mit leichter Hand, einem Lächeln, einer zärtlichen Umarmung. Aber nun war er ihr plötzlich so fern, als wäre er nicht mehr auf dieser Erde. Sie wagte nicht einmal aufzustehen, zu ihm zu gehen, geschweige denn hätte sie sich jetzt getraut, ihn zu berühren. Unter Tränen presste sie heraus: »Was kann ich nur tun, um meinen Papá wiederzubekommen? Du sagst, ich sei das Kostbarste. Ich will mich schenken, wenn du nur wieder zu dir kommst.«

»Ich habe keine Wahl, Clara … keine andere Wahl«, flüsterte er. »Du musst mir glauben, ich würde mein Leben geben, wenn das verhindern könnte, dieses Opfer von dir verlangen zu müssen.«

Mitleid überschwemmte Claras Seele. So stark, so aufrecht und gut war der Vater immer gewesen. Nun schien er nur noch ein Schatten seiner selbst. Unerträglich! Was auch immer er verlangen würde, sie wollte es gewähren. »Sag mir, was ich tun muss, Vater, und ich werde eine gehorsame Tochter sein.«

Endlich hob er den Kopf und blickte ihr in die Augen. »Bitte, Clara!«, flüsterte er. »Du musst mich verstehen. Als ich nach England fuhr, wusste ich, 173 Menschen stehen vor dem Nichts, wenn ich keine Lösung finde. Albert hat getan, was er konnte, doch obwohl er über allerbeste Beziehungen und einflussreiche Verbindungen verfügt, gelang es auch mit seiner Unterstützung nicht, die enorme Summe, die wir benötigen, ohne jegliche Sicherheiten aufzutreiben. Ein Glücksumstand kam mir zu Hilfe. Ein Gentleman von angenehmer Gestalt und bester Erziehung, der zu den wohlhabendsten Familien des Landes gehört, hat sich unsterblich in dein Bild verliebt.«

»In mein Bild? Woher konnte er es kennen? Vater!« Ein ungeheuerlicher Verdacht keimte in ihr auf. »Du hast doch nicht etwa …?« Tonlos die Stimme und voller Entsetzen. Da war sie plötzlich, die Erkenntnis, um die sie so lange gerungen hatte. »Du willst mich … willst mich … *verkaufen*?« Clara sackte in ihrem Sessel zusammen und presste beide Fäuste gegen die aufsteigenden Tränenströme. »Deshalb also hast du mein Bild mitgenommen?«, schluchzte sie. »Ich glaubte, dies geschah aus Liebe zu mir, weil du mich immer bei dir haben wolltest. Und in Wirklichkeit tatest du es, um mich zu verschachern. Vater, vor wenigen Wochen hast du mich Martin versprochen. Und jetzt hast du mich verraten!«

»Um Himmels willen, Clara!« Der Graf war aufgesprungen. In drei Sätzen war er bei ihr, legte die Hände auf ihre Schultern, die Stirn auf ihren Scheitel. »Hör mir zu, Kind! Du tust mir unrecht. Dein Porträt ist bereits in den Londoner Salons von Hand zu Hand gegangen, bevor ich England überhaupt erreicht hatte. Als ›schöne, junge deutsche Gräfin‹ bist du dort berühmt. Und wie mir Sir Talbot glaubhaft versicherte, mit deinem Einverständnis.«

Eine Mischung aus Enttäuschung und nie gekannter Wut bemächtigte sich Claras. Talbot! Eine bessere Zielscheibe für ihren Zorn konnte es gar nicht geben. Voller Empörung fuhr sie hoch. Beißend zynisch war der Ton ihrer Stimme. »Ja. Ich habe ihm erlaubt, es auszustellen. Als künstlerische Arbeit. Aber ich habe gewiss nicht gewollt, dass es auf dem Londoner Heiratsmarkt herumgezeigt wird. Was bildet dieser ekelhafte gelbzahnige Knacker sich ein? Und warum hast du dem furchtbar reichen englischen Gentleman nicht mitgeteilt, dass ich längst vergeben bin?«

»Lass mich erklären, Clara«, bat er und war froh, sie nicht mehr in sich gekehrt und todtraurig, sondern nun derart in Rage vor sich zu haben. Alles war besser, als das geliebte Kind weinen zu sehen. »Deine Hand, um die der Esquire formvollendet angehalten hat, war alles, was ich als Sicherheit in die Waagschale werfen konnte. Henry Ames bot mir generös jenen Geldbetrag als Kredit an, den wir so dringend benötigen. Ohne eine Bürgschaft zu verlangen, ohne Befristung, ohne auch nur ein Wort über Verzinsung zu verlieren. Einzig deine Hand genügt ihm als Unterpfand. Damit können wir ... nein, Clara, damit kannst *du* all den Menschen da draußen, die sich auf uns verlassen, eine sichere Zukunft gewährleisten. Sorg dich nicht, er ist großartig und von deiner Schönheit und Anmut so entzückt, dass ich sicher sein kann, er wird dich auf Händen durchs Leben tragen.«

Wie eine schallende Ohrfeige klang jedes seiner Worte für sie. Niemand außer Martin sollte sie durchs Leben tragen. Und die Hände des Vaters, ausgerechnet jene Hände, auf die sie sich zeitlebens hatte verlassen können, wollten sie nun forttragen in ein fremdes Land, in eine ungewisse, zweifellos aber unglückliche Zukunft, denn diese Zukunft sollte ohne Martin stattfinden.

Sie antwortete nicht, hatte beide Arme um den Leib geschlungen, den Kopf zwischen die Schultern gezogen. Starren Blickes wiegte sie stumm den Oberkörper vor und zurück. Die Last, die der Vater ihr aufbürdete, war unerträglich. Da half es auch nicht, dass eine widerwärtig vernünftige innere Stimme ihr vorwarf, sie selbst habe doch soeben noch beteuert, sich schenken zu wollen, wenn der Vater nur wieder zu sich kommen würde. Alles hätte er verlangen können. Aber nicht das!

Unschlüssig stand der Vater neben ihr, wagte offenbar nicht mehr, sie zu berühren.

Minuten verrannen.

Dann ein Licht am Ende des finsteren Gedankentunnels. Hell. Gleißend helle Ausflucht. Clara flüsterte: »Martin wird es nicht zulassen ... Martin wird es nicht zulassen ... Martin wird es nicht zulassen ... Ich gehöre ihm!«

Scharf sog der Graf die Luft ein. Beschwichtigend wollte er ihr die Hand auf den Arm legen, aber sie schlug sie weg.

»Clara, bitte hör mir zu. Martin ist ein kluger junger Mann. Er weiß um die Verantwortung. Und er war vernünftig genug, sich zu fügen.«

»Nein!«, schrie sie und schoss hoch. Mit funkelndem Blick sah sie ihren Vater an. »Er weiß es schon?«

»Ja. Ich habe ihn noch auf der Heimfahrt besucht und die Angelegenheit mit ihm besprochen. Er war über alle Maßen betrübt. Aber er hat seine Zustimmung gegeben, die Verlobung aufzulösen.«

Clara fühlte, wie der Boden unter ihr zu wanken begann. Die Angelegenheit … die Angelegenheit!, dröhnte es in ihrem Kopf. Panisch griff sie nach der Sessellehne. Alles um sie herum begann sich zu drehen. Sie riss die Augen auf, versuchte, tausend glitzernde Sternchen wegzublinzeln, umeinander kreisende Zerrbilder zu justieren, den klaren Blick wiederherzustellen. Dann waren die Sterne weg. Die Bilder weg. Und alles war schwarz.

* * *

Minuten später schlug Clara Henriette die Augen auf und blickte in das besorgte Gesicht ihres Vaters. Er stand über sie gebeugt und hielt ihr ein Riechsalzfläschchen unter die Nase.

»Nimm es weg. Es stinkt furchtbar, Vater. Warum tust du das?«, fragte Clara und schob seinen Arm beiseite.

Hilflos zuckte der Graf die Schultern. »Du warst ohnmächtig, Kind.«

Schlagartig war die schreckliche Erkenntnis wieder da, die die kurze Bewusstlosigkeit für einen gnädigen Moment ausgeschaltet hatte. Clara schnappte nach Luft, so sehr presste es ihren Brustkorb zusammen. Alles war vorbei. Das Glücksgefühl, mit dem sie vorhin das väterliche Arbeitszimmer betreten hatte, war fort. Aufgelöst in Rauch und Asche.

»Ich muss hier raus. Ich ertrage es nicht, jetzt bei dir zu sein, Vater.«

Sprach's und verließ fluchtartig den Raum.

Der Graf rief ihr hinterher, schickte sich an, ihr zu folgen, und stieß just in der Halle mit Emma zusammen, als Clara die schwere Eingangstür geräuschvoll hinter sich zuwarf.

»Ihr nach, Emma! Ich habe es ihr gesagt. Sie wird sich etwas antun!«

Die Köchin tat etwas, das ihrer Position absolut nicht zustand. Sie griff ihren Dienstherrn beim Arm und hielt ihn zurück. Empört wandte er sich um. »Was erlaubst du dir?«

»Ich bitte um Verzeihung«, sagte sie, und aufgrund des besonderen Nachdrucks, mit der sie ihre Bitte vorbrachte, ließ der Graf sie gewähren. »Ich habe Clara aufgezogen wie eine Mutter. Mein Herz fühlt genau, was jetzt gerade richtig oder falsch ist. Ich bitte nur darum, ihr Zeit zu lassen. Sie muss doch erst mal verdauen können, was sie gerade erfahren hat. Clara ist ein vernünftiges Mädchen. Sie wird schon wieder zu sich kommen.«

»Und wenn sie doch …?«

»Clara liebt das Leben. Vertraut mir.«

»Dein Wort in Gottes Ohr! Ich ziehe dich zur Rechenschaft, wenn ihr da draußen irgendetwas zustößt.«

»Macht nicht schon wieder jemand anderen dafür verantwortlich, Eure Entscheidungen auszubaden«, knurrte Emma im Umdrehen und ließ den verdattert dreinschauenden Grafen einfach stehen.

Impertinent, wie das Weib sich gebärdete! Die Hände hinterm Rücken verschränkt, den Kopf gesenkt, durchmaß er zackigen Schrittes die Halle. Eins, zwei, drei, vier, fünf, sechs, sieben, acht. Halt. Rechts kehrtum. Zurück. Eins, zwei, drei … Halt. Links kehrtum … Ja. Hätte er kein Freudenfeuerwerk in Auftrag gegeben, wäre all dies nicht geschehen. Diese Schuld schrieb er sich durchaus zu. Und seit es geschehen war, hatte er keine einzige ruhige Nacht mehr gehabt. Aber durfte eine Köchin …? Wenn nicht sie, wer dann?, fragte er sich im nächsten Gedankengang. Sie war die Hüterin des Hauses, seit Marie gestorben war. Sie war die Hüterin der Kinder gewesen. Sie war viel mehr als eine Köchin. Das musste er ihr ein für alle Mal zugestehen. Sie liebte jedes einzelne Kind wie ihr eigenes. Und ganz gewiss hätte sie ihn nicht zurückgehalten, wenn sie auch nur die geringste Gefahr für Clara gewittert hätte. Im Gegenteil, sie hätte keinen Augenblick gezögert, Clara selbst hinterherzueilen.

* * *

Clara lief, bis ihr die Puste ausging. Im Park dämmerte es jetzt. Die Vögel sangen Abendlieder, der letzte rosarote Schein der untergegangenen Sonne lag noch in der lauen Luft. Wohin? Wieder auf das Bänkchen unter der alten Linde, die vorhin all ihre Freude mit angesehen hatte? Nein! Die Linde war ein Ort für glückliche Stunden. Fast von selbst liefen die Füße tiefer in den Park hinein, bis der weiße Portikus des Mausoleums vor ihr aufschimmerte.

Mamá!

Vor der marmornen Gedenktafel fiel Clara auf die Knie. Sie faltete die Hände und betete. Aber sie betete nicht zu Gott, sie bat ihre Mutter um Rat. Sie tat das mit lauter, fester Stimme. Und ihr Tonfall war voller Vorwürfe. Gott war ungerecht gewesen, als er das Rittergut in Brand gesetzt hatte. Er war erst zufrieden gewesen, als alles in Schutt und Asche gelegen hatte. Hatte erst dann den Regen geschickt, als sein eigenes Haus in Gefahr stand. Gott war schuld. Am Brand, am Elend aller. Und ganz besonders an ihrem Elend.

»Ich bin so unglücklich, Mamá! Was soll ich nur tun? Soll ich mit Martin weglaufen? Aber er ist ja noch gar nicht in der Lage dazu. Warum hat er nicht um mich gekämpft? Warum hat er zugelassen, dass wir getrennt werden? Liebt er mich nicht? Habe ich mich so in ihm getäuscht?«

Clara bekam keine Antworten. Wieder und wieder rief sie ihre Mutter an. Bat, bettelte, schrie in das vergehende Licht, sie möge zu ihr sprechen. Bis sie schließlich schluchzend auf den Stufen zum Mausoleum lag. Heiser geschrien, zitternd. Und um keinen Rat reicher.

Plötzlich fühlte sie, wie jemand sanft ihre Schulter berührte. Erschreckt fuhr sie herum und erkannte durch den Tränenschleier Martins Vater.

»Darf ich bei dir Platz nehmen, Clara?«

Um Haltung bemüht, setzte sie sich auf und nahm das gereichte Taschentuch.

»Schnäuz dich ruhig tüchtig. Vor mir musst du keine Dame sein.«

Sie hörte das Lächeln in seiner Stimme. Und sie war froh, dass der Pastor da war. Er hatte sie getauft. Er hatte sie konfirmiert. Und er war immer ein verständnisvoller Zuhörer gewesen, wenn sie als kleines Mädchen damit gehadert hatte, die Welt noch nicht richtig verstehen zu können. Viel hatte sie von ihm lernen können. Und so oft zusammen mit Martin.

Martin!

Schon wieder stiegen die Tränen auf.

»Putz dir noch einmal die Nase, und dann erzähl mir, was passiert ist.«

Gehorsam wie ein Kind schnäuzte sie sich, holte tief Luft und krächzte entschlossen: »Ich will alles sagen. Und verspreche, nicht mehr zu weinen.« Scheu neigte sie ihren Kopf gegen die Schulter des Pastors.

»So ist es recht. Lehn dich ruhig an. Ich höre dir zu.«

Clara sprach leise, er unterbrach sie kein einziges Mal, regte sich nicht, und als sie mit den Worten »Warum, Herr Pfarrer? Warum muss ich so furchtbar büßen? Ich habe doch nichts verbrochen. Bitte helfen Sie mir zu verstehen. Sie hatten doch immer für alles eine Erklärung« geendet hatte, fühlte sie, wie er väterlich die Hand auf ihren Rücken legte und sie sanft streichelte.

Der Pfarrer räusperte sich. »Nun, Clara, ich will dir helfen, die Rolle, die du spielen wirst, nicht nur zu verstehen, sondern auch anzunehmen.«

Clara nickte an seiner breiten Schulter. Mit einem Male fühlte sie sich ruhig, geborgen und bereit, der warmen Stimme zu lauschen.

»Wir werden nackt geboren«, begann er. »Da liegt es noch nicht in unserer Macht zu entscheiden, ob man uns in feinste Seide oder Sackleinen kleiden wird. Genauso nackt werden wir am Ende wieder vor unserem Schöpfer stehen. Was wir aber bis dahin aus uns gemacht haben, das liegt sehr wohl in unserer Macht. Du bist mit allen erdenklichen Privilegien ausgestattet zur Welt gekommen. Doch Privilegien bringen auch Pflichten mit sich. Wenigen Menschen ist es gestattet, nur nach ihrem persönlichen Glück zu streben. Jeder von uns ist ein kleiner Teil eines großen Ganzen. Und in diesem Ganzen gilt es, nach bestem Wissen und Gewissen und zum Wohl der Gemeinschaft zu handeln und zu leben. Manchen von uns wird der Herr Aufgaben zudenken, die unmenschlich schwer erscheinen. Aber glaube mir, nur die Stärksten wird er mit den wirklich schweren Lasten beladen. Sieh Gottes Sohn an. Er nahm die Last der ganzen Menschheit auf seine Schultern. Du bist ausersehen, das Schicksal von 173 Menschen zum Guten zu wenden. Es wird kein Teufel sein, den dein Vater dir als Ehemann ausersehen hat. Dass er dir dies auferlegen muss, wird die schlimmste Prüfung für ihn selber sein, denn er liebt dich über alle Maßen und wird sich zeit seines Lebens Vorwürfe machen. Aber du bist eine starke Persönlichkeit. Und du bist immer schon ein Glückskind gewesen. Denke ich daran, wie sehr sich deine Mutter und meine Frau damals gesorgt haben, dass du schon im Mutterleib stürbest ... ach Clara! Und dann warst du da und hast gebrüllt und wolltest gar nicht mehr aufhören, damit die ganze Welt wusste, du bist gesund und kräftig. Du bist ein Mensch, der sich Herausforderungen stellen kann; da bin ich ganz sicher. Nimm deine Aufgabe an, such in ihr Gottes Willen, und du wirst Freude und Glück finden. Trauerst du aber nur dem Verlorenen nach, wirst du unglücklich werden und dieses, dein Unglück wird sich niederschlagen an einem ebenso unglücklichen Ehemann und ebenso unglücklichen Kindern. Geh reinen Herzens und ohne Groll. Gott wird dich beschützen und reich belohnen.«

Clara ließ die letzten Worte in sich nachklingen und überlegte. Es klang großartig, was der Pfarrer über sie gesagt hatte. Und es klang ganz leicht, was er ihr zu tun aufgab. Sie wollte ja helfen. Hatte gar nichts dagegen, eine Retterrolle zu spielen. Konnte sich sogar vorstellen, dass es eine wundervolle neue Erfahrung werden könnte, ein neues Land, neue Menschen, einen aufregenden neuen Mann kennenzulernen. Wenn da nicht Martin gewesen wäre! »Martin ist ein kluger junger Mann. Er weiß um die Verantwortung. Und er war vernünftig genug, sich zu fügen«, hallten Vaters Worte in ihrem Kopf. Stellte Martin die Vernunft über die Liebe zu ihr? War es ihm leichtgefallen? War er einfach nur pragmatischer als sie?

»Herr Pfarrer?«, setzte Clara mit Zagen in der Stimme an.

»Ja, Clara?«

»Liebt mich Martin vielleicht gar nicht so sehr, wie ich es immer geglaubt hatte?«

»Wie kommst du denn darauf?«

Clara wiederholte des Vaters Sätze und sah den Pastor furchtsam von der Seite an.

»Wenn ich es dir jetzt leicht machen wollte, Clara, dann würde ich behaupten, seine Liebe sei so flüchtig wie die schwache Abendbrise, die du jetzt fühlst, nicht wahr? Ich merke, dass du zitterst. Du hast Angst vor der Antwort, wie auch immer sie ausfallen wird, habe ich recht?«

Clara nickte. »Welche Antwort ich auch bekomme, sie wird schmerzen. Dennoch möchte ich die Wahrheit wissen, Herr Pfarrer!«

Sie hörte ihn kurz und bitter auflachen. Dann war seine Stimme wieder so warm, wie sie es kannte. »Er liebt dich abgöttisch, mein Mädchen. Nie wird er dich vergessen.«

Die Bestätigung schoss ihr wie ein scharfer Pfeil in die Brust. Auch sie war schmerzhaft. Aber was wäre gewesen, wenn die Antwort anders ausgefallen wäre? Das Gefühl, sich womöglich jahrelang in Martins Zuneigung getäuscht zu haben, wäre viel schlimmer gewesen.

»Ich möchte es von Martin selbst wissen«, sagte Clara mit fester Stimme.

»Ich nehme an, dass dein Vater alles daransetzen wird, eine Begegnung mit Martin zu verhindern. Aber auch wenn ich jetzt vielleicht den Wünschen deines Vaters zuwiderhandele, meine ich, dass du und Martin es verdient habt, euch auszusprechen und in Frieden zu trennen. Dieses Zugeständnis solltest du deinem Vater abzuringen versuchen.«

»Das werde ich!«

Clara stand auf.

»Ich bringe dich zurück zum Schloss. Und wenn du willst, spiele ich beim Gespräch mit dem Grafen gern deinen Advokaten. Er hört oft auf mich und gibt etwas auf mein Urteil.«

Schweigend gingen sie nebeneinanderher, und Clara hatte noch etwas Gelegenheit, sich über dieses verlockende Angebot Gedanken zu machen. Doch als die Lichter des Schlosses in greifbare Nähe kamen, entschied sie: »Danke. Danke für alles. Für den Rat, für die klugen, guten Worte. Ich fühle mich gestärkt. So gestärkt, dass ich dem Vater allein unter die Augen treten und für mich sprechen will. Sollte ich versagen, darf ich doch sicherlich immer noch um Hilfe bitten?«

»Ich bin immer für dich da!«

Vor der Terrasse nahmen sie Abschied. Fest drückte der Pfarrer ihre Hände und nickte ihr noch einmal aufmunternd zu. Dann verschwand er im Dunkel der Nacht, und Clara lief mit neuem Mut die Treppen hinauf.

* * *

Die Standuhr in der Halle schlug zur zehnten Stunde. Weder im Rauchzimmer noch im großen Salon fand Clara den Vater. Er würde wohl zeitig zu Bett gegangen sein nach den Strapazen der langen Reise, überlegte sie und zauderte einen Augenblick, als sie im Obergeschoss vor seiner Schlafzimmertür stand. Sollte sie ihn stören? Sie fasste sich ein Herz und klopfte leise. Kein Laut drang heraus. Noch einmal versuchte sie es. Wieder ohne Antwort. Ihn jetzt zu wecken, wäre kein guter Einfall. Mürrisch konnte er werden, wenn man ihn im Nachtschlaf störte, und Clara wollte, dass ihre Forderungen auf einen gut gelaunten Vater trafen.

Missmutig zog sie sich in ihr Zimmer zurück. Bei Thekla nebenan brannte noch Licht. Wie immer hatte die kleine Schwester die Tür einen Spalt offen gelassen.

»Kommst du auch endlich, Clara?«, rief sie und kam auf nackten Füßen herein. Thekla stutzte kurz. »Wo warst du so lange? Und warum siehst du so verheult aus?«

»Hilf mir, Thekla. Knüpf mir die Schnüre auf, bitte«, antwortete Clara und drehte sich um. Sie fühlte sich ertappt und gleichzeitig furchtbar unzufrieden.

»Ich will ja nicht neugierig erscheinen, aber irgendetwas Böses ist doch zwischen Papá und dir vorgefallen. Er war sehr mürrisch beim Abendessen.«

»Und er hat gar nichts erzählt?«, fragte Clara ungläubig.

»Er hat nur erwähnt, dass wir morgen Besuch bekommen. Und dass der Besuch deinetwegen kommt.«

Clara stockte der Atem. »Morgen schon? Hat Vater gesagt, wer es ist?«

»Ich glaube nicht … Ach ja, er hat noch gesagt, dass du verreisen wirst.«

»Oh, bitte nein! Nicht schon morgen.«

»Nein, du musst nicht morgen verreisen. So hat er das nicht gesagt. Aber sprich schon, was ist denn bloß los?«

Clara hakte das gelöste Korsett auf und warf es aufs Bett. Tief atmete sie durch. Dann drehte sie sich zu ihrer Schwester um. »Papá hat mir in England einen Bräutigam gesucht, Thekla!«

Verständnislos sah die Kleine sie an. »Aber … aber du bist doch mit Martin verlobt!«

»Nein, das bin ich nicht mehr. Vater hat mich einem wahnsinnig wohlhabenden Engländer versprochen, der ihm mit viel Geld für den Wiederaufbau des Rittergutes aushilft.«

Thekla ballte die Fäuste und verzog das Gesicht zur Grimasse. »Das darf er nicht! Du liebst doch den Martin, und der Martin liebt dich. Der Engländer kann doch eine Engländerin heiraten. Warum will er ausgerechnet dich? Gibt er Vater das Geld nur, wenn du ihn heiratest?«

Clara nickte.

»O Gott«, entfuhr es Thekla, und sie schlug die Hände vors Gesicht. »Das ist nicht recht. Willst du das denn?«

Bitter lachte Clara auf. »Ich habe gerade gelernt, dass unser Stand nicht nur Rechte, sondern auch Pflichten mit sich bringt. Es geht nicht um Gefühle, nicht um Liebe. Es geht darum, dass all die Gutsleute ein Dach über dem Kopf brauchen und unser Geld dafür nicht ausreicht. Wenn sich dieser Engländer also in den Kopf gesetzt hat, das dringend benötigte Geld nur im Austausch mit meiner Hand herauszurücken, muss ich einwilligen. Ganz egal, was mein Herz dazu sagt.«

Thekla schlang ihre Arme um Clara und weinte. Sie weinte so bitterlich, dass Clara sich etwas einfallen lassen musste, um die kleine Schwester zu trösten. Sanft zog sie das Mädchen auf ihre Bettkante und wiegte sie wie einen Säugling.

»Sch, sch, ganz ruhig. Nicht mehr weinen, Thekla. Pfarrer Klopstock hat mir gerade erklärt, dass ich mein Schicksal annehmen muss und nicht hadern darf. Ich will es versuchen. Bestimmt ist er sehr nett, der Engländer, und es wird alles gar nicht so schlimm.«

»Aber du wirst fort sein«, jammerte Thekla. »Und ich kann gar nicht mehr auf dich aufpassen, wenn du nachts herumspukst.«

»Ach, du Liebe …«

Was tat sie da? Sie verteidigte gerade so vernünftig des Vaters Beschlüsse, als hätte sie sich längst leichten Herzens mit ihnen abgefunden. Dabei wünschte sie sich nichts sehnlicher, als aus dem Albtraum der letzten Stunden aufzuwachen und festzustellen, dass alles nur ein schreckliches Hirngespinst gewesen war.

Thekla blieb bei ihr in dieser Nacht. Es tat gut, den vertrauten warmen Körper neben sich zu spüren. Clara fühlte sich wie eine Mutter, die ihr angsterfülltes Kind in den Schlaf schaukelt. Tief und regelmäßig gingen längst Theklas Atemzüge, als ihr diese Regung bewusst wurde. Und was für eine wundervolle Wirkung sie doch hatte! Natürlich, sie würde Kinder bekommen. Kinder, die zwar den falschen Vater haben würden, denn sie wären nicht Martins Kinder. Aber Kinder, denen sie ihre ganze Liebe und Wärme schenken könnte. So wie sie es schon oft bei ihren kleinen Schwestern getan hatte. Wenn draußen ein Gewitter tobte, wenn Stürme schreckliche Geräusche verursachten, wenn die beiden Kleinen krank gewesen waren.

Kinder! Ein so tröstlicher Gedanke, dass Clara nach Stunden des Wachliegens endlich in den Schlaf fand.

Juli 2010 – Die Nacht

»Meine Güte, Constantin, sie war doch selbst noch ein Kind! Wenn ich mich in ihre Lage versetze, wird mir ganz anders!«

Ich saß senkrecht in Clara Henriettes schmalem Mädchenbett. Noch vor wenigen Minuten war es so kuschelig und romantisch gewesen. Alle Lichter hatten wir gelöscht und nur dem vollen Mond erlaubt, seine Laterne in eines der geöffneten Fenster zu halten. Mit mildem Schein hatte er Claras Sternenkleid zum Leuchten gebracht, und mir war es vorgekommen, als hätte er ihre Gestalt zum Leben erweckt. Es war, als wäre sie hier bei uns, während Constantin sich als Löffelchen in meinen Rücken schmiegte und ich seiner lebendigen Erzählung lauschte. So wohl und entspannt hatte ich mich gefühlt, seiner Ahnin hin und wieder ein Lächeln geschickt und mir sogar eingebildet, sie lächelte zurück. Und jetzt? Jetzt war ich aufgewühlt und außer mir vor Mitleid. Der Mond war ein Stück weitergewandert. Claras Porträt lag nun im Schatten. Und wie es im Schatten lag!

»Könnte ich nur die Zeit zurückdrehen und ungeschehen machen, was Clara Henriette in diese elende Misere geführt hat. Sie hatte doch keine Schuld. Ein einziger dämlicher Funke … und ihre ganze Zukunft war zerstört. Gerade mal siebzehn Jahre alt, zwar offensichtlich sehr gebildet, sodass sie blitzschnell die großen Zusammenhänge erkennen und einordnen konnte, aber im Grunde hatte sie doch keine Ahnung vom Leben außerhalb ihres wohlbehüteten Kokons, und dann plötzlich von einem Tag auf den anderen diese unglaubliche Bürde, zig Schicksale retten zu müssen. Überleg mal, sie hatte noch nicht einmal eine Vorstellung davon, wie hoch der Gegenwert des Silbertalers war, den sie dem Zimmermann in die Hand gedrückt hat. Sie ahnte nicht, dass sie ihm für seinen kleinen Botengang gerade beinahe einen ganzen Monatslohn gezahlt hatte. Welche Kosten auf den Vater zukamen, konnte sie absolut nicht ermessen. Ich fand es wirklich rührend, dass sie geglaubt hat, mit der Rückgabe des Schmuckstückes könne sie den Familienbankrott abwenden. Aber jetzt sag sofort, dass es einen Ausweg gab, Constantin! Damit kannst du mich unmöglich schlafen schicken.«

Constantin gähnte.

»Du willst jetzt nicht etwa einpennen, nein?«, fuhr ich ihn an.

Constantin zog mich wieder zu sich, deckte mich liebevoll zu und schlang den Arm um mich. Ein bisschen widerwillig ließ ich es geschehen, denn ich sehe Katastrophen immer gern aufrecht ins Auge.

»Was hättest du an ihrer Stelle getan?«, fragte er sehr ernsthaft.

Das war vermutlich die fieseste Frage, die er mir hätte stellen können. Ich überlegte und spürte seinen gleichmäßigen Atem in meinem Nacken.

»Mein erster Impuls wäre vermutlich derselbe gewesen wie Claras. Weglaufen wäre ich nach dieser Eröffnung des Vaters auch.«

»Und dann?«

»Ich nehme mal an, der Graf hatte volle Verfügungsgewalt über das Schicksal seiner Töchter?«

»Natürlich. Sie waren ja minderjährig. Aber spielt das eine Rolle? Überleg bitte: Die Zukunft von 173 Menschen liegt in deiner Hand. Wie würdest du entscheiden? Würdest du rumzicken und versuchen, auf deiner Verlobung zu bestehen? Oder würdest du dich fügen? Vielleicht sogar einsichtig fügen?«

»Ich muss mal.«

Constantin lachte. »Du willst ja bloß Bedenkzeit rausschinden, stimmt's?«

»Genau.« Ich entzog mich seinem Arm und stand auf. »Wo war das noch mal? Links den Flur runter?«

»Ja. Die letzte Tür rechts. Ich weiß nicht, ob da draußen schon Licht installiert ist. Wenn du dich fürchtest, ruf einfach. Oder soll ich gleich mitkommen?«

»Na hör mal! Ich werd's schon noch ohne Begleitung auf die Toilette schaffen.«

Meine Augen hatten sich an das nächtliche Dämmerlicht gewöhnt. Aber kaum hatte ich die Zimmertür hinter mir geschlossen, stand ich fast komplett im Dustern. Ich tastete mich an den Wänden entlang auf einen schwachen Schein am Ende des Flures zu. Dort befand sich ein kleines Fensterchen, das etwas Licht hereinließ. Unter meinen nackten Füßen knarrten uralte Holzdielen. Ich bin kein Schisshase. Bestimmt nicht. Wovor sollte ich auch Angst haben? Aber ich muss zugeben, mir war ganz schön mulmig zumute, allein durch das Schloss zu geistern. Auf Zehenspitzen tappte ich weiter und redete mir gut zu, den Lichtschein fest im Blick. Plötzlich ein Widerstand. Ein dezentes Scheppern.

Dann sah ich sie!

Die weiße Frau im wehenden Nachtgewand. Spukte sie also immer noch! Mein Herz stolperte, ich fasste mir entsetzt an die Brust und konnte den schrillen Aufschrei nicht unterdrücken.

Sofort war Constantin bei mir. »Was'n los? Hast du dir wehgetan? Oder bist du dem Schlossgespenst begegnet?«

»Da!«, hauchte ich erleichtert über sein Auftauchen. »Constantin, guck doch! Clara Henriette geht immer noch um.«

Aus dem Mädchenzimmer drang etwas Licht. Constantin bückte sich nach dem weißen Etwas, das direkt vor meinen Füßen lag. Ich zuckte zurück.

»Dich kann man mit einem Laken erschrecken, was?«, lachte er.

»Wieso Laken? Wo kommt das her?«

»Ich schätze mal, das hast du von diesem alten Kameraden hier gerissen«, sagte er und klopfte auf irgendetwas neben mir. Es klang blechern. Ich griff nach seiner Hand.

»Hast du die olle Rüstung vorhin beim Heraufkommen gar nicht gesehen?«, prustete er. »Mannomann, Faye ...«

»Mach dich nur lächerlich über mich!«

»Das heißt in diesem Zusammenhang nicht ›lächerlich machen‹, das heißt in korrektem Deutsch ›lustig machen‹«, verbesserte er mich, und ich musste gar nichts sehen können, um seine Schulmeistermiene vor Augen zu haben.

»Ihr Engländer habt's mit Spukgeschichten, scheint mir«, setzte er lachend nach. »Soll ich dich jetzt nicht doch lieber zur Toilette begleiten?«

Er hatte schon recht. Blechmann oder Gespenst ... ich muss zugeben, mir war derart das Herz in die nicht vorhandene Hose gerutscht, dass ich heilfroh war, Constantin vor der Klotür stehend zu wissen. Man sagt ja tatsächlich, nirgends sei der Geisterglaube in der Bevölkerung so weit verbreitet wie in England. Aus Frankreich beispielsweise existieren quasi überhaupt keine Geistergeschichten, was in meinen Augen merkwürdig ist. Schließlich haben ja auch die Franzosen verdammt düstere Schlösser, eine teils ganz schön gruselige Geschichte und mit ihrer schlechten Angewohnheit, zeitweise armen Seelen reihenweise die Köpfe guillotiniert zu haben, eigentlich beste Voraussetzungen. Aber wahrscheinlich fehlt den Franzosen das nötige Gen.

Mir jedenfalls ging es seit heute Morgen so, dass mich ständig der Verdacht überkam, ich schlüpfte in Clara Henriettes Gestalt. Ich fühlte nicht nur *mit* ihr. Ich fühlte mich nicht nur *wie* sie. Ich *wurde* zu Clara Henriette, wenn Constantin erzählte. Dafür muss man meines Erachtens einen bestimmten Sinn haben. Ich behaupte, es ist derselbe Sinn, der das Wahrnehmen geisterhafter Erscheinungen überhaupt erst zulässt. Das Gen eben!

Und das quälte mich jetzt. Anderthalb Jahrhunderte später machte ich jetzt ungefähr dieselbe seelische Pein durch wie Clara Henriette. Woran hätte ich mich in ihrer Situation festgehalten? Vermutlich noch viel weniger als sie an meinem Glauben, denn ich muss zugeben, eine ausgemachte Atheistin zu sein. Aber der Rettungsanker, welcher ihr da mit der kleinen Schwester im Arm in den Kopf kam, der war für mich vollkommen nachvollziehbar. Wie besonders nah waren mir doch unsere Kinder gewesen, nachdem Johns Tod mein ganzes Selbst in den Grundfesten erschüttert hatte! Es war nicht so gewesen, dass ich mich an sie gekrallt hätte. Aber sie waren an manchen tristen Tagen der einzige Grund gewesen, am Leben festzuhalten. Sie brauchten mich. Sie waren der Sinn, der Inhalt meines Lebens geworden. Jener Inhalt, für den ich auf einmal allein verantwortlich war. Mein Lohn war ihre Wärme, ihr Vertrauen, ihre Zuwendung gewesen. Und ich war jahrelang, bis zu dem Tag, als ich Constantin begegnet war, sicher gewesen, dass ich mehr nicht brauchte. Nie wieder brauchen würde, um glücklich zu sein.

Während ich mir im frisch gefliesten Toilettenraum mit inzwischen eiskalten Füßen ebenso eiskaltes Wasser über die Hände laufen ließ, brachte ich meine Überlegungen und Empfindungen auf einen gemeinsamen Nenner und stellte fest, dass ich jetzt in der Lage war, Constantins Frage zu beantworten.

»Ich wäre nach England gegangen«, erklärte ich dem getreulich Wartenden auf dem dunklen Flur.

»Nichts anderes hätte ich von dir erwartet, denn du bist nicht der Typ, der sich aus der Verantwortung schleichen würde«, erwiderte er.

Damit schien die Sache für ihn zur Zufriedenheit erledigt zu sein, und kaum zurück in Clara Henriettes Bett, fing er sofort an, mich zu streicheln. Nicht etwa besänftigend, wie ich es jetzt gebraucht hätte. Nein. Mein unmöglicher Zukünftiger liebkoste mich in jener Art, von der er genau wusste, wohin sie führen sollte.

»Findest du das angesichts der gegenwärtigen Lage nicht etwas daneben, jetzt an Sex zu denken?«, fragte ich ihn spitzzüngig und ehrlich empört und setzte vorwurfsvoll nach: »Du bist unsensibel!«

»Nein, absolut nicht. Du bist ausgesprochen angespannt, und ich kenne dich gut genug, um zu wissen, dass du ohne meine liebevolle Hilfe vor lauter Mitleid mit meiner Uroma die ganze Nacht kein Auge zutun wirst. Vergiss nicht, dass die ganze Geschichte hundertfünfzig Jahre her ist. Du versenkst dich so tief in ihre Lage, dass du gar nicht mehr du selbst, sondern eine Blaupause von Clara Henriette bist. Und ich habe mich so darauf gefreut, diese eine Nacht mit dir im Schloss verbringen zu können. Ich finde es hier irrsinnig romantisch, und wie oft hat man solch eine Gelegenheit schon? Das muss doch gefeiert werden. Mit Liebe! Lass mich dir also zur Entspannung verhelfen, halt einfach still und genieß.«

»Aber nur, wenn ich noch heute Nacht zu hören bekomme, wie es weiterging.«

»Versprochen«, seufzte Constantin.

O ja. Er kannte mich gut! Er hatte nicht nur ganz genau bemerkt, in welchem Zustand ich mich befand, er wusste auch, dass er durchaus die Kunst beherrschte, schlechte Stimmungen,

Traurigkeit, Frust und derlei unschöne Gemütslagen in Luft aufzulösen. Und er wusste überdies, welche Knöpfe er drücken musste, um mich ganz schnell vom wütenden Monster, heulenden Elend oder verkrampften Grübler zur wohlig schnurrenden Mieze zu machen. Seelischer Schmerz ließ sich bei mir mithilfe von gutem Sex nicht nur betäuben, sondern geradezu wegzaubern. Zeitweise jedenfalls. Nichts anderes versuchte Constantin jetzt.

Und er hatte (wie immer!) Erfolg. Mein Kopf schob zusehends jede trübe Überlegung an den äußersten Rand meiner Wahrnehmung und begann unter der zunehmenden Entspannung nach weiteren Gleichklängen zwischen Clara und mir zu fahnden. Wie mochte der Mann gewesen sein, den der Vater für sie ausgesucht hatte? Hoffentlich hatte er in vielerlei Beziehung Ähnlichkeit mit Constantin gehabt. Für die Signale ihres Körpers war Clara nach den Erfahrungen mit Martin offenbar durchaus empfänglich gewesen. Oh, ich hoffte so sehr, dass er getaugt hatte und Clara Henriette wie ich die Fähigkeit besaß, sich durch die faszinierenden Effekte der körperlichen Liebe von ihrer Traurigkeit ablenken zu lassen. Und gleichzeitig hatte ich meine Zweifel, denn irgendetwas musste ja später dazu geführt haben, dass sie die Flucht vor ihm ergriff ...

Einmal noch öffnete ich die Augen. Ein leiser Windhauch teilte die zugezogenen Gardinen. Ich spürte den sachten, kühlen Zug mein erhitztes Gesicht streifen. Der Mond schickte jetzt sein milchiges Licht durch das zweite Fenster. Clara Henriette war noch einmal aus dem Schatten der Nacht getreten. Es war keine Einbildung. Bestimmt nicht! Sie sah mich an und zwinkerte mir zu. Herzlich. Fröhlich. Vorbehaltlos. Mit einem Lächeln schloss ich die Augen wieder und überließ meinen Körper nun ganz Constantins erregendem Liebesspiel.

1851 – Die Begegnung

Der Morgen kam mit Blitz und Donner. Thekla schreckte in Claras Armen hoch, um sich im nächsten Moment mit angstgeweiteten Augen unter der Decke zu verkriechen. Direkt über dem Haus tobte das Gewitter. Grell zuckte der Lichtschein hinter noch geschlossenen Vorhängen, und die rollenden Schläge schienen das Schloss in ihren Grundfesten zu erschüttern.

»Wie gut, dass ich bei dir sein kann, Clara … ich habe so riesengroße Furcht«, jammerte Thekla.

Clara strich ihr beruhigend über den Rücken. »Wie spät mag es sein? Ist es überhaupt schon richtig hell?«

»Ich will es gar nicht wissen und mache die Augen lieber zu. Hörst du, wie der Sturm durch die Bäume rauscht?«

»Ich gehe nachsehen, wie es draußen ausschaut«, entschied Clara und stand auf. Thekla packte ihre Hand und hielt sie fest. »Lass mich nicht allein, bleib hier!«

»Hab doch nicht solche Angst! In diesem Haus ist niemand wirklich allein. Und für immer kann ich ja nicht bei dir bleiben, um dich zu trösten.«

Die grausame Erkenntnis war mit aller Wucht zurückgekehrt. Es war kein schlechter Traum gewesen. Es war Wirklichkeit, eine Tatsache, die sich nicht über Nacht in nichts aufgelöst hatte. Clara fühlte das kühle Parkett unter den Sohlen, spürte den garstigen Zug, der durch das angestellte Fenster drang. Sie raffte die Gardine zurück, löste den kleinen Sturmhaken und schloss eilig den Fensterflügel. Es musste sicherlich schon gegen sieben Uhr sein, denn für kurze Momente gaben rasch dahintreibende schwarze Wolken den Blick auf die niedrig stehende Sonne frei. Der Wind bog den starken alten Parkbäumen selbst die kräftigsten Äste, der ganze Rasen war übersät mit abgerissenen Zweigen, und einer der prächtigen Oleanderbüsche am Fuß der Freitreppe war umgestürzt, sein schwerer Steinguttopf zerbrochen.

Der Sommer war vorbei. Herbst war eingezogen. Bald würden die Nächte kalt sein. In acht Wochen konnte schon der erste Schnee fallen. Schnee! Der erste Schnee war, so lange Clara denken konnte, etwas ganz Besonderes, etwas Wundervolles gewesen. Immer hatte sie sich mit den Schwestern gemeinsam darüber gefreut, wenn er endlich die graubraune, jahreszeitlich triste Welt mit seinem stillen, sauberen Tuch zudeckte. Vorfreude auf Weihnachten, Schlittenfahrten, Schneemänner. In diesem Jahr aber hatte Schnee zum ersten Mal eine bedrohliche Bedeutung. Die Dächer mussten gedeckt, Fenster und Türen eingefügt sein. Ohnehin war die Zeit viel zu knapp, um in aller Ruhe bauen zu können. Aber die Zimmerleute, das hatte auch der Bote ihres Liebespäckchens beteuert, würden unter Hochdruck arbeiten und waren zuversichtlich, früh genug fertig zu werden.

Nichts hätte an diesem Morgen mehr an Claras Gewissen appellieren können als der harsche Wetterumschwung. Ja. Sie würde gehen. Würde versuchen zu vergessen. Würde es genau *so* machen, wie es der Pfarrer angeraten hatte. Erstaunlich stark fühlte sie sich. Stark genug, den Dingen ins Auge zu blicken. Stark genug, ihre tief empfundene Liebe für Martin zu verdrängen. Stark genug, geradezustehen für das Schicksal der Leute, die jetzt noch unter so jämmerlich gedrängten Verhältnissen an allen möglichen Orten untergebracht waren. Sie würde sie alle retten und ihre Zukunft sichern. War es nicht auch eine Ehre, so hoch geschätzt zu werden, dass allein das Reichen ihrer Hand zum Bund der Ehe so viel Gutes würde ausrichten können? Keinen Finger würde sie krumm machen müssen. Nur sie selbst sein müssen und Henry Ames eine gute Ehefrau. Das wollte sie.

Ein neuer Blitz, krachender Donnerschlag. Und Thekla jaulte auf, als wäre sie getroffen worden.

»Stell dich nicht so an, kleine Schwester! Das Schloss ist solide gebaut und hat schon generationenlang jedes Unwetter überlebt. Husch, raus aus den Federn! Wir bekommen Besuch. Heute ist ein wichtiger Tag.«

Clara wandte sich vom Fenster ab. Einen Wimpernschlag zu früh. Sonst hätte sie den dunklen Vierspänner die Auffahrt heraufkommen sehen.

Sie zog Thekla die Decke weg. Zusammengerollt wie ein Embryo lag sie da und schreckte zusammen, als die große Schwester ihr auf den Po klatschte.

»Du bist rabiat! Du wirst keine gute Mutter«, schimpfte die Kleine, aber ein niedliches Lächeln verriet, dass sie das ganz sicher so nicht meinte.

»Pass mal auf, du kleiner Angsthase, ich werde eine großartige Mutter. Und ich werde viele Kinder bekommen, die alle keine Angst vor Gewitter haben werden, weil sie nämlich meinen Mut und meine Stärke erben werden. So, nun aber auf ins Bad.«

* * *

Clara stand in Hemd und Unterhosen, als es klopfte. Ohne eine Antwort abzuwarten, stürmte Emma herein.

»Der Engländer ist eingetroffen. Ich muss ihm ein sehr merkwürdiges Frühstück herrichten. Stell dir vor, der Herr wünscht Spiegeleier, krossen Speck, fette Würstchen, gegrillte Tomaten und sogar gebratene Fischlein. So etwas habe ich noch nie gehört! Jetzt muss ich schon in der Früh umständlich kochen und überdies sein Gefolge verköstigen. Seinen Kammerdiener und eine furchtbar hochnäsige Person hat er mitgebracht. Offenbar soll sie deine Zofe werden. Dein Vater möchte, dass du dich fein machst und sofort zum Essen herunterkommst. Ich schicke dir Margarethe. Die kann dir beim Ankleiden helfen. Herrje, Kind, ich bin ganz aufgelöst ...«

Emma war schon wieder auf dem Sprung, aber Clara hielt sie lachend zurück. »Wie ist er? Sag schnell!«

Emma ging ein Grinsen übers Gesicht, und sie antwortete mit nur einem Wort: »Beeindruckend.«

Besser als nichtssagend, hässlich oder mickrig, dachte Clara und merkte, wie nervös ihre Finger beim Hochrollen der Strümpfe flatterten.

Dank Margarethes Hilfe stand sie schon fünfzehn Minuten später angekleidet vor dem Spiegel ihrer Frisierkommode. Sie hatte sich für das elegante grüne Ensemble entschieden, in dem sie Ostern angereist war. Mit seinen langen Ärmeln war es wärmer als die luftigen Kleider, die sie noch in den letzten Tagen hatte tragen können. So schnell würden Öfen und Kamine dem Temperatursturz der letzten Nacht nichts entgegensetzen können. Martin hatte sie in dieser Garderobe ja leider nie zu Gesicht bekommen. Also wollte sie die Wirkung jetzt bei einem neuen, einem vollkommen unbekannten Mann ausprobieren. Vielleicht konnte sie ja dem Engländer damit imponieren. Sie drehte sich vor dem Spiegel und stellte wieder einmal fest, wie gut die jadegrüne Farbe des Kleides zu ihrem brünetten Haar passte. Beinahe noch hübscher fand sie sich jetzt, da der Sommer ihr eine so frische Gesichtsfarbe gezaubert hatte. Clara hatte sich mit allzu vornehmer Blässe noch nie besonders gut gefallen. Sie mochte es, wenn ihre Wangen einen rosigen Hauch zeigten und der Teint nicht ausgerechnet eine Anmutung von Kalk weckte.

Nur noch ein paar Spritzer vom teuren französischen Parfum – und Clara war bereit.

* * *

Einen Moment zögerte sie noch, die Tür zum Frühstückszimmer zu öffnen, und lauschte der angeregten Unterhaltung. Vaters Stimme. Und ein kräftiger, angenehmer Bariton. Sie sprachen Deutsch. Gott sei Dank, dachte Clara, denn sehr weit traute sie der eigenen Fähigkeit zur Konversation in der englischen Sprache noch nicht.

Als Clara eintrat, erhoben sich beide Männer und kamen auf sie zu. Über die Züge ihres Vaters huschte ein wohlgefälliger Ausdruck. »Guten Morgen, Clara. Ich darf bekannt machen: meine Tochter Clara Henriette … Sir Henry Ames.«

»Guten Morgen, Vater.« Clara hauchte ihm einen Kuss auf die Wange und hatte so noch Gelegenheit, sich vom ersten Blick auf den »Beeindruckenden« zu erholen. Emma hatte es genau getroffen. Henry Ames maß fraglos deutlich über einen Meter neunzig. Seine Gesamterscheinung war die eines eleganten, sportlichen Riesen. Clara nahm die Einzelheiten seiner Bekleidung wahr: ein Frack aus feinem dunkelbraunen Tuch, gelbe wildlederne Beinkleider, die in umgeschlagenen Jockeystiefeln steckten, zum weißen Hemd eine nougatfarbene Wildseidenweste, deren Farbton sich in der mehrfach um den Hals geschlungenen Krawatte wiederfand. Aber all dies machte durchaus nicht das von Emma verliehene Adjektiv aus.

Es waren vielmehr die athletisch gespannte Haltung, die katzenhafte Geschmeidigkeit seiner Bewegungen, der scharfe und doch gefällige Schnitt seiner glatt rasierten Gesichtszüge, sein markantes Kinn, das von Forschheit sprach und: sein Blick!

Dies war kein Jüngling auf der Schwelle zum Erwachsenwerden wie Martin. Henry Ames war eine gestandene, abgeklärte Mannsperson. Einer, der wusste, was er wollte. Clara musste nicht einmal viel Fantasie walten lassen, um ihn sich am Steuerrad eines großen Segelschiffes vorstellen zu können. Fest und sicher würde er dort stehen und sich souverän jedem Sturm stellen. Ebenso fest und sicher, wie er seinem Handelsimperium voranstehen würde. Und – das erkannte Clara beim ersten Blick in seine dunkel funkelnden Augen – er war einer, der Erfahrung mit Frauen hatte. Wahrscheinlich sogar schon Dutzende von Frauenherzen gebrochen hatte.

Er musterte sie.

Eben noch so selbstsicher, spürte Clara lähmende Schüchternheit aufkeimen. Sie fühlte sich wie ein vollkommen unreifer Backfisch, konnte seinem Blick nicht standhalten und schlug die Augen nieder.

»Guten Morgen, Gräfin. Es ist mir eine Ehre, meine Aufwartung machen zu dürfen«, waren die ersten Worte, die er an sie richtete. Sein Handkuss war formvollendet, seine Aussprache beinahe akzentfrei.

»Guten Morgen, Sir«, erwiderte Clara. »Ich bin erfreut, Ihre Bekanntschaft zu machen. Wie ist es möglich, dass Sie des Deutschen so ausgezeichnet mächtig sind?«

Henry Ames bot ihr galant den Arm und geleitete sie zu Tisch. Sorgfältig rückte er ihr den Stuhl zurecht und nahm wieder linker Hand Platz. Clara tauschte einen Augenkontakt mit dem Vater. Er schien höchst zufrieden.

»Ich habe die ganze Welt bereist. Meine Handelsschiffe segeln auf allen Ozeanen. Es hat sich herausgestellt, dass sich die geringe Mühe lohnt, alle gängigen Sprachen halbwegs zu beherrschen«, beantwortete er ihre Frage.

Geringe Mühe? Was für eine Untertreibung! Clara erstarrte beinahe vor Ehrfurcht. Ehrfurcht! Dieser Begriff passte ihr so ausgezeichnet. Ja, sie empfand Ehrfurcht vor Henry Ames. Wie schwer war es ihr doch gefallen, ihre Englischkenntnisse auf ein ordentliches Niveau zu heben. Wie sehr hatten sie die Französischstunden gequält. Oder neigte er zur Untertreibung? Nein. Über seine Schiffe hatte er stolz gesprochen.

»Wenn es Ihnen eine geringe Mühe war, müssen Sie ein wahres Sprachgenie sein«, antwortete sie und sah ihn direkt an, als sie zugab, selbst große Schwierigkeiten mit dem Erlernen fremder Sprachen zu haben.

Sie fühlte sich wie im Frühjahr bei der Abschlussprüfung ihres Internats, als er nun die Unterhaltung auf Englisch weiterführte. Aber er machte es ihr leicht und sprach langsam und akzentuiert. Einige Sätze tauschten sie aus, sprachen über das Unwetter, über den Verlauf seiner Reise, insbesondere die unruhige Kanalüberquerung, ehe Ames wieder ins Deutsche zurückfiel.

»Ausgezeichnet, Gräfin! Ich bin beeindruckt. Sie werden keine Schwierigkeiten haben, sich in meinem Heimatland verständlich zu machen, und bald sehen, wie schnell Ihnen die Sprache ganz selbstverständlich über die Zunge kommen wird.«

Clara lächelte in sich hinein. Fein. Man beeindruckte sich also wenigstens gegenseitig.

»Was transportieren Ihre Segler?«, wollte sie wissen und schmierte sich Lindenhonig auf ihr Butterbrötchen.

Ames kaute seine gebratene Räucherforelle fertig, tupfte sich mit der Serviette die Mundwinkel und nahm einen großen Schluck Tee, ehe er antwortete: »Heutzutage importieren wir Rohbaumwolle und exportieren daraus in britischen Fabriken gefertigte Kleidungsstücke in alle Welt. King Cotton hat eine hohe Bedeutung auf dem Weltmarkt. Folglich hält meine Familie auch relevante Beteiligungen an einigen Webereien. Darüber hinaus exportieren wir vermehrt Eisen. Die britische Eisenherstellung übertrifft die Produktionen Frankreichs,

Deutschlands, Österreichs und Belgiens zusammengenommen. England ist über die letzten Jahrzehnte zur unumstrittenen Handelsweltmacht aufgestiegen und kann es sich mittlerweile sogar leisten, Technologie zu exportieren, was noch vor fünfundzwanzig Jahren undenkbar gewesen wäre.«

»Warum war es damals undenkbar?«, fragte Clara interessiert, was ihr einen respektvollen Blick Ames' eintrug.

»Das Verbot, englische Technologie zu exportieren, resultierte aus einem Protektionismus, der nur ein Ziel hatte: allzu schnelle Industrialisierung anderer Länder zu verhindern, um Englands Vormachtstellung möglichst lange zu erhalten. Außerdem sorgte sich die Regierung, es könne passieren, dass auf umgekehrtem Wege Maschinen billiger nach Großbritannien eingeführt werden könnten, was dem einheimischen Markt geschadet hätte.«

»Das bedeutet, wenn ich es richtig verstehe, England importiert vorwiegend Rohstoffe und exportiert fertige Waren?«

»Korrekt, Gräfin! Aus einer Agrarnation ist im Laufe weniger Jahrzehnte eine Industrienation geworden. Und wir haben, wie bereits angedeutet, einen so sicheren Stand erreicht, dass wir um diese Spitzenposition nicht fürchten müssen und es nicht länger nötig haben, uns ängstlich gegen den Freihandel zu stellen. Wenn Sie bedenken, dass unsere Flotte fünfmal größer ist als die der nächstfolgenden Seehandelsmacht Frankreich, können Sie sich sicher vorstellen, dass Großbritannien sich nicht sorgen muss.«

Clara imponierte, was Ames zu berichten hatte. Und es gefiel ihr sehr, dass er sie als Gesprächspartnerin für voll nahm. Offenbar war er durchaus nicht nur an ihrem hübschen Gesicht interessiert, sondern hatte Freude daran, ein derartiges Gespräch mit ihr zu führen.

»Wollen Sie mir bitte noch aufzeigen, was dann aus den Bauern der ehemaligen Agrarnation geworden ist, wenn die

Landwirtschaft offenbar ihren Stellenwert verloren hat?«, fragte sie und dachte dabei an die Gutsleute, die nie und nimmer etwas anderes würden sein können und auf keine andere Weise ihren Lebensunterhalt verdienen könnten.

»Ich bin entzückt, Gräfin!«, entfuhr es Henry Ames, und er wandte sich kurz dem Grafen zu. »Ihre Tochter verfügt nicht nur über außergewöhnliche Schönheit, sondern auch über einen höchst wachen Geist. Das haben Sie mir verschwiegen.«

Der Graf schmunzelte wohlgefällig. »Haben Sie ein Dummchen vom Lande erwartet, Ames?«

Clara schaute vom einen zum anderen und fühlte sich großartig. Den letzten Brötchenhappen in den Mund schiebend, lächelte sie Ames mit ihrem honigsüßesten Lächeln an und leckte verstohlen einen Honigtropfen von ihrem Daumen.

Ames' Gesichtsausdruck änderte sich für Sekunden. Diese winzige Geste schien in ihm etwas geweckt zu haben, das seine dunklen Augen noch dunkler werden ließ, und Clara konnte sich des Eindrucks nicht erwehren, es sei so etwas wie Begierde in ihnen zu erkennen. Schon im nächsten Augenblick jedoch hatte er sich wieder vollständig unter Kontrolle und erzählte sachlich über Landflucht, über die enorme Steigerung der Geburtenrate in Großbritannien seit Beginn der industriellen Revolution, die so viel mehr Menschen in Brot und Arbeit gebracht habe als früher die Landwirtschaft.

»Und wie leben diese vielen Menschen nun in den Industriestädten?«, wollte Clara wissen. »Konnte denn so schnell so viel geeigneter Wohnraum geschaffen werden?«

Henry Ames wurde sehr ernst. »Ein wahrhaft kritischer Aspekt! Woher nehmen Sie solche Fragen, Gräfin?«

»Nun«, lächelte sie, »ich hatte unlängst Gelegenheit, einige sehr bedenkliche Zeilen zu diesem Thema in der ›London Times‹ zu lesen.«

»Oh, Sie lesen die ›London Times‹?«

Der Graf warf Clara einen verwunderten Blick zu, und sie grinste heimlich in sich hinein. Wohl wissend, dass es dünnes Eis war, auf das sie sich gerade begab, denn nur wenige Zeitungsseiten waren ihr schließlich in Talbots Päckchen zugänglich geworden.

»Eine Ausgabe des Blattes ist mir neulich sozusagen zugeflattert ...«, erwiderte sie vage.

»Bei mir werden Sie die ›Times‹ täglich lesen können, und ich freue mich jetzt schon auf unseren intensiven Austausch«, schmeichelte Ames.

Er blieb die Antwort auf Claras zuletzt gestellte Frage vorerst schuldig, denn Emma erschien und flüsterte dem Grafen etwas ins Ohr. Irritiert sahen Henry Ames und Clara sich an.

»Ich bitte um Verzeihung«, sagte Claras Vater und erhob sich. »Ich muss kurz etwas Wichtiges erledigen. Lasst euch nicht stören und frühstückt in Ruhe zu Ende.«

Sie waren allein.

»Wo ist dieses ›bei mir‹?«, wagte Clara einen direkten Vorstoß, nachdem sich die Tür hinter ihrem Vater geschlossen hatte.

Ames stand auf. »Warten Sie, ich habe ein Bild von Côte House mitgebracht ...«

Aus einer ledernen Reisetasche neben der Anrichte zog er ein Pappbehältnis, das ein großformatiges Aquarell enthielt. Sorgsam entrollte er das Bild, strich es glatt und legte es Clara vor den Frühstücksteller. Dabei kam er ihr sehr nah, und sie hatte das Gefühl, eine elektrisierende Aura ginge von ihm aus, die so stark war, dass sie froh war zu sitzen. Höchstwahrscheinlich hätte sie weiche Knie bekommen und sich nicht mehr sicher auf den Beinen halten können, hätte sie in diesem Moment vor ihm gestanden.

Interessiert betrachtete sie das Anwesen, das bald ihr Zuhause werden sollte. Hinter einer lieblichen, ausgedehnten

Parklandschaft erhob sich der erhöhte, kantige Mittelturm des neugotischen weißen Gemäuers. Daran schmiegten sich zweistöckige Seitenflügel, die ihrerseits von sechseckigen wuchtigen Außentürmen mit nur einem Stockwerk flankiert wurden. Schmale, hohe zinnenbewehrte Rundtürmchen zierten die rückwärtigen Seiten. Insgesamt ein Bauwerk von vollkommener Harmonie und Symmetrie. Eine kleine Schafherde, hingetupft wie weiße Wölkchen am blauen Sommerhimmel, graste friedlich im Vordergrund und gab dem Herrensitz einen ländlich-romantischen Anstrich.

»Hübsch«, sagte Clara mit einem Leuchten in den Augen. »Wirklich sehr hübsch und heimelig.«

Ames hatte ihr die ganze Zeit über die Schulter gesehen und sich keinen Zentimeter wegbewegt. Clara fühlte sich auf merkwürdige Weise gleichzeitig mulmig und erregt.

»Ja, es ist hübsch. Aber es ist seelenlos. Wissen Sie, Gräfin, es macht keinen Spaß, ein solches Haus allein zu bewohnen. Ich möchte, dass es endlich mit Leben erfüllt wird. Mit Kinderlachen. Dafür brauche ich eine Frau.«

Clara drehte sich um und schaute zu ihm auf. Höflich wich er einen Schritt zurück, damit sie sich nicht vollkommen das Genick verrenken musste.

»Und warum haben Sie so lange gewartet?«

Henry Ames nahm wieder Platz, stützte die Ellenbogen auf den Tisch, faltete die Hände unterm Kinn und schaute sie lächelnd an. »Weil ich erstens seit meinem sechzehnten Lebensjahr fast nur auf See war und keine Gelegenheit hatte, eine Familie zu gründen. Und weil sich zweitens bisher nicht die passende Gemahlin fand.«

»Und warum sind Sie so sicher, dass ich die Richtige für Ihr Vorhaben sein werde?«, fragte sie keck.

»Ich habe dein Bild gesehen, Clara«, erwiderte er und verließ in diesem Moment den sicheren Boden des gesellschaftlichen

Parketts. »Und ich erblickte eine Frau, die mir für die Liebe geschaffen schien.«

Clara durchzuckte ein schmerzhafter Stich, der mitten ins Herz traf. »Mein Gott! Du bist für die Liebe geschaffen, Clara.« Das hatte ihr Martin bei der ersten Begegnung, beim ersten Kuss nach ihrer Heimkehr gesagt. Sie schaute auf ihren leeren Teller, schob mit der Fingerspitze ein paar Krümel zusammen. Dann fasste sie sich und schaute Henry fragend an. »Erkennt man das an meiner Nasenspitze?«

»Nein«, lachte er, »das sieht man in deinen Augen. Ein einziger Blick auf diese Fotografie hat mir genügt, und ich konnte dein Bild nicht mehr vergessen. Ich wusste, dass ich dich haben musste. Und gemeinhin bekomme ich, was ich will.«

»Welch glücklicher Umstand, dass wir bankrott sind«, murmelte Clara süffisant. »Sonst wäre ich nämlich nicht zu haben gewesen.«

»Ich habe Kenntnis davon, dass meinetwegen eine Verlobung aufgelöst wurde, Clara. Ich weiß nicht, wer der Auserwählte gewesen ist, aber ich werde alles daransetzen, dir den Verlust zu versüßen. Und glaube mir: Selbst wenn du bereits verheiratet gewesen wärest, selbst wenn die pekuniäre Situation deines Vaters günstiger bestellt gewesen wäre, hätte ich mein Glück dennoch versucht.«

»Versucht, einem Ehemann die Gemahlin auszuspannen?«, fuhr Clara empört auf.

»Nichts ist in Stein gemeißelt, Clara. Auch Ehen werden geschieden. Du bist für mich gemacht. Ich muss dich haben. Koste es, was es wolle.«

»Ich hoffe, ich bin teuer!«

»Ich glaube, nein, ich weiß, du bist jeden Preis wert. Selbst um den Preis zerbrochener Herzen will ich dich.«

»Und das ist jene Währung, die am schwersten wiegt. Zudem ist dies nicht der Preis, den Sie zahlen müssen; den zahlen andere. Sie werden sich anstrengen müssen, diesen Umstand wiedergutzumachen.«

»Ich werde alles in meiner Macht Stehende tun, dir den Himmel auf Erden zu bescheren. Kann ich deinerseits denn auch mit Entgegenkommen rechnen?«

Clara fühlte, dass es ihr gelungen war, ihn um den Finger zu wickeln. Allzu leicht wollte sie es ihm aber nicht machen. »Ich tue meine Pflicht. Die tue ich gern. Ob aus Pflicht Liebe werden kann, wird sich zeigen, Mr Ames.«

Er stand auf. Wieder kam er ihr ganz nah, griff nach ihren Händen und zog sie zu sich hoch. Mit beiden Händen umspannte er ihre schmale Taille. Fest. Sehr fest hielt er sie und schaute auf sie herunter. Clara hielt den Kopf gesenkt.

»Sieh deinen zukünftigen Ehemann an, Clara!«, forderte er.

Langsam hob sie die Augen zu ihm auf. Entdeckte ein Feuer in seinen dunklen Augen, wie sie es noch bei keinem Mann gesehen hatte. Es hatte etwas Animalisches, Ursprüngliches … und Unwiderstehliches. Magische Anziehungskraft ging von ihm aus, der sie sich nicht widersetzen konnte. Sie war zu schwach, zu benebelt, ihm diesen ersten Kuss zu verweigern, den er nun einforderte. Und flog minutenlang auf einer Wolke aus nie gekannter Sinnlichkeit.

* * *

Das hatte sie in ihren Wachträumen erahnt, wenn sie Martins ersten Kuss weitergesponnen, ihrem Körper erlaubt hatte, den wilden Fantasien zu folgen, die der Kopf sich zurechtlegte. Hier, in Henrys Armen, war es Wirklichkeit geworden.

Den ganzen Vormittag lang ließ sie dieses Gefühl nicht mehr los. Es erhielt erst einen Dämpfer, als der Vater sie zu sich in sein Rauchzimmer rief.

»Setz dich bitte, Clara, ich muss mit dir sprechen.«

Gehorsam nahm sie Platz.

»Die Handwerker wollten vorhin Geld von mir und drohten, die Arbeit einzustellen, wenn es nicht alsbald fließt. Ich habe nichts mehr, das ich ihnen geben kann, und konnte sie nur mit Mühe und Not auf die kommende Woche vertrösten. Es liegt jetzt nur an dir, wie schnell wir zahlen können. Kannst du dir vorstellen, Henry Ames nach England zu folgen?«

Diese entsetzlichen Sorgenfalten in Vaters grauem Gesicht! Sollte sie ihm in dieser Situation zumuten, ihren Wunsch nach einem klärenden Gespräch mit Martin noch vorzubringen? Sie konnte sich nicht durchringen … und dann war da noch der Funke, den Henry heute Morgen im Frühstückszimmer gelegt hatte. Ein Feuer, das dem Gutsbrand an Intensität so nahe kam, hatte er entfacht. Eines, das die eine, so zuverlässig sicher geglaubte Sehnsucht, die Sehnsucht nach einem Leben an der Seite Martins, mit einer ganz neuen, wahnsinnig aufregenden Sehnsucht überlagert hatte.

»Ja, Vater!«, antwortete sie mit klarer Stimme.

Überrascht schaute er sie an. »Das hätte ich nicht zu hoffen gewagt, Clara. Dass du so vernünftig bist, freut mich ungeheuer.«

»Wenn du willst, können wir morgen heiraten.« Sie ließ unerwähnt, dass die prompte Zusage nicht viel mit Vernunft zu tun hatte.

»Ich muss dich nur noch um eine kleine … Gefälligkeit bitten.« Es schien ihm etwas peinlich zu sein.

»Was denn, Vater?«

»Der Esquire wünscht sich Nachkommen.«

»Das ist mir bereits bekannt. Ich wünsche mir auch Kinder. Ich verstehe nicht, Vater … Warum druckst du so herum?«

»Er hat eine Hebamme mitgebracht.«

Clara lachte. »Wozu? Ich bin doch nicht guter Hoffnung.«

»Du sollst dich von ihr untersuchen lassen, damit sichergestellt ist, dass du körperlich in der Lage bist, den ersehnten Nachwuchs auch bekommen zu können.«

Clara war schockiert. Heiße und kalte Wellen rollten über ihren Rücken. Kurz davor, wütend zu explodieren, umklammerte sie die Armlehnen. »Vater! Das ist ja wie auf dem Viehmarkt! Bin ich eine Kuh, die man auf ihre Zuchttauglichkeit untersucht?«

»Clara, bitte!«

Außer sich vor Empörung rauschte sie aus dem Zimmer und warf die Tür hinter sich zu.

* * *

Es dauerte kaum eine halbe Stunde, bis Clara sich wieder gefangen hatte. War es nicht legitim, die kleine Untersuchung zu fordern? Er wollte sein weißes Schloss mit Kinderlachen erfüllen. Er war kein ganz junger Mann mehr. Je intensiver Clara über seine Forderung nachdachte, desto begründeter erschien sie ihr. Auch während Schwangerschaften würde sie Untersuchungen über sich ergehen lassen müssen. Henry Ames hatte immerhin eine Hebamme mitgebracht. Eine Frau! Kein Arzt, kein fremder Mann würde sie berühren.

Clara rief nach Margarethe und ließ sie dem Vater ausrichten, sie sei bereit. Kaum zehn Minuten später klopfte es energisch an ihrer Tür. Auf ihr »Herein« erschien eine resolut wirkende dunkelblonde Frau unbestimmbaren Alters, die sich auf Englisch als Mary Black vorstellte. Wie froh war Clara, dass sie sich gut mit ihr verständigen konnte!

Die ganze Sache fand auf Claras Bett statt und war im Nu erledigt. Mary Black wirkte sehr routiniert und ging ausgesprochen sanft und freundlich mit ihr um. Offenbar war sie mit dem Ergebnis zufrieden und verschwand eilends wieder. Wohl, um ihrem Herrn Bericht zu erstatten. Wie sie Henry nun zum Nachmittagstee unter die Augen treten sollte, machte Clara allerdings Kopfzerbrechen. Einerseits hatte sie sich mit dem Gedanken angefreundet, das Recht auf diese Untersuchung anzuerkennen, andererseits empfand sie es als demütigend, dass nun eine Angestellte ihm über ihr Intimstes Auskunft erteilte.

Clara fand ihren Vater und Henry Ames im traulichen Gespräch vor dem Kamin des Salons. Vaters alter Jagdhund Portos hatte sich zu Henrys Füßen eingerollt und schnarchte. Die Teetasse in der einen, kraulte er mit der anderen Hand unablässig den Hundekopf. Clara deutete es als gutes Zeichen, dass der ausgesprochen kritische Vierbeiner derart entspannt dalag. So manchen Gast hatte er schon zu verbellen versucht und konnte sehr unangenehm werden, wenn ihm ein Mensch nicht zusagte. In aller Regel hatte bisher das intuitive Urteil des Rüden mit Claras Einschätzung übereingestimmt. Wen sie absolut nicht leiden konnte, mochte auch der Hund nicht. Und wer ihr anfangs angenehm erschienen war, Portos jedoch zum Knurren und Bellen animiert hatte, entpuppte sich immer auf den zweiten oder dritten Blick als Niete.

Clara ließ sich auf der Récamiere neben Henry nieder und nahm dankend die vom Vater eingeschenkte Tasse in Empfang. Portos erwachte, begrüßte sie schwanzwedelnd und legte ihr mit unwiderstehlich treuem Blick den Kopf auf die Knie.

»Ich werde dich vermissen, mein Alter«, sagte Clara leise, stellte ihre Tasse ab und strich mit beiden Händen seine Hängeohren glatt.

»Wie schön, Clara, du magst Hunde. Meine Laverack-Setter werden dir gefallen.«

»Ich dachte, Sie sind ständig auf See«, erwiderte Clara und bedachte Ames mit einem Lächeln. »Aber Sie gehen auch auf die Jagd?« Ganz bewusst blieb sie vorerst beim »Sie«, denn vor dem Vater wollte sie keinen Hauch von Verdacht heraufbeschwören, der hätte entlarven können, wie nah Henry und sie sich heute Vormittag schon gekommen waren. Henry plagten solche Überlegungen offenbar nicht. Aber Henry war ja auch ein Mann und hatte es sicherlich nicht nötig, um seinen Ruf zu fürchten.

»Von Zeit zu Zeit brauche ich festen Boden unter den Füßen«, sagte er mit einem gewinnenden Lächeln. »Und ich nehme an, die Spannen, die ich daheim im Côte House zubringen werde, sollten nach unserer Hochzeit deutlich länger ausfallen. Und ja, ich gehe auf die Jagd. Allerdings muss ich gestehen, dass ich kein besonders erfolgreicher Jäger bin und mich häufig nicht zum Beenden eines Lebens durchringen kann. Insbesondere dann, wenn es mir hohen Respekt abringt, wie es beispielsweise die majestätische Erscheinung eines kapitalen Hirsches tut. Folglich belasse ich es meist dabei, ein wenig Flugwild zu durchsieben und meinen Koch mit der schwierigen Aufgabe zu betrauen, den Schrot sorgsam aus dem Wildbret zu pulen.«

Clara lachte herzlich. Sympathisch war es ihr, wie er mit einem Augenzwinkern sein eigenes Licht unter den Scheffel stellen konnte. Dass ausgerechnet dieser Mann ein schlechter Schütze sein sollte, wollte sie ihm nämlich so gar nicht abnehmen. Sympathisch war es ihr auch, dass er Achtung vor der Kreatur zu haben schien. Und sie war heilfroh, dass die Untersuchung durch Mary Black offenbar kein Gesprächsthema werden sollte, sondern lediglich ein letzter, diskret absolvierter Prüfpunkt für gemeinsame Zukunftspläne gewesen war. Anscheinend hatte ja das Ergebnis dazu geführt, dass Henry nun seine Landaufenthalte deutlich zu verlängern gedachte. Dies wiederum ließ einen bedrückenden Stein von Claras Herzen fallen. Ein wenig Sorgen hatte sie sich im Verlaufe des Nachmittags durchaus darüber gemacht, möglicherweise viel Zeit allein im Côte House verbringen zu müssen. Niemals in ihrem Leben war Clara allein gewesen. Immer hatten Vertraute an ihrer Seite gestanden, und sie fürchtete sich vor Verlassenheit mehr als vor irgendetwas sonst.

Portos hatte sich derweil zwischen die Chaiselongue und Henrys Sessel gelegt, und Clara, die gedankenverloren ins knisternde Kaminfeuer schaute, spürte plötzlich, wie sich Henrys und ihre Fingerspitzen im Nackenfell des Hundes trafen. *Dieses Knistern war lautlos.* Aber es erzeugte nicht weniger Wärme als die brennenden Buchenscheite, und vielleicht war es genau dieses Knistern, das Henry veranlasste, nun das Gespräch auf den konkreten Termin für die Trauungszeremonie zu bringen. Ein weiteres Mal fragte der Vater Clara, ob sie mit dem Arrangement einverstanden sei, und als sie kräftig bejahte (was ihr einen festen Händedruck Henrys im weichen Hundefell eintrug), schlug der Graf den übernächsten Tag vor. In Ermangelung irgendwelcher anwesenden Anverwandten würde Henry seine Dienstboten als Trauzeugen bestellen. Clara entschied sich ohne Nachdenken für Emma und den Vater.

* * *

In aller Eile wurden die Vorbereitungen getroffen. Henry hatte Mary Black mit dem Hochzeitskleid seiner Mutter zu Clara geschickt. So sicher war er sich also gewesen, dass er sie für sich würde gewinnen können! Clara schwankte in der Beurteilung dieser Vorausplanung zwischen Bewunderung für seine Siegesgewissheit und einer schwachen Empörung über seine Dreistigkeit.

Dreist, das war er tatsächlich. Aber gerade diese unverblümte Art machte Clara Spaß. Bei jeder sich bietenden Gelegenheit hatte er sie an sich gezogen und geküsst. Voller Leidenschaft, voller Versprechen auf unbekannte Freuden waren seine Umarmungen gewesen, und Clara fieberte jede Stunde auf die Einlösung.

Alle Gedanken an Martin waren weit weg gewesen, viel zu intensiv, viel zu überwältigend wirkte Henrys Gegenwart. Bis Pastor Klopstock sie zum Brautgespräch ins Pfarrhaus gebeten hatte. Allein hatte er sie zu sprechen gewünscht, und Clara begriff sehr schnell, dass es weder darum ging, den zuvor mit Henry gemeinsam ausgesuchten Trauspruch oder die geplanten Orgelwerke in allen Einzelheiten zu bereden, noch darum, ihr die Rechte und Pflichten einer zukünftigen Ehefrau unter dem Aspekt ihrer evangelisch-lutherischen Religionszugehörigkeit nahezubringen.

Der Pfarrer hielt sich nicht mit langen Vorreden auf, sondern überreichte Clara einen dicken versiegelten Umschlag. Verständnislos sah sie ihn an.

»Dieser Brief ist von Martin. Er bat mich, ihn dir vertraulich zu übergeben. Du wirst feststellen, dass der Umschlag einen weiteren enthält. Martin dringt darauf, dass der zweite Umschlag nur von dir geöffnet werden soll, wenn du, was Gott verhüten möge, todunglücklich sein solltest. Bitte, Clara ...«, der Pastor nahm ihre Hände in seine und hieß sie, ihn anzusehen, »bitte öffne ihn nicht, wenn du nur einmal schlechte Laune hast. Das wäre kein Anlass, verstehst du?«

Clara nickte und erkannte endlich vollends, wie wichtig diese Begegnung, wie ernst gemeint die Anweisung war.

»Wenn du deine Heimat verlassen hast, kannst du den ersten Brief lesen. Achte darauf, dass du es tust, wenn du ganz sicher allein bist. Willst du das versprechen?«

»Das will ich!«

»Zeig niemandem den Brief. Es wird Martins einziger und letzter an dich sein.«

Diese Worte schmerzten. Sie trugen Endgültigkeit mit sich. Tränen liefen über ihre Wangen, und sie schämte sich entsetzlich.

Henrys Anwesenheit hatte sie mit solcher Faszination überwältigt, dass all die Pläne, die sie jahrelang mit Martin geschmiedet hatte, vollkommen in den Hintergrund getreten waren. Nun war das Gefühl wieder da, das offensichtlich niemals ausgelöscht werden konnte. Ganz egal, was und wer ihren Alltag, ihr Leben bestimmen würde. Martin war nur zurückgetreten, hatte sich einen verborgenen Platz gesucht. Aber dieser Platz war noch immer mitten in einer – nun geheimen – Kammer ihres Herzens.

1851 – Ein letzter Blick auf die zwei Türme

Die Kutschen waren vorgefahren. Claras Koffer standen fertig gepackt in der Halle. Bereits am frühen Morgen hatte die Trauzeremonie stattgefunden, und Henry hatte darauf bestanden, dass sie gleich am selben Tag abreisten.

Noch stand sie unter dem Eindruck, den die leere Kirche hinterlassen hatte. Einer Trauung mit Martin hätte die gesamte Bevölkerung beigewohnt. Heute waren sie mit Trauzeugen, Schwestern und Pastor allein gewesen. Niemand hatte Blumen gestreut, kein rauschendes Fest folgte. Claras Jawort war so leise über ihre Lippen gekommen, dass Pfarrer Klopstock nachgefragt hatte und sie es wiederholen musste. Und der goldene Diamantring, den Henry ihr an den Finger gesteckt hatte, war viel zu groß. Clara litt unter der Erkenntnis, dass es zwar pflichttreu war, was sie getan hatte, aber auf schreckliche Weise falsch. Selbst die Erregung, die sie noch vor Tagen bei jeder Berührung Henrys überlaufen hatte, war nicht mehr dieselbe, seit sie Martins Brief sorgsam unter dem Seidenfutter ihrer ledernen Handtasche verborgen hatte. Wehmut hatte von Clara Besitz ergriffen. Sie wusste, was sie zurückließ, und als ihr Blick nun zum Kirchturm hinüberschweifte, stiegen schon wieder die Tränen auf.

Henry zeigte sich verständnisvoll und benahm sich heute außergewöhnlich höflich und zurückhaltend. Gewiss hatte er Verständnis für ihre Traurigkeit, die er wahrscheinlich nur der Tatsache zuschrieb, dass er sie nun aus ihrer gewohnten Umgebung riss. Mit Martin wäre sie bis ans Ende der Welt gereist und hätte niemals Angst vor der Fremde gehabt. Aber Martin war ja auch fast gleichbedeutend mit Heimat. Wo er war, war es gut. Wo es gut war, war sie zu Hause. Würde Henry jemals in der Lage sein, ihr dieses Gefühl zu vermitteln? Henry elektrisierte ihren Körper. Aber würde es ihm gelingen, sich auch in ihr Herz zu schleichen?

Thekla und Friederike kamen herein. Beide waren stiller und ernster als sonst.

»Du hast so wenig eingepackt, Clara«, sagte Thekla und wies auf die Frisierkommode. »Willst du nicht wenigstens dein wunderschönes Bild und das teure Parfum mitnehmen?«

Dieses Parfum hatte Clara eine Stunde zuvor in der Hand gehalten. Hatte den winzigen Stöpsel aus dem Hals des Flacons gezogen, daran geschnuppert … und war wieder ganz Martins Verlobte gewesen. Es gehörte in eine andere, eine schönere Zeit. In eine andere Geschichte. Sie hatte mit sich gerungen, ob sie es einstecken oder dalassen sollte, und war zu keinem endgültigen Schluss gekommen. Dieser Duft würde einerseits Erinnerungen nähren, wann auch immer sie das Fläschchen öffnen würde. Andererseits hatte sie das Gefühl, sie müsse alles, was mit Martin und ihrer Liebe zu ihm zusammenhing, zukünftig streng aus ihrem Leben verbannen, um standhaft zu bleiben.

Ebenso war es ihr mit der Fotografie gegangen. Drei Gründe hatten sie abgehalten, sie einzupacken. Schon jetzt entsprach ihr Spiegelbild dem Foto nicht mehr. Nicht, dass sie sich tatsächlich verändert hatte. Nein. Sie fand nur, dass dieser glückselige, unvoreingenommene, fröhliche Ausdruck, der ihren besonderen Reiz ausgemacht hatte, aus den Augen verschwunden war. Außerdem hatte dieses Bild für Clara seine Einzigartigkeit, ja, sogar seine Reinheit verloren, nachdem es offenbar in zigfacher Kopie durch so viele Hände gegangen war. Es war kein Kleinod mehr, wie man es nur mit seinen Liebsten teilt. Der dritte Grund stimmte mit der Bedeutung überein, die sie auch dem Jasminduft zuschrieb.

Thekla wartete noch immer auf Antwort. Clara zuckte die Schultern. »Ich weiß es immer noch nicht. Soll ich es mitnehmen oder euch schenken?«

Bestimmt schüttelte die jüngere Schwester den Kopf. »Es gehört dir, Clara. Und es gehört *zu* dir. Nimm es mit, auch wenn du das Bild jahrelang nicht anschaust und das Parfum durch ein anderes ersetzen wirst. Bewahr es dir auf! Ich will es nicht haben.«

»Wie klug du schon bist, Thekla«, wunderte sich Clara. »Du hast ja recht. Es gehört beides zu mir. Aber es gehört in meine Vergangenheit, die ich heute mit so großer Schwermut verlassen muss. Meinst du wirklich, ich sollte …?«

»Du kannst es ja in England irgendwo verstecken. Aber wenn du mal sehr traurig sein solltest, kannst du es hervorholen und dich zurückträumen.«

Clara lächelte. Thekla erwies sich als ausgesprochen sensibel. Ohne ihre Gedankengänge zu kennen, hatte sie treffsicher den richtigen Rat gegeben. Äußerst erleichternd war es jetzt, beide Erinnerungsstücke doch noch schnell in ihrem Handgepäck zu verstauen.

Thekla machte ein zufriedenes Gesicht, und die Schwestern zwinkerten sich kurz einvernehmlich zu. »Und sag, Clara, was ist mit all deinen schönen Kleidern? Willst du die wirklich hierlassen?«, fragte sie nun und zeigte auf die offenen Kleiderschranktüren.

»Ich muss. Schau, wir werden mindestens acht bis zehn Tagesreisen brauchen, ehe wir überhaupt den Ärmelkanal erreicht haben. Und immerzu umsteigen müssen wir. Postkutschen, manche Strecken mit der Eisenbahn, dann auf dem Dampfer hinüber nach Dover ... Da kann ich ja nicht den ganzen Hausstand mitschleppen.«

»Das wird bestimmt aufregend«, quietschte Friederike dazwischen. »Mit einem Schiff wollte ich auch schon immer mal fahren.«

»Vielleicht könnt ihr mich ja besuchen, wenn ihr ein bisschen älter geworden seid«, stellte Clara in Aussicht. »Und meine Kleider, die dürft ihr beiden zwischen euch aufteilen. Thekla, du wirst gewiss bald in das eine oder andere hineinpassen.«

Die Augen der kleinen Schwestern leuchteten. »Oder wir lassen sie von der Schneiderin umändern, ehe sie aus der Mode kommen«, schlug Thekla pragmatisch vor und zog schon Bügel um Bügel aus dem Schrank, um ihre Auswahl zu treffen.

»Wenn sie nicht zu damenhaft für euch kleine Mädchen sind«, gab Clara zu bedenken. »Ach ... behaltet sie einfach als Andenken an mich. Henry will mir in London eine komplette neue Garderobe anfertigen lassen. Schließlich beginnt bald die Ballsaison, und er hat einige Pläne, mich auf den Londoner Gesellschaften herumzuzeigen.«

»Du wirst so wunderwunderschön sein, Clara!«, meinte Friederike, schlang die Arme um Claras Taille und schmiegte ihre Wange an.

»Ich werde euch schrecklich vermissen«, seufzte die große Schwester. »Alles hier werde ich vermissen.«

»Aber du hast doch Henry! Und bald bestimmt auch ganz viele Kinder«, tröstete Friederike inbrünstig und warf Thekla vor: »Siehst du, jetzt haben wir Clara doch wieder traurig gemacht. Eigentlich sind wir nämlich gekommen, um dir Mut zuzusprechen.«

»Ach, ihr Mädchen. Mut habe ich schon. Und Henry wird mir sicher über den Trennungsschmerz hinweghelfen. Aber solch ein Abschied ist und bleibt doch etwas ganz Furchtbares. Ihr dürft nicht weinen, wenn ich gleich losfahre, ja?«

»Das kann ich nicht versprechen«, sagten die beiden einstimmig.

* * *

Keine der Schwestern konnte ihre Tränen zurückhalten, als der gesamte Haushalt schließlich vor der Freitreppe versammelt stand. Das Transportgespann war beladen, Henrys Diener und Mary Black hatten bereits zwischen Koffern und Kästen Platz genommen. Der Wagenschlag der gräflichen Kutsche stand offen, die Pferde scharrten schon ungeduldig im Kies. Auch dem Grafen stieg glitzernd das Wasser in die Augen, den Küchenmädchen und Emma, ganz besonders Emma, ging es nicht anders.

»Ob ich dich jemals wiederseh, Clara? Ob du je wieder in meiner Küche sitzen wirst? Ich bin doch schon so alt … und wer weiß, wann du mal nach Hause kommst, Clara … meine kleine Clara.«

»Aber Emma! England ist doch nicht aus der Welt. Natürlich komme ich wieder. Zu Besuch. Du wirst sehen. Bestimmt bald, nicht wahr, Henry?«

»Was? Ach so, ja. Natürlich. Bald«, nickte Henry Ames und schien so gar nicht bei der Sache. Ständig blickte er auf seine Taschenuhr. Die Zeit drängte, und Henry war anzumerken, dass ihm das ausgesprochen zupasskam. Ein wenig ungeduldig und gleichzeitig fehl am Platz schien er sich vorzukommen zwischen all den fremden Menschen, die sich wieder und wieder weinend um den Hals fielen, küssten und herzten.

Die letzte Umarmung hatte sich Clara für den Vater aufgehoben. So fest wie heute hatte er sie noch nie gehalten. Es tat beinahe weh. »Mein Kind, ich danke dir und wünsche dir alles Glück der Erde«, flüsterte er an ihrem Ohr. Dann ließ er sie los, nahm ihre Hände, schaute ihr tief in die Augen, und Clara sah die Tränen in seinen grauen Bart rinnen. Sie konnte nicht sprechen. Nickte nur, drückte ihn noch einmal, wandte sich um und bestieg unter Henrys Hilfe die Kutsche. Der Wagenschlag fiel zu, die Kutsche fuhr an und Clara Henriette atmete tief durch. Verstohlen zog sie ein Taschentuch aus ihrer Manteltasche und wischte sich die Tränen weg. Sie versuchte ein Lächeln an Henry. Es misslang gründlich.

»Ich lasse dich in Ruhe, bis du wirklich Abschied genommen hast«, sagte Henry mitleidig, und Clara nickte ihm dankbar zu.

Nur noch einen letzten Blick aus dem Wagenfenster wollte sie erhaschen. Auf die zwei Türme. Auf ihre Heimat. Und dieses Bild fest im Gedächtnis abspeichern. Das bunte Laub in der hellen Oktobersonne, die fleißig arbeitenden Handwerker im Rittergut, die spielenden Kinder im Kirchhof. Pfarrer Klopstock stand dort am Zaun, winkte ihr zu. Schon rollte das Gefährt über die hölzerne Flussbrücke. Dort unten hatte sie mit Martin im Gras gelegen. Zukunftspläne hatten sie ausgeheckt, Liebesworte getauscht. Liebesworte! Das war etwas, das sie von Henry noch nicht gehört hatte. Komplimente konnte er machen. O ja. Anzügliche Bemerkungen hatte sie schon von ihm gehört, die ihr als Beweis dafür galten, dass er ihren Körper begehrte. Aber von Liebe hatte er noch nie gesprochen. Sie ließ einen verstohlenen Blick zu ihm hinübergleiten. Er saß ihr gegenüber, las ein Buch und schien völlig vertieft. »Moby Dick« konnte Clara den Titel entziffern.

»Wovon handelt es?«, versuchte sie ein Gespräch anzufangen.

»Hm? Oh, bist du wieder bei mir, Clara? Es ist ein Seefahrerstück. Kürzlich erst erschienen. Um die Jagd nach einem Walfisch geht es.«

»Dann ist es nichts für dich, Henry. Du jagst ja nur Flugwild.«

Henry ließ das Buch sinken und grinste sie an. »Wer hätte das gedacht, dass meine schöne junge Gemahlin eine so spitze Zunge entwickeln kann? Aber gut, das gefällt mir eigentlich. Allzu brav darf meine Ehefrau letztlich auch nicht sein, denn allzu brave Weiber werden schnell langweilig.«

»Dann werde ich mich bemühen, meine spitze Zunge zu schulen, Henry.«

»Pass nur auf, dass ich sie dir nicht gleich abbeiße«, drohte er lachend, wechselte den Platz, saß schon dicht neben ihr und küsste sie. Clara konnte sich seines spaßigen Ansturms nicht erwehren und ließ es kichernd zu, dass seine Zähne immer wieder versuchten, spielerisch ihre Zungenspitze zu erwischen. Für einen Moment gelang es ihr, ihn ein wenig von sich zu schieben.

»Eine Frau ohne Zunge kann nicht mehr sprechen. Hattest du nicht gerade gesagt, das wäre dir zu langweilig?«

Theatralisch schickte er einen Blick gen Himmel und grummelte: »Sie will auch noch das letzte Wort haben. Touché, Madame, diese Runde geht an dich.«

Seine Küsse wurden zärtlicher. Dann fordernder. Und Clara bemerkte plötzlich seine Hand in ihrem Dekolletee. So etwas hatte Martin nie gewagt. Für einen Augenblick meinte sie, empört reagieren zu müssen. Es war kein unangenehmes Gefühl. Nein, im Gegenteil. Und war sie nicht schließlich jetzt mit diesem Mann verheiratet? Würden ihm nicht noch ganz andere Intimitäten zustehen? Vorerst beschloss sie, diese Fragen für sich unbedingt zu bejahen, und genoss. Es wunderte sie, wie unbekannte kleine gutturale Laute des Wohlbefindens aus ihrem Mund kamen. Sie steigerten sich zu einem leisen Stöhnen.

Henry ließ kurz von ihr ab, hielt sie nur um die Taille und schaute ihr mit amüsiertem Ausdruck in die Augen. »Es gefällt dir, ja?«

Clara errötete. Sie senkte die Lider. Fühlte sich aufs Peinlichste ertappt. Henry hielt ihr die Hand unters Kinn, zwang sie, ihn anzusehen. »Beantworte die Frage deines Gatten, Lady Ames!«

»Ja, Herrgott, ja ...«, gab sie verlegen zu. »Darf es das nicht? Wir sind schließlich verheiratet.«

»Das darf es nicht nur, das muss es sogar«, bestätigte er mit strenger Miene.

Bernadettes Worte fielen ihr ein. Hatte sie nicht gesagt, nur Claras »Aufklärung« hätte sie zu verdanken gehabt, dass sie ihrem Comte nicht langweilig geworden sei? Auch der französische Graf war ein erfahrener Mann. Was erwarteten erfahrene Männer von ihren ahnungslosen jungen Ehefrauen?

»Du musst es mich lehren, Henry!«

»Ich weiß.«

Natürlich wusste er! Schließlich hatte Mary Black ihm ganz zweifellos berichtet, dass er eine Jungfrau bekommen würde.

Die Kutsche fuhr jetzt anscheinend über Straßenpflaster. Der erste Halt und Umsteigepunkt in die Postkutsche musste gleich erreicht sein. Clara löste sich aus Henrys Armen, und er ließ sie gewähren. Sie schaute aus dem Wagenfenster. »Privatkrankenhaus für Dienstboten, Gesellen und Lehrlinge« las sie auf dem Schild, das gerade vorüberhuschte. Ihr Herz zog sich schmerzhaft zusammen. Dort lag Martin. Martin, der Geliebte. Martin, der Verlassene. Martin, der Betrogene. Betrog sie ihn nicht mit jedem Kuss, den sie Henry gewährte? Viel schlimmer noch: Betrog sie ihn nicht vor allem mit dieser verfluchten Lust, die sie dabei empfand? Die nicht keusch und rein und von Liebe getragen war, sondern nur den Empfindungen ihres Körpers folgte? Zügellos und ohne nachzudenken?

Welchen Weg wies ihr Gott? War es etwa das, was der Pastor gemeint hatte? Sollte sie, durfte sie das überhaupt, was sie zuließ, wenn Henry sie umarmte? Musste sie sich nicht besser stocksteif machen? Vielleicht sogar beten? Standen ihr die Wohlgefühle überhaupt zu? Schließlich hatte sie sich geopfert. Und wenn man ein Opfer war, musste es einem gefälligst schlecht gehen. Sonst wäre es ja gar kein Opfer gewesen.

»Was hast du plötzlich? Du bist auf einmal so in dich gekehrt, Clara.«

Was durfte sie ihm sagen? Sie wollte ihn weder verletzen noch verärgern. Ein bisschen von der Wahrheit vielleicht, damit er sie verstand?

»Dort in der Klinik liegt Martin Klopstock, Henry. Du musst verzeihen, aber noch vor wenigen Wochen habe ich mit ihm Verlobung gefeiert. Der Brand hat ihn beinahe ein Bein gekostet, als er Menschenleben aus dem Feuer rettete. Verzeih … bitte verzeih, aber das kann ich nicht einfach vergessen, verstehst du das?«

»Ich verstehe dich, Clara«, sagte er taktvoll. »Du wirst ihn vergessen. Warte, bis du in England bist. Mich wundert nicht, dass die Vergangenheit dich quält, solange wir uns hier in deiner Heimat befinden. Lass uns erst auf dem Meer sein, und der frische Wind wird dir die trüben Gedanken und die Erinnerungen wegblasen.«

Er meinte es sicherlich aufrichtig freundlich. Aber in Clara stieg Trotz hoch. Niemals! Niemals würde irgendwer oder irgendwas ihre Erinnerungen auslöschen. Sagen tat sie ihm das nicht, und der Gedanke schoss ihr durch den Kopf, dass dies wohl den gravierendsten Unterschied zu ihrer Beziehung mit Martin ausmachte. Ihm hatte sie alles gesagt. Alles sagen können. Und manchmal nicht einmal sagen müssen, weil er längst wusste, was sie dachte. Vor Ames hatte sie Geheimnisse. Ob

Geheimnisse voreinander eine gute Grundlage für eine Ehe sein würden?

»Du wirst recht haben«, murmelte sie leise und reichte ihm die Hand.

Er nahm sie und schmunzelte. »Kennst du das Meer überhaupt, Clara?«

Sie schüttelte den Kopf.

»Du bist noch nie am Meer gewesen?«

»Ich kenne die Schweiz, war bei Hof in Österreich. Aber da waren überall nur Berge und kein Meer.«

»Dann wirst du überwältigt sein. Weißt du, ich liebe die See. Côte House steht unweit der Klippen. Nicht umsonst wollte ich ausgerechnet dieses Haus haben. Du sollst die See an einem stürmischen Tag erleben. Wenn der Atlantik tobt, die Wellen gegen die Felsen krachen, der Wind die Gischt bis hoch in dein Gesicht treibt und du das Salz auf deinen Lippen schmeckst ... Du wirst es lieben, Clara.«

Er war in seinem Element. Wenn er etwas tief und aufrichtig liebte, das erkannte sie in diesem Moment, dann war es das Meer. Wie viel würde sie dieser Liebe entgegensetzen können, um neben ihr, besser noch vor ihr, bei ihm an erster Stelle stehen zu können?

Keine vernünftige Antwort fiel ihr ein. Also lächelte sie. Und er schien zufrieden.

Juli 2010 –
Der Morgen danach

Wunderbar ausgeschlafen erwachte ich in Constantins Armen. Sein Kopf lag schwer an meiner Schulter. Regelmäßig ging sein Atem. Ich war immer schon froh gewesen, dass er kein Schnarcher war. Niemals hätte ich eine ruhige Nacht so eng an John geschmiegt verbringen können. Der hatte nämlich unglaubliche Sägekonzerte aufgeführt. Vorsichtig, um Constantin nicht zu wecken, reckte ich die Glieder, warf einen Blick auf meine Armbanduhr und stellte fest, dass es erst halb sieben Uhr war. Ich entwand mich seiner Umschlingung, stieg aus dem Bett und schloss die morgenkühle Lücke, die ich hinterlassen hatte, mit der Bettdecke. Constantin räkelte sich kurz, gab ein wohliges Grunzen von sich, streckte sich lang auf dem Rücken aus und schlief selig weiter.

Ich trat ans Fenster, zog die Vorhänge zurück. Dies war also der Blick gewesen, den Clara Henriette jeden Morgen hatte genießen können. Ein wunderschöner, friedvoller Blick. Die Sonne strahlte vom beinahe wolkenlosen Himmel. Sattgrün umrahmten die gepflegten Rasenflächen den schimmernden Teich, in dem sich die alten Parkbäume spiegelten.

Rauchschwalben flitzten übers ruhige Wasser, holten sich die Schnäbel voll kleiner Mücken und vielleicht auch Wasserläufer für ihre Brut.

Ich hob beide Arme über den Kopf, atmete tief die frische Luft und fühlte mich einfach großartig. Bis ich unter dem Fenster die Eingangstür zuschlagen hörte. Ein Geräusch, dem das allzu bekannte Klack-klack-klack des Fischdings-Stockes folgte. Da kam er auch schon ins Bild, mein lieber zukünftiger Schwiegervater. Ausgerechnet ihm mochte ich jetzt nicht schon begegnen und wollte rasch einen Schritt zurücktreten. Zu spät. Er hatte sich bereits umgewandt, hielt die Hand zum Schutz gegen die blendende Morgensonne über die Augen und schaute herauf.

»Na so was. Auch schon wach?«, brüllte er mir zu. Es klang überrascht und vorwurfsvoll. So als hielte er mich für eine stinkfaule Langschläferin.

»Guten Morgen, lieber Schwiegervater«, sagte ich gedämpft. Einerseits um Constantin nicht zu wecken, andererseits, weil es ihm gerade fabelhaft gelungen war, meine heitere Laune zu verderben.

»Ist ja kein schlechter Anblick, aber findest du nicht, du solltest dir mal was überziehen? Ist kühl …«, grantelte er, und mir wurde erst jetzt bewusst, dass ich immer noch nackt war. Instinktiv kreuzte ich schützend die Arme vor meinem Busen.

Constantin war wach geworden, hinter mich getreten und schlang seine Arme um mich. Weiter zurückziehen ging also vorläufig nicht. »Guten Morgen, mein Schatz«, flüsterte er an meinem Ohr. »Zieh dich an. Diese zauberhafte Augenweide gönne ich meinem Alten nämlich nicht.« Er drehte mich um und schob mich ins Zimmer zurück, um sich gemütlich auf die Fensterbank zu lehnen und ein Pläuschchen mit seinem Vater zu beginnen, das sich in erster Linie um die Frage drehte, wann es endlich Frühstück und vor allem Ernsts unverzichtbaren Tee geben würde. Meine Güte, es war nicht mal sieben ...

Ich schlüpfte in mein Sleepshirt, schnappte mir den Kosmetikbeutel und huschte über den Flur zur Damentoilette. Zum Frischmachen und Zähneputzen musste das kalte Wasser aus dem Handwaschbecken heute reichen. Jedenfalls genügte es vollkommen, um auch noch den letzten Hauch meiner warmweich-erotisierten Stimmung zu vertreiben und mich flugs wieder in Claras Welt zurückkehren zu lassen.

Ihr gegenüber hatte ich definitiv einen gewaltigen Vorteil, überlegte ich, denn all meine Lebensverhältnisse waren einfach, unkompliziert und glasklar, weil es eben nur einen Mann in meinem Leben gab. Clara jedoch schien, nach allem, was Constantin erzählt hatte, sofort ein schlechtes Gewissen zu plagen, sobald sie sich Henrys Werben hingegeben hatte. Nicht nur ein Gefühl von Treuebruch Martin gegenüber, sondern auch ihr Hadern mit Gottes Willen machten ihr schwer zu schaffen. Mich hingegen musste hinterher keinerlei Reue überkommen, die der Süße einer Liebesnacht einen bitteren Beigeschmack hätte geben können.

Begierig war ich nun darauf zu erfahren, ob es Clara gelungen war, neben der tiefen Liebe ihres Mannes zum Meer zu bestehen. Oder gar tatsächlich ihr Ziel hatte erreichen können, bei Henry die erste Geige zu spielen. Erst mal musste sie jetzt den Ärmelkanal überqueren. Ich habe dieses Unterfangen stets derart »zum Kotzen« gefunden, dass ich mich schon lange nicht mehr auf diese Art des Reisens einließ und lieber flog. Heute Abend würde unsere Maschine uns nach London zurückbringen, und ich freute mich schon wie ein Schneekönig auf das Wiedersehen mit meinen Lieben. Die versprochenen Playmobil-Sachen für die Kinder und das Chanel-Parfum, das ich meiner Mum bei solchen Gelegenheiten immer kaufte, würden wir flugs im Duty-free-Shop erwerben, und dann ... nichts wie ab nach Hause. Jetzt galt es nur noch die paar wenigen Stunden mit dem »lieben Schwiegervater« zu überstehen.

»Frühstück!«, hörte ich ihn auch schon von unten heraufbrüllen. Rasch flitzte ich in Claras Zimmer, zog meine Jeans an, stopfte den Saum der weiten, weißen Bluse mit ziemlich großzügigem Ausschnitt in den Hosenbund und schnürte mir gerade die Bänder der bequemen Keil-Espadrilles um die Knöchel, als Constantin hereinkam. Auch er hatte notdürftig »Toilette gemacht«. Sein Haar klebte dunkel am Kopf, und ich musste ihm Rasierschaumreste wegwischen.

»Kein Spiegel bei den Herren?«

»Nein. Ziemlich waghalsiges Unternehmen, dieser Blindflug mit der Klinge.«

»Aber alles heil geblieben«, konstatierte ich nach Inspektion seiner Wangen und küsste ihn flüchtig.

»Ausgesprochen sexy siehst du heute aus«, meinte er und konnte es sich nicht verkneifen, mir auf den Po zu klapsen.

»Nur für dich. Und danke für die wundervolle Nacht«, flirtete ich zurück.

»Bedank dich nicht. Du warst wieder mal eine Offenbarung. Und heute, das schwör ich dir, werde ich mehr Rücksicht auf dich nehmen als auf der Herreise. Heute machen wir das Verdeck auf, auch wenn meinem Vater die gute Gesinnung wegfliegt.«

»Glaubst du, da ist noch was, das wegfliegen könnte? Ich bin ja skeptisch. Nimm mich mal ein bisschen in Schutz, wenn er wieder auf mir rumhackt. Die ganze Clara-Geschichte hat mich höchst empfindsam gemacht.«

Ich hatte sein Wort und fühlte mich sicher. Sicherer jedenfalls.

Man hatte für uns auf der Terrasse gedeckt. Kaffeeduft lag in der Luft, frische Brötchen, Obst, Eier, Aufschnitt, Käse und – anscheinend selbst gemachte – Marmelade standen auf dem Tisch bereit. Constantins Vater thronte schon bei der ersten

Tasse Tee am Kopf der kleinen Tafel. Um ihn herum wuselten drei Damen des Stiftungsausschusses und bemühten sich redlich, ihm jeden Wunsch von den Augen abzulesen. Trotzdem hatte er was zu meckern. Der Tee war ihm zu dünn, die Brötchen waren zu weiß, der Zucker sowieso falsch, weil nicht braun, sondern auch weiß.

Uns hingegen war alles recht, und wir bedankten uns beide nicht nur höflich, sondern aufrichtig dankbar für die reizende Bewirtung, die man uns angedeihen ließ. Herrlich war es, in der lauen Morgensonne zu sitzen, den singenden Vögeln zuzuhören und den Tag harmonisch beginnen zu lassen. Leider waren Ernsts Schwestern Mathilde und Charlotte schon am Abend wieder abgereist. Mir tat das sehr leid, und ich beschloss, sie beide anzurufen, sobald wir wieder zu Hause sein würden, denn ich hätte mich gern gebührend von ihnen verabschiedet. Schließlich traf man sich nicht allzu häufig, und außerdem interessierte es mich natürlich brennend, ob Mathilde bei ihrem Bruder ein bisschen gut Wetter für mich hatte machen können. Dass dem offenbar nicht so gewesen war, stellte sich bei den ersten Sätzen heraus, die mein lieber Schwiegervater zwischen zwei Happen an Constantin richtete.

»Es ist ausgesprochen schade, mein Sohn, dass du gestern Abend so schnell mit ...«, er machte eine Kopfbewegung zu mir herüber, ohne sich anscheinend an meinen Namen erinnern zu können, »... mit der verschwunden bist. Ich hätte dich zu gern der umwerfend hübschen Tochter des Bauunternehmers vorgestellt ... du weißt schon, der den alten Kasten hier wieder aufgepeppt hat. *Die* hätte dir gefallen! Groß, blond, superschlank, gebildet, alter sächsischer Adel, Erbin eines beachtlichen Vermögens. Müssen wir demnächst noch mal ein Treffen organisieren. Du willst ja unbedingt heiraten. Die würde mir gefallen.«

Was für ein Affront! Ich verschluckte mich an meinem Kaffee, musste husten und konnte nur noch sprachlos auf den Butterklecks starren, der meinem Schwiegervater zuerst im Mundwinkel saß, dann langsam, aber sicher, den Gesetzen der Physik getreulich folgend den Weg in Richtung Kinn antrat und eine fettig-schmierige Spur hinterließ, die richtig schön eklig zu dieser unglaublichen Beleidigung passte. Jedem anderen hätte ich einen diskreten Tipp gegeben. Ihm nicht!

Zwei der drei Damen saßen inzwischen mit am Tisch, und beide schauten abwechselnd mich und Ernst ungläubig an. Als die dritte im nächsten Moment dazukam, fiel ihr Blick auf meine leere Kaffeetasse, und noch ehe Constantin, den ich neben mir räuspern hörte, antworten konnte, fragte sie mich: »Noch Kaffee, Gräfin Beiersdorf?«

»Pah«, fuhr mein Schwiegervater dazwischen. »Die wird nie Gräfin Beiersdorf! Dafür werde ich sorgen.«

Der Kaffee lief über, füllte die Untertasse. »Danke«, hauchte ich. Die vollkommen konsternierte Dame kam wieder zu sich und zog erschreckt die Kanne zurück.

»Vater?!«, sagte Constantin und seine Stimme klang scharf.

Atemlose Stille. Der Alte schob seinen Teller beiseite, nestelte an der Serviette in seinem Schoß, faltete sie ordentlich, legte sie vor sich auf den Tisch und strich sie gesenkten Kopfes noch und noch einmal mit beiden Händen glatt. Nur dieses eine Wort von Constantin hatte genügt, ihn derart verlegen zu machen.

Ich beobachtete immer noch die Fettspur auf seinem Kinn und war extrem gespannt, wie er nun reagieren würde. Er wirkte ... ja, man kann es nicht anders beschreiben, wie ein barsch zurechtgewiesenes, schuldbewusstes Kind. Meine Augen streiften Constantin. Sein Gesichtsausdruck war der eines erbarmungslosen Inquisitors. Unter der Haut seines frisch rasierten Kinns spielten die angespannten Muskeln. In den Mundwinkeln erkannte ich ein Zucken, das von mühsam unterdrückter Wut sprach. Die Augen waren eisig auf seinen Erzeuger gerichtet.

Ich lehnte mich zurück. Warum mir in diesem Moment das Wort »Popcorn« einfiel, weiß ich nicht. Oder vielleicht weiß ich es doch. Es hatte was von Fremdschämen im Kino.

Eine bemerkenswerte Wandlung ging in den Zügen Ernsts vor. Er legte den Kopf schief und schaute seinen Sohn mit einem geradezu niedlich verschmitzten Lächeln von unten herauf an. Ganz ehrlich? Ich hätte ihm am liebsten eine geschallert. Solche Unverschämtheiten loslassen, und dann einen auf harmlos machen!

Der Butterklecks, inzwischen ungefähr auf die Hälfte abgeschmolzen, löste sich von der Spitze seines Kinns. »Ups«, sagte mein Schwiegervater verlegen, griff zur Serviette und wischte sich das Fett weg. Jedenfalls das physisch sichtbare. Das Fett, welches er gerade abbekommen hatte, klebte weiter und würde sich vermutlich so schnell auch nicht entfernen lassen.

Constantins Gesichtszüge entspannten sich, und er bewies wieder einmal seinen ausgeprägten Sinn für Diplomatie. Ich bewundere ihn dafür, wie die peinlichsten Situationen retten kann. »Wann bist du zur Abfahrt bereit, Vater? Du weißt, wir haben heute noch einen etwas längeren Weg vor uns, und ich möchte die Abendmaschine nach London keinesfalls versäumen.«

Darauf konnte Ernst antworten. »Ich brauche noch etwa eine Stunde.«

»Gut. Die sei dir gewährt. Das gibt mir Gelegenheit, mit der zukünftigen Gräfin Beiersdorf einen kleinen Morgenspaziergang zu machen.«

Vollendet höflich bedankte Constantin sich bei den Damen, die sich noch immer nicht recht wieder gefangen hatten, schnappte sich einen rotbackigen Apfel, biss herzhaft hinein und tat dann etwas, das ebenso unauffällig wie unmissverständlich war. Mit einer wie zufällig wirkenden, aber ganz sicher genau überlegten Geste ließ er seine auseinandergefaltete Serviette dem Vater vor die Füße fallen. Dann nahm er mich bei der Hand.

»Das war der symbolische Fehdehandschuh, habe ich recht?«, fragte ich ihn, als wir außer Hörweite waren.

»Er wird es zu deuten wissen, Faye. Ich lasse mir von ihm keinerlei Vorschriften machen und könnte kotzen, wenn er sich dir gegenüber so danebenbenimmt. Zumal dann, wenn wir in Gesellschaft sind und es überaus unhöflich wäre, ihm den Marsch so zu blasen, wie er es verdient hätte. Mit dieser Tussi ist er mir übrigens schon ein paarmal gekommen. Sie ist ein hohlköpfiger Magermodeltyp. Entschuldige, normalerweise rede ich so nicht über Frauen. Aber die ist wirklich unmöglich.«

»Und was, wenn sie nicht unmöglich wäre?«

Abrupt blieb er stehen, riss mich hart an sich und schaute mich eindringlich an. »Faye, was denkst du von mir? Ich liebe dich. Du bist für mich nicht nur die schönste, klügste, witzigste, wunderbarste, du bist für mich die einzige Frau auf der Welt, mit der ich bis zu meinem letzten Tag leben will. Was der Alte sich in seinem Kopf zurechtspinnt, ist mir ehrlich gesagt scheißegal.«

Ich nahm es so, wie er es gesagt hatte. Ich ließ mich apfelaromaschwindelig küssen, fühlte mich wohl in seinem Arm, fühlte mich beschützt und verteidigt, war beeindruckt, dass dieses eine Wort den Vater mundtot gemacht hatte. Aber ganz hinten in einer versiegelten Kammer meines Kopfes lauerte die Frage, die mir keine richtige Ruhe lassen wollte: Wie würde Constantin sich verhalten, wenn er vom Vater in einer Situation, die der vor hundertfünfzig Jahren ähnlich wäre, zu einer Ehe mit der hohlköpfigen, aber stinkreichen Bauunternehmerstochter genötigt werden würde?

Schweigend gingen wir nebeneinanderher, und ich realisierte, dass wir uns wieder wie von magischen Schnüren gezogen dem Platz unter der alten Linde näherten. Dem Platz für die schönen, glücklichen Stunden. Sollte ich nicht doch meine Frage vor Constantin ausbreiten? Es hörte sich in meinem Inneren an, als drehe sich knarrend der Schlüssel im Schloss der versiegelten Kammer. Im nächsten Augenblick war sie heraus.

»Du hast mich gestern gefragt, wie ich an Claras Stelle gehandelt hätte. Ich habe das eingedenk der speziellen Situation damals beantwortet. Aber ich frage dich jetzt, wie du handeln würdest, wäre es *heutzutage* aus welchen Gründen auch immer notwendig, deine Liebe zu mir zum Wohl einer imaginären hilfsbedürftigen Allgemeinheit aufzugeben, um eine bessere Partie zu heiraten.«

»Du liebe Güte, Faye. Wir leben im 21. Jahrhundert. Wir haben keine Privilegien mehr, aus denen sich eine Pflichterfüllung ableiten ließe, die uns beide jemals trennen könnte.«

»Schöne neue Zeit«, murmelte ich lächelnd.

»Dafür habe ich dir auch nichts weiter zu bieten als mich selbst. Ohne Land, ohne Schloss, ohne Sonderrechte …«

Warum griente er so fies?

»… und leider auch ohne Rechte auf erste Nächte bei den zauberhaften Töchtern der Grafschaft …«

»Du Arschloch!«

Ich boxte ihm kräftig in die Seite, und es entstand ein Gerangel, an dessen Ende eine leidenschaftliche Knutscherei stand.

Atemlos schob ich Constantin Minuten später von mir. »Ich weiß wirklich noch nicht, ob ich ein dermaßen triebhaftes Mannsbild heiraten soll. Vielleicht sollte ich mich doch noch mal in Ruhe unter den Edlen *meines* Landes umsehen.«

»Untersteh dich«, lachte er, zog mich bäuchlings auf den Schoß und hieb mir dreimal kräftig auf den Jeanspo. Zappelnd und strampelnd machte ich mich frei, sprang auf und bückte mich nach dem, was ich in meiner kurzzeitigen Kopfrunterposition erblickt hatte.
»Was machst du da?«
Ich antwortete nicht. Ich sammelte. So viele, wie ich finden konnte. Und steckte mir eine ganze Handvoll in die Hosentasche. Fünfeckig waren sie. Und alle fest und voll.
Es waren Lindensamen.

* * *

Ernst war handzahm auf der Rückreise. Man soll es kaum für möglich halten, aber er hatte nicht nur keine Einwände gegen das offene Verdeck, sondern fragte mich doch tatsächlich, ob ich lieber vorne sitzen wollte. Höflich und sogar ohne einen Spruch zu machen, der mir ehrlich gesagt vor Überraschung einfach nicht einfiel, lehnte ich ab, nahm wieder auf den Notsitzen Platz und band mir mein schickes Kopftuch um. Es war Sonntag, die Autobahnen waren frei, die Sonne schien aus allen Knopflöchern, und ich genoss den lauen Fahrtwind.

Wir benötigten knapp dreieinhalb Stunden für die Tour nach Hamburg, und ich war froh, dass dieser Ausflug alsbald beendet sein würde. Nicht, dass ich es bereut hätte, die intensive Bekanntschaft mit Constantins Familiengeschichte, geschweige denn mit Clara Henriette gemacht zu haben. Aber das liebe, ja, jetzt wirklich ausnehmend liebe Ernstelchen hätte ich doch gern schnell losgehabt.

Er erlaubte sich dann auch nur noch eine einzige Unverschämtheit, indem er uns großzügig mitteilte, dass wir ihm kein Spritgeld geben müssten, weil er sich doch ehrlich gefreut habe, von uns (ja, er sagte nicht »von Constantin«, er meinte tatsächlich uns beide) begleitet worden zu sein. Das sollten wir doch öfter machen, verstieg er sich sogar zu allem Überfluss vorzuschlagen.

Nein danke! So schnell nicht wieder, dachte ich und rechnete im Geist nach, was uns dieser Liebesdienst gekostet hatte. Er riss ein ganz schönes Loch in unsere Haushaltskasse. Ernst wusste genau, wie es finanziell bei uns bestellt war. Ich hatte erwartet, dass er wenigstens den Flug bezahlen würde. Sei's drum. Ich war froh, ihn endlich los zu sein, und bestieg erleichtert, aber doch artig winkend das Taxi zum Flughafen.

Die Sonne stand noch rot leuchtend am Horizont, als wir die Küstenlinie Frankreichs unter uns weggleiten sahen. Rosahimmelblau, gesprenkelt mit abertausend silbrigen Lichtfunken, glitzerte der Ärmelkanal. Den obligatorischen Tomatensaft in der Linken, die Rechte in Constantins Hand gelegt, lehnte ich mich wohlig im Sitz zurück. »Erzählst du weiter?«

Er nickte. Ich schloss die Augen, lauschte seiner melodischen Erzählstimme und freute mich. Auf zu Hause!

17. Oktober 1851 – Calais – London

Da stand sie nun am Strand und staunte. »So viel Wasser«, murmelte Clara überwältigt und schickte einen Seitenblick zu Henry hinauf. Er hielt ihre Hand und genoss es sichtlich, sich den frischen Abendwind um die Nase wehen zu lassen. Breitbeinig hatte er sich aufgebaut. Als wäre er längst auf dem Ozean, als müsse er schwere Dünung ausbalancieren. Dabei war die See glatt wie ein Spiegel. Clara sah ihm an, dass ihre Vermutung vollkommen richtig gewesen war. Das Meer war sein Element. Zum ersten Mal, seit sie ihn kannte, wirkte er vollkommen glücklich und gelöst.

»Schau mal, Clara«, sagte er, legte ihr den Arm um die Schultern und deutete auf den Horizont. »Dort drüben kannst du die Kreidefelsen von Dover erkennen. Da beginnt England.«

Tatsächlich. Wenn sie die Augen gegen die untergehende Sonne zusammenkniff und seinem Fingerzeig folgte, erblickte sie die schneeweiße Küstenformation über der Kimm.

Mit dem Arm beschrieb Henry einen vagen Bogen nach links. »Und etwa zweihundert Meilen liegen zwischen Dover und Bristol. Dort sind wir zu Hause. Aber zunächst einmal wollen wir beide ja London ein bisschen unsicher machen, nicht wahr?«

»Darauf freue ich mich, Henry«, stimmte Clara zu und versuchte ein Strahlen. Es fiel ihr schwer, denn die Reise hatte ihr zugesetzt und sie fror erbärmlich in ihrem leichten Samtgehrock. »Und überhaupt freue ich mich darauf, endlich irgendwo anzukommen. Sei es in Bristol oder in London. Ganz egal. Reisen strengt doch sehr an.«

Henrys besorgter Blick streifte sie. Nie hatte sie geklagt, aber es war offenbar, dass Clara litt. »Du zitterst. Und deine Lippen sind ganz blau«, konstatierte er und schaute mitfühlend auf sie herab. »Komm, wir wollen uns aufwärmen gehen. Vom Meer wirst du noch mehr als genug zu sehen bekommen.«

Henry zog seine Redingote aus und hängte sie Clara um die Schultern. Der Mantel war so groß, dass sie ihn sich beinahe zweimal hätte umwickeln können. Wie eine große weiche, warme Wolldecke fühlte er sich an, und sie war dankbar. Wenn sie abends in den Herbergen an den Postkutschenstationen Toilette gemacht hatte, war ihr schon aufgefallen, wie deutlich sie seit der Abreise an Gewicht verloren hatte. Sie sehnte sich nach geregelten Tagesabläufen, gutem, warmem Essen, einem weichen, komfortablen Bett und einem entspannenden Bad. All das hatte sie zum letzten Mal auf ihrer Rückreise aus der Schweiz vermisst. Jetzt aber war es ihr noch viel unangenehmer aufgefallen, denn sie war ständig bemüht, Henry zu gefallen, und hatte insbesondere mit den äußerst provisorischen Hygieneverhältnissen schwer gehadert.

Merkwürdigerweise hatte Henry noch immer nicht von seinen ehelichen Rechten Gebrauch gemacht. Vor zwei Tagen hatte Clara ihn verschämt darauf angesprochen. Sie hatte befürchtet, er würde süffisant reagieren und ihr womöglich einen übersteigerten Hang zur Wollust vorwerfen. Aber er hatte zu ihrer Erleichterung ganz anders reagiert.

»Du bist keine Frau, die man nebenbei auf holprigen Reisewegen vernascht, Clara«, hatte er ernsthaft gesagt. »Ich weiß, dass du noch Jungfrau bist, und möchte deine, nein, *unsere* erste Liebesnacht zu einem unvergesslich schönen Erlebnis für uns beide machen. Du hast es verdient, auf Seide gebettet zu werden, wenn du deinen Ehemann zum ersten Mal empfängst. Glaube mir, mein Appetit auf dich ist riesengroß. Aber ich möchte ihn erst dann stillen, wenn die Umstände dafür perfekt sind. Vorfreude, liebe Clara, gehört zu den schönsten Freuden. Ich will sie uns nicht verderben.«

Seine Worte hatten ehrlich und aufrichtig geklungen. Clara fühlte sich geschmeichelt. Dennoch blieb ein letzter Funken Misstrauen in seiner Begründung. War es nicht vielleicht doch eher so, dass der Seewind ihr die Erinnerungen zunächst wegblasen sollte, wie er bei der Einfahrt in Gera gesagt hatte? War er sich ihrer vielleicht nicht so sicher, wie er den Anschein erwecken wollte? Sie beobachtete ihn. Obwohl bereits verheiratet, hatte sie den Eindruck, dass er sich noch immer in der Werbephase befand. Hatte er Angst gehabt, eines Morgens in einer dieser unkomfortablen Herbergen aufzuwachen und den Platz im Bett neben sich leer vorzufinden? Anscheinend war die Überquerung des Kanals für ihn der ausschlaggebende Schritt, der die Nabelschnur, welche sie an den Kontinent, an die Heimat band, zertrennen sollte.

Henry war konsequent. Obwohl das von ihm ausgewählte Hotel einen ordentlichen Standard hatte, sogar fließend warmes Wasser verfügbar war und Clara sich nach einem schmackhaften Dinner in dem recht ausladenden Bett sehr zärtlich an ihn schmiegte, rührte er sie auch in dieser letzten Nacht auf dem Festland nicht an.

Er beließ es zu ihrem Bedauern auch an diesem Abend bei den üblichen Liebkosungen, und sie tröstete sich beim Einschlafen mit dem Gedanken daran, dass die Vorfreude letztlich ihrer beider Verlangen ruhig noch zwei Tage lang bis ins Unermessliche steigern sollte.

* * *

Die ersten Stunden auf See wurden für Clara zum Martyrium. Der Wind hatte aufgefrischt, aber der Dampfer pflügte stoisch durch die Wellen. Zwar waren nicht einmal Schaumkämme zu erkennen, jedoch machte ihr schon die muntere Dünung derart zu schaffen, dass ihr speiübel wurde. Clara legte sich in die Koje ihrer Kajüte. In ihrem Kopf drehte sich alles, und bei jedem etwas stärkeren Rollen des Schiffes fürchtete sie, der Mageninhalt würde sich sicherlich gleich in den bereitgestellten Spucknapf ergießen.

Der miserable körperliche Zustand passte zu der Wehmut, die ihr jetzt das Herz unendlich schwer machte. Sie hatte das Festland verlassen. Die Heimat lag weit hinter ihr. Die Zukunft mit diesem Mann, den sie nur sehr langsam in all seinen Facetten kennenlernte, war vollkommen ungewiss.

Wäre Martin hier gewesen … er hätte sie sicherlich in dieser unangenehmen Situation nicht allein gelassen. Er hätte neben ihr gesessen, ihre Hand gehalten, hätte sie getröstet. Und selbst dann, wenn das Frühstück wieder heraufgekommen wäre, hätte sie es ihm gegenüber kaum peinlich gefunden.

Mit Henry war das anders. Stets war sie geradezu krampfhaft bemüht, möglichst perfekt zu sein, keine Schwächen erkennen zu lassen. Schon gar keine körperlichen.

»Wärest du doch hier, mein Geliebter …«, flüsterte sie. Und wurde im nächsten Moment von einem fast unwiderstehlichen Würgreiz geschüttelt. Tief atmete sie durch. Wo gab es Trost, Halt, vielleicht wenigstens Ablenkung von der ständigen Konzentration auf die unsteten Bewegungen des Schiffes? Sollte sie jetzt … war jetzt der richtige Moment, Martins Brief zu lesen? Sie musste nur hingreifen, denn direkt neben der Koje stand ihre braune Handtasche. Keine Gelegenheit hatte sich bisher ergeben, denn immer war Henry in ihrer Nähe gewesen. Aber nun wähnte er Clara bei einem mittäglichen Nickerchen und hielt sich an Deck auf, wo er sicherlich, ganz im Gegensatz zu ihr, seinen Spaß am Schlingern des Schiffes haben würde. So schnell war er nicht zurückzuerwarten.

Die Dünung krängte das Schiff, die Tasche glitt über den Boden und kam an der gegenüberliegenden Wand zur Ruhe. Clara starrte sie an. Hielt sich den Magen, kämpfte mit dem durcheinandergeratenen Gleichgewichtssinn, der schon Sekunden später die nächste Lageänderung des Dampfers verdauen musste.

Die Tasche kam zurückgerutscht. Und Clara griff zu.

Den Inhalt entleerte sie auf die graue Wolldecke, welche über ihre Beine gebreitet lag. Dann fasste sie vorsichtig unter das Seidenfutter und zog den Brief heraus. Klopfenden Herzens las sie:

Clara, Liebste,
man hat uns auseinandergerissen. Nichts Schlimmeres hätte geschehen können.

Mein Herz ist gebrochen. Dich niemals wiedersehen zu dürfen, Dich nie mehr in meinen Armen halten zu können ist der grauenhafteste Albtraum, der mich heimsuchen konnte. All unsere Pläne, all unser Glück zerstört.

Jetzt lies, und danach schwör mir, dass Du dem folgen wirst, was ich gleich von Dir verlange, denn es ist mein innigster Wunsch: Du wirst Dich anpassen, jeder Herausforderung gute Seiten abgewinnen. Ich kenne Dich. Glaub mir und schüttle jetzt nicht den Kopf. Ich weiß auch, Du bist für die Liebe geschaffen. Ich will, dass Du sie ohne jeden Vorbehalt genießt! Streich mein Bild aus Deinem Kopf, wann immer Du Dich mit Deinem Ehemann vereinigst, denn es ist Deine Pflicht. Erfüll sie reinen Gewissens und mit Freude. Verweigere ihm nicht um meinetwillen die Zuneigung. Es würde Euer Leben vergiften. Später wirst Du Kinder haben. Ihnen gib all die Liebe, die Du mir nicht mehr geben darfst, und ich kann ruhig und sicher sein, dass sie zu frohmütigen Menschen heranwachsen werden.

Werde glücklich, Geliebte!

Ehe Du jetzt umblätterst, schwör es mir. Mit diesem Brief auf Deinem Herzen.

Wirst Du Dich wohl nicht sträuben?! Ich bin bei Dir, Clara, sehe Dich. Sehe Dich ganz genau. Tu, was ich verlange!

Clara ließ den Brief sinken. Vergessen war die Übelkeit. Tränen rannen über ihre Wangen, und dennoch lächelte sie. Ja! Ja, er war da. War ihr so nah wie schon seit Tagen nicht mehr. Als säße er auf dem harten, eisernen Rand der schmalen Koje, als hielte er ihre Hand, als wärmte er ihre Seite. Sie brauchte keine Fantasie, um ihn zu spüren, musste gar nicht durch die tränenfeuchten Wimpern blinzeln, um ihn neben sich zu sehen. Sie spürte seinen Atem an ihrem Hals ... fühlte ganz deutlich seine Lippen ihr Ohr berühren. Clara schmiegte sich an. Gehalten. Sicher. Wie es immer bei ihm gewesen war. So war es auch jetzt.

»Ich weigere mich nicht, Martin! Wenn es dein Wunsch ist, so will ich schwören.«

Sie presste das Blatt an ihr Herz, hob die Rechte. »Ich schwöre, all deinen Anweisungen zu folgen. Auch wenn es mir das Herz brechen wird. Ich schwöre!«

»So ist es recht, Clara!«, hörte sie seine Stimme. »Nicht weinen. Du bist nicht allein, wirst niemals allein sein. Nun, da du meinen Wunsch erfüllt hast, darfst du weiterlesen.«

Clara nickte. Sie wendete das Blatt.

Ich danke Dir, Clara! Ich war sicher, ich kann mich auf Dich verlassen. Du fühltest mich neben Dir. Ich weiß es. Nun bist Du bereit für eine Eröffnung. Du magst dich gefragt haben, ob Schuld auf uns liegt. Das Feuer, ein Unglück dieses Ausmaßes, geschehen in der Minute unseres schönsten Augenblicks. Und es war nicht einmal das einzige. Vielleicht hast Du sogar, genau wie ich, mit Gott gehadert, geglaubt, er habe uns strafen wollen.

Es ist nicht so, Clara!

Ich weiß es seit heute Morgen. Seit dem Eintreffen eines Briefes meines besten Freundes, Deines Bruders Alexander. Und doch, auch wenn ich jetzt klar sehe, wird es nichts ändern. Du bist für mich verloren. Nichts kann ich tun, Deine Ehe zu verhindern, nichts, Dich in meine Arme zurückzuholen.

Nur eines kann ich Dir versichern, mein Herz: Niemals werde ich mich einer anderen zuwenden. Was auch das Schicksal bringen wird, ich werde Dir treu bleiben bis in den Tod.

Und HALT!

Öffne NICHT den zweiten Brief, den ich

Dir mitsandte. Versprich es mir hoch und heilig!
Er ist einzig für den Augenblick in Deinem Leben
gedacht, an dem Du wirklich ... WIRKLICH
nicht mehr weiterweißt.

Ich bete, dass dieser Augenblick niemals eintreten wird!

Bewahr ihn auf, versteck ihn gut. Sorg dafür, dass er nie in falsche Hände gerät.

Und vergiss nicht: Ich bin für Dich da. Wenn Du mich wirklich brauchst, werde ich bei Dir sein.

In tiefer Liebe,

Dein Martin

Zurück war die entsetzliche Übelkeit, Martin nicht mehr bei ihr. Was? Was wollte er andeuten? Was verbarg der zweite, versiegelte Brief? Keine Schuld? Gott hatte nicht strafen wollen? Aber verhindern hatte er auch nicht können ... nicht wollen. Was? Was hatte er nicht verhindert? Wer hatte die Finger im Spiel? Alexander schien es zu wissen. Warum hatte nicht wenigstens er etwas gesagt?

Clara würde ihm schreiben. Würde ihn fragen. Entschlossen versteckte sie beide Briefe wieder im Innenfutter der braunen Ledertasche, räumte ihre Habseligkeiten dazu und ließ den Bügelverschluss zuschnappen.

Verborgen. Aber nicht vergessen. Sosehr die erste Seite des Briefes sie auch beruhigt, ihr einen regelrechten Glücksmoment verschafft hatte, sosehr hatte die zweite für Verwirrung und Beunruhigung gesorgt. Dennoch: Sie hatte geschworen. Wie klug von ihm, ihr dies zuerst abverlangt zu haben. Klug? Gemein!

Clara musste würgen. Nun konnte sie die Übelkeit nicht mehr zurückhalten, bis nur noch gelbe Galle kam. Mit dem Spucknapf im Arm wollte sie gerade am liebsten sterben, als Henry an die Kabinentür klopfte. Ein ausgesprochen missmutiges Gesicht machte er, als er sie so vorfand.

»Die Gemahlin des bekanntesten Reeders von ganz Bristol seekrank? Das darf nicht sein, Clara«, tadelte er mit einem amüsierten Gesichtsausdruck. Er griff in seine Jackentasche, reichte ihr ein Stückchen getrockneter Wurzel und hieß sie, darauf herumzukauen.

Clara biss mit angeekeltem Gesicht hinein.

»Meine Güte, das ist ja furchtbar scharf! Der Geschmack kommt mir bekannt vor, aber … was ist das? Wird es mich endlich umbringen? Mir ist so entsetzlich schlecht.«

»Durchaus nicht. Es ist getrockneter Ingwer. Steh auf, zieh dich warm an und lass uns an Deck gehen. Hier unten im Bauch des Schiffes wirkt sich der Seegang auf deinen Magen ungleich heftiger aus als oben an der frischen Luft. Der Ingwer wird überdies schnell gegen die Übelkeit helfen.«

Er hatte recht gehabt, und Clara erinnerte sich, woher sie das Aroma kannte. In der Schweiz hatte sie bereits Bekanntschaft mit Gingerale gemacht, das der Eidgenosse Jacob Schweppe schon gegen Ende des letzten Jahrhunderts erfunden hatte. In Deutschland war es noch ungebräuchlich, aber man erzählte sich, es träte einen Siegeszug als Erfrischungsgetränk an. Der Magen jedenfalls beruhigte sich rasch, und Clara fand an Deck zu ihrem Gleichgewicht zurück. Henry zeigte ihr, wie sie sich bewegen musste, um im Einklang mit den Wellen, eine Hand fest an der Reling, die andere in seiner, sich den Bewegungen des Schiffes anzupassen. »So macht eine Dampferfahrt ja beinahe Spaß«, bekundete sie, nachdem sie den richtigen Dreh herausgefunden hatte.

Siehst du mich, Martin? Siehst du, wie brav ich mich an meinen Schwur halte? Er hat nicht die Spur einer Ahnung, welchen geheimen Bund ich mit dir eingegangen bin. Brauchst du noch mehr Beweise, Martin? Ich werde sie dir liefern!

Clara ließ Henrys Hand los, löste die andere von der Reling und marschierte breitbeinig im Rhythmus der Dünung auf den Planken hin und her. »Schau! Ich kann's«, rief sie, drehte sich zu ihm um, verlor dabei das Gleichgewicht, kam ins Stolpern und landete im nächsten Augenblick sicher in seinen Armen.

Henry drängte sie gegen die Brüstung und fixierte sie dort zwischen seinen Händen. Weit bog er ihren Oberkörper übers Geländer und küsste sie. »Scharf und zitronig schmeckst du«, raunte er, und Clara spürte deutlich seine Männlichkeit.

Geh, Martin! Du darfst jetzt nicht vor meiner Nase herumtanzen, wenn du willst, dass ich meine Pflicht erfülle! Das geliebte Antlitz verblasste. Pflichtschuldig. Und sie gab sich Henrys Kuss hin. Es funktionierte. Ohne eine Spur schlechten Gewissens konnte sie tatsächlich genießen, so wie Martin es von ihr verlangt hatte. Doch als sie für einen Moment die Augen öffnete und den Kopf ein wenig wandte, zuckte sie entsetzt zusammen. Nichts als fünf, sechs Meter klare blaue Luft zwischen ihr und den unten vorbeirauschenden Wogen.

»Mein Gott«, quiekte sie auf.

»Hast du Angst?«

»Ja.«

»Das musst du nicht. Ich halte dich. Du bist der teuerste, kostbarste Schatz, den ich besitze. Glaubst du, den würde ich aus einer Laune heraus im Kanal versenken?«

Kostbar!

Schon wieder benutzte jemand dieses Wort für sie. Was mochte er ausgegeben haben, damit er sie hier zwischen den Elementen schweben lassen konnte? Nur von seinem Halten, seinem Willen abhängig. Zweifellos abhängig auf Leben und

Tod. Dieses Wort »kostbar« gemahnte sie an ein zweites Wort, das ihr immer wieder einfiel, wenn sie es im Zusammenhang mit Henrys Äußerungen betrachtete. Es war das Wort »Trophäe«. So, wie ein Großwildjäger stolz den Elefantenstoßzahn präsentierte, so wollte Henry sie in die Londoner Gesellschaft einführen. Als hätte er sie erjagt. Dabei jagte er doch eigentlich nur Federvieh … Aber Federn waren ja für Ballroben durchaus en vogue. Clara schmunzelte unter seinem Kuss über diese Assoziationen.

»Mylady lachen mich aus? Küsse ich so schlecht? Mach jetzt keinen Fehler. Du hängst höchst unsicher über Milliarden Hektolitern ziemlich bewegten Seewassers. Ich hoffe, du kannst gut schwimmen.«

»Ha!«, entgegnete Clara. »Du würdest mich niemals da hineinplumpsen lassen. Dafür bin ich doch viel zu kostbar.«

Für den Bruchteil einer Sekunde ließ Henry sie los. Clara brach der kalte Angstschweiß aus. Ihr Gesicht nahm für einen Moment die Farbe der kleinen Wattewölkchen am blauen Firmament an. Dann hatte er sie wieder fest gepackt. Und sie sich schon gefangen.

»Erschreck mich nicht so, Henry Ames«, schimpfte sie und schmiegte sich vorsichtshalber dicht an seine Brust.

Henry schlang die Arme um sie und küsste ihren Scheitel. »Du brauchst einen starken, einen wirklich starken Mann, Clara! Und du hast einen sehr starken Mann bekommen, der dich sicher durchs Leben tragen wird. Dies da eben war nur ein winziger Beweis. Es werden noch zahllose folgen.«

Tatsächlich war es Henry wieder gelungen, Clara für viele Stunden ganz für sich zu haben, ganz weg von ihren Grübeleien, ihrer Unsicherheit und dem tief in ihrem Herzen verwurzelten Sehnen nach all dem, was sie aufgegeben hatte. Sie fühlte sich großartig, genoss den Rest der Reise und war am Ende die

Erste, die die weißen Kreidefelsen an der dunstigen Küstenlinie ausmachen konnte.

»Da, guck, Henry! Wir sind gleich in England«, rief sie aus und sah ein Strahlen über seine Züge gleiten. Er mochte noch so sehr Weltmann und überall zu Hause sein. Das Heimkommen, das schien auch ihn mit einer tiefen Freude zu erfüllen.

* * *

Gegen Mitternacht erreichten sie London. Clara konnte es kaum fassen, wie viel Betrieb um diese Uhrzeit noch auf den Straßen herrschte und wie lange sie schon durch Stadtgebiet fuhren, ohne ihr Ziel erreicht zu haben.

»London wächst und wächst«, erklärte Henry. »Noch um die Jahrhundertwende lag die Einwohnerzahl bei gut einer Million. Jetzt beträgt sie rund 2,7 Millionen.«

»Du erwähntest bereits, dass die Industrialisierung eine enorm erhöhte Bevölkerungsdichte in England zur Folge hatte«, erinnerte Clara, »aber ich fragte dich schon daheim bei der Gelegenheit, wie man es fertiggebracht hat, derart vielen Menschen so schnell ein Dach über dem Kopf zu verschaffen. Eine Antwort bist du mir allerdings schuldig geblieben. Ich denke daran, wie mühsam es ist, nur unsere 173 Leute auf dem Gut mit neuem Wohnraum zu versorgen. Wie gelingt das bei solchen Bevölkerungsexplosionen? Vor allem wenn doch hier in der Stadt nur begrenzter Raum zur Verfügung steht. Wie wohnen die vielen Arbeiter? Hat man ihnen schöne Häuser gebaut? Haben die Kinder Platz zum Spielen?«

Henry schüttelte amüsiert den Kopf. »Sie leben nicht in Palästen, Clara. Ehrlich gesagt wohnen sie sogar zum großen Teil in jämmerlichen Behausungen. Zusammengedrängt auf kleinster Fläche, düster und stickig. Und die Kinder … die haben gar keine Zeit zum Spielen. Die müssen nämlich arbeiten.«

Clara sah ihn erschreckt an. »Sie müssen arbeiten? Sobald sie groß sind, meinst du sicherlich. Bei uns daheim müssen die Kinder der Gutsleute auch ran, wenn Erntezeit ist. Und sie bekommen kleine Aufgaben übertragen, wie das Einsammeln der Hühnereier oder das Taubenfüttern.«

»Darling, du lebst hinterm Mond«, schmunzelte Henry. »Das mag für so rückständige ländliche Regionen gelten wie jene, aus der du stammst. Und ich kann deinen Unmut gut verstehen, denn ich meine, dass Kinder vor allen Dingen zur Schule gehen sollten. Aber erst seit dem ›Factory Act‹ aus dem Jahre 1833 wird die Arbeitszeit für Kinder überhaupt gesetzlich geregelt. So dürfen Kinder heute erst ab dem neunten Lebensjahr zur Fabrikarbeit herangezogen werden, und ihre Arbeitszeit ist dann auf acht Stunden begrenzt. Auch wurde endlich die Kinder- und Frauenarbeit in den Bergwerken verboten, wo ganz Kleine, die besonders gut in die engen Stollen passten, mit ihren Müttern bis zu fünfzehn Stunden täglich schufteten.«

»Um Gottes willen!«, entfuhr es Clara. »Ich glaube, ich komme wirklich aus einer anderen Welt. Fabrikarbeiterkinder besuchen also, wenn dieser Umkehrschluss zulässig ist, die Schule nur bis zum neunten Lebensjahr? Da kann es nicht weit her sein mit der Bildung. Das ist ja wohl hoffentlich nur in England so?«

»Mitnichten. Thüringen hinkt zwar weit hinter der britischen Entwicklung her, aber insgesamt dürfte dieser Prozess wohl nirgends in Westeuropa aufzuhalten sein. Die Industrialisierung produziert Menschenmengen, die nicht wegen ihrer Bildung, sondern wegen ihrer Arbeitskraft geschätzt werden, Clara. Sie sind Produktionsbienen und müssen ihr Lebtag nicht rechnen oder schreiben können. Drei Kreuze genügen vollkommen, um den Lohnzettel abzuzeichnen. Und der Lohn eines Einzelnen genügt nicht, um eine kleine Familie zu ernähren.

Da müssen alle ran. Je größer die Kinderzahl, desto höher das Familieneinkommen, verstehst du?«

»Durchaus. Und ich glaube nicht, dass mir die Industrialisierung gefällt.«

»Dann hast du eine Doppelmoral, mein edles Weib. Du wirst in Zukunft ausgesprochen gut von der Arbeit all dieser Bienen leben, denn mit dem Geld, das sie erwirtschaften, all diese ungebildeten, fleißigen Männer, Frauen und Kinder, werde ich unter anderem deine Kleider, deinen Schmuck, ja, deinen ganzen Lebensunterhalt finanzieren. So moralgetrieben, wie du bist, kannst du nur froh sein, nicht schon vor zwei, drei Generationen auf meine Familie getroffen zu sein. Damals begründeten wir nämlich unseren Reichtum insbesondere auf dem Handel mit schwarzen Arbeitskräften.«

»Deine Vorfahren waren Sklavenhändler?« Clara schluckte.

»Nicht nur. Sie waren immer schon Reeder und Kaufleute. Meine Familie betrieb äußerst erfolgreich den atlantischen Dreieckshandel. Im Oktober fuhren unsere Schiffe in Bristol ab und transportierten Feuerwaffen und Munition an die westafrikanischen Küsten. Dort nahmen sie ihre menschliche Ladung an Bord, die günstig auf den örtlichen Sklavenmärkten zu erstehen war. Von da aus segelten sie zu den britischen Kolonien in Amerika beziehungsweise nahmen Kurs auf die West Indies. In der Karibik war der Bedarf an Arbeitssklaven auf den Zuckerrohrplantagen besonders hoch. Beladen mit Tabak, Gewürzen, Rohrzucker, Rum und Rohbaumwolle kehrten die Schiffe dann nach England zurück. Eine solche Reise konnte bei ungünstigen Winden durchaus fünfhundert Tage dauern. Die Frauen meiner Vorfahren haben also selten etwas von ihren Männern gehabt.«

»Mit einem Sklavenhändler hätte ich mich sowieso nicht verehelicht«, sagte Clara trotzig.

»Du wirst das Bett mit einem Nachfahren eines solchen Sklavenhändlers teilen, meine süße, naive Clara«, grinste Henry und schien so gar keine Skrupel über das Treiben seiner Vorväter zu empfinden. »Jede Generation muss sehen, wo sie bleibt. Und ich bin ihnen ausgesprochen dankbar, dass sie mir ein so stattliches Vermögen hinterlassen haben. Eigentlich könnte ich guten Gewissens den Rest meines Lebens als Privatier verbringen, ohne auch nur auf das Geringste verzichten zu müssen. Allein von den Zinsen könnten wir herrlich leben. Aber man hat ja schließlich Ehrgeiz und Handelsgeschick geerbt. Also lege ich mich nicht auf die faule Haut, sondern trachte danach, das Kapital nicht zu verpulvern, sondern zu vermehren, damit auch unsere Kinder und Enkelkinder eines Tages gute Startbedingungen erhalten.«

Clara spürte, wie ihr das Blut ins Gesicht schoss. Einmal zuvor war sie in ihrem Leben mit dieser Thematik in Berührung gekommen. Und es hatte sie schon damals zum Kochen gebracht. »Henry«, begann sie und ihre Stimme drohte sich zu überschlagen, »wer hat deinen Vorfahren das Recht gegeben, Menschen ihrer Freiheit zu berauben, sie in Schiffsbäuche zu pferchen, weit weg von daheim zu verschachern und arbeiten zu lassen, wie man es nicht mal einem Pferd oder Ochsen zumuten würde? Ich habe im Internat eine Mitschülerin gehabt, deren Familie vor Generationen aus der Schweiz in den amerikanischen Süden eingewandert war. Ihre Eltern betreiben eine riesige Baumwollplantage. Und es schien ihr gar nichts auszumachen, war für sie völlig selbstverständlich, was sie mir erzählte. Genauso kommt es mir bei dir auch vor. Sie berichtete, wie die Schwarzen dort auf den Baumwollfeldern schuften müssen. Sie haben keine Menschenrechte mehr, werden für jedes kleinste Vergehen hart bestraft, außerdem so schlecht ernährt, dass sie vor Erschöpfung einfach umfallen. Und dann schlägt man sie dafür auch noch. Sogar von abgehackten Händen hat sie erzählt, wenn sich ein Sklave auch nur an einem Kanten Brot seiner Herrschaft unerlaubt bediente. Ich finde das schockierend und entwürdigend!«

»Entwürdigt haben nicht wir die Sklaven, Clara!«, fuhr Henry auf. »Entwürdigt haben sie die afrikanischen Sklavenjäger und -händler. Im Übrigen wurden die Schwarzen in aller Regel nicht etwa zu Hause beim gemütlichen Familiendinner aufgegriffen, sondern waren häufig sowieso schon Gefangene. Was glaubst du, wie viele kriegerische Auseinandersetzungen zwischen den schwarzafrikanischen Stämmen ständig tobten? Da hieß es entweder töten oder den Händlern für ein wenig Geld verkaufen. Gefangene müssen nämlich ernährt werden, und dazu hatte niemand so rechte Lust. Die Europäer hatten mit diesen schmutzigen Geschäften nichts zu tun, mein Schatz. Wir haben reine Westen, denn wir haben die Ware nur transportiert.«

Mit einer zärtlichen Geste streckte Henry Clara die Hand hin. Doch sie schlug das Friedensangebot aus. Seine Worte schienen ihr pure Heuchelei und machten den Aufruhr, den sie empfand, ja, die Ablehnung, welche sich aus seiner arroganten Haltung ergab, nur noch schlimmer. In Claras Empörung mischte sich ein Gefühl, das ihr noch nie begegnet war. Es war hilfloser, unbändiger Hass. Dieser Hass richtete sich nicht direkt auf Henry. Aber Henry schien kraft der eigenen Familienhistorie Teil eines Systems zu sein, das Clara vehement missbilligte. Außerdem war er eben einfach da, und Clara musste ihrem Entsetzen Luft machen, um nicht daran zu ersticken. Also bekam er die volle Wucht ihrer Emotionen zu spüren.

»Ich habe aufgepasst im Unterricht, Henry!« Claras Stimme hatte einen drohenden Unterton angenommen.

»Fein, mein Engel«, erwiderte er lakonisch und trieb mit dieser Erwiderung Claras Blut an den Siedepunkt. Beide Fäuste hatte sie geballt und neben sich auf das Sitzpolster der Kutsche gestützt. Sie wusste genau, wie ihre Augen funkeln konnten, wenn sie richtig wütend war, seit sie Friederike einmal dabei ertappt hatte, als sie ihr das geliebte Jasminparfum klammheimlich vom Frisiertischchen mopsen wollte. Clara lehnte sich weit vor und fixierte Henry mit eben diesem, einst im Spiegel entdeckten Funkeln.

»England ist, wie die ganze Welt weiß, die größte Kolonialmacht der Erde. Überall sind britische Schiffe hingesegelt und haben der Krone alles einverleibt, was sich nicht wehren konnte. Du willst doch nicht im Ernst behaupten, Henry, dass man das tat, um den Ureinwohnern europäische Kultur nahezubringen und friedlich und freundlich zu ihrem Besten Handel mit ihnen zu treiben? Nein! Man tat es, um die eigene Macht zu vergrößern, die Länder, die Böden, die Bodenschätze, die Menschen auszubeuten und Profit daraus zu ziehen. Wo wurden denn die ganzen Sklaven hingeschafft? Britische Schiffe brachten sie in britische Kolonien. Um Rohstoffe zu erzeugen, die England dann im eigenen Land zu Handelswaren verarbeitete, um sie wiederum mit noch höherem Profit zu verkaufen. Und da willst du mir wirklich sagen, dass ihr, die Briten, deine Familie, ja, auch du, eine weiße Weste habt?«

»Immerhin haben die Briten den Sklavenhandel auch wieder abgeschafft«, erwiderte Henry lahm. »Und die ganze Geschichte hat schließlich schon vor beinahe einem halben Jahrhundert ihr Ende gefunden.«

»Aha«, sagte Clara nur und sah ihn auffordernd an. »Erzähl doch mal. Hat es ein gewaltiges Loch in eure Familienkasse gerissen? Und was wurde denn genau abgeschafft? Lediglich der Sklaven*handel* doch, und nicht etwa gleich, wie es sich für anständige Christenmenschen mit einem Gewissen gehört hätte, auch die ganze Sklaven*haltung* dazu!«

Henry stöhnte ungeduldig auf. »Was habe ich mir nur angetan? Ich wollte eine liebe, brave Schönheit nach Hause holen. Und nun habe ich eine Furie am Hals. Was denkst du dir eigentlich, Clara, dich in derlei Angelegenheiten einzumischen? Du bist eine Frau! Meine Frau! Du sollst mich erfreuen, mir Kinder gebären ...«

Clara hatte den dringlichen Verdacht, dass ihm die Argumente ausgingen. »Und den Mund halten? Augen und Ohren vor dem Weltgeschehen verschließen? Keine eigene Meinung haben dürfen?«, fauchte sie.

»Doch, Darling. Sofern diese nicht über die Interna des Haushaltes hinausgeht, gestehe ich dir jede Meinungsäußerung zu.«

Clara schnaubte. »Henry Ames, da hast du mit Zitronen gehandelt. Ich bin zwar erst siebzehn, habe nichts von der Welt gesehen, aber ich bin nicht dumm. Mein Kopf ist nicht allein dafür da, schöne Hüte spazieren zu tragen. Ich sauge jede Information auf, mache mir Gedanken über die Dinge, bin lern- und wissbegierig. Damit wirst du leben müssen oder keine wahre Freude an der Ehe mit mir haben. Was ist so schlimm daran zuzugeben, dass der Reichtum deiner Familie insbesondere auf einer großen menschlichen Schweinerei gründet? Du warst persönlich nicht daran beteiligt. Wahrscheinlich fand man es damals vollkommen normal, was passierte.«

Er schien zu verstehen, dass sie einzulenken bereit war, und führte einen Umstand ins Feld, der sehr dazu geeignet war, Clara zu besänftigen. »Wenn du dich so ausgezeichnet auskennst, weißt du ja vielleicht auch, dass die Abolitionisten, welche sich zur Abschaffung des Sklavenhandels formiert hatten, eine englische Gruppierung waren. Der Parlamentsabgeordnete William Wilberforce war der führende Kopf der Bewegung. Und es wird dich freuen zu hören und mich vielleicht in deinen sozialkritischen Augen ein Stück weit rehabilitieren, dass er mit meiner Urgroßtante Barbara verheiratet war. Wilberforce brachte über achtzehn lange Jahre immer wieder Gesetzentwürfe zur Abschaffung des Sklavenhandels im Parlament ein. 1807 hatte er endlich Erfolg, und der ›Slave Trade Act‹ wurde mit überwältigender Mehrheit angenommen. Danach hat sich England stark dafür eingesetzt, dass der Handel auch von den anderen Seemächten eingestellt wurde.«

Eine kleine Erleichterung machte sich in Claras Brust breit. Er konnte also doch ein wenig humanistisch reflektieren. Die erschreckend menschenverachtende Haltung, die er am Anfang der Diskussion eingenommen hatte, hätte es ihr wahrscheinlich unmöglich gemacht, ihm weiterhin liebevolle Gefühle entgegenzubringen. Jetzt schaute er sie zustimmungsheischend an, und sie lächelte ihm im Halbdunkel der Kutsche zu. Nur eine kleine Spitze wollte sie nicht versäumen, ihm noch zu verpassen.

»Ich sehe, Henry, dass du nicht so hart bist, wie du erscheinen möchtest. Und ich bin sehr froh darum. Erlaub mir nur noch eine kleine, kritische Anmerkung: Wenn England den Sklavenhandel also einstellte, gingen der britischen Wirtschaft in diesem Moment wertvolle Pfründe verloren. Habe ich recht?«

Henry nickte.

»Und diese Pfründe zu verdienen, so nehme ich mal an, wollte man nicht anderen Nationen überlassen, nicht wahr?«

»Herrgott, Weib!«

Sie hörte ein Schmunzeln in seinem gequälten Ausruf. Dieses Schmunzeln vermittelte ihr den Eindruck, dass seine starre Haltung zu weiblicher Meinungsäußerung in diesem Moment wenn nicht gebrochen, so doch wenigstens angekratzt war. Für Clara ein kleiner Sieg, den sie mit Genugtuung für sich verbuchte.

Anstrengend war dieser Streit mit ihm gewesen. Sehr geübt war sie wahrhaftig nicht darin, solch komplexe Dinge auf den Punkt zu bringen und ihre Ansichten vor einer so souveränen Persönlichkeit zu vertreten, wie Henry es war. Aber sie merkte, dass sie durchaus Spaß daran hatte, und nahm sich vor, von vornherein eine starke Position für sich einzufordern.

»Frieden zwischen den Ehegatten Ames, Henry?«, fragte sie und versäumte nicht, auch ihrer Stimme einen weichen Tonfall zu geben.

»Frieden, streitbare Lady! Und mehr Zeit bliebe uns auch gar nicht zum Diskutieren, denn sieh mal, dort links liegt schon der Park, und in wenigen Minuten werden wir in Hyde Park Gate einbiegen.«

»Oh, das ist der Hyde Park?«, rief Clara begeistert aus. »Ich muss unbedingt den Crystal Palace besichtigen. Ist die Weltausstellung noch geöffnet? Vater erzählte, wie sehr sich Albert für dieses gewaltige Unternehmen starkgemacht hat.«

Die für sie aus familiären Gründen völlig selbstverständliche Erwähnung des Gemahls der Queen ließ Henry auffällig zusammenzucken. Clara fand diese Reaktion merkwürdig und konnte sie nicht recht einordnen. Schnell jedoch fing er sich wieder und antwortete in unverfänglichem Plauderton.

»Die Ausstellung hat vor zwei Tagen ihre Pforten geschlossen, Clara. Aber den Palace werden sie wohl vorläufig stehen lassen, obwohl ich schon läuten hörte, dass ein gewisser Unmut in der Bevölkerung aufkommt. Er sei viel zu protzig für den Park und würde die Landschaft verschandeln, sagt man. Womöglich baut man ihn noch ab und errichtet ihn an anderer Stelle wieder. Morgen früh könnten wir einen Ausflug dorthin machen. Du kannst natürlich auch deine guten verwandtschaftlichen Beziehungen spielen lassen. Vielleicht lässt man ihn uns dann sogar von innen besichtigen.«

»Natürlich. Ich werde eine kleine Nachricht schreiben«, überlegte sie vergnügt. »Der Palace interessiert mich brennend, und diesen kleinen Wunsch wird man mir sicherlich nicht abschlagen.«

Henrys Gesicht leuchtete zufrieden im Schein der vorbeihuschenden Gaslaternen. »Willkommen in London, Clara!«, sagte er aufgeräumt. »Lass uns jetzt zunächst sehen, ob die

Dienerschaft etwas zu essen für uns hergerichtet hat. Ich bin ungeheuer hungrig.«

Die Kutsche hielt, und hell erleuchtet begrüßte das weiße Haus seinen Herrn.

»Hältst du den Londoner Hausstand das ganze Jahr über?«, wollte Clara erstaunt wissen.

»Wo denkst du hin? Nein, nein, die Bedienten, mal abgesehen von meinem Butler Alfred, der das Haus das ganze Jahr über in Schuss hält, sind nur beschäftigt, wenn wir anwesend sind. Den Sommer über wirst du in Côte House weilen. Dann ist London unerträglich, denn die Themse beginnt entsetzlich zu stinken. Eines Tages sollten sich die Verantwortlichen darüber Gedanken machen, ein Abwassersystem zu bauen, das dem Wachstum der Stadt gerecht wird, damit nicht mehr alles ungefiltert in den Fluss läuft. Wer weiß, womöglich drohen im schlimmsten Fall noch Seuchen ...«

»Was ist mit Weihnachten, Henry? Wo werden wir unser erstes Weihnachtsfest feiern?«

»So gefällst du mir wieder, Clara«, sagte Henry lächelnd, als er ihr die Hand zum Aussteigen reichte. »Das sind Fragen, die zu einer jungen Frau passen. Die zu *meiner* jungen Frau passen! Weihnachten werden wir auf dem Land verbringen. Einige Tage zuvor verlassen wir London und igeln uns über den Winter in der Beschaulichkeit Cornwalls ein.«

Obwohl ihr die adäquate Erwiderung schon auf der Zunge lag, hatte Clara keine Gelegenheit mehr, ihm ihre bissige Antwort hinzuwerfen. Zur Begrüßung aufgereiht vor dem eleganten, hinter einem kleinen Vorgarten gelegenen Stadthaus, erwartete die beiden eine Dienerschar, die ohne Weiteres eines Schlosses würdig gewesen wäre. Daheim schaffte Emma mit den beiden Mädchen alles allein. Und hier gab es für lediglich zwei Personen neben Mary Black, die soeben mitsamt Henrys Leibdiener aus dem Hansom Cab hinter ihnen stieg:

einen Butler, eine äußerst gestreng wirkende Hausdame namens Weatherford, eine Köchin, drei Stubenmädchen sowie eine dunkelhäutige Küchenmagd, vielleicht eine Mulattin. Wie am Perlenschnürchen aufgereiht harrten sie mit servilen Mienen des Eintreffens ihrer Herrschaft.

»Herzlich willkommen, Sir, Countess …«, begrüßte Alfred sie und teilte Henry mit, dass das in Calais aufgegebene Gepäck bereits vor einer halben Stunde eingetroffen und auf die Zimmer verteilt worden sei.

»Ausgezeichnet! Und, Jane, können wir denn noch mit einem späten Imbiss rechnen?«

Die Köchin knickste und erwiderte strahlend: »Alles, was Euer Herz begehrt, Sir!«

»Danke, Jane«, antwortete Henry und wandte sich flüsternd an Clara: »Sie hat keine Ahnung, was mein Herz wirklich begehrt …«

»Aber ich«, raunte sie zurück. »Eine hübsche, brave Gattin, die den Mund hält und noch nicht einmal eine wohlwollende Bemerkung darüber macht, dass deine Küchenmagd keine Fußfesseln trägt«, erwiderte Clara keck und amüsierte sich über den theatralisch zum Himmel geworfenen Blick ihres Mannes.

Oktober 1851 –
London Zerreissprobe

Was Jane in dem eleganten Speisezimmer mit den hübschen Kirschholzmöbeln und den grün-weiß gestreiften Tapeten angerichtet hatte, hätte leicht zur Beköstigung einer mittleren Abendgesellschaft ausgereicht. Gebackene Kapaune, zartrosa Roastbeef, in hauchdünne Scheiben aufgeschnittene Fasanenbrüste, appetitliche Pasteten, weißes Brot, verschiedenster Käse, aufwendig garnierte Petit Fours, alle erdenklichen Sorten Obst, bis hin zu blauen Trauben, die Clara noch nie probiert hatte …

Eingedenk der späten Stunde hatten Clara und Henry darauf verzichtet, sich ausgiebig frisch zu machen, und umgehend die gedeckten Plätze an den Enden des langen, polierten Tisches eingenommen. In der Mitte der Tafel stand ein ausladendes Blumenarrangement aus Gladiolen und Herbstastern, das es dem Paar nur mithilfe von Kopfverrenkungen möglich machte, einander zu sehen.

»Polly, bist du bitte so freundlich und räumst den Blumenladen ein Stück zur Seite?«, bat Henry das Serviermädchen. »Ich möchte meine Frau anschauen können.«

»Sehr wohl, Sir«, antwortete Polly und schob das schwere Gesteck an den Rand der Tischplatte, wobei sie sich weit vorbeugen musste.

»So genehm, Sir?«, hörte Clara sie fragen und erhaschte just in dem Moment, als die Blumen die Sicht auf ihren Gemahl freigaben, einen höchst eindeutigen Blick Henrys auf Pollys wohlgeformtes Hinterteil. Bei Clara löste diese kleine Entdeckung ein Gefühl aus, das zwischen Verwirrung und Empörung lag. War er etwa von der Sorte, die dem Hauspersonal nachstellte? Clara hatte von solchen Männern gehört, aber bisher war ihr nie einer begegnet, der seine Angestellten als persönliches Eigentum betrachtete, an dem man sich nach Herzenslust vergreifen durfte. Sie beschloss, sehr wachsam zu sein, denn ihr schwante, dass nicht allein Henrys Liebe zum Meer ihr Konkurrenz um seine ungeteilte Aufmerksamkeit machen würde.

Nun aber stillte sie zunächst ihren unbändigen Hunger. Hatte auch Emma gefrotzelt, die englische Küche sei als ungenießbar bekannt, wurde sie nun eines Besseren belehrt. Zwar verzichtete sie auf Unmengen Meerrettich, wie ihn sich Henry auf das Roastbeef strich, und konnte sich auch mit der merkwürdigen Mintsoße zum Fasan nicht anfreunden, aber alles in allem schmeckten ihr die angebotenen Speisen köstlich.

Während Clara bei dem erfrischenden Gingerale blieb, sprach Henry dem blutroten Burgunder kräftig zu. Clara konnte zusehen, wie schnell der Alkohol seine Laune hob. Witzige Anmerkungen begann er zu machen. Und die Blicke, die er immer wieder wohlgefällig über die Gestalt Pollys gleiten ließ, die dienstbeflissen neben der Anrichte wartete, entgingen ihr nicht.

Es wird Zeit, dachte Clara, dass Henry bekommt, was ihm zusteht. Sonst werde ich all sein Begehren noch an dieses hübsche Hausmädchen verlieren. Was hätte denn die »erfahrene Frau« Clara Henriette ihren wissensdurstigen Mitschülerinnen in solch einer kritischen Situation geraten? Sie überlegte angestrengt, und ein Lächeln huschte über ihre Züge, als sie Polly nun direkt ansprach.

»Ich möchte gern noch ein Bad nehmen. Würdest du mir bitte eins richten, Polly?«

»Selbstverständlich, Countess!«, knickste das Mädchen artig.

Clara nahm zufrieden zur Kenntnis, dass man ihr offenbar genauso viel Beachtung schenkte wie Henry und dass das Mädchen sie ebenso wie der Butler bei der Begrüßung nicht wie befürchtet als schlichte »Lady«, sondern trotz der Eheschließung mit ihrem korrekten Titel ansprach.

»Darf ich zuvor noch etwas auflegen?«, wollte die Kleine wissen, und als Clara dankend ablehnte und entschlossen ihren Teller zurückschob, zog sie sich flinkfüßig zurück.

»Ausgesprochen ansehnliches Personal hast du, Henry«, sagte Clara und schaute ihn hinter ihrem Glas hervor provozierend an. »Von dir selbst handverlesen?«

Er räusperte sich, und Clara hatte den Eindruck, er fühlte sich ertappt.

»Du hast eine enorm rasche Auffassungsgabe, Darling. Dir entgeht nichts, stimmt's?«

»Meine Auffassungsgabe sagt mir, dass ich es mit einem höchst virilen Ehemann zu tun habe, der endlich zu seinen Rechten kommen muss. Du hast lange genug gedarbt, mein Lieber.«

In diesem Moment schon rauschte Polly wieder herein, verkündete, das Bad laufe ein, und fragte nach, ob sie Miss Black wecken solle, damit sie Clara behilflich sein könne.

»Um Himmels willen, nein, Polly. Ich bin durchaus in der Lage, alleine zu baden, und brauche keine Zofe dafür. Vielen Dank. Nun will ich mich zurückziehen.«

Clara stand auf und blickte Polly suchend an. »Wohin ...?«

Das Mädchen führte sie durch die Halle, die geschwungene Treppe hinauf ins obere Stockwerk. Weiche, moosgrüne Teppichbeläge dämpften jeden Laut. Die Einrichtung dieses Hauses hatte jemand mit viel Geschmack und Sinn für schöne Details vorgenommen. Schon das Speisezimmer hatte ihr ausnehmend gut gefallen. Hier oben flackerte mild gedämpftes Gaslicht in tulpenförmigen Leuchtern, waren heitere See- und Waldgemälde in zierlichen Rahmen an den Wänden angebracht, luden grazile, mit floralen Stoffmustern bezogene Sofas und Stühle zum Ausruhen ein und machten selbst die Flure wohnlich. Ob es Henry persönlich gewesen war, der alles so gemütlich und doch elegant ausgestattet hatte? Clara war neugierig und fragte Polly.

»Oh nein, nein. Darum hat sich Miss Beatrice gekümmert, die jüngere Schwester Sir Ames'. Er hat doch gar keine Zeit für so etwas.«

Eine jüngere Schwester? Davon hatte Henry bisher nichts erwähnt. Wenn sie einen so guten Geschmack hatte, vielleicht wäre sie ja eine wirklich nette Person? Womöglich sogar eine Freundin für Clara? Die Idee elektrisierte sie. Eine Freundin … hier, im fremden Land. Das wäre etwas Wundervolles! Sie beschloss, Henry baldmöglichst nach ihr zu fragen.

Sie hatten das Bad erreicht, und Clara war entzückt. Wunderbar warm war es in dem großzügigen Raum. An allen freien Wänden hingen schwere, goldgerahmte Spiegel, die bis auf den Boden reichten. Das Prunkstück war eine palmenumstandene marmorne Wanne, wie Clara sie noch nie gesehen hatte. Mitten im Raum thronte sie und hatte solche Ausmaße, dass sie eine ganze Kleinfamilie hätte aufnehmen können. Aus dem vergoldeten Hahn strömte dampfend heißes Wasser, und ein betörender Duft nach Lavendel-Badeessenzen schwängerte die Luft.

»Herrlich!«, rief sie aus. »Von mir aus bist du für heute entlassen, Polly. Gute Nacht.«

»Danke. Ruht wohl, Countess!«

Leise schloss das Mädchen die Tür hinter sich. Clara löste die Korsettschnüre, hakte das Planchet auf und atmete einmal tief durch. Die Kleider, die Haarnadeln flogen. All den Reisestaub endlich loswerden. Reinigen, entspannen. Sich auf *den* Moment vorbereiten! Ach, wäre es doch die Reinigungszeremonie für die Hochzeitsnacht mit Martin. Nein. Wollte sie ihre eheliche Pflicht erfüllen, durfte sie ihn hier und heute nicht neben sich fühlen. Clara schüttelte ihr hüftlanges Haar – verschwinde, Martin, mach es mir doch nicht so schwer –, und wenige Augenblicke später ließ sie sich in das duftend warme Wasser gleiten, um rasch vollkommen befreit ganz unterzutauchen. Sie hörte nur noch ihren eigenen Herzschlag, hin und wieder das Platzen eines Luftbläschens, das sich aus ihrem Ohr gelöst hatte und an die Wasseroberfläche perlte. Eine, vielleicht zwei Minuten lang genoss sie das Gefühl der Schwerelosigkeit, des sanft um ihr Gesicht spielenden Haares, dann ging ihr die Puste aus und sie musste auftauchen.

Um direkt in Henrys lächelndes Gesicht zu blicken.

»Was für eine makellos schöne Seejungfrau!«

»Oh … Henry … du?« Erschreckt setzte sie sich auf und hielt die Arme vor den Busen. Glasklar violett schimmerte das Wasser. Nichts, worin sie sich verstecken konnte.

»Hattest du jemand anderen erwartet?«

»Die Frage war rhetorisch gemeint«, lächelte sie. »Ich wähnte mich allein.«

»Darf ich dir das Haar waschen?«

Clara nickte. Henry schob etwas Weiches in ihren Rücken, zog sich einen Schemel heran, nahm hinter ihr Platz und hieß sie, sich anzulehnen. Dann seifte er mit sanften, kundigen Griffen die seidig-nasse Flut ihrer Locken ein. Sie genoss mit geschlossenen Lidern die Kopfmassage, atmete den Duft, der sie einhüllte, legte den Kopf vertrauensvoll zurück, als er frisches warmes Wasser aus einer Kanne über den Schaum laufen ließ. Geschickt hielt er seine Hand schützend über den Haaransatz. Kein Seifentröpfchen lief ihr in die Augen.

»Du hättest Friseur werden können, Henry. Großartig machst du das. Wenn Emma mir beim Haarewaschen geholfen hat, sah ich hinterher immer aus wie ein Albinokaninchen mit meinen gereizten roten Augen«, schnurrte sie.

»Friseur wäre nicht unbedingt mein Traumberuf gewesen«, lachte Henry dunkeltönig hinter ihr. »Darf ich dich einseifen?«

»Was auch immer du möchtest.«

Kaum ausgesprochen, bekam sie einen kleinen Schreck. War das eigentlich alles schicklich, was sie ihm hier erlaubte? War es nicht eigentlich viel zu viel, was Henry sehen konnte? Alles. Nichts war verhüllt. Durfte das sein? Machte man das so unter Ehegatten? In ihren Tagträumen hatte es niemals Nacktheit gegeben, und sie war stets sicher gewesen, dass Intimitäten zweifellos bekleidet stattzufinden hätten. Offenkundig hatte sie sich getäuscht. Noch nicht einmal Bernadette hatte sich zu derartigen Dingen eindeutig geäußert. Und die Comtesse war nun mal das einzige weibliche Wesen gewesen, mit dem sie überhaupt über den Liebesakt geredet hatte, und diese war mit ihren Schilderungen weiß Gott nicht zimperlich gewesen. Gemessen an den naiven Vorstellungen, die damals im Internat unter den Schülerinnen umgegangen waren, wäre doch eine solche Ungeheuerlichkeit auch Bernadette sicherlich erwähnenswert erschienen, wenn sie in der Ehe gang und gäbe wären. Nein, normal war das nicht! Aber was konnte sie schon tun? Clara entschied sich vorläufig, einfach weiterhin die Augen geschlossen zu halten. Henry würde schon wissen, was er tat.

Offenbar wusste er es wirklich, denn nun spürte sie den weichen Schwamm über ihre Schultern, ihren Hals, den Rücken hinuntergleiten. Es fühlte sich nicht unangenehm an. Im Gegenteil, als Henry jetzt mit geradezu akribischer Sorgfalt ihre straffen Brüste umrundete, huschten kleine aufregende Schauer über den ganzen Körper. Sie musste die Augen nicht öffnen, um zu wissen, dass eine verräterische Gänsehaut ihre innersten Empfindungen vor ihm bloßlegte. Dieser Umstand schien ihn noch mutiger zu machen. Tiefer rutschte der Schwamm, strich sanft über ihren flachen Bauch, berührte wie zufällig die Lenden, kam sogar kurz auf dem Venushügel zum Ruhen. Clara sog scharf die Luft ein. Wollte sie, dass er dort verweilte? Nein. Das konnte sie unter gar keinen Umständen wollen. All ihre Muskeln zogen sich zusammen, sandten Signale der Abwehr. Die schon wieder aufkommen wollende Gänsehaut befahl sie kraft ihres Willens zum Schämen in die Ecke.

Henry reagierte sofort, hob geschäftig wie ein professioneller Bader ihre Arme, dann ein Bein nach dem anderen aus dem Wasser, um sie einzuseifen, den Schaum wieder abzuspülen, und widmete sich dann erneut jenen Zonen, die auf sein Tun mit so augenfälligem Wohlwollen angesprochen hatten. Dies wollte Clara ihm erlauben. Aber alles, was unterhalb der Linie ihres Nabels lag, erklärte ihr Gesichtsausdruck eindeutig zur Tabuzone. Daran hielt sie eisern fest, obwohl Henry immer wieder versuchte, die wortlos gesteckten Grenzen zu überwinden. Kleine unwirsche Laute rutschten dann zwischen Claras geschlossenen Lippen hindurch, die er unmöglich missdeuten konnte.

Eine ganze Weile spielten sie dieses Spiel. Clara genoss es, war jedoch ständig auf der Hut, und es gelang ihr nicht, sich völlig zu entspannen. Henry seufzte, und sie hatte das Gefühl, es klänge frustriert. Wahrscheinlich war er das auch, denn plötzlich verlegte er sich auf eine neue Taktik. Er warf den Schwamm ins Wasser, Clara blinzelte und entdeckte, dass er seine Hemdsärmel aufkrempelte.

Kein Schwamm mehr. Jetzt fühlte sie Henrys bloße Hände auf der Haut, spürte seine drängenden Lippen auf ihren. Das war es gewesen, was ihr gefehlt hatte. Ein Glucksen kam aus ihrer Kehle. Hatte er also doch nicht vergessen, welche Macht seine Küsse entfalten konnten! Ein sanfter Rausch bemächtigte sich ihrer. Einer von der Art, wie man ihn empfinden kann, wenn genau die richtige Menge guten Weins getrunken ist.

Henrys Atem ging schwer. Er schien zu begreifen, dass er das Mittel gefunden hatte, ihren sittsamen Widerstand zu brechen. Weiter und weiter trieb er sie in diesen euphorischen Zustand. Bis sich Claras Leib ihm entgegenbog. Sie war bereit.

Und genau in diesem Augenblick ließ er plötzlich von ihr ab. Verblüffung, dann Enttäuschung fluteten Claras Gefühle. Hatte sie etwas falsch gemacht? Wollte er denn gar nicht …? Einen Augenblick lang passierte nichts, und sie war kurz davor nachzusehen, ob er sie womöglich alleine gelassen hatte. Warten … warten. Wie lange? Gleich, wenn er nicht sofort zu ihr zurückkäme, würde sie die Augen öffnen. Er sollte jetzt nicht verschwinden … dieses herrlich wollüstige Gefühl sollte nicht verschwinden. Ganz still, eingetaucht bis übers Kinn, begann sie, wie früher beim Versteckspiel, von hundert rückwärts zu zählen. Immer langsamer zählte sie. Wollte keine Ernüchterung. Spürte doch, wie die köstliche Erregung sich schon wieder zurückzuziehen begann.

Bei siebzehn kam Bewegung ins Wasser. Eine kleine Flutwelle stieg über ihre Unterlippe, ließ sie den Mund zusammenpressen, einen zaghaften, erschreckten Kiekser verlauten.

»Du ertrinkst nicht, schöne Meerjungfrau«, hörte sie Henry sagen und fühlte im nächsten Moment, wie sein Arm ihre Taille umschlang.

Sie öffnete die Augen.

Und sah zum ersten Mal im Leben einen vollkommen nackten Mann.

Breit und stark bemuskelt war seine Brust. Geziert von einer kleinen Insel weicher dunkler Haare genau in der Mitte. Seine linke Schulter bedeckte eine kunstvolle farbige Tätowierung, wie sie sie noch nie gesehen hatte. Ein stolzer Dreimaster unter vollen Segeln. Düster drohende Wolken, aufgewühlte See und ein gestochen scharf lesbarer Name: Celestine.

Sie spürte seine kräftigen Oberschenkel zwischen ihren. Fühlte seine Arme, die sie noch immer um die Taille hielten, und wagte keinen Blick, der tiefer ging als bis zu seinem Nabel. Würde er sie jetzt küssen, wäre sie verloren.

Er küsste sie. Küsste sie in eine Ekstase, die sie alles vergessen ließ.

Clara verschränkte ihre Hände in seinem Nacken, schloss die Lider. Ließ sich halten, schwerelos treiben, vorwärtstreiben, bis sie dieses überwältigende Gefühl nahen spürte, das sie aus einsamen Nächten kannte. Nur intensiver, Haut an Haut, Mund an Mund.

Dann, plötzlich, der Moment der Erlösung schon ganz nah, ein Schmerz so scharf, so brutal, so ernüchternd. Ein Schrei. Tränen.

Und Henry, nah und doch weit weg in seinem einsamen, himmelhohen Taumel, hatte sie allein zurückgelassen.

Clara riss die Augen auf. Rau, tierisch sein Stöhnen. Teuflisch verzerrt seine Züge. Nicht von dieser Welt.

Der Schmerz milder jetzt, und doch ... Henry sollte weggehen. Sollte aufhören. Ihr niemals wieder so entsetzlich wehtun.

Dieses Gesicht, diese Fratze, wollte sie nie wiedersehen. »Henry«, flüsterte sie gequält, doch er reagierte nicht, tat weiter und weiter, was er tat, achtete nicht auf sie. Wasser drang in ihre Ohren. Sie schloss die Augen. »Du bist für die Liebe geschaffen ... für die Liebe geschaffen ...«, klangen die Worte, die sich zu einer spöttischen Kakofonie aus Henrys und Martins Stimmlagen mischten.

Das war die Liebe? Wie entsetzlich!

Clara betete. Stumm und verzweifelt. Kalt und verwundet fühlte sich ihr Körper an. Verstört ihre Seele. »Henry ... bitte!«, flehte sie.

Er hörte nicht. Kniete zwischen ihren Lenden, hielt sie fest um die Hüften, hatte den Oberkörper zu voller, beängstigender Größe aufgerichtet, achtete nicht mehr darauf, dass ihr Kopf immer wieder unter Wasser geriet, und tobte sich an ihr aus.

Claras Hände krallten an den marmornen Rändern der Wanne. Völlig entfesselt und bar jeder Rücksichtnahme wechselte er nun auch noch ihre Position. Als wäre sie eine seelenlose Puppe, legte er ihre Beine über seine Schultern. Instinktiv zog sie ihr Becken so weit zurück, wie es möglich war, versuchte, Mund und Nase über Wasser zu halten. Aber es gab kein Entrinnen. Henry hielt sie eisern fest. Jetzt ... spätestens jetzt hatte er sie in der Mitte entzweigerissen.

Wie lange würde dieses Martyrium dauern? Noch einmal fühlte sie seine scharfen Nägel in der zarten Haut ihrer Hüften. Ein letztes Mal wich sie verzweifelt vor den harten Stößen zurück. Unendlich wurde die Zeit. Und endete mit einem Stöhnen, das direkt aus der Hölle zu kommen schien. Dann, endlich, sank er über ihr zusammen.

* * *

Eine vollkommene Wandlung war mit ihm vorgegangen. Beinahe jungenhaft sanft waren seine Gesichtszüge gewesen, als er sie danach zärtlich in die Arme geschlossen und aus dem Wasser gehoben hatte. Mit dem Ausdruck tiefsten Bedauerns hatte er die feine Blutspur weggewischt, die sich den Schenkel hinab ihren Weg ins violette Wasser suchte.

»Verzeih mir, Darling, bitte verzeih mir …«, murmelte er wieder und wieder, verbarg den Kopf an ihrem Hals. »Es ist mit mir durchgegangen. Deine Jugend, deine Schönheit, deine … deine Jungfräulichkeit haben mich zur Raserei getrieben. Ohne auf deinen herrlichen Körper, auf deine zarte Seele Rücksicht zu nehmen. Niemals wirst du mir vergeben … Hass und Wut musst du empfinden. Ich habe es verdient. Habe verdient, wenn du mich nun für immer von dir stößt.«

Eben noch war Clara voller Verletztheit und Abscheu gewesen. Aber nun tat er ihr leid in seiner tiefen Zerknirschtheit. Sie erlaubte ihm, sie am ganzen Körper mit weichen Handtüchern abzutrocknen, ihr Haar sorgfältig in einen Turban zu drehen und sie in einen tiefroten samtenen Hausmantel zu hüllen. Sie ließ es zu, dass er sie auf die Arme hob und ins Schlafgemach nebenan trug. Auf seidene Kissen bettete er sie, küsste ihre Füße, trug süßen Portwein heran, eine Schale mit blauen Trauben, fütterte sie, hielt ihr das Glas an die Lippen.

Mit nacktem Oberkörper, um die Lenden nur eine Pyjamahose, saß Henry auf der Bettkante. Clara hingegen thronte wie eine Königin und ließ sich von ihm bedienen und verwöhnen. Sie fand, das hatte sie sich verdient, und ließ es sich mit wachsendem Vergnügen gefallen. So benahm sich also ein wildes Tier von einem Mann, wenn er ein schlechtes Gewissen hatte. Ganz machtlos war sie nicht, das spürte sie überdeutlich. Wahrscheinlich, überlegte sie, konnte sie in diesem Moment alles von ihm haben. Clara beschloss, die Vermutung auf ihre Richtigkeit zu überprüfen, und drehte scheinbar verlegen an ihrem allzu großen Ehering. Henrys Reaktion folgte prompt.

»Gleich morgen, mein Herz, werden wir ihn zum Juwelier bringen und ändern lassen. Bei der Gelegenheit kannst du dort nach Herzenslust aussuchen, was auch immer dir gefällt. Ich möchte dich überschütten mit Juwelen, schönen Kleidern und werde dir jeden Wunsch von den Augen ablesen.«

Na bitte.

Clara gelang es mühsam, ihren ernsten, abgrundtiefe Verletztheit signalisierenden Gesichtsausdruck beizubehalten. Innerlich musste sie längst kichern. So einfach war das also mit den Männern.

Da war noch etwas, das sie unbedingt erkunden wollte. Wer war diese Celestine gewesen, deren Namen sie unauslöschlich eingeätzt auf seiner Schulter gefunden hatte? Ein einziger Blick auf die Tätowierung genügte, um Henrys Zunge zu lösen.

»Die Celestine war meine allererste große Liebe, Clara. Der große Stolz meiner jungen Jahre. Sie war keine Frau, sondern mein erster eigener Segler. In einem tropischen Wirbelsturm ging sie unter und liegt nun auf dem Grund des Meeres. Ich hatte sie bis zum letzten Moment nicht verlassen wollen und war treu auf der Brücke geblieben. Drei meiner Männer waren meinem Beispiel gefolgt, und unsere Treue erwies sich als lebensrettend. Nur so konnten wir nämlich verhindern, von den brechenden Masten erschlagen zu werden, wie es den meisten Mitgliedern der Besatzung geschah, die ohne nachzudenken in Panik über Bord gesprungen waren. Blutrot färbte sich das Wasser rund um den sinkenden Rumpf. Ich werde den Anblick nie vergessen und habe der Celestine jahrzehntelang wie einer geliebten Frau hinterhergetrauert. Verstehst du, Clara? Meine große Liebe versank im blutroten Wasser.«

Waren es ihre Blutstropfen im Violettblau gewesen, die ihn derart rasch wieder zur Besinnung gebracht hatten? Clara schloss diesen Zusammenhang nicht aus. Sie schüttelte traurig den Kopf, schlug die Augen nieder, spürte seinen dunklen, fragenden Blick auf sich ruhen.

»Wie traurig«, seufzte sie erst nach geraumer Zeit. »Ich weiß, wie es ist, die erste Liebe zu verlieren.«

Scharf war dieses Schwert. Es traf Henry im empfindlichsten Augenblick. Mischte sich mit seinem Schuldbewusstsein und ließ ihn mühsam unterdrückt aufjaulen wie ein verletztes Tier.

»Mein Gott, Clara, was habe ich dir angetan! Dabei war es mein Wunsch, dass du ihren Platz in meinem Herzen für immer einnehmen solltest. Nun habe ich alles verdorben. Oder kann ich noch Hoffnung hegen? Willst du meine zweite große Liebe sein?«

Sie antwortete nicht sofort. Ehrlich sollte ihre Erwiderung ausfallen, und es gab ihrerseits Fragen, die sie dafür zunächst zur Zufriedenheit geklärt sehen wollte.

»Sag mir erst, Henry, wird es immer so sein wie vorhin?«

»Um Himmels willen, Clara, nein!«

Es klang aufrichtig. Und noch immer beschämt.

»Was wird anders sein?«

»Niemals mehr, das verspreche ich hoch und heilig, wirst du den Schmerz der ersten Vereinigung spüren. Das, was mir den Weg verschloss und nun zerrissen ist, wird sich dem Vergnügen nicht wieder entgegenstellen.«

Zweifelnd blickte sie ihn an.

Henry lächelte verstehend. »Keine Mutter hat dir erklärt, was beim ersten Mal auf dich zukommen würde?«

»Meine Mutter starb, als ich zehn Jahre alt war. Emma war meine Kinderfrau, und ich nehme an, da sie selbst kinderlos geblieben ist und niemals verheiratet war, hat sie meiner Vorbereitung auf die Ehe keine allzu große Bedeutung zugemessen. Vielleicht hätte sie mir noch die passenden Worte mit auf den Weg gegeben, wenn nicht alles so furchtbar schnell gegangen wäre. Ich weiß es nicht.«

Sanft legte er die flache Hand auf ihren Bauch und schaute sie liebevoll an. »Jetzt hast du den Schmerz hinter dir, Liebste. Spürst du noch etwas?«

Clara schüttelte den Kopf. »Nichts mehr. Aber du? Wirst du jedes Mal wieder wie eine wilde Bestie über mich herfallen?

Ich habe keine Liebe, nicht einmal Zuneigung in deinen Augen gesehen. Ganz weit weg erschienst du mir. Du hast mich behandelt wie ein lebloses Ding.«

Henry nahm seine Hand von ihrem Bauch, drehte sich von ihr weg und stützte das Kinn in die Fäuste. »Wie soll ich es beweisen? Wie ihre Zweifel ausräumen, wenn sie mich in Zukunft abweisen wird?«, murmelte er halblaut.

Clara sah die Muskeln unter dem Bild der Celestine spielen. Es war, als hebe und senke sich der stolze Segler über den tobenden Wellen. Zart strich sie mit den Fingerspitzen die Linien des weit über die Wasserlinie herausgehobenen Rumpfes nach. Legte dann die ganze Hand auf das Schiff, als wolle sie es schützen, zur Ruhe bringen, vor dem Untergang bewahren.

»Hat es sehr wehgetan, das Bild deiner ersten Liebe auf der Haut zu verewigen?«

Henry wandte den Kopf halb herum. Er nickte.

»Und tut es heute noch immer weh?«

»Nein. Aber es tut gut, sie immer bei mir zu haben, denn sie ist ein Teil meines Lebens. Ein Teil von mir.«

»Bin auch ich jetzt ein Teil von dir?«

Vollends drehte er sich zu ihr um, stemmte seine Hände neben ihren Hüften auf die Bettdecke, sah sie direkt an. »Ja, Clara. Dreimal ja!«

Clara legte den Kopf ein wenig schief, lächelte und streichelte sanft die Haut über seinem Herzen. »Da!«, sagte sie entschlossen.

Unverständnis. Denkfalten überzogen seine Stirn. Was ... was? Ungläubigkeit in seinem Blick. Dann ein helles Leuchten im tiefen Braun seiner Augen. Verstehen.

Er legte seine Hand über ihre. Nickte. »So soll es sein, mein Herz!«

Juli 2010 –
Über den Wolken

»Mein lieber Schwan«, entfuhr es mir. »Da ist sie einerseits ein absolut naives Mäuschen und andererseits dermaßen ausgebufft! Sie wollte ihre Rache, wollte ihn ordentlich leiden lassen, ja? Wenn ich das richtig verstehe, wollte sie, dass er sich zum Beweis seiner Liebe ihr Porträt stechen lassen sollte, stimmt's? Ich habe damit zwar keine Erfahrung, aber ich glaube, davon hätte er erheblich länger was gehabt als sie beim rabiaten Zerreißen des Jungfernhäutchens.«

Constantin grinste. »Na ja, sie hat alles für ihn aufgegeben, und er behandelt sie so mies? Findest du nicht, mindestens aus weiblicher Solidarität, dass sie ihre Genugtuung verdient hatte?«

Ich drückte der vorbeikommenden Stewardess den leeren Tomatensaftbecher in die Hand und bat um einen zweiten.

»Sie hat immerhin einen Mann gekriegt, bei dem sie relativ sicher sein konnte, dass es ihr niemals an irgendwas mangeln würde. Wirtschaftlich zumindest machte sie doch, verglichen mit ihrem Habenichts Martin, einen prima Tausch … und dass es mit Henry durchgeht, so, wie sie sich ihm präsentiert hat, kann ich ihm auch bei aller weiblichen Solidarität nicht verübeln.«

»Tsss. Ich dachte immer, Frauen denken nicht so. Und was soll ich bezüglich unserer gemeinsamen Pläne deinen Worten entnehmen?«

Er sah geknickt aus, und ich bemühte mich, schleunigst einzulenken.

»Herrgott, so habe ich das nicht gemeint. Das hat doch mit uns nichts zu tun. Ich liebe dich!«, posaunte ich zwischen die Sitzreihen und durfte die mild vergnügten Mienen der anderen Fluggäste bewundern, die sich ob meiner Lautstärke nach uns umgedreht hatten. Die Stewardess reichte mir zwinkernd meinen neuen Tomatensaft.

»Okay«, erwiderte Constantin gedämpft. »Danke für die öffentliche Liebeserklärung. Aber ich staune. Frauen denken also in zwei möglichen Kategorien? Geld oder Liebe?«

Shit! Jetzt hatte ich mich in eine feine Situation hineinmanövriert. »Wenn ich dich richtig verstanden habe, wollte sie vor allem Liebe, oder? Von Martin zumindest. Henry aber sollte ihr alles auf einmal bieten, und zwar pronto. Viel Zeit hat sie ihm wirklich nicht gelassen. Ihren Martin kannte sie von Kindesbeinen an, das war ein eingeschworenes Verhältnis, und Henry sollte alles gleichzeitig aus dem Hut zaubern? Nee, du, ich bin gerade ein bisschen unzufrieden mit ihr. Nebenbei bemerkt: Auffallend ist doch auch, dass sie so großen Wert darauf gelegt hat, weiterhin als Gräfin tituliert zu werden. Was hat sie denn da geritten? Hätte sie Martin geheiratet, wäre sie eine schlichte Frau Klopstock geworden. Nix mit Geld, nix mehr mit Adelstitel und den dazugehörigen Privilegien.«

»Jetzt schmeißt du alles durcheinander«, maulte Constantin. »Ich sehe das so: Martin hat sie geliebt. Da war es ihr völlig egal, ob sie arm oder wohlhabend, Gräfin oder bürgerliche Frau Klopstock war ...«

»Siehste, das geht mir mit dir auch so«, hakte ich schnell mit einem sehr ehrlich gemeinten besänftigenden Unterton ein und erntete einen zwar schmunzelnden, aber wenig überzeugten Blick.

»Unterbrich mich nicht.«

»'tschuldigung. Was verstehe ich falsch?«

»Hätte sie Martin geheiratet, wäre sie vermutlich mit ihm daheim in ihrer gewohnten Umgebung geblieben. Ich denke, dass er sicherlich nach Abschluss seines Studiums zurückgekehrt wäre und die beiden sich ganz in der Nähe, vielleicht sogar direkt am Ort niedergelassen hätten. Solange sie zu Hause lebte, wusste jeder, wer sie war, ob nun verheiratet oder nicht. So breit gestreut waren die Adelsfamilien damals auch wieder nicht. Sie wäre also stets etwas Besonderes geblieben. Henry hingegen wollte, dass sie ihre ganze Vergangenheit hinter sich ließ. Ich denke, sie hatte einfach Panik vor dem Identitätsverlust. Fremdes Land, fremder Mann, fremde Sitten, fremde neue Sozialkontakte. Niemand, auf den sie sich verlassen konnte, außer auf sich selbst. Sie war eine starke Persönlichkeit und wollte ganz sicher zusehen, dass sie sich in ihrer so empfundenen Opferrolle wenigstens eine halbwegs gute Position verschaffte.«

»Mit allerhand weiblicher List und Tücke«, entgegnete ich, noch immer nicht wieder ganz auf Clara Henriettes Seite. »Ich empfinde ein gewisses Maß an Verständnis für Henry und kann mich ganz und gar nicht mit den durchaus berechnend wirkenden Handlungen Claras identifizieren.«

»Sie hatte nichts anderes mehr als ihre Weiblichkeit, Faye. Ich erzähle dir keine Trallala-Lovestory, wo sich trotz gewisser Anlaufschwierigkeiten irgendwann alles in rosarote Liebeswölkchen auflöst, sondern die Geschichte eines einst unbefangenen, fröhlichen Mädchens, dessen Leben auf eine Katastrophe zusteuert. Und ich erwarte uneingeschränkte

Solidarität mit meiner Uroma, sonst erzähl ich nämlich nicht weiter.«

»Oh.«

»Ja. Oh.«

Constantin war stinkig. Und ich mag es gar nicht, wenn er stinkig ist. Meine Hoffnung, diese Lebensgeschichte würde sich im Laufe der Zeit noch zu einem guten Ende wenden, hatte Constantin mit seiner scharfen Bemerkung gerade zerstört. Wollte ich wirklich dabei zusehen, wie Clara Henriette in einen Abgrund schlitterte? Ja! Das wollte ich. Irgendwo in ihrer Biografie musste es nämlich einen Lichtpunkt geben. Constantin war immerhin ihr Urenkel. Und wenn ich es richtig wusste, war sein Urgroßvater nicht Henry Ames gewesen und die allseits bekannte Geschichte seines berühmten Großvaters war keine durchwegs schreckliche.

Ich schaute Constantin von der Seite an. Er blickte über mich hinweg aus dem Fenster und wirkte abwesend. Vorsichtig legte ich ihm die Hand auf den Arm und bekam ein kleines, halbgares Lächeln von ihm.

»Verzeih mir!«, sagte ich. »Ich konnte ja nicht ahnen … Du hingegen kennst den ganzen Verlauf. Ich schwöre, von jetzt an keine voreiligen Schlüsse mehr zu ziehen. Offenbar bin ich in die völlig blödsinnige Denkweise abgerutscht, die Vergewaltigungsopfern eine Mitschuld wegen zu aufreizender Kleidung zuschiebt. Das ist wirklich dumm gewesen.«

Constantin zog eine Augenbraue hoch. Das tut er gern, wenn er findet, dass ich in einer ungünstigen Argumentationskette gerade noch so die Kurve gekriegt habe. Es bedeutet so viel wie »Siehste!«. Sagen tat er aber etwas anderes, denn er wusste genau, wie sehr ich »Siehste« nicht ausstehen konnte: »Du meinst diese ›Wer-sich-in-Gefahr-begibt-kommt-darin-um‹-Nummer? Eigentlich sollte es ja wirklich keine Gefahr darstellen, sich mit seinem Ehemann in die Badewanne zu legen.«

»Wahrscheinlich kommt es tatsächlich darauf an, in welchem Zeitalter der Ehemann lebte«, überlegte ich laut. »Schließlich hat sich in den vergangenen anderthalb Jahrhunderten eine Menge im Verhältnis zwischen Mann und Frau verändert.«

»Bist du da so sicher? Was hättest du denn in ihrer Situation getan?«

»Na, ich hätte ihm was erzählt, so ruppig mit mir umzugehen. Er wusste doch genau, dass er ihr erster Mann war. So duldsam wäre heute keine Frau mehr«, antwortete ich im Brustton der Überzeugung.

»Dreizehn Jahre, Schatz!«, erwiderte Constantin.

»Bitte wie? Was meinst du damit?«

»Erst seit dreizehn Jahren ist Vergewaltigung in der Ehe überhaupt ein Straftatbestand. Und das war ja wohl eine.«

»Eigentlich unglaublich, nicht? Und die Dunkelziffer dürfte enorm hoch sein. Es ist sowieso schwierig, da die persönlichen Grenzen zu ziehen, finde ich. Wenn ich es genau bedenke, kann ich letztlich deine Frage nur so beantworten: Auch ich hätte wahrscheinlich versucht, eine friedliche Lösung zu finden. Bin allerdings froh, dass ich noch nie an einen solchen Obermacho geraten bin, der sich nicht im Griff hat.«

Constantin nahm meine Hand und streichelte sie. »Wir sind bald zu Hause. Ein bisschen weitererzählen kann ich aber noch … wenn du magst. Hast du Lust, den Obermacho noch ein bisschen genauer kennenzulernen?«

»Na klar! Ich bin doch gespannt, ob er auch andere Saiten anschlagen kann. Wünschen würde ich es ihr wirklich.«

Oktober 1851 –
Die Macht des Geldes

Der Morgen war hell und klar. Als Mary kam, um die Vorhänge aufzuziehen und Clara bei der Morgentoilette behilflich zu sein, blinzelte sie voller Vorfreude auf den Tag dem blauen Londoner Herbsthimmel entgegen.

Das Bett neben ihr war leer, aber die Erinnerung an den Fortlauf der vergangenen Nacht wärmte noch immer ihre Gedanken. Zärtlich hatte Henry sie ein zweites Mal geliebt. Keinerlei Schmerz hatte sie empfunden. Nur wonnige, selige Gefühle hatte er ihr beschert und damit den Beweis für sein Versprechen erbracht.

Ob er auch sein zweites Versprechen halten würde? Zweifellos war er auf ihre wortlos vorgebrachte Forderung nicht nur sofort eingegangen, sondern hatte sie auch sehr ernst genommen. Einen Einwand hatte er allerdings vorgebracht: Kein Londoner Tätowierer würde imstande sein, diese Arbeit derart künstlerisch auszuführen, wie es die Meister in der Karibik beherrschten. Mit einer scherzhaften Drohung hatte er sein Zögern untermalt. »Stell dir bitte vor, ein Mindertalentierter verpasst deinem Antlitz über meinem Herzen beispielsweise eine Kuhnase. Und immer, wenn du an meiner Brust liegst, musst du dein verhunztes Bild betrachten. Nein. Das wollen wir vermeiden, Darling. Im Februar werde ich zur nächsten Seereise aufbrechen, und ich verspreche dir, wenn ich heimkehre, wirst du dich wie in einem Spiegel betrachten können.«

Lachend hatte Clara dem Verschieben zugestimmt. Nur ein kleiner Wermutstropfen war geblieben. Schon im Februar würde er sie also allein lassen und monatelang auf See bleiben. Alle Mühe gab sie sich doch gerade, ihrer neuen Lebenssituation das Beste abzuringen. Und dann so bald schon wieder der nächste Abschnitt. Was würde sie nur tun ohne ihn?

* * *

Henry war bereits in die Lektüre der »London Times« vertieft und hatte sein Frühstück längst beendet, als Clara im sonnendurchfluteten Frühstückszimmer erschien. Auch in diesem Raum hatte Beatrice ein glückliches Händchen bewiesen. Ein mediterraner Apricot-Ton ließ die Wände frisch und gleichzeitig heimelig strahlen. Luftige weiße Gardinengespinste waren – elegant gerafft – bereit, jeden Sonnenstrahl einzulassen, und prächtige grün glänzende Zimmerpflanzen verliehen dem Zimmer eine Art Gartenambiente. Die hellen, zierlichen Möbel standen in auffälligem Kontrast zu Henrys mächtiger Gestalt. Beinahe zerbrechlich wirkte das Stühlchen, auf dem er mit übergeschlagenen Beinen am Tisch saß.

»Guten Morgen, Henry!«

Er schaute auf, und ein Leuchten ging über seine Züge.

»Guten Morgen, Darling! Hast du gut geschlafen?«

»Ausgezeichnet. Ich fühle mich wunderbar und bin zu allem bereit.«

»Das trifft sich gut«, erwiderte er und schob ihr galant den Stuhl zurecht. »Wir haben einiges vor heute. Ich habe einen

Boten zu meinem bevorzugten Schneider in die Savile Row geschickt und bereits Nachricht erhalten. Er hat alle Termine für die berühmte ›schöne, junge deutsche Gräfin‹ verschoben und ist hocherfreut, sich gleich heute um deine Ausstattung kümmern zu dürfen.«

»Neue Kleider? Oh Henry, ich freue mich!«

»Natürlich!« Er ließ einen abschätzigen Blick über Claras schlichte Garderobe gleiten. »Deine betörenden Reize müssen doch richtig in Szene gesetzt werden. Du musst wissen, ich bin eitel. Habe ich schon das Glück, die schönste Frau Englands an meiner Seite zu wissen, so muss sie doch auch aufs Feinste ausstaffiert werden.«

Er war verliebt. Und er war stolz. Das war unübersehbar. Clara fühlte sich geschmeichelt. »Ich liebe Komplimente am Morgen. Und möchte dir gleich eines zurückgeben.«

Clara wusste, dass er nun erwartete, für seine Männlichkeit und vielleicht auch für seine liebevolle Rücksichtnahme gelobt zu werden. Aber sie wollte auf etwas ganz anderes hinaus. »Dein Haus, Henry, ist so geschmackvoll eingerichtet, dass ich Polly gestern gleich danach gefragt habe, wer dafür verantwortlich ist. Sie erzählte mir, deine Schwester Beatrice hätte alles so entzückend geplant.«

»O ja, Bea! Sie ist für so etwas großartig zu gebrauchen. Sie ist zwar eine alte Jungfer und findet partout keinen Mann, der ihren exzentrischen Ansprüchen genügt, aber sie ist eine höchst patente Person. Übrigens wird sie heute Nachmittag zum Tee erscheinen. Sie ist schon ganz gespannt auf dich. Ich denke, ihr beide könntet euch anfreunden.«

»Das wäre wundervoll«, frohlockte Clara. »Aber sag, wie alt ist sie denn, wenn du sie als alte Jungfer bezeichnest?«

»Siebenundzwanzig. Und weit und breit kein Bewerber in Sicht, der es wagt, sich gegen ihre resolute Art durchzusetzen. Sie ist gebildet, Clara … viel zu gebildet für eine Frau.

Reihenweise haben die Junggesellen erschreckt die Flucht ergriffen, wenn Bea sie mit ihrer hochnäsig-intellektuellen Art auf den Prüfstand stellte.«

Clara kicherte. »Ich glaube«, sagte sie und zog die Nase kraus, »sie wird mir gefallen.«

»Zweifelsohne. Aber lasst mich um Himmels willen dann aus euren Damenteekränzchen raus. Zwei von der altklugen Sorte kann ich wahrscheinlich nicht gleichzeitig ertragen.«

Er lachte bei dieser Bemerkung. Aber Clara ahnte, dass er sich tatsächlich schwer damit tun würde. Allzu gut konnte sie sich an seine Worte anlässlich der gestrigen Diskussion in der Kutsche erinnern. Zwei Frauen mit weltoffenen Ansichten würden ihn vermutlich wirklich überfordern. Clara jedenfalls war ungeheuer aufgeregt darüber, Beatrice schon so bald kennenlernen zu dürfen.

Claras Frühstück bestand, wie gewohnt, aus zwei Scheiben weißen Brotes mit etwas Honig und einer Tasse Tee, was ihr ein missmutiges Kopfschütteln Henrys eintrug. Er hatte gegessen, als müsse er den ganzen Tag an einem Stahlofen schuften, und murrte, seine Frau solle unter keinen Umständen allzu mager werden.

»Du würdest dich doch scheiden lassen, wenn mein Taillenumfang die Fünfzig-Zentimeter-Grenze überschreiten würde«, neckte sie ihn. »Äße ich mehr, würden mir meine Korsetts sehr schnell zu eng werden. Also gewöhn dich daran. Du bist ein Mann und kannst dir erlauben zu essen wie ein Arbeiter.«

Erwidern konnte Henry nicht, denn in diesem Moment klopfte es, und Alfred brachte die Morgenpost.

»Schau an, schau an. Gesellschaftsnachrichten reisen bemerkenswert schnell. Eine Einladung zur Herbstjagd beim Earl of Somerset. Das, meine Liebe, hat es in der Geschichte der Familie Ames noch nie gegeben.«

Irritiert blickte Clara ihren Gemahl an. »Warum nicht, Henry? Es ist doch ganz normal, zu den Jagden in der näheren Umgebung eingeladen zu werden. Ich kenne das gar nicht anders und hatte schon ein paarmal großen Spaß an diesen Ereignissen.«

Henry antwortete nicht direkt, murmelte nur zu Claras Verblüffung: »Es funktioniert also ... es funktioniert tatsächlich ...«, dann wandte er sich mit einem Gesichtsausdruck, der vor Genugtuung nur so strotzte, an sie: »Du bist also firm auf dem Pferde?«

»Selbstverständlich, Henry. Du doch auch?«

»Aber ja!«

Es klang erstaunlicherweise nicht so selbstbewusst, wie sie es von ihm gewohnt war.

* * *

Nach dem Frühstück zog sich Clara an den Sekretär eines kleinen, hübschen Raumes zurück, den Henry »ihr Zimmer« genannt hatte. Sofort fühlte sie sich dort wohl. Eine Chaiselongue mit einem niedrigen Tischchen davor leistete sich Gesellschaft mit zwei bequemen Sesseln. Eine Anrichte bot Platz für allerlei persönliche Dinge. An den Fenstern hingen hell geblümte Stores, deren Muster sich in den Kissenbezügen wiederfand. Im Kamin brannte ein anheimelnd warmes Feuer, und den Fußboden zierte ein indischer Seidenteppich, der über und über mit pastellbunten Schmetterlingen durchwebt war.

Clara schrieb an den Vater, legte für Emma und die beiden Schwestern kleine Briefchen bei. Zufrieden und hoffnungsfroh klangen ihre Zeilen, stellte sie beim letzten Durchlesen fest, bevor sie die Blätter faltete und in die Umschläge steckte.

Dann verfasste sie ein Schreiben an ihren Bruder Alexander. Aufklären möge er sie darüber, was Martin angedeutet hatte. Bitte! Und so schnell wie irgend möglich.

Zuletzt schrieb sie ihre Depesche an Albert. Bat darum, den Crystal Palace besichtigen zu dürfen. Diesen Brief siegelte sie besonders sorgfältig mit dem gräflichen Wappen. Was Henry da vorhin angemerkt hatte, ließ in ihr den Verdacht aufkeimen, dass seine Familie aus den gesellschaftlichen Veranstaltungen des Adels bisher ausgeschlossen gewesen war. Nun gut, ein Esquire war kein Edelmann im eigentlichen Sinne. Dessen war sie sich durchaus bewusst. Aber es müsste doch mit dem Teufel zugehen, wenn seine Heirat mit ihr ihm nicht Türen öffnen würde, die ihm bisher verschlossen gewesen waren! Hätte sie Martin geheiratet, wäre sie ja fürderhin auch nirgends ausgeschlossen gewesen.

Clara war begierig darauf, nun, da sie endlich als erwachsen galt, alle, wirklich alle Türen aufzustoßen. Hatte ihr das Leben schon die große Liebe gestohlen, so wollte sie sich doch an dem Platz, den es ihr zugewiesen hatte, möglichst komfortabel einrichten. Höchst befriedigt übergab sie Alfred ihre Post und ließ sich Mary herbeirufen, die ihr beim Ankleiden zu ihrem ersten Ausflug in das großstädtische Getümmel Londons helfen sollte.

* * *

Die Luft gemahnte an die letzten Altweibersommertage im September. Henry hatte einen offenen Landauer vorfahren lassen, und Clara genoss den freien Blick auf all die aufregenden, neuen Entdeckungen. Mitten durch den Hyde Park ging die Fahrt zunächst, und unter dem herbstlich bunten Laub der alten Ulmen konnte sie sogar schon einen ersten Blick auf den Crystal Palace erhaschen.

»Überwältigend!«, rief sie aus. »Ich muss ihn wirklich unbedingt von innen sehen. Henry, er ist bestimmt eine Drittelmeile lang. Und ganz und gar aus Glas! Wie ungewöhnlich!«

»Hast du um eine Besichtigung gebeten?«, wollte er wissen.

»Ja, ich habe direkt an den Prinzen geschrieben und Alfred den Brief übergeben. Meinen Wunsch wird man mir kaum abschlagen. Ich habe Albert damals kennengelernt, als er mit der ganzen Familie bei seiner Stiefgroßmutter Karolina Amalie im Gothaer Winterpalais zu Besuch war. Lass mich überlegen … es muss kurz vor Mamás Tod gewesen sein, also war ich knapp zehn. Wir waren auch geladen, und Thekla und ich haben mit den Kindern gespielt. Gut kann ich mich an Prinzessin Vicky und Prinz Bertie erinnern. Sie war sehr süß und schon wirklich klug für ihr Alter. Er hingegen war ein rechter Lausbub, der seine Schwestern ganz schön gezergelt hat. Die Königin hat sich nicht sehr drum geschert, aber Albert hat dann irgendwann für Ordnung gesorgt und Bertie ins Gebet genommen. Ich weiß noch genau, dass er nicht nur streng, sondern auch sehr nett und liebevoll war. Vielleicht, weil er selbst nur so kurze Zeit ein richtiges Familienleben mit einer liebenden Mutter genießen durfte? Du weißt ja, mein Papá und seine Mamá, die er ja nie wiedersehen durfte, nachdem sein Vater Herzog Ernst sie verjagt hatte …«

»Nein. So genau kannte ich die Hintergründe nicht. Du hast also tatsächlich mit den Kindern Queen Victorias gespielt? Donnerwetter!«, erwiderte Henry und schaute sie mit einem Ausdruck von der Seite an, den Clara überhaupt nicht zu deuten wusste. Warum klang er so ehrfürchtig?

»Ja, natürlich. Es handelt sich doch um meine Familie. Immerhin war mein Papá der zweite Ehemann von Alberts Mutter Luise. Und Karolina Amalie hat – als zweite Gemahlin ihres Vaters Erbprinz August – Luise wie eine Tochter aufgezogen. Folglich waren Papá und Luise natürlich bis zu deren

Tod oft in Gotha bei Karolina zu Gast. Es gab keinen Grund, Papá danach auszuschließen, denn Karolina wusste nur allzu gut, dass mein Papá Luise sehr geliebt hat.«

»Wir sind hier in England, Clara. Und ich bin ein waschechter Engländer. Da bekommt man den Respekt vor der königlichen Familie mit der Muttermilch eingeflößt. Insofern wundere ich mich natürlich über deinen ... na, sagen wir, laxen Ton, wenn du davon erzählst. Merkwürdig finde ich übrigens, dass der Prinz ausgerechnet zu deinem Vater noch heute ein so gutes Verhältnis pflegt. Letztlich war doch er der Auslöser für Alberts endgültige Trennung von seiner Mutter, nicht wahr?«

»Ach, Henry«, winkte Clara mit einem Seufzen ab, »ich glaube, das war eine ganz, ganz böse, sehr vielschichtige Angelegenheit. Und Schuld an der Tatsache, dass Albert seine Mamá nie wiedersehen durfte, hatte letztlich Herzog Ernst und nicht mein Papá. Aber ich möchte jetzt nicht über alte Familiengeschichten nachdenken, sondern die Sonne genießen, diesen wundervollen Park und den entzückenden See dort vorn auf mich wirken lassen, all die herrlichen Pferde mit den vergnügten Reitern betrachten und mich einfach neben dir wohlfühlen.«

Henry legte ihr den Arm um die Schultern. »Das sollst du auch, meine Liebe! Und ich freue mich aufrichtig, dass dir heute ausnahmsweise nicht daran gelegen ist, dein hübsches Köpfchen mit unerfreulichen Dingen zu martern, wie du es ja allzu gerne tust.«

Zwar lächelte sie und schmiegte sich ein wenig an, aber Clara nahm sich vor, wirklich nur ausnahmsweise ganz Weibchen zu sein. Henry sollte nicht glauben, dass es ihm gelingen würde, sie dauerhaft in eine solche Rolle zu zwängen.

Schwer fiel es ihr nicht, diesen Part während der folgenden Stunden zu Henrys vollster Zufriedenheit auszufüllen. Weder beim Juwelier, wo Clara sich passend zu ihrem Brillantcollier wunderschöne Ohrringe aussuchen durfte, noch später im Schneideratelier. Nicht eine, nein, gleich sechs Schneiderinnen umschwirrten sie geschäftig. Nahmen Maß, schauten ein ums andere Mal mit ungläubigen Gesichtern ihre Messbänder an, tuschelten bewundernde kleine Anmerkungen über ihre tadellose Figur, was ihnen unwirsche Ermahnungen ihres Meisters eintrug.

Henry verfolgte das Treiben, in der Hand ein Glas Gin, aus einem bequemen Sessel heraus und ließ sich zahllose Stoffmuster, Schnitte und Entwürfe vorlegen, aus denen er wählen sollte. Clara gefiel, was er aussuchte. Hier und da brachte er kleine Änderungsvorschläge ein. Sie hätte es selbst nicht besser machen können und sah keinen Anlass, sich einzumischen. Geschmack schien also nicht nur Henrys Schwester zu besitzen, der Sinn für Ästhetik lag wohl vielmehr in der Familie.

Nachdem sie tapfer alle Prozeduren über sich hatte ergehen lassen (immerhin ging es um sieben komplette maßgeschneiderte Garnituren von der Unterwäsche über Morgenröcke, Mäntel, Reitkostüme, Tages- und Nachmittagskleider bis hin zu den Ballroben), plumpste sie erleichtert in den Sessel neben ihm. »Ich glaube, jetzt habe ich lange genug stillgestanden. Es ist sicher schon Mittag, und ich habe Hunger.«

»Kein Wunder! Von dem, was du gefrühstückt hast, würde ja nicht einmal eine Spinne satt werden. Ganz in der Nähe gibt es ein recht nettes Lokal. Dort werden wir unseren Lunch einnehmen.«

* * *

Es war nur ein kurzes Stück Fußweg, und Clara war froh, sich die Beine vertreten zu können. Dass dieser Lunch ihr allerdings einen so tiefen, neuen Einblick in Henrys Charakter bieten würde, hätte sie niemals für möglich gehalten, als sie vergnügt an seinem Arm einherschlenderte.

In dem gediegenen Fischrestaurant gab man sich alle erdenkliche Mühe, Henrys ausgefallenen Wünschen und Ansprüchen Genüge zu tun. Allein … wirklich zufrieden wirkte er nicht und ließ das den Kellner unangenehm deutlich spüren. Beispielsweise war ihm nicht ausreichend Zitrone am Fisch, entdeckte er dort eine Stelle im Filet, die seiner Meinung nach noch glasig war, behauptete er hier, die Petersilie an den Kartoffeln sei sandig, und derlei mehr. Clara konnte all seine Beschwerden überhaupt nicht nachvollziehen. Weder war der Fisch nicht durchgebraten, noch fühlte sie ein einziges Körnchen Sand im Petersiliengrün. Befremdet schaute sie ihn an und machte den Fehler, seine Behauptungen vor den Ohren des bedauernswerten gescholtenen Kellners zu relativieren, indem sie das Essen lobte.

Hätten seine Blicke töten können, wäre Clara im nächsten Moment sofort leblos vom Stuhl gefallen. Er erwiderte nichts auf ihren Schlichtungsversuch, aber sie spürte, dass dieser die Missstimmung nur noch verschlimmert hatte. Nun hatte der arme Mann wirklich überhaupt nichts mehr zu lachen, und Henry scheuchte und drangsalierte ihn mit eisiger Miene und in ausgesprochen unhöflichem Ton.

Kaum hatte sich der Ober einen Moment lang vom Tisch entfernt, zischte Henry Clara zu: »Wenn *ich* behaupte, der Fisch ist nicht durch, dann *ist* er nicht durch. Und wenn *ich* Sand in der Petersilie anmahne, dann *ist* da Sand in der Petersilie. Und du hast mir nicht auf derart despektierliche Weise in die Parade zu fahren. Verstehen wir uns?«

Clara senkte kopfschüttelnd die Lider. So hatte sie ihn noch nicht erlebt. Was war ihm nur für eine Laus über die Leber gelaufen?

»Aber warum …?«, fragte sie und zuckte hilflos die Schultern.

»Weil die Leute begreifen müssen.«

»Was sollen sie denn begreifen? Deine Vorwürfe waren haltlos. Das Essen ist köstlich, der Ober war höflich und hat sich nichts zuschulden kommen lassen.«

»Sie müssen begreifen, wo ihr Platz ist. Und sie müssen begreifen, dass es nichts zur Sache tut, ob es begründeten Anlass für Tadel gibt oder nicht.«

Clara war konsterniert. »Wo bleibt da die Gerechtigkeit?«

»Gerechtigkeit, mein Herz, spielt im Verhältnis zwischen denen da unten und uns hier oben keine Rolle.«

Der selbstgefällige Gesichtsausdruck, mit dem Henry diese Aussage unterstrich, ließ Claras Magen rebellieren. »Es sind Menschen wie du und ich, Henry! Ein sehr kluger Mann hat mir vor nicht einmal so langer Zeit etwas gesagt: ›Wir werden nackt geboren. Da liegt es noch nicht in unserer Macht zu entscheiden, ob man uns in feinste Seide oder Sackleinen kleiden wird. Genauso nackt werden wir am Ende wieder vor unserem Schöpfer stehen. Was wir aber bis dahin aus uns gemacht haben, das liegt sehr wohl in unserer Macht.‹ Und es hat nicht nur damit zu tun, was wir aus unserer eigenen Persönlichkeit machen, sondern auch damit, wie wir mit anderen umgehen.«

»Und?«

»Ja, verstehst du denn nicht, Henry? Alle Menschen sind gleich vor ihrem Schöpfer, wenn sie geboren werden. Nur weil du das Glück hattest, als wohlhabender Erbe auf die Welt gekommen zu sein, hast du noch lange nicht das Recht, mit anderen Menschen schlecht umzugehen. Der Kellner hat deine haltlose Kritik nicht verdient. Nur weil du die Mittel hättest, das ganze Lokal zu kaufen und alle Menschen hier vor die Tür zu setzen, wenn es dir in den Sinn käme, kannst du doch nicht in einer solchen Weise mit dem Einzelnen verfahren. Deine finanziell gesicherte Geburt ist ein Privileg, für das du keinen Finger rühren musstest, und Privilegien verpflichten doch schließlich auch. Das habe ich seit frühester Kindheit gelernt. Niemals wäre mein Vater mit seinen Untergebenen so umgesprungen. So etwas ist unehrenhaft! Und du weißt genauso gut wie ich, dass ich jetzt nicht als deine Frau hier säße, wenn ich nicht eine dieser Pflichten hätte erfüllen müssen.«

»Tja, mein Kind«, erwiderte Henry süffisant. »Nun erkennst du die unterschiedliche Stellung des Geburtsadels im Vergleich zum Geldadel. Unsereins ist keinen Traditionen, keinem Ehrgefühl verpflichtet wie ihr. Wir sind nur einem verpflichtet. Und das ist das Geld.«

Clara kochte vor Wut und Enttäuschung. »Und dein Selbstbewusstsein ist tatsächlich so gering, dass du mir und diesem armseligen Kellner beweisen musst, wie überlegen du bist? Pfui!«

Gefährlich ruhig klang seine Stimme. »Wenn mir danach ist, Clara, dann tue ich das. Und zwar vollkommen hemmungslos. Was natürlich nicht heißen soll, dass ich nicht zu weit Eindrucksvollerem fähig bin. Du wirst selbst noch lernen, dass Hemmungslosigkeit etwas sehr Befriedigendes sein kann. Man muss sie sich nur leisten können.«

»Danke, nein!«, erwiderte Clara fest. »Ich werde meinen Prinzipien treu bleiben. Diese Einstellung darfst du getrost für dich behalten. Ich will deine Schülerin in dieser Sache nicht sein.«

»Du wirst schon noch begreifen, Schätzchen«, sagte er und tätschelte ihre Hand.

Clara zog sie weg. Körperliche Übelkeit machte sich breit, die gewiss nichts mit der Qualität der Speisen zu tun hatte.

Für Henry war die Unterhaltung damit beendet. Keine Spur von Reue konnte Clara in seinem Gesicht ausmachen. Sie hatte ihn nicht im Entferntesten überzeugen können und war frustriert.

Er rief den Kellner und verlangte barsch die Rechnung. Keinen einzigen Penny legte er obenauf. Dann half er ihr in den Mantel, als sei nichts geschehen.

Clara warf dem Ober zum Abschied einen entschuldigenden Blick zu. Der Mann schien zu verstehen und nickte mit einem untergebenen Lächeln.

* * *

Macht. Das schien Henry etwas außerordentlich Wichtiges zu sein, wie sie auf den paar Schritten bis zu der wartenden Kutsche nun auf ganz andere Weise feststellen konnte.

Im Schatten einer Hausecke stand ein verlumptes, vielleicht siebenjähriges Mädchen und hielt Streichhölzer feil. Auf dem Rücken einen groben Jutesack, wartete die Kleine demütig gesenkten Kopfes auf Kundschaft. In einer Hand ein Schächtelchen mit Zündhölzern, die andere bittend ausgestreckt.

Clara erschrak über die mageren Handgelenke, die aus zerfranstem, derbem Leinen herausschauten. Ihr Herz zog sich vor Mitleid schmerzhaft zusammen. Am liebsten hätte sie das Kind mitgenommen und erst einmal ordentlich gefüttert.

»Was kosten deine Hölzchen, Kleine?«, fragte Henry freundlich.

Das Mädchen nannte den Preis, ohne aufzusehen.

»Hast du nur die eine Schachtel oder hast du mehr?«

Bewegung kam in das Kind. »Einen ganzen Sack voll, Sir! Wie viele braucht Ihr?«

»Alle.«

Ungläubig sah sie zu ihm auf. Henry nickte ihr aufmunternd zu und zog eine Fünf-Pfund-Note aus seiner Börse.

»Verzeihung, aber das kann ich nicht wechseln, Sir!«

»Das musst du auch nicht. Es ist ein fairer Tausch, Kind«, lächelte Henry, griff mit seiner behandschuhten Linken nach dem Jutesack und drückte der Kleinen den Geldschein in die Hand.

Ein Strahlen ging über das Gesicht des Mädchens. Sie verbeugte sich so tief, dass Clara glaubte, sie müsse, schwach und zart, wie sie wirkte, sofort vornüber in den Straßenstaub kippen. »Danke, Sir, danke ... vielen Dank!«, murmelte sie. Dann nahm sie die Füße in die Hand, rannte los, dass der Rock ihr über die dürren Beinchen hochflog, und verschwand um die Hausecke.

»Siehst du, Clara?«, grinste Henry. »Das ist die Macht des Geldes. Ihre Familie wird für lange Zeit ausgesorgt haben.«

Kalt war der Schauer, der Clara über den Rücken lief. Und eiskalt jener, der ihr beinahe das Blut in den Adern gefrieren ließ, als Henry dem Kutscher den braunen Sack mit den Worten übergab: »Vernichte das. Es wird voll Ungeziefer sein.«

* * *

Schon auf dem Heimweg hatte sich der Himmel bezogen, und ein scharfer Wind blies jede Erinnerung an laue Septembertage fort. Henry ließ den Kutscher mit Rücksicht auf Claras Gesundheit das Verdeck schließen.

»Ostsüdost. Es gehört schon eine Menge Widerwärtigkeit dazu, uns dieses herrliche Herbstwetter zu vertreiben. Alles Schlechte kommt eben vom Kontinent«, schimpfte er und schlug seinen Mantelkragen hoch. Clara tat es ihm nach und erwiderte: »Soso. Alles Schlechte kommt also vom Kontinent?«

Verständnislos schaute er sie an. Der Shilling schien penceweise zu fallen. Dann erhellten sich seine Züge »Ach Gott,

Clara, nein! So habe ich das doch nicht gemeint. Hast du dich tatsächlich angesprochen gefühlt?«

»Natürlich nicht, Henry«, beschwichtigte sie und begriff, wie unterschiedlich gelagert ihrer beider Sinn für Humor offenbar war. Exakt derselbe gemeinsame Sinn für Humor hatte sie mit Martin verbunden, und sie hatte immer wieder festgestellt, wie angenehm es war, über die gleichen kleinen Witzchen, Wortspiele oder Spitzfindigkeiten lachen zu können, ohne dem Gegenüber schlimmstenfalls auch noch die Pointen erklären zu müssen. Wie fremd ihr Henry doch noch war! Auch diese winzige Begebenheit gesellte sich als Mosaiksteinchen zu dem Gesamtbild, das sich nach und nach für Clara zu formen begann. Noch konnte sie das Ganze nicht erkennen. Aber heute hatte er sich alle Mühe gegeben, dem fertigen Charakterporträt einige recht düstere Teilchen hinzuzufügen.

Auch Henry schien zu spüren, dass der Verlauf des Tages zu einer unseligen Stimmung geführt hatte. Er sagte nichts mehr, verfiel mit einem verschlossenen Gesichtsausdruck, der Clara frösteln machte, ins Brüten.

Sie wandte sich von ihm ab und schaute aus dem Wagenfenster. Das fallende Laub wirkte ohne die Strahlkraft der Sonne nicht mehr bunt, sondern schon ganz braun und unansehnlich. Beinahe leer gefegt hatte das Umschlagen des Wetters den Park. Kaum jemand war noch unterwegs, und auch sie sehnte sich jetzt nach der heiteren Wärme des Hauses am Hyde Park Gate.

* * *

Eine halbe Stunde später stand Clara im Salon am Fenster und hielt gespannt Ausschau nach Beatrice. Henry hatte es sich vor dem Feuer gemütlich gemacht und las. Noch immer waren abgesehen von Banalitäten keine Sätze mehr zwischen ihnen gefallen, und sie setzte einige Hoffnung darauf, dass Beatrice die lähmende Sprachlosigkeit beenden würde.

Die hübsche Skelettuhr auf dem Kaminsims schlug unter ihrem Glaszylinder melodisch zur fünften Stunde. Der Wind hatte sich zum Sturm entwickelt, fuhr in den Kamin, ließ Funken knisternd aufstieben und trieb den Straßenstaub in dichten Wirbeln vor sich her. Bis hinüber zum Park konnte Clara die Straße entlangblicken, aber keine Kutsche näherte sich. Nur ein Reiter preschte, den Kopf tief über den Hals seines Rappen gebeugt, in halsbrecherischem Tempo heran. Direkt vor dem schmiedeeisernen Tor zügelte er scharf sein Pferd und sprang geschmeidig aus dem Sattel.

»Erwartest du noch jemanden, Henry?«, fragte Clara. »Gerade scheint ein Bote eingetroffen zu sein.«

Henry sah auf und schüttelte den Kopf.

Inzwischen hatte der Bediente, welcher für die Kutschpferde zuständig war, dem Ankömmling das Pferd abgenommen, und Clara beobachtete mit fassungsloser Faszination, was sich nun ihren Blicken bot. Lachend klopfte der Reiter dem Knecht kräftig auf die Schulter, wandte sich dem Haus zu, zog die Handschuhe aus, nahm den niedrigen Zylinder vom Kopf und schüttelte ... tatsächlich ... – Clara glaubte ihren Augen nicht zu trauen – eine hüftlange dunkle Lockenmähne darunter hervor. Da ging auch schon die Türglocke, und Stimmen waren im Entree zu hören. Dann flog die Salontür auf.

Als hätte der Sturm im Haus Einzug gehalten, wehte ein kräftiger Hauch frischer Luft Beatrice herein. Breitbeinig stand sie da, in hellen Breeches, honigfarbenen Stiefeln, Weste, braunem Reitrock, und ließ ihre kurze Gerte rhythmisch gegen die Stiefelschäfte knallen.

»Hallo Bruderherz. Da bin ich. Pünktlich wie die Abendzeitung. Und zur ersten Besichtigung deiner Neuerwerbung.«

Clara war sprachlos.

Henry war aufgestanden. Herzlich umarmte er seine Schwester und stellte sie der mit hängenden Armen dastehenden Clara vor.

Beatrice war eine athletische, stattliche Schönheit von solcher Wildheit und Unbefangenheit, wie sie es noch niemals gesehen hatte. Ihr Händedruck war kräftig, ihr Lächeln offen und warm. Dieses Lächeln öffnete zweifellos Türen. Und es öffnete Claras Sympathie für diese ungewöhnliche Frau im Nu.

»Wie schön, dich kennenzulernen, Beatrice! Henry hat mir schon ein wenig von dir erzählt.«

»Du alter Schlawiner!«, schimpfte sie und drohte dem Bruder scherzhaft mit dem Reitstock. »Hast du deiner jungen Frau Schauermärchen über mich aufgetischt?«

Clara hatte ihre Fassung wiedergewonnen und verteidigte Henry: »Nein, wenn ich es richtig betrachte, hat er sogar stark untertrieben. Jedenfalls siehst du mich völlig unvorbereitet auf eine Frau in Hosen, die im Herrensitz dahergeritten kommt.«

Beatrice lächelte verschmitzt und nahm Clara gespielt geheimnistuerisch beiseite. Hinter vorgehaltener Hand flüsterte sie ihr ins Ohr: »Die Herren der Schöpfung halten uns unnötig und hinterhältig im Nachteil, Clara. Ich sage mir: Gleiches Recht für beide Geschlechter! Wenn du dich jemals auf ein Pferd gesetzt hättest, wüsstest du, wie unsinnig gefährlich die Reiterei im Damensitz ist. Ich habe mich bereits vor Jahren nach einem üblen Sturz von dieser Art der Fortbewegung zu Pferd verabschiedet. Glaub mir, es ist viel sicherer so.«

»Wem erzählst du das?«, erwiderte Clara und wusste sich auf sicherem Terrain. »Was glaubst du, wie oft ich mich während der Herbstjagden zu Hause schon über mein einengendes Korsett und diesen schrecklich affektierten, jeder natürlichen Beweglichkeit zuwidergehenden Damensitz geärgert habe?«

Henry zog sich in seinen Sessel zurück. Dies war eindeutig nicht sein bevorzugtes Thema, und es war für ihn unübersehbar, dass er sich keine weitere Mühe geben musste, die Damen zu unterhalten.

Clara zog Beatrice neben sich auf das Sofa, und sofort entspann sich bei Tee und Sandwiches eine vergnügte Unterhaltung zwischen den beiden.

Schon bald glühten Claras Wangen vor Begeisterung. Eine Frau mit diesem Esprit, mit solch ausgefeilter Rhetorik, so viel Witz und Intelligenz hatte sie sich immer schon als Vertraute und Freundin gewünscht. Beatrice öffnete nicht nur Türen, sie öffnete auch Herzen mit ihrer direkten Art, die keine Vorbehalte zu kennen schien. Dieses Selbstbewusstsein, das sie an den Tag legte, war etwas, das Clara auch für sich selbst ersehnte.

Keinen Moment lang ging den beiden der Gesprächsstoff aus, und erst als Mrs Weatherford drei Stunden später zum Dinner rief, stellten sie fest, dass Henry sie längst allein gelassen hatte. Zu diesem Zeitpunkt kannte Beatrice allerdings bereits Claras ganze Familien-, Lebens- und Leidensgeschichte einschließlich all der tragischen Umstände, die sie in die Arme ihres Bruders getrieben hatten. Und Clara hatte ein sehr genaues Bild von Beatrices Einstellungen, die sich in so vielen, speziell politischen und sozialen Punkten mit ihren eigenen deckten. Zwar hätte sich Clara niemals, wie es Beatrice tat, als Kämpferin für Gerechtigkeit und Frauenrechte gewissen Organisationen angeschlossen, aber denken, das tat sie genauso wie Henrys Schwester. Erstaunlich genug, wie aus ein und derselben Familie derart unterschiedliche Charaktere und so konträre Weltanschauungen entspringen konnten. Dies fasste Clara gerade als Quintessenz der letzten Stunden zusammen, als Henry auf die beiden traf, wie sie Arm in Arm die Halle in Richtung Speisezimmer durchquerten.

»Ich ahnte es! Was ich da höre, macht mir Angst. Beatrice, wenn ich sie noch ein paar Stunden deinem Einfluss überlasse, werde ich nicht mehr Herr in meinem eigenen Haus sein.«

»Tja, Bruder, da hättest du dir auf deine alten Tage ein harm-, oder sagen wir besser, hirnloseres Weib zulegen sollen. Aber es musste ja ausgerechnet alter deutscher Adel sein. Selbst schuld. Jetzt sieh zu, wie du diese Schönheit mit Köpfchen gebändigt bekommst. Ist nur gut so. Es wird dich fordern und dich davon abhalten einzurosten. Mit achtunddreißig Jahren nicht selten bei Männern.«

Clara zwinkerte Beatrice zu. »Ich mache es ihm nicht allzu schwer ...«

»Nicht?«, seufzte Henry. »Ich fand es bisweilen jetzt schon reichlich anstrengend mit dir. Was soll denn noch alles kommen?«

»Lass dich überraschen, Henry«, neckte Beatrice. »Noch hast du jedenfalls augenscheinlich keinen Harm davongetragen. Und wenn wir es mal genau betrachten, bist du doch am Ziel all deiner Wünsche angekommen. Sie ist schön, sie bringt dir die allerbesten Beziehungen, sie ist jung und gebärfähig. Nun ... allerdings ist sie leider, leider nicht dumm. Aber man kann eben nicht alles haben.«

* * *

Dieser Abend endete erst tief in der Nacht. Clara blühte neben Beatrice auf, fing sich manch entsetzten Blick von Henry ein und hatte doch stets in seiner Schwester eine unbedingt loyale Adjutantin. Herrlich, die klugen Wortgefechte! Geist und jede Körperfaser im inspirierten Gleichklang. Schon jetzt war sie sich gar nicht mehr so sicher, wen sie in Zukunft mehr vermissen würde. Henry bei Antritt seiner Seereise im Februar – oder schon viel früher und schmerzlicher seine Schwester, wenn sie London zu Weihnachten gegen den Landsitz Côte House eintauschten.

Oktober 1851 – Das Chamäleon

In den folgenden Tagen zeigte Beatrice ihrer Schwägerin London. Henry hatte keine Chance gegen die enorme Anziehungskraft, die seine Schwester auf Clara ausübte. Was auch immer er vorschlug – Clara hatte stets etwas Besseres vor. Einzig den anberaumten Termin mit Albert zur Besichtigung des Crystal Palace wollte sie mit ihm gemeinsam wahrnehmen und flog ansonsten allmorgendlich Beatrice entgegen, die sie mit ihrem Gig, den sie selbst lenkte, zu neuen Erkundungsfahrten abholte.

Es nahm nicht wunder, dass Henrys Laune beim Heimkehren der Damen, gemeinhin zur Teestunde, nicht mehr die beste war. Clara bemerkte dies wohl. Aber sie war so begierig darauf, jede freie Minute mit Beatrice zu verbringen, ehe sie London und damit die neu gewonnene Freundin würde verlassen müssen, dass sie das Schlichten des ehelichen Unfriedens einfach auf später verschob.

»Du wirst mit ihm reden müssen«, mahnte Beatrice nach einigen Tagen. »Sonst driftet die junge Ehe schneller auseinander, als dir lieb sein kann.«

Clara nahm Beatrices Rat ernst und bat Henry zu einem abendlichen Gespräch.

»Nun? Was hast du?«

»Ich möchte mich entschuldigen, Henry. Die Gesellschaft deiner Schwester ist ungeheuer inspirierend. Sie zeigt mir die Stadt, besucht Museen und Galerien mit mir ... hat sogar keine Scheu davor, mir Einblicke in jene weniger vornehmen Viertel zu gewähren, in denen auch die Arbeiter deiner Fabriken leben ...«

Henry fuhr wütend auf. »Sie fährt mit dir in die Slums? Ja, ist sie denn von allen guten Geistern verlassen? So viel Unrat, wie dort in den Gossen schwimmt, so viel Unrat haben auch die Bewohner im Kopf. Ich glaube, ich muss ein ernstes Wort mit Beatrice reden.«

»Niemand dort ist uns unfreundlich begegnet, Henry«, entgegnete Clara. »Die Menschen tun mir allerdings unendlich leid. Es sind Elendsviertel, in denen sie leben müssen. Die Straßen so ungründig schlammig, dass selbst Beatrices Pferd kaum hineintreten mochte. Keine gepflegten Gehwege wie hier in Kensington oder in Mayfair. Die Behausungen sind teils abbruchreif, es stinkt zum Himmel. Nirgends habe ich bisher so viele unterernährte Kinder gesehen, niemals so viele Leute gleichzeitig auf einem Fleck erlebt, die zum Gotterbarmen husten. Das ist doch alles eine Brutstätte für die schlimmsten Krankheiten. Dabei sind eure Arbeiter die eigentliche Basis für den Reichtum der Upper Class. Warum behandelt ihr euer wichtigstes Gut so miserabel? Irgendjemand muss doch mal für würdige Unterkünfte dieser ›Produktionsbienen‹ sorgen, wie du sie abschätzig nennst. Fühlst du dich denn gar nicht verantwortlich?«

»Es herrscht kein Arbeitskräftemangel«, entgegnete Henry in aller Gemütsruhe. »Ich verstehe deine Aufregung nicht. Wenn die Leute gesundheitlich den Anforderungen nicht mehr gewachsen sind, werden sie entlassen. Der Zustrom der Arbeitswilligen in die Stadt reißt nicht ab. Kinder produzieren sie wie die Karnickel. Es ist eine natürliche Selektion, die da stattfindet. Nur wer stark ist, wird überleben, und nur die Starken können wir gebrauchen.«

Clara stand der Mund offen, und ihr Herz schlug einen wütenden Takt. »Es ist wieder einmal inhuman, wie du redest, Henry! Wenn du dich in dieser Art und Weise äußerst, wünschte ich manchmal, du wärest damals in diesem karibischen Wirbelsturm mitsamt deiner heiß geliebten Celestine abgesoffen. Wer hat dich überhaupt gerettet?«

»Mein Vater, Schätzchen. Du bist übrigens besonders anziehend, wenn du dich aufregst. Was hast du heute Abend vor?«, grinste er, und viel hätte nicht gefehlt, Clara wäre ihm mit bloßen Händen an die Gurgel gegangen, um diesen widerwärtig selbstgefälligen Gesichtsausdruck wenigstens für einen Moment auszuknipsen. Seine anzügliche Bemerkung jedoch überhörte sie geflissentlich und bemühte sich angestrengt um Sachlichkeit: »Was hatte dein Vater dort zu tun?«

»Wir sind im Verband gesegelt. Zeitweise jedenfalls. Mein Schiff war schneller als die behäbige Emily Grey, die er kommandierte.«

»Ich verstehe nichts von der Seefahrt. Aber ich weiß immerhin so viel, dass ein *guter* Kapitän durchaus in der Lage ist, die Geschwindigkeit eines Schiffes an die langsamere Begleitung anzupassen. Richtig?«

»Richtig«, antwortete er mit säuerlicher Miene.

»Und? Sicherlich warst du ein *guter* Kapitän. Also hatte dein Vater dich gewiss vorausgeschickt?«

»Nein ... hat er nicht«, kam es ausgesprochen zögerlich aus seinem Mund. »Ich kannte die Gewässer damals noch nicht sehr gut und war relativ unerfahren. Eigentlich sollte ich an seiner Seite bleiben.«

»Und warum tatest du nicht, was du eigentlich hättest tun sollen?«

Henry jaulte auf wie jemand, dem gerade ein Pferd auf den nackten Zeh getreten war, und Clara wusste, dass sie ihn ganz zufällig bei jenem Nerv erwischt hatte, der sein empfindlichster war. Was er ganz bestimmt, da war sie absolut sicher, überhaupt nicht leiden konnte, war ein Anzweifeln seiner nautischen Fähigkeiten, die ganz offenbar den stärksten Pfeiler seines Selbstbewusstseinsfundamentes ausmachten. War denn da gar keine Empathie in diesem Mann? Solch ein Mensch war ihr noch nie begegnet. Diese harte Schale musste irgendwie zu knacken sein; Empfindsamkeit konnte ihm doch unmöglich vollständig abgehen.

Minuten verstrichen. Henry antwortete nicht. Er hielt den Kopf gesenkt und krallte seine Hände so fest in die Armlehnen seines Sessels, dass die Knöchel weiß hervortraten. Da war doch mehr als nur der schmerzliche Verlust des geliebten Schiffes! Clara schwankte zwischen Mitleid und dem Drang, etwas aus ihm herauszukitzeln, das seine unerträglich überlegene, menschenverachtende Haltung erschüttern würde. Oder sollte sie ihn auslassen, jetzt, wo sie ihn so weit hatte?

Nein!

»Kann es sein, Henry«, fragte sie, um Sanftheit in der Stimme bemüht, »dass einfach der jugendliche Übermut mit dir durchging? Ich kann mir das lebhaft vorstellen, wie du stolz über das Meer segeltest, deinem großartigen Schiff vollständig vertrauend. Bis du von ›ganz oben‹ die Grenzen deiner Fähigkeiten aufgezeigt bekamst. Hättest du das Schiff auch verloren, wenn du deine Fahrt gedrosselt hättest? Hättest du nicht Segel einholen sollen?«

Noch immer saß er zusammengesunken in seinem Sessel. Wieder hörte sie ihn stöhnen. Sprachlos.

»Antworte mir, Henry, denn es soll zwischen Ehegatten keine Geheimnisse geben.«

»Du quälst mich«, flüsterte er.

»Du hast Menschenleben auf dem Gewissen, werter Gemahl«, entfuhr es Clara, empört über so viel Selbstmitleid.

Das war zu viel für seine Beherrschung. Henry sprang auf. Er rang die Hände. Ballte sie zu Fäusten. Begann, ruhelos im Raum auf und ab zu laufen. Dann hielt er plötzlich inne und blickte sie an. Seine Augen schienen Funken zu sprühen. Funken, die so gefährlich glitzerten, dass Clara kurz der Gedanke kam, er würde gleich den persischen Teppich in Brand setzen.

»Was geht dich das an? Ich stehe hier vor keinem Seegericht, sondern nur vor meiner Frau. Ich habe einen Fehler gemacht, ja. Aber welche Rolle spielt das heute noch? Es ist zwanzig Jahre her.«

Ganz ruhig sah Clara ihm entgegen. »Es spielt vielleicht keine Rolle mehr für dich. Aber es spielt eine Rolle für mich. Obwohl ich ›nur‹ deine Frau bin. Aus Fehlern sollten Menschen lernen. Du aber hast nichts gelernt. Deine Einstellung zur Verantwortung ist heute noch dieselbe wie vor zwanzig Jahren. Es ist dir egal, wie deine Untergebenen leben. Wie großartig stellst du dich doch immer dar! Wie beeindruckt soll ich von dir sein! Nein, Henry, wenn du dich nicht änderst, werde ich gewiss niemals deine zweite große Liebe werden. Dann werde ich nur noch meine Pflicht erfüllen, und mein Herz wird dir verschlossen bleiben, bis du umkehrst und zur Vernunft kommst. Es ist allein deine Entscheidung!«

Damit drehte sie sich auf dem Absatz um und ließ ihn stehen.

* * *

Aus der Diskussion ergab sich: nichts!

Zwar war Henry in dieser Nacht nicht ins gemeinsame Bett gekommen, was darauf hindeutete, dass er ernsthaft getroffen war. Clara hatte dieser Umstand einen unruhigen Schlaf beschert, denn sie hasste es, ungeklärte Differenzen mit in den neuen Tag zu nehmen. Aber bereits am nächsten Morgen tat er so, als hätte die Unterhaltung niemals stattgefunden.

Neues Futter für Claras engagierte Position in sozialen Fragen fand sich jedoch schon anlässlich der Besichtigung des Crystal Palace, die für den Nachmittag desselben Tages vereinbart war. Und dieses Treffen sollte dem Mosaik, welches sich zu Henrys Charakterbild zusammenfügte, ein neues, ausgesprochen erstaunliches Teilchen hinzufügen.

Kurz vor drei Uhr wartete sie zusammen mit Henry und Beatrice, die Clara völlig selbstverständlich dazugebeten hatte, vor dem Glaspalast auf das Eintreffen der königlichen Kutsche.

Albert war pünktlich. Und kaum hatte der Kutscher die Pferde zum Stehen gebracht, kamen die Leute wie Ameisen aus allen Richtungen herbeigelaufen.

»Die Weltausstellung hat ihm einen enormen Zugewinn an Sympathien eingetragen«, kommentierte Henry den Menschenauflauf. »Noch bis zur Eröffnung war die Ablehnung der Bevölkerung gegenüber den Teilnehmern aus nahezu einhundert Nationen riesig. Man fürchtete eine gefährliche Überfremdung Londons. Und da Prinz Albert ja bekanntlich als führender Kopf hinter der Idee stand, die Völker mithilfe dieser friedlichen Schau näher zusammenzubringen, begegnete man ihm, dem Ausländer, mit zunehmender Skepsis. Aber kaum hatte der Palace seine Pforten geöffnet, war die Begeisterung groß. Ich bin der Meinung, dass es sich Großbritannien als führende Weltmacht durchaus leisten können sollte, seine Internationalität im Rahmen einer derartigen Veranstaltung angstfrei zu demonstrieren.«

»Alles ist gut gegangen, nicht wahr? Wenn ich es richtig gelesen habe, war die Great Exhibition ein voller Erfolg ohne unangenehme Zwischenfälle«, entgegnete Clara und winkte Albert fröhlich zu, der sich unter dem Schutz seiner Adjutanten lachend durch das Volk drängte.

Rasch schloss man die Pforten hinter ihnen, sperrte das enttäuschte Völkchen aus, und endlich konnte die Begrüßung stattfinden, die für Clara herzlich und familiär ausfiel.

»Was für eine exquisite Schönheit aus der kleinen Clara geworden ist«, sagte Albert, nachdem er sie auf Armeslänge von sich weggehalten hatte, um sie genauer zu betrachten. »Die deutschen Frauen sind eben eine Klasse für sich!«

Clara errötete ein wenig, deutete einen kleinen Knicks an und bedankte sich überschwänglich für die Freundlichkeit, diesen Besuch möglich gemacht zu haben. Dann stellte sie Henry und Beatrice vor. Während sich Henrys Schwester sehr natürlich benahm, was dem Prinzen zu gefallen schien, überschlug sich Henry beinahe vor Unterwürfigkeit. Königliche Hoheit vorne, Königliche Hoheit hinten … Clara entdeckte einen etwas spöttischen Zug im Mundwinkel des hochgewachsenen, ausgesprochen gut aussehenden Prinzgemahls.

»Nun lassen Sie mal gut sein, Ames«, bremste er Henry augenzwinkernd aus. »Schließlich sind wir heute ja ganz unter uns, und es ist mir eine Freude, den Damen wenigstens die bemerkenswerte Hülle zeigen zu können, welche sechs Monate lang ein Hort der Völkerverständigung gewesen ist.«

Henry schien die diskrete Zurechtweisung ausgesprochen peinlich zu sein. Vorläufig hielt er sich zurück, begleitete lediglich die sachkundigen Erläuterungen des Prinzen zu all den technischen Neuerungen, die es hier bis vor Kurzem zu besichtigen gegeben hatte, mit allerlei »Ah« und »Oh«.

Der kristallene Brunnen, der sich zierlich vor den gewaltigen Ulmen (welche man nicht gefällt, sondern in den Bau integriert hatte) dem gläsernen Tonnengewölbe des Mittelschiffes entgegenstreckte, hatte es Clara besonders angetan. Zu ihrer Begeisterung veranlasste Albert sogar, dass ausschließlich ihr zu Gefallen noch einmal das Wasser angestellt wurde, damit sie ihn in voller Funktion und Schönheit bewundern konnte. Vergnügt klatschte sie in die Hände. »Wie zauberhaft! Allein mit diesem herrlichen Bau hast du dir ein Denkmal gesetzt, Albert.«

»Sprich mir nicht von Denkmälern, Clara!«, schmunzelte der Prinz. »Victoria hatte unlängst die schreckliche Idee, eines von mir im Hyde Park aufzustellen. Aber ich habe ihr das Vorhaben ausgeredet. Ich möchte mir doch nicht ständig beim Reiten selbst ins Gesicht schauen müssen.« Plötzlich änderte sich sein Ausdruck. Sorgenfalten überzogen seine hohe Stirn. »Nein, wirklich, ich zöge es vor, man behielte mich wegen anderer Aktivitäten in Erinnerung, liebe Clara. Tiefe Beklommenheit erregt in mir die Lebenssituation der Arbeiterklasse Londons. Du wirst diese Viertel niemals betreten, aber ich kann dir vergewissern, die Wohnsituation und die hygienischen Zustände dort sind haarsträubend. So sehr mich auch das Fortschreiten von Technologie und Wissenschaft begeistert, so lieb mir auch die Kunst ist: Mein dringendstes Anliegen ist die Steigerung der Lebensqualität für die Menschen. Ich wünschte, die Mittel der Staatskasse hätten nicht derart unter den leidigen Kriegshandlungen der jüngsten Vergangenheit gelitten und ich könnte einige meiner Pläne in die Tat umsetzen.«

Beatrice und Clara warfen sich einen bedeutungsvollen Blick zu, und Henry ergriff das Wort. »Meine überaus burschikose und leichtsinnige Schwester hat meine Gemahlin kürzlich in eben diese Viertel geschleppt. Ein Wunder, dass sie beide unbeschadet geblieben sind.«

»Armut ist nicht ansteckend, Ames«, erwiderte der Prinz knapp und wandte sich Clara und Beatrice zu. »Dann wissen Sie, wovon ich rede, meine Damen. Momentan suche ich händeringend nach einem privaten Finanzier für die Umsetzung der Pläne, feuerfeste Wohnungen mit ordentlichen Aborten und fließendem Wasser zu errichten.«

Für die Frauen waren diese Worte ein willkommener Anlass, ihre schrecklichen Beobachtungen zu offenbaren, und es entspann sich eine lebhafte Unterhaltung, in deren Verlauf sich Clara vollends in ihrem Gefühl bestätigt sah. Jenem Gefühl für soziale Ungerechtigkeit, das Henry so mir nichts, dir nichts unter den Teppich hatte kehren wollen. Sie war also nicht das kleine Dummchen aus Thüringen, das sich den Kopf über unwichtiges Zeug zerbrach, wie ihr Mann immer wieder hatte durchblicken lassen. Nein, sie quälten dieselben Bedenken wie den Ehemann der Königin! Genugtuung lag in den Blicken, die sie Henry von Zeit zu Zeit zuwarf. Er hielt sich vorläufig zurück, allerdings beobachtete sie, wie hinter seiner Stirn anscheinend scharfe Überlegungen vor sich gingen.

Ob es die intensiven Sonnenstrahlen waren, die sich just im gleißenden Wasserspiel des Brunnens fingen und hundertfach intensivierten, oder ob es ein Geistesblitz war, der aus Henrys Innerem kam, konnte sie nicht ermessen. Jedenfalls ging plötzlich ein Leuchten über seine Gesichtszüge, und er schaltete sich ein.

»Ich teile Eure Auffassung, Königliche Hoheit. Und würde mich gern näher mit den geplanten Projekten beschäftigen, um zu eruieren, inwieweit ich in der Lage sein könnte, mit finanziellem Engagement an der Verbesserung dieser wirklich scheußlichen Situation mitzuwirken.«

Claras Kopf fuhr herum. Sie glaubte ihren Ohren nicht zu trauen. Henry Ames? War es wirklich derselbe Henry Ames, der ihr gestern noch in perfider Arroganz von »natürlicher Selektion« unter der Arbeiterschaft gesprochen hatte? Wie war dieser plötzliche Wandel zu erklären?

Clara musste die Auflösung dieses Mysteriums auf später verschieben, denn nun wurde sie Zeugin einer Unterhaltung zwischen Albert und ihrem Mann, die keinerlei Zweifel aufkommen ließ, wie offenkundig einig sie sich waren, die Sache schnellstmöglich in Angriff nehmen zu wollen. Mit Verve stürzte sich Henry in die neue Rolle des engagierten Wohltäters der Londoner Arbeiterklasse.

Clara und Beatrice waren vorerst abgemeldet, standen neben den Männern wie bestellt und nicht abgeholt und beschlossen gleichzeitig, sich zurückzuziehen. Die beiden Herren waren schnell so vertieft, dass sie es nicht einmal bemerkten, wie die Damen ein Stückchen abseits auf einem Bänkchen vor dem Glasbrunnen Platz nahmen.

»Warum diese plötzliche Umkehr seiner eigentlichen Einstellung?«, flüsterte Clara Beatrice fassungslos zu.

»Er ist ein Chamäleon, Clara«, hauchte Beatrice hinter vorgehaltener Hand.

»Den Eindruck hatte ich schon mehr als einmal. Aber sag, meint er das tatsächlich ernst? Ich kann es kaum glauben. Gestern Abend hatte ich eine Diskussion mit ihm, in der er die exakt entgegengesetzte Auffassung vertrat.«

»Ich sage ja, er beherrscht es, sich wie ein Chamäleon seiner Umgebung anzugleichen«, bekräftige Beatrice. »Wenn er, aus welchen Gründen auch immer, zu dem Schluss kommt, eine festgefügte Meinung revidieren zu müssen, dann ist seine Wandlung eine fixe Tatsache, die er in alle Richtungen vertreten wird. Man kann noch nicht einmal von Berechnung sprechen, wie du es jetzt vielleicht vermuten wirst, obwohl er immer dafür sorgen wird, dass jegliche Entscheidungen am Ende auch zu seinen langfristigen Zielen passen.«

»Verrückt! Wie wenig ich ihn doch kenne …«

Clara berichtete Beatrice von den erschütternden Vorkommnissen nach dem Termin beim Schneider, und Beatrice nickte bestätigend. »Das ist typisch für ihn.«

»Liebe Güte, Beatrice. Ich werde nicht vor Überraschungen sicher sein, habe ich recht?«

»Nein, das wirst du nicht«, lächelte sie. »Bisweilen ist es extrem anstrengend, ihn zu durchschauen. Manchmal weiß man nicht, woran man mit ihm ist. Aber ...«, sie legte beschwichtigend die Hand auf Claras, »du wirst sehen, im Grunde ist er kein schlechter Mensch, und du wirst mit Geduld und weiblichem Einfühlungsvermögen allerhand Möglichkeiten haben, ihn zu beeinflussen ... vielleicht sogar eines Tages zu lenken.«

* * *

In den folgenden Wochen hatte Clara Gelegenheit, Beatrices Prophezeiung auf ihren Wahrheitsgehalt hin zu prüfen. Es waren Kleinigkeiten, an denen sie sich versuchte. Beispielsweise machte sie sich dafür stark, die Dienstbotenzimmer im Haus am Hyde Park Gate mit eisernen Aufstellöfen auszustatten, um dem Personal ein wenig mehr Komfort in diesen ungemütlich kühlen ersten Novembertagen zu bieten.

»Kostet nur Geld und ist unnötig, denn den überwiegenden Teil des Tages halten sie sich sowieso in unseren beheizten Räumen auf«, hatte Henry zunächst ihren Vorschlag abgelehnt.

Daraufhin hatte Clara zu einer List gegriffen und das Schlafzimmer in einer der ersten Frostnächte nicht heizen lassen. Zudem standen die Fensterflügel, gut verborgen hinter den bodentiefen Vorhängen, sperrangelweit offen. Vorgeblich liebevoll war sie zu Henry unter die Decke gekrochen und hatte begonnen, ihre kalten Füße und Hände an seiner Haut zu wärmen.

»Um Himmels willen, Clara, du bist ja ein Eisklotz! Du wirst dich erkälten. Warum brennt der Kamin nicht? Ich werde dem Mädchen morgen Feuer unterm Hintern machen.«

»Das ist genau das, worum ich dich bitte, Henry«, hatte Clara erwidert, war mit einem siegesgewissen Lächeln im Gesicht aus dem Bett gestiegen, hatte die Fenster geschlossen und den Kamin angefacht. »Öfchen, Henry?«, hatte sie ihn gefragt und ihren Zügen jenen verheißungsvollen Ausdruck gegeben, von dem sie so genau wusste, dass er ihn stets milde und liebevoll stimmte.

»In Gottes Namen ... Öfchen!«, hatte er seufzend zugestimmt.

Weitere Beweise für sein Umdenken konnte sie anlässlich verschiedener gesellschaftlicher Ereignisse beobachten. Sei es auf der Herbstjagd beim Earl of Somerset, sei es in den Pausen bei ihren Opernbesuchen oder am Rande der vielen Bälle, die Gesprächsmöglichkeiten boten. Überall dort, wo Menschen mit Einfluss und Bedeutung zusammenkamen, vertrat Henry vehement seine neue Weltsicht. Und es war nicht zu übersehen, wie viele aufmerksame Freunde er mit seinem Verhalten erwarb. Clara war glücklich in diesen Wochen. Glücklich und stolz, mit dem eigenen Einwirken derart viel Gutes erreicht zu haben.

Unbeschwert schwebte sie mit ihm übers Tanzparkett, galoppierte sie neben ihm unter dem ohrenbetäubenden Gebell der Meute über die sanften grünen Hügel der Grafschaft Somerset, betete sie allsonntäglich gesenkten Kopfes in der Kirche, strahlte sie an seiner Seite, wenn die Lichter in den Konzertsälen langsam verloschen und alle Welt sich nach dem schönen Paar umdrehte. Leicht fiel es ihr, den gegebenen Schwur zu halten und Henry in den Nächten mit offenen Armen und zärtlichem Herzen zu empfangen.

Mit großer Freude stellte Clara fest, wie sehr sich Henry selbst in seiner neuen Rolle zu gefallen schien. Selten nur noch erlebte sie ihn mit schlechter Laune. Aufmerksamer und viel weniger zynisch war er geworden. Ja, er war auf dem allerbesten Wege, tatsächlich ihr Herz zu erobern.

November 1851 – Rot

Es hätte ewig so weitergehen können. Aber es ging nicht ewig so weiter.

Der Spätnovembertag war grau und nebelverhangen, und die Temperaturen lagen nah am Gefrierpunkt, als Beatrice an jenem denkwürdigen Tag Clara um die Mittagsstunde zum Lunch in der Stadt abholte. Ein kleines Restaurant in Soho war ihr Ziel, denn sie hatte Jahre zuvor gemeinsam mit dem inzwischen verstorbenen Vater der Ames-Geschwister China bereist und war vollkommen begeistert von der Küche des Landes.

»Du solltest dich endlich vom Selbstfahren verabschieden, Beatrice«, schimpfte Clara. »Bei diesem Wetter im Gig chauffiert zu werden, ist wirklich kein Vergnügen mehr. Im Oktober war das ja noch lustig, aber jetzt? Wir werden Eiszapfen an der Nase haben, wenn wir im Restaurant eintreffen. Dir ist es doch auch viel zu kalt, Geoffrey?« Sie erntete einen zustimmenden Blick von Beatrices Diener, der zusammengekauert auf dem kleinen Bedientensitz saß und jetzt schon halb erfroren wirkte.

»Papperlapapp, stell dich nicht so an!«, wischte Beatrice ihren Einwand beiseite und schnippte energisch mit der Peitsche, kaum dass Clara neben ihr Platz genommen hatte. Das Pferd fiel sofort in einen flotten Trab.

Clara zog demonstrativ die pelzgefütterte Kapuze über die Ohren, steckte die Hände tief in ihren Muff und schickte der Schwägerin einen verdrossenen Blick.

Beatrice räusperte sich. »Clara … es ist ein etwas halbseidenes Viertel, wohin ich dich jetzt entführe …« Sie lächelte verschwörerisch. »Berichte Henry heute Abend besser nicht, wo wir waren, ja? Es könnte sein, dass er es nicht goutieren wird. Also bleibt es unter uns …«

Clara wurde mulmig. »Keinesfalls möchte ich Ärger mit Henry riskieren, Bea! Wähle ein anderes Ziel aus, wenn uns dort irgendwelche Gefahren drohen könnten.«

»Ach was. Schließlich sind wir in kräftiger männlicher Begleitung …« Sie drehte sich zustimmungsheischend nach hinten um. »Nicht wahr, Geoffrey?«

»Sehr wohl Ma'am!«, schnarrte der Diener, der vor Kälte in seiner dünnen Livree zitterte.

»Kauf ihm einen Mantel, Beatrice!«, forderte Clara entschlossen. »Wenn wir schon in der Stadt sind, ist das die beste Gelegenheit.«

Beatrice, die genau wie Clara im Pelz unterwegs war, warf ihrem Diener einen kritischen Blick zu. »Du hast recht. So wie er schlottert, wirkt er auch nicht besonders respekteinflößend. Ich sollte besser für ihn sorgen. Er ist ein Treuer, musst du wissen, und täte alles für mich.«

»Abgemacht«, erwiderte Clara zufrieden. »Wenn du mir versprichst, dass wir nicht ohne Mantel aus der Stadt zurückkommen, fahr in Gottes Namen, wohin du willst.«

* * *

Clara musste zugeben, dass die Speisen in dem kleinen, schummerig beleuchteten Lokal tatsächlich eine Offenbarung waren. Insofern hatte Beatrice wirklich eine gute Wahl getroffen.

Vergnügt plauderten und schlemmten die beiden. Als weniger erfreulich empfand sie allerdings die Tatsache, dass Henrys Schwester sie nach dem Essen einfach am Tisch sitzen ließ, um eben jenen Mantel für ihren Diener zu kaufen, dessen Erwerb Clara eingefordert hatte.

»Viertelstunde, Clara, dann bin ich zurück. Ich weiß genau, wo ich fündig werde. Trink du gemütlich noch eine Tasse Jasmintee. Du bist hier bestens aufgehoben. Ich möchte dich ungern durch die Gassen da draußen mitschleppen. Dafür bist du mir zu …«

»Zu was?«, hatte Clara wenig überzeugt aufbegehrt. Höchst ungern wollte sie allein bleiben.

»Zu zart!«

Beatrice warf ihr eine Kusshand zu und verschwand.

Clara trank Tee. Der ersten Tasse folgte eine zweite, eine dritte. Von Beatrice keine Spur. Es musste inzwischen mindestens eine Stunde vergangen sein. Sie konnte sie doch unmöglich vergessen haben?

Nach der vierten Tasse beschloss Clara, sich draußen eine Droschke zu suchen, um heimzufahren.

Direkt vor dem Lokal fand sie keine. Wahrscheinlich war die Gasse viel zu wenig frequentiert, als dass sich ein Kutscher hierherverirrt hätte. Zum ersten Mal berührten ihre Füße den halb gefrorenen typischen Londoner Straßendreck. Wie schnell die klamme Feuchtigkeit in ihre feinen Lederstiefeletten zog!

Woher waren sie gekommen? Ah, dort lag schon die nächste größere Kreuzung. Da wollte sie es versuchen. Es müsste doch mit dem Teufel zugehen, wenn sie nicht selbst in der Lage wäre, sich aus dieser unangenehmen Situation zu retten. Den Mantel fest um den Leib gezogen, die Handtasche vor die Brust gepresst, stakste sie forschen Schrittes durch den Matsch.

Tatsächlich hielt eine Droschke neben ihr, sobald sie gewunken hatte. Das Pferd war alt und mager. Keine Decke schützte die ausgemergelte Kruppe vor der grässlichen Witterung, so wie sie es von den stattlichen Rössern Henrys und Beatrices kannte. Aber immerhin, dachte sie, war es überhaupt ein Pferd und kein Esel. London wimmelte nur so von Eselsgespannen, die für alle erdenklichen Transporte benutzt wurden. Das gab es zu Hause in Thüringen überhaupt nicht. Es schien typisch englisch zu sein.

»Wohin, Mylady?«, knurrte der fettwänstige Kutscher von oben herab. Durch den grauen Nebel waberte eine deutliche Alkoholfahne.

»Hyde Park Gate bitte.«

»Sehr wohl, Mylady.«

Sie musste den klemmenden Wagenschlag selbst öffnen, stieg ein, nahm auf den abgewetzten, speckigen Polstern Platz. Scheußlich stank es hier drinnen. Was war das dort auf dem Boden? Es sah aus wie eine Lache von Erbrochenem. Längst angetrocknet. Sorgsam setzte Clara ihre Stiefel in sicheren Abstand.

Die Kutsche ruckte an und nahm schnell Fahrt auf. Clara beschloss, den Fahrer vor dem Verlassen des Hyde Park zu stoppen und die letzten paar Hundert Meter zum Haus zu Fuß zu gehen. Würde Henry sie in diesem Gefährt ankommen sehen …

Ein kleiner Schreck fuhr ihr in die Glieder. Was kostete wohl solch eine Droschkenfahrt? Sie ließ den Verschluss ihrer Handtasche aufschnappen, nahm die lederne Börse heraus und zählte das Geld. Clara kam auf ein Pfund, neun Shilling und zwölf Pence. Ein kleines Handgeld, das Henry ihr »für alle Fälle« zugesteckt hatte. Man könne ja nie wissen …

Ob es reichen würde? Nichts wäre unangenehmer, als den griesgrämigen Kutscher nicht entlohnen zu können und ihn doch vorfahren lassen zu müssen, um bei Henry die Bezahlung zu erbitten.

Clara schob das mürbe Gardinchen am Wagenfenster beiseite. Waren sie immer noch nicht im Park? Das alte Pferd lief doch forsch voran. So weit war es doch gar nicht …

Dicht vor den Scheiben zogen Häuserfronten vorbei. Ungebrannte Ziegel. Himmelhoch. Welche Strecke nahm der Mann denn? Wollte er die Tour unbotmäßig verlängern, um mehr Fahrgeld zu kassieren?

»He, Kutscher?«, rief sie hinaus. »Welchen Weg nimmt Er denn? Warum dauert das so lange?«

Clara bekam keine Antwort.

Angst kroch in ihr hoch.

* * *

Samtweiche rote Wolken schwebten vor ihren Augen. Goldgerandete rote Wolken. Clara versuchte, einen klaren Blick zu bekommen. Unmöglich. Eine fremde Macht zog ihre Lider immer wieder unerbittlich nach unten. Warum schmerzte der Kopf so entsetzlich? Wo war sie? War das der Himmel? War der Himmel rot? Und goldgerandet?

Es war nicht kalt. Es war nicht unbequem. Dann war es der Himmel. Warum? Warum jetzt schon? War der Himmel immer so süßlich parfümiert?

Sie hörte Stimmen. Frauenstimmen. Sie klangen besorgt.

»Beatrice?«, murmelte sie leise.

»Ah, seht mal, sie ist wach …«

»Nicht Beatrice, Mylady. Molly.« Rauchig. Und voll Wärme. Beinahe mütterlich.

Ein Mund schob sich vor die schweren Lider. Roter Mund. Nicht goldgerandet. Nur ein goldener Zahn. Fast genau in der Mitte vom Rot.

»Wo bin ich?«

»In Sicherheit, Mylady. Ihr seid überfallen worden. Lagt da in der Gosse. Das schöne Kleid!«

»Kleid? … Mein Mantel?« Mühsam öffnete sie ein Auge. Das andere wollte sich partout nicht öffnen lassen.

»Sch … sch …, besser nicht versuchen, Mylady. Ist ganz zugeschwollen. Jane! Gib mir mal das Eis.«

»Aua!«, jaulte Clara auf.

»Das muss da drauf, Mylady. Wollen doch bald wieder beide Augen benutzen können. So schöne braune Augen! So ein hübsches Gesicht. Wenn Mylady nicht von Stand wären, könnte ich Euch gut gebrauchen.«

Gelächter. Vielstimmig.

»Das hättest du wohl gern, Molly, was? Eine feine Dame für die feinen Herren. Da könntest du mehr nehmen als für uns.« Mädchenhaft. Von weiter hinten.

»Wer weiß, wer weiß, Jane, vielleicht bekomme ich für diese Lady auch so einen netten Batzen. Lasst sie uns ein bisschen pflegen. Geht, holt warmes Wasser, damit wir das Blut abwaschen können. Tot ist sie ja offenkundig nun doch nicht. Und Jenny, lauf, hol den Doktor. Er muss das zusammenflicken. Es hört ja gar nicht auf zu bluten. Aber feines Garn soll er mitbringen!«

Ein heißer Schauer überlief Clara. Ihre letzte Erinnerung war das abrupte Halten der Kutsche, der Schlag, der sich öffnete, die Hände, die nach ihr griffen, sie grob herauszerrten. Dann war alles dunkel gewesen.

»Molly?«, murmelte sie. »Wo bin ich hier?«

»In einem vornehmen Haus, Mylady. Eines der allerbesten Häuser am Platz. Ihr habt Glück gehabt. Keine Sorge, hier kommt niemand rein. Sagt mir Euren Namen, Mylady. Wo wohnt Ihr?«

»Clara Henriette … Ames«, hauchte sie. »Hyde Park Gate.«

Wie ein Haufen schnatternder Gänse: »Mein Gott, sie ist Henry Ames' Frau!« – »Sie ist die schöne, junge deutsche Gräfin.« – »Einen besseren Fund hätten wir gar nicht machen können.« – »Siehst du, Betty, er hat immer mich gewählt. Schau doch hin, da liegt sie. Da hast du den Beweis für seinen guten Geschmack. Ich hab's doch immer schon gewusst. Bin eben doch etwas Besonderes.« – »Etwas Besonderes, das sich für alles hergibt, was kein anständiges Mädchen mitmacht. Den kannst du gern behalten. Rennen würd ich, so schnell ich kann, wenn er mich wählen würde.« – »Ich kratz dir gleich die Augen aus, du dumme Ziege!«

»Haltet den Mund, ihr albernen Küken!«, fauchte Molly.

Woher kannten sie Henry? Wen wählte er? Wofür? Claras Kopf wollte nicht funktionieren. Sie dämmerte wieder weg. Gnädige Dunkelheit.

Irgendwann eine männliche Stimme. Sanft und tief. »Countess, öffnen Sie die Lippen. Sie müssen das trinken, sonst halten Sie es nicht aus.«

Zu sich kommen. Aufsehen. Stöhnen. Diese Schmerzen! Ein grauer Spitzbart, graue Augen hinter silbergeranderten Gläsern. Clara trank. Rot. Rosarot. Violett. Nein, ein Regenbogen! Das Glück liegt am Ende des Regenbogens. Leicht. Jetzt fliege ich davon. Gleißendes Licht. Schweben. Dann plötzlich schwer, so schwer, ich stürze … nein! Dunkel. Blau. Schwarz.

* * *

Clara schaute auf sich hinunter. Das also war die sterbliche Hülle, die sie jetzt verlassen hatte. Was war übrig geblieben? Ein teures Kleid, über und über beschmiert mit grauem Straßenschmutz und getrocknetem Blut. Ein Gesicht, so klein, so blass, so entstellt. Über der linken Braue eine hässliche rote Naht. Sogar die Fadenenden ganz deutlich zu sehen. Die Lippen geschwollen.

Aufgeplatzt. Krustig. Das Kinn bläulich verfärbt. Lilaschwarz die gedunsene Höhle, in der das linke Auge liegen musste. Die langen dunklen Locken aufgelöst um den Kopf gebreitet, die zarten Hände überm Bauch gefaltet, keine Schuhe, nur weiße Strümpfe, die Zehen matschgrau beschmutzt. All das auf samtweich roter Wolke. Goldgerahmt. Selbstverständlich. Der Himmel war nun einmal rot und goldgerahmt!

Kein Schmerz mehr. Wenn man tot ist, spürt man keinen Schmerz mehr.

Nein?

Die Seele spürt noch jeden Schmerz.

Martin.

Martin, nun werd ich dich nie wiedersehen. Nicht, bis du kommst. Dann kannst du neben mir liegen. Auf dieser roten Wolke. Tröstlich.

Wo sind sie alle? Ist man allein im Himmel? Wenn man dann *wirklich* gestorben ist. Ja, so muss es sein. Allein vielleicht, bis jemand kommt, der einen liebt? »Mamá, wo bist du? Du liebst mich doch!«

»Ich bin hier, Countess. Ihr habt lange geschlafen.«

Das war nicht Mamás Stimme. Das war Molly.

»Bin ich nicht im Himmel?«

»Bewahre, nein!«

»Aber ich kann auf mich hinuntersehen. Ich bin nicht mehr in meinem Körper.«

Molly lachte ein gutmütiges Lachen. »Countess, ich bin ganz sicher, nicht tot und schon gar nicht im Himmel zu sein. Und ich werde mich jetzt neben Euch setzen.«

»O mein Gott! Ein Spiegel.«

»Ja, ein Spiegel. Wie fühlt Ihr Euch?«

»Erleichtert. Ich bin ja nicht tot.«

»Das Laudanum hat Euch einen Streich gespielt. Aber immerhin hat es die Schmerzen genommen. Ihr hättet es nicht ausgehalten, was der Doktor tun musste. Seid gewiss, es wird später kaum zu sehen sein. Die Narbe wird Euer schönes Gesicht nicht entstellen. Aber es braucht Zeit zu heilen.«

Clara versuchte zu lächeln. Alles spannte. Bestimmt bekam sie nur eine unfreundliche Grimasse zustande. »Danke, Molly! Danke für alles, was Sie für mich getan haben.«

»Kann ich jetzt nach Eurem Gatten schicken? Seid Ihr bereit, heimgebracht zu werden?«

»Aber ja!«

»Gut, dann benachrichtige ich ihn jetzt.«

Molly stand auf, wandte sich zur Tür. Ein Gedanke schoss Clara durch den Kopf.

»Molly, warten Sie! In meiner Handtasche ist Geld. Der Doktor muss doch bezahlt werden!«

Molly drehte sich um. »Ihr hattet keine Tasche bei Euch, als Ihr aufgefunden wurdet.«

»Oh, dann wird mein Gemahl mich auslösen.«

»Natürlich. Das wird er! Noch etwas, Countess?«

Clara schüttelte den Kopf. Schmerz fuhr ihr hinter die malträtierte Stirn. Und mit diesem Schmerz kam die entsetzliche Erkenntnis.

»O nein!«, stöhnte sie.

»Was ist, Countess?«

»Meine Tasche ... sie darf nicht fort sein. O mein Gott!« Tränen schossen aus den wunden Augenwinkeln, lösten Pein aus. Neue rannen nach. Immer mehr, immer qualvoller.

»War so viel Geld darin?«

»Nein, es geht nicht ums Geld. Es geht um die Tasche. Ich muss sie wiederhaben. Sie ist so wichtig für mich!«

»Euer Ehemann wird Euch eine neue kaufen. Er ist reich«, tröstete Molly.

»Ich will keine neue!«

»Ach, ein Erinnerungsstück?«

»Ja, Molly, ja! Ich gäbe alles für die Tasche.«

»Soso. Was ist sie Euch denn wert? Ein Pfund? Vielleicht zwei? Sogar am Ende drei?«

»Drei Pfund. Ja, Molly. Drei Pfund Finderlohn für meine Tasche. Bitte … können Sie das allen Leuten erzählen?«

»Ein guter Preis für eine alte Tasche!«

»So alt war sie noch gar nicht. Aber es war weniger drin als drei Pfund. Das muss doch den Räuber überzeugen. Er kann ein gutes Geschäft machen.«

»Ich werde sehen, was sich tun lässt. Wenn sie Euch so wichtig ist …«

Molly war fort. Martins Briefe in den falschen Händen! Um Himmels willen, das durfte nie und nimmer geschehen! Clara merkte, wie die Aufregung sie wieder ganz zu sich gebracht hatte. Was würde Henry sagen? Würde sie ihn bitten können, den Finderlohn auszusetzen? Welche Legende musste sie der Tasche andichten, damit er einsah, wie wichtig sie für sie war? Clara dachte angestrengt nach. Der Vater hatte sie ihr geschenkt, bevor sie in die Schweiz abgereist war. Ein Lieblingssouvenir vom Vater? Würde Henry das als Begründung genügen? Wenn sie ihn sehr lieb bat, vielleicht …

Er würde zweifellos rasend wütend sein. Auf sie. Auf Beatrice. Der Doktor musste bezahlt werden. Molly, die sie so wunderbar behandelt hatte, durfte nicht leer ausgehen. Der Pelz, der teure Nerz, war weg. Nur weil sie sich zusammen mit Beatrice über all seine Warnungen hinweggesetzt hatte. Es gab also doch Schurken in den Armenvierteln. Aber nein, Henry, dachte sie. Nicht alle Menschen dort sind Schurken. Die gibt es überall. Nicht nur unter den Mittellosen. Rüsten musste sie sich für die erste Begegnung mit ihm nach diesem Überfall. Gute Argumente würde sie brauchen. Sonst würde er sie niemals wieder mit Beatrice allein losfahren lassen. Wo war Beatrice nur abgeblieben? War sie womöglich auch überfallen worden?

Der Kopf begann wieder heftig zu schmerzen. Zu viel Anstrengung durfte sie ihm wohl doch noch nicht zumuten. Clara schloss das Auge. Die Lider des Linken mühten sich, die Bewegung mitzumachen. Scharf durchzuckte sie die Qual. Dann nahm der Schlaf sie noch einmal gnädig in die Arme.

November 1851 –
Kein gnädiger Gott

Nein. Clara fand keinen gnädigen Gott in Henry. So sanft er sie auch umfing, als er sie auf ihrer samtroten Wolke vorfand, so außer sich vor Wut zeigte er sich, sobald er sie im Schlafzimmer des Hauses Hyde Park Gate abgesetzt hatte. Clara musste eine Flut von Vorwürfen auf sich niederprasseln lassen und hielt sich den schmerzenden Kopf. Henry würdigte sie kaum eines Blickes. Er lief vor dem Bett auf und ab und tobte. Tobte so lange, bis Clara tränenüberströmt dasaß und leise bat: »Henry, bitte hör auf. Du hast ja recht. Aber bitte, bitte ... nicht so laut. Mir platzt gleich der Schädel!«

Henry fuhr herum, sein Ausdruck änderte sich. Endlich schien er das ganze Ausmaß des Geschehenen zu begreifen. Er ließ seinen Leibarzt kommen, auf dass er sie ein weiteres Mal gründlich untersuchte. Nicht nur den Kopf nahm er in Augenschein, diagnostizierte eine schwere Gehirnerschütterung. Nein, er hatte von Henry auch den Auftrag bekommen, sie gynäkologisch zu untersuchen. Clara wusste, dass sie nicht vergewaltigt worden war. Aber so sehr sie es auch wortreich beschwor, ließ sich Henry doch nicht überreden, davon Abstand zu nehmen.

Es kam ihr so vor, als wolle er sie mit dieser Anweisung strafen, regelrecht demütigen. Sie überstand die Prozedur mit zusammengebissenen Zähnen und wunderte sich über den merkwürdigen Gesichtsausdruck des Doktors.

Henry hatte er vor die Tür geschickt. Nun rief er ihn herein und eröffnete das Gespräch mit den Worten: »Glückwunsch, Sir! Ich kann keine Spuren fremden Eindringens feststellen. Aber ich müsste mich doch sehr täuschen … kurz und gut, vielleicht sieben, acht Wochen … aber nein, ich habe kaum Zweifel, die Countess ist guter Hoffnung!«

Aller Groll war verflogen. Henrys Miene war ein Spiegel der Empfindungen, die Clara selbst spürte. Erstaunen. Ungläubigkeit. Dann Begreifen. Ein Leuchten huschte über seine Züge. Rasch war er bei ihr, schloss sie in die Arme.

»Mein Armes! Du trägst mein Kind unter dem Herzen und wärest beinahe umgekommen«, flüsterte er dicht an ihrem Ohr. »Verzeih, dass ich dich so schlecht behandelt habe! Ich schwöre dir, von nun an werde ich auf dich achtgeben wie auf meinen Augapfel!«

»Ach, Henry, ich bin so glücklich«, murmelte Clara, und ganz hinten in ihrem malträtierten Kopf schien ein Wort auf: Chamäleon.

»Wenn ich mich kurz in Erinnerung bringen darf, Sir? Ich müsste …«, bat der Arzt, und Henry löste sich von ihr.

»Die Countess benötigt bis zur Genesung absolute Ruhe. Die Gehirnerschütterung ist schwer und darf keinesfalls auf die leichte Schulter genommen werden. Ein, zwei Wochen Bettruhe, keine Aufregung, gedämpftes Licht, viel Schlaf, allerbeste, aber leichte Kost. Frisches Obst, gedünstetes Gemüse, Brühe, gutes Rindfleisch. Sie hat allerhand Blut verloren.«

»Alles, was sie braucht, Doktor!«, rief Henry euphorisch.

»Gut, dann empfehle ich mich jetzt. Wenn es recht ist, sehe ich übermorgen wieder nach ihr.«

»Kommen Sie morgen! Kommen Sie täglich. Ich möchte keinesfalls etwas riskieren.«

»Ich habe zwar keine Bedenken, sofern meinen Anweisungen Folge geleistet wird, aber gut, wenn Sie es wünschen, werde ich täglich zur Visite kommen«, schmunzelte der Doktor und verabschiedete sich.

Keinerlei Vorwürfe machte Henry ihr mehr. Er fragte nicht, was geschehen war, unterband ihre Erklärungsversuche sofort. »Du hast gehört, was er gesagt hat, Liebste! Keine Aufregung. Lass dein armes, hübsches Köpfchen ganz in Ruhe, denk nicht nach. Denk nur an deine Gesundheit und an unser Kind!«

»Ich wüsste nur allzu gern, was Beatrice zugestoßen ist. Es ist doch gar nicht ihre Art, einfach nicht zurückzukommen. Kannst du das nicht herausfinden? Es würde sehr zu meiner inneren Ruhe beitragen, wenn ich sicher sein könnte, dass es ihr gut geht.«

Henrys Miene verdunkelte sich. Für einen Moment verzerrte wieder diese unbändige Wut seinen Mund, doch schnell hatte er sich wieder im Griff. »Ich verspreche dir, dass ich der Sache sofort nachgehen werde. Inzwischen wird sich Mary um dich kümmern.«

»Danke«, hauchte Clara.

Zärtlich strich er mit dem Handrücken über ihre unverletzte Wange. »Nun werden all meine Wünsche und Pläne Wirklichkeit. Sobald du genesen bist, werden wir nach Côte House übersiedeln. Die Ballsaison ist jetzt für uns beide sowieso perdu …« Er lächelte, und Clara schien es ein wenig säuerlich. »So, wie man dich zugerichtet hat, können wir uns nirgends sehen lassen. Nachher denken die Leute noch, ich sei ein gewalttätiger Ehemann.«

»Aber Henry!« Clara versuchte ein Lachen. »Du doch nicht. Du bist so liebevoll, so zärtlich zu mir. Und das, obwohl du eigentlich jedes Recht hättest, enttäuscht von mir zu sein.

Schließlich habe ich all deine Warnungen in den Wind geschlagen und mich Gefahren ausgesetzt.«

»Schon gut, Clara. Lass uns ein andermal darüber reden. Du bist hier und in Sicherheit.«

Schwer fiel es ihr, den Verlust der Handtasche inklusive des recht königlichen Finderlohns, den sie ausgesetzt hatte, nicht mit ihm zu besprechen. Doch sie merkte, es wäre der falsche Zeitpunkt gewesen. Bisher war sie bei ihm glimpflich davongekommen. Zweifellos hatte das Feststellen der Schwangerschaft dazu beigetragen, ihn milde zu stimmen. Diesen günstigen Zustand wollte sie jetzt, so schwach und angeschlagen, wie sie war, keinesfalls aufs Spiel setzen.

* * *

Ganz reibungslos verlief Claras Genesung nicht. Einige Tage plagten sie Schübe mit hohem Fieber. Die Wundnaht hatte sich entzündet, und die tägliche Visite des Arztes erfolgte durchaus nicht so grundlos, wie der Mediziner es zunächst erhofft hatte.

Albträume plagten sie, an die sie sich manchmal erinnern konnte, wenn sie mit glutheißer Stirn schweißüberströmt aufschreckte. Wieder und wieder zerrten grobe Fäuste sie aus der Kutsche. Wieder und wieder spürte sie den grausigen Schmerz, den der Schlag auf die Stirn verursacht hatte. Einmal hörte sie im Auffahren noch den Schrei, der ihr über die aufgeplatzten Lippen gekommen war. »Martin!«

Es waren nicht Martins Züge, derer sie gewahr wurde, als sie zu sich kam. Es war Henry, der an ihrem Bett saß. Dankbarkeit erfüllte Clara. Dafür, dass er da war. Dafür, dass er so zärtlich mit ihr umging. Und dafür, dass er sich nichts anmerken ließ, als sie den falschen Namen rief. Stunden und Tage wachte er über sie. Saß dort, sooft es seine Termine erlaubten. Die Vorbereitungen für die Seereise mussten nun dringend getroffen werden, denn das beschlossene vorzeitige Übersiedeln nach Côte House machte die Planungsphase um zwei Wochen knapper, erklärte er ihr.

War er nicht anwesend, schaute Clara stets in das gleichmütige Gesicht Marys, sobald sie erwachte. Mary pflegte in stoischer Ruhe. Meist wortlos. Regelmäßig wechselte sie die kühlenden Wadenwickel, regelmäßig trug sie kleine Mahlzeiten heran, regelmäßig tupfte sie Claras heiße Stirn, regelmäßig erschien sie mit der Bettpfanne, regelmäßig wusch sie Claras Leib, regelmäßig wechselte sie Nachthemd und Bettwäsche, regelmäßig hielt sie ihr einen Becher mit lauwarmen Getränken an die Lippen.

Clara hatte manchmal den Eindruck, sie agiere wie ein Automat. Ganz ohne erkennbare Regung. Und ihr Benehmen wirkte stets so in sich gekehrt und abweisend, dass Clara niemals auf die Idee kam, sie nach privaten Dingen zu fragen. Nichts wusste sie von dieser Frau. Weder woher sie kam, noch seit wann sie in Henrys Diensten stand. Nicht einmal ihr genaues Alter ließ sich bestimmen. Sie mochte Ende zwanzig sein … vielleicht auch schon Mitte dreißig. Das Gesicht war nicht hässlich. Aber es war so farblos wie ihr stets zum straffen Knoten zurückgenommenes Haar. Hatte sie Familie? Hatte sie einen Mann? Nein, wahrscheinlich hatte sie keinen. Höchstwahrscheinlich hatte sie noch niemals aus tiefem Herzen geliebt. Nur eines war unübersehbar: Sie hing an Henrys Lippen, sobald er das Wort an sie richtete. Absolut loyal, unterwürfig, beinahe sklavisch ergeben.

* * *

Nach fünf Tagen war die Krisis überwunden, und Claras Fieber sank endlich. Mit der Genesung kamen die Fragen zurück. Und mit ihnen bittere Erkenntnisse. Henry hatte Beatrice nicht nur das Haus, sondern auch jeglichen Kontakt zu Clara verboten. Obwohl die Begründung, welche sie für ihr Fortbleiben hatte liefern können, vollkommen plausibel erschien. Geoffrey, so erfuhr Clara von Henry in kurzen, knappen Worten, hatte sich zum Aufwärmen in einen der nahen Pubs zurückgezogen, und Beatrice hatte ihn suchen müssen. Ganz offenbar war sie nur sehr kurz, nachdem Clara das Restaurant verlassen hatte, dort wieder eingetroffen und hatte bis in die Nacht hinein gemeinsam mit ihrem Diener nach ihr gesucht, ehe sie sich an einen Bobby gewandt und Claras Verschwinden angezeigt hatte. Man hatte sie nicht allzu ernst genommen – was wären schon ein paar Stunden? – und wollte vorläufig nichts unternehmen. Als sie im Morgengrauen in Hyde Park Gate vorgesprochen hatte, um die Katastrophe zu beichten, war Henry längst auf dem Weg zu Molly gewesen, um Clara heimzuholen.

Clara wagte nicht, sich Henrys Entschluss zu widersetzen. Sie wusste, es würde keinen Sinn haben, ihn um Vergebung für seine Schwester zu bitten. Der Verlust der so lieb gewonnenen Freundin schmerzte. Genauso wie die Tatsache, dass es offenbar keinerlei Nachricht zum Verbleib ihrer Handtasche gab. Clara hatte Henry gestanden, was sie Molly gegenüber in Aussicht gestellt hatte. Die Höhe des Finderlohns ließ ihn zwar einen Augenblick die Stirn runzeln, aber er zeigte Verständnis dafür, dass sie das so hoch geschätzte väterliche Geschenk allzu gern wiederhaben wollte, und versprach sogar, bei Molly nachzufragen. Ergebnislos.

Unterdessen hoffte Clara, dass endlich eine Antwort von Alexander eintreffen möge, und als sie täglich wieder enttäuscht wurde, sobald die Post durchgesehen war, schrieb sie ihm erneut. Immerhin hatte sie inzwischen einiges zu berichten und informierte ihn ebenso wie die Familie zu Hause über alle Neuigkeiten.

Genesungswünsche trafen ein. Das Schlafzimmer glich bald einem Blumenladen. Keiner, nicht einmal der viel beschäftigte Albert, hatte es sich nehmen lassen, auf die schreckliche Geschichte zu reagieren, über die Londons Gazetten berichtet hatten. Zärtliche Zeilen des Vaters kamen an. Die Zimmerleute hatten ganze Arbeit geleistet, und den ersten Advent würden die meisten schon in den neuen Häusern verbringen, berichtete er. Erschreckte Worte zu dem Überfall und dann doch eine überglückliche Gratulation Theklas zum erwarteten Baby waren dem dicken, an das Ehepaar Ames adressierten Brief beigefügt, den Henry vergnügt vorlesend an ihr Bett gebracht hatte. Als heimatlich anmutende Krönung enthielt er ein weihnachtliches Aquarell von Rieke. Hübsch hatte sie das Rittergut im ersten Schnee getroffen. Richtig begabt war die Kleine.

Von Alexander? Nichts!

Juli 2010 – Die Tasche

»Himmelherrgott, wo bleibt meine Tasche?«

Wir standen am Flughafen Heathrow vor dem Gepäckband und ließen es nun bereits zum dritten Mal an uns vorbeikreisen. Aber so sehr wir uns auch die Augen aus dem Kopf guckten, meine dunkelblaue Reisetasche blieb verschwunden.

»Deinen Pass hast du aber in der Handtasche?«, fragte Constantin, und ein bisschen ungewohnte Panik hörte ich schon in seiner Stimme.

Ich buddelte in den Tiefen meines Shoppers und förderte erleichtert den Ausweis zutage.

»War was Wichtiges drin in der Tasche?«

Ich überlegte. Außer meinen Klamotten, einschließlich des schicken, neu erworbenen weißen Baumwollkleides? Ich hätte es eigentlich am nächsten Wochenende anlässlich einer Ausstellungseröffnung tragen wollen, über die ich für meine Redaktion berichten sollte. Aber sonst? Eigentlich nein … Nur meine Lieblingsslips. Die teuren! Ich wusste, ich würde sie schmerzlich vermissen. Ja, und eine Kleinigkeit. Um die tat es mir wirklich leid.

»Die Samen, Constantin. Es wäre schade, wenn die Tasche nicht wieder auftauchen würde. Ich hätte gern ein paar im

Gewächshaus vorgezogen und hatte mir schon eine so hübsche Gruppe junger Linden vor unserer Haustür vorgestellt. Weißt du, so ein Plätzchen für die schönen Stunden, wenn wir abends bei Sonnenuntergang gemeinsam auf einer grün gestrichenen Bank sitzen und der Sonne beim Untergehen zusehen. Irgendwann … in vielen Jahren.«

Constantin legte mir den Arm um die Schultern. »Du bist hoffnungslos romantisch. Man könnte einfach ein paar Setzlinge kaufen.«

»Also hör mal! Das wäre doch nicht dasselbe. Ich will nicht irgendwelche Linden, ich will Clara-Henriette-Linden!«

»Okay«, grinste er, »dann wollen wir mal eine Vermisstenanzeige für deine Tasche aufgeben.«

»Meinst du, es geht ohne Finderlohn? Wir sind ziemlich pleite.«

»Ganz gewiss geht's ohne!«

Wir reihten uns also am Schalter der Fluggesellschaft ein, füllten ein Formular aus und saßen nur kurze Zeit später in unserem Wagen. Ich war todmüde. Und ein bisschen traurig. Während Constantin sich in den fließenden Nachtverkehr einfädelte, schloss ich die Augen und ließ meine Gedanken treiben.

Nun hatte Clara also nur noch einen einzigen echten Bezugspunkt im Leben: Henry. Das bisweilen so jähzornige, unberechenbare Chamäleon. Mich hätte der Mann irregemacht. Ich brauchte durchschaubare, berechenbare Persönlichkeiten um mich herum. Mit solch einer Wundertüte hätte ich keinen einzigen Tag Ruhe gehabt.

Ich musste eingenickt sein, denn als ich zu mir kam, leuchtete gerade das Ausfahrtschild nach Stonehenge vor uns auf.

»Hey, wir sind ja gleich da!«

»›Gleich da‹ ist nett gesagt. Noch zweieinhalb Stunden, Schatz. Bloß gut, dass wir beide morgen noch freihaben.«

»Meine Mutter hat vorhin am Telefon gesagt, dass sie die Kinder noch einen Tag betreut, damit wir uns erst mal richtig ausschlafen können. Luxus, nicht?«

»Ja, wir werden ihn genießen, uns in unserer glamourösen roten Seidenbettwäsche wälzen, dafür sorgen, dass sich nichts an deinem Gehirn festbeißt, und nachmittags an den Strand gehen. Was hältst du von dem Plan?«

»Großartig!«, gähnte ich und dachte an unsere billigen karierten Baumwollbettbezüge. »Apropos rote Bettwäsche. Clara war in einem Puff gelandet, stimmt's?«

»Stimmt.«

»Und in diesem Puff war Henry offenbar Stammkunde?«

»Stimmt auch.«

»Er hatte in dieser heftigen Badewannenszene nicht etwa die Beherrschung verloren, sondern ging mit Clara um wie mit einer seiner Huren? Da gab es ja ziemlich eindeutige Bemerkungen von den Mädchen.«

»Jepp.«

»Na, herzlichen Glückwunsch! Dann hat er sich also eher verstellt, wenn er lieb und zärtlich mit Clara war, der Herr Chamäleon. Und jetzt, wo sie schwanger war, konnte er sie sowieso erst mal links liegen lassen. So betttechnisch, meine ich. Seine gesetzten Ziele hatte er ja rundum erreicht.«

»Denk ich mal.«

»O Gott, die Arme! Mir schwant, sie hatte nicht mehr viel Liebe zu erwarten. Kannst du dir vorstellen, wie leid sie mir tut? Verdammt, ich habe ihr vorhin wirklich unrecht getan.«

»Hab ich dir doch gesagt.«

»Genauso hat er sich verstellt, als er plötzlich so interessiert an Alberts Plänen für den sozialen Wohnungsbau war.«

»Da bin ich mir nun nicht so sicher. Ames hat vermutlich ein Schweinegeld verdient. Ausgaben für gemeinnützige Projekte haben wahrscheinlich seine Steuerbelastung so erheblich gesenkt, dass es für ihn durchaus von Vorteil war. Und bedenke bitte, zu welchen Kreisen er mit Claras Hilfe plötzlich Zugang gewann. Der hat sich doch was ausgerechnet!«

»Da hast du auch wieder recht. Also war's an dieser Stelle eine Überzeugungshandlung aus finanziellem und beziehungstechnischem Eigennutz. Und sicherlich hat er sich auch nicht ganz ohne Vorbedacht den Einkauf der schönen, jungen deutschen Gräfin ordentlich was kosten lassen. Ich traue dem jedenfalls nicht zu, dass er Geld zum Fenster rauspfeffert.«

»Bingo! Ganz bestimmt hat Henry Ames nie Geld zum Fenster rausgepfeffert. Dafür war er viel zu sehr Geschäftsmann«, erwiderte Constantin überzeugt.

Die Lichter einer Raststätte warfen einen bläulichen Schein auf Constantins Züge. Ein diffuses, unangenehmes Gefühl kroch mir in den Nacken. Dennoch konnten wir in diesem Moment noch nicht ahnen, wie nah wir mit unseren Überlegungen einer schockierenden Wahrheit tatsächlich schon gekommen waren.

Dezember 1851 – Côte House

Abschiedsschmerz hatte von Clara Besitz ergriffen. Das hübsche, gemütliche Haus am Hyde Park Gate war nun seit Wochen zu einer neuen Heimat geworden, und schon musste sie wieder die Koffer packen. Wie gerne hätte sie dieses Leben noch ein Weilchen weitergeführt! London strahlte im Glanz der bevorstehenden Weihnacht, Einladungen zu höchst erstrebenswerten gesellschaftlichen Anlässen stapelten sich auf Henrys Schreibtisch. Sie würden keinen davon mehr wahrnehmen, und Clara schrieb eine ganze Reihe höflicher Absagen, in denen sie ihr allergrößtes Bedauern ausdrückte, nicht erscheinen zu können.

Beatrice fehlte ihr entsetzlich. Ihre Fröhlichkeit, ihr Witz, die ausgiebigen Gespräche über Gott und die Welt ... alles vorbei. Henry hatte seine Aufgabe, ihr Gesellschaft zu leisten, so lange beflissen erfüllt, wie Clara bettlägerig gewesen war. Seit sie jedoch wieder auf den Beinen war, hatte er sie für ihren Geschmack allzu oft allein gelassen. Natürlich brachte sie alles Verständnis dafür auf, dass er nicht nur ihr Gatte, sondern auch ein sehr rühriger Geschäftsmann war. Dennoch haderte sie häufig mit der Langeweile, die seine Abwesenheit mit sich brachte. Das Haus besaß eine gut sortierte Bibliothek, die auch zahlreiche aktuelle Neuausgaben enthielt. Aber schnell hatte Clara ausgelesen, was sie besonders interessierte, und sie fing an, sich Gedanken darüber zu machen, womit sie die viele einsame Zeit füllen sollte.

Zunächst unregelmäßig und zaghaft ob der Eintönigkeit des Alltagsgeschehens, aber schon bald mit ausgesprochener Freude an der Idee, begann sie, ein Tagebuch zu führen. In jenem Moment zündete ihr Geist, als sie eines nebelverhangenen Spätnachmittags an ihrem kleinen Sekretär saß und die ersten recht dürftigen Einträge überblätterte. Warum sollte sie nicht in ihrer Erinnerung zurückgehen? Warum nicht viel, viel früher anfangen, rekonstruieren, was bis zum heutigen Tage geschehen war? Der Einfall elektrisierte sie. Wo beginnen?

Clara schloss die Augen und träumte sich zurück. Es war, als befände sie sich in einem Raum voll verschlossener, unetikettierter Schubladen, die nur darauf warteten, geöffnet zu werden und ihre Geheimnisse preiszugeben. Wie mit vorsichtigen Fingerspitzen tastend, strichen ihre Gedanken über kleine Knöpfchen, zogen Kästchen um Kästchen auf, suchten nach dem richtigen Beginn.

Hier ein Picknick mit Mamá und Papá am Fluss. Noch ohne Agnes. Thekla ein Säugling im Arm der Mutter unter filigranem Sonnenschirm. Papá mit einem Strohhut auf dem Kopf. Knietief im Wasser, die Angel schwingend. Lichtstrahlen, die sich auf dem windgekräuselten Flüsschen zu Millionen kristallener Pünktchen brechen. Weiche Locken spielt der Wind in die Stirn. Ein Marienkäfer auf zarter Kinderhand. Schau, Mamá! Mutters helles Lachen. Lass ihn fliegen, du musst nur ganz vorsichtig die Flügel anhauchen. Flieg, Käfer, flieg!

Dort ein Weihnachtsabend. Drei Mädchen, aufgereiht wie die Orgelpfeifen, mit roten Bäckchen vor der Tür zum Salon.

Wann wird das Glöckchen schellen? Wann dürfen wir hinein? Wie das duftet! Wie groß wird der Baum dieses Jahr sein? Hand in Hand. Pssst, Riekchen, nicht quengeln. Die feinsten Kleider heute. Lauschen. Atemlose Spannung. Dann, endlich, öffnen sich die Türflügel. Papá im Frack. Wie er strahlt! Mamá im Schein der Kerzen am Klavier. So schöne Mamá! So schöne Musik!

Eine Lade um die andere zog sie auf, versuchte, Jahresdaten zuzuordnen, Ereignisse zu erinnern, die ihr Leben geprägt hatten. Die schönen. Die schrecklichen. Ganz nach vorn gehörten die Kindheitserinnerungen. Ohne aufzuschauen, schrieb sie. Völlig konzentriert. Und bemerkte gar nicht, dass Henry hinter sie getreten war.

»Was tust du, Clara?«

Erschreckt ließ sie die Schreibfeder fallen, drehte sich zu ihm um. »Oh, Henry! Ich habe dich überhaupt nicht kommen hören. Ist es schon so spät? Ich schreibe nur ein paar Kindheitserinnerungen auf, weißt du? Mein Tagebuch möchte gefüllt werden, und weil so wenig passiert, dachte ich mir, könnte ich doch etwas aus alten Tagen niederschreiben. Vielleicht interessiert es ja unser Kind später, wenn es lesen kann.« Lächelnd strich sie über ihren flachen Bauch, der noch keinerlei zusätzlichen Raum im eng geschnürten Korsett forderte.

»Liebste Clara«, seufzte Henry, »ich höre den Vorwurf wohl. Es tut mir leid, dass ich mich so wenig um dich kümmern kann, aber eine mehrmonatige Handelsreise ist kein spontaner Sonntagsausflug. Es war noch so viel zu planen und vorzubereiten. Zudem gab es Ärger in der Weberei. Die Arbeiter streiten um den Lohn. Sie wollen mehr. Organisiert haben sie sich, stell dir vor. Da stecken diese deutschen Kommunisten dahinter, sage ich dir. Sie haben den Leuten Flöhe ins Ohr gesetzt mit ihrem Manifest. Ruinieren werden sie mich ... Ach, Darling, gib mir noch zwei Tage, dann werde ich wieder für dich da sein, denn übermorgen reisen wir ab. Freust du dich schon?«

Sanft küsste er ihre Stirn. Sanft! In den letzten Wochen war Henry immer sanft mit ihr umgegangen. Wo war der leidenschaftliche Henry geblieben? Das interessierte sie jetzt viel mehr als die überall so viel diskutierten Ideen der Herren Marx und Engels. Seit er Kenntnis von ihrer Schwangerschaft hatte, war er ihr nicht mehr nahe gekommen. Anfangs hatte sie es der Tatsache zugeschrieben, dass sie krank gewesen war. Aber nun war sie doch wieder völlig genesen! Sollte sie ihn fragen? Nein, sie würde nicht wagen, so direkt zu sein, da bliebe sie doch lieber bei Förmlichkeiten.

»Ich weiß noch nicht recht, ob ich mich freuen soll, Henry. Mir ist dieses Haus hier sehr ans Herz gewachsen. Es ist ein richtiges Zuhause für mich geworden, und es tut mir leid, es schon so bald wieder verlassen zu müssen. Aber wenn du im Côte House wieder mehr Zeit mit mir verbringen willst, tausche ich es natürlich nur allzu gern ein.«

»Das will ich dir versprechen, mein Herz!«, sagte er mit fester Stimme. »Und ich habe eine kleine Überraschung für dich mitgebracht.«

Erst jetzt fiel Clara auf, dass er die ganze Zeit eine Hand hinter dem Rücken versteckt gehalten hatte. Gespannt versuchte sie zu erspähen, was es war.

»Bitte, bitte, zeig her, Henry, zeig her. Was hast du da?«

Sein verheißungsvoller Gesichtsausdruck wechselte jetzt zu einer triumphierenden Miene. »Augen zu!«

Lächelnd schloss sie die Lider und fühlte, dass er ihr etwas in den Schoß legte.

»Augen auf!«

Kein noch so kostbares Schmuckstück, kein neuer Pelz, nichts hätte eine so große Freude auslösen können wie das, was sie jetzt in Händen hielt. Clara sprang auf und fiel Henry um den Hals. »Ich danke dir, liebster Henry ... ich bin so glücklich!«

»Wegen einer uralten Tasche ...«, murmelte er sichtlich gerührt und schlang endlich, endlich einmal wieder die Arme um sie.

Clara schmiegte sich an ihn. »Küss mich ... bitte ... du hast es schon so lange nicht getan.«

Henrys Kuss schmeckte nach Gin. Und er roch nach einem eigentümlich süßlichen Parfum, das Clara schemenhaft bekannt vorkam. Doch es ergab sich nichts aus diesem Kuss. Schon nach wenigen – viel zu wenigen – Sekunden ließ er sie wieder los und bekundete, sich nun zum Dinner umziehen zu wollen.

Wie erleichtert war sie, als sie feststellte, dass Martins Briefe noch immer unentdeckt und unberührt unter dem Seidenfutter schlummerten. Egal, wer die Tasche in der Zwischenzeit besessen hatte, ihm war es nur um das Geld gegangen, und er hatte sich nicht die Mühe gemacht, die Tasche genauer zu besehen. Nur einen flüchtigen Gedanken verschwendete Clara daran, wie es Molly wohl gelungen war, sie wieder aufzutreiben. Einerlei. Hauptsache, die Briefe waren wieder da.

* * *

In aller Frühe verließ die Kutsche zwei Tage später Hyde Park Gate und brachte Henry und Clara zum Bahnhof Paddington, wo sie den Dampfzug der Great Western Main Line nach Bristol bestiegen. Henry hatte das Gepäck zusammen mit Mary und Polly bereits vorausgeschickt. Die beiden waren die einzigen Londoner Bediensteten, die ihnen auch im Côte House zur Verfügung stehen würden. Dort, so hatte Henry betont, habe er exzellentes Stammpersonal, das Claras Ansprüchen sicherlich voll und ganz genügen werde.

Clara hatte in dieser Hinsicht keinerlei Sorgen, denn sie war es ja durchaus gewöhnt, auch ohne Zofe und eine gewaltige Dienerschar auszukommen. Insbesondere auf Mary hätte sie gern verzichtet. Zweifellos war es auch ihrer vortrefflichen Pflege zu verdanken, dass Clara sich jetzt wieder vollkommen gesund und munter fühlte. Trotzdem gelang es ihr einfach nicht, Mary genügend Sympathie entgegenzubringen, um ein engeres Verhältnis zu ihr aufzubauen. Was auch immer die Zofe tat, wenn sie Clara beim Baden, Ankleiden oder bei der aufwendigen Pflege ihres langen, dichten Lockenschopfes half, verursachte ein unangenehmes Gefühl. Jeder Handgriff Marys saß. Das war überhaupt nicht das Problem. Aber stets hatte Clara den Eindruck, es dringe ein Mensch in ihren intimsten Kreis ein, den sie dort nicht zu dulden bereit war. Es kostete sie nachgerade Überwindung, Marys Dienste vorbehaltlos in Anspruch zu nehmen. Sie hatte sich entschlossen, dies mit Henry bei passender Gelegenheit zu besprechen, und eine Weile, nachdem sie London hinter sich gelassen hatten, fasste sie sich ein Herz.

»Henry, darf ich ein sehr persönliches Anliegen mit dir besprechen?«

Er war sofort ganz Ohr. »Selbstverständlich, Darling. Was bewegt dich?«

»Es geht um Mary …«

Henry runzelte missbilligend die Stirn. »Hast du etwas an ihr auszusetzen? Muss ich sie zu mir zitieren?«

Clara schüttelte den Kopf. »Nein, sie versieht ihre Arbeit vorzüglich. Es ist wohl wirklich nur mein ganz eigenes Problem. Weißt du, sie spricht so gut wie gar nicht. Ich werde einfach nicht warm mit ihr. Vorwürfe kann ich ihr keine machen. Umsichtig, schnell und professionell arbeitet sie, ist immer zur Stelle, wenn ich sie brauche, als ahnte sie schon, dass ich bald nach ihr rufen würde. Aber sie ist mir so fremd … so, ach … manchmal beinahe unheimlich. Und ich wage nicht einmal, sie auf irgendetwas Privates anzusprechen, so abweisend erscheint sie mir. Sie kennt mich nackt ... sozusagen, ja, das ist doch nicht einmal übertrieben: in- und auswendig ... und ich weiß noch nicht einmal, woher sie kommt, wie alt sie ist. Verstehst du, was ich ausdrücken möchte?«

»Frauen möchten im Boudoir gern ein bisschen schnattern, nicht wahr?«, lachte Henry.

Abermals schüttelte Clara den Kopf. Sie rang die Hände, schaute Henry verständnisheischend und verunsichert an. Nichts lag ihr ferner, als die Zofe anzuschwärzen. Aber sobald Mary in ihre Nähe kam, fühlte sie sich so beklommen, dass sie nicht länger bereit war, das Thema unausgesprochen zu lassen.

»Nein, du missverstehst mich. Meine Zofe muss nicht unbedingt zu meiner besten Freundin avancieren. Aber es besteht ein derartiges Ungleichgewicht im Wissen umeinander. Vielleicht kannst du mir ein wenig auf die Sprünge helfen? Ich möchte gern verstehen, warum sie so ist, wie sie ist. So ... so kalt. So wie Mary stelle ich mir eine Wärterin im Gefängnis vor. Korrekt, aber starr und vollkommen emotionslos. Wenn ich daran denke, dass sie unser Kind zur Welt bringen soll ... Eine so intime Situation ...«

»Gerade für diese so wichtige, intime Situation ist Mary die Beste, die ich finden konnte, Clara. Sie hat ihre Hebammenausbildung mit Auszeichnung bestanden und konnte sich aussuchen, wo sie in Stellung geht. Das ist weiß Gott nichts Selbstverständliches. Ehe sie vor meiner Abreise nach Deutschland in irgendeinem Londoner Palast verschwand, habe ich sie für mich gewinnen können. Und ich kann dir versichern, ich musste ihr finanziell einiges bieten, um sie zu überzeugen. Ihr Lehrer war der höchst angesehene Gynäkologe Charles West, musst du wissen. Nachdem sie die letzten Prüfungen abgelegt hatte, durfte sie ihm noch eine Weile persönlich assistieren. Eine Auszeichnung für eine fünfundzwanzigjährige Frau aus ärmlichen Verhältnissen! Letztens, als ich im Buckingham-Palast mit Albert einige Fragen zum geplanten Bauprojekt klären musste, bekam ich ganz am Rande mit, dass eben dieser Arzt plant, ein Kinderkrankenhaus in London einzurichten. Königin Victoria wird das Patronat übernehmen, berichtete Albert. Alles spricht dafür, dass Mary aus einem guten Stall kommt, und ich habe dir mit ihr nicht irgendwen an die Seite gestellt, sondern die beste Kraft, die sich finden ließ.«

Claras Herz schlug einen Takt schneller. Was Henry berichtete, freute sie aufrichtig, denn Beatrice hatte die erschreckend hohe Kindersterblichkeit in London oft zum gemeinsamen Gesprächsthema gemacht. Die beiden hatten sich die Köpfe zerbrochen, wie man den vielen fädchendünnen kleinen Geistern, die Londons Armenviertel bevölkerten, im Krankheitsfalle eigentlich helfen sollte, und waren zu keinem Ergebnis gelangt. Kinder standen so erschreckend wenig im öffentlichen Interesse, waren sie doch in ganz jungen Jahren als Arbeitskräfte, die zum Familieneinkommen beitragen konnten, so leicht entbehrlich. Tatsächlich herrschte der Grundtenor: entweder sie überstanden das Aufwachsen möglichst problemlos, oder sie starben eben einfach. Nennenswerte finanzielle Aufwendungen zum Wohlergehen der Kinder konnte sich keine Arbeiterfamilie leisten. Ärztliche Behandlungen waren teuer, und warum hätte sich ein Mediziner auf Kinder spezialisieren sollen, wenn seine Praxis leer geblieben wäre, obwohl die armen Würmer da draußen reihenweise starben? Kinder, da waren sich die Freundinnen einig gewesen, benötigten jedoch ganz gewiss besondere Ärzte sowie spezielle Hinwendung und Pflege.

So vernünftig und wohldurchdacht Henrys Erläuterungen auch klangen, ihr persönliches Problem lösten sie nicht. Zwar kannte sie nun einige Fakten aus Marys Werdegang, aber sympathischer machte dies die Hebamme für Clara trotzdem nicht. Henry schaute sie so an, als erwarte er nun plötzlich

uneingeschränkte Zustimmung zu seiner Wahl. Clara seufzte.
»Vielleicht wird die Zeit es bringen, Henry …«

Er nickte zustimmend. »Warte nur, bis sie unser Kind auf die Welt geholt hat. Dann, spätestens, wird euer Verhältnis schon inniger werden. Und dann werde auch ich zurück in Bristol sein. Ich plane, Anfang Juli wieder anzulegen.«

»So lange wirst du fortbleiben? Ich habe ein wenig Angst davor, allein zu sein, Henry.«

»Das musst du nicht, Clara. Es bleibt jetzt noch genügend Zeit, dich in die Bristoler Gesellschaft einzuführen. Du wirst dort Freundinnen gewinnen, die wirklich zu dir passen.«

Das war ein Seitenhieb auf seine Schwester. Clara spürte ihn beinahe körperlich, und es schmerzte. Hätte sie doch nur auf ihr ungutes Gefühl gehört und Beatrice überzeugt, an diesem unseligen Tag ein anderes, ungefährlicheres Ziel anzusteuern. Nun war es zu spät.

* * *

Milchig schien die Nachmittagssonne durch die tief hängenden Wolken, als die Kutsche die letzte Etappe aus Bristol hinaus unter die Räder nahm. Ein unangenehmer Novemberwind riss die letzten Blätter von den dichten Hecken, die hier überall die Wege säumten und den freien Blick auf die Landschaft einschränkten. Clara beobachtete Möwen. Tapfer stemmten sie sich gegen die steife Seebrise.

»Weit können wir nicht mehr vom Meer entfernt sein«, sagte sie und wies auf die Vögel. »Sind wir bald da?«

Henry griff nach ihrer Hand. »Ja, mein Herz, keine zehn Meilen mehr, dann sind wir in Westbury.«

Clara hatte dank des Bildes, welches Henry ihr gezeigt hatte, eine recht genaue Vorstellung von ihrem neuen Heim und war gespannt darauf, das weiße Schlösschen endlich in natura zu erleben. Als es jetzt vor ihnen auftauchte, war sie irritiert. Wie groß, geradezu wuchtig es war, hatte sie anhand der Abbildung nicht ermessen können. Offenbar hatte der Maler des Aquarells sich ein wenig in den Proportionen vertan. Heimelig und puppenstubenhaft hatte es auf dem Gemälde gewirkt. Das war es nicht. Vor dem Hintergrund dunkler Wolken kam es ihr trotz der weißen Fassade düster, trutzig und wenig einladend vor.

Die Kutsche rollte in einen Torgang, Henry half ihr aus dem Wagen, und schnell standen sie in der holzvertäfelten Halle, wo ungefähr anderthalb Dutzend dienstbare Geister – aufgereiht vor dem gewaltigen Kamin – ihrer Herrschaft harrten. So viele Namen, wie Henry ihr nun nannte, konnte sie sich nicht auf einmal merken. Nur die Gesichter Pollys und Marys vermittelten einen Hauch von Heimatgefühl. Nie hätte sie es für möglich gehalten, dass ausgerechnet der Anblick Marys (die tatsächlich endlich einmal beinahe lächelte!) sie so erfreuen würde.

Schwung in die zeremonielle Begrüßung brachte das Erscheinen der beiden Laverack-Setter, die plötzlich durch die Halle getollt kamen und sich begeistert auf Henry stürzten. Wie ihr gemeinhin etwas steiferer Gemahl sich jetzt benahm, entlockte Clara ein vergnügtes Lachen. Henry kniete sich zu den beiden schwarz-weiß getupften Hunden auf den Ornamentfliesenboden, umarmte, kraulte, herzte sie, ließ sich völlig vorbehaltlos die Ohren lecken und wirkte fast wie ein ausgelassener Junge. Ein ungewohntes Bild. Aber Clara gefiel es sehr.

»Darf ich vorstellen?«, fragte Henry von unten herauf und ließ die beiden Hunde, die prompt reagierten, abliegen. »Dies ist Portishead, du darfst sie kurz Sheadie nennen.« Die Hündin legte den Kopf schief. »Und das ist ihr großer Freund Petersham, kurz Peter. Er ist zwei Jahre älter als sie, und ich würde gern eines Tages einen Wurf aus den beiden planen. Beide stammen nämlich aus Edward Laveracks höchst respektabler Zucht und gehen auf die berühmten Gründerhunde der Rasse ›Ponto‹ und ›Old Molly‹ zurück. So, seht mal, Kinder, das ist jetzt eure Lady. Betragt euch ordentlich und beschützt sie!«

Auf ein Handzeichen Henrys erhoben sich die Hunde, näherten sich Clara langsam mit aufmerksamen, freundlichen Blicken, setzten sich direkt vor ihre Füße und schauten zu ihr auf.

»Sheadie, Peter … meine Lieben … ich bin erfreut, eure Bekanntschaft zu machen«, sagte Clara fröhlich, beugte sich hinunter und streichelte das seidige, gepflegte Fell der beiden. Sheadie lehnte vertrauensvoll ihren edlen Kopf an Claras Knie, während sie Peters rosige Zunge sacht über ihren Handrücken fahren spürte.

»Wie schön, sie mögen dich!«, bekundete Henry zufrieden.

»Sie sind bezaubernd und ausgesprochen gut erzogen.«

»Ja, das sind sie!« Henry sprang der Besitzerstolz aus jeder Pore. Zwinkernd erinnerte er an ihr Gespräch daheim im Thüringer Schloss. »Sie apportieren mir inzwischen ausgesprochen zuverlässig jedes Federvieh, das ich vom Himmel hole. Zugegebenermaßen sind sie damit allerdings relativ unterbeschäftigt. Folglich wird es ihnen eine Freude sein, ihren Aufgabenbereich nun ein wenig erweitert zu sehen, indem sie dich auf Schritt und Tritt begleiten.«

»Edlere Leibwächter hätte ich mir nicht wünschen können, Henry. Du weißt ja, ich liebe Hunde.«

So ausgelassen Clara eben noch gewesen war, so bedrückt fühlte sie sich auf einmal, als sie begann, sich in der Halle genauer umzusehen. Warum hatte man so dunkle Hölzer für die Verkleidung gewählt? Und warum stellten die Schnitzereien so hässliche Fabelwesen dar? Aus einem Albtraum schienen sie zu stammen und zierten in unglaublicher Vielfalt die Kapitelle der Säulen, die Pfosten der Treppenläufe, schienen einen teuflischen Tanz im Deckenfries zu vollführen. Erschreckend lebensecht, dennoch zweifellos Traumgeburten, einer kruden Fantasie entsprungen.

Clara kraulte nervös Peters Kopf, griff nach Henrys Hand und wies auf die beiden mannshohen Drachengestalten mit ihren feuerspeienden Mäulern, die den Kaminsims trugen. »Der Architekt dieses Hauses muss furchtbar geträumt haben. Wer denkt sich denn bei klarem Verstand so grausige Geschöpfe aus? Jetzt verstehe ich, warum du so viel Personal benötigst. Die Dinger müssen ja ständig abgestaubt werden.«

Henry lachte. »Wahrscheinlich hat der Erbauer zu viel von diesem Amerikaner gelesen. Wie hieß er doch gleich? Poe? Vielleicht hat er jedem seiner Nachtmahre ein Gesicht geben wollen. Aber sorg dich nicht. Sie sind alle fest installiert, und ich versichere dir bei meiner Ehre, dass sie nächtens nicht herumgeistern.«

»Das sollen sie lieber mir überlassen«, murmelte Clara. Henry sah sie verständnislos an, aber sie war nicht in der Stimmung, ihn aufzuklären, und lenkte ab, indem sie um eine Besichtigungsrunde durch das Schloss bat.

Er führte sie herum, und zu Claras Entsetzen fand sich dieselbe unheimliche Ausstattung in allen Räumen des Erdgeschosses. Im Nu entwickelte sich in ihr eine ausgeprägte Aversion gegen das Haus, das jetzt auf immer ihr Zuhause werden sollte. Einzig der gläserne Wintergarten war ein heller, freundlicher Raum. Offenbar hatte hier jemand einen wirklich grünen Daumen, denn die Pflanzen schienen trotz der Jahreszeit prächtig zu gedeihen. Gemütliche Korbsessel luden zum Ausruhen ein. Von hier aus hatte man einen herrlichen Blick über die von windgebeugten alten Bäumen umstandenen ausgedehnten Rasenflächen, die zum Meer hin abfielen.

»Wirklich ein Côte House«, sinnierte Clara. »Viel dichter am Ufer konnte man kaum bauen.«

»Ja, nun verstehst du, warum ich es kaufen musste. Immer wirst du die See hören können. Egal, in welchem Teil des Hauses du dich aufhältst. Und immer weht ein frischer Wind. Ich liebe das!«

»Ich nicht so sehr, Henry«, bekundete Clara ehrlich. »Weißt du, was ich jetzt schon vermisse? Es gibt keine Wälder hier. Ich bin die stillen, verwunschenen Wälder meiner Heimat gewöhnt.«

Henry nahm sie um die Taille und schaute ihr tief in die Augen. »Mein Liebling, es ist die denkbar schlechteste Jahreszeit für deine Ankunft. Dezember. Ich bitte dich! Wo ist es schon schön im Dezember? Warte, bis der Frühling kommt ... der Sommer! Du wirst es lieben, auf nackten Füßen den Rasen hinunter zur See zu laufen, am Strand baden zu gehen, den frischen Wind, die warme Sonne um die Nase. Warte, bis die Rhododendren blühen ... bis alle Blumen unseres Parks dem Anwesen verschwenderische Farbenpracht verleihen. Es tut mir leid, dass du ausgerechnet jetzt ankommst und einen so trüben ersten Eindruck gewinnst. Der Wetterfrosch in mir sagt, dass morgen Chancen auf etwas Sonnenschein bestehen. Vielleicht haben wir Glück. Dann zeige ich dir mehr von meinem Besitz.«

* * *

Henry hatte recht behalten. Am nächsten Morgen strahlte die Sonne vom blassblauen Himmel. Beinahe windstill war es, als sie nach dem Frühstück den ersten Spaziergang zum Meer hinab unternahmen. Clara war froh, festes Schuhwerk angezogen zu haben, denn der moosdurchzogene Rasen triefte vor Nässe. Es musste in den vergangenen Tagen lange und ausgiebig geregnet haben. Den Hunden schien der nasse Boden nichts auszumachen. Sie tollten ausgelassen vorneweg, rasch schmutzig bis unter die fedrigen Bauchbehänge, wurden nur hin und wieder von Henry zurückgerufen und genossen den Morgenspaziergang sichtlich.

Wie hoch oben Côte House tatsächlich stand, wurde Clara erst bewusst, als sie den Rand der Klippe erreicht hatten. Sie würden regelrecht klettern müssen, um wieder hinaufzugelangen. Steil fiel das Ufer hier ab, aber es gab einen mit rohen Holzbohlen befestigten Treppensteig zum Strand. Das Holz war feucht und rutschig. Kein Problem für die Setter, die geschickt hinuntergesprungen waren und nun schon vergnügt bellend am Wasser auf die beiden warteten. Henry musste Clara die Hand reichen, damit sie nicht ausglitt.

Endlich waren sie am Ziel. Es war kein breiter, sanft ins Meer hineinlaufender Sandstrand wie in Calais, sondern nur ein schmaler Streifen, übersät von riesigen Felsbrocken und zahllosen Steinen. Dicke braune Blasentangablagerungen dümpelten träge im Wasser und verbreiteten einen fauligen Geruch.

»Nicht sehr attraktiv«, bekannte Clara naserümpfend und sah Henry etwas zweifelnd von unten herauf an.

»Der Wind muss anlandig gewesen sein«, sagte er entschuldigend. »Es ist nicht immer so viel Schlick da.«

»Wo, denkst du, können unsere Kinder denn hier später baden gehen? Alles ist steinig, und ich kann mir vorstellen, dass das Wasser sehr schnell recht tief wird.«

»Hm … Ich werde einen Steg bauen lassen«, bekundete er entschlossen.

»Du bist selbst hier noch niemals schwimmen gewesen?«

»Ich kann nicht schwimmen.«

Clara lachte lauthals. »Ein Seemann, der nicht schwimmen kann? Das gibt es doch gar nicht!«

Offensichtlich war Henry dieses Thema ausgesprochen unangenehm. »Die wenigsten Seefahrer können schwimmen, Clara. Müssen sie ja auch nicht, dafür haben sie schließlich ihre Schiffe.«

»Na ja, wenn alles gut geht ...«, erwiderte sie und hätte sich am liebsten auf die Zunge gebissen, denn sofort wurde ihr bewusst, dass sie damit unbeabsichtigt auf den Untergang der Celestine angespielt hatte. Bekanntlich die beste Möglichkeit, Henry die Laune zu verderben.

Henrys Züge verdunkelten sich. »Hätte ich dir doch nur nie erzählt ...«

»Bitte entschuldige!« Clara legte Henry besänftigend die Hand auf den Arm. »Das war sehr ungeschickt von mir.«

»Schon vergessen«, lächelte er.

Sie wusste, es war längst nicht vergessen.

Bereitwillig nahm sie seine Hilfe an, um den trostlosen Strand schleunigst wieder zu verlassen. Tatsächlich musste er sie ziehen, ihr einige Pausen beim Aufstieg gewähren, denn Clara merkte zum ersten Mal, dass die Schwangerschaft ihren Tribut forderte. Sie bekam zu wenig Luft in ihrem Korsett, um dieser körperlichen Anstrengung gewachsen zu sein.

Kritisch blickte Henry sie an. »Darling, du solltest darüber nachdenken, etwas weniger eng zu schnüren. Sonst drohen Ohnmachtsanfälle, und das ist weder für dich noch für das Kind zuträglich. Du wärest nicht die erste eitle Weibsperson, die zu lange bemüht ist, ihren Zustand zu verbergen.«

»Ich bin nicht eitel! Und meine Maße haben sich noch gar nicht verändert, Henry«, protestierte sie.

»Letzteres mag schon sein, wobei es doch merkwürdig anmutet, dass du deine Maße ständig kontrollierst, dich jedoch nicht zur Eitelkeit bekennst, oder? Aber wenn ich dich so ansehe, mit deinem hochroten Kopf, schnaufend wie eine Lokomotive, dann muss ich nicht lange nachdenken, um die Zusammenhänge zu erkennen. Eitelkeit. Punkt! Tu mir um deiner und um des Kindes Gesundheit willen den Gefallen und sei vernünftig.«

Oh, wie sie sich über diese Retourkutsche ärgerte! Sie hatte gewusst, dass er über kurz oder lang eine Gelegenheit finden würde, seine Schwächen gegen ihre aufzuwiegen. Hätte sie nur freier atmen können, sie hätte ihm schon Contra gegeben. So aber musste sie auf die nächste günstige Gelegenheit warten und still und brav seine ausgestreckte Hand annehmen, um sich helfen zu lassen.

Kaum hatten sie den Salon betreten, zitierte Henry zu allem Überfluss auch noch Mary herbei. »Mary, sorg bitte dafür, dass meine Frau Luft bekommt. Ich verbiete es, dass das Korsett weiterhin so eng gezurrt wird. Verstanden?«

»Sehr wohl, Sir«, antwortete Mary, knickste und warf Clara im Hinausgehen einen Blick zu, der Bände sprach. Tagelang hatte sie sich nämlich schon den durchaus sanft vorgetragenen und wahrscheinlich gut gemeinten Empfehlungen der Zofe widersetzt, genau das zu tun, was Henry jetzt kraft seines Rechtes als Ehemann einfach angeordnet hatte. Ob Mary Henry womöglich davon erzählt hatte? Steckten die beiden womöglich unter einer Decke? Unter einer Decke, die sie irgendwann hämisch lachend von sich werfen wollten, um Clara fest darin einzurollen, ihre Entscheidungsfreiheit so einzuengen, dass sie sich bevormundet und unfrei fühlen würde? Vorgeblich, um sie zu schützen? Eingedenk der Diskussion, die sie heute früh im Ankleidezimmer mit Mary gehabt hatte, wollte sie ihren Verdacht überprüfen.

»Henry, wie groß ist der Besitz um Côte House eigentlich?«

»Einhundertzwanzig Acres etwa.«

»Hast du nicht Lust, einen Spazierritt mit mir zu machen und ihn mir zu zeigen?«

Henry, der gerade eine Zigarre angesteckt hatte, sah sie verblüfft an und verschluckte sich am Rauch. »Spazierritt? Bist du von allen guten Geistern verlassen?«, hustete er.

»Ja, warum denn nicht? Es regnet nicht, vernünftige Pferde wirst du doch wohl haben ...«

»Kommt gar nicht infrage«, bellte Henry und rang nach Luft. »Du bist schwanger. Ich schätze, meine Pferde sind erheblich vernünftiger als du!«

Clara verdrehte die Augen. »Ich bin schwanger, aber doch nicht krank. Oder sehe ich so aus?«

Er schüttelte den Kopf. »Dass du ohne mütterliche Erziehung aufgewachsen bist, wird immer augenfälliger. Schwangere Frauen gehören nicht aufs Pferd. Solltest du es nicht gewusst haben, merk es dir von nun an. Bristol ist zurzeit voller junger Damen, die guter Hoffnung sind. Ich werde dich mit einigen bekannt machen. Dann kannst du dich mit ihnen austauschen. Die Liste der Einladungen für die kommenden Wochen ist lang. Und dir ist doch ohnehin nach Schnatterei.«

Clara tat etwas, das ihr schon fünf Minuten später leidtat. Sie stampfte wütend mit dem Fuß auf, drehte sich um und verließ sporntreichs den Salon. Ein Verhalten, das Henry gewiss im selben Moment veranlasste, sie in die Schublade »unerfahren, eitel, überspannt, rechthaberisch und kindisch« einzuordnen. Seine hochgezogene Augenbraue war Beweis genug, dass sie sich nicht täuschte.

* * *

Die Stimmung zwischen den Eheleuten war angespannt. Es war ein ständiges gegenseitiges Belauern geworden. Clara fühlte sich unwohl, manchmal sogar fiel ihr selbst auf, wie launisch sie geworden war. Jeder kleinste Anlass führte zu Streitgesprächen. Mal obsiegte Henry, mal Clara. Meist allerdings hatte der Hausherr das letzte Wort.

So auch, als Clara anregte, das Erdgeschoss umzugestalten. All die scheußlichen Figuren, die sie geflissentlich zu übersehen versuchte, mussten doch Kinder entsetzlich ängstigen! Henry wischte ihren Vorstoß mit einer lässigen Handbewegung beiseite. Das käme überhaupt nicht infrage.

Selten hielt sich Clara in den Gesellschaftsräumen im Parterre auf; lediglich der Wintergarten war ihr ein angenehmer Platz, um den Nachmittagstee einzunehmen. Bei schönem Wetter unternahm sie kleine Spaziergänge. Immer häufiger in Begleitung von Peter, der einen Narren an seiner neuen Herrin gefressen hatte. Oft stand sie lange zwischen den sturmzerzausten Bäumen, die sich, verzweifelt an die Klippen gekrallt, den Stürmen widersetzten, und blickte aufs Meer hinaus. In jene Richtung, in der sie ihre Heimat verortete. Die Tränen, die manchmal in Strömen über ihre Wangen liefen, erklärte sie Henry beim Zurückkommen mit der besonderen Empfindlichkeit ihrer Augen gegen die ungewohnt starken Winde. Er glaubte ihr, äußerte sich nicht weiter, schien ohnehin weitgehend jegliches Interesse an ihrem psychischen Befinden verloren zu haben.

Ansonsten zog sie es meist vor, in den beiden hell und freundlich ausgestatteten Zimmern (nebst eigenem Bad) zu bleiben, die man für sie im ersten Stock hergerichtet hatte. Von hier aus hatte sie einen überwältigenden Blick aufs Meer. Solange sie es aus der Ferne – sicher und gemütlich, den wärmenden Kamin im Rücken – betrachten konnte, faszinierte es sie in seiner Veränderlichkeit. Die Farben, die je nach Stand der Sonne wechselten, die Wildheit an manchen stürmischen Tagen, dann wieder der stille, bleigraue Teppich in wolkenverhangener Abendflaute. Viel Zeit verbrachte sie damit, am Sekretär sitzend Seite um Seite ihres Tagebuches zu füllen. Henry machte sich, ganz entgegen seinen Vorankündigungen, rar und war häufig außer Haus. Schnell hatte er es sich abgewöhnt, Clara überhaupt darüber zu informieren, was er vorhatte und wohin er ging. Und niemals kam er zu ihr in den Nächten. Ein Umstand, der Clara zunehmend irritierte.

Nach dem Verlauf einer ereignislosen, in trüber Gemütsverfassung verlaufenen Woche ergab sich endlich die Aussicht auf einen erfreulichen Höhepunkt: Clara bekam Gelegenheit, sich in den Kreis jener Damen einzureihen, von dem Henry gesprochen hatte. Zum Wohltätigkeitsball zugunsten des örtlichen Kinderheimes hatte das Bankiersehepaar Pinkerton eine erlesene Gesellschaft neuen und alten Bristoler Geldadels geladen.

Zwei Zentimeter hatte Clara Mary erlaubt, die Korsettschnüre nachzulassen. Sie fand sich unförmig in dem bezaubernden mauvefarbenen Seidenkleid mit den cremeweißen Brüsseler Spitzen, aber Henry schien immerhin zufrieden. Seine so deutlich betonte Genugtuung verursachte allerdings bei Clara sofort das Aufkeimen neuer Unbehaglichkeit. So sehr sie sich am Morgen noch gefreut hatte, endlich einen Abend nicht allein verbringen zu müssen, so rasch hatte seine selbstgefällige Reaktion ihre Lust dahinschwinden lassen. Jetzt also wollte er sie einordnen in die Riege der »Pregnant Ladies«, der schwangeren Damen, wie er es ausgedrückt hatte. Nein, Claras Laune war wieder einmal nicht die beste, als sie vor der hell erleuchteten Villa im Herzen der Stadt ankamen.

Wie wenig unförmig Clara im Vergleich zu den anderen Damen tatsächlich war, registrierte sie zu ihrer Erleichterung mit wenigen Blicken. Kaum eingetroffen, gab Henry sie einfach bei der Gastgeberin, Mildred Pinkerton, einer hübschen, etwas rundlichen Blondine ungefähr in Claras Alter, ab und empfahl sich in eine Herrenrunde.

Clara schluckte ihre Empörung hinunter. Viel Zeit blieb sowieso nicht, sich über ihn aufzuregen, denn der Empfang der Hausherrin war überschwänglich herzlich.

»Wie schön, dass Sie unseren Kreis jetzt zieren, liebste Countess«, jubelte sie und stellte Clara die anwesenden Damen vor. »Sie müssen wissen, wir alle werden die nächste Generation der besten Familien Bristols sichern. Zwischen März und Juli ist es bei uns allen so weit. Ist Ihnen schon bekannt, wann mit dem kleinen Ames zu rechnen sein wird?«

»Woraus schließen Sie, dass es ein Junge sein wird?«, fragte Clara und merkte selbst, dass ihre Stimme schnippisch klang.

»Nun, weil Erstgeborene in der Familie Ames immer Jungen sind«, strahlte Mrs Pinkerton.

»Interessant. Dann bin ich gespannt, ob unser Kind sich an diese Regel halten wird«, gab Clara säuerlich lächelnd zurück. »Im Übrigen erwarten wir das Baby etwa Mitte Juli.« Insgeheim schätzte sie Mildreds Taillenumfang, und das Ergebnis von unglaublichen fünfundsechzig Zentimetern veranlasste sie zu ihrer Frage: »Und bei Ihnen? Sicher schon sehr bald?«

»Aber nein, Countess! Ich habe sogar noch zwei Wochen länger.« Mit einem schelmischen Lächeln strich Mildred über ihre Taille, ließ einen Moment demonstrativ den Blick auf Claras Mitte ruhen, legte den Kopf schief und sagte: »Hätte ich jemals Ihre Maße gehabt, würde ich auch denken, alle anderen Damen stünden kurz vor der Niederkunft.«

Prustendes Gelächter flutete Clara aus der Runde entgegen. Und tatsächlich setzte das von Henry apostrophierte »Geschnatter« ein. Er hatte recht. Ein Haufen junger, ausgelassener Damen klang der Geräuschkulisse in einem Putenstall nicht unähnlich.

»Setzen Sie sich neben mich, Countess, ich bitte Sie! Wir Damen vom Kontinent müssen doch zusammenhalten, hier in der englischen Wildnis«, rief eine zierliche Rothaarige, ungefähr in Claras Alter, die Mildred Pinkerton sich beeilte, als ihre Schwägerin Mrs Elisabeth Pinkerton vorzustellen.

»Sie sprechen ja meine Sprache!«, freute sich Clara und nahm neben ihr Platz. »Stammen Sie auch aus Deutschland?«

»Nein. Wir haben Deutschland nur in den Flitterwochen bereist, ein wenig kenne ich also Ihre Heimat«, erklärte sie mit einem charmanten Lächeln. »Halb Europa haben wir Stippvisiten abgestattet ... Budapest, Prag, Warschau, Berlin, Mailand, Rom, Venedig, Rom, Paris ... ach, Paris ... es war herrlich! Sie müssen unbedingt mit Henry Paris besuchen. Aber ... aber sagen S', Gräfin, hört man das denn gar nicht? Ich bin doch eine waschechte Wienerin! Im Juli habe ich meinem Abraham das Jawort gegeben, allerdings sind wir erst kürzlich in England eingetroffen.«

»Da sind Sie aber wahrhaftig weit herumgekommen«, staunte Clara und stellte schnell fest, wie viel Gesprächsstoff Elisabeth Pinkerton von ihren Reisen mitgebracht hatte. Sie verstanden sich auf Anhieb. Entzückend war sie. Eigentlich waren sie alle entzückend, und keine nahm Clara ihren kleinen Affront übel. Mit solch einer herzlichen Aufnahme hätte sie nie und nimmer gerechnet und gab sich alle Mühe, ihre spitzzüngigen Einstandsbemerkungen vergessen zu machen. Herrlich war es, auch mal wieder ganz ungezwungen in der Muttersprache zu plaudern. Aber nicht nur mit der jungen Österreicherin vertrug sie sich bestens, sondern hatte sehr schnell das Gefühl, in diesem Zirkel vollständig aufgenommen worden zu sein. Sie tat, was sie zum letzten Mal im Schweizer Internat getan hatte: Sie schnatterte und lachte mit den anderen um die Wette. Und sie fand Gefallen daran.

Woran sie allerdings weniger Gefallen fand, war Henrys Benehmen. Als sei es eine Selbstverständlichkeit, wechselte er allewuil seine Tanzpartnerinnen, hatte offenkundiges Vergnügen mit den Damen, wirkte überaus galant und so ausgelassen, wie sie ihn lange nicht erlebt hatte. Bei Clara und ihrer Damenrunde, die sie inzwischen klammheimlich »Zuchtputenstall« getauft hatte, ließ er sich über Stunden nicht blicken. Bis sie ihn so deutlich heranwinkte, dass er es nicht ignorieren konnte und sie endlich das erste Mal zum Tanz aufforderte.

»Na, habe ich's dir nicht gesagt?«, forderte Henry augenzwinkernd ihre Zustimmung. »Du amüsierst dich, nicht wahr? Das sind jetzt genau die richtigen Freundinnen für dich. Weißt du, es ist allgemein bekannt, dass junge Frauen in eine Art Ausnahmezustand geraten, sobald sie schwanger sind. Da brauchen sie den passenden Umgang. Männer kapitulieren nämlich schnell vor den verrückten Ansprüchen und Launen ihrer Gattinnen, wenn sie in anderen Umständen sind, und ziehen im Allgemeinen unkompliziertere Gesellschaft vor.«

Claras Fuß stockte, sie verhedderte sich in der Schleppe ihres Ballkleides. Er fing sie auf, ehe sie stürzen konnte, aber kaum hatte sie wieder sicheren Stand gewonnen, schaute sie empört zu ihm auf. »Was willst du mir damit sagen?«

Vorbeitanzende Paare sandten den beiden verwunderte Blicke.

»Lass uns hinausgehen«, flüsterte Henry, »wir halten den ganzen Tanzbetrieb auf.« Er nahm Clara beim Arm und führte sie in die menschenleere Halle.

»Was bin ich plötzlich für dich, Henry?«, wetterte Clara und bemühte sich gar nicht erst, ihre Stimme zu dämpfen. »Bin ich etwa auf einmal ein schützenswertes Zootierchen? Eines, das man gut verwahrt hinter Gittern in der ›richtigen Gesellschaft‹ unterbringen muss, dem man aus sicherer Entfernung Futterbrocken zuwirft, eines, das man nur ganz vorsichtig streichelt, weil es sonst launisch zubeißen könnte? Warum lässt du mich nicht mehr an deinem Leben teilnehmen?«

Verwirrt schaute er sie an. »Aber Clara! Du bist mit mir zusammen auf einer Abendgesellschaft! Ich schließe dich doch nirgends aus. Was redest du da?«

»Du lädst mich bei meinesgleichen ab, Henry. Wahrscheinlich hast du sogar das Gefühl, mich bestens untergebracht zu haben. Du selbst aber suchst andere Begleitung. Ich habe dich tanzen sehen. Mit Damen, die ganz sicher nicht in diesem unseligen Zustand sind wie ich. Ich habe dich flirten sehen. Lachen sehen. Wie lange ist es her, dass du mit mir geflirtet hast? Geschweige denn, dich mir genähert hast, wie es unter Eheleuten üblich und erwünscht ist? Warum, Henry? Warum?«

Besänftigend wollte er mit dem Handrücken über ihre Wange streicheln, aber sie hielt sein Gelenk fest und blickte ihn zornig an. »Wie soll ich denn die zweite große Liebe deines Lebens werden, wenn du dich von mir fernhältst? Mit jedem anderen Menschen verbringst du mehr Zeit als mit mir, seit du weißt, dass ich unser Kind unter dem Herzen trage. Ich fühle mich wie ausgestoßen aus unserer Beziehung. So will ich nicht leben.«

»Aber ... aber man tut es nicht!«

»Was tut man nicht?«

»Eine schwangere Frau ist für einen Ehemann tabu, Clara. Die Gefahr, dass dem Kind irgendetwas geschieht, ist viel zu groß. Man muss Rücksicht nehmen. Aber ich habe meine Bedürfnisse. Ich bin ein Mann in den besten Jahren. Verstehst du?«

Fassungslos schaute sie ihn an. »Das bedeutet, du teilst das Bett mit anderen Frauen?«

»Natürlich.«

Ein Schluchzen überlief sie, das sie nicht unterdrücken konnte. Das süßlich schwere Parfum, das sie an ihm wahrgenommen hatte, als er ihr die Tasche zurückbrachte ... Seine häufige Abwesenheit in den letzten Londoner Wochen ... Die einsamen Nächte seit ihrer Gesundung. All das folgte einer selbstverständlichen Gesetzmäßigkeit? Man tat das nicht? Woher hätte sie das wissen sollen?

»Du gibst frank und frei zu, dass du mich betrügst, Henry?« Claras Stimme überschlug sich.

»Aber ich betrüge dich doch nicht! Ich schütze dich. Dich und das Kind. Andere Frauen haben doch keinerlei Bedeutung für mich. *Du* bist meine Frau, *dich* liebe ich!«

»Das kannst du trennen? Liebe? Was ist das für dich? Sicherlich nicht die Art von Liebe, die zweier Menschen Seelen und Körper untrennbar zusammenschweißt.«

Henry starrte sie erstaunt an. Hob die Schultern, ließ sie resigniert wieder fallen. »Ich verstehe nicht, Clara …«

Clara senkte den Kopf. Sie sprach leise, beinahe tonlos. »Oh, ich ahnte nicht, womit ich die Freude auf das Kind bezahlen muss. Dass alle Zärtlichkeit, alles Begehren auf einmal vorbei sind.«

»Aber nein, Darling.« Henry legte ungewohnt vorsichtig, fast linkisch den Arm um ihre Taille, und sie fühlte sich plötzlich zu schwach, ihn abzuwehren. »Versteh doch! Nicht die Zärtlichkeit! Nur das Begehren muss stillschweigen. Ich verspreche, ich werde es dir an nichts mangeln lassen. Auf Händen will ich dich tragen, dir jeden Wunsch von den Augen ablesen. Du bist eine Göttin. Bald eine Mutter. Ich bete dich an!«

»Platonisch … rein platonisch«, murmelte sie. Tränen liefen über ihre Wangen. Clara fröstelte in der unbeheizten Halle. Auf ein Podest also wollte er sie stellen. Sie anbeten. Dabei wollte sie nichts mehr, als die Nächte in seinen Armen verbringen, seine Lust spüren. Und ihre Lust. Diese Lust, die nicht weniger, sondern mehr, bisweilen in ihr sogar übermächtig geworden war, seit das Kind in ihr heranwuchs. Konnte eine körperliche Vereinigung tatsächlich schädlich für das Ungeborene sein? Ganz dicht trat sie an ihn heran, schaute festen Blickes zu ihm auf. »Dann lies, Henry! Lies in meinen Augen. Schau hin, da steht es. Ich will geliebt werden. Mit Herz, mit Seele und … ja, auch körperlich! Anbetung ist nicht das, was ich mir erträume.«

Henry zuckte ratlos die Achseln, hielt ihr verlegen ein Taschentuch hin. Es war selten, aber jetzt wirkte er hilflos. Sie schnäuzte sich, wischte die Tränen von den Wangen.

»Ich werde einen Doktor fragen, Henry!«, bekundete sie entschlossen. »Er soll mir klipp und klar sagen, dass das Kind in Gefahr ist, wenn du zu mir kommst. So einfach, nur weil ›man‹ das nicht tut … das kann ich nicht akzeptieren.«

Henry lächelte. Doch sein Lächeln galt nicht ihr. Er schaute an ihr vorbei. Clara drehte sich um.

Samuel Pinkerton schritt auf sie zu. Jovial der Ausdruck in seinem runden Gesicht. »Na, Herrschaften, eine kleine Schwangerschaftskrise? Henry, das kenne ich von Mildred. Die Damen sind *so* empfindlich. *Ein* falsches Wort, und sie brechen in Tränen aus. Kommt doch wieder herein, ihr Lieben. Gleich wird der Kaffee für die Damen serviert, wir Männer gönnen uns einen guten Brandy, um uns einzustimmen auf den Moment, in dem wir unsere Börsen öffnen wollen. Danach wird nämlich die Versteigerung der hübschen Kostbarkeiten zugunsten unseres Kinderheims stattfinden. Henry, du wirst dich doch nicht lumpen lassen?«

»Du kennst mich, Samuel«, zwinkerte Henry, plötzlich wieder ganz gefasst, und nahm Clara angelegentlich das Taschentuch aus der Hand, um ihr die letzten feuchten Spuren von den Augen zu tupfen.

»Ja, ich kenne dich«, stimmte Pinkerton zu. »Man liest ja so einiges über dich. Es wird schon gemunkelt, dass die Queen dich womöglich zum Knight machen wird. Dein soziales Engagement in London hat sich inzwischen überall herumgesprochen.«

»So? Hat es das?«, erwiderte Henry, und für Clara klang es, als gäbe er sich alle Mühe, seinen Stolz unter lässigem Understatement zu verbergen. Seine Miene behauptete jedoch das Gegenteil. Innerlich amüsierte sie sich ein wenig. Nicht einmal die Spur einer Chance hätte er jemals ohne ihr Zutun gehabt, seinen gesellschaftlichen Rang derart aufzuwerten.

»Allerdings, mein Freund!«, lachte Samuel, und seine sonore Stimme hallte von der hohen Decke wider. »Es ist doch immer recht entscheidend, wen man ehelicht.« Pinkerton klopfte Henry auf die Schulter und ließ einen wohlgefälligen Blick über Clara gleiten. »Hüte sie gut! Wirklich eine zauberhafte Kostbarkeit.«

Nicht schon wieder! Kostbarkeit vorne, Kostbarkeit hinten. Kostbarkeiten hatten in ihren Augen keine Seele, waren tote Gegenstände, waren veräußerlich. Warum fiel nur immer diese Bezeichnung im Zusammenhang mit ihr? Gerade jetzt, seit das Wunder neuen Lebens in ihr heranwuchs, fühlte sich Clara mehr denn je als lebendige Frau aus Fleisch und Blut.

»Das tue ich, Sam!«, hörte sie Henry sagen. »Und jetzt kann ich einen Brandy gut gebrauchen.«

Für Henry war Samuel ganz offenbar just im rechten Moment erschienen. Clara hingegen ärgerte sich, dass sie die Sache nicht hatte fertig bereden können. Gut, dann würde sie das Thema eben erneut auf den Tisch bringen. Auf den Frühstückstisch würde sie es bringen, zwischen den silbernen Servierplatten beim Dinner wollte sie es drapieren, notfalls bei Scones und Kresse-Sandwiches in den Nachmittagstee träufeln. Aber sie würde nicht lockerlassen. Und ganz gewiss keinen Arzt konsultieren, den Henry ihr zweifellos eilfertig vorschlagen würde. Nein! Sie würde ihre eigene Wahl treffen. Und dann wollte sie doch mal sehen …

* * *

Clara hatte drei verschiedene Ärzte aufgesucht, nachdem sie zunächst ihrer Freundin Bernadette geschrieben und keine befriedigende Antwort erhalten hatte, da sie, wie sie mit tiefstem

Bedauern mitteilte, ihrem geliebten Comte noch immer keine Kinder hatte schenken können. Clara gratulierte sie hingegen von Herzen und gab freimütig zu, sie zu beneiden und stark unter der eigenen Unzulänglichkeit zu leiden.

Nachdem Mary selbstverständlich ins selbe Horn blies wie ihr angebeteter Arbeitgeber Henry, hatte sich Clara im Kreise ihrer neuen Freundinnen unter dem Vorwand, nächtliches Ziehen im Leib zu spüren, nach verschiedenen Adressen der ortsansässigen Mediziner erkundigt und war auf besorgte Hilfsbereitschaft der Damen gestoßen. Allein ihre scheu vorgetragene Frage hatte bei den Herren der weißen Wissenschaft heftiges Kopfschütteln hervorgerufen. Jeder von ihnen bestätigte, dass Henrys Zurückhaltung als im höchsten Maße löblich zu beurteilen sei.

Stets war sie im Gefolge Marys unterwegs gewesen, die zwar bemüht war, es sich nicht anmerken zu lassen, aber doch nicht hatte verbergen können, wie beleidigt sie darüber war, dass Clara offenbar nicht mit ihren Auskünften zum strittigen Thema zufrieden war, sondern sich mehrere Meinungen einholen wollte.

»Und, Countess? Was hat er gesagt?«, wollte Mary neugierig wissen, nachdem Clara das Sprechzimmer des dritten Doktors verlassen hatte.

»Dasselbe wie alle anderen«, antwortete Clara mürrisch.

Triumph glitt über die Züge der Hebamme. »Sehen Sie, ich habe es Ihnen doch gesagt. Machen Sie meinem Herrn keine Vorwürfe mehr. Er handelt ehrenhaft und fürsorglich.«

»Ich schleppe den ständig schwerer werdenden Leib vor mir her und muss mich zurückhalten, während er vermutlich ganz Bristol schwängert«, seufzte Clara verärgert und ließ sich auf das Sitzpolster der Kutsche plumpsen.

»Gewiss tut er das nicht, Countess. Er weiß schließlich, wie ungewollte Schwangerschaften zu verhindern sind«, entgegnete Mary mit wissendem Gesichtsausdruck.

»Man kann es verhindern? Wie?«

»Das muss Sie doch nicht kümmern! ›Seid fruchtbar und mehret euch und füllt die Erde‹, so steht es in der Bibel. Es ist die vornehmste Aufgabe einer Dame, ihrem Gatten Kinder zu gebären, und es sollte sie nicht interessieren, wie man ausgerechnet dieser, der wertvollsten und segensreichsten Pflicht entkommt. Es ist, mit Verlaub, sehr egoistisch und zudem unchristlich, nur an das eigene Vergnügen zu denken. Schauen Sie sich Queen Victoria an! Sieben prächtigen Kindern hat sie schon das Leben geschenkt. Sie erfüllt klaglos ihre Pflicht für England. Und das sollten auch Sie tun.«

»Pflicht ... Pflicht ... immer geht es nur um Pflicht! Wissen will ich es trotzdem«, fauchte Clara. »Nun, wie? Sprich, Mary, sonst könnte ich furchtbar böse werden.«

Mary zuckte unter dem scharfen Tonfall zusammen und senkte den Kopf. »Tierdärme, Mylady«, nuschelte sie kaum verständlich.

»O mein Gott«, entfuhr es Clara, »wie widerlich!«

»Ja, widerlich«, bestätigte Mary.

Nichts anderes blieb Clara übrig, als aufzugeben. Henry war wieder einmal offensichtlich durch Mary bestens informiert worden, denn an diesem Abend hatte er einen ausgesprochen blasierten Zug um den Mund.

»Du bist beruhigt, Clara, und machst mir keine Vorwürfe mehr?«, fragte er nach dem Dinner.

»Ich füge mich in mein Schicksal, Henry. Aber du kannst jetzt schon gewiss sein, dass ich nicht die Absicht habe, mein ganzes Leben in diesem Zustand zu verbringen. Ein, zwei, vielleicht drei Mal kannst du mir nahe sein und dann ... dann bin ich für dich wieder nur eine Schwangere und keine Geliebte mehr. Das gefällt mir nicht!«

»Mein Herz, mir scheint, du neigst zur Hysterie. Und wo wir nun schon einmal dabei sind, erzähl mir bitte, was dich nachts auf die Flure unseres Hauses treibt. Mary hat mir heute voller Schrecken berichtet, dass sie dich, offenbar unansprechbar und in tiefem Schlaf, dort antraf und ins Bett zurückgeleiten musste, ohne dass du erwachtest. Was hat es damit auf sich?«

»Ach, das ...« Clara machte eine wegwerfende Handbewegung. »Ich schlafwandle. Schon seit ich ein kleines Kind war. Aber es hat nichts zu bedeuten und schadet mir keinesfalls. Mach dir keine Sorgen.«

Eindringlich blickte Henry sie an. »Die mache ich mir aber, Clara! Um dich und um unser Kind. Was, wenn du auf den Treppen ausgleitest und stürzt? Was, wenn du bei der herrschenden Kälte womöglich die Haustür öffnest, im Garten umherirrst, erfrierst? Nicht auszudenken, wenn du dich schlafwandelnd den Klippen nähern und hinabfallen würdest. Nein, wir müssen eine sichere Lösung finden, denn diese schlechte Angewohnheit könnte dich und meinen Sohn das Leben kosten.«

»Fängst du auch damit an? Dein Sohn? Woher willst du wissen, dass ich einen Knaben bekommen werde? Offenbar bist du dir genauso sicher wie die Damen aus dem Zuchtputenstall.«

»Ein hübscher Ablenkungsversuch, meine Liebe«, schmunzelte Henry. »Wenn ich will, dass ein männlicher Erbe geboren wird, dann beglücke ich meine Frau am richtigen Tag zur richtigen Stunde. Das habe ich getan. Im Übrigen ... allein schon weil *ich* es sage, wird es ein Sohn!«

»Ah«, begehrte Clara erheitert auf, »was für einen Blödsinn erzählst du denn da? Ich dachte immer, das Geschlecht eines Kindes bestimmt die Natur? Habe ich mich in diesem Falle getäuscht und kraft deiner patriarchischen Rechte bestimmst also du?«

»Selbstverständlich!« Henry straffte sich in seinem tiefen Ohrensessel, spannte die breite Brust und erklärte mit ernster Miene: »Das Geschlecht eines Kindes bestimmt einzig und allein der Mann. Nebenbei bemerkt ist es niemals in der mehrere Hundert Jahre alten Familiengeschichte der Ames vorgekommen, dass ein Mädchen als erster Nachkomme das Licht der Welt erblickte.«

Diese unerträgliche Selbstgefälligkeit! In Clara schnaubte der Widerspruch, scharrte mit den Hufen, dass es nur so staubte. Immerhin hatte sie ihn vom Thema Schlafwandeln abgelenkt. Ein Thema, von dem sie überzeugt war, dass es niemanden etwas anging als sie selbst. Es war *ihr* Schlafwandeln. Es gehörte zu ihr wie die linke Hand. Das war schon immer so gewesen. Niemandem nahm sie übel, wenn er sie still und leise in ihr Bett zurückbegleitete, aber keiner hatte das Recht, sich einzumischen. Darüber überhaupt nur zu diskutieren empfand sie als despektierlich. Folglich zog sie es vor, den angenehmeren Gesprächsfaden weiterzuspinnen.

»Lass uns sehen, Henry. Wer weiß, vielleicht wird es tatsächlich ein Junge. Vielleicht aber auch ein süßes kleines Mädchen. Ich würde mich an deiner Stelle nicht so weit aus dem Fenster lehnen. Du könntest ganz schön dumm dastehen, wenn du im Juli in die Augen deiner Tochter blickst. Und jetzt möchte ich mich zurückziehen. Dein Sohn … respektive deine Tochter … braucht Ruhe.«

Clara stand auf, hauchte Henry einen Kuss auf die Stirn und wollte das Kaminzimmer verlassen. Schwanzwedelnd standen die Hunde neben ihr. Clara streichelte sie, wünschte ihnen eine gute Nacht und wandte sich zum Gehen.

»Halt, Lady Ames!«

Langsam drehte Clara sich um. »Noch etwas, Henry?«

»Allerdings. Mary wird von heute an deine Zimmer abends verschließen, sobald du dich zur Ruhe begeben hast.«

»Nein!«, kreischte Clara entsetzt. »Du willst mich einsperren? Niemand sperrt mich ein. Das verbiete ich dir.« Laut rauschte das Blut in ihren Ohren, nahm ihr beinahe den Sinn. Clara presste die Handflächen auf die Schläfen, schüttelte ungläubig den Kopf. »Das ist Freiheitsberaubung, Henry. Tu mir das bitte nicht an.«

Henry war aufgesprungen und schon bei ihr. »Ja, siehst du denn die Gefahren nicht, Clara? Es wäre, im Gegenteil, geradezu fahrlässig, wenn ich diesem enormen Risiko nicht – im wahren Wortsinne – einen Riegel vorschieben würde.«

Besänftigend streichelte er über ihren Rücken.

»Einsperren … einsperren, Henry … Verbrecher sperrt man ein! Ich tue doch keiner Seele etwas zuleide. Das habe ich noch nie getan.«

»Es könnte sich ändern. Bisher bist du allein dir selbst verantwortlich gewesen. Nun aber trägst du die Verantwortung für ein ungeborenes Lebewesen, das dir und deinem Tun auf Gedeih und Verderb ausgesetzt ist. Geschieht dir etwas, auch wenn deine persönliche Statistik dagegenspricht, geschieht es auch dem Kind. Noch bist du flink und sicher auf den Füßen. Was aber, wenn dein Leib sich erst richtig rundet? Wirst du dann immer noch in vollkommenem Gleichgewicht wandeln können? Ich bin da skeptisch. Lass mich dich, lass mich *euch* schützen!«

»So, wie du mich, wie du uns schützt, indem du mich, indem du uns Nacht für Nacht mit anderen Frauen betrügst«, murmelte Clara. Sie fühlte sich plötzlich todmüde, wie erschlagen. Unfähig, noch weiter aufrecht für ihre Freiheit zu kämpfen. Gebeugt stand sie vor ihm, spürte, wie ihr Magen zu rebellieren begann. Hoffnungslosigkeit mischte sich mit Übelkeit, und zum ersten Mal, seit das Kind in ihr heranwuchs, musste sie sich erbrechen.

Elend war es ihr, als Henry nach dem Mädchen klingelte, um das kleine Malheur entfernen zu lassen, und er fest ihren Ellenbogen griff, um sie hinauf ins Schlafzimmer zu geleiten. Sanft bettete er sie in die Kissen, achtsam tupfte er die kleinen Schweißperlen von ihrer Stirn, mit bedächtigen Bewegungen half er ihr aus den Kleidern, brachte ihr die Waschschüssel, half ihr, das Gesicht zu waschen, den scheußlichen Geschmack aus dem Mund zu spülen. Dann deckte er sie sorgsam zu, küsste ihre Wange, löschte das Licht und verließ den Raum.

Clara hörte, wie sich der Schlüssel im Schloss drehte. Eiskalte Panik überkam sie. Gefangen. Gefangen in einem goldenen Käfig.

Juli 2010 – Zu Hause

Knarrend drehte sich unser Hausschlüssel im Schloss. Ein Geräusch, das mich eigentlich nie gestört hatte, aber heute, in Verbindung mit dem eben Gehörten, zusammenfahren ließ. Constantin hob mit selbstverständlicher Geste den klemmenden Türflügel an. »Ich müsste mal wieder die Ölkanne bemühen«, flüsterte er. »Hört man ja bis ins Dorf rauf. Hoffentlich haben wir niemanden geweckt.«

Im selben Moment schlug Bobbie, meine alte Hütehündin, an. »Pscht … pscht, Bobbie, halt die Klappe, wir sind's doch nur. Weck nicht das ganze Haus auf. Guck mal auf die Uhr, es ist weit nach Mitternacht.«

»Dein Hund wird noch lernen, die Uhr zu lesen«, grinste Constantin, während die Hündin wie eine Irre begeistert um uns herumsprang und ich alle Hände voll zu tun hatte, ihre Wiedersehensfreude zumindest in puncto Lärmpegel im Zaum zu halten.

Constantin trug derweil seinen Koffer in den Flur und machte in der Küche Licht. »Deine Mum ist ein Goldstück. Schau, sie hat uns was zu essen hingestellt. Gut, dass die Tür zu war, sonst hätte dein ausgetickter Hund sicher Spaß an

Kalbspastete, Gewürzgurken und frisch gebackenem Weißbrot gehabt.«

»Mein Hund frisst keine Gurken«, verteidigte ich die allerbeste Schäferhündin, die ich je besessen hatte. Einmalig, das wurden die Schafzüchterkollegen nie müde zu betonen, welchen Instinkt sie immer wieder bewies, wenn es um das Zusammenhalten der Herden ging. Und in welcher Bierruhe sie ihre Aufgaben wahrnahm. Wirklich, ich war stolz auf sie und ließ nichts auf sie kommen.

»Dann hätte sie uns ja wenigstens die Gurken übrig gelassen«, grinste Constantin, wusch sich am Spülbecken die Hände, holte zwei Flaschen unseres Lieblings-Ales aus dem Kühlschrank, hebelte die Kronkorken ab und setzte sich mit einem Ausdruck erwartungsfroher Gefräßigkeit an den gedeckten Tisch.

Bobbie nahm neben ihm Platz und leckte sich die Lefzen. Irgendwie musste ich lachen, denn das Mienenspiel der beiden hatte verflucht viel Ähnlichkeit.

Seit dem opulenten Frühstück hatten wir außer unserem Tomatensaft im Flieger lediglich jeder eines dieser pappigen Burger-Dinger zu Latte macchiato an einer Raststätte hinuntergewürgt. Ausgehungert und halb verdurstet, wie wir waren, schlemmten wir. Meine Mum ist eine grandiose Köchin, und obwohl ich mich stets getreulich an die Rezepte aus ihrer umfangreichen, extra für mich handschriftlich und idiotensicher zusammengestellten Sammlung hielt, gelang mir nie ein Gericht so perfekt wie ihr.

Während Constantin sein Handy aus dem Flugmodus wiedererweckte und seine E-Mails checkte, beschmierte ich Bobbie klammheimlich den dicken Weißbrotkanten mit den leckeren Pastetenresten, die noch am Rand der Form klebten. Natürlich entging es Constantin wieder mal nicht.

»Du verziehst sie. Wie soll sie jemals kapieren, dass es vom Tisch nichts für Hunde gibt?«

Bobbie schmatzte und warf mir einen entzückten Blick zu. »Sie muss auf ihre alten Tage gar nicht mehr solchen Unsinn lernen«, verteidigte ich mich. »Sie hat andere Qualitäten.« Ich wies auf meinen Hund, der sich nun zufrieden neben meinen Füßen schlafen gelegt hatte. »Siehst du, sie weiß, dass es das jetzt war und das nicht die Norm ist. Jetzt ist sie glücklich. Ich mache sie gerne mit ein paar Resten glücklich. Schließlich ist sie kein doofer Deutscher Schäferhund, der nur mit Abrichtung funktioniert, sondern ein mitdenkendes, mitfühlendes Familienmitglied.«

»Schon gut, schon gut ... ich weiß, worauf du anspielst«, sagte Constantin friedfertig.

Worauf ich anspielte? Auf diese typisch deutsche Eigenart, stets alles und jeden in ganz bestimmten Regelwerken unterzubringen und auf Disziplin, Pünktlichkeit und strikter Ordnung zu bestehen. Im Privatleben hatte ich Constantin leicht eine gewisse Lässigkeit unterjubeln können. Aber bezüglich seines Jobs musste ich tief in die Trickkiste greifen. Wie hatte er sich anfangs bisweilen gequält. Hatte Tage und Nächte am Schreibtisch gesessen, Formulierungen hin und her geschoben, verworfen, sich festgebissen, bis das Hirn rauchte. Ohne die wirklich zündende Idee aufs Papier, respektive in seinen Laptop bringen zu können. »Ich muss ... ich muss«, war sein Standardspruch gewesen. Speziell dann, wenn er unverrückbar festhing und ein Abgabetermin bei seiner Agentur unerbittlich näher rückte. Ich war dann dazu übergegangen, ihn (notfalls mit sanfter Gewalt) hinterm Computer hervorzuzerren, hatte einfach Zeit draußen mit ihm verbracht, ihm vom Wind den Kopf freiblasen lassen, ihn in körperliche Arbeit eingespannt. Wie positiv sich mein Eingreifen auf seine Kreativität auswirkte, wie wohltuend es sein konnte, sich aus der selbst gemachten Stressspirale herausholen und mal für kurze Zeit Fünfe gerade sein zu lassen, hatte er inzwischen weitgehend verinnerlicht. Ich glaube, obwohl er es schlecht zugeben konnte, war er mir im Grunde dankbar und erschien neuerdings häufig ganz von sich aus draußen bei mir, wenn es irgendwo klemmte und er eine Auszeit für den Kopf brauchte.

Entsprechend harmlos fiel also jetzt auch seine Kritik an meiner Erziehung des Hundes aus, und entsprechend wenig mischte er sich, nebenbei bemerkt, in die der Kinder ein. Er hatte einfach erlebt, dass mein – zugegebenermaßen häufig von Intuition geleitetes – Konzept in aller Regel aufging.

»Herr Jesus, das kann heiter werden«, stöhnte Constantin.

»Was denn? Die Firma?«

»Allerdings. Ein Auftrag der Bundeszentrale für gesundheitliche Aufklärung. Was Peppiges wollen sie haben, um den Leuten die Verwendung von Kondomen schmackhaft zu machen. Aids-Kampagne. Plakativ und modern soll's werden.«

»Ist das nicht lustig? Deine Firma scheint geahnt zu haben, dass du dich mit Kondomen auskennst. Zumindest mit den historischen Erscheinungsformen, wie ich ja gerade gehört habe«, gackerte ich. Das Ale tat seine Wirkung. »Seit wann gibt es eigentlich richtige Kondome? Weißt du das?«

»Tja, Clara musste noch geschlagene vier Jahre warten, ehe die Vulkanisierung des Gummis erfunden wurde.«

»Vulkanisierung des Gummis klingt für mich eher nach Reifen ...«, prustete ich.

Hatte ich eigentlich schon erwähnt, dass Constantin seine Weisheiten gern mit Schulmeistermiene preisgab? Ja, hatte ich. Ein herrliches Beispiel dieser Eigenart lieferte er mir jetzt am nächtlichen Küchentisch.

»1855 erfand ein gewisser Charles Goodyear – sic!«, Constantin hob den Zeigefinger, »diese Technologie. Du hast gar nicht unrecht, unsere Autos sind beide auf Goodyear-Reifen unterwegs. Allerdings ging die Kondomherstellung erst 1870 in Serie. Kannste googeln.«

»Und? Hast du?«

»Ich? Nein! So was Lapidares weiß ich eben.«

Ich hätte mich kräuseln können vor Vergnügen. »Du? Ausgerechnet du willst mir weismachen, dass du dich jemals mit Kondomen beschäftigt hast? Du bist ein Kind der Moderne, wo Verhütung nur noch zu Lasten von uns Frauen geht, indem wir Pillen schlucken. Erzähl mir was vom Weihnachtsmann. Das glaub ich dir dann auch noch, so wie du solche Dinge immer rüberbringst. Als Nächstes beweist du mir auch noch, dass Henry Ames es tatsächlich draufhatte zu bestimmen, welches Geschlecht sein Kind bekommt.«

Constantin wiegte den Kopf und tat oberschlau. »So ganz unrecht hatte er mit seiner Behauptung nicht, Faye. Bekanntlich sind männliche Spermien schneller in Richtung Eizelle unterwegs als weibliche.«

»Weibliche sind allerdings haltbarer.«

»Stimmt. Aber …«, wieder hob er den Zeigefinger, »… ist die Eizelle reif, beziehungsweise der Follikel bereits geplatzt, ist tatsächlich die Wahrscheinlichkeit hoch, dass das erste an Ort und Stelle ankommende Spermium ein männliches ist, während das weibliche die besten Chancen hat, wenn der Eisprung erst nach der Besamung stattfindet und die Jungs bereits den Geist aufgegeben haben.«

»Na schön«, entgegnete ich, »aber woher sollte Henry wissen, wann Clara ihren Eisprung hatte? Riecht man, ähm, Mann das?«

»Puh«, machte Constantin, und ich merkte, dass ich gerade dabei war, seine schöne Argumentationskette kaputtzumachen. »Ich, ehrlich gestanden, nicht. Aber vielleicht waren Männer vor hundertfünfzig Jahren in der Hinsicht noch urtümlicher oder intuitiver.«

»Okay. Nehmen wir's mal so hin. Was anderes: Abgabe deines Auftrages wann?«, fragte ich gelassen, während ich mich innerlich ein bisschen über die gewonnene Miniaturschlacht freute. Es ist nämlich selten, dass ich Constantin überhaupt etwas entgegensetzen kann, wenn's um so was geht. Allerdings habe ich im Gegensatz zu ihm Beißhemmungen und schmiere ihm das dann nie lang und breit aufs Butterbrot.

»Übernächsten Montag«, stöhnte er und war mir offenkundig dankbar, dass ich das Thema gewechselt hatte.

»Och, ich schlage vor: Lass uns gleich sofort mit dem Aufschieben beginnen. Dann wird uns schon was einfallen.«

»Aufschieben ist nicht immer die beste Idee.«

»Mag schon sein. Aber ich bin zuversichtlich, dass dir … oder uns der richtige Gedanke binnen geschlagener zwei Wochen schon kommen wird. Sei so lieb, leg es weg bis übermorgen, ja? Den morgigen Tag möchte ich nämlich ganz ohne die Alltags-Tretmühle mit dir verbringen. Die hat uns schnell genug wieder, wirst sehen.«

»Gut«, schmunzelte Constantin. »Dann schlage ich vor, wir gehen jetzt ins Bett, damit wir auch was haben von unserem freien Tag. Wie ich unsere Kinder kenne, werden sie uns zeitig aus den Federn holen.«

Ich hätte zwar noch gerne eine ganze Reihe der Vorkommnisse aus Clara Henriettes Leben mit Constantin beredet. Abgesehen davon, dass ich sehr gespannt war zu erfahren, wie Clara nun mit dem nächtlichen Eingesperrtsein zurechtkommen würde, begann es mich brennend zu interessieren (und da kam einfach mein journalistisches Gespür ins Spiel), woher Constantin eigentlich diesen Lebenslauf so genau kannte. Aber er hatte recht. Das konnten wir nun wirklich gut auf morgen verschieben.

Bobbie folgte uns die Treppe hinauf und rollte sich in ihrem Körbchen auf der kleinen Empore im Flur zusammen. Von hier aus hatte sie den besten Überblick über das Wohl ihrer ganzen Familie. Auf Zehenspitzen schlichen wir in die Zimmer der Kinder, gaben der tief schlafenden Lucy beide einen Kuss, streichelten Phils weichen dunkelblonden Schopf. Die zwei bekamen nichts mit und schlummerten selig weiter.

* * *

Ja, Constantin kannte unsere Kinder wirklich gut! (Übrigens liebte ich ihn jedes Mal mehr für dieses kleine Wörtchen »unsere«, das ihm so selbstverständlich über die Lippen kam.) Es war nicht mal halb sieben, als sie unser rot-grünes Schottenkaro-Schlafzimmer stürmten, die Schottenkaro-Gardinen aufrissen und unter unsere Schottenkaro-Decken krochen. Jetzt war erst mal Kuscheln angesagt, doch schnell wollten sie wissen, ob wir denn an ihre Mitbringsel gedacht hatten. Hatten wir. Klar! Und schickten sie runter, um in Constantins Koffer nachzusehen.

»Aber nicht das ganz kleine Päckchen aufmachen, okay? Das ist für Granny, bringt es bitte mit hoch«, brüllte ich hinterher.

»Geht klar, Mum«, grölte Phil zurück, und die beiden tobten polternd die alte Holztreppe hinunter.

»Was macht ihr für einen Lärm am frühen Morgen?«, hörte ich meine Mutter vorwurfsvoll fragen. »Die US-Kavallerie könnte nicht eindrucksvoller klingen. Eure Eltern sind wach? Ach, was frag ich ... bei dem Radau ... Lasst mich mal durch.«

Einen Moment später stand sie schon vor dem Bett. Balancierte das große Holztablett auf beiden Armen und setzte es auf Constantins Nachtkasten ab. »Frühstück, Kinder!«

»Was habe ich dir gesagt, Constantin? Wenn meine Mutter einhütet, dann tut sie das von der ersten bis zur letzten Minute mit Hingabe. Ach, Mum, du bist die Beste!«

Passend zu meiner Freude über das wundervolle Verwöhnprogramm schob mir Phil das kleine Päckchen in die Hand, das ich im Duty-free-Shop erstanden hatte. Ich reichte es meiner Mutter. »Danke! Danke, dass du dich so wunderbar um die Brut gekümmert hast, danke für die herrliche Pastete gestern Abend, und danke fürs Frühstück.«

Wie üblich war meine Mutter verlegen. Aber sie freute sich – auch wie üblich – über das Fläschchen Chanel N°5. Ein kleiner Luxus, den sie sich, obwohl sie es leicht gekonnt hätte, selbst niemals gönnte. Vielleicht auch, damit niemand in die Verlegenheit versiegter Geschenkideen kam. Einen winzigen Tropfen gab sie sich gleich mit schwärmerischem Gesichtsausdruck hinters Ohr. »Mhm, wie das duftet.« Und war schon wieder ganz pragmatisch im Hier und Jetzt. »Ich mache die Kinder fertig, bringe Phil zur Bushaltestelle und fahre Lucy zum Kindergarten. Esst in Ruhe! Um die Schafe müsst ihr euch heute nicht kümmern. Bob Ferguson hat gestern noch den Elektrozaun umgesteckt, die Wasserwagen aufgefüllt und auf die Hangweiden gefahren.«

Ein wirklich freier Tag für uns. Was für ein Hochgefühl! Und so liebevoll hatte Mum das Tablett arrangiert, sogar eine hellblaue Hortensie gepflückt. Meine vielfarbigen Hortensien, Stockrosen, Sommermalven und all die herrlich dichten Rosenbüsche, die unser Feldsteincottage bis runter an die Klippen umstanden, waren weithin für ihre Blütenpracht berühmt, und ich war auf sie ungefähr genauso stolz wie auf meine Schafherde. Falls ich die verloren gegangene Reisetasche wiederbekäme, müsste es doch mit dem Teufel zugehen, wenn mein grüner Daumen nicht auch die Lindensamen zum Sprießen brächte. Direkt vor dem Haus, auf dem Wendehammer, der gleichzeitig unser Parkplatz war, würden sie in vielen Jahren ein herrliches Blätterdach aufspannen. Constantin musste eine Bank rund um die Stämme zimmern, und …

»Wie sieht's aus? Wollen wir an den Strand? Es wird garantiert wieder genauso bullig heiß wie gestern. Lass uns den Vormittag nutzen«, fiel Constantin in meinen Gedankengang.

»Wann, denkst du, können wir damit rechnen, dass die Fluggesellschaft die Tasche schickt?«, fragte ich Constantin.

»Das beantwortet zwar nicht meine Frage, aber: keine Ahnung. Ich habe letztens von einem Kollegen gehört, bei dem es drei Wochen gedauert hat. Er hatte die Hoffnung schon aufgegeben. Aber jetzt vergiss doch mal die blöde Tasche. Raus aus den Federn, rein ins Wasser!«

Wir packten uns ein bisschen Obst und etwas zu trinken ein und machten uns auf den Weg. Es waren nur etwa dreihundert Yard bis zum Strand, und wir erreichten ihn durch ein blau gestrichenes Holztörchen in der Mauer, die unser Grundstück einfriedete. Einen anderen Zugang zu unserer verschwiegenen kleinen Bucht gab es nicht. Es sei denn von See aus. Folglich waren wir dort stets allein und geschützt vor neugierigen Blicken.

»Komm, erzähl weiter«, bat ich Constantin, während ich nach dem mehr als erfrischenden Bad im kühlen Atlantik zitternd mein T-Shirt überzog. »Wie ging Clara mit dem Wegsperren um? Anpassungsfähig, wie sie war, wird sie sich auch mit dieser neuen Einschränkung irgendwie arrangiert haben, oder?«

»Gutes Stichwort«, grinste mein Liebster. »Hör zu. Aber wundere dich nicht, denn sie hatte sich mit allerhand zu arrangieren.«

Dezember 1852 – Arrangements

Kein Auge hatte Clara zugetan in dieser ersten Nacht des Eingesperrtseins. Niemals hatte sie jemand ihrer Freiheit beraubt. Schon der Gedanke an die Unausweichlichkeit, die Henrys Entschluss mit sich brachte, versetzte sie in einen klaustrophobischen Zustand. Weit hatte sie die Fenster aufgerissen, erbärmlich frierend dagestanden, zitternd die eisige Nachtluft geatmet, um sich wenigstens die Illusion ungehemmter Freiheit zu suggerieren. Die efeuberankte Fassade hatte sie gar auf die Möglichkeit überprüft, notfalls gefahrlos daran hinunterklettern zu können. Nein. Zart und wenig haltbar erschienen die dürren Zweiglein. Dieser Weg barg das Risiko, womöglich unsanft zwischen den Rhododendronbüschen zu landen und sich den Hals zu brechen.

Stundenlang war sie stumm und händeringend im Zimmer auf und ab gegangen, bis die Müdigkeit sie niederzwang. Im Schneidersitz hatte sie sich auf ihr Bett gekauert, die nackten Füße umklammert, die Bettdecke notdürftig um die ausgekühlten Schultern geschlungen. Nur nicht einschlafen. Nur nicht die Kontrolle verlieren.

Sie musste gedöst haben, denn ein Geräusch ließ sie gegen Morgen aufschrecken. Graues Dämmerlicht fiel durch die offenen Fenster. Clara hörte leises Kratzen an der Tür. Sofort begriff sie. »Peter?«

Der Setter bellte.

Clara griff zur Klingel und läutete Sturm nach Mary. Nur zwei, drei Minuten vergingen, bis die Zofe im Schlafrock erschien. Neben ihr drängte sich der Hund durch die Tür. Mary wollte ihn hinausscheuchen, doch Clara hinderte sie. »Lass ihn herein, Mary! Wenn ich schon eingesperrt bin, will ich wenigstens ihn zur Gesellschaft hierbehalten.«

»Das wird dem Herrn nicht gefallen. Ein Hund im Schlafzimmer einer Dame! Und warum, um Himmels willen, ist es hier so kalt?«

»Du kannst die Fenster jetzt schließen, Mary. Und was den Hund angeht: Lass ihn hier. Ich werde mit meinem Mann reden.«

* * *

Tatsächlich gelang es Clara, Henry das Zugeständnis abzuringen, dass Peter ihr nachts Gesellschaft leisten durfte. Ihr kläglich vorgetragenes »Wenigstens nicht ganz allein sein ...« hatte seinen anfänglichen Widerstand brechen können, seinen missbilligenden Gesichtsausdruck gemildert. Henry hielt offenbar letztlich doch größere Stücke auf Vernunft und Zuverlässigkeit des Setters als auf eben diese Eigenschaften an seiner Frau. Am Ende gewann Clara sogar den Eindruck, er sei beinahe erleichtert, einen Teil der Verantwortung für sein »hysterisches Weib« dem Hund übertragen zu können.

So zog Peter also dauerhaft bei Clara ein, bekam ein komfortables Polsterkissen ans Fußende ihres Bettes gelegt und wich ihr von nun an auch tagsüber nicht mehr von der Seite.

Wie sinnvoll Peters Anwesenheit in Claras Schlafgemach tatsächlich war, erwies sich bereits in einer der folgenden Nächte. Sie hatte sich mit dem Eingesperrtsein weitgehend arrangiert und schlief wieder gut. Doch in dieser Nacht erwachte sie durch gellendes Hundegebell.

Und fand sich stehend auf der Fensterbank!

Weit geöffnet waren die Flügel. Clara blickte geradewegs dem vollen Mond ins Gesicht, und hätte sie nicht im allerletzten Moment nach der Laibung gegriffen, wäre sie womöglich hinunter in den Park gestürzt. Entsetzt stieg sie hinab. Bedankte sich überschwänglich bei Peter. Und überdachte Henrys Entscheidung nun mit ganz anderen Augen. Ja! Er hatte nicht unrecht gehabt. Was mochte ihr Kopf nur für verrückte Verknüpfungen vorgenommen haben? Hatte sich die verzweifelte Suche nach einem denkbaren Fluchtweg aus der Gefangenschaft so stark ausgeprägt, dass sie diese vermeintliche Lösung tatsächlich schlafend hatte wählen wollen?

Clara vertraute sich niemandem an. Lediglich ihr Tagebuch wurde Zeuge der erschreckenden Erkenntnisse. Und sie tat mit voller Überzeugung etwas, das ihr vor wenigen Tagen noch gegen den Strich gegangen war. Fortan zog sie allabendlich den kleinen Stift heraus, der den Fensterknauf sicherte, und bewahrte den Öffnungsmechanismus über Nacht in ihrem abschließbaren Sekretär auf, um ihn allmorgendlich, ehe sie nach Mary klingelte, wieder einzusetzen. Es war nicht Angst um das eigene Leben, die sie dazu trieb. Es war die Sorge um das Kind.

* * *

Je kühler die Temperaturen in diesem recht unwirtlichen Winter wurden, desto mehr kühlte auch das ohnehin schon lauwarme Verhältnis zwischen Clara und Henry ab. Clara erlebte ihr erstes englisches Weihnachtsfest. Die daheim selbstverständliche

Tradition, zum Fest eine Fichte aufzustellen, hatte sich dank Alberts deutscher Wurzeln zwar bereits im Buckingham-Palast durchgesetzt, bis nach Bristol hatte es der schöne Brauch freilich noch lange nicht geschafft. Sehr zu Claras Entsetzen. Was war schon Weihnachten ohne Baum?

Henry hatte sie ausgelacht, aber sie hatte auf Ersatz gesonnen, war es doch unmöglich gewesen, in dieser Gegend eine geeignete Tanne aufzutreiben. Folglich hatte Clara am Heiligen Abend kurz entschlossen die Bedienten angewiesen, eine der großen Palmen aus dem Wintergarten auf ein Rollbrett zu hieven und in den Salon zu schaffen. Dort befestigte sie allerhand Schmuck an den glatten Wedeln, setzte kleine Kerzenhalter darauf und platzierte die ganze Dekoration so, dass im Lichterglanz wenigstens die typische Form eines Tännchens entstand.

Zufrieden mit ihrem Werk – nur ein wenig traurig über den fehlenden Duft – legte sie das Geschenkpaket für Henry unter den Baum. Es enthielt eine Rettungsweste. Clara war sich nicht ganz sicher gewesen, ob sie Henry womöglich mit der Wahl ihrer Gabe kränken würde, hatte sich aber letztlich doch für den Kauf entschieden, denn seit sie wusste, dass er nicht schwimmen konnte, lebte sie in der Sorge, es könne ihm auf See etwas zustoßen. Ob er sie tragen würde? Immerhin würde er sie tragen *können*, und allein das vermittelte ihr ein besseres Gefühl. Vielleicht ähnlich wie es Henry empfand, indem er Peter zu ihrem Schutz abstellte.

Das Haus war still, Henry längst noch nicht heimgekehrt. Weihnachten erst am 25. Dezember zu feiern, war für Clara merkwürdig, aber sie hatte sich mit dem Gedanken abgefunden. Wie mit so vielen Dingen. Morgen erst erwarteten sie die halbe Bristoler Gesellschaft zum Festessen. Jetzt war Zeit, sich noch ein leichtes Abendessen servieren zu lassen und die Weihnachtspost zu lesen, die bergeweise eingetroffen war.

Clara klingelte nach Polly, gab ihr Anweisungen und ließ sich mit einem Stapel ungeöffneter Umschläge gemütlich vor dem Kamin nieder. Der Setter rollte sich vor ihren Füßen zusammen. Flüchtig kraulte sie seinen Kopf, was ihm ein wohliges Seufzen entlockte. Dann fiel der Hund in tiefen Schlaf.

Da war zunächst die Karte der königlichen Familie. Eltern und Kinder effektvoll unterm Christbaum, ein paar freundliche handschriftliche Zeilen von Albert. Eine ganze Reihe weihnachtlicher Segenswünsche ihrer neuen Freundinnen. Der umfängliche Brief von daheim. Vom Vater der einerseits zackig militärische Berichtston, am Ende aber doch wieder Zeilen in seiner so typisch liebevollen Art.

Große Neuigkeiten gab es in Thüringen nicht, aber die Mädchen hatten allerlei amüsante kleine Anekdoten aufgeschrieben, und Thekla berichtete, sie habe Martin beim Adventsgottesdienst getroffen. Es gehe ihm gut, habe er behauptet, doch Thekla hielt nicht mit ihrer Meinung hinterm Berg: »Ich glaube ihm nicht, Clara! Traurig sieht er aus. Ganz blass und mager ist er geworden. Und hinken tut er immer noch ein bisschen.« Diese Nachricht versetzte Clara einen schmerzhaften Stich. Dürfte sie ihm doch wenigstens schreiben! Einen Weihnachtsgruß zu senden, könnte ihr doch niemand verwehren! Ach nein, ehe er die Post bekäme, wäre das Fest längst vorbei ... und außerdem ... wie würde Henry reagieren, wenn er davon Kenntnis bekäme?

Ganz am Schluss nahm sich Clara Alexanders Kuvert vor. Gespannt war sie. Hatte sie doch auf all ihre Fragen, die sich aus Martins bedeutungsschwangerem Schreiben ergeben hatten, niemals eine Antwort vom Bruder erhalten. Dieser Brief war allerdings, wie alle anderen auch, nicht nur an sie, sondern an das Ehepaar Ames adressiert, was in Clara die Befürchtung aufkommen ließ, dass der Inhalt nicht sehr persönlich sein würde.

Ihr Mut sank, und Minuten später sah sie sich enttäuscht bestätigt. Warum beantwortete er ihre Fragen nicht? Was war nur los mit dem großen Bruder, der ihr durch die ganze Kinderzeit ein so zuverlässiger Fels in der Brandung gewesen war, der sie durch all die kleinen oder größeren Stürme getragen hatte, die ihr Mädchenherz aufwühlten, der Schrammen am Knie versorgt und ihre Tränen getrocknet hatte? Wollte er sich nicht äußern? Konnte er womöglich nicht? Gab es am Ende eine Absprache zwischen ihm und Martin? Warum? Waren sie nicht alle drei stets eingeschworen vertraut gewesen? Hatten sie nicht jedes Geheimnis geteilt?

Versonnen legte Clara den Brief beiseite. Tat etwas, das ihr hier in England bisher ganz aus dem Sinn gekommen war. Etwas, das sie an jenes unbeschwerte Leben daheim erinnern, Zweifel und trübe Gedanken verscheuchen sollte. Sie klappte den ebenholzglänzenden Flügel auf, rückte sich die Bank zurecht. Peter bezog neben dem Instrument Position und legte den Kopf erwartungsvoll schief. Zaghaft schlug sie die ersten Töne des »Kleinen Dinges« an. Mamá hatte immer augenzwinkernd behauptet, Robert Schumann habe das Stück nicht für seine Clara, sondern ganz sicher für *ihre* kleine Clara geschrieben, denn schließlich stamme es aus den Kinderszenen. Früh schon hatte Clara selbst eifrig geübt, die Träumerei zu spielen. Ehrgeiz hatte sie entwickelt und sich oft genug geärgert. Weil Mamá manchmal allzu verständnisvoll lächelte, wenn sie sah, dass ihre Hände noch zu klein, zu wenig erfahren waren, um das gar nicht so unkomplizierte Stück harmonisch spielen zu können.

Obwohl es ihr mit der Zeit in eleganter Leichtigkeit gelungen und zum meistgespielten Lieblingsstück avanciert war, fehlte ihr auch heute die vollkommene Harmonie. Was aber gewiss nicht an ihr, sondern an der Tatsache lag, dass der Flügel völlig verstimmt war. »Ich werde Henry bitten«, murmelte sie leise und rutschte im nächsten Moment erschreckt von den Tasten ab.

Unbemerkt war er hinter sie getreten und hatte eine Hand auf ihre Schulter gelegt.

»Bitte mich, worum du magst, Darling. Du spielst wunderbar.«

»Der Flügel ist verstimmt. Hörst du es nicht?«, erwiderte sie im Umdrehen. Peter bellte zustimmend. Anscheinend war der Hund musikalischer als sein Herrchen.

»Nein, aber wenn du es sagst, wird es wohl so sein. Gleich nach dem Fest werde ich dafür sorgen, dass du zukünftig in ungestörtem Musikgenuss schwelgen kannst. Machst du mir die Freude und spielst noch ein wenig weiter?«

»Was möchtest du hören?«

»Etwas Beschwingtes.«

»Ich habe keine Noten ... vielleicht könnten wir ...«

»Aber selbstverständlich! Schreib mir eine Liste, ich werde dir Noten besorgen, so viel du willst. Gibt es nicht etwas, das du aus dem Gedächtnis zu Gehör bringen kannst?«

»Ich versuch's ...«, lächelte Clara und stimmte Mozarts »Türkischen Marsch« an. Flink huschten ihre Hände über die Tasten, und Henry war so hingerissen, dass er ihr mehrmals zwischendrin Applaus spendete.

»Du spielst ja virtuos, Clara!«, rief er begeistert, kaum dass der letzte Ton verklungen war. »Wir sollten darüber nachdenken, einen Klavierabend zu geben. Die Leute werden überwältigt sein.«

»Aber erst, wenn der Flügel gestimmt ist. Blamieren möchte ich mich nicht, Henry.«

»Die würden's genauso wenig merken wie ich«, vermutete er lachend, »aber natürlich möchte ich nicht deinem Anspruch an Perfektion zuwiderhandeln. Sonst hätte ich dich gebeten, gleich morgen Abend zum Weihnachtsdinner etwas zum Besten zu geben.«

»Ein paar einfache Weihnachtslieder könnte ich schon spielen, ohne dass es peinlich wird«, schlug Clara vor, und Henry stimmte enthusiastisch zu.

Einen derart ausgelassenen Abend hatte Clara ewig nicht mehr mit ihm erlebt. Ihm schien es über die Maßen zu gefallen, dass seine Frau mit ihrem musikalischen Talent einen weiteren Glanzpunkt auf sein Haus, auf seine Ehre würde setzen können, und er hofierte sie beinahe wie am Tag ihres Kennenlernens. Wie amüsant er doch sein konnte!

»Ach, Henry«, seufzte Clara zu weit fortgeschrittener Stunde, als Henry bereits tüchtig dem Gin zugesprochen hatte, »wenn es doch zwischen uns nur viel öfter so sein könnte wie heute Abend. Richtig wohl fühle ich mich. So wohl wie schon lange nicht mehr. Wie schön wäre das Leben, wenn wir wieder richtig beieinander sein könnten. Darf ich einen winzigen Weihnachtswunsch äußern?«

Henry reichte ihr die Hand, half ihr aus dem Sessel hoch und zog sie auf seinen Schoß. »Du riechst so gut«, flüsterte er, legte eine Hand unter ihr Kinn und blickte sie fragend an.

Clara schlang den Arm um seine breiten Schultern und lächelte ihr verführerischstes Lächeln. »Bleib heute Nacht bei mir. Nur diese eine einzige Nacht.«

Für einen Augenblick senkte Henry die Lider, und Clara erschrak. Was ging hinter seiner Stirn vor? War sie zu weit gegangen? Tapfer wappnete sie sich gegen die Enttäuschung, die eine Absage mit sich bringen würde, hielt ängstlich den Atem an.

Aber dann glitt ein Lächeln über seine Züge. Kraftvoll hob er sie auf seine Arme und trug sie die Treppe hinauf.

* * *

Clara erwachte im Morgengrauen. Tastete neben sich. Fand Henrys Schopf in den Kissen. Glücklich lächelte sie, streckte leise die Glieder, rückte ein wenig näher zu ihm, schmiegte sich an. Traumumfangen murmelte er ihren Namen, griff nach ihr. Schon lag sein Arm schwer um ihre nackte Hüfte. Sorgsam, ganz vorsichtig, um diesen schönen Traum nur nicht zu zerstören, zog sie die Decke über ihrer beiden Körper, atmete seinen Duft, spürte seine Wärme.

Wie wunderbar er sein konnte! Wie rücksichtsvoll, wie zärtlich, wie einfühlsam. Diese Nacht hatte Clara mit einem Sinnenrausch überrascht, wie sie ihn noch nie zuvor erlebt hatte. Das musste es sein, worüber Bernadette damals am Verlobungstag berichtet hatte. Das war der Höhepunkt gewesen, über den alle nur hinter vorgehaltener Hand sprachen und den doch niemand zu beschreiben wagte. Jetzt, endlich, wusste Clara, wovon sie *wirklich* immer schon geträumt hatte. Diffus und unbestimmt war das Geheimnis gewesen. Jetzt war sie ihm auf den Grund gekommen, hatte es endlich entdeckt. Hatte es erlebt. Jawohl, erlebt! Und sie wusste, sie würde es immer wieder erleben wollen. Ein kleiner, wissender Kiekser kam aus ihrer Kehle, und abermals schlummerte sie glückselig ein.

Sie war nicht allein, als sie schließlich vollends erwachte. Komplett angekleidet stand Henry am Bett. Durch die Fenster seines Schlafzimmers strahlte die Morgensonne. Wie konnte eine einzige Nacht alles verändern? Sogar die dunklen Wolken am Himmel vertreiben?

Aber warum dieser zerknirschte Gesichtsausdruck? Was war passiert? Claras Herz schlug einen stolpernden Takt. »Guten Morgen, Liebster! Ist irgendetwas nicht in Ordnung? Ich wünsche dir fröhliche Weihnachten. Mir ist ganz froh ums Herz. Ich bin glücklich. Aber was ist mit dir? So sauertöpfisch an einem derart herrlichen Weihnachtsmorgen?«

»Guten Morgen, Clara. Auch dir fröhliche Weihnachten.«
Es klang aber nicht fröhlich.

»Ich muss dich um Vergebung bitten, Darling.«

»Du liebe Güte, Henry!«, fuhr sie auf. »Du hast mir meinen Herzenswunsch erfüllt und eine Nacht mit mir verbracht, die schöner nicht hätte sein können. A night to remember ... habe ich das so richtig gesagt?«

Ein Schmunzeln, ein Nicken, dann wieder dieser schuldbewusste Ausdruck. »Es hätte nicht sein dürfen, Clara! Ich habe mich hinreißen lassen. Bitte verzeih doch!«

»Was soll ich verzeihen, wenn du meinen innigsten Wunsch erfüllt und mich in den siebten Himmel getragen hast? Es geht mir gut, Henry, mehr als gut. Schau mich doch an.«

Clara sprang leichtfüßig aus dem Bett. Nackt, wie Gott sie geschaffen hatte, stand sie vor ihm, legte ihre Hände um seinen Nacken und sah zu ihm auf. »Henry, was auch immer Mediziner sagen, was auch die Gesellschaft munkeln mag, ich bin absolut sicher, dass du unserem Kind kein Leid zugefügt hast. Du hast, im Gegenteil, etwas Wunderbares getan, denn du hast endlich eine richtige Frau aus mir gemacht.«

Verzweifelt schüttelte er den Kopf. Offenkundig hin- und hergerissen zwischen seinem schlechten Gewissen und Claras glattem Leib, der, noch immer schlank und rank, zwischen ihm und jener Verdammnis stand, die er für sein Handeln zu erwarten schien.

»Es ist wider Gottes Willen, wider die Natur, Clara!«, stöhnte er gequält.

»Es ist wider die missgünstige Zunge des Teufels, Henry!«, lachte Clara und küsste ihn mitten auf den Mund.

Einen Moment schwankte er. Dann riss er sie an sich. Atemlos taumelten sie durch diesen Kuss, der zwischen Gedeih und Verderb, Doppelmoral und persönlicher Integrität, zwischen Konvention und Leidenschaft um nichts Geringeres als die Liebe focht.

Winter 1852 –
Das blaue Band

Zunächst hatte Clara eine unangenehme Auseinandersetzung mit ihrer Zofe Mary durchzustehen, der es natürlich nicht verborgen geblieben war, dass sie in Henrys Schlafzimmer genächtigt hatte.

Wenig botmäßig demonstrierte Mary ihre Empörung. Ihre ohnehin nicht sehr angenehme Stimmfarbe ging in ein Kreischen über, als sie Clara mit wutentbranntem Funkeln erklärte, es befinde sich eine »Substanz« im Samen des Mannes, die den Muttermund erweiche. Ihr würde niemand etwas vormachen können, das habe ihr Londoner Professor nämlich jeder Hebamme eingeschärft, und immerhin sei er eine anerkannte Kapazität.

»Das Kind wird keinen Halt mehr finden und einfach herausrutschen, Mylady! Ihre unbeherrschte Triebhaftigkeit hat den Abort bereits eingeleitet, darauf könnte ich meine linke Hand verwetten.«

»Pah«, hatte Clara entgegengesetzt. »Dein Professor wusste nichts von den Kräften der weiblichen Natur«, und tat plötzlich entschlossen etwas, das sie eigentlich aus tiefstem Herzen hasste.

Sie bückte sich, hob die Röcke hoch, löste das Schnürchen ihrer Unterhose, ließ sie zu Boden rutschen und warf sich rücklings breitbeinig auf ihr Bett. »Los, untersuch mich, Mary. Aber ich warne dich, vorsichtig mit deinen dürren Krakenfingern!«

Entgeistert hatte die Hebamme dagestanden. Dann war sie ins Bad entschwunden. Clara hörte Wasser plätschern. Kurz darauf erschien sie wieder. Die Ärmel bis an die Ellenbogen hochgekrempelt, das Gesicht zornesrot, kniete sie sich zwischen Claras Füße.

Clara zuckte zusammen, wie immer, sobald Mary sie berührte. Eiskalt waren deren Finger. »Vor-sich-tig!«, mahnte sie ein zweites Mal, ließ den aufgesteckten Haarknoten der Hebamme nicht aus den Augen und hielt die Luft an, bis die unter dem Wust ihrer Röcke wieder auftauchte. »Nun?«

Mary schüttelte geradezu enttäuscht den Kopf. »Fest verschlossen.«

»Na also!«, triumphierte Clara.

»Dieses Mal ist es gut gegangen, aber glauben Sie nicht, Mylady, dass es wieder gut geht«, murrte sie.

»Ich verspreche dir, Mary, es wird wieder und wieder gut gehen. Und zwar verspreche ich es dir in die rechte Hand. Die Linke hast du ja gerade verwettet, und ich werde mir ernsthafte Gedanken machen müssen, ob ich eine einhändige Zofe weiterbeschäftigen kann. Jetzt mach, dass du hinauskommst, und hier ...«, sie griff nach ihrem Lieblingskopfkissen, warf es der Zofe zu, »das kannst du gleich mitnehmen und im ehelichen Schlafzimmer aufs Bett legen.«

Mary wirkte wie vom Donner gerührt, öffnete den Mund, bewegte die Lippen, aber kein Ton kam heraus. Einen derart selbstbewussten Befehlston war sie von ihrer Herrin nicht gewohnt.

»Raus!«, bekräftigte Clara, und tatsächlich rauschte Mary mit wehenden Röcken aus dem Raum.

Clara erhob sich und trat ans Fenster. Weit öffnete sie die Flügel, lehnte sich hinaus, atmete die frische Morgenbrise, die glasklar von der See herüberwehte. Und lächelte voller Genugtuung. Peter schob vertrauensvoll seine Schnauze in ihre Hand.

»Das hat Frauchen gut gemacht, Peter, oder? Was denkst du? Ich sage dir, wir werden uns nie wieder von dahergelaufenen Bedienten drangsalieren lassen. Schließlich sind wir aus altem Adel. Alle beide. Und lassen uns nicht die Butter vom Brot nehmen.«

Wie viel Peter vom Inhalt ihrer leidenschaftlich ausgesprochenen Worte verstand, vermochte sie nicht einzuschätzen. Seinen begeisterten Gesichtsausdruck und sein vergnügtes Schnauben aber wertete sie als uneingeschränkte Zustimmung.

»Komm, lass uns nachsehen, wo Herrchen ist«, forderte sie ihn auf und sprang leichtfüßig, den Hund dicht auf den Fersen, die Treppe hinunter.

* * *

Nicht die Spur eines Zweifels keimte in Clara, dass sie Henry nun ganz und gar auf ihre Seite gezogen und endgültig gewonnen hatte, doch schon während des folgenden Gesprächs am Frühstückstisch musste sie feststellen, wie gründlich sie sich täuschte. Offenbar hatte Mary umgehend gepetzt und all dem, was sie ihm erzählt haben musste, kam zweifellos ein erheblicher Anteil daran zu, dass seine grundsätzliche Haltung sich überhaupt nicht geändert hatte. Aus all seinen Argumenten sprach die Stimme der Hebamme. Mischte sich mit seiner fest verankerten, tiefgläubigen Erziehung, fügte noch ein wohlfeiles Beispiel aus der Tierwelt hinzu (»Schau, Clara, auch Sheadie ließe sich niemals mehr mit Peter ein, sobald sie trächtig wäre«), und voilà, fertig war ein Sud aus gefährlich glühendem, flüssigem Stahl, der nur noch erkalten musste, um Clara zwar nicht aus seinem Herzen, wohl aber weiterhin aus dem Fokus seiner Begierde fernzuhalten.

Mit Entsetzen sah sie all ihre Hoffnungen hinter einer eisenharten, undurchdringlichen Barrikade versinken. Nur ein winziges Zugeständnis konnte sie Henry entlocken: Unter dem Einsatz all ihres Charmes gelang es ihr, ihn davon zu überzeugen, dass sie fürderhin wenigsten in den Nächten wieder bei ihm liegen durfte. Er nahm ihr das Versprechen ab, sich sittsam zu betragen und ihn niemals wieder herauszufordern. Dann nämlich, so bekundete er mit ernster Miene, werde er nicht lange fackeln und sie endgültig aus seinem Schlafgemach vertreiben.

Anfangs tat sie sich schwer. Aber nach einigen Nächten hatte sie sich mit dem kleinen keuschen Ritual des Gutenachtkusses so angefreundet, dass es zum Höhepunkt des Tagesablaufes avancierte. Es war, als lächle ihr in diesem kurzen Moment die Liebe über den Rand des fest verschlossenen Tores zu. So, wie ein verhungerter, ausgelaugter Körper sogar noch aus einem Strohhalm Nahrung zu gewinnen vermag, sog Claras Seele Energie aus dem mühsam erkämpften Kompromiss. Für ihre inzwischen höchst bescheiden gewordenen Ansprüche hatte sie einen geradezu gloriosen Sieg errungen, und von Tag zu Tag fiel es ihr leichter, Henrys Bedingungen einzuhalten, um dieses Glück nur ja nicht zu gefährden.

Clara genoss es so sehr, Henry neben sich zu spüren, ihn atmen zu hören, nicht mehr allein zu sein, dass es ihr gelang, sich eine Illusion von Perfektion einzureden, die sich unglaublich positiv auf ihr gesamtes Befinden auswirkte.

Seinen eines schönen Morgens am Frühstückstisch vorgetragenen Bedenken bezüglich ihres Schlafwandelns trat sie bereits am selben Abend mit einer ebenso praktischen wie überaus romantisch anmutenden Idee entgegen.

»Ich habe mir über deine Sorgen ernsthafte Gedanken gemacht und eine Lösung ersonnen, Henry«, verkündete sie beim Zubettgehen. »Erstens habe ich, wie du siehst, den treuen Peter nicht ausgesperrt, zweitens neige ich grundsätzlich nur zum Schlafwandeln, wenn ich unter hohem Druck stehe und irgendetwas meine Seele belastet, was zurzeit so gar nicht der Fall ist«, erklärte Clara, »und drittens ... schau her!« Lächelnd förderte sie ein langes hellblaues Taftband aus der Rocktasche und hielt es ihm hin.

Kurz nur runzelte Henry die Stirn. Dann hatte er begriffen, lächelte gutmütig, und von nun an verband der Streifen blauer Seide allnächtlich ihre Handgelenke.

Henry entging es nicht, wie Clara in den folgenden Wochen aufblühte. Tatsächlich begann sich ihr Leib endlich zusehends zu runden, und das neu gewonnene Wohlbefinden führte bei ihr dazu, nicht mehr allein auf die Wirkung ihrer gertenschlanken Gestalt zu setzen, sondern mehr und mehr zuzulassen, dass mütterliche Weiblichkeit, der Esprit ihres Geistes, Natürlichkeit und sprühende Lebendigkeit zu den herausragenden Attributen ihrer Persönlichkeit wurden.

* * *

Bereits am Neujahrstag gab Clara im Rahmen einer kleinen, intimen Abendgesellschaft das erste Konzert am frisch gestimmten Flügel. Ihre Musikauswahl entsprach vollkommen dem neuen Lebensgefühl, das von ihr Besitz ergriffen hatte. Clara nutzte das Instrument raffiniert. Spielte zunächst, wovon sie wusste, dass die Zuhörer es lieben würden. Romantische Stücke von Mozart, Liszt und Schubert. Aber sie ließ es nicht damit bewenden, ihr Publikum lediglich nett zu unterhalten, sondern rüttelte am Ende der Darbietung die Zuhörer mit Chopin aus ihrem halb eingedösten Behagen. So sehr passte die spezielle

Ästhetik der Kompositionen zu ihrem eigenen Zustand. Clara bot ihren Zuhörern nicht nur Musik, deren Faszination sich keiner entziehen konnte, sie gewährte ihnen mysteriös lächelnd einen Einblick in ihr Innerstes. Aus der Heimat entführt, bisweilen melancholisch und doch selbstbewusst und voller Lebensgier bereit, o ja, nur allzu bereit, sich neuen Lebensraum zu erkämpfen. Mit Chopins spezieller Ästhetik »in Blumen versenkter Kanonen«, wie es Robert Schumann einst so treffend bezeichnet hatte, wollte sie Aufmerksamkeit, wollte sie Erstaunen erregen. Wahrgenommen werden als Mensch, der mehr war als ein unauffälliges Mitglied des »Zuchtputenstalls«, mehr als nur Henrys Anhängsel.

Mit offenen Mündern saß ihr Publikum da, staunte über die Leidenschaft des Vortrages, die ihr wahrscheinlich niemand zugetraut hatte, und belohnte ihr Spiel nach dem Verklingen des letzten Tones der G-Minor-Ballade mit stehenden Ovationen.

Henry trat an Claras Seite, reichte ihr galant die Hand, und nachdem sie sich mit einer Verbeugung für den lang anhaltenden Applaus bedankt hatte, küsste er sie. So, wie es die Normen für einen halb öffentlichen Anlass gerade noch zuließen, aber mit unübersehbarem, besitzergreifendem Stolz.

Samuel Pinkerton gesellte sich zu den beiden. Zwischen Anerkennung und Überraschung changierte seine Miene, als er Claras Hand küsste und sich wie nebenbei an Henry wandte. »Henry, in deiner Gemahlin schlummert ja ein Vulkan! Eine Frau, die Chopin spielt … *so* Chopin spielt, dürfte ähnlich schwer zu bändigen sein wie ein Vollblutrennpferd. Gelingt es dir, alter Freund?«

Henry fehlte die rechte Erwiderung, und Clara meinte sogar, einen flüchtigen Hauch von Rot auf seinen Wangen zu erkennen. Also ergriff sie lachend das Wort und verwirrte Samuel mit der Bemerkung, es gelinge ihm sehr wohl, denn er verfüge schließlich über das »blaue Band«.

Pinkerton griff sich grübelnd an die Stirn, murmelte, ihm sei gar kein Derbysieg bekannt, den eines der Pferde aus Henrys Zucht errungen hätte, und machte ein ratloses Gesicht.

Clara ließ ihn amüsiert stehen und klärte die Sache nicht auf. Samuel Pinkerton war ihr zutiefst unsympathisch in seiner männlichen Selbstherrlichkeit, die sogar Henrys noch bei Weitem übertraf. Stattdessen genoss sie jetzt lieber die wortreiche Anerkennung des »Zuchtputenstalls« nebst Angetrauten. Es tat unendlich gut. Am Ende des Abends hatte sie eine ganze Flut Bitten und Betteln überschwemmt, sie möge doch hier und da und dort eine Gesellschaft mit ihrer Musik krönen, und Clara hatte eine erkleckliche Anzahl von Zusagen gegeben.

* * *

Die folgenden Wochen verbrachte Clara in einem geradezu euphorischen Zustand. Noch verursachte die Schwangerschaft keine großen Beschwernisse, noch war Henry da, und die Schar ihrer Verehrer wuchs von Darbietung zu Darbietung. Endlich hatte sie eine Beschäftigung gefunden, die sie nicht nur ausfüllte, sondern wirklich befriedigte. Immer seltener nahm sie sich die Zeit, Seiten ihres Tagebuches zu füllen. Tagelange Lücken entstanden, und sie empfand kaum noch das Bedürfnis, schreibend ihrem Herzen Luft zu machen. Wie viel größer waren doch ihre Ausdrucksmöglichkeiten mithilfe der Musik! Spielte sie anfangs noch ganz aus dem Bauch heraus, wonach ihr gerade der Sinn stand, begann sie schon bald, bestimmte Reihenfolgen festzulegen, probte oft stundenlang und prüfte die Wirkung ihrer zusammengestellten Programme an Henry ab.

Erstaunlich häufig und offensichtlich gern verbrachte er neuerdings die Abende mit ihr. Ungewohnte Parfumdüfte nahm Clara nur noch ausgesprochen selten an ihm wahr, und wenn es doch geschah, bemerkte sie schuldbewusste Verlegenheit an ihm. Niemals machte sie ihm Vorwürfe. Lächelnd ging sie stets über die Sache hinweg, pflegte verständnisvoll zu murmeln: »Ich weiß, du bist ein Mann«, und konnte sich seiner Dankbarkeit für ihre Diskretion immer sicher sein.

Zufrieden stellte sie fest, dass es ihr anscheinend gelungen war, ihn mit ihrem neu entdeckten Wirken ähnlich fest an sich zu binden, wie es nächtens das blaue Band tat. Sie stach heraus aus der Masse der Ehefrauen, deren Lebenssinn sich im Kinderkriegen erschöpfte. Sie stand in der Öffentlichkeit, und diese Form der gesellschaftlichen Aufmerksamkeit war Labsal für Henrys Eitelkeit und steigerte seine Wertschätzung Claras in äußerst erfreulichem Maße.

* * *

Beider Schmerz war ehrlich, als der Februar sich dem Ende näherte und die Trennung unmittelbar bevorstand. Vier lange, einsame Monate lagen vor ihnen. Ineinander verschlungen standen sie am Kai vor dem mächtigen Rumpf der fest vertäuten Celestine II, wollten jede verbleibende Sekunde auskosten, wollten nicht voneinander lassen, überschütteten sich gegenseitig mit Liebesworten.

Eng an Claras Röcke geschmiegt wohnte Peter dem Abschied bei.

»Du passt ordentlich auf deine Herrin auf, nicht wahr?«, richtete Henry das Wort an den Setter, während im Hintergrund Ketten rasselten, Taue fielen, der Maat von Deck aus bereits zum dritten Mal zur Eile mahnte.

Der Hund bellte kurz auf.

»Geh, Henry!«, sagte Clara entschlossen. »Und denk an die Rettungsweste, falls du durch Stürme segelst. Willst du mir das versprechen?«

Henry nickte. Umfing sie ein letztes Mal, drückte einen Kuss auf ihre Stirn. Dann wandte er sich ab, und Clara bemerkte – nein, sie täuschte sich nicht – mühsam zurückgehaltene Tränen in seinen Augen. Einmal noch drehte er sich um, dann wurde die Gangway eingezogen, der Segler glitt von der Kaimauer. Clara hörte Henrys Stimme. Hörte ihn lautstark knappe Befehle erteilen.

Sie blieb, bis das Schiff nur noch ein winziger Punkt am Horizont war. Erst dann wandte sie sich ab und ging zu der wartenden Kutsche. Peter folgte ihr mit hängenden Ohren.

Juli 1853 – Nur ein Moment

Clara zählte die Tage. Drei Wochen blieben noch bis zum voraussichtlichen Geburtstermin, und Henry sollte mindestens eine Woche zuvor in Bristol anlegen.

Eigentlich hatte sie es sich so schön ausgemalt, an derselben Stelle auf ihn zu warten, wo sie sich im Februar verabschiedet hatten. Aber als es endlich so weit war, die Nachricht eintraf, die Celestine II sei bereits in Küstennähe gesichtet worden, riet ihr Mary angesichts der weit fortgeschrittenen Schwangerschaft dringend davon ab, diese Strapaze auf sich zu nehmen. Entgegen ihrer Gepflogenheit begehrte Clara nicht auf, denn die Höchsttemperaturen lagen in diesen Tagen bei weit über dreißig Grad und machten ihr schon dann genug zu schaffen, wenn sie nach der Siesta in den kühlen Mauern von Côte House ihre Nachmittage lesend unter den schattigen alten Bäumen des Parks verbrachte. Schatten würde es am Pier nirgends geben, und auch auf die Kutschfahrt wollte sie gar nicht ungerne verzichten. So erwartete sie die Heimkehr ihres Seefahrers letztlich zu Hause.

Ungeduldig rief sie an diesem Nachmittag von Zeit zu Zeit nach dem Personal und erhielt wieder und wieder dieselbe Auskunft. Henry sei noch nicht eingetroffen.

»Wo bleibt er nur, ist das Schiff noch immer nicht eingelaufen?«, fragte sie Mary, als die Sonne sich schon anschickte unterzugehen.

»Es ist nicht ungewöhnlich, Mylady, dass er nicht umgehend heimkehrt. Die Ladung muss gelöscht, die Heuer der Mannschaft ausbezahlt werden. Zweifellos wird er diese Vorgänge beaufsichtigen. Das dauert seine Zeit. Und außerdem ... man darf nicht vergessen, dass die Männer wochenlang auf See gewesen sind. Sie werden ihre Bedürfnisse haben ...«

Clara zuckte unter dieser Bemerkung zusammen. Und das Gefühl beschlich sie, dass Mary genau das beabsichtigt hatte: Sie aufzuwecken aus ihrem hübschen Traum, Henry würde nichts Eiligeres zu tun haben, als nach Hause zu kommen, um seine schwangere Gemahlin in die Arme zu schließen.

»Du bist ein gemeines Miststück, Mary«, schimpfte Clara. »Wahrscheinlich kannst du dir überhaupt nicht vorstellen, wie es ist, auf einen geliebten Mann zu warten. Dafür bist du doch viel zu vertrocknet.«

»Wenn Sie meinen, Mylady ...«, erwiderte Mary regungslos.

Warum gelang es eigentlich nie, diese Frau aus der Reserve zu locken? War sie überhaupt eine Frau? Gab es keine Gefühlswallungen, nicht wahre Freude, Liebe, Schmerz, Sehnsucht in ihr? Nur und nur immer Pflichterfüllung und Pragmatismus. So war Mary. Clara machte diese Art nach wie vor wahnsinnig.

* * *

Tatsächlich sollte Mary auch noch recht behalten. Henry erschien erst am Vormittag des folgenden Tages. Clara saß bei Zitronenlimonade und Zeitungslektüre im Wintergarten, als sie die Eingangstür gehen hörte. Ein Schauer gespannter Erwartung überkam sie. Die Hunde sprangen auf, eilten ihrem Herrn wild bellend entgegen. Schon näherten sich seine Schritte, ihr Herz schlug freudig ein paar Takte schneller.

Mühsam stemmte sie sich aus dem niedrigen Sessel, schaute ihm strahlend entgegen, doch nur ein einziger Blick auf ihren Mann genügte, um zu begreifen, dass ihr Traum vom leidenschaftlichen Wiedersehen gerade geplatzt war. Tiefbraun gebrannt war er, von der südlichen Sonne gebleichte Strähnen durchzogen sein viel zu langes Haar, Gewicht hatte er verloren, kam ihr sehniger und durchtrainierter vor. Dabei wirkten seine Augen müde und … ja, ein geradezu körperlich spürbarer Hauch von Fremdheit ging von ihm aus. Förmlich schloss er sie in die Arme, hielt sie nur für Sekunden, löste sich schnell wieder von ihr und ließ einen Blick über den deutlich gerundeten Bauch gleiten.

Seine Worte »Guten Morgen, Clara, es ist schön, wieder daheim zu sein« klangen lapidar und emotionslos.

»Mein Gott, Henry«, entfuhr es Clara, »du siehst aber mitgenommen aus. Geht es dir gut?«

»So gut, wie es einem Mann nach vier Monaten auf See gehen kann«, erwiderte er und ließ sich in einen der Korbsessel fallen. »Lass mir ein paar Tage Zeit, richtig anzukommen.«

Schwer tat sie sich damit, sich zurückzunehmen, ihn in Ruhe zu lassen, ihn nicht mit den eigenen Sorgen, Gefühlen und Fragen zu überfrachten, zu warten, bis er wieder ganz der Alte sein würde. Auf die Geburt setzte sie große Hoffnung. Sicherlich würde ihn der erste Schrei seines Kindes doch wieder zu sich, vielmehr noch zu *ihr* bringen.

Clara wagte gar nicht erst zu fragen, ob sie die Nächte wieder in seinem Schlafzimmer verbringen dürfte. So abwesend, wie er ihr vorkam, würde die Antwort sowieso abschlägig ausfallen. Also blieb es bei der Regelung, die sich Mary für den letzten Schwangerschaftsmonat ausbedungen hatte. In Claras Wohnzimmer hatte sie Quartier bezogen, um stets in Rufweite zu sein, und ließ die Tür zum Schlafzimmer sperrangelweit offen stehen. Clara störte ihre permanente Anwesenheit zwar, aber sie hatte eingesehen, dass es sinnvoll war, sie jetzt ständig in unmittelbarer Nähe zu haben.

* * *

Wie sinnvoll es wirklich war, stellte sich schon wenige Tage nach Henrys Ankunft heraus. Mitten in der Nacht erwachte Clara plötzlich schreiend vor entsetzlichen Rückenschmerzen und rief nach der Hebamme. Peter stand an ihrem Bett und jaulte herzerweichend.

»Mary, warum tut der Rücken so furchtbar weh?«, jammerte sie.

Die Zofe machte Licht, schlug Claras Bettdecke zurück, nickte seufzend. »Da haben wir die Bescherung.«

Erst jetzt realisierte Clara, dass sie in einer Lache lag, die sich just anschickte, in der Matratze zu versickern.

Mary handelte schnell. Schnelligkeit war, wie sich herausstellen sollte, lebensrettend für das Baby, das sich zu einer Sturzgeburt entschlossen hatte. Clara schrie. Schrie ihre Schmerzen hinaus, war sich sicher, ihr allerletztes Stündlein habe geschlagen. Aber Mary konnte endlich beweisen, wie richtig Henrys Entscheidung gewesen war, sie zu engagieren.

»Hören Sie mir zu, Mylady«, sagte sie, als Clara kurz nach Atem rang, und klopfte ihr auf den Arm. »Sie müssen jetzt tun, was ich sage. Verstehen Sie mich?«

Clara schrie.

»Mylady, hören Sie mir zu!«

Clara schrie wie am Spieß.

Mary holte aus. Die Ohrfeige traf zielsicher Claras Wange. Sie schnappte nach Luft, schaute empört auf.

»Schreien Sie gefälligst nicht so und beginnen Sie, auf mein Kommando zu atmen. So wie ich es sage. Haben Sie mich verstanden?«

Clara krümmte sich, hielt ihre brennende Wange. Nickte.

Dann lernte sie Marys wahre Qualitäten kennen. Kaum hatte sie sich darauf eingelassen, dem Rhythmus zu folgen, den die Hebamme vorgab, war Marys Befehlston verschwunden. Sanft, aber deutlich waren ihre Anweisungen. Clara spürte, dass sie in den richtigen Händen war, schöpfte Vertrauen, ließ sich auf einmal leiten, wurde ruhig und konzentrierte sich nur noch auf die Arbeit, die sie zu leisten hatte. Nur von Ferne bekam sie mit, wie Mary zwischen zwei Wehen den Hund hinausscheuchte, klingelte, wie kurz darauf zwei der Dienstmädchen in Nachthemden eintraten, kurze, präzise Anweisungen erhielten, wieder verschwanden, Minuten später mit Bergen reiner Tücher und dampfenden Wasserschüsseln zurückkehrten.

Eine übermächtige Wehe baute sich auf.

»Jetzt einmal vorsichtig pressen, Mylady. Schließen Sie die Augen … bitte, Augen schließen. Gut. Jetzt pressen.«

Clara hörte ein Geräusch, das sie an jenen Misston erinnerte, der beim Durchschneiden eines Hühnerhalses entsteht. Erschreckt weitete sie die Augen. Ihr Blick traf sich mit Marys.

»Keine Angst, Mylady, das Baby ist gleich da. Sie haben sich nur nicht genügend Zeit gelassen. Es hatte keinen Platz, um auszutreten. Ich habe Platz geschaffen. Alles ist gut. Jetzt nicht mehr pressen, es rutscht mir schon entgegen.«

Der Schmerz war weg. Clara schloss die Augen und ließ den schweißnassen Kopf in die Kissen sinken. Einen Moment nur. Einen Moment ausruhen.

Ein Schrei! Gellend, durchdringend. Und schon Marys Stimme. »Öffnen Sie die Augen, Mylady, und sehen Sie Ihren Sohn an.«

Clara tat wie geheißen. Und sah nicht nur das winzige Wunder in ihrem Arm, sondern Mary zum ersten Mal glücklich lachen.

* * *

»John! Wir werden ihn John nennen«, sagte Clara mit fester Stimme zu Henry, der neben ihr Bett getreten war, kaum dass Mary alles wieder fein säuberlich gerichtet hatte.

Vorsichtig, als berühre er Biskuitporzellan, streichelte Henry seinem schlafenden Stammhalter über die Stirn. »Ein Junge«, murmelte er, und Clara sah das Funkeln in seinen Augen. Sie gönnte ihm den kleinen Triumph. Lächelnd nickte sie, und endlich wagte er es, sorgsam bemüht, den schlummernden Säugling im Arm der Mutter nicht anzustoßen, auch ihr einen zarten Kuss auf die Lippen zu hauchen.

»Du hast mich zum glücklichsten Mann der Welt gemacht, mein Herz. Wie kam es? So plötzlich? Hast du gar nichts gespürt vorher?«

Clara schüttelte den Kopf. »Es hat mich im Schlaf überrascht. Nichts hat sich angedeutet.«

»Wie gut, dass wir mit Mary Vorsorge getroffen haben. Sei gnädiger mit ihr jetzt, ja?«

»Ich verspreche es, Henry.«

»Ich lasse euch nun schlafen und betrinke mich, wie es sich für einen frischgebackenen Vater gehört«, scherzte Henry, streichelte Claras Wange, tippte dem Baby vorsichtig auf die filigrane Nase. Der Knabe kräuselte sie, verzog die Lippen so, dass es beinahe aussah wie ein erstes Lächeln. Beide Eltern lachten leise. Überwältigt vom Glück.

»Gute Nacht, Clara. Gute Nacht, John«, flüsterte Henry und schlich auf Zehenspitzen aus dem Zimmer.

* * *

Anderthalb, vielleicht zwei Stunden währte die absolute Ruhe. Mutter und Kind schliefen selig, nichts und niemand störte den Frieden, bis das erste Morgenlicht sich neugierig durch einen schmalen Vorhangspalt drängte, Claras Erstgeborenem bewundernd über die feinen Züge streichelte und der Knabe erwachte.

Ein leises Nörgeln weckte Clara aus ihrer vollkommenen Entspannung. Zärtlich war ihr Blick auf das Kind. Rührend zerknittert war die kleine Stirn, der Blick noch ganz unstet. Im Augenweiß entdeckte sie einen kleinen roten Fleck, der sie für einen Moment erschreckte. Aber nein, beruhigte sie sich, nur ein geplatztes Äderchen, das sich leicht durch die Anstrengung erklären ließ, die er bei seiner allzu hastigen Reise durch den Geburtskanal erlebt hatte. Mit der Fingerspitze berührte sie seinen winzigen Mund. Wie unendlich weich! Der kleine John öffnete die Lippen. Die Spitze einer rosigen Zunge erschien.

»Ach, natürlich, mein Söhnchen, ich verstehe«, flüsterte Clara, »du hast Hunger.«

Vorsichtig legte sie den Säugling neben sich, richtete sich ein wenig auf, stopfte ein Kissen in ihren Rücken. Sehr zum Unmut ihres Sohnes, der umgehend jämmerlich zu weinen begann. »Warte, warte doch, sei nicht schon wieder so ungeduldig, du kleiner, lieber, süßer Engel«, beruhigte Clara. Und fühlte gleichzeitig ein höllisches Ziehen im Bauch.

Sie öffnete die Perlmuttknöpfchen ihres Nachthemdes, hob das fest gewickelte Steckbündel hoch und legte es an die Brust. So, wie sie es bei Mamá gesehen hatte, damals, als Agnes frisch geboren war. So, wie sie es hundertmal bei den Frauen auf dem Rittergut beobachtet hatte.

John drückte seine Nase an Claras Busen. »Nicht da, du Dummerchen«, schalt sie ihn leise lachend. »Schau, hier ist die Milch, schau doch ... nun komm schon, mach das Mündchen auf.«

Ganz geschickt platzierte sie die Brustwarze zwischen seinen Lippen, und tatsächlich, jetzt begann er zu saugen. Ein Moment, der überwältigenden Schmerz mit unendlicher Süße verband. Der Schmerz verging, sobald das Kind die ersten Schlucke getrunken hatte. Die Süße blieb.

Ein Hauch von Magie erfüllte den Raum. Claras Herz war erfüllt von Glück und Stolz. Sie hatte diesem Wunder das Leben geschenkt. Und sie konnte es ernähren!

Wärme umfing sie, ein Gefühl, als würde sie schweben. Alles hätte sie gegeben für diese Erfahrung, das wusste sie nun. Erst jetzt begriff sie wirklich, was es bedeutete, Mutter sein zu dürfen. Erst jetzt verstand sie, wie sehr jede Unpässlichkeit der Schwangerschaft, jede so verhasste Einschränkung gelohnt hatte. Tausendmal gelohnt.

Claras Lider wurden schwerer, je zaghafter das Saugen des Kindes wurde, fielen vollends zu, als seine Lippen sich allmählich öffneten, er den Lebensquell schließlich losließ, einschlummerte. Geborgen, gehalten, zufrieden, ganz eins mit sich und der Welt.

Nie wieder werde ich alleine sein! Das war Claras letzter Gedanke, bis auch sie sich noch einmal in Morpheus' Arme nehmen ließ.

* * *

Die Sonne hatte den wolkenlosen Himmel vollständig erobert, als Clara erwachte. Mary stand am Fußende ihres Bettes und machte ein Gesicht, als habe sie just eine Katastrophe entdeckt.

»Guten Morgen, Mary«, grüßte Clara sie schlaftrunken. »Sieh mal, es geht ihm gut. Er hat es ganz schnell begriffen, wo er sich Lebenskraft holen muss.«

Mary schien um Worte zu ringen. Clara begriff nichts.

»Aber ... My... Mylady«, stotterte die Hebamme fassungslos. »Was haben Sie denn da angerichtet?«

Konsterniert schüttelte Clara den Kopf. »Was habe ich denn falsch gemacht?«

Noch immer konnte Mary den Blick nicht von Claras blankem Busen und dem schlafenden Kind lösen.

»Mylady!«, brach es vorwurfsvoll aus ihr heraus, und schon war sie bei ihr und griff nach dem Kind. »Sie dürfen das nicht selber machen.«

»Ich darf *was* nicht selber machen? Es geht mir gut, ich kann ihn ganz alleine anlegen. Dafür brauche ich keine Hilfe.«

Heftig schüttelte die Hebamme den Kopf, hob das Baby hoch. »Sie sind unvernünftig! Wir wollen doch den Milcheinschuss nicht auch noch anregen.«

»Aber Mary!«, fuhr Clara empört auf und griff nach ihrem Baby. »Er muss doch trinken, muss wachsen, muss groß und stark werden.«

»Selbstverständlich muss er das, Mylady. Aber dafür sind doch nicht Sie zuständig.«

»Nicht ich? Ich bin seine Mutter! Wer denn sonst?«

Clara versuchte aufzustehen. Mary wollte ihn wegtragen, ihn ihr wegnehmen. Sie war nicht die Gute, die Nette, die sie heute Nacht zu sein vorgegeben hatte. Sie wollte das Kind stehlen. »Mary! Sofort gibst du mir meinen Sohn zurück«, kreischte sie voll Entsetzen, war mit zwei Sätzen bei der Zofe. Schwankend, unsicher auf den Beinen, taumelnd. Sie hielt sich an der Lehne eines Sessels fest. Keuchte.

Den kleinen John hatte der Disput aus dem Schlaf gerissen. Er brüllte zum Gotterbarmen. Mary schaukelte ihn auf den Armen.

Die Tür flog auf. Henry. Unrasiert, das Hemd halb in die Hose gestopft. In einer Wolke aus Alkoholdunst, die darauf schließen ließ, dass er seine Ankündigung wahrgemacht hatte.

»Henry! Gut, dass du da bist. Mary will mir unseren Sohn wegnehmen. John hat Hunger. Hör doch, wie er schreit. Ich muss ihn stillen. Er kann es. Er hat es im Morgengrauen bewiesen. Und ich kann es. Mary ist wahnsinnig geworden. Nein, nein, so geht das doch nicht. Henry, tu etwas. Ich will ihn sofort wiederhaben. Sag ihr das. Auf mich hört sie nicht.«

Clara bemerkte, wie sich ihre Stimme überschlug, fühlte, wie die entsetzliche Angst ihre Beine zu lähmen schien. Sie wagte nicht, die Sessellehne loszulassen, den letzten Schritt auf Mary, auf das Kind zuzumachen. Henry würde es regeln. Ein Wort von ihm, und alles würde wieder gut werden. Sie vertraute ihm.

Warum nickte er Mary so vertraulich zu. Warum Mary? Warum nicht ihr? Warum hinderte er die Zofe nicht, mit dem Kind hinauszugehen, warum?

Die Tür fiel zu. Clara starrte hinterher. Unfähig, auch nur noch einen einzigen Ton herauszubringen. Unfähig zu verstehen, was sich gerade ereignete.

Henry kam auf sie zu. Legte stützend den Arm um ihre Taille, schob sie zurück zum Bett.

»Warum, Henry?« Clara verbarg das Gesicht in den Kissen. Fassungslosigkeit. Verrat. Vertreibung aus dem Paradies, das doch eben noch so friedlich, so wunderschön gewesen war.

Henry streichelte ihr sanft über das wirre, aufgelöste Haar. »Sei ganz ruhig, Clara, unserem Sohn wird nichts geschehen. Mary hat eine großartige junge Amme gefunden.«

Clara fuhr herum. »Eine Amme? Mein Sohn braucht keine Amme! Ich kann ihn selber stillen. Und ich will ihn selber stillen!«

»Keine Dame von Rang stillt ihr Kind selber, Clara«, erklärte Henry mit einem Gesichtsausdruck zwischen Amüsiertheit und Strenge.

»Meine Mutter hat selber gestillt«, fauchte Clara. »Und du wirst nicht etwa wagen zu behaupten, dass meine Mutter keine ›Dame von Rang‹ war.«

Henry schüttelte den Kopf. »Über die Stellung deiner Mutter besteht für mich kein Zweifel, Clara. Ich kann dir auch nicht erklären, warum sie es tat. In England tut es keine Dame der Gesellschaft. Man tut es eben nicht, und dafür gibt es gute Gründe.«

»Gute Gründe? Was ›man‹ schon wieder nicht tut, ist mir völlig egal. Warum sind die Momente des Glücks in England nur immer von so kurzer Dauer? Der Moment des Zusammenkommens von Mann und Frau. Kaum zeigt dieser Moment Folgen, ist es aus mit der Zärtlichkeit. Gut, das habe ich noch hingenommen. Hingenommen für das vollkommene Glück, endlich die Frucht dieses Moments im Arm halten, an meine Brust legen zu dürfen. Und dann ist auch dieser Moment so schnell vorbei? Mein Herz, meine Seele … sie verhungern. Für welchen Zweck soll ich leben, Henry, wenn alles Glück immer nur ein einziger Moment ist?«

Tränen liefen über Claras Wangen. Die Luft wurde ihr knapp, sie musste durch den Mund atmen.

»Wir wollen doch, dass unser kleiner Sohn Geschwister bekommt, nicht wahr?«

Henrys Stimme war ungewöhnlich sanft. So sanft, dass Clara aufhorchte. »Ja«, antwortete sie zaghaft. »Aber was hat das eine mit dem anderen zu tun?«

»Du bist nicht fruchtbar, solange du dein Kind selber nährst.«

»Ach, papperlapapp!«, begehrte Clara auf. »Ist das wieder so ein Ammenmärchen von der Wunderhebamme?«

»Du hast versprochen, nicht mehr so ungnädig mit ihr zu sein«, mahnte Henry ernst. »Eine Frau der Gesellschaft sollte viele Kinder bekommen. Menschen wie du und ich sollten die Welt bevölkern. Wir haben die Pflicht, uns zu vererben. Zu vermehren. Sooft es nur geht. Sonst werden eines Tages die Minderwertigen, die Dummen, die Ungebildeten die Menschheit regieren. Der Abschaum der Erde, wenn du so willst. Nur deshalb, weil sie in Massen existieren.«

»Henry!«, schrie Clara. »Du ekelst mich an. Wir sind nicht besser, nicht wichtiger, nicht wertvoller als jeder andere Mensch auch. Hast du vergessen, wie ich über diese Dinge denke?«

»Du bist überspannt, Clara«, versuchte er sie zu beruhigen. »Du musst jetzt schlafen, essen, dich erholen. Mach dir keine Sorgen. John wird stets in den besten Händen sein.«

Clara hielt ihm beide Handflächen entgegen. »Sieh sie dir an, Henry! Sieh genau hin. Dies sind die besten Hände für unseren Sohn. Und ich bin weder überspannt noch schonungsbedürftig. Ich bin eine Mutter. Voller Kraft und Energie, die ich unserem Sohn schenken will. Ich werde es nicht bei dir, nicht mit dir aushalten, werde dir keine weiteren Kinder gebären, wenn du mich jedes Mal wieder diesem unermesslichen Schmerz aussetzt, mich ohne Not von meinem eigenen Fleisch und Blut zu trennen. Wir sind geschiedene Leute, wenn ich nicht sofort mein Kind zurückbekomme.«

Matt sank sie in die Kissen zurück. Dieser unsinnige, unglaublich unnötige Streit kostete sie immense Kraft. Er sollte nun endlich aufhören. Das führte doch zu nichts.

Und dann Henrys Miene! Er hatte sich erhoben, um in voller Größe über ihr zu stehen. Mehr von oben herab wäre nicht denkbar gewesen. »Hast du nicht etwas vergessen, Clara? Du bist hier, du bist meine Frau, weil *ich* es so wollte. Du gehörst mir, wie mir Ländereien, Vieh, Schiffe, Fabriken samt all ihren Arbeitern gehören. Du hast keinerlei Recht, mir zu widersprechen. Erinnere dich: Du hast eine Pflicht zu erfüllen. Eine ewig währende Pflicht!«

Damit drehte er sich um und ging.

* * *

Zwischen erschöpftem, unruhigem, von schrecklichen Albträumen durchzogenem Schlaf und tränenreichen wachen Momenten vergingen die Stunden bis zum Nachmittag. Ab und zu kam Mary herein, versuchte, sie zu überreden, etwas zu essen. Clara lehnte jedes Mal ab.

»Ich muss nicht mehr essen, muss keine Kraft mehr haben, wenn ich sie nicht meinem Sohn geben darf«, murmelte sie einmal. »Wo ist er? Wer stillt ihn?«, fragte sie ein anderes Mal.

»Es würde Ihnen gefallen, Mylady. Er trinkt so schön an Florences Brust. Ein wunderbares Bild.«

Dieses Bild hätte Clara abgeben wollen. Oh, was hätte sie darum gegeben!

»Wer ist sie, diese Florence?«

»Eine Bauerntochter aus dem Dorf. Kaum sechzehn Jahre alt. Ihr Kind ist tot. Aber das Mädchen ist klug gewesen. Sie hat brav ihre Milch abgepumpt. Hatte Hoffnung, als Amme in eines der wohlhabenden Häuser aufgenommen zu werden, ihrem Elend zu entgehen. Glück hat sie gehabt, dass Sie Ihren Sohn so früh schon entbunden haben. Sonst würde der kleine John jetzt an einer anderen Brust liegen. Alles hatte ich bereits organisiert, aber die engagierte Amme war noch nicht abkömmlich gewesen. Glücklich kann sie sich schätzen, die Kleine!«

Clara horchte auf. Sollte der erzwungene Verzicht womöglich wenigstens irgendeiner anderen Seele nutzen?

»Was ist mit ihrem Kind geschehen, Mary?«

»Ach, die Leute munkeln, Mylady.«

»Was munkeln sie? Sag es mir. Schnell!«

»Ein strammer Junge sei es gewesen, heißt es.«

»Und warum ist er tot?«

»Ihr Vater, Mylady ...«

Clara setzte sich stöhnend auf. »Was hat ihr Vater getan?«

»Die Schande ausgelöscht, Mylady.«

»Welche Schande? Ist es eine Schande, ein Kind zur Welt zu bringen?«

Mary senkte den Kopf, seufzte, sprach eindringlich. »Kein Wort, Mylady! Zu niemandem!«

Clara nickte.

»Die Leute sagen, Florences Vater war auch der Vater des Kindes. Und sie behaupten, er habe es ersäuft.«

Juli 2010 –
Ausnahmezustand

»Nein!« Mein Schrei gellte über den Strand. Ausnahmezustand! »Constantin, halt mich fest. Diese ganze Geschichte ist ja nicht mehr zu ertragen.«

Stumm legte er seinen Arm um meine Schultern. Ich lehnte die Schläfe an ihn und fühlte den heißen Tränen des Entsetzens nach. Sie wollten nicht mehr aufhören zu laufen.

Ich bin Mutter! Ich weiß ganz genau, wie Kinderkriegen ist. Ich kenne diesen Moment, in dem man das erste Mal sein Baby auf den Bauch gelegt bekommt. Diesen Moment, wenn jede Mühsal der Schwangerschaft vergessen ist, den Moment, wenn das Baby schreit, die Gebärmutter sich unter einem Oxytocinstoß zusammenzieht, der sich gewaschen hat und den nur das Stillen beruhigen kann. Sinnvoll hat die Natur das eingerichtet, das Nähren des Kindes gleich mit dem Beginn der Rückbildung zu verquicken. Und ich kenne die unendliche Süße, die eine Mutter fühlt, wenn dieses winzige, völlig abhängige Menschlein sich zum ersten Mal an der Milchbar bedient. Es ist unbeschreiblich. Es ist pures Glück. Mit nichts zu vergleichen. Herrgott, nicht einmal einer Hündin nimmt man die

Welpen direkt nach der Geburt weg. So herzlos kann doch niemand sein.

Quatsch ist das, was Henry ihr da einreden wollte. Natürlich können auch stillende Mütter schwanger werden. Und wenn sie es nicht sofort werden? Na und? Vielleicht gönnt man ihnen auch mal eine Pause, behandelt sie einfach mal als das, was sie sind? Mütter! Nicht menschliche Brutkästen im Dauerbetrieb, die für die Vermehrung des »besseren Teils« der Gesellschaft nützlich sind. Die Gesellschaft ... diese Scheißgesellschaft mit ihren manchmal so unnatürlichen Normen und Regeln, mit ihrer doppelbödigen Moral! Was hatte er es denn so eilig, dieser Henry? Musste es zack, zack gehen mit der nächsten Schwangerschaft, weil der Herr in Gedanken schon wieder bei irgendeinem Haufen Südseeschönheiten unterwegs war?

Ich kochte. Ich war nicht hier an unserem kleinen, idyllischen Strand, ach was, ich war schon wieder ganz in Clara Henriettes Haut geschlüpft und lag mit schmerzendem Bauch und übervollen, zum Nahrungspenden bereiten Brüsten einsam und unglücklich im Côte House.

Constantin, der noch immer wortlos über die ruhige See blickte, den Möwen zusah, wie sie sich an der Steilküste emporschwangen, im Aufwind der sachten Abendbrise segelten, hatte das Pech, der einzige anwesende Mann zu sein. Auf Männer hatte ich in diesem Augenblick einen solchen Rochus, dass der Arme die Wucht meiner gesamten aufgewühlten Emotionen zu spüren bekam, die ich in meiner hilflosen Wut gleich mal eben global gegen Männer im Allgemeinen zu schleudern beabsichtigte. Zornig platzte es aus mir heraus.

»Diesen Henry hätte ich an Claras Stelle wahrscheinlich eines Nachts erstochen, Constantin, und dann hätte ich mein Kind genommen und wäre abgehauen«, wütete ich. »Dieses unsensible, patriarchalische, rassistische Arschloch! Im Augenblick der höchsten Empfindsamkeit, der ja nun einmal im Leben einer Frau genau der direkt nach der Geburt ist, so mit ihr umzugehen! Sie auf ihre Dreckspflicht festzunageln! Pfui! Und dann die Sache mit der kleinen Amme! Mord war das, was dieser Vater da getan hat, nicht Beseitigung einer sogenannten ›Schande‹! Wozu Männer fähig sind, ist unglaublich. Und immer … immer müssen es die Frauen ausbaden. Das war schon früher so und ist es auch heute noch. Warum ist sie nicht damals schon geflüchtet? Da ist doch nicht die Spur von Hoffnungsschimmer, dass das Ganze nicht immer so weiterging. Vielleicht hätte ich mich an ihrer Stelle auch gleich von der Klippe gestürzt. Meine Güte, nein …«

Constantin nahm seinen Arm weg und schaute mich entgeistert an. »Hey, hallo Faye? Kommst du eventuell mal wieder runter? Oder bin ich gerade der Überbringer schlechter Nachrichten, der geköpft werden muss? Warum lässt du deine Wut an mir aus? Ich teile sie doch.«

»So siehst du aber nicht aus«, schimpfte ich völlig irrational, sprang auf, riss mir hektisch das T-Shirt vom Leib und rannte aufs Wasser zu. Ich weiß nicht, ob das nur mir so geht, aber wenn ich mit einer derart ausweglosen, erschütternden Geschichte konfrontiert werde, mir zudem absolut klar ist, dass ich nichts, aber auch gar nichts unternehmen kann, um sie in Ordnung zu bringen, dann kann ich nicht einfach stillsitzen und in Ruhe reflektieren, dann renne ich im wahren Wortsinn vor ihr weg.

Ein paarmal stolperte ich über die Steine, die hier überall, fies unter einer dünnen Sandschicht versteckt, am Ufer liegen, fiel beinahe auf die Nase, schlug mir das Knie auf, fing mich wieder und ließ mich endlich mit einem Bauchklatscher ins Wasser fallen. Dann schwamm ich. Weit hinaus. So weit, wie ich es eigentlich normalerweise nie tue, denn ich bin bei klarem Verstand durchaus in der Lage einzuschätzen, wie ich meine Kräfte einteilen muss, um sicher zurückgelangen zu können. Ich war aber nicht bei klarem Verstand. Ich war nichts anderes als eine todunglückliche Mutter, der man gerade das Neugeborene weggenommen hatte. Erstaunlich, welche Kräfte man bei unbändiger Wut entwickeln kann, nicht? Meine reichten ungefähr eine Meile weit. Hier draußen war die Dünung viel stärker, als man es vom Strand aus hätte vermuten können. Und das Wasser musste verflucht tief sein, so eiskalt, wie es war.

Einen Moment ließ ich mich treiben. Legte mich flach aufs Wasser, schloss die Augen, um auszuruhen, Energie zu sparen. Keine Superidee, wie ich Minuten später feststellte, denn als ich wieder hinguckte, bemerkte ich, dass die Strömung mich noch ein erhebliches Stück weiter vom Ufer weggetragen hatte. Constantin konnte ich als beunruhigend winzigen Punkt dort ausmachen. Genau genommen war es ungefähr so, als schaute man verkehrt herum durch ein Fernglas. Was ich da am Ufer wedeln sah, hätte auch ein strampelnder Käfer sein können, aber zweifellos war es Constantin, der dort stand und die Arme schwenkte wie ein Fluglotse.

Ich bekam Angst.

Und im nächsten Moment einen Krampf im rechten Bein.

Der »Käfer« am Strand war weg.

Weg?

Warum zum Teufel war er weg?

Ich massierte meine Wade. Schluckte reichlich Salzwasser. Es hörte nicht auf zu krampfen. Ich griff meine starren Zehen, versuchte, sie hochzubiegen. Die pfiffen mir was und regten sich nicht. Jetzt bloß keine Panik, mahnte ich mich und begann, wieder zu schwimmen. Zählen. Jeden Zug zählen, den rettenden Strand fest im Blick.

Man schwimmt nicht besonders gut, wenn nur ein Bein die Schläge mitmacht. Und man kommt nicht weit. Ich jedenfalls stellte fest, dass ich kaum mehr schaffte, als die Strömung meinen Bemühungen entgegensetzte. Brennend heiß schnitt der

Muskelschmerz in meine Schultern, die Lunge gab bei jedem Atemzug ein pfeifendes Röcheln von sich. Ich konnte nicht mehr.

Nie, nie würde ich das Ufer erreichen! Absaufen würde ich. Zwei Kinder, achtundneunzig Schafe, der Hund, Eltern, Freunde ... *und* der Mann, den ich liebte. Den ich nie und nimmer wirklich hatte beleidigen wollen mit meiner völlig blödsinnigen Reaktion. Die würden alle an meinem Sarg singen. Und ich? Ich blöde Kuh hatte mich kraft meines ebenso berühmten wie überausgeprägten Einfühlungsvermögens in diese idiotische Situation gebracht. So sah es nämlich aus. Verantwortungslos, vollkommen verantwortungslos, Faye!

Natürlich wäre es meine letzte Stunde gewesen. Hätte nicht Constantin so schnell reagiert. Unten am Strand hatten wir immer schon miserablen Handyempfang gehabt. Folglich hatte er nicht gezögert, seine Chancen, mich selbst rauszuholen, völlig richtig als aussichtslos eingeschätzt, war sofort die Klippe raufgehetzt und hatte die Küstenwache alarmiert. Als sie mich rauszogen, war es wirklich kurz vor knapp. Viel länger hätte ich mich wahrscheinlich nicht über Wasser halten können.

Meine Güte, war mir die Sache im Nachhinein peinlich! Ich sagte nichts, als Constantin mich im Hafen kopfschüttelnd und ebenfalls schweigend in die Arme nahm. Ich klapperte nur ein bisschen mit den Zähnen. Und hatte die Antwort auf meine Frage gefunden, warum Clara weder Henry umgebracht noch einfach die Kurve gekratzt hatte: weil sie ganz offenbar trotz ihres jugendlichen Alters erheblich mehr Disziplin, Verantwortungs- und Pflichtgefühl hatte als ich.

* * *

Wie gerne hätte ich doch die Sache unterm Deckel gehalten! Aber wer glaubt schon, dass sich ein derart aufregendes Ereignis in einer so eng vernetzten Nachbarschaft länger als eine halbe Stunde verbergen lässt? Zumal dann, wenn es am hellen Tag geschieht, also alles auf den Füßen ist.

Natürlich waren meine Eltern bereits informiert und harrten gemeinsam mit Bob und Molly Ferguson, der halben (wirklich vielköpfigen) Familie O'Leary und James Weston, dem Pfarrer unserer kleinen Gemeinde, unserer Ankunft. Erst als das gute Dutzend besorgter Menschen sich (einzeln!) davon überzeugt hatte, dass ich mich inzwischen wieder in guter Verfassung befand, räumten sie unter allerhand Ratschlägen und Genesungswünschen unsere Terrasse, die hinterher dank der enormen Gastfreundschaft meiner Mutter den Anschein erweckte, es habe gerade ein Volksfest stattgefunden.

Mein Dad nahm Constantin beiseite. Ich sah den beiden nach, wie sie die breiten Stufen hinuntergingen und im unteren Teil unseres terrassenförmig angelegten Gartens verschwanden, den eine solide Natursteinmauer umgab. John hat sie damals zusammen mit Freunden gebaut, als Phil unterwegs war, denn die berechtigte Angst hatte ihn umgetrieben, unsere Kinder könnten womöglich die steil ins Meer abfallende Klippe am Grundstücksende hinabstürzen.

Mum fütterte mich mit Applepie. »Du musst wieder zu Kräften kommen«, sagte sie ernst.

»Mum, ich bin pappsatt. Mach dir keine Sorgen. Ich bin lediglich ein bisschen länger geschwommen als normalerweise. Ich habe doch keine schwere Krankheit hinter mir«, versuchte ich das dritte Stück Kuchen abzuweisen.

»Iss!«, befahl sie. »Und dann erklär mir bitte mal, was dich geritten hat, deine Fähigkeiten dermaßen zu überschätzen. Das ist doch eigentlich gar nicht deine Art.«

Ich erzählte. In groben Umrissen versuchte ich, meiner Mutter die Tragik der Lebensgeschichte Clara Henriettes nahezubringen. Und obwohl ich mich extrem kurzfasste, stellte ich fest, dass sie mir gebannt zuhörte.

»Und all das ist gar nicht weit von hier passiert«, sinnierte sie, als ich fertig war. »Du solltest es aufschreiben. Du kannst doch schreiben … und wie wir ja nun alle heute gesehen haben …«, sie hüstelte vielsagend, »gelingt es dir doch ganz gut … nein, eigentlich sogar viel zu gut, dich in diese Figur hineinzuversetzen. Was meinst du? Wäre das nicht mal eine etwas größere Herausforderung als ständig nur die kleinen Artikelchen über Ausstellungen, runde Geburtstage und drittklassige Konzertereignisse?«

Die »drittklassigen Konzertereignisse« garnierte Mum zusätzlich mit einem unübersehbaren Naserümpfen. Kein Wunder. Sie lebte in London und war andere Dimensionen kultureller Events gewohnt als wir hier draußen am blaugrünen Rand der britischen Welt. Der Gedanke elektrisierte mich, und es war vermutlich kein Zufall, dass ich im Geiste diese Formulierung gewählt hatte. Nicht ganz exakt war meine Assoziation ausgefallen. Aber doch nah dran, nicht wahr? Gut, ich will ordentlich sein. Am grünen Rand der Welt! Einerseits setzte mir meine Mutter nämlich mit ihrer Anregung tatsächlich einen Floh ins Ohr, der mich ganz selbstverständlich neben Thomas Hardys literarische Zauberwerke katapultierte. Andererseits …

»Vermutlich gar keine schlechte Idee«, erwiderte ich nachdenklich, »aber erstens frage ich mich: Wird Constantin mir nach der Nummer heute überhaupt noch weitererzählen? Und zweitens … na ja, ob ich mir zutraue, eine dermaßen lange, komplexe Geschichte so aufzuarbeiten, dass es nachher wirklich jemand lesen will? Drittens: Wann sollte ich dafür noch Zeit erübrigen? Vielleicht mache ich mir Gedanken drüber, wenn ich in Rente gehe.«

Mum schüttelte den Kopf. »Du solltest nicht immer alles aufschieben, Faye. Das Leben ist kurz. Sagt ja niemand, dass du täglich daran arbeiten musst. Fang doch einfach mal an.«

Dad und Constantin kamen zurück. So, wie mein Vater ihm auf die Schulter klopfte, so, wie Constantin ihn angrinste, war ihr Gespräch unter vier Augen offenbar in bestem Einverständnis verlaufen. Ich hätte wetten können, dass sie über mich geredet hatten. Recht war es mir dennoch, dass sie just in diesem Moment erschienen, denn ich wusste genau, welche Frage meine Mum als nächste aufgeworfen hätte. Sie wartete schließlich schon lange genug auf die Verkündigung unseres Hochzeitstermins.

Heute kam sie nicht mehr dazu, denn Lucy musste jetzt dringend aus dem Kindergarten abgeholt werden, Phils Schulbus würde in Kürze ankommen, und am späten Nachmittag wollten wir meine Eltern zum Bahnhof bringen, denn dankenswerterweise hatten die beiden Goldstücke angeboten, mit dem Zug nach London zurückzukehren, um uns die doppelte Fahrerei zu ersparen. Seit Dad in Rente gegangen war, empfand ich die beiden sowieso als ungeheuer entstresst, und manchmal beneidete ich sie um ihre liebevoll aufeinander fokussierte Zweisamkeit, die keine Alltagsverpflichtungen mehr vor sich hertrieben. Obwohl sie geradezu jugendlich und absolut fit wirkten, ging von ihnen eine Aura bewundernswert gelassener Weisheit aus. Gar nicht zu vergleichen mit dem ständig nörgelnden Ernstelchen.

Welche Bedeutung Ernstelchen, der in sicherer Entfernung geglaubte Gnatzkopf, bereits in allzu naher Zukunft für uns haben sollte, ahnte ich noch nicht, als wir Mum und Dad ein paar Stunden später mitsamt den Kindern fröhlich winkend am Bahnsteig verabschiedeten.

2010 – Der Alltag hat uns wieder

Und wie er uns wiederhatte!

Clara Henriette zog sich für eine kleine Weile in den Hintergrund meiner Gedankenwelt zurück, denn die folgenden Monate hielten Prüfungen für uns bereit, die sich gewaschen hatten. Jede für sich genommen wäre im Prinzip leicht zu bewältigen gewesen. Aber wie das Leben eben manchmal so spielt: Im unpassendsten Moment kommt alles auf einmal.

Windpocken sind unangenehm. Aber halb so wild. Zwei Kinder mit Windpocken (kurz hintereinander weg) sind anstrengend, aber man kann es managen.

Lippengrind beim Schaf ist *höchst* unangenehm. Fürs Schaf und für seinen Halter. Himmel, hätte ich doch bloß den Viehdoktor auf den hübschen prämierten Bock gucken lassen, den ich zwei Tage vor unserer Abreise nach Deutschland so stolz und frohgemut in meine Herde integriert hatte, damit er meine Blutlinienführung etwas auffrische. Meine Schafe zeichneten sich eigentlich durch enorme Robustheit und eiserne Gesundheit aus, aber mit Entsetzen stellte ich fest, wie viele er klammheimlich schon angesteckt hatte. Nicht mal O'Leary war das aufgefallen, aber jetzt war's nicht mehr zu übersehen.

Ich schmierte also (unter Benutzung enormer Mengen Einmalhandschuhe) im Turbotempo entweder Virustatika auf Kinderbäuche oder Tetrazykline auf Schafsmäuler und -euter, trennte in fieberhafter Eile gesunde von bereits infizierten Tieren, ließ den gesamten noch unbefallenen Bestand vorsichtshalber für ein Heidengeld notimpfen, hetzte zwischendrin von Termin zu Termin, denn Geld musste ich logischerweise auch verdienen, und saß meist bis weit nach Mitternacht am Schreibtisch, um meine Artikel pünktlich abliefern zu können. Zur Ruhe kam ich eigentlich überhaupt nicht mehr und fühlte mich ziemlich ausgebrannt.

»Wir schaffen das«, ermutigte Constantin mich mehrmals täglich augenzwinkernd.

Er half mir, wo er nur konnte. Aber er hatte schließlich auch etwas zu tun. Sein Abgabetermin drängte, täglich legte er mir zwischen Tür und Angel mehrere Vorschläge vor, die nicht übel waren, aber letzlich doch wieder von ihm verworfen wurden, weil sie für sein Empfinden nicht richtig zündeten. Er war wieder einmal in diesem speziellen panischen Zustand …

Einen ersten Höhepunkt erreichte die sowieso angespannte Lage, als Constantin eines Abends zu außergewöhnlich später Stunde einen Anruf erhielt. Merkwürdigerweise blieb er nicht einfach auf dem Sofa sitzen, wo ich mich nach einem schnellen gemeinsamen Abendessen erschöpft bei ihm zusammengerollt hatte, um mir eine Portion Zuwendung abzuholen, sondern schob mich mit geistesabwesender Miene von seinem Schoß, ging ins Nebenzimmer und schloss die Tür hinter sich. Ich war alarmiert und plötzlich sehr wach.

Nervöse Anspannung machte sich in mir breit. Wer war das? Und was war das für eine Nachricht, die er ganz allein in Empfang nehmen wollte? Beinahe eine halbe Stunde saß ich da und grübelte, ehe er zurückkehrte. Ich musste nicht mehr lange rätseln. Constantin hatte Tränen in den Augen.

»Mein Bruder«, brachte er mit erstickter Stimme knapp hervor, »Bauchspeicheldrüsenkrebs ... Zwei, vielleicht noch drei Monate. Inoperabel, nicht therapierbar. Keine Chance. Und das Schlimmste ist, er hat es wohl schon monatelang geahnt. Wollte nicht zum Arzt gehen, hatte Angst vor der Diagnose, vor dem Horrorszenario der Behandlung.«

Was sollte ich sagen? Da gab es nichts, das hätte trösten können. Ich nahm Constantin in die Arme, und mein starker Mann heulte wie ein Schlosshund, während ich ihn unablässig streichelte und wiegte wie ein Kind. Zeit. Viel Zeit für meinen Kopf, die Gedanken schweifen zu lassen.

Mein persönliches Verhältnis zu Constantins Bruder war stets etwas ambivalent gewesen. Ein netter Kerl eigentlich. Grün bis ins Mark, liebevoller Vater eines halben Dutzends Kinder von sage und schreibe drei verschiedenen Frauen. Nie hatte er, obwohl mit Intelligenz überreichlich gesegnet, eines der vielen begonnenen Studien beendet. Nie hatte er es zu einem auskömmlichen Beruf gebracht, nie seine drei Familien selbst ernährt. Ein liebenswerter Spinner, frei von Ehrgeiz und Weitsicht, der das Leben stets so genommen hatte, wie es kam. Immer hatte er sich irgendwie durchgewurstelt. Und komischerweise wurde er geradezu abgöttisch geliebt. Nicht einmal zwischen den zeitlich versetzt auf die Bühne seines Lebens getretenen Frauen gab es Zoff oder Eifersüchteleien, denn sein unglaubliches Harmoniebedürfnis schien sich in seinem gesamten Umfeld auf jeden zu übertragen. Niemals beendete er eine Beziehung wirklich, und die Damen liebten und litten einvernehmlich miteinander Seite an Seite in der mehrgeschossigen, von einem ausgedehnten, wild verwucherten Park umgebenen »Villa Kunterbunt«. Dieses äußerst standesgemäße Domizil hatte Ernst dem Pascha für seinen Harem gekauft.

Fünfzehn Jahre älter als Constantin, war der Bruder in der Nachkriegszeit zur Welt gekommen und hatte seine Kindheit im zerbombten Deutschland auf dem heilen, ländlichen Idyll seiner Großmutter mütterlicherseits verbracht, während Constantins Eltern damit beschäftigt gewesen waren, ihre Existenz aus Trümmern freizuschaufeln. Erst als Jugendlicher, nachdem im Elternhaus eine satte Konsolidierung stattgefunden hatte, war er auf den kleinen Bruder gestoßen und dem Nesthäkchen stets als unerreichbare Lichtgestalt erschienen.

Ein regelrecht traumatisierend schlechtes Gewissen, den Erstgeborenen sozusagen »abgeschoben« zu haben, hatte wohl, so erklärte es Constantin einmal, seinen Vater Ernst über all die Jahrzehnte dazu bewogen, nicht etwa seinem Ältesten mal kräftig in den Hintern zu treten, damit er endlich selbstständig würde. Statt Hilfe zur Selbsthilfe zu leisten, hatte Ernst, verzweifelt um Wiedergutmachung bemüht, vielmehr ihn und seine ständig wachsende Angehörigenzahl nicht nur schick untergebracht, sondern die ganze Bagage auch noch klaglos und großzügig finanziell unterstützt.

Constantins Lebensweg hingegen war ziemlich geradlinig und unspektakulär verlaufen. Mal abgesehen von dem Klopfer, den er sich Ernsts Auffassung nach mit mir »unmöglicher Person« erlaubt hatte. Dennoch musste Constantin sein ganzes Leben schon schwer um die Anerkennung seines Erzeugers ringen. Vielleicht einfach deshalb, weil ihm das »Messiashafte« des Bruders vollständig abging. Eine Steigerung erfuhr dieses Ringen sogar noch einmal, als Constantins ausgleichende, sensible Mutter vor einem Jahr starb. Seither konnte er seinem Vater kaum noch etwas recht machen. Unfair und kaum verständlich für mich. Aber okay, so war es nun mal.

* * *

In all unser persönliches Chaos war nun also auch noch der Kummer wegen dieses absehbaren Verlustes geplatzt. In kurzen Abständen trafen die Hiobsbotschaften über den sich rasant verschlechternden Zustand des Bruders aus der Villa ein, wo sich alle Kinder und Frauen um das Krankenbett versammelt hatten.

Was spielte es in diesen Tagen schon noch für eine Rolle, dass nicht nur meine Reisetasche wieder auftauchte und ich mit Beschwörungen auf den Lippen, die dem Kräuterhexenhandbuch hätten entstammen können, die Lindensamen aufs Keimen vorbereitete, sondern mir zudem die Lösung für Constantins Werbekampagnenproblem sozusagen mit dem Tageblatt in den Schoß fiel?

Eine Anzeige in der Zeitung ... ja, genau, in jenem Blatt, für das ich – zeilenweise honoriert – meine kleinen Artikel verfasste, brachte den Lösungsansatz. Wie verquer kann man eigentlich assoziieren? Ich legte Constantin die Seite neben das Frühstücksbrett, biss, schon halb im hektischen Aufbruch noch einmal schnell von meinem Brötchen ab, tippte mit dem Zeigefinger auf die Annonce und nuschelte kauend: »Da. Da hast du deine Idee!«

Constantin schaute mich verständnislos an. »Was hat das mit meiner Kampagne zu tun?«

»Na ja, wenn die behaupten, es sei der ›greatest kick ever‹, an einem Gummiseil aufgehängt sechshundert Fuß von einem Kran in die Tiefe zu springen?«

»Hä?«

»Mensch, denk doch mal ein bisschen um die Ecke! Ohne Gummi wäre dieser ›greatest kick‹, Bungeejumping, lebensgefährlich, wenn nicht gleich tödlich, oder? Was ist für dich und vermutlich für die meisten Leute der größte Kick?«

»Na das, was in letzter Zeit viel zu kurz gekommen ist: Sex mit dir!«, antwortete er überzeugt, aber noch genauso verständnislos.

»Siehste! Nimm das ›mit dir‹ weg, denn das hätte ich bitte nicht so gern mit den meisten Leuten, dann bedenke, wie lebensgefährlich Sex ohne Gummi sein kann, und du hast deine Lösung«, triumphierte ich zwinkernd.

Über Constantins Gesicht zog ein Leuchten, wie es ein Halogenscheinwerfer nicht heller hinbekommen hätte. »Danke!«, sagte er, sprang auf, küsste mich brötchenkrümelig auf den Mund, griff nach seiner vollen Kaffeetasse und entschwand so schwungvoll die Treppe rauf ins Arbeitszimmer, dass ich kopfschüttelnd, aber doch mit einem ziemlich zufriedenen Seufzen nach dem Küchenpapier griff, um die Tropfspur wegzuwischen, die er hinter sich herzog.

* * *

Meint irgendjemand, wir wären schon gebeutelt genug gewesen? Bewahre, nein! Der nächste Höhepunkt folgte auf dem Fuße.

Es dauerte nur exakt viereinhalb Wochen, bis uns die dringlich vorgetragene Warnung erreichte, wenn Constantin die Absicht habe, sich noch von seinem Bruder zu verabschieden, müsse er unverzüglich reisen. Wir berieten uns kurz und kamen überein, es wäre ausgeschlossen, dass ich Constantin nach Deutschland begleitete. Obwohl sich bei uns die Lage gerade wieder halbwegs normalisiert hatte, wollte ich nicht schon wieder meine Eltern bitten einzuhüten. Außerdem stand mir dieser Tage auch noch eine Krisensitzung in der Redaktion meiner Zeitung, »The Cornish Telegraph«, bevor, die ich weder schwänzen konnte noch wollte. Eine ganze Weile wurde schon Beunruhigendes gemunkelt. Ich hätte blind und taub sein müssen, um die Inhalte dieser vom Herausgeber des Blattes anberaumten Zusammenkunft aller Betriebsangehörigen nicht bereits erahnen zu können. Und sie bereiteten mir seit einiger Zeit schon Bauchschmerzen, ja, diffuse Zukunftsängste.

Mein Bauchgefühl war richtig gewesen, und zu meinem Entsetzen musste ich feststellen, dass sich die Lage sogar erheblich ernster darstellte, als ich es mir in meinen schlimmsten Vorstellungen ausgemalt hatte. Tatsächlich waren die Abonnentenzahlen in den vergangenen Monaten rapide gesunken. Gleichermaßen waren die Anzeigenkunden abgesprungen. Die Auflage deckte schon jetzt kaum noch die Kosten, und »wenn nicht urplötzlich ein Wunder geschieht«, so gestand unser Verleger Timothy Harris, ein großartiger älterer Herr, nun mit Grabesstimme, müssten wir in spätestens sechs Monaten schließen.

Es tat ihm unendlich leid. Das sah man ihm an. Mehr noch, sein Gesichtsausdruck sprach Bände von zutiefst empfundenem persönlichen Versagen. Er war von dieser alten Sorte Chef, die heute so selten geworden ist. Ein leidenschaftlicher, höchst engagierter Journalist alter Schule. Verbunden mit seinen Leuten, die teils bereits seit Jahrzehnten für ihn arbeiteten, hatte er ein einmaliges Betriebsklima geschaffen. Viel hatte er nie zahlen können, aber wir waren ein so wunderbar eingeschworener Haufen gewesen, in dem sich jeder auf jeden verlassen konnte, und doch waren immer so viele persönliche Freiräume geblieben, dass wir die Abstriche beim Einkommen gerne in Kauf nahmen.

Das sollte jetzt endgültig vorbei sein? All meine Kollegen saßen mit hängenden Köpfen da. Keiner sprach ein Wort. Bis Amelia, fest angestellte Redakteurin für Politik und Wirtschaft, mit ihren dreiundsechzig Jahren älteste Kraft und sozusagen »Mutter des Hauses«, die Frage stellte: »Wie müsste das Wunder aussehen, das uns den Kragen rettet, Chef?«

»Jede moderne Tageszeitung hat heute ihre Onlineausgabe, Amelia. Ich habe mir lange darüber Gedanken gemacht, ob das die Lösung für uns sein könnte. Aber ich bin zu dem Schluss gekommen, dass es fast unmöglich sein wird, die dafür notwendigen Investitionen bereitzustellen. Außerdem würde dieser finanzielle Kraftakt uns zwar auf das Niveau aller anderen heben, aber nicht von der Konkurrenz *ab*heben. Ich glaube nicht, dass dieser Weg der richtige ist. Nachrichten finden die Leute heutzutage auch unabhängig von Printmedien jederzeit, ja, oft genug *zeitnäher* und zudem kostenlos im Netz. Es müsste uns also ein Einfall kommen, der unser Blatt zu etwas Besonderem in der Region macht. Etwas, das die Leute allwöchentlich neu dazu anregt, uns und nicht anderen den Vorzug zu geben. Ich bin für alles offen und hoffe inständig auf eure Geistesblitze.«

Ich schaute mich verstohlen um. Überall ratlose Gesichter.

»Wie viel Zeit haben wir, Mr Harris?«, hörte ich mich zaghaft fragen. »Ich glaube, jeder von uns muss nach diesem Schock erst mal in sich gehen. Spontan fällt wahrscheinlich keinem etwas ein.«

Timothy Harris nickte. Dann ließ er seinen Blick über die Häupter seiner Leute schweifen, überlegte einen Augenblick. »Wollen wir uns in einer Woche wieder treffen? Wenn keine Einwände kommen, schließe ich damit jetzt die Sitzung. Selbstverständlich bin ich auch in der Zwischenzeit für jegliche Anregungen erreichbar.«

* * *

Ich will gar nicht lange um den heißen Brei herumreden. Ein kurzes Überschlagen meiner üblichen monatlichen Honorareinkünfte im Abgleich zu unseren Aufwendungen (wenn alles gut ging, was ja bei Tierzüchtern oft genug nicht der Fall ist) ließ mir einen eiskalten Schauer den Rücken runterlaufen. Doch, ich brauchte den Job! Die Wollpreise waren in den vergangenen Jahren sukzessive in den Keller gegangen. Wer gönnte sich schon noch den Luxus unverfälschter Naturprodukte? Die Leute griffen doch stetig häufiger nach Hightech-Materialien, ohne sich der Tatsache bewusst zu sein, dass kein noch so durchdachtes System die Genialität natürlicher Kleidungsstücke übertreffen konnte. Sie glaubten ernsthaft, dass dieser moderne, in Billigstlohnländern hergestellte Sch... haltbarer oder gar ihrer Gesundheit zuträglicher sei. Es machte ihnen wahrscheinlich auch gar nichts aus, dass sie in ihren Plastikklamotten bis an die Grenze des Herzinfarktes schwitzten. Schließlich stand ja was von »atmungsaktiv« drauf, musste also gesund sein. Und Hauptsache, sie konnten mit irgendwelchen überdeutlich applizierten Labeln protzen. Vermutlich kümmerte es auch keinen, dass sie mit jedem Waschen von dem Zeug reichlich Plastik-Nanopartikelchen in die Meere leiteten, die den Fischbeständen schadeten und ... aber, so what?

Ich gestehe, meine Gedanken schweiften ab. Das war nur meine persönliche Auffassung, die zwar trefflich in meinen ebenso persönlichen Finanzfrust passte, aber die hier überhaupt nichts zur Sache tat. Fakt war: Verlöre ich meinen Job, würde es bei uns verdammt eng werden. Eine Idee musste her, und obwohl ich gemeinhin irgendwann für die Lösung jedes Problems eine Idee entwickle, wusste ich in jenem Moment, dass ich mit meiner heiß geliebten Methode des Aufschiebens an dieser Stelle keinen Stich haben würde.

Constantin wollte ich mit dieser Misere ausgerechnet jetzt nicht auch noch belasten, denn ich wusste seit gestern Abend, dass in der Villa stündlich mit dem Tod seines Bruders gerechnet wurde. Also rief ich meine Mum an, kaum dass ich zu Hause angekommen war.

»Mum, eine halbe Stunde habe ich noch, dann muss ich Lucy holen. Bist du bereit, dich zu konzentrieren? Ich brauche einen rettenden Gedanken.«

»Schieß los«, war alles, was meine wundervolle Mutter sagte.

Ich berichtete. Kurz, knapp und dramatisch.

Sie sprach aus, was ich kaum zu schreiben wagte: »Scheiße. Das ist ein schöner Schlag ins Kontor.«

Und dann ... na ja, dann kam sie wieder mit dem Floh, den sie mir bei ihrem Besuch kürzlich ins Ohr gesetzt hatte. Bekanntlich ist es so eine Sache mit den Flöhen. Hatte man sie einmal im Haus, bekämpfte sie mit allerlei – der Gesundheit von Mensch und Tier noch halbwegs zuträglichen – Mitteln, glaubte man sich zwar eine gewisse Zeit lang des Problems entledigt, musste sich jedoch über kurz oder lang eingestehen, dass man ihrer, respektive ihrer Brut, letztlich doch nicht Herr geworden war. Ganz ähnlich war es auch mit diesem speziellen Floh, den ich meiner Mutter zu verdanken hatte. Die Umstände hatten ihn eine Weile im Zaum gehalten. Aber jetzt tat Mum alles dafür, dass ich ihn, vielleicht sogar schon Generationen seiner äußerst agilen Nachzucht, geradezu körperlich krabbeln fühlte.

Ihre Argumente waren gar nicht so schlecht. Sie erinnerte mich an längst vergangene Zeiten, als es noch üblich war, Fortsetzungsromane in Zeitungen abzudrucken, auf die man sich Ausgabe für Ausgabe als Leser freute. »Die bekanntesten Autoren schrieben so etwas. Balzac, Victor Hugo, Dickens, Tolstoi, Dostojewskij, Agatha Christie ...«, dozierte sie und schob meinen Einwänden zum geänderten Leseverhalten im Computerzeitalter ganz elegant einen Riegel vor, indem sie meinen Widerspruch (niemand würde doch extra eine Zeitung kaufen, die ihm bloß ein-, zweimal wöchentlich ein Teilstück lieferte) umdrehte und im Brustton der Überzeugung erwiderte: »Eben, mein Kind, eben. Es ist heutzutage en vogue, Geschriebenes häppchenweise zu konsumieren.«

»Und das soll *ich* …? Mum, du spinnst!«

* * *

Zwei Tage lang kaute ich auf dem Vorschlag herum. Schwankte zwischen Ablehnung und Faszination. Besondere Sorge machte mir die Frage, wie ich den historischen Part, der Clara Henriettes tragische Lebensgeschichte schildern sollte, mit einem erbaulichen Gegenpart versehen könnte, damit die Leser unseres Blattes nicht vor lauter Mitleid in Depressionen stürzen würden.

Auch hier half ein Anruf bei meiner Mutter. Ein Weilchen dachte sie nach. Dann pfefferte sie mir überzeugt ihre Lösung in den Hörer: »Schreib's genau so, wie es tatsächlich war und ist. Mit der Wahrheit kommt man gemeinhin am weitesten, Faye.«

Ich schluckte ein paarmal trocken. Dann verbrachte ich eine schlaflose Nacht im fieberhaften Arbeitsmodus und hielt gegen Morgen ein vorzeigbares Konzept in Händen.

Todmüde fuhr ich schon sehr früh in die Redaktion (jetzt bloß nicht kneifen, womöglich warten, bis der Anfall vorbei war!) und trug meine Idee Timothy Harris vor. Ich ergänzte vorsichtshalber ziemlich schüchtern mit dem Hinweis, selbstverständlich würde ich das Angebot sofort zurückziehen, wenn a) jemand einen besseren Vorschlag hätte oder er mich b) für ungeeignet hielte, zumindest einen Versuch zu starten.

Ich gestehe, verdammte Angst vor der eigenen Courage gehabt zu haben, wappnete mich innerlich für eine Absage und hatte eigentlich in diesem atemlosen Moment fast gehofft, Harris würde mich auslachen oder mir wenigstens väterlich milde auf die Schulter klopfen und mich zackig auf den Boden der Realität zurückholen.

Timothy Harris tat nichts dergleichen. »Wie schnell können Sie liefern, Faye?«, fragte er.

»Ernsthaft?«

»Natürlich ernsthaft, Faye! Was Sie da vorschlagen, greift auf alte Zeitungstraditionen zurück. Wenn Sie wüssten, welche Literaturgrößen sich schon auf diese Art und Weise einen Namen gemacht und sich ihren Lebensunterhalt erschrieben haben. Früher hat so etwas hervorragend funktioniert. Leider ist es aus der Mode gekommen. Aber warum sollten wir in dieser Situation nicht darauf setzen? Vintage ist doch gerade wieder groß im Kommen, und Ihr Konzept gefällt mir ausgezeichnet.«

In meiner Aufregung schmiss ich noch ein bisschen mit berühmten Schriftstellernamen um mich, was mir ein Lob meines Chefs einbrachte, ich hätte mich ja wirklich intensiv mit der Sache auseinandergesetzt, dann vereinbarten wir meine Freistellung vom Tagesgeschäft und die Abgabe des ersten Kapitels binnen zehn Tagen. Die ganze Angelegenheit hatte keine Stunde gedauert, und als ich, mit herzlichem Händedruck verabschiedet, wieder vor der Tür seines Büros stand, zitterten meine Knie und mir war schlecht. O Gott, hoffentlich sprach sich das nicht zu schnell rum. Was hatte ich da angerührt, welche Verantwortung übernommen, was für Erwartungen geweckt?!

Wie ich anfangen wollte, war mir glasklar. Aber … konnte ich Constantin, der weiß der Kuckuck wann aus Deutschland zurückkehren würde, überzeugen, weitere Kapitel aus Clara Henriettes Leben preiszugeben? Würde er Zeit und in der Trauer um seinen Bruder überhaupt Lust aufbringen, meinem Gedächtnis auf die Sprünge zu helfen, wenn es darum ging, all das, was er mir bereits erzählt hatte, in Romanform zu gießen? Seit meinem Ausraster war kein Wort mehr zwischen uns über seine Urgroßmutter gefallen. Klar, wir hatten genug anderes um die Ohren gehabt, aber mich plagte schon die ganze Zeit das Gefühl, Constantin fürchtete sich geradezu davor, meine ausgeprägte Empathie für Clara noch weiter zu befeuern.

Oktober 2010 –
Eintauchen und
Aufschrecken

Ich hatte ihn unterschätzt.

Als Constantin nach der Beerdigung seines Bruders einige Tage später müde, traurig, aber bewundernswert gefasst aus Deutschland zurückkehrte, brachte er mir den größten Schatz mit, den ich mir damals hätte wünschen können. Jahrzehntelang war Mathilde die Hüterin dieses Schatzes gewesen, und Constantin merkte schmunzelnd an, nur dem Einsatz seines voll entfalteten Charmes und der Tatsache, dass seine Tante einen Narren an mir gefressen hatte, verdankten wir es, nun im Besitz der vollständigen Sammlung der Tagebücher Clara Henriettes zu sein.

Andächtig und mindestens so vorsichtig, als würde ich eine Kiste wertvollen Meißner Porzellans auspacken, hob ich den Stapel Büchlein aus dem stabilen Pappkarton. Eine Duftmelange von Staub, sonnenwarmem Dachboden und ... nein, das bildete ich mir ganz gewiss nicht ein, von längst verblühtem Jasmin stieg mir in die Nase. Ich spürte, wie meine Wangen glühten. Zärtlich strich ich über die leinenen Einbände.

»Ein ganzes Leben ... eine ganze Epoche«, flüsterte ich überwältigt.

So mussten sich Jean-Louis Michel und Robert Ballard 1985 gefühlt haben, als sie das Wrack der Titanic entdeckten. Ich verkniff es mir, den Gedanken laut auszusprechen. Wahrscheinlich hätte Constantin, der hinter mir stand und mir sein Kinn auf die Schulter gelegt hatte, mich ob meines gewaltig dimensionierten Vergleichs ausgelacht. Aber mein Respekt war grenzenlos. Ernsthaft, obwohl ich vor dem Auspacken durchaus nicht mit bloßen Händen im Garten gebuddelt hatte, ging ich mir gründlich die Finger schrubben, ehe ich es wagte, den obersten Buchdeckel anzuheben.

Clara Henriette hatte mit himmelblauer Tinte in deutscher Kurrentschrift geschrieben und jeden Buchstaben gestochen scharf gesetzt. Der Atem preußischer Disziplin wehte mir auf jeder Seite entgegen, die ich umblätterte. Es gab keine Linierung, umso erstaunlicher, wie gleichmäßig die Zeilenabstände gesetzt waren. Wie mit dem Lineal gezogen jedes Zeilenende, jede Datierung exakt gleich platziert. Und dennoch war es eine ganz eigene Handschrift. Nicht nur ordentlich, sondern elegant und sehr feminin.

»Freust du dich?«, wollte Constantin wissen.

»Ich bin hin und weg. Sag mal, hast du die alle gelesen?«

»Ach was. Ich wusste, dass es die Tagebücher gibt, aber ich kriege sie jetzt auch zum ersten Mal zu sehen.«

Ich drehte mich zu ihm um. »Wie konntest du mir dann derart detailreich berichten? Woher wusstest du das alles?«

Constantins Gesicht nahm einen spitzbübischen Ausdruck an. Diesen Ausdruck, der ihn immer um mindestens fünfzehn Jahre jünger wirken lässt und den ich gerade in diesem

Augenblick, da er seine Traurigkeit wegwischte, so besonders gerne sah. Er ließ sich bitten.

»Komm, erzähl schon!«, drängelte ich.

»Solange ich denken kann, war Clara Henriettes Geschichte unter den Frauen meiner Familie eine Art geheiligtes Allgemeingut. Immer wieder kam sie sozusagen auf den Kaffeetisch, wenn mindestens zwei der Damen anwesend waren. Meine Mutter fand die Vita Claras ungeheuer rührend und hat sie bevorzugt mit Mathilde zusammen immer wieder aufgewärmt und von allen Seiten beleuchtet. Die beiden waren unzertrennliche Freundinnen, und das schon, bevor meine Eltern geheiratet haben.«

»Ach, so ist das … verstehe. Du willst mir aber nicht erzählen, dass du Bengel stundenlang bei Kaffee und Gebäck mit den älteren Ladys zusammengesessen und gelauscht hast, oder?«

»Nee«, lachte Constantin, »mich haben sie damit quasi zwangsbetankt, als ich mal fast zwei Monate wegen eines ungewöhnlich hartnäckigen Pfeiffers plattlag und sie mich ›armes Kind‹ gepflegt und gehätschelt haben. Ich war damals siebzehn, musst du wissen, und für meine Begriffe längst ein ernst zu nehmender Mann. Für mich war das Ganze Altweibertratsch, folglich gab ich mir alle Mühe, eher weg- als hinzuhören. Aber Clara Henriette hat mich bis in meine Fieberträume verfolgt, sage ich dir.«

»Das kann ich mir lebhaft vorstellen«, kicherte ich. »Solch eine Story für einen Halbstarken … na toll. Aber sag mal, was ist denn ein ›Pfeiffer‹?«

»Knutschkrankheit. Pfeiffersches Drüsenfieber. Oder wie ihr Engländer es nennt: Kissing Disease. Stammt übrigens aus derselben Virenfamilie wie die Windpocken. Sollte man besser als kleines Kind durchmachen, dann gibt es selten Komplikationen. Aber welches Kind knutscht schon? Kann ich jedenfalls niemandem empfehlen, ist wirklich ziemlich eklig.«

»Ich bin dem Pfeiffer jedenfalls dankbar«, erklärte ich. »Ohne ans Bett gefesselt zu sein, hättest du mir wahrscheinlich nie die Grundlage für das liefern können, was ich jetzt vorhabe.« Ich schaute Constantin sehr eindringlich an. »Hilfst du mir denn? Alleine habe ich ganz schön Angst vor dem Projekt. Und es steht so wahnsinnig viel auf dem Spiel …«

Er nahm mich in die Arme und sah mich geradeheraus an. »Wenn du mir versprichst, nicht wieder in lebensbedrohliche Mitleidsausbrüche zu verfallen …«

Ich schüttelte den Kopf. »Versprochen! Du musst auch gar nicht die Augenbrauen hochziehen. Ich verstehe ja, dass du skeptisch bist. Aber ich brauche unbedingt Ruhe und eine starke Schulter, um all dies hier sichten und vernünftig schreiben zu können. Hältst du mir die Kinder ein bisschen auf Abstand, während ich arbeite?«

Constantin zog mich eng an sich. Ich war so froh, nach den turbulenten, einsamen Tagen voll schwerwiegender Entscheidungen endlich wieder meinen Kopf an seine Brust lehnen und mich gehalten und geborgen fühlen zu können. Allein seine körperliche Anwesenheit gab mir so viel Kraft. Wir würden die Sache wuppen. Da war ich in diesem Moment ganz sicher.

* * *

Wie gut Constantin Clara Henriettes Geschichte verinnerlicht hatte, wurde mir während der nächsten Tage schnell klar. Natürlich hatte er manche Kleinigkeit hinzugedichtet, manches schmückende Detail dazuerfunden und auch einiges weggelassen. Aber was ich las, deckte sich so weitgehend mit alldem, was ich schon wusste, dass ich mich immer sicherer und wohler in meinem Vorhaben fühlte und wunderbar vorankam.

Natürlich musste mein Tagesrhythmus ab sofort exakt durchgetaktet werden, damit nichts zu kurz kam. Sobald die Kinder in Schule und Kindergarten untergebracht waren, kümmerte ich mich zunächst um die Schafe. Waren die versorgt, erledigte ich gemeinsam mit Constantin, der schon immer die frühen Morgenstunden bis zur Mittagszeit für seine Arbeit bevorzugte, in Windeseile die nötigsten Dinge im Haushalt und schaffte es meist gegen zwölf Uhr, am Schreibtisch zu sitzen. Es dauerte ein paar Tage, bis ich den enormen Speed, den ich plötzlich entwickeln musste, so richtig akzeptiert hatte, aber sehr bald war es sogar so, dass ich mich darauf freute, mich nach getaner körperlicher Arbeit und Hetze ganz in Ruhe zurückziehen zu können. Wohl wissend, dass der Nachmittag allein Clara Henriette und mir gehörte.

Mein Arbeitszimmer gewährte, ganz ähnlich wie der Platz, an dem Clara im Côte House geschrieben hatte, einen großartigen Meerblick. So ähnlich waren die Voraussetzungen, dass ich mich manchmal mahnen musste, mein gegebenes Versprechen nicht zu brechen, professionell zu bleiben und nicht bei jeder sich anbahnenden Komplikation, die Clara gerührt hatte, sozusagen mit ihr zusammen in Tränen auszubrechen. Hin und wieder stieß ich nämlich auf Stellen, an denen sich ihre Schrift, die mir schnell absolut vertraut wurde, doch geringfügig verändert hatte. Ich fand solche Stellen überall dort, wo stürmische Emotionen in ihr gewütet haben mussten. So entdeckte ich beispielsweise die ersten verschwommenen, verwischten Buchstaben da, wo sie über den Feuersturm berichtete, der das Rittergut vernichtet hatte.

Sobald die Kinder im Bett waren, saßen wir von nun an jeden Abend zusammen vor dem Kamin. Der Herbst hatte Einzug gehalten, die Tage waren zwar oft noch warm und sonnig, aber nachts fielen die Temperaturen bereits in sehr unangenehme Bereiche, und die ersten Stürme pfiffen ums Haus. Den

Laptop auf den Knien, las Constantin, was ich am jeweiligen Tag geschrieben hatte. Er war ein kritischer Leser (immerhin war schließlich auch er »vom Fach«), und obwohl ich mich anfangs manchmal gegen Änderungen vehement sträubte, erkannte ich doch bald, wie wertvoll seine Kritik für die Qualität meiner Arbeit war. Nie war er destruktiv. Immer hatte er umsetzbare Vorschläge, und gelegentlich ergab sich aus meinen und seinen Ideen eine dritte, die uns letztlich beiden am besten gefiel.

Wir genossen diese gemeinsamen Stunden, in denen wir unerhört produktiv waren, und tatsächlich konnte ich Timothy Harris nach zehn Tagen nicht nur die ersten fünfzehntausend Zeichen für die vorgesehene komplette Zeitungsseite liefern, sondern gleich die nächsten zwei Abschnitte mit in die Redaktion geben. Harris hatte angefangen, Werbung für meinen Fortsetzungsroman auf der Titelseite des Blattes zu schalten. Schließlich sollten die Leser gespannt sein, was sie erwartete. Zu diesem Zweck hatte er sich die Abdruckrechte eines Turner-Gemäldes besorgt, das Côte House in seiner frühen Blütezeit Ende des 18. Jahrhunderts zeigte. Eine pfiffige Idee, die von gutem Gespür für Marketing zeugte, denn Côte House lag ja kaum fünfzig Meilen von uns entfernt und war ein allseits bekanntes Ausflugsziel. Das alte Haus war bewohnt, man konnte also nur die Gartenanlagen betreten und es von außen bewundern, aber seine wildromantische Lage hoch oben auf den Klippen und die wilden Gerüchte, die sich um die Vergangenheit seiner Bewohner rankten, konnten schon neugierig machen auf das, was Harris da reißerisch getitelt hatte: »What really happened at Côte House«.

An jenem Samstag, als das erste Kapitel erschien, hatte meine Nervosität einen Höchststand erreicht. Würde es nützen, was ich da tat? Wenn ja, wie schnell würde es die Auflage erhöhen? Immerhin musste es sich erst mal richtig rumsprechen, dass wir jetzt etwas ganz Besonderes boten. Und letztlich stand ja auch die Frage im Raum, ob die Leser es überhaupt mögen würden. So sehr mögen würden, dass sie bereit waren, zweimal in der Woche, nämlich mittwochs und samstags, Geld für unsere Zeitung auszugeben. Sicher, meine Artikel waren beliebt. Im Allgemeinen kamen sie super an, und hin und wieder gab es sogar anerkennende Leserbriefe dazu. Ganz unbekannt war ich nicht. Aber was war schon eine kleine Kolumne, ein zwei- oder dreispaltiger Artikel gegen das, was ich da jetzt angefangen hatte? Ich schwankte zwischen himmelhoch jauchzend und zu Tode betrübt. Natürlich war es mir, ganz rational betrachtet, klar, dass es nicht rasend schnell gehen *konnte*. So weit reichten meine beruflichen Erfahrungen nun wirklich. Aber ich hoffte doch so sehr ...

Bis zum Montag würde ich warten müssen, ehe ich von meinem Chef ein allererstes Feedback erhalten konnte, und war an diesem Wochenende kaum fähig weiterzuschreiben. Glücklicherweise hatte ich ja vorgearbeitet und konnte mich herrlich meinem von der Leine gelassenen, tobenden inneren Schweinehund hingeben. Wäre nicht Constantins geniale Idee gewesen, hätte mich meine Familie vermutlich ganze zwei Tage lang mit geballten Fäusten und gerauften Haaren durchs Haus tigern sehen und für ein komplett durchgeknalltes Ungeheuer gehalten.

»Fantastisch!«, rief ich, als er uns dreien am Sonntag früh vorschlug, einen kleinen Ausflug nach Westbury zu machen.

Phil maulte. »Könnt ihr vergessen, Jeremys Dad holt mich in einer Stunde ab. Habt ihr wieder mal voll verpeilt, dass wir heute Nachmittag ein Spiel haben?«

Oh Shit, ja! Das Fußballmatch hatte ich in meinem Schreibwahn tatsächlich vergessen. »Beruhige dich, Phil, ich rufe Jeremys Dad an und frage ihn, ob du bis zum Abend dortbleiben kannst. Wenn das klappt, holen wir dich dann bei Jeremy ab.«

»Krieg ich da auch 'n Eis?«, war alles, was Lucy interessierte. Als wir das bejahten, rutschte sie vom Stuhl, flitzte quietschvergnügt die Treppe hinauf und kam mitsamt ihrem rosa Rucksack und ihrer Wolljacke gerade wieder herunter, als ich mit dem Telefonieren fertig war. Frieden. Phil würde bestens aufgehoben sein, und ich freute mich auf den kleinen Trip. Ich war wahnsinnig gespannt, wie Côte House auf mich wirken würde. Wie Clara in Deutschland gelebt hatte, wusste ich ja nun. Aber ich brauchte unbedingt einen Eindruck von ihrer englischen Heimat, um mir wirklich vorstellen zu können, wie es sich angefühlt haben musste. Wie roch es da? Wie war das Licht? Wie die Atmosphäre? Welche Emotionen würden mich überkommen?

* * *

Hell und relativ mild war dieser Sonntag. Von Westbury aus war der Weg ausgeschildert. Côte House lag ein wenig außerhalb des Ortes, und genau wie Clara damals vor annähernd hundertfünfzig Jahren hielt ich zwischen den dichten Hecken, die die anderthalbspurige Landstraße säumten, gespannt Ausschau. Auch ich sah den Möwen nach, die ruhig in der leichten Brise standen, und auch ich war letztlich überrascht, wie plötzlich das Haus dann in seiner ganzen Pracht auftauchte. Efeu, vielleicht auch wilder Wein, hatte sich fast des gesamten Mauerwerks bemächtigt. Flammend rot, leuchtend sonnengelb und tiefdunkelgrün reichten die Ranken bis hinauf ans Dach. Viel war von der weißen Fassade nicht mehr zu erkennen.

Wir parkten auf einem eigens dafür ausgewiesenen Platz in einiger Entfernung vom Schloss und machten uns zu Fuß auf den Weg. Trotz des herrlichen Wetters war nicht allzu viel los. Mein Mut sank etwas, hatte ich doch in eigener Sache gehofft, Côte House hätte eine viel größere Anziehungskraft auf Besucher, aber wahrscheinlich besaßen die bis zum Abwinken kommerzialisierten Ausflugsziele der Region, wie König Artus' Burg oder Land's End, einfach einen viel höheren Bekanntheitsgrad.

Noch!, redete ich mir ein. Ich würde schon dafür sorgen, dass hier bald der Bär steppte. So!

Auf der anderen Seite war es mir gar nicht so unrecht, dass wir das Ambiente in aller Ruhe auf uns wirken lassen konnten. Rund ums Haus waren altersschwache Absperrseile gespannt, wie man sie aus Museen kennt. Alle paar Meter wiesen verwitterte Blechschildchen darauf hin, dieser Teil sei privat und dürfe nicht betreten werden. Schade. Allzu gern hätte ich natürlich wenigstens einen näheren Blick durch die Fenster ins Erdgeschoss geworfen …

Der frei zugängliche Park war allerdings schon eine Sehenswürdigkeit für sich. Noch blühten Hunderte gut gepflegter Rosenstöcke, und die riesigen Rhododendron- und Azaleenhecken mussten im Frühsommer eine wahre Pracht sein. Vielleicht würde ich wiederkommen …

Ein schmaler Pfad führte uns über die Klippen hinunter an den Strand. Wie perfekt war doch Claras Schilderung vom ersten Tag hier gewesen! Auch heute schwemmte das Wasser träge eine beträchtliche Menge Tang über die Steine. Auch heute stank es gotterbärmlich.

»Bah! Müssen wir hier noch lange bleiben?«, nörgelte Lucy. »Ich will mein Eis.«

»Lass Mama mal ein bisschen in Ruhe. Sie muss das jetzt riechen, denn sie will es in ihr Buch schreiben. Du kriegst gleich dein Eis«, besänftigte Constantin meine Tochter, die mich verständnislos anguckte und mit krausgezogener Nase sagte: »Igitt, das Gestink muss in ein Buch? Das würde ich nicht lesen, nicht mal, wenn ich schon lesen könnte.«

Constantin und ich grinsten uns an. Dann nahm er sie bei der Hand, zog sie ein Stückchen weiter und fing an, flache

Steine aufzusammeln, die er übers Wasser titschen ließ. Lucy quietschte vor Vergnügen und war vorerst abgelenkt. Ich hockte mich auf einen halbhohen Stein und blendete alle Geräusche aus. Nur dasitzen und reinfühlen.

Vielleicht eine Viertelstunde muss ich so gesessen haben. Dann hatte ich das Gefühl, einen Eindruck verinnerlicht zu haben. »Kommt«, rief ich meinen beiden zu. »Es wird Zeit für Lucys Eis.«

Constantin hatte sie Huckepack genommen. Lucy strahlte und trieb ihr »Pony« Lasso schwingend und Yippie kreischend an. Ob wohl Henry auch solch ein Vater für Claras Kinder gewesen war? Ich wagte es zu bezweifeln.

Wir schnauften nicht schlecht beim Aufstieg und standen einen Augenblick keuchend am Rand der Klippe. Dass Clara im eng geschnürten Korsett aus der Puste gekommen war, konnte ich mir lebhaft vorstellen. Ich wollte nur noch ein Foto vom Haus machen, um mir später die Örtlichkeiten immer vor Augen halten zu können, und holte meine Kamera aus dem Rucksack. Ich zoomte den Wintergarten größer und stutzte. Dort saß eine zerbrechliche, sehr alte Dame in einem Rollstuhl; über ihre Knie war ein kariertes Plaid gebreitet. Silbrig weiß war ihr Haar, und als ich das Bild noch etwas näher heranholte, konnte ich strahlend blaue Augen in einem ehemals sicherlich ausnehmend hübschen Gesicht erkennen. Ganz allein saß sie da, schaute auf die See hinaus.

Ihr Anblick berührte mich auf seltsame Weise. Plötzlich ging es nicht mehr nur um einen Schauplatz. Hier, in diesem für mich so wichtigen, erinnerungsgeladenen Haus, lebte jemand. Jemand, dem ich gerade direkt ins Gesicht geblickt hatte. Die Zeit, die Geschichte waren vorangeschritten, hatten nicht haltgemacht, als Clara Henriettes Vita geendet hatte. Was mochte diese alte Lady dort über die Vergangenheit wissen? Für einen winzigen Moment glomm der Wunsch in mir auf, sie zu fragen. Einfach um Einlass zu bitten, mit ihr zu sprechen.

Nein, Faye!

Ich bin Journalistin und keine Paparazza. Mein Respekt vor dem Privatleben fremder Menschen gebot mir, den Zoom sofort zurückzudrehen. Ich drückte ab. Nur die Ablichtung eines alten Schlosses. Und dennoch hatte die Festplatte in meinem Kopf jenes Bild detailgetreu gespeichert, das später in der Fotovergrößerung am Computer unsichtbar bleiben sollte.

Während wir einen Rundweg einschlugen, der uns noch einmal ganz um den Park herumführte, erzählte ich Constantin, was ich gesehen hatte. »Weißt du eigentlich, ob Clara Henriette bis zu ihrem Tod hier gewohnt hat?«

Er schüttelte den Kopf. »Nein, hat sie nicht.«

Ich schaute ihn fragend von der Seite an, aber er hielt seinen Blick auf Lucy gerichtet, die vor uns her hüpfte.

»Wo dann?«

»Schreib erst mal weiter, Faye. Es wird ein Punkt kommen, an dem du dich ausführlich mit Mathilde unterhalten musst. Claras Tod ist ein Rätsel, um das sich allerhand Gerüchte ranken.«

Ich blieb stehen. Kaltes Entsetzen. »Constantin, sag, dass das nicht wahr ist! Du schickst mich sehenden Auges in einen unbekannten Ausgang?«

»Ich habe nichts von ›unbekannt‹ gesagt«, erwiderte er ruhig. »Aber du wirst auf verschiedene Versionen stoßen. Alle sind plausibel. Welche du letztlich für die wahrscheinlichste hältst und verwenden wirst, bleibt dann dir überlassen.«

»Na, herzlichen Glückwunsch!«

Liebevoll legte er einen Arm um mich. »Trenn dich mal von dem Gedanken, einen solchen Roman ohne fiktionale Anteile schreiben zu müssen. Pass auf, dass dir dein Sinn für journalistische Wahrheitssuche nicht im Weg steht, und fang an, wie eine Schriftstellerin zu denken.«

»Jesus!«, entfuhr es mir, und gleichzeitig brüllte Lucy: »Mum, Dad, kommt mal schnell. Ich habe was entdeckt. Seht mal, hier ist der Friedhof!«

Ein wenig abseits des kiesbestreuten Pfades war Lucy tatsächlich auf zwei verwitterte Steinkreuze unter riesigen Rhododendronbüschen gestoßen. Andächtig stand sie davor und hatte die Händchen gefaltet. Für mich hatte ihre Entdeckung eine ungeheuer wichtige und beruhigende Bedeutung. Bewies sie mir doch, wie nah ich während des Schreibens an der historischen Wahrheit geblieben war. Greifbar. Zum Anfassen. Ein Zipfel aus Clara Henriettes Leben, der die Zeit überdauert hatte. Es waren keine Ahnengräber, es waren die letzten Ruhestätten von Portishead und Petersham. Niemand begrub zwei Hunde, die nicht eine extrem hohe Bedeutung im Leben eines Menschen gehabt hatten, unter solchen Grabmalen.

»Das waren die Hunde meiner Uroma, Lucy«, erklärte Constantin. »Und schau mal, sie sind ganz schön alt geworden. Fünfzehn war Peter sogar. Das ist viel für einen Hund.«

»Und Bobbie? Wird sie auch so alt?« Furcht flackerte in den Augen meiner Tochter, die ich nur allzu gut nachvollziehen konnte. Doch Constantin bewies mal wieder, wie großartig er mit kindlichen Ängsten umzugehen verstand: »Mindestens, Lucy! Und bis dahin hat sie noch ganz viel Zeit.«

Dankbar sah ich ihn an und nahm seine Hand. Bobbie war neun. Kein uralter Hund, nein. Aber ihre Jahre waren gezählt, und mir grauste schon heute vor dem Tag, an dem ich sie gehen lassen musste. Die Kinder kannten sie beide seit ihrer Geburt. Es würde schwer für sie werden, wenn es einmal so weit war.

Lucy hatte Gott sei Dank den kurzen nachdenklichen Moment schnell wieder vergessen, der mir einen Stich ins Herz versetzt hatte. Kinder sind so. Sie leben im Hier und Jetzt, bis sie irgendwann begreifen müssen, dass es auch ein Davor und ein Danach gibt. Manchmal beneidete ich sie. Mir hatte schon Constantins Bemerkung zum Ausgang der Biografie Clara Henriettes ein wenig den Teppich unter den Füßen weggezogen. Ich hatte doch geglaubt, mit den Tagebüchern auf einem bombensicheren Fundament zu stehen. Aber das alleine verunsicherte mich schon. Wie sehr ich es wirklich hätte sein müssen, ahnte auch Constantin an diesem sonnigen Herbstnachmittag noch nicht.

* * *

Das leise Murren meines Inneren lauerte weiterhin diffus, aber es hatte vorerst zurückzutreten, denn als wir heimkehrten, wurden wir mit einem nagelneuen und erheblich schwerwiegenderen Problem konfrontiert.

Unser Anrufbeantworter blinkte uns grellrot leuchtend entgegen und hielt eine echte Katastrophennachricht bereit. Mathilde und Charlotte hatten abwechselnd versucht, uns zu erreichen, und jede hatte, dem jeweiligen Temperament entsprechend, mehr oder weniger Gefasstes aufs Band gesprochen.

Mathildes pragmatische Ansage half uns am meisten, einen vernünftigen Eindruck vom Geschehen zu bekommen. Ernst hatte einen Schlaganfall erlitten. Es war ihm wohl noch gelungen, den Notarzt zu rufen, ehe er neben seinem Bett zusammengesackt war. Gegen Mittag, just nach dem Aufstehen. Der hinzugerufenen Feuerwehr war es wohl gelungen, eine der rings um die Villa heruntergelassenen Jalousien zu knacken, um dem Doktor Zutritt zu verschaffen, und offenbar hatte der Rettungswagen das Stroke Unit noch innerhalb vertretbarer Zeit erreicht, sodass das Schlimmste verhindert werden konnte.

Ich reagierte zunächst einmal so, wie es *meinem* Temperament entspricht. Irgendwas, irgendwer musste schuld sein, und passend zu meiner ausgeprägten Aversion gegen den lieben Schwiegervater musste er es am besten selbst sein. Wenn er schon partout keine Pflegekraft oder wenigstens Haushälterin in seinen geheiligten Hallen duldete und unbedingt allein leben wollte, hätte er doch wenigstens den einen Ratschlag von uns annehmen können, sich mit einem Piepser auszurüsten, schimpfte ich und fügte ätzend hinzu: »Das hat er nun davon!«

Constantin schüttelte ärgerlich den Kopf und fuhr mich ungewöhnlich scharf an: »Nun halt aber mal die Klappe. ›Hättste, wennste, könntste‹ bringt doch jetzt nichts mehr. Ich rufe erst mal Mathilde an.«

Er hatte recht. Leise murmelte ich eine Entschuldigung und zog mich zerknirscht zurück, um den Kindern in der Küche Abendbrote zu schmieren. Mein Kopf kreiste um das, was jetzt womöglich wieder auf uns zukommen würde. Ich versuchte schon im Geiste, meinen Tagesablauf ohne Constantin zu organisieren, denn ich vermutete, er würde sich unverzüglich auf den Weg nach Deutschland machen.

Es war nur eine geringe Erleichterung zu erfahren, dass er das nicht vorhatte, denn was er nach seinen Telefonaten mit Mathilde und dem behandelnden Neurologen der Hamburger Klinik bezüglich Ernsts Zustand schilderte, war alles andere als beruhigend, obschon er wenigstens außer Lebensgefahr war. Die rechte Hirnhälfte war betroffen, was ihm eine linksseitige Lähmung eingetragen hatte. Zwar war Ernst in der Lage zu sprechen, aber der Arzt hatte von einer langwierigen Rehabilitationsphase und einer denkbaren starken Persönlichkeitsveränderung gesprochen. Warnend hatte er hinzugefügt, dass wir uns schon jetzt darum kümmern sollten, seine Pflege für die Zeit nach der Reha zu organisieren.

Auf meine bange Frage hin, ob der Patient denn wenigstens später wieder autark in seinem eigenen Haus würde leben können, verneinte Constantin, und mir fuhr ein eisiger Schreck in die Glieder. Nur mit den Füßen voran, so hatte Ernst es immer wieder betont, würde er sein geliebtes Haus verlassen. Niemals, unter gar keinen Umständen, wollte er es in Betracht ziehen, sich andernorts pflegen zu lassen. Welche Richtung die prognostizierten Persönlichkeitsveränderungen einschlagen würden, mochte ich mir lieber gar nicht genauer ausmalen. Ein Sturkopf wie er würde wohl kaum zum sanften Lamm mutieren. Für am wahrscheinlichsten hielt ich es, dass die Erkrankung seine berüchtigte Gnatzigkeit auf die Spitze treiben würde.

Ratlos saßen wir bis spät in die Nacht in der Küche zusammen. Erwogen hin und her und kamen vorläufig zu keinem vernünftigen Ergebnis. Dabei war es definitiv an uns, respektive an Constantin, eine Lösung zu erdenken, denn schließlich hatte sein Vater ihn für den Fall der Fälle als Bevollmächtigten eingesetzt.

In dieser Nacht erahnten wir, wie lächerlich gering die Anforderungen gewesen waren, welche die anstrengenden vergangenen Wochen an uns gestellt hatten, und als wir uns endlich hinlegten, zog Constantin mich an sich und sagte ins Dunkle hinein etwas, das ich nie vergessen werde: »Die richtig dicken Prüfungen, Faye, bekommen immer nur die wirklich Starken auferlegt. Du hast vielleicht gedacht, du hättest in der Vergangenheit schon genug Stärke beweisen müssen. Aber du musstest dich ja ausgerechnet in mich verlieben. Jetzt hast du den Salat.«

* * *

Nein, nicht nur ich hatte den Salat. Constantin hatte ihn mindestens genauso. Wir! Wir hatten ihn. Und wir mussten uns in den folgenden Monaten wirklich ziemlich zusammenreißen, um nicht einfach umzuknicken und einander unter den Belastungen zu verlieren.

Während ich mich, gemeinsam mit Timothy Harris und meinen Kollegen, wie ein Schneekönig über den kleinen, aber beruhigenden stetigen Aufschwung unserer Zeitung freute, präsentierte mir Constantin nach einem mehrtägigen Deutschlandaufenthalt kurz vor Weihnachten (mit reichlich bewölktem Gesichtsausdruck) auch noch die ganze Wahrheit über die finanzielle Situation seines Vaters. Es hatte sich nämlich etwas herausgestellt, das Constantin niemals für möglich gehalten hatte: Ernst hatte das einst beträchtliche Familienvermögen weitestgehend verballert. Sogar auf die schicke Villa hatte er inzwischen eine Hypothek aufgenommen, deren Rückzahlung sich aus seinen Pensionsbezügen speiste und diese beinahe komplett auffraß. Die regelmäßigen Einnahmen meines Schwiegervaters hätte ich mir nur mal zwei, drei Monate für uns gewünscht. Dann hätten wir leicht ausgesorgt gehabt. Aber so wie Ernst mit dem Geld um sich geworfen hatte, hatte das nicht lange gut gehen können. Immerhin finanzierte er quasi die drei Familien seines verstorbenen Sohnes via Dauerauftrag weiterhin in derart hohem Umfang, dass mir beim Betrachten der Zahlen richtig schwindelig wurde. Kein Wunder, dass für uns nie etwas übrig gewesen war ...

»Und die Rehabilitationsmaßnahme ist in ein paar Tagen abgeschlossen, Faye. Wir müssen handeln«, sagte Constantin. Der Alarm in seiner Stimme gellte garantiert mindestens bis nach Bristol.

»Was kommt danach?«

»Zunächst eine Kurzzeitpflege. Aber die löst das Problem nur für weitere drei bis vier Wochen. Dafür habe ich einen Platz gefunden. Die Ärzte betonten allerdings nochmals klipp und klar, dass ein Alleinleben für ihn absolut ausgeschlossen ist. Der Finanzrahmen ist beim gegenwärtigen Stand seiner Konten jedoch so eng gesteckt, dass wir ihm keinesfalls rund um die Uhr eine qualifizierte Betreuung in der Villa ermöglichen können.

Bei den Pflegeheimen habe ich mich umgehört. Die nehmen's wirklich von den Lebendigen. Kämen also nur die billigsten Einrichtungen infrage, was er natürlich vehement ablehnt.«

»Das kann ich mir vorstellen«, entfuhr es mir unwirsch. Graf Koks konnte natürlich nicht weit unter Stand untergebracht werden. »Daueraufträge stornieren, Haus verkaufen?«, schlug ich pragmatisch vor.

Constantin raufte sich die Haare. »Das habe ich ihm auch nahezubringen versucht. Bei der Höhe seiner Bezüge könnte er sich ohne Schwierigkeiten die exklusivste Seniorenresidenz leisten. Aber ...«

»Aber er hält es für seine Pflicht, die ganze faule Sippschaft deines Bruders weiterhin zu unterstützen, ja?«

Constantin nickte bedrückt und ergänzte den Reigen der Neuigkeiten noch mit der schockierenden Botschaft, dass Ernst es sogar fertiggebracht hatte, Constantins Erbe zugunsten eben dieser »Sippschaft« auf die Pflichtteilshöhe zurückzuschrumpfen. Na schön. Mein Inneres stampfte trotzig mit dem Fuß auf. So wenig, wie ich Ernst leiden konnte, wollte ich jetzt eigentlich am liebsten überhaupt nichts von ihm in unserer gemeinsamen Kasse sehen. Wir waren schließlich selbst in der Lage, uns auch aus dem größten Schlamassel herauszuziehen. Aber diese Testamentsänderung verstieß so sehr gegen mein Gerechtigkeitsempfinden, war ein solcher Affront gegen Constantin, der sich niemals etwas hatte zuschulden kommen lassen und doch so übel übervorteilt wurde, dass mir die Galle hochkam. Ich kochte vor Wut über den Alten, und meine Stimme klang sehr, wirklich sehr mühsam beherrscht.

»Und nun?«

Mein Ton war definitiv zu scharf gewesen. Constantin zuckte zusammen, und plötzlich tat er mir so unendlich leid, wie er da jetzt mit hängenden Schultern und geschlagenem Gesichtsausdruck vor mir stand, dass ich ihn in die Arme nahm und all meinen Ärger für einen Moment beiseitewischte. Eine ganze Weile hielten wir uns so. Fest war Constantins Griff um meine Taille. Fast so, als klammere er sich an einen Rettungsring. Dann kam etwas ... leise, zögerlich, vorsichtig. Etwas, das dem Fass meiner Beherrschung den Boden ausschlug: »Faye, Liebste ... könnten nicht ... könnten nicht *wir* ...?«

Constantin säuselte. Ich weiß, was es bedeutet, wenn Constantin säuselt. Irgendwelche Synapsen in meinem Hirn verbanden sich an Schnittstellen, die gefährliche Funken sprühten. Ich wollte nicht zulassen, dass diese unsägliche Befürchtung sich bewahrheitete, fühlte einen bevorstehenden Kurzschluss von vernichtendem Ausmaß nahen. Das konnte nicht wahr sein, was er da in den Raum stellte! Ich sah fassungslos zu ihm auf. Unerträglich, diese bittende Miene. Ich musste nichts mehr fragen, denn ein einziger stiller Blick von ihm, und meine Ahnung wurde blitzschnell zur Gewissheit.

Meine Sicherungen knallten durch. Wieder mal. Ja, ich weiß! Aber so bin ich eben.

»Nein! O nein! Das kannst du nicht von mir verlangen!«, brüllte ich.

Dann machte ich mich von ihm los, flüchtete die Treppe hinauf in mein Arbeitszimmer und warf die Tür hinter mir zu.

* * *

Stunden brachte ich allein in meinem Zimmer zu, ignorierte Constantins zaghaftes Klopfen, ignorierte Lucys Heulen an der Tür und ihre inständigen Bitten, ich solle doch endlich aufmachen und rauskommen, ignorierte Bobbies Kratzen und Phils Versuch, ganz männlich dominant Einlass zu verlangen. Irgendwann gaben sie alle auf und ließen mich in Ruhe.

In meinem Kopf entspann sich ein Szenario, das mich mit schierem Entsetzen erfüllte. Ernst hier, hier in meinem Haus?

Die Kinder würden wir zusammenschieben müssen, um einen Raum für ihn frei zu machen. Sie würden es hassen, auf ein eigenes Zimmer verzichten zu müssen! Ohne professionelle Unterstützung würden wir ihn nicht versorgen können, so viel hatte ich Constantins Erläuterungen zweifelsfrei entnommen. Das bedeutete, mehrmals täglich müsste eine Pflegekraft in unseren Tagesablauf integriert werden. Und inwiefern hatte sich sein Charakter verändert? Ich hatte Constantin nicht gefragt. Aber ich ging vom Schlimmsten aus, denn die Sturheit, sich nicht den Gegebenheiten anpassen zu wollen, nicht bereit zu sein, Abstriche hinzunehmen, sprach in meiner Lesart schon eine genügend deutliche Sprache. Würde ich mit ihm unter einem Dach leben können? Würde er mit mir zusammenleben können? Bei all der Ablehnung, die er mir stets entgegengebracht hatte? Wie würde seine Anwesenheit sich auf unser Familienleben auswirken? Ich wusste genau, wie sehr Constantin seinen Vater liebte. Und ich wusste genauso, dass er mich, dass er uns liebte. War es in der gegenwärtigen Lage mit dem mir eigenen Verständnis von Fairness nicht eigentlich undenkbar, ihn vor die Entscheidung zu stellen: er oder wir?

Letztlich war Ernst jetzt nichts anderes als ein hochgradig hilfsbedürftiger alter Mensch. So sehr mich auch die Wut antrieb, die von der unzweifelhaften Erkenntnis befeuert wurde, dass er an seiner Zwangslage selbst schuld war, so heftig regte sich in mir doch das Gefühl für Anstand. Es säuselte. Jawohl, es säuselte mindestens so eindringlich, wie Constantin vorhin gesäuselt hatte. Flüsterte mir sanft ins Ohr, es sei doch nur für eine gewisse Zeit, nicht bis ans Ende unserer Tage. Ich möge doch vernünftig sein, mich, meine Belange nicht so wichtig nehmen und mich darauf einlassen, meine verdammte Pflicht an einem Gebrechlichen zu erfüllen.

Ha! Da hatten wir es. Pflicht!

Was würde ich verlieren, wenn ich jetzt einfach auf stur schaltete und Nein sagte?

Klare Antwort: die Liebe!

Was Ernsts Anwesenheit mit unserer Beziehung möglicherweise machen würde, wenn er in unser Idyll platzte, war nicht abzusehen. Aber ich hatte keinen Zweifel daran, dass unsere Liebe zerbrechen würde, wenn ich Constantin jetzt nicht zur Seite stand. Schließlich hatte auch er vor zwei Jahren sein ganzes Leben für diese unsere Liebe auf den Kopf gestellt. Ich war es ihm schuldig!

So ganz war ich noch nicht bereit, einfach nach unten zu gehen, mich vor Constantin zu stellen und mit voller Überzeugung Ja zu sagen. Aber immerhin begann sich mein innerer Aufruhr zu legen. Ich setzte mich an meinen Schreibtisch, blätterte ziellos in meinem Manuskript, das bereits weit gediehen war, ließ meine Augen über die eine oder andere Textstelle schweifen und entdeckte etwas, das ich in voller Überzeugung seiner Richtigkeit geschrieben hatte:

Wenigen Menschen ist es gestattet, nur nach ihrem persönlichen Glück zu streben. Jeder von uns ist ein kleiner Teil eines großen Ganzen. Und in diesem Ganzen gilt es, nach bestem Wissen und Gewissen und zum Wohl der Gemeinschaft zu handeln und zu leben. Manchen von uns wird der Herr Aufgaben zudenken, die unmenschlich schwer erscheinen. Aber glaube mir, nur die Stärksten wird er mit den wirklich schweren Lasten beladen ... Du bist ein Mensch, der sich Herausforderungen stellen kann; da bin ich ganz sicher. Nimm deine Aufgabe an ... und du wirst Freude und Glück finden.

Lächelnd schaute ich aus meinem Fenster auf die ruhige See. Die Sonne ging unter. Hatte den Himmel in ein spektakuläres Farbenmeer verwandelt. Hatte ich nicht schon mehr als einmal bewiesen, dass ich mich Herausforderungen stellen konnte? Wie stark war ich doch eigentlich, gerade jetzt, wo sich beruflich eine ganz neue Art des Erfolges einstellte! Da sollte ich es nicht fertigbringen, den alten Gnatzkopf zu ertragen und dem Mann, den ich liebte, damit eine Last von der Seele zu nehmen, die er allein kaum tragen konnte? Wie lächerlich gering war doch diese Herausforderung im Vergleich zu den Pflichten, die Clara auferlegt worden waren. Und – Herrgott – ich war immerhin eine erwachsene Frau und kein versponnenes, naives Kind.

Der letzte blutrote Schein schimmerte über dem Horizont. Entschlossen klappte ich mein Manuskript zu, strich beiläufig den dünnen Pappdeckel glatt und stand auf.

Constantin saß allein vor dem Kamin. Zusammengesunken hockte er auf der äußersten Sofakante, hatte den Kopf in die Hände gestützt und starrte ins knisternde Feuer. Leise trat ich neben ihn, legte eine Hand auf seine Schulter. Zweifel im Blick, als er zu mir aufsah. Ich sagte nichts. Nickte nur.

All die Jahre

Wie eine Irrsinnige arbeitete ich in den folgenden Wochen. Ich hatte das Gefühl, so viel wie möglich erledigen zu müssen, ehe mich das »wahre Leben« aus der traumhaft euphorischen Schaffensphase reißen würde. In jeder freien Minute, die ich mit Constantin und den Kindern verbringen konnte, saugte ich mit ungekanntem Bewusstsein Kraft aus unserer *noch* so komfortabel erscheinenden Lebenssituation.

Zunächst hatten wir überlegt, ob es nicht eine gute Idee wäre, ein gemeinsames Arbeitszimmer zu teilen. Aber nachdem wir die Option ein paar Tage lang getestet hatten, wurde uns schnell bewusst, dass keiner von uns auf absolute Abgeschiedenheit verzichten konnte, um wirklich produktiv sein zu können. Also stimmten wir die Kinder darauf ein, dass sie für eine gewisse Zeit zusammenrücken mussten, bauten über die Weihnachtsfeiertage ein wenig um und schufen Platz für Ernst, indem wir das größere Kinderzimmer für Lucy und Phil zurechtmachten.

Ich gestehe, wir schmückten Ernsts Notsituation so dramatisch aus, dass die beiden das Gefühl bekamen, das Opfer, welches sie damit brachten, sei eine lebensrettende Maßnahme, und überaus ernsthaft und vernünftig mit den Einschränkungen umgingen. Sie arrangierten sich vorläufig ausgesprochen gut, zumal Constantin unserem Großen sein Arbeitszimmer für die Nachmittage zur Verfügung stellte und ihm sogar gestattete, seinen Computer zu benutzen. Lucy richteten wir im Wohnzimmer eine extra Spielecke ein, die sie erstaunlicherweise richtig hausfraulich in Ordnung hielt.

Wir hatten einen sehr sympathischen ambulanten Pflegedienst aufgetan und fühlten uns rundum gerüstet für jenen Tag Ende Januar, an dem ein Krankentransport Ernst zu uns bringen sollte.

Meiner ständig wachsenden Leserschar bot ich offenbar eine packende Geschichte, der sie sehr gern folgten, und vorerst war das Einstellen der Zeitung zur Erleichterung der gesamten Belegschaft vom Tisch. Die Auflage stieg in äußerst erfreuliche Höhen, alte Anzeigenkunden kamen zurück, neue hinzu. Der Chef erteilte die Anweisung, einen saftigen Aufschlag für die hochbegehrten Platzierungen in unmittelbarer Nähe meiner Geschichte zu berechnen. Anscheinend schockierte das niemanden, es entstand allerdings dem Vernehmen nach ein regelrechter Streit um diese Plätze. Das alles hatte zur Folge, dass Timothy Harris langsam begann, mich darauf einzuschwören, mir schon mal Gedanken über etwas Neues zu machen, denn auf Dauer war es ja mit dieser einen Geschichte nicht getan. Gemeinerweise wedelte er bei der Gelegenheit mit der Idee vor meiner Nase herum, die Geschichte Claras als Buch herauszugeben. Klar war ich elektrisiert von dieser verlockenden Aussicht, aber ich fühlte auch einen ganz schönen Druck aufkommen. Alle paar Tage leitete die Redaktion einen dicken Packen eingegangener Leserzuschriften per E-Mail an mich weiter, über die ich mich immer wahnsinnig freute und die ich mit großem Vergnügen beantwortete.

Ich hatte in den Szenen der Ehe Claras und Henrys bereits das vierte Kind zur Welt kommen lassen, befand mich in Claras

Niederschriften des Jahres 1861 und war bester Dinge, denn die Tagebücher leiteten mich sicher durch jedes Auf und Ab ihrer wechselvollen Beziehung. Constantins stückchenweise abgelieferte Erzählungen waren entzückend gewesen. Aber ich entwickelte jetzt ein völlig andersartiges Verhältnis zu Claras Nachlass. Direkt aus den Originalen zu schöpfen war für mich ein ganz eigenes, höchst berührendes Erlebnis.

Claras erstgeborener Sohn John hatte bereits seinen achten Geburtstag gefeiert. Die drei kleinen Mädchen Thekla, Franziska und Marie Mildred waren inzwischen sieben, fünf und zwei Jahre alt. Und alle waren denselben Lebensweg gegangen wie ihr großer Bruder. Frühzeitig von der Mutter getrennt, von Ammen aufgezogen, zu denen sie natürlich eine viel tiefere Bindung hatten aufbauen können als zu ihrer leiblichen Mutter, waren sie zu hübschen kleinen Prinzessinnen herangewachsen. Clara hatte sich, wie es ihrer Art entsprach, notgedrungen mit den Gepflogenheiten der viktorianischen Erziehung ihrer Sprösslinge arrangiert. Anfängliche Versuche, hier und da einzugreifen, wenn ihr das starre Korsett für die Kinder zu hart erschien, hatte Henry in höchstem Einvernehmen mit Mary immer zu unterbinden gewusst, und Clara hatte sich letztlich gefügt.

Ein ausgesprochen treffliches Beispiel für Claras Umgang mit den Dingen fand ich in ihren Aufzeichnungen anlässlich eines von Henry anberaumten Termins. Der Hofmaler Winterhalter, berühmt für seine sehr realistischen Darstellungen quasi aller gekrönten Häupter Europas, sollte ein neues Porträt Claras und ein Bild der gesamten Familie anfertigen. Großkotzig hatte Henry Ames angemerkt, der Beste sei ihm für sein »Herz« gerade gut genug, als Clara eingedenk ihrer eigenen Erfahrungen beim Modellstehen einen zaghaften Einwand zugunsten der Kinder wagte und von ihrem Gatten die folgende verbriefte Antwort bekam:

»*Sie sind zu großer Disziplin erzogen worden. Meine Kinder sind keine Weichlinge und wissen, dass sie sich zusammenreißen müssen. Auch Queen Victorias Kinder und die kleine Prinzessin Clothilde von Sachsen-Coburg haben lange genug stillgehalten, dass der Meister sie auf die Leinwand bannen konnte.*«

Clara hatte hierzu ihre Gedanken niedergeschrieben, und ich war einen Moment lang ganz erleichtert, darin ein wenig ihres einst für damalige Zeiten so rebellischen Geistes zu finden:

Disziplin! O ja, Disziplin steht immer an erster Stelle. Manche Träne habe ich geweint, wenn ich ansehen musste, wie erst die Ammen, dann die Nannys und Hauslehrer die Kinder drillen. Funktionieren sollen sie. Wie die Marionetten. Schon die auf die Minute geregelten Trinkzeiten der Babys haben mich aufgeregt. Können Säuglinge nicht dann gefüttert werden, wenn sie hungrig sind? Dürfen sie nicht an der Brust liegen, bis sie einschlafen? Warum sollen sie im Dunkeln allein in der Wiege liegen, ohne dass ich auf ihr Weinen reagieren, zu ihnen eilen, sie hochnehmen und trösten darf? Müssen sie in so engen Bündeln ausharren, ohne sich jemals frei bewegen zu können, bis sie den Windeln halbwegs entwachsen sind? Herzzerreißend war es schon damals, den kleinen John auf dem Wickeltisch zu erleben, als er rein zum Zwecke der Säuberung ausgepackt wurde und sich sein immer so geduldig wirkendes Gesichtchen vor Freude auf einmal vollkommen veränderte, er mit den Beinchen strampelte, mit den winzigen Fingern nach meinem Daumen griff und vergnügte Laute von sich gab, bis man ihn wieder gebändigt und fest eingewickelt hatte und sein Lachen erstarb. Alle. Alle vier hat man so eingeschnürt. Damit sie ruhig sind, damit ihre Gliedmaßen schön gerade wachsen. Was nützt all der Zierrat bunt bestickter Bänder, wenn sie darin wie fette unbewegliche Maden und gar nicht mehr wie junge Menschlein wirken?

Sobald sie der Wickelung entronnen sind, geht es weiter mit dem kostbaren Zierrat; wie kleine Erwachsene kleidet man sie. Überschüttet sie mit diversesten Spielzeugen, die doch immer nur tote Gegenstände bleiben und niemals die Fantasie so anregen, wie es eine Erziehung im Einklang mit der Natur vermag. Niemals dürfen sie durch den Park tollen, müssen gesittet schreiten, sobald sie laufen können, werden angehalten, sich sofort die Hände zu waschen, sobald sie Peter oder Sheadie auch nur über die Köpfe gestreichelt haben. Nicht einmal Shaedies entzückende Welpen durften sie auf den Arm nehmen, obwohl ich mehrmals versuchte, ein gutes Wort einzulegen. Verbote. Überall stoßen die Kinder auf Verbote, Normen und Regeln. Selbst jedwede Art von körperlicher Ertüchtigung ist von diesen starren Regularien durchzogen, lässt keinen Raum für freie kindliche Entfaltung. Kein Stäubchen darf sich finden auf den reinweißen Strümpfchen, kein Fleck die strahlend sauberen Krägelchen verunzieren. Wie makellos schöne, leblose Puppen kommen mir die Kinder manchmal vor. Schreien möchte ich, damit ich Regungen in ihren diszipliniertenGesichtern sehe! Aber was würde Henry mit mir machen, wenn ich es täte? Mich noch mehr drangsalieren, noch besser wegsperren? Mein Gott, freie Körper, freie Geister können doch aus ihnen nicht werden! Schwermut ergreift mich, denke ich an meine eigene Kindheit zurück, in der die Eltern leitendes, aber niemals einengendes Vorbild gewesen sind und mir, genauso wie den Geschwistern, Raum zur Persönlichkeitsbildung gelassen haben. Nein. Ich habe keinerlei Sorge, dass die Kinder auch die Prozedur des Modellstehens geduldig und in der geforderten Disziplin über sich ergehen lassen werden. Und ich werde still sein, nicht aufbegehren, denn es würde alles nur noch schlimmer machen.

* * *

All die Jahre waren Clara und Henry der Gewohnheit gefolgt, Spätsommer, Herbst und die Wochen vor Weihnachten in London zu verbringen. Nur 1854 hatten sie die Metropole gemieden, denn zum einen stand Clara kurz vor der Niederkunft, zum anderen wütete eine Cholera-Epidemie in London, die letztlich zehntausend Menschenleben forderte. Hatte auch das – von Henry nicht ganz uneigennützig unterstützte – Bauprojekt der Arbeiterunterkünfte einem gewissen Anteil der Menschen zu einfachem, aber sauberem Wohnraum verholfen, so war doch ein Problem der immer noch beständig wachsenden Stadt geblieben: London besaß kein Abwassersystem. Die Themse verkam Jahr um Jahr mehr zur Kloake und Brutstätte aller erdenklichen Krankheitserreger. Trotz der immer wieder lautstark eingebrachten Warnungen einiger Parlamentsangehöriger und der Interventionsversuche des angesehenen Pfarrers Henry Moule, der die enorm hohe Sterblichkeitsrate in der Stadt auf die Bakterienschleuder Themse, aus welcher die Armen ihr Wasser schöpften, zurückführte, geschah lange nichts, das Abhilfe für die unhaltbaren Zustände hätte schaffen können. Es musste erst im unerträglich heißen Sommer 1858 zu der Katastrophe kommen, die als »Big Stink« in die Annalen einging. Der bestialische Gestank des Flusses hatte inzwischen sogar den Westminster-Palast erreicht, und die ganze Sache stieg den Abgeordneten so ekelhaft beißend in die Nase, dass man endlich zu handeln beschloss.

An dieser Stelle hatte wiederum Henry seinen zweiten großen Auftritt gehabt, denn was ihm im ersten Anlauf des so überaus plötzlich erwachten sozialen Engagements nicht gelungen war, sollte nun zustande kommen. Neuerlich ließ er sich nicht lumpen und bot finanzielle Unterstützung für das Kanalsystem an, welches ein Chefingenieur namens Joseph Bazalgette erdacht hatte. Nun kam Queen Victoria nicht mehr umhin, Henry seinen größten Karrieretraum zu erfüllen, und sie schlug ihn zum Knight. Clara hatte während der Zeremonie den Eindruck gehabt, dass sie es nicht gerne tat. Aus unerfindlichen Gründen schien sie Henry als Menschen nicht sehr zu mögen. Wohl aber war sie höchstwahrscheinlich

Alberts Empfehlung gefolgt, dessen Klugheit und ausgleichendes Temperament ihr bereits in vielen kniffligen Situationen Hilfestellung geleistet hatte, wenn es darum ging, die richtigen, wichtigen Leute möglichst nicht zu verärgern. Auch Albert, so hatte es Clara stets empfunden, hatte bei offiziellen Anlässen die Kommunikation mit ihr dem Austausch mit Henry vorgezogen und lieber einen kleinen Plausch über die gemeinsame deutsche Heimat geführt, als Henry gebührend einzubeziehen. Man hatte es ihn merken lassen, dass er letztlich strampeln konnte, wie er wollte, und am Ende doch nicht richtig dazugehörte. Dass Henry allerdings tatsächlich selbst über die notwendige Sensibilität verfügte, die winzigen Affronts richtig zu münzen, wagte ich anhand von Claras Aufzeichnungen zu bezweifeln. Für mein Empfinden war er die ganzen Jahre über ein egoistischer, grober Klotz geblieben.

Dies dokumentierte sich in meiner Lesart besonders gut an jenem Verhalten, das er Clara gegenüber seit dem denkwürdigen Tag seines Ritterschlages kultivierte. Wahrscheinlich ist ihm bewusst gewesen, dass ein höherer gesellschaftlicher Aufstieg ihm auch bei aller Anstrengung nicht mehr möglich sein würde. Die Ehe mit Clara hatte ihn an jene persönliche Spitze gebracht, die er erreichen konnte. Damit hatte sie offenkundig in seinen Augen ihren Zweck erfüllt. Das ließ er sie unterschwellig spüren, wahrte aber immer den äußeren Schein.

Vollkommen vertraut war ich inzwischen mit Claras Stimmungen geworden. Im Verlauf meiner Recherchelektüre hatte ich verschiedene Stadien ihrer Versuche erlebt, sich in ihrer Position einzurichten. Waren anfänglich ihre Aufzeichnungen noch stark vom Heimweh und dem schmerzlichen Verlust ihrer großen Liebe zu Martin gezeichnet gewesen, so hatte sie über lange Jahre alles getan, um dies an den äußersten Rand ihrer Gefühlswelt zu drängen, um sich ganz auf ihre Rolle als Lady Ames einzulassen.

Kein Sterbenswort hatte ich über irgendwelche Amouren Claras zu lesen bekommen. Sie war Henry treu ergeben gewesen, hätte zwar vielfältige Möglichkeiten gehabt, der einen oder anderen Versuchung nachzugeben, hatte sich aber streng und überzeugt an ihr eheliches Gelübde gehalten und ständig versucht, Henrys Liebe zu erringen. Sicherlich hatten aber auch die mahnenden Worte Martins und seines Vaters unauslöschliche Spuren in Claras Einstellung hinterlassen.

Henry hingegen hatte seinen Stiefel stringent weitergelebt. War mindestens die Hälfte eines jeden Jahres auf See gewesen, kehrte meist im Spätsommer zurück und gab sich in den Herbst- und Wintermonaten alle Mühe, möglichst seine Gattin schwanger wieder zurückzulassen.

Jedes Mal keimte bei seiner Heimkehr in Clara neue Hoffnung auf, dass sich irgendetwas in ihrer Beziehung ändern könnte. Jedes Mal wurde sie wieder enttäuscht. Sie lernte, es mit blutendem Herzen hinzunehmen, wenn Henry ihre Schwangerschaften zum Anlass erklärte, sie wieder aus dem gemeinsamen Schlafzimmer zu verbannen, und sich ganz offen seinen Vergnügungen in außerehelichen Liebschaften hingab. Gedemütigt fühlte sie sich, das belegten ihre Tagebücher mehr als deutlich. Aber sie nahm es hin, wie alle Damen der viktorianischen Gesellschaft dieses Verhalten ihrer Männer hinnahmen. Clara allerdings reflektierte durchaus kritisch, denn ihrer Auffassung nach war dieses typisch männliche Gebaren nichts anderes als Polygamie, die sich unter dem gesellschaftlich geduldeten Deckmäntelchen der Rücksichtnahme verbarg.

Nach wie vor war sie nicht auf den Mund gefallen, denn bei jeder Heimkehr ihres Mannes erinnerte sie ihn daran, dass er noch immer den kleinen Liebesbeweis schuldig sei, den er ihr in der ersten Nacht versprochen hatte. Weit entfernt war sie inzwischen vom Rachegedanken. Aber sie wollte, dass jeder seiner zahlreichen Liebhaberinnen ein Stich in den Leib fahren sollte, wenn er sich vor ihnen entblößte und sie den Beleg auf seiner Brust fänden, dass er, dass sein Herz bereits vergeben sei. Allein, Henry hielt sein gegebenes Wort nicht.

Im Gegensatz zu weniger sensibel veranlagten Leidensgenossinnen veränderte all dies Clara mit der Zeit. Nicht, dass es ihrer Schönheit geschadet hätte. Im Gegenteil, die jugendliche Knospe war zu einer traumschönen Rose erblüht, die Jahre hatten sie weiblicher und sanfter gemacht. Nur ihren Augen, das realisierte sie selbst sehr bewusst, sah man an, dass irgendetwas nicht stimmen konnte. Das Feuer, mit dem sie jeden Menschen in ihren Bann hatte ziehen können, war erloschen. Aus dem lebens- und liebeshungrigen naiven Mädchen war eine Melancholikerin geworden. Der Hauch von Traurigkeit, von bitter empfundener Ausweglosigkeit umwehte sie wie ein feiner, kostbarer dunkler Seidenschal.

Heute würden wir wahrscheinlich sagen, sie hatte sich aufgegeben. Ich war während des Lesens mehr als einmal versucht gewesen, ihr entsetzt zuzurufen: »Hey Clara, wach auf, lass dich nicht hängen«, denn in den Aufzeichnungen des Jahres 1861 fanden sich eigentlich nur noch traurige, sehnsuchtsvolle Passagen. Der Name Martins tauchte plötzlich vermehrt wieder auf, und Clara vertraute immer häufiger ihrem Tagebuch an, wie schwer sie an sich halten konnte, Martins zweiten Brief nicht zu öffnen. Dass sie sich darüber nicht schon viel länger Gedanken gemacht hatte, erstaunte mich die ganze Zeit. Nie im Leben hätte ich es so lange ausgehalten. Aber offenbar galt ihr dieser Brief wirklich als allerletzter Ausweg, und noch immer kämpften in ihr die Giganten Pflicht und Liebessehnen einen nicht enden wollenden Krieg. Wie stark sie bemüht war, die Kombattanten zu befrieden, belegte eine rührend verzweifelte Sequenz aus dem Herbst 1861.

* * *

Vor drei Wochen erst hatte Henrys Schiff angelegt. Seit zwei Tagen bemerkte Clara leichte Morgenübelkeit. Aber dieses Mal wollte sie es ihm verschweigen. So lange, wie es irgend möglich war. Der Stillstand in ihrer Seele, den seine monatelange Abwesenheit und sein allzu schnelles Abwenden immer wieder verursachten, musste unbedingt hinausgezögert werden. Diesen Winter wollte sie *leben*. So, wie es in jenen Wintern gewesen war, als ihr Körper sich der Empfängnis widersetzt hatte. Da war es ihr gelungen, ihn zu umgarnen wie in den ersten Tagen. Da hatte sie sich begehrt, geliebt und lebendig gefühlt. Unter keinen Umständen sollte dieser herrliche Zustand so rasch wieder zu Ende sein. Ein letztes, ein allerletztes Mal wollte sie versuchen, ihn endgültig zu erobern. Sollte es auch jetzt wieder schiefgehen, das hatte sie sich geschworen, wollte sie ihn verlassen.

Um Marys geschultem Kontrollblick ein Schnippchen zu schlagen, hatte Clara sich eine Phiole voll frischen, aus dem Fleisch herausgepressten Kalbsblutes aus der Küche besorgen lassen. Damit folgte sie dem Rezept der österreichischen Kaiserin Elisabeth, die es selbst trank, wie man hinter kaum vorgehaltener Hand in Adelskreisen munkelte, um den eigenen Alterungsprozess aufzuhalten. Clara gab vor, damit die nach der Geburt ihrer Welpen etwas mitgenommene älteste Tochter Sheadies aufpäppeln zu wollen. Die Hündin jedoch, Claras Augenstern, die sie sich nach dem Tode des treuen alten Peter zu behalten ausbedungen hatte, kam nie in den Genuss dieses zweifelhaften Stärkungsmittels. Vielmehr verzierte Clara damit pünktlich alle vier Wochen ihre Leibwäsche.

Tatsächlich schöpfte Mary keinerlei Verdacht, und Clara gab sich mit Leidenschaft den Bemühungen Henrys hin. Immerhin war das letzte Kind bereits vor zwei Jahren zur Welt gekommen, und Ames empfand eine erhebliche Unzufriedenheit. Es müsste doch mit dem Teufel zugehen, wenn er nicht in der Lage wäre, seine Gemahlin in gute Hoffnung zu versetzen, verkündete er ein ums andere Mal und strengte sich recht an, Schwung ins eheliche Schlafgemach zu bringen. Wie sehr sich Clara über den gelungenen Trick amüsierte, konnte ich lachend nachlesen.

Aber bald blieb mir das Lachen im Halse stecken. Zum Jahreswechsel geschah etwas, das zweifellos vielen Frauen im Verlauf ihrer fruchtbaren Phase einmal passieren kann. Clara erlitt eine Fehlgeburt. Körperlich erholte sie sich schnell. Aber seelisch war sie gebrochen. Hatte Mary, hatten alle Mahner also doch recht gehabt mit ihren jahrelang vorgetragenen eindringlichen Warnungen!

Umgehend hatte Henry sie hinter Schloss und Riegel in ihr Zimmer verbannt, denn wie immer, wenn sie unter starkem psychischen Druck stand, begann sie nun wieder zu schlafwandeln, das blaue Band erlebte keine einzige ungespannte Nacht, und Henry war es schnell leid, immer wieder aus dem Schlaf gerissen zu werden.

Claras aufmüpfiges Temperament gehörte von nun an vollends der Vergangenheit an. Sie zermürbte sich mit quälenden Selbstvorwürfen und verschwendete keinen Gedanken mehr daran, Henry zu verlassen. Gott hatte sie gestraft. Ein zweites Mal! Ja, für ihre hemmungslose Leidenschaft erbarmungslos gestraft.

* * *

Wen sollte es schon wundern, dass Henry seine Frau im März 1862 erneut schwanger zurückließ? Kaum hatte sie sich von den physischen Strapazen des Abortes erholt, kaum hatte ein zufriedenes Nicken Marys nach einer Untersuchung den Startschuss gegeben, hatte Henry seine Chance ergriffen. Clara war zum verängstigten Lämmchen geworden. Kein Mucks, keine

Widerworte mehr. Sie fügte sich so demütig, dass selbst Mary kaum noch aus dem Staunen herauskam.

Voller Angst, ein zweites Mal zu versagen, voll Sorge, noch ein zweites Kind hergeben zu müssen, rührte sich Clara während dieser Schwangerschaft kaum, verbrachte viel Zeit kniend vor dem kleinen Hausaltar, flehte um die Vergebung ihrer Sünden und betete für die Gesundheit des Ungeborenen. Sie litt unter Inappetenz, nahm kaum vier Kilo zu und schenkte im November, zwei Wochen zu früh, ihrem winzigen Sohn Mortimer Herbert das Leben. Zerknittert sah er aus, gelb war er wie eine Quitte, und man packte ihn jeden Tag zur Mittagsstunde warm ein und trug ihn an die spärlich scheinende Spätherbstsonne. Zudem musste das Kind Unmengen Kräutertee zu sich nehmen. Fragil und schwach blieb er, und auch diesen Umstand legte Clara sich selbst zur Last.

Mit zärtlicher Liebe hing sie an dem schwächlichen Kind. Endlich hatte sie mit diesem schutzbedürftigen Zwerglein eine Seele gefunden, der sie all ihre Wärme schenken konnte. Mortimer brauchte sie! Jeder Gedanke an eine andere Erfüllung ihrer Sehnsüchte war gestorben. Nur noch für dieses Kind lebte Clara, und so sehr auch ständige Angst sie beherrschte, so beglückend war doch die Nähe zu diesem Sohn, die ihr nicht einmal Henry zu verweigern wagte. Sie wachte mitsamt einem ganzen Stab aus Amme, Hebamme, dem jüdischen Leibarzt der Familie, Dr. Gorlay, und mehreren Dienstmädchen an seinem Bettchen, wenn er – wieder einmal – krank darniederlag. Kaum zwei aufeinanderfolgende Monate vergingen, in denen man Mortimer als gesund bezeichnen durfte. Schwere Krankheiten hatte er nicht durchzustehen, aber ein leichtes Fieber hier wechselte mit einer Magenunpässlichkeit dort, mit einem heftigen Weh des blond gelockten Köpfchens, garstigen Winden in seinem Bäuchlein, Zahnungsproblemen, Heiserkeit und derlei mehr.

Alle Frauen des Hauses waren jahrelang in ständiger Sorge um das Bürschchen, dessen Zerbrechlichkeit und sicher auch die besonders feinen, geradezu feminin hübschen Züge offenbar in besonderem Maße die Schutzinstinkte des weiblichen Geschlechts auf den Plan riefen. Mehrmals täglich betete Clara noch immer für die Gesundheit ihres Sohnes. Mehrmals täglich dankte sie Gott auf Knien, ihn haben, ihn behalten zu dürfen. Keines der anderen Kinder hatte einen derart hohen Stellenwert für sie.

Wenig Bindung hatte sie zu den Mädchen aufbauen können. Leichten Herzens ließ sie ihren ältesten Sohn John zur Marine ziehen. Ein Prachtkerl. Groß, dunkeläugig, muskulös. Ganz der Vater. Und ganz nach dem Geschmack des Vaters, der ihn bereits zwölfjährig auf die erste lange Seereise mitgenommen hatte. Ausgestattet mit der Arroganz des Stammhalters aus reichem, angesehenem Hause, war Claras Erstgeborener überzeugt, nichts und niemand könne sich seinem Eroberungsgeist widersetzen. Und so war es wohl auch.

Ganz anders dachte Henry Ames über Mortimer. Kein gutes Haar ließ er an seinem Sohn. Weibisch fand er ihn. Zu zart, zu wenig widerstandsfähig, zu klein, zu empfindsam, zu verzogen, zu … ja, sogar zu musikalisch. Bereits im Alter von sieben Jahren spielte Mortimer gemeinsam mit seiner Mutter auch schwerere Stücke vierhändig am Flügel. Die Damen der Bristoler Gesellschaft waren entzückt von dem ätherisch anmutenden Wunderkind und hofierten ihn. Die Männer jedoch bemitleideten Henry. Und je mehr sie das taten, desto unwirscher wurde des Vaters Ton dem Jüngsten gegenüber. Einen richtigen Mann müsse man langsam aus ihm machen, verkündete er. Er würde sich etwas einfallen lassen. Claras Einträge aus dem Beginn des Jahres 1869 troffen nur so vor Ängsten um den Kleinen.

Und mir schwante Fürchterliches.

Januar–März 2011 – Der Ernst

Fürchterlich wurden jetzt zunächst die ersten Wochen mit Ernst. Ich warne allerdings schon jetzt davor, dass das Eintreffen meines lieben Schwiegervaters weiß Gott nicht allein für den Ernst der Lage verantwortlich war.

Tatsächlich überkam mich ein heißes Gefühl des Mitleids, als ihn Sanitäter die Treppe hinauf in das eigens für ihn eingerichtete Zimmer schafften. Wir hatten große Sorgfalt darauf verwendet, dem sehr technischen, modernen Krankenbett allerhand Behagliches entgegenzustellen, das den Raum wohnlich und gemütlich machte. Nun legte man ihn also vorsichtig auf dem Bett ab, und ich war entsetzt über seinen grausigen Zustand. Ganz verdreht lag er da, offensichtlich nicht in der Lage, sich selbst zurechtzurücken. Unrasiert waren die stark eingefallenen Wangen. Er roch nicht gut.

»Komm, Vater, ich will dich mal ein bisschen bequemer hinlegen«, sagte Constantin liebevoll und schickte sich an, ihn ein wenig höher zu ziehen.

»Lass!«, herrschte der Alte ihn erstaunlich kräftig an. »Ist doch sowieso egal. Ist alles egal. Egal, wie ich daliege, egal, wie es mir geht. Sterben hätte ich sollen. Musste man mich jetzt auch noch für meine letzten Tage in dieses englische Kaff verfrachten? Ekelhaft ist das.«

»Nun lass gut sein, Vater«, versuchte Constantin zu besänftigen. »Ich helfe dir ein bisschen, und du wirst sehen, es gefällt dir sicher bald gut bei uns. Wir haben uns alle Mühe gegeben, es dir nett zu machen, und beabsichtigen, dich allerbestens zu pflegen. Sei herzlich willkommen in unserem Haus, wir freuen uns alle, dass du da bist!«

Damit griff Constantin ihm unter die Arme und wuppte den unbeweglichen Körper schnaufend in eine komfortable Sitzposition.

»Finger weg!«, zeterte Ernst. »Du bist ungeschickt. Ich will eine ausgebildete Pflegekraft.«

»Bekommst du, Vater. Mach dir keine Sorgen. Nette junge Frauen werden sich prima um dich kümmern.«

Ernst warf einen geringschätzigen Blick zu mir herüber. »Solche englischen Zicken wie die da? Hast du die immer noch nicht zum Teufel gejagt?«

»Vater!«

Was Ernst früher zur Vernunft gebracht hatte, verfehlte jetzt absolut seine Wirkung. Genauer gesagt, es hatte einfach eine ganz andere. Urplötzlich liefen Ernst bittere Tränen über die ausgezehrten Wangen. »Du sollst mit einem armen alten Mann nicht so gemein umgehen«, jammerte er.

O bitte! Nicht das auch noch. Hatte sich auf seine bekannte Ekelhaftigkeit womöglich jetzt zu allem Übel eine Larmoyanz gepfropft? Wie war das gleich mit den denkbaren Charakteränderungen? Damit konnte man ihm also gar nichts mehr entgegensetzen, sondern ging bei jeder Widerrede, bei jedem Versuch, ihn zur Vernunft zu bringen, auch noch das Risiko ein, Tränenströme auszulösen.

Erleichtert war ich in diesem Moment, dass die Türglocke schellte. Ein Blick auf meine Uhr bewies, dass der Pflegedienst pünktlich war. Ich floh geradezu aus dem Zimmer, flog die Treppe nur so hinunter, zog die resolut wirkende Mittdreißigerin in die Küche und legte ihr den Stapel Krankenakten auf den Tisch.

Lässig ging sie um mit meiner betroffenen Schilderung der vergangenen halben Stunde. »Ja, manchmal sind die so. Das darf man nicht persönlich nehmen. Ein lustiges Wort auf den Lippen, die Ohren einfach zuklappen, dann kommt man auch mit solchen Patienten klar«, erklärte sie lachend und vertiefte sich in Ernsts Laborergebnisse.

Ich war keine ausgebildete, ausgebuffte Pflegerin. Und ich hatte vor allem niemals Dienstschluss, konnte nicht ausweichen, nicht anderweitig ungestört Kraft tanken. Ich tat mich einfach verdammt schwer damit, nicht doch hinzuhören und zu reagieren, wenn Ernst mich einerseits drangsalierte, mir andererseits – egal, wie fies seine Sprüche gerade gewesen waren – nie die Gelegenheit gab, mich zu wehren. Er verletzte mich, wo er nur konnte. Meckerte an meinen Kochkünsten herum, obwohl ich mich unendlich anstrengte, abwechslungsreiche, leckere Kost für ihn zuzubereiten. Er verunglimpfte mein geliebtes Zuhause, schimpfte auf die Kinder, die schon bald nur noch auf Zehenspitzen durchs obere Stockwerk schlichen, damit er sie bloß nicht abfing und in ein unangenehmes Gespräch verwickelte. Ständig pflaumte er den geduldigen Constantin an, wobei er sich im Wesentlichen auf die Unzufriedenheit mit der Frauenwahl seines Sohnes bezog. Immer wieder eine klasse Gelegenheit, uns beide gleichzeitig zu brüskieren. Und als Garnierung ständig dieses unerträglich weinerliche Selbstmitleid. Es dauerte nur zwei Wochen, und unser aller Nerven lagen blank.

Oft hatte ich große Schwierigkeiten, abzuschalten und mich ganz auf meine Schreibarbeit zu konzentrieren. Eines Tages verfiel ich sogar auf den Einfall, mir Ohropax in die Ohren zu stöpseln. Das dämpfte zwar die ungewohnten Geräusche von nebenan (Ernst hatte die Angewohnheit, laute Selbstgespräche zu führen und dabei häufig ganz plötzlich ausgesprochen ausfallend und laut zu fluchen), aber es stoppte nicht das Karussell in meinem Kopf, das sich nur noch ums schwierige Organisieren des Alltags und um die beängstigend schlechte Stimmung in der gesamten Familie drehte. Ich wusste, Ernsts körperlicher Zustand konnte ihm ... ja, konnte *uns* allen noch viele gemeinsame Jahre bescheren. Manchmal war ich starr vor Panik über diese Aussicht.

Dann wieder versuchten wir, uns aneinander festzuhalten. Sprachen uns gegenseitig Mut zu, zogen uns an den Abenden zurück, besänftigten jeder den anderen. Nur ein armer alter Mann. Wir halten durch. Manchmal war ich nicht mehr so sicher.

* * *

Ganz und gar über mir zusammenzuschlagen drohten die Wogen, als ich Anfang März in Clara Henriettes Tagebüchern eine entsetzliche Entdeckung machte. Im Grunde wartete ich jetzt selbst voller Spannung auf den Auslöser, der Clara zu ihrer Flucht aus England veranlasst hatte, denn schließlich war die Zeit weit vorangeschritten und ich kannte ja den Einstieg der Geschichte, wusste von Constantin, dass sie irgendwann nach Deutschland gekommen war, um Henry das Kind zu entziehen, welches sie unter dem Herzen trug.

Die Lage im Côte House hatte sich zugespitzt. Henry hatte Clara eröffnet, dass er bei dem »Weichling«, wie er seinen Sohn Mortimer zu nennen beliebte, jetzt andere Saiten aufziehen wolle. Claras Liebling stand kurz vor seinem achten Geburtstag, und es sollten seine letzten Wochen zu Hause werden. Henry hatte beschlossen, ihn auf die Marineakademie nach Portsmouth zu schicken, damit endlich ein »richtiger Mann« aus dem Buben würde.

Welchen Effekt er damit bei Clara auslöste, lässt sich leicht ausmalen. Voller Verzweiflung bat und bettelte sie, flehte ihren Mann auf Knien an, dem Kind Zeit zu lassen, es nicht fortzuschicken. Sie wusste, wie es dort zuging, denn Mortimer sollte in die Fußstapfen seines großen Bruders John treten, der sich auf der Akademie ausgesprochen wohlgefühlt hatte. Aber Mortimer war nicht John. Dem Drill wäre er nicht gewachsen, daran hatte Clara überhaupt keinen Zweifel. Genauso wenig würde sie selbst jemals über den Verlust des so innig geliebten Jungen hinwegkommen, der ihr ganzer Lebensinhalt geworden war.

Henry aber ließ sich nicht erweichen. Am 2. Januar des Jahres 1869 musste Mortimer von seiner Mutter Abschied nehmen.

Ernsts Tränenströme waren ein Witz gegen das, was mir jetzt beim Lesen aus Claras Aufzeichnungen entgegenflutete. Alles. Alles hatte sie verloren. Tagtäglich schlich sie um ihre alte Handtasche herum, die jene so lange gehüteten Briefe Martins enthielten. Welchen Sinn hatte ihr Leben jetzt noch? Hatte sie Henry nicht alles gegeben? Hatte sie ihre Pflicht nicht endlich zu seiner Zufriedenheit erfüllt? War ihre Schuld nicht längst beglichen? Warum sollte sie noch bleiben? Eine Frage, die immer häufiger auftauchte! Und ich biss mir mehr als einmal erschreckt auf die Lippe, denn dieses »Bleiben« klang bisweilen nicht einfach so, als plane sie aus England abzureisen, sondern als frage sie sich, ob sie überhaupt auf dieser Welt bleiben sollte.

Mortimers Briefe, die in dichter Folge eintrafen, waren voller Schmerz, voller Überforderung, voller Sehnsucht und machten seiner Mutter Tag und Nacht zu schaffen. Wieder und wieder ging sie zu Henry, las ihm vor. Harsch unterbrochen jedes Mal. Die »Memme« solle sich um seine Ertüchtigung kümmern, seinen Dienst versehen, lernen … und immer wieder: ein richtiger Mann werden!

Keine Gnade ließ Henry walten. Ihr selbst waren die Hände gebunden. Ausnahmsweise verließ Henry in diesem Jahr Bristol bereits Anfang Februar. Dass es Clara nicht gut ging, konnte ihm eigentlich nicht verborgen bleiben, doch vermutlich wollte er gar nicht sehen, was er mit seiner Härte angerichtet hatte, und ging ihrer Gesellschaft in den letzten Tagen vor seiner Abreise tunlichst aus dem Weg.

Die Monate verstrichen. Clara schlief nicht mehr. Aß nicht mehr. Trug sich tatsächlich zunehmend konkreter mit Selbstmordgedanken. Als Henry Anfang Juni zurückkehrte, war sie nur noch ein Schatten ihrer selbst. Es kam zum ernsthaften Zerwürfnis der Eheleute, als Clara ihm erstmals ihren Körper verweigerte, und es war Mary, die nun als Vermittlerin bei Henry vorsprach und tiefe Besorgnis über den bedenklichen Gesundheitszustand ihrer Herrin äußerte. Zunächst ließ er Dr. Gorlay kommen. Mit verschränkten Armen und ungeduldig mit dem Fuß wippend, wohnte Ames der Untersuchung bei. Körperlich, so bekundete der Arzt, fehle ihr nichts Dramatisches. Der Magen, nun ja … das Gewicht … bei klein wirklich kritisch gering. Aber die Psyche …! Als Gorlay allerdings nun den vorsichtigen Vorschlag machte, Mortimer zurückzuholen, protestierte Henry energisch und komplimentierte den Mediziner aus Claras Schlafzimmer.

Statt sich über die ärztlichen Anweisungen Gedanken zu machen, tat er etwas ganz und gar Unmögliches, das Clara zutiefst verletzte. In ihrer Anwesenheit beriet sich Henry bei einer Flasche des neuerdings immer unverzichtbareren Gins mit seinem alten Kumpanen, dem Bankier Samuel Pinkerton.

»Hysterie, mein lieber Henry!«, diagnostizierte der süffisant grinsend und warf Clara einen herablassenden Seitenblick zu. »Das haben viele gelangweilte Damen heutzutage. Bei Engländerinnen ist die Krankheit weniger weit verbreitet, aber diese zarten Pflänzchen vom Kontinent ... Du müsstest dich mal mit meinem Bruder Abraham austauschen. Ein Leidensgenosse, sage ich dir. So hübsch und exotisch sie auch sind ... aber im Nachhinein fragt man sich dann doch, ob es nicht der glücklichere Einfall gewesen wäre, eine Britin zu ehelichen. Schau dir meine Mildred an. Zwölf Kinder in achtzehn Jahren. Immer hübsch brav und fromm und von bester Gesundheit. Das ist noch eine gute Ehefrau!«

Clara schaute empört vom einen zum anderen. Was erzählte er da? Eine Unverschämtheit! Und dazu Henrys aufgesetzt gequälter Gesichtsausdruck und sein zustimmendes Nicken. Schwer an sich halten musste sie, um nicht scharf dazwischenzufahren. Ehe sie jedoch den Mund aufmachen konnte, fuhr Pinkerton schon fort:

»Abraham hat beschlossen, seine Elisabeth zur Kur in Europas Sommermetropole Baden-Baden zu schicken. Ein Klimawechsel, Trink- und Badekuren, vielleicht die Konsultation eines Spezialisten für Frauen- und Nervenleiden. Dort scheinen die Ärzte etwas von diesen Weibergeschichten zu verstehen, hört man. Was hältst du davon? Ich könnte Abraham den Vorschlag machen, die beiden Ladys gemeinsam reisen zu lassen.«

Henry klopfte seinem Freund auf die Schulter (»Großartig, mein Lieber!«), äußerte sich abfällig über den indiskutablen Vorschlag Dr. Gorlays und wirkte extrem zufrieden über die in Aussicht gestellte Lösung des Problems.

Natürlich, dachte Clara wütend. Anfangen konnte er mit ihr klapperdürrem, todtraurigem Geschöpf doch jetzt sowieso nichts, und Bristol war voll von attraktiven Frauen, die wer weiß was für eine Nacht mit einem Mann wie Henry gaben. Was war da einfacher, als die angeblich gemütskranke Gattin eine Weile wegzuschicken? Dann war sie aus dem Weg, sicher aufgehoben, kam nicht auf dumme Gedanken und stellte keine Ansprüche an ihn.

Rasch wurden entsprechende Arrangements geplant und der Reisetermin für die beiden Damen auf Anfang Juni festgelegt.

Dieses Tagebuch endete mit Claras vorsichtigen Versuchen, sich zu freuen. Wieder wollte sie sich mit einer Situation arrangieren. Elisabeth würde ganz gewiss eine amüsante Begleiterin sein. Und war es nicht eigentlich eine wunderbare Aussicht, nach so vielen Jahren endlich die Heimat wiederzusehen? Clara schrieb Briefe. An den Vater, den sie schon beinahe zwei Jahrzehnte lang nicht gesehen hatte, an ihre Schwester Thekla, inzwischen Mutter zweier kleiner Töchter und glücklich verheiratet mit ihrem geliebten Oskar von Schauroth. Vielleicht … ganz vielleicht würden sie sogar nach Baden-Baden zu Besuch kommen, hatten sie geantwortet. Ein schwacher Hoffnungsfunke glühte in ihr. Auf einen kleinen Zipfel vom Glück.

* * *

Ich weiß es noch wie heute. Wir schrieben den 11. März des Jahres, und ich hatte mich in aller Früh an den Computer gesetzt, um vor der Arbeit draußen noch schnell einige Korrekturen an dem Manuskriptkapitel vorzunehmen, das ich heute in die Redaktion geben wollte. Eine Eilmeldung ging ein. Im japanischen Fukushima hatte ein Tsunami das dicht an der Küste gelegene Atomkraftwerk schwer beschädigt. Eine nukleare Katastrophe drohte. Gebannt vor Entsetzen verfolgte ich die Online-News und vergaß für eine Weile vollkommen meine Pflichten. Zwingen musste ich mich, meinen Kopf wieder den unabdingbaren Notwendigkeiten zuzuwenden, und als ich (wenig konzentriert) endlich meinen Mail-Anhang fertig zusammengestellt und alles abgesendet hatte, saß ich noch minutenlang da wie das Kaninchen vor der Schlange. Noch einmal einschalten? Oder lieber ganz pragmatisch zurück zum Tagesgeschäft und einen Blick auf die ersten Seiten des letzten verbliebenen Büchleins werfen? Ich nahm es in die Hand. Schlug es auf. Und erlebte im nächsten Moment meinen ganz persönlichen Tsunami. Eine Woge des Schreckens rollte über mich hinweg. Fieberhaft begann ich, alle bereits bearbeiteten Tagebücher noch einmal zu durchstöbern. Nichts. Nein.

»O nein!«, schrie ich.

Im nächsten Moment stand Constantin hinter mir. »Du hast es auch gerade gehört? Wie furchtbar! Die Reaktoren sehen total demoliert aus. Das kann nicht gut gehen. Die armen Menschen! Die werden die ganze Region schleunigst evakuieren müssen. Wenn der Wind dreht, könnte die Wolke sogar die Millionenmetropolen erreichen. Was, wenn die ganze Suppe ins Meer läuft? Japan ist eine Fischfangnation.«

»Ja, Constantin, ja!«, wimmerte ich, stand auf, warf mich ihm an den Hals. »Das ist eine entsetzliche Katastrophe. Aber ich habe gerade eine höchst persönliche erlebt.«

»Was ist passiert?«

Ich wies auf meinen Schreibtisch. »Schau! Diese hier habe ich alle bearbeitet. Und jetzt guck in das letzte. Es ist wirklich das letzte. Hast du eins in Deutschland vergessen? Bitte sag, dass da noch was ist!«

Constantin nahm das Büchlein in die Hand und überflog die ersten Seiten. Blätterte ans Ende und schüttelte den Kopf. »Ach du Scheiße! Das merkst du jetzt erst?«

Zutiefst zerknirscht nickte ich. Eine bestimmte Eigenheit, die ich pflege, seitdem ich lesen kann, hatte mir einen nicht absehbaren Fallstrick gelegt: Nie hatte ich, wie manche Menschen es gern tun, auf den letzten Seiten nachgesehen, wie eine Geschichte ausgeht. Bitter musste ich nun lernen, dass ein fertiges Buch nicht dasselbe war wie ein Stapel Recherchematerial. Fakt war: Claras Aufzeichnungen endeten im späten Januar 1869 mit Henrys Beschluss, Clara zur Kur nach Deutschland zu schicken. Und das letzte mir zur Verfügung stehende Tagebuch begann im Januar 1870 und schloss mit einigen Ereignissen nach der Geburt von Constantins Urgroßvater. Alles, was in der Zwischenzeit geschehen war, fehlte!

Fassungslos schaute ich Constantin an. »Und jetzt? Du hast mich darauf vorbereitet, dass Claras *Ende* eine vage Geschichte ist. Aber nicht darauf, dass es eine solche ... eine so *frühe* Lücke geben würde. Woher soll ich nehmen, was mir fehlt?«

Einen Moment lang überlegte er, dann beschloss Constantin: »Ich rufe Mathilde an.«

Wir stürzten die Treppe hinunter. Constantin wählte. Ich hörte das Freizeichen. Endlos. Ungeduldig trat ich von einem Bein aufs andere. Kein Anrufbeantworter. Es war acht Uhr. Ob sie noch schlief?

Constantin schien die unausgesprochene Frage in meinen Augen zu lesen. Er schüttelte den Kopf. »Mathilde ist ein Earlybird. Sie geht mit den Hühnern zu Bett und ist beim ersten Hahnenschrei wach. Ich versuch's bei Charlotte.«

Mathildes Schwester war sofort am Apparat. Ich fühlte, wie meine Hände vor Aufregung feucht wurden. Nachdem Constantin die Nachfragen der Tante bezüglich des Gesundheitszustandes meines lieben Schwiegervaters geduldig beantwortet hatte, kam er sofort zur Sache.

»Weißt du, wo Mathilde ist? Ich kann sie nicht erreichen.«

Erklärungen am anderen Ende der Leitung.

»Ach ... das ist ja blöd. Wirklich keine Chance?«

Warum verzog sich Constantins Gesicht zu einem so missmutigen Ausdruck?

»Und du? Weißt du mehr?«

Nein. Charlotte wusste nicht mehr. Sie wusste nur, dass ihre Schwester Mathilde sich vier Wochen lang auf der Insel Helgoland aufhalten würde. Mit ihrer Freundin. Wie jedes Jahr. Luftkur. Täte gut. Ein Handy? Bewahre, nein! Welche Pension? Keine Ahnung. Was sie aber wusste, war, dass diese von mir jetzt schmerzlich bemerkte Lücke schon Generationen von Frauen in der Familie zum Grübeln gebracht hatte. Mathilde würde also sowieso keine weiteren sachdienlichen Hinweise geben können. Ja, hätte man mir das nicht früher sagen können? Nie. Niemals hätte ich unter diesen Umständen auch nur einen Gedanken daran verschwendet, überhaupt anzufangen!

Ich war am Boden zerstört. Ernst schaute derweil begeistert fern. Den ganzen Tag. Und die darauffolgenden Tage auch. Die Russen waren das. Nein, Ernst, das war ein Tsunami. Unsinn, das waren die Russen!

Verdammt!

März 2011 – Côte House

Täglich verfolgten wir weiterhin die schrecklichen Nachrichten, die aus Japan kamen. Ich hatte es aufgegeben, Ernst auszureden, dass die Russen für den GAU verantwortlich waren. Offensichtlich war ein bisschen mehr in seinem Kopf durcheinandergeraten, als es anfangs den Anschein gehabt hatte. Häufig sprach er neuerdings von Kriegs- und Nachkriegszeit und schien dahingehend ein wesentlich helleres Erinnerungsvermögen zu haben, als er es für aktuelle Ereignisse besaß. Ich hörte einfach auf, ihm zu widersprechen, nahm mir jedoch vor, bei passender Gelegenheit mit dem behandelnden Arzt über die Sache zu reden.

Mein Vorrat an bereits fertig geschriebenen Kapiteln nahm stetig ab. Noch hatte ich nicht gewagt, Timothy Harris meine Sorgen mitzuteilen, und ließ ihn in dem Glauben, ich wüsste genau, was ich tat. Mein Kopf kreiste nur noch um die Frage, wie ich weiter verfahren sollte. Was konnte Clara geschehen sein? Welche Fortführung war plausibel? Was verlangte Constantin da von mir, wenn er meine gequält vorgetragenen Überlegungen mit dem schon einmal gegebenen Hinweis quittierte, ich solle denken wie eine Schriftstellerin und meine Fantasie walten lassen? Himmel, ich war Journalistin! Ich konnte aus gutem Grundmaterial eine Geschichte machen. Aber ohne fixe Belege in der Hand fühlte ich mich so furchtbar hilflos. Ich muss zugeben, ich verfiel meiner gefährlichsten Angewohnheit: Ich schob auf. Von Tag zu Tag wurde mein Gewissen schlechter. Ich musste liefern. Bald! Aber jede andere Tätigkeit wurde von mir in dieser Phase als viel dringlicher deklariert. Bis der Druck so groß wurde, dass ich mich vollständig blockiert fühlte, mein letzter Gedanke am Abend und der erste am Morgen nur noch lautete: Ich brauche ein Wunder.

Ende März waren die Tage schon sonnig, und ein lauer Hauch von Frühling hing in der Luft, den auch der frische Seewind nicht mehr fortblasen konnte. Ich hatte zu tun. Die Arbeit im Garten stand an, Gemüse wollte im Gewächshäuschen vorgezogen werden.

Während ich mich durch das im Herbst angerichtete Chaos in meinem Glashaus wühlte, fielen mir die Töpfchen mit den Lindensamen ein. Sorgfältig hatte ich sie mit feinen Netzen überzogen, damit mir die Vögel die Nüsschen nicht klauten, und sie auf den langen Regalen an der Außenwand dem zum Keimen notwendigen Winterfrost ausgesetzt. Tatsächlich! Ich zählte sieben feine grüne Spitzen. Sieben Linden! Dass es aus meinen vielleicht hundert gesammelten Samen wirklich so viele werden würden, hätte ich nie und nimmer für möglich gehalten. Zärtlich berührte ich das helle Grün, prüfte, ob die Anzuchterde feucht genug war. Alles fein. Ich setzte mich auf das schmale Bänkchen unter den Töpfen, hielt für einen Augenblick die Nase in die Sonne und gluckste zufrieden in mich hinein. Unter den Linden!

»Faye?«, hörte ich Constantin vom Haus her rufen.

»Ich bin hier. Komm mal gucken, ich hab gerade was entdeckt«, antwortete ich.

Constantins Gesichtsausdruck war komisch. Nein, eigentlich war er eher verheißungsvoll. »Ich hab was für dich.«

Was verbarg er da hinterm Rücken? »Haben wir im Lotto gewonnen? Ist Ernst endlich aus Russland zurück? Haben sie das Atomkraftwerk retten können?«

»Nee.« Er ließ sich neben mir nieder, und die Bank knatschte seufzend.

»Du musst die Schrauben mal nachziehen, sonst fällt sie bald auseinander. Übrigens sitzt du jetzt unter den Linden. Schau mal nach oben. Sieben Stück haben gekeimt.«

Constantin ist nicht gerade der ausgemachte Gartenfreak. Aber dieses winzige Wunder wusste er immerhin zu würdigen, lobte meinen grünen Daumen überschwänglich und gab mir einen Kuss. Küsse … und all das, was aus Küssen sonst noch so werden kann, waren in letzter Zeit eine Seltenheit zwischen uns geworden. Entweder waren wir zu müde gewesen oder die Entspannung, die der großen Anspannung vorangehen muss, damit es tatsächlich zum Sex kommt, hatten wir beide schon lange nicht mehr empfunden. Gesprochen hatten wir nicht darüber. Nur ein Mal hatte Constantin gesagt, er fände, wir wären zurzeit »ein bisschen neben dem Leben«, und ergänzt, er würde sich wünschen, dass der Stress eines Tages wieder abnähme, damit es wieder würde wie früher. Manchmal hatten wir beide auch einfach nur ein bisschen einvernehmlich geseufzt, wenn wir bei einer kurzen Umarmung jeder vom anderen wussten, was wir gerade dachten.

»Dann tausche ich jetzt dein grünes Wunder gegen ein … büttengelbes Wunder.«

»Was? Was ist bitte ein büttengelbes Wunder?«

Mit geheimnistuerischer Miene holte er langsam hervor, was er mir verborgen hatte. »Hat die Redaktion hergeschickt. Ich nehme an, sie wussten, dass es dort besser nicht ewig rumliegen sollte.«

* * *

Ich hatte eine Einladung ins Côte House erhalten!

Überaus höflich war der Brief gewesen, den Mrs Olivia Graham mir geschrieben hatte. Als begeisterte Leserin meines Fortsetzungsromans würde sie sich von ganzem Herzen freuen, die Autorin einmal persönlich am Schauplatz des Geschehens zum Tee begrüßen zu dürfen.

Ich war außer mir vor Freude. Endlich auch einen Blick hinter diese Kulissen werfen zu dürfen, war beinahe die schönste Aussicht, die ich mir vorstellen konnte. Ob sie es war, die ich im Oktober im Wintergarten hatte sitzen sehen? Nie war mir ihr Bild aus dem Kopf gegangen. Vielleicht bot sich im Côte House sogar irgendeine Inspiration für den Fortlauf der Lebensgeschichte Claras? Womöglich konnte sie mir sogar helfen, die fehlenden Puzzleteile zu finden?

Beide gemeinsam konnten Constantin und ich damals kaum einmal das Haus verlassen. Schließlich durfte Ernst keinen Moment komplett sich selbst überlassen bleiben. Also musste ich allein fahren. Ich plante einen satten Zeitpuffer ein, denn schließlich wollte ich unter keinen Umständen zu spät kommen, und besorgte noch schnell einen entzückenden Frühlingsstrauß für meine Gastgeberin.

Überpünktlich erreichte ich mein Ziel, blieb noch eine kleine Weile – aufgeregt wie ein Schulmädchen – im Wagen sitzen und schaute mich um. Einiges war hier passiert. Inzwischen gab es einen Imbiss; nagelneue Seile hatte man eingezogen, um den Privatbereich abzuschotten; den Parkplatz hatte man deutlich vergrößert und ordentlich befestigt. Etliche Autos parkten, vier Reisebusse standen da, und als ich die kleinen Plakate entdeckte, die an den Scheiben klebten, wuchs ich ein paar Zentimeter. »Leserreisen zum Ort des Geschehens« lautete der Werbetext auf dem Hintergrund des bekannten Turner-Aquarells vom Côte House.

Es war ein Wochentag, aber auf dem Weg zum Portal begegneten mir etliche Besucher. Die Vögel sangen ihre Abendlieder in den mächtigen Rhododendronhecken, die Sonne tauchte das alte Haus schon in einen rosigen Schimmer. Märchenhaft erschien es mir heute.

Schnell wurde mein Klingeln erhört, eine überaus zuvorkommende ältere Dame im altrosafarbenen Twinset öffnete und stellte sich als Haushälterin und Pflegerin Miss Taylor vor.

»Sie werden schon erwartet«, sagte sie lächelnd. »Mrs Graham freut sich sehr. Sie bekommt selten Besuch, wissen Sie? Ich musste ihr bereits vorsichtshalber ein wenig mehr von ihrem Herzmedikament geben. Seien Sie ein bisschen behutsam mit ihr. Sie regt sich schnell zu sehr auf, wenn sie sich für etwas besonders erwärmen kann. Ich lese ihr immer aus Ihrem Roman vor, kenne die Geschichte also gut. Wie es wohl weitergehen mag mit der armen jungen Gräfin? Ach nein ...« Verschwörerisch schaute sie mich an. »Sie verraten bestimmt nichts vorher, oder?«

»Nein«, sagte ich, dachte: Oje, wenn sie wüsste ..., und ergänzte ganz selbstbewusst: »Ich will doch niemandem die Spannung nehmen.«

»Wir sind jedenfalls sehr gespannt, das können Sie mir glauben. Aber kommen Sie doch bitte mit in den Wintergarten.«

Kurz konnte ich mir noch einen Eindruck von der Halle verschaffen. Schrecklich! Wirklich gruselig waren die dunklen Holzfiguren, die mich von überall her lauernd anstarrten. So hatte Clara also tatsächlich niemals ihre Ideen gegen Henry durchgesetzt, dem Haus ein freundlicheres Interieur zu verleihen. Clara nicht und wer weiß, wie viele Frauen nach ihr nicht. Männer mochten das vielleicht, aber welche Frau hatte schon gerne solche Ungeheuer um sich? Lucy wäre entsetzt gewesen über diese bedrohlichen Fratzen. Wie vielen Generationen kleiner Kinder mussten sie inzwischen Furcht eingeflößt haben?

Miss Taylor bemerkte meinen Blick. »Sie sind scheußlich, nicht wahr? Manchmal verfolgen sie mich bis in meine Träume. Aber Mrs Graham ist mit ihnen aufgewachsen. Ich glaube, sie sieht sie gar nicht mehr.«

Mrs Graham saß mit dem Rücken zu uns im Rollstuhl, als wir eintraten. Noch immer war der Wintergarten derselbe zauberhafte Ort, den Clara so gemocht hatte. Warm und ein wenig feucht war das Klima. Kakteen, Goldtrompeten, Guaven und Orchideen blühten verschwenderisch, Orangen- und Zitronenbäumchen trugen Früchte unterschiedlicher Reifegrade, und saftig grüne Palmen beschirmten die Korbsitzgruppe, an welche Mrs Grahams Stuhl herangerollt worden war. Tee stand in hauchfeinem chinesischen Porzellan bereit, und eine silberne Etagere mit Teeküchlein erwartete den Gast.

Der Gast war ich! Man hatte sich vorbereitet, freute sich auf mich. Ein kleiner Spritzer ganz ungewohnten, neuen Selbstbewusstseins schoss durch meine Adern.

Mrs Graham wandte den Kopf halb herum. »Ist sie da, Miss Taylor? Ist Mrs Duncan endlich eingetroffen? Oh, ich bin so aufgeregt!«

Miss Taylor eilte zu ihr. »Bitte nicht aufregen, ja?«

Sie löste die Sperre am Rollstuhl und drehte ihre Patientin zu mir herum. Wahrscheinlich schauten wir beide uns gegenseitig so an, als würden wir gerade eines achten und neunten Weltwunders ansichtig. Eine zarte Röte flammte über Mrs Grahams Wangen. Sie war hübsch. Nein, sie war schön. Das silbrige Gespinst ihres feinen Haares rahmte ein Gesicht, das mindestens so puppenhaft zerbrechlich wirkte wie das Teeporzellan auf dem Tisch. Milde war das Alter mit ihr gewesen. Nur wenige Flecken hatte es auf die durchscheinend zarte Haut zu zeichnen gewagt. Sprühend wach waren ihre klugen blauen Augen, ihr

Lächeln war so aufgeschlossen und freundlich, die zum Gruß gereichte Hand so herzlich entgegengestreckt.

»Mrs Faye Duncan ...«, sagte sie, als sich unsere Hände trafen, »ich freue mich, Sie bei mir begrüßen zu dürfen.« Dann schaute sie mich einen Moment prüfend an und setzte schelmisch lächelnd hinzu: »Der ›liebe Schwiegervater‹, liebe Faye, wissen Sie, was er wirklich gegen Sie hat?«

Ich blickte sie verdattert an.

»Ihr Schwiegervater ist nichts anderes als eifersüchtig. Glauben Sie mir. Ich habe vierundneunzig Jahre auf dieser Erde verbracht; ich kenne die Männer. Hunderte haben mich umschwirrt, als ich jung war. Drei Ehemänner habe ich begraben. Alle drei wären sie scheußlich gnatzig gewesen, wenn ein junger Bursche, so im vollen Saft der Jugend, wie sie es selbst nicht mehr sein konnten, mit einer Frau wie Ihnen nach Hause gekommen wäre. Einer Frau, die sie niemals hätten für sich gewinnen können.«

Mir blieb der Mund offen stehen. Das war die ganze Erklärung für Ernstelchens Ekelhaftigkeit? »Meinen ... ähm ... meinen Sie wirklich?«

»Aber natürlich, Faye! Bitte entschuldigen Sie, aber Sie sind mir seit Monaten so ... so vertraut. Ich darf doch Faye sagen?«

»Aber sicher«, beeilte ich mich zu entgegnen. »Wissen Sie, Mrs Graham, es trifft mich, wenn er mich aus unerfindlichen Gründen so schlecht behandelt. Sie könnten wirklich recht haben mit Ihrer Annahme. Das wäre jedenfalls eine ausgesprochen erleichternde Begründung.«

Wir waren uns im Grunde völlig fremd. Und dennoch hatte sich bereits in den ersten Minuten meines Besuches zwischen uns eine Vertrautheit eingestellt, wie ich sie bisher außerhalb meines innersten Familienkreises noch nie erlebt hatte. Ich versuchte noch nicht einmal, ihr etwas vorzuflunkern, indem ich sie darauf hinwies, dass man die Persönlichkeit eines

Autors, und sei er auch dreimal Ich-Erzähler, niemals mit seinen Romanprotagonisten gleichsetzen darf.

Stundenlang plauderten wir über Gott und die Welt. Ich bewunderte meine neue Freundin Olivia für ihren wachen Geist, ihren Esprit, ihre unglaubliche Allgemeinbildung und ihren herrlich trockenen, typisch britischen Humor. Mit vierundneunzig! Also bitte!

Längst war die Sonne untergegangen, Miss Taylor fragte nach, ob ich zum Dinner bleiben würde. (»Ach bitte, machen Sie uns doch die Freude, Mrs Duncan!«) Ich nahm dankend an, schrieb Constantin eine kurze Nachricht und setzte mich im Speisezimmer meiner Gastgeberin gegenüber an die lange Tafel.

»Schließlich sollst du dich heute Abend auch fühlen wie in einem Schloss«, schmunzelte Olivia. »Also dinieren wir so, wie Clara Henriette damals mit ihrem Widerling Henry Ames zu dinieren pflegte.«

Der Tomatencremesuppe folgte ein wunderbar frischer Lachs auf einem Bett aus rahmigem Blattspinat. Dazu wollte mir Miss Taylor einen leichten Weißwein einschenken. Ich musste noch fahren, wusste sehr gut, wie schnell Alkohol mich ausknocken konnte, und hielt vorsichtshalber die Hand über mein Glas. »Danke, Miss Taylor, eigentlich sehr gern, aber ich bin doch mit dem Auto hier.«

»Ach was, Faye«, schaltete Olivia sich resolut dazwischen. »Fisch muss schwimmen, und du bleibst selbstverständlich heute Nacht unser Gast. Ich bin der Meinung, du musst die Atmosphäre dieses Hauses spüren, so wie du es in Claras thüringischer Heimat tun konntest.«

Wie recht sie doch eigentlich hatte! Solch eine Chance, den Schauplatz einer Geschichte hautnah zu erleben, bot sich selten. Ich überlegte nicht lange und sagte begeistert zu.

Das ganze Dinner war ein Vergnügen. Man merkte Olivia an, dass sie, abgesehen von der Kommunikation mit ihren

Angestellten, lange niemanden zum ausgiebigen Plaudern hiergehabt hatte. Außer Miss Taylor gab es wohl eine Köchin, ein Dienstmädchen, einen Gärtner und einen Fahrer, der allerdings nur bei Bedarf antrat. Wir waren bei Portwein, Käse und Früchten angelangt, als ich schon weitestgehend über ihren Lebenslauf im Bilde war. Olivias Eltern hatten Côte House in den 1920er-Jahren vom letzten residierenden Ames erworben. Sie war hier mit zwei Geschwistern aufgewachsen, die allerdings lange schon nicht mehr lebten. Keines der drei Graham-Kinder hatte Nachkommen, insofern war Olivia das unwiderruflich letzte Glied der Familienkette.

»Wie schade!«, kommentierte ich, den Mund voll mit spanischen Erdbeeren. »Du hättest eine so wundervolle Mutter und Großmutter abgegeben.«

»Eine richtige Familie hat mir immer gefehlt, Faye. Ich wäre nicht so viel allein, wenn Gott gewollt hätte, dass ich Kinder bekomme«, erwiderte Olivia, und dieser Moment war der einzige des Abends, in dem ich eine gewisse Traurigkeit, beinahe Bitterkeit an ihr feststellte. Rasch wischte sie die Tristesse beiseite. »Siehst du, deshalb freue ich mich ja auch so, dich heute hierzuhaben. Du musst unbedingt wiederkommen. Mit den Kindern, mit deinem Constantin. Wie glücklich kann sich dein Schwiegervater doch schätzen, nun im Schoß der ganzen Familie zu leben. Ein richtiger Mistkäfer ist er, wenn er das nicht würdigt. Ich würde ihm was erzählen, wenn ich ihn zu fassen kriegte.«

Wie ihre blauen Augen funkelten! Tausend winzige Lachfältchen erschienen wie Sonnenstrahlen in den Winkeln. Ich gestehe, ich war vollkommen hingerissen davon, wie vergnügt, ja, wie würdig ein Mensch altern konnte.

* * *

Es war beinahe Mitternacht. Wir hatten beide dem Alkohol mehr als genug zugesprochen, und Miss Taylor hatte ihre liebe Not damit gehabt, Olivia wenigstens beim Portwein etwas zu bremsen. Wie die Backfische gackerten wir inzwischen miteinander und bekamen beide kaum noch vernünftige Sätze zustande. Constantin hatte am anderen Ende der Leitung geradezu konsterniert gewirkt, als ich ihm kichernd mitteilte, dass ich heute Nacht nicht nach Hause käme. So ausgelassen hatte er mich ewig nicht mehr erlebt.

Vorbei an den grässlichen, düster dreinblickenden Holzfiguren leitete Miss Taylor uns die Treppe hinauf. Olivia nahm den Treppenlift, bemerkte meine Seitenblicke auf die zahllosen Ausgeburten der Hölle, stupste mich kurz an und streckte dem vorbeigleitenden Drachenkopf lachend die Zunge raus. »Sie sind festgeschraubt. Sie können so garstig gucken, wie sie wollen, Faye. Tun können sie uns nichts.«

Viel heller und freundlicher präsentierte sich der erste Stock. Ich konnte sehr gut nachvollziehen, dass Clara sich lieber hier oben aufgehalten hatte. Olivia rollerte elektrisch neben mir her. »Schau, da drüben sind meine Räume. Für dich hat Miss Taylor Claras Zimmer herrichten lassen. Ich hoffe, du wirst dich wohlfühlen.«

Ein erwartungsvoller Schauer lief mir über den Rücken, als die Tür aufschwang. Das Erste, was ich sah, war ein lebensgroßes Porträt, das zwischen den Fenstern hing. Ich war überwältigt. »Olivia! Das ist das Winterhalter-Gemälde, stimmt's? Ich habe das Original-Verlobungsbild in Thüringen gesehen. Und sogar eine Nacht lang darunter geschlafen.«

Ich trat näher. Magisch war die Anziehungskraft, die von dem Porträt ausging. Exakt bildete mein Kopf das Jugendbild Claras ab, stellte es neben dieses Bildnis der reifen Frau. Weiblicher waren ihre Züge geworden. Keine Frage. Überirdisch schön war sie immer noch. Aber wo war dieses faszinierende Leuchten in ihren Augen geblieben?

»Ihre Augen ... Olivia, was ist mit ihren Augen geschehen?«, flüsterte ich entsetzt.

»Du hast es geschrieben, Faye! Du weißt es doch.«

Die Pflegerin hatte den Rollstuhl über die Schwelle geschoben. Olivia saß neben mir. Nun betätigte sie ein Hebelchen und fuhr auf den wunderschönen Sekretär zu. »Ich habe etwas für dich. Als Kinder haben wir es oben unterm Dach aufgestöbert. All die vielen Jahre hielt ich es nicht für wichtig, hatte es vollkommen vergessen. Aber nachdem ich begonnen hatte, deine Geschichte zu lesen, habe ich das Mädchen hinaufgeschickt, um es wieder herauszusuchen. Ich nehme an, es wird dich interessieren.«

Olivia griff nach etwas auf dem Sekretär, dann drehte sie sich zu mir um und hielt es mir lächelnd entgegen. »Ich glaube, es fehlt dir, Faye. Es muss dir fehlen. Ich schenke es dir.«

Wundert sich irgendjemand, dass ich mit Tränen der Freude in den Augen vor Olivia in die Knie ging? Was sie mir hinhielt, war nichts anderes als Clara Henriettes alte Tasche. Brüchig war das Leder, beim Öffnen gab der Knebelverschluss einen klagenden Laut von sich. »Sind sie noch drin, die Briefe?«, flüsterte ich atemlos und schaute zu Olivia auf.

Sie nickte. »Und noch mehr! Schau, da steckt das Tagebuch aus den Jahren 1869/70. Faye, Liebes, ich ziehe mich jetzt zurück. Eine gute Nacht wünsche ich dir. Lies nicht mehr zu lange. Du darfst ja alles mitnehmen.«

»Danke, Olivia! Du bescherst mir einen unglaublichen Glücksmoment!«

»Mögen deine Momente des Glücks länger andauern, als es deiner Schwieger-Urgroßmutter vergönnt war«, zitierte Olivia mich augenzwinkernd. »Schlaf gut, Faye!«

Juni–August 1869 – Baden-Baden

Kurz vor ihrer Abreise nach Deutschland hatte sich Clara ein wenig gefangen. Einige Wochen lang waren nun schon keine verzweifelten Briefe von Mortimer mehr eingetroffen. Sie wertete dies vorsichtig optimistisch als gutes Zeichen. Vielleicht war es dem Jungen doch endlich gelungen, sich den harten Erziehungsmaßnahmen anzupassen. Ein leises Unruhegefühl allerdings blieb, denn es kamen nicht nur keine verzweifelten Briefe, es kamen gar keine mehr. Und das, obwohl Clara ihm in regelmäßigen Abständen ermutigende, zärtliche Zeilen zukommen ließ.

Die Aussicht, nicht allein, sondern gemeinsam mit Elisabeth zu reisen, gefiel ihr zunehmend. Und es gefiel ihr, dass Mary sie nicht begleiten würde, sondern sie sich Elisabeths Zofe Jane mitbedienen durfte. Mary hatte sich kürzlich den Fußknöchel gebrochen und lag seit einer Woche in der Bristoler Krankenheilanstalt. Clara hatte das erleichterte Gefühl, einem hassgeliebten Hausdrachen entkommen zu können. So unentbehrlich sie zweifellos als Hebamme war, so einengend empfand sie oftmals Marys permanente diensteifrige Einmischungen.

Am Tage vor ihrer Abreise ereilten Henry höchst beunruhigende Nachrichten. Die Belegschaft seiner Londoner Webereien war in den Arbeitsstreik getreten. Jetzt war es kein zaghaftes Aufbegehren mehr. Jetzt standen alle Räder still. Wortreich waren seine entschuldigenden Erklärungen, sie nicht nach Bristol ans Schiff bringen zu können, aber Clara schüttelte den Kopf. »Henry, ich bitte dich! Du musst sofort reisen. Ich habe einen ganzen Stab von Menschen um mich, der sich kümmern wird. Verlier keine Zeit, fahr! Und vergiss nicht, was ich dir immer gesagt habe: Deine Arbeiter sind die Grundlage deines Erfolges. Behandle sie gut, bezahl sie anständig, gib ihnen keinen Grund, unzufrieden zu sein, und dein ... nein, unser Auskommen wird gesichert sein.«

Er wusste, dass sie recht hatte. Das sah sie ihm an. Aber konnte er aus seiner Haut, würde er entsprechend agieren? Irgendwann hatte es ja so weit kommen müssen. Schon lange hatte Clara damit gerechnet, dass sich auch Henrys Leute nicht mehr ewig mit ihren Hungerlöhnen zufriedengeben würden. Überall brodelte es, die Gazetten waren voller Berichte. Die Unterschicht begehrte mehr und mehr gegen die Ausbeutung auf.

Eine kurze Umarmung nur. Dann brach Henry Hals über Kopf auf.

Clara schrieb eine Botschaft an Elisabeth und schickte den Hausdiener mit dem Briefchen los. Dann packte sie ihre letzten persönlichen Kleinigkeiten zusammen. Das Tagebuch, an dem sie gerade schrieb, steckte sie in ihre alte Tasche, die sie nun jahrelang auf jeder Reise begleitet hatte. Viel Spott von Henry hatte ihr diese Gewohnheit eingetragen; nie hatte er sich eine abfällige Bemerkung über das »hässliche alte Ding« verkneifen können, es aber letztlich als »nostalgische Schrulle« hingenommen.

Während des Dinners mit den Mädchen fiel Clara ein, dass sie ihren Pass nicht vergessen durfte. Wohl verwahrt befand er sich immer schon zusammen mit allen wichtigen Urkunden in Henrys Schreibtisch.

Clara würde in aller Früh abfahren müssen. Also umarmte sie ihre Töchter schon jetzt ein letztes Mal. »Ihr müsst nicht morgens um drei Uhr aus den Betten kriechen. Verhaltet euch artig, macht euren Lehrern keinen Ärger. Bald bin ich zurück.«

Die drei machten nicht den Eindruck, als würden sie über Tische und Bänke springen wollen, sobald die Mutter aus dem Haus wäre. Sittsam, wohlerzogen und ... ja, wahnsinnig langweilig hatte Clara sie immer schon gefunden. Zurückhaltend, höflich und pflichtschuldig wirkten ihre Abschiedsworte. Ihrer Mutter entlockten sie ein leises Seufzen. Einen kleinen Moment noch sah sie ihnen hinterher, wie sie damenhaft die Treppe hinaufstiegen. Kaum einen Mucks gaben sie von sich. Hübsche kleine Ziervögel in einem hübschen großen Käfig. Anspruchsvolle und zugleich so erschreckend anspruchslose Persönchen. Persönchen! Keine Persönlichkeiten.

Clara wandte sich seufzend ab und öffnete die Tür zu Henrys Arbeitszimmer. Eine Mischung aus einer Spur Gin und kaltem Zigarrenrauch lag in der Luft. Warum riechen die Arbeitszimmer der Herren alle so ähnlich? Der Geruch erinnerte sie einen qualvollen Moment lang an jenen lauen Spätsommerabend nach dem großen Brand, als der Vater sie mit der entsetzlichen Tatsache konfrontiert hatte, dass ihr Leben eine so unvorhergesehene Wendung nehmen sollte. Dumpfer Rauchgeruch.

Clara wischte den Gedanken beiseite.

Zielstrebig griff sie nach der Schublade, in der sie ihr Reisedokument wusste, zog am bronzenen Griff. Die Lade ließ sich nicht öffnen.

Merkwürdig. Zwar existierte direkt neben der Lade ein Schlüsselloch, aber Clara war noch nie aufgefallen, dass Henry abschloss. Ihre Augen streiften über die kunstvollen Intarsien der blank polierten Platte. Brieföffner, Schreibfedern, Tintenfass, ein leerer Briefhalter, alles akkurat angeordnet. Wo mochte der Schlüssel sein?

Nur fahles Abenddämmern fiel noch durch die aufgezogenen Samtportieren. Sie machte Licht. Suchte. Zog ein Schubfach nach dem anderen auf, bückte sich sogar, um die Unterseite der Tischplatte nach einem Versteck zu durchsuchen. Nichts.

Ohne Pass konnte sie nicht reisen. Zweifellos hatte Henry in seiner Erregung vergessen, ihn ihr auszuhändigen. Clara zog eine Nadel aus ihrem Haar. Sie hatte es einmal in einem Roman gelesen. Damit konnte man, wenn man geschickt war, jedes Schloss zum Nachgeben überreden. Mit fahrigen Bewegungen stocherte sie in dem Löchlein herum. Aussichtslos! Ihr Blick fiel auf den massiven Brieföffner. Beherzt griff sie zu. Sie musste an dieses Dokument kommen. Selbst wenn sie etwas zerbrechen würde: Henry würde es doch verstehen, und der Tischler könnte sicherlich den Schaden wieder beheben. Sie schob die Klinge unter das Holz, hebelte. Splitternd, misstönig, unwillig gab die Front nach. Erleichtert atmete Clara tief durch. Nahm auf Henrys mächtigem Ledersessel Platz. Herausziehen ließ sich die Schublade noch immer nicht, irgendein Mechanismus musste sie in ihrer Verankerung halten. Aber sie konnte hineinlangen und all die Papiere auf den Schoß ziehen.

Geburtsurkunden. Heiratsdokumente. Generationen von Familienpapieren. Und da, tatsächlich, auch Claras Pass. Sie legte ihn neben das Tischlämpchen. Dann versuchte sie, den gesamten Inhalt ordentlich wieder in das Fach zu schieben. Einzelne Blätter waren zu Boden gerutscht. Sie hob sie auf, verwahrte sie sorgfältig und versuchte am Ende, die herausgebrochene Front wieder in die Verzapfungen zu stecken. Es gelang leidlich.

Zufrieden mit ihrem wenig auffälligen Werk erhob sie sich, griff schon nach ihrem Pass, als sie feststellte, dass sie ein einzelnes Blatt übersehen hatte. Sie hob es auf. War es so wichtig, dass sie ihre just fertiggestellte Reparatur noch einmal durchführen musste?

Clara hielt das Schriftstück in den Schein der Lampe, las. Eisig war der Schauer, der ihre Beine zittern machte. Kalter Schweiß brach ihr aus, zwang sie in den Sessel zurück.

Unglaube. Fassungslosigkeit.

Was sie in Händen hielt, war ein Schuldschein. Ausgefertigt in Wien. Datiert auf den 20. August 1851. Über einen himmelhohen Betrag von zweitausend britischen Pfund. Begünstigter war ein gewisser Abraham Pinkerton.

Und unterzeichnet war er von Alexander Maximilian Graf von Beiersdorf!

* * *

Was hatte das zu bedeuten? Was hatte Elisabeths Mann mit ihrem Bruder Alexander zu schaffen? Warum befand sich das Schriftstück in Henrys Besitz? In Claras Kopf schwirrten die Gedanken. Starr saß sie da, versuchte Klarheit über die Bedeutung des Dokuments zu gewinnen. Beinahe hätte sie gar nicht realisiert, dass ihre Rechte in das offene, unterste Fach des Sekretärs griff, wo immer Henrys Ginflasche mitsamt einigen Gläsern stand. Mit zitternden Händen goss sie das Glas randvoll, schaute gar nicht hin. Kristallklare Tropfen liefen über das spiegelblanke Holz. Clara leerte das Glas in einem Zug. Sie schüttelte sich. Dann flutete Wärme ihren Magen, ihre Glieder. Bis hinunter in die Zehenspitzen. Stärkere Getränke als Portwein und Champagner war Clara nicht gewöhnt, aber jetzt stellte sie fest, auf wie erstaunliche Weise der Gin ihren Geist schärfte.

Sie rief sich die Ereignisse des Juli 1851 ins Gedächtnis. Sah wieder das blasse, verzweifelte Gesicht des Bruders neben dem zornigen des Vaters, fühlte, wie der Vater sie beiseiteschob, als sie Alexander zur Begrüßung um den Hals fallen wollte. Erinnerte sich der Worte des alten Grafen, an die Begründungen für das Opfer, das sie zu erbringen habe. Und nun schon ganze achtzehn Jahre lang erbracht hatte. Von Spielschulden hatte der Vater gesprochen. In so enormer Höhe, dass sie allein schon das gräfliche Familienvermögen derart empfindlich angegriffen hatten und der Bankrott nach der Brandkatastrophe unausweichlich wurde. Sollte Alexander etwa die Summe von zweitausend britischen Pfund an Elisabeths Gatten verloren haben? Ausgeschlossen war es nicht. Er musste damals in Wien gewesen sein, denn Elisabeth hatte ihn ja dort kennen- und lieben gelernt.

Und wenn es denn so gewesen war, was um alles in der Welt hatte dann Henry damit zu tun? Warum verwahrte er diesen Schuldschein? Warum nicht Abraham selbst?

Der Moment der geistigen Schärfe war vorbei. Clara sah zwei Schuldscheine auf dem Tisch liegen. »Oh, oh«, murmelte sie, stand auf, bemerkte, wie sie schwankte, tastete sich haltsuchend an den Möbeln entlang, torkelte wenig zielsicher durch die Halle, fand die Treppe doch und zog sich am Geländer hoch. In ihrem Zimmer angelangt, schaffte sie es gerade noch mit Mühe, ihr Korsett abzulegen. Dann nahm sie schwungvoll Kurs auf ihr Bett und fiel der Länge nach darauf.

* * *

Pünktlich um sieben Uhr nahm am nächsten Morgen das Dampfschiff Kurs auf die französische Küste. Bristol lag hinter ihnen, und noch gegen Mittag ruhte Clara unter einem Sonnenschirm neben Elisabeth in ihrem Deckstuhl, dämmerte den Rausch aus und ließ den Verlauf der vergangenen Stunden Revue passieren, die wie ein hässlicher Traum an ihr vorbeigezogen waren. Nie wieder, das schwor sie sich, würde sie eine Flasche mit diesem scheußlichen Zeug anrühren.

Als sie bei Sonnenaufgang am Kai aus der geschlossenen Kutsche gestiegen und auf Elisabeth in Begleitung ihres Gatten Abraham Pinkerton getroffen war, hatte sie den Schleier ihres Hutes tief ins Gesicht gezogen. Nur wenige Worte hatte sie mit der Freundin gewechselt, und Elisabeth hatte ihre Zurückhaltung verständnisvoll der betrüblichen Tatsache zugeschrieben, dass Clara sich für länger von ihren Töchtern trennen und ihre Reise ohne gebührenden Abschied von Henry antreten musste.

Henrys Abwesenheit bedauerte Clara nur wenig. Vielmehr bemühte sie sich, den Eindruck trauriger Unnahbarkeit zu vermitteln, um ihre Alkoholfahne zu verbergen. Und achtete peinlich darauf, keinen direkten Augenkontakt mit Abraham Pinkerton aufnehmen zu müssen. Noch war ihr vollkommen unklar, wie die Dinge zusammenhingen, aber sie belauerte Elisabeths Mann regelrecht, versuchte, in seiner Erscheinung irgendetwas zu lesen, das ihre Fragen hätte beantworten können.

Hoch aufgeschossen und schlank war er, elegant und nach der neuesten Mode gekleidet. Höher und glänzender hätte ein Zylinder kaum ausfallen können. Eindeutiger Beweis bedeutender gesellschaftlicher Stellung. Das Gesicht rahmten lang in die Wangen gezogene Koteletten und ließen es so noch schmaler erscheinen, als es ohnehin schon war. Kleine, eng zusammenstehende Augen gaben ihm einen etwas verschlagenen Ausdruck, den Clara bisher noch nie bemerkt hatte. Langfingrige, manikürte Hände schauten aus schneeweißen Manschetten hervor. Er trug einen Siegelring mit dem Pinkerton-Wappen.

Lange Finger, sinnierte Clara stumm, während sie die Gangway hinaufgingen, sprachen eindeutig für diebische Veranlagung. Dass dieser Mann nicht im wahren Wortsinn stehlen musste, war ihr vollkommen bewusst. Kein Mitglied der Familie Pinkerton hatte das nötig. Alle Zweige waren finanziell auf Rosen gebettet. Aber was hatten diese Finger doch – höchstwahrscheinlich! – wirklich gestohlen?

Clara musste an sich halten, ihm die Erkenntnis des Morgens nicht lautstark ins Gesicht zu schmettern. Hätte Alexander nicht diese ungeheuerliche Summe an ihn verloren, wäre der Wiederaufbau des Gutes wahrscheinlich nicht zum pekuniären Ruin der gräflichen Familie geworden. Dann hätte sie den Lebensweg weiterbeschreiten können, den sie sich erträumt hatte. Endlich. Endlich hatte sie einen Schuldigen gefunden! Einen, dem sie jetzt sofort ein Messer in den Rücken hätte stechen können ... Ja, in den Rücken dieses Mannes, der da direkt vor ihrer Nase genau in diesem Moment die Planken des Schiffes betrat. Wenn sie denn eines gehabt hätte ...

Clara schwankte. Hielt sich an der Reling fest. Immer noch bin ich betrunken, realisierte sie. Wie sicher waren denn ihre Erkenntnisse, oder waren sie nicht in Wirklichkeit so ungewiss, so nebulös wie der Morgendunst, der über der ruhigen See lag? Reichten sie aus, um jemandem nach dem Leben zu trachten? Und was spielte es schon noch für eine Rolle? Achtzehn Jahre waren verloren. Was hätte es genützt, wenn sie es früher gewusst hätte? »Spielschulden sind Ehrenschulden ...« Das hatte der Vater gesagt. »Die zahlt man, oder man nimmt sich das Leben.« Wer sie verursacht hatte, war doch letztlich vollkommen nebensächlich. Zahlen hatte man müssen. Zahlen hatte *sie* müssen. Sie würde sich ausruhen, warten, bis der letzte Rest Alkohol ihren Körper verlassen hatte. Bis die Gedanken wieder klar waren.

* * *

Elisabeth hatte sie den ganzen Vormittag über rücksichtsvoll in Ruhe gelassen. Nach dem Lunch, den die beiden Damen gemeinsam mit dem Kapitän und den höchsten Offizieren eingenommen hatten, fühlte sich Clara endlich wieder zurück auf der Welt und in der Lage, damit zu beginnen, die ahnungslose Freundin geschickt über die erste Zeit des Kennenlernens ihres Gatten auszufragen.

Als die Frauen gegen Abend französischen Boden betraten, hegte Clara keine Zweifel mehr. Ganz unvoreingenommen und so, als sei es eine völlig selbstverständliche Vergnügung für einen Kavalier, hatte Elisabeth über die Spielleidenschaft Abrahams berichtet. In der Wiener Oper war sie den Pinkerton-Brüdern vorgestellt worden, hatte sich Hals über Kopf in den jüngeren der beiden wohlhabenden Engländer verliebt, zahlreiche Bälle mit ihm besucht und nur noch die wenigen Abende ohne ihn zugebracht, an denen er den Besuch des Kasinos, gemeinsam mit Samuel, ihrer Gesellschaft vorgezogen hatte. »Ich war ganz froh, hin und wieder einmal Luft holen zu können, denn sein Werben war richtig anstrengend«, lachte Elisabeth. »Und am nächsten Tag haben die beiden Männer sich dann immer köstlich amüsiert, wem sie in der Nacht alles einen Haufen Geld im Spiel abgeluchst hatten. Es spielte ja keine Rolle. Wer sich ins Kasino begibt, hat das Kleingeld, das er setzt, einfach übrig. Nur ein Spiel, nicht wahr, Clara?«

In Clara tobten bei diesen Worten die Emotionen. Was hätte sie in diesem Augenblick darum gegeben, eine Vertraute zu haben! Sollte sie Elisabeth berichten, was sie entdeckt hatte? Ihr womöglich sogar offenbaren, welch katastrophale Folgen sich aus jenem Spiel am 20. August 1851 für sie persönlich ergeben hatten?

Nein. Die Wienerin war zwar eine stets gut gelaunte, unterhaltsame Begleiterin, aber Clara hielt ihren Charakter für viel zu oberflächlich, ihr Mundwerk für viel zu lose, als dass sie ihr die intimsten Gefühle hätte anvertrauen mögen. Also nickte sie nur lächelnd.

Beatrice! Beatrice hätte sie so etwas erzählen können. Die hätte niemandem ein Sterbenswörtchen weitergetratscht. Aber Beatrice war ja leider … leider immer noch perdu. Niemals hatte Henry erlaubt, dass sie neuen Kontakt anspinnen durften. All die vielen Jahre nicht. Thekla vielleicht. Ach, würde doch die kleine Schwester, die längst zur erwachsenen Frau erblüht war, wirklich für ein paar Tage nach Baden-Baden kommen! Ihr würde sie alles berichten können. Immer hatte Thekla im Hinterkopf behalten, welch großes Glück ihr beschieden war, dass nicht sie, sondern Clara im heiratsfähigen Alter gewesen war, als die große Katastrophe über die gräfliche Familie hereinbrach. Dankbarkeit hatte oft aus ihren Briefen gesprochen. Ja, mit Thekla wollte sie sich austauschen.

* * *

Malerisch lag der Kurort zwischen Weinbergen und den dunklen Tannenwäldern des Schwarzwaldes.

»Wie wundervoll!«, rief Clara aus. »Es erinnert mich an meine thüringische Heimat.«

Leise murmelnd begrüßte das Flüsschen Oos die neuen Gäste des Grandhotels »Badischer Hof«. Jetzt war weder Zeit für trübe Überlegungen noch für reisebedingte Erschöpfungszustände. Nun galt es zunächst, die mit einer Verbindungstür versehenen Zimmer im ersten Stock zu beziehen. Elisabeths Zofe Jane hatte alle Hände voll zu tun, die Koffer auszupacken, während Clara und ihre Gefährtin sich vergnügt über die Geländer der aneinandergrenzenden Balkons hinweg austauschten. Wohin man auch schaute: überall gepflegtes Grün. Himmlische Ruhe und Gelassenheit herrschten in dem ehemaligen Kapuzinerkloster, das man Anfang des 19. Jahrhunderts mit gewaltigem Aufwand zum ersten Luxushotel Europas umgestaltet hatte. Alle erdenklichen Annehmlichkeiten standen bereit. Ein weißmarmornes Säulenparadies voll diskreter dienstbarer Geister, die nur darauf bedacht waren, ihren Gästen einen angenehmen Aufenthalt zu bescheren. Aus den vergoldeten Hähnen in den Bädern floss sogar das kostbare Wasser der warmen Therme, die nicht nur der teils südländisch anmutenden Vegetation des Städtchens als wahre Fußbodenheizung diente, sondern Baden-Baden seine Berühmtheit als Heilbad verschafft hatte.

»Merkst du es auch?«, fragte Clara die Freundin und breitete genießerisch die Arme aus. »Die Luft ist voll mit lauem Blütenduft. Es atmet sich so leicht. Ganz anders als gegen unseren rauen Küstenwind, wo man oft genug ein Tuch vor den Mund nehmen muss, um überhaupt noch Luft zu bekommen. Oh, ich glaube, wir werden uns prächtig erholen.«

»Gleich morgen früh fangen wir damit an«, gähnte Elisabeth. »Ich möchte heute nur noch ein leichtes Dinner zu mir nehmen und dann … schlafen! Für morgen haben wir schon eine ganze Reihe verschiedenster Anwendungen auf der Tagesordnung. Da möchte ich gerne ausgeruht sein.«

Früh zogen sich die beiden zurück. Clara schrieb nur noch ein liebevolles Briefchen an Mortimer, dass er bloß ihre Adresse hätte, sie immer erreichen könne, gab den Umschlag beim Portier ab und fiel bald in tiefen Schlaf.

* * *

Was sich für die beiden aus der Ferne wie ein anstrengendes Programm ausgenommen hatte, entpuppte sich in den folgenden Tagen als völlig ungezwungenes Vergnügen. Sie aalten sich in dem eleganten Thermalbad, flanierten, jede einen Kristallkelch mit dem heilsamen Quellwasser in der Hand, zwischen lauter vergnügten Erholungssuchenden durch die luftige

Trinkhalle, ließen sich massieren und frisieren, kauften in den kleinen Boutiquegeschäften unter den Arkaden lauter hübsche, unnütze Dinge ein, spazierten auf den schattigen Wegen des Kurparks, nahmen ihren Kaffee an zierlichen Gartentischchen, besuchten hochklassige Abendkonzerte im noblen Kurhaus, hörten unter alten Bäumen Dichtern bei Lesungen zu und beobachteten Künstler beim Malen. Beinahe alles tägliche Leben fand draußen an der wunderbar leichten Luft statt.

Bereits nach einer im Wesentlichen ereignislosen Woche hatten sich beider Nerven so weit entspannt, dass sie einander kaum noch wiedererkannten. Elisabeth begann sogar, zunehmend mit einigen eleganten Herren zu flirten, die sich dem Freundinnenpaar angeschlossen hatten, und ließ Clara abends immer öfter allein, um sich mit ihrem auserkorenen Kurschatten zu treffen.

So auch an jenem Abend, als sie auf der Terrasse des Hotels nach dem Dinner noch einen Mokka getrunken hatten. Auf Claras vorwurfsvollen Hinweis, das sei doch Abraham sicher nicht recht, hatte Elisabeth nur leichthin geantwortet: »Was glaubst du Lämmchen eigentlich, was mein lieber Gatte derweil in Bristol treibt? Denkst du vielleicht, er verbringt seine Nächte allein? Und denkst du womöglich überdies, dein Henry, ausgerechnet dein als Frauenheld bekannter Henry, säße traurig zu Hause herum und weinte um dich? Tu es mir nach, Liebes! Mehr Freiheiten werden wir so schnell nicht wieder haben. Wir sollten es so schamlos ausnutzen, wie unsere Männer es immer schon ausnutzten, wenn sie uns gerade wieder einmal abgestreift haben.«

Dabei richtete sie sich ihren kecken Hut, sprühte eine Wolke teuren Parfums hinters perlengeschmückte Ohr und warf Clara noch eine Kusshand zu, ehe sie von dannen rauschte.

Clara blieb allein zurück. Niemals wäre sie auf eine solche Idee gekommen.

* * *

Nein. Niemals hätte Claras Herz Ja gesagt zu irgendeinem dieser fremden Männer, die sich redlich um sie bemühten. Aber am Montagnachmittag der zweiten Kurwoche geschah etwas, das ihr Herz endlich aus seinem goldenen Käfig befreien sollte.

In einem offenen Landauer ließ sie sich durch die pittoreske Altstadt zu ihrem Termin kutschieren. Inmitten der grünen Weinberge, hinter spitzenbewehrten Zäunen verbarg sich ihr Ziel. Ein Sanatorium. Fest verschlossen war das hohe Tor, doch kaum hatte Clara dem livrierten Diener, der mit der grimmigen Miene eines Zerberus den Einlass verwehrte, jenes Schreiben ausgehändigt, das Dr. Gorlay ihr mitgegeben hatte, öffneten sich die schmiedeeisernen Flügel und ließen die Kutsche passieren.

Weißer Kies knirschte unter den Rädern, als die Pferde die breite Einfahrt hinauftrabten. Vor einem dreigeschossigen, säulengetragenen Herrenhaus hielt der Kutscher. Keine Menschenseele zu sehen. Still war es. Nur das leise Schnauben der Rösser, das Plätschern des Wassers aus einer Brunnenfontäne, das sachte Quietschen einiger Korbschaukelstühle im lauen Wind unter dem Schatten des Portikus. Clara ließ sich beim Aussteigen helfen, wies den Fahrer an, auf sie zu warten, stieg die flachen Stufen der Freitreppe hinauf, fand eine Glocke, schellte. Eine junge Krankenschwester in Nonnentracht öffnete. Clara musste sich nicht vorstellen. Sie wurde erwartet.

»Bitte folgt mir, Gräfin. Die Untersuchungszimmer befinden sich im Souterrain«, sagte die junge Frau freundlich, knickste und führte sie in die Tiefe des kühlen, schmucklosen Hauses.

Der Raum, dessen Tür sie ihr öffnete, war kahl wie ein Kerker. Nackte Wände, eine Untersuchungsliege, ein Tisch, zwei Stühle, hoch oben ein vergittertes Fenster, an der Wand ein schlichtes Kreuz.

»Bitte nehmt Platz, Gräfin. Der Herr Doktor kommt gleich.«

Clara war allein. Beklommene Gefühle zogen ihr die Brust zusammen. Was sollte sie hier? Einem völlig fremden Menschen ihr Leben erzählen? Ausgerechnet im Ambiente dieses tristen Kellerverlieses eine Geschichte ausbreiten, die so voller Emotionen war? Unfug! Wer sollte ihr wohl helfen können? Und vor allem: wie?

Sonnenlicht fiel in einem schmalen Strahl durch die Scheiben, ließ Staubpartikelchen golden flirren. Kein Laut war zu hören. Sie wartete. Gewiss eine Viertelstunde. Beinahe war sie so weit, es sich anders zu überlegen, die Flucht zu ergreifen, als sie endlich hinter sich die Türklinke hörte. Gespannte Erwartung hielt sie fest. Sie drehte sich nicht um. Behielt nur immer diesen Sonnenstrahl im Blick, als wäre er geeignet, sie aus der Tiefe der Dunkelheit ans Licht zu leiten.

Die Tür wurde geschlossen.

Warum kam er nicht? Sie spürte doch Blicke in ihrem Rücken. Hörte ihn doch atmen!

Feinste Nackenhärchen stellten sich auf. Ein Frösteln überlief ihren Körper. Langsam wandte Clara den Kopf ein wenig, folgte dem Lauf des Sonnenstrahls bis dorthin, wo er einen gleißend hellen Fleck auf den hölzernen Boden zeichnete. Blank polierte Schuhspitzen und der Zipfel eines weißen Arztkittels.

Warum kam er nicht? Sie spürte doch Blicke in ihrem Rücken. Hörte ihn doch atmen!

Keine Regung in dem Sonnenfleck.

Dann, endlich, ein leises Räuspern, ein Flüstern. »Clara?!«

Claras Atem stockte. Sie griff sich an die Brust. Ihr Herz! Es wollte zerspringen. Wollte herausspringen.

Schon war sie auf den Beinen. Schon flog sie in seine Arme. Martin!

April 2011 – Zwischenspiel

Ich saß an meinem Schreibtisch und heulte. Draußen vor dem Fenster ging ein eisiger Aprilregen nieder, und ich hatte kalte Füße und ein heißes Herz. Weit weg war ich. Nicht im wechselhaften kornischen April, sondern mitten im lauen badischen Frühsommer. Es ist gut. Alles ist gut. Schluss, Ende, aus. Ich überlegte gerade, ob ich nicht meine wunderbare neue Freundin Olivia anrufen sollte, um ihr meine soeben getroffene Entscheidung kundzutun. Sie würde mich verstehen, teilte sie doch so unübersehbar mein ausgeprägtes Harmoniebedürfnis!

Da klopfte es. Ich zögerte. Wollte ich jetzt in die Wirklichkeit zurückgerufen werden? Eigentlich nein. Aber pflichtschuldig sagte ich »Ja«, und Constantin trat ein.

»Du liebe Güte, was ist denn mit dir los?« Zärtlich legte er mir die Hände auf die Schultern und schmiegte seine Wange an meine. »Du weinst ja! Warum? Was ist passiert?«

»Sie haben sich wieder, Constantin«, schniefte ich. »Ich bin so glücklich. Und ich will jetzt aufhören.«

»Das kannst du nicht.«

»Doch, das kann ich. Sei nicht so gemein zu mir! Denk mal, achtzehn derart schwere Jahre … und endlich … endlich haben sie sich wiedergefunden. Ich habe schon gelesen, was für ein Drama noch folgen wird. Und dazu auch noch das offene Ende! Ich konnte doch bisher nicht mit Mathilde sprechen ... wer weiß, was da noch für ein Scheiß kommt. Es ist gerade so schön ...«

»Es ist das Leben, Faye. Das Leben ist kein Spiel, bei dem man aufhören kann, wenn es gerade am schönsten ist. Wer weiß, was uns beiden noch blüht. Wir werden auch nicht aufhören, bloß weil wir gerade einen besonders schönen Moment erleben. Es wird schreckliche Momente geben und wunderschöne. Keinen möchte ich versäumen. Die gibt es in unserem Leben, und die gab es auch in Claras. Raub ihr nicht den Rest ihres Lebens. Das wäre nicht recht.«

»O Gott«, seufzte ich. »Warum quälst du mich so? Musst du immer recht behalten?«

Constantin war still. Er gab mir Zeit zum Nachdenken. Da hörten wir es:

> *»Ade nun zur guten Nacht! Jetzt wird der Schluss gemacht, da ich muss scheiden.*
> *Im Sommer, da wächst der Klee, im Winter, da schneit's den Schnee, da komme ich wieder.*
> *Es trauern Berg und Tal, wo ich viel tausendmal bin drübergegangen;*
> *das hat deine Schönheit gemacht, die hat mich zum Lieben gebracht mit großem Verlangen.«*

Wir sahen uns an und prusteten los. Ernst tat es wieder. Ernst schmetterte Landserlieder. Eigentlich gar nicht mal so unmelodiös. Und in diesem Augenblick gar nicht mal so unpassend. Wir fanden es zwar gemeinhin wenig witzig, wenn er die falschen Strophen der deutschen Nationalhymne rausposaunte, Deutschlands Grenzen mir nichts, dir nichts wieder zwischen Maas und Memel, Etsch und Belt verlegte oder unseren Besuch mit dem Horst-Wessel-Lied beglückte, aber bisher war es uns nicht gelungen, ihn zum Schweigen zu bringen. Wenn Ernst singen wollte, sang er.

Blöd war in diesem Zusammenhang nur gewesen, dass er Lucy mit seinem deutschen Liedgut infiltriert hatte. Nichts ahnend waren wir zum hektisch anberaumten Gespräch in ihren Kindergarten zitiert worden und mussten uns mit der Tatsache befassen, dass unsere Tochter neuerdings beim geordneten Marsch der Fünfjährigen (Gruppe Marienkäfer) zur Turnhalle ihr Shirt auszog, es wie eine Standarte schwenkte und stramm zu brüllen pflegte: »Die Fahne hoch! Die Reihen fest geschlossen!« Eigentlich hatten wir gedacht, dieser unselige nationalsozialistische Geist sei für immer weitgehend ausgerottet, und es nicht für möglich gehalten, dass er ausgerechnet in unserer Familie wie ein ekliger brauner Wurm herumkroch. Wir hatten, muss ich zugeben, ziemlich zu tun, unsere Tochter wieder auf den richtigen Kurs zu bringen, zumal sie sich neuerdings als »Opas Liebling« ausgesprochen gut gefiel. Erklär mal einem so kleinen Mädchen, *was* sie da wirklich in die Welt hinausposaunt hatte ...

»Na, zurück im Hier und Jetzt?«, fragte Constantin mit einem Grinsen. Er ahnte garantiert, woran ich gerade dachte.

»Leider!«

»Gib den beiden doch jetzt erst mal einen glücklichen Sommer«, schlug er vor. »Dafür hast du doch noch Material.«

Ich wischte meine Tränen weg, schnäuzte mich.

»Danke, Constantin!«

1869 – Der Sommer

In einer Krankenanstalt hatten sie sich den letzten Kuss gegeben. Vor beinahe genau achtzehn Jahren. Und in einer Krankenanstalt gaben sie sich nun wieder den ersten. Was damals voller Hoffnung auf ein baldiges Wiedersehen leichthin und sorglos geschehen war, wischte nun mit unendlicher Süße das bittere Leid all der verlorenen Zeiten fort. Kein Tag war vergangen. Keine Erinnerung verflogen. Kein Gefühl gestorben. All die aufgesparte Leidenschaft, all die Sehnsucht einsamer Tage und Nächte lagen in diesem Kuss.

»Martin, o Martin …«, flüsterte Clara ein ums andere Mal, ehe sich ihre Lippen wieder seinen hingaben.

»Meine Clara, meine Frau, meine Geliebte«, raunte Martin.

Sie standen da, im Zentrum dieses Sonnenstrahls, und konnten nicht mehr voneinander lassen. Lange. Lange hielten sie sich in den Armen. So fest, dass einer dem anderen beinahe die Luft nahm.

»Und nun?«, wisperte Clara nach einer endlosen Weile. »Niemals mehr gehe ich zurück, jetzt, nachdem ich dich endlich wiederhabe.«

Martin legte lächelnd einen Zeigefinger an ihre Lippen. »Pscht, keine Pläne, Clara. Wir haben schon einmal den Fehler gemacht zu glauben, dass unsere Pläne aufgehen würden. Wie lange bleibst du in Baden-Baden?«

Seine Worte gaben ihr einen Stich ins Herz. Warum war er nur immer noch so entsetzlich vernünftig?

»Ende August müsste ich abreisen … Ich bin mit einer Freundin hier.«

»Zehn Wochen, mein Liebling. Zehn Wochen schenkt uns das Leben.«

Heftig schüttelte Clara den Kopf. »Was sind zehn Wochen gegen die vielen Jahre, die wir verloren haben?«

»Manchmal wiegt ein einziger Moment des Glücks das Unglück eines ganzen Lebens auf«, erwiderte er.

»Ich will das Glück festhalten. Endlich festhalten und nie wieder loslassen!«

»Immer noch bist du so geradeheraus, so leidenschaftlich, so bedingungslos, wie du es immer gewesen bist, Clara«, schmunzelte er und strich ihr mit dem Handrücken über die Wange.

Ein Schreck überlief sie. »Martin, du sagst das so, weil du nicht mehr frei bist. Jetzt verstehe ich!«

»Nein. Ich habe geschworen, dir immer treu zu bleiben. Und das bin ich. Ich habe gelebt wie ein Mönch.«

Clara krümmte sich unter seinen Worten. »All die Jahre? Mein Gott, Martin, und ich habe dich tausendmal betrogen.« Sie lehnte ihre Stirn an seine Brust, empfand tiefe Scham.

Martin hob ihr Gesicht zu sich herauf. »Schau mich an, Clara!«

Schüchtern traf ihr Blick seine Augen.

»Ich habe von dir verlangt, dass du das tust. Vergiss das nicht. Wenn es allein dein Ehemann war, dem du dich hingegeben hast, liegt kein Betrug in deinem Handeln.«

»Niemals habe ich mich einem anderen Mann geschenkt. Und Henry … Ach, Martin … es gäbe so viel zu erzählen. Willst du mir denn immer noch Zeit opfern?«

»Opfern? Was für ein falsches Wort! Jede freie Minute, die mein Beruf mir lässt, Liebste!«

»Du wusstest, wer dich heute konsultieren würde, nicht wahr?«

Martin nickte. »Ich bin erst seit drei Monaten in diesem Sanatorium angestellt. Zuvor war ich in Marburg geblieben. Als ich mitbekam, dass Dr. Gorlay um deine Behandlung ersucht hatte, bat ich den Direktor, den Fall übernehmen zu dürfen, und erhielt die Zusage. Wochenlang weiß ich es schon. Und du kannst mir glauben, ich habe auf diesen Tag hingefiebert, voller Angst, du würdest vielleicht doch nicht kommen. Wie gelähmt war ich dennoch, vorhin, als die Schwester dein Eintreffen mitteilte. Verzeih, dass ich dich warten ließ, ich musste mich erst sammeln.«

Befreit lachte Clara auf, nahm sein Gesicht in beide Hände und bedeckte es mit Küssen. »Es macht doch gar nichts. Ich habe achtzehn lange Jahre gewartet. Welche Rolle spielen da schon Minuten? Aber sag, wohnst du hier in der Krankenanstalt?«

»Nein. Ich habe ein kleines Häuschen in der Nähe angemietet. Dort sind wir ungestört. Meine Dienstzeit endet täglich um 18 Uhr. Warte …« Martin zog Zettel und Bleistift aus der Brusttasche seines Kittels und fertigte eine Zeichnung an. »Schau, von hier aus führt der Weg nur ein wenig den Weinberg hinauf, dann hältst du dich an dieser Stelle links und immer auf den Waldrand zu. Dort findest du mich. Ich halte es für unklug, wenn wir uns im Ort treffen, denn Baden-Baden ist ein Dorf. Ein internationales zwar, aber hier tuscheln sogar die Pflastersteine. Ich möchte dich keinesfalls kompromittieren.«

»Es wäre mir egal, wenn man uns zusammen sähe, Martin.« Clara stampfte entschlossen mit dem Fuß auf.

Lächelnd legte er den Kopf ein wenig schief und schüttelte ihn. »Du magst angekettet gewesen sein, entmündigt vielleicht, gedemütigt, unglücklich ... all das sehe ich dir an. Aber gebrochen ... gebrochen bist du nicht!«

* * *

All ihre Kraft war wieder da. Aller Lebensmut, alle Lebensfreude. Jeden Abend verbrachte sie von nun an in Martins kleinem Haus am Wald. Elisabeth lobte sie sogar für ihren Entschluss, sich nun doch endlich durchgerungen zu haben, die herrlich ungebundene Zeit vollends auszunutzen. Natürlich war sie neugierig, machte immer wieder Versuche herauszubekommen, mit wem Clara ihre Abende, zunehmend sogar ganze Nächte verbrachte. Wenig Angst hatte sie zwar, von Elisabeth verraten zu werden, hatte doch auch sie ihre Amouren, die übrigens schon zum dritten Mal die männliche Hauptfigur gewechselt hatten. Teils weil sie überdrüssig geworden war, teils weil ein Herr seinen Kuraufenthalt beenden und abreisen musste. Aber Claras Mund blieb verschlossen.

In den ersten Tagen blieb keine Zeit, die Clara und Martin an einen einzigen Gedanken außerhalb ihrer traumhaften, ungestörten Zweisamkeit verschwenden wollten. Sie lagen zusammen im Gras, fütterten sich gegenseitig mit allerlei Köstlichkeiten, die Clara mitgebracht oder Martin besorgt hatte, schauten Fuchs und Hase beim Gutenachtsagen zu, genossen die lauen Abende so lange, bis die Sonne ihren letzten goldenen Schein über die Wipfel der dunklen Tannen geworfen hatte, bis Glühwürmchen sie umschwirrten. Liebten sich unter dem Sternenhimmel, rezitierten einander Liebesgedichte im Mondschein, zogen sich erst in das Häuschen zurück, wenn der Tau die Wiesen feucht werden ließ, und mieden geradezu penibel alles, was nicht unmittelbar mit ihrem frischen Glück zu tun hatte. Nichts, gar nichts sollte sie aus diesem märchenhaften Traum reißen.

Regelmäßig schrieb Clara freundlich-kühle Postkarten an Henry und die Mädchen. Berichtete knapp über ihre Gesundung und ertappte sich ab und zu dabei, dass sie immer beinahe dieselben Worte wählte. Regelmäßig schrieb sie lange Briefe an Mortimer. Voll herzlicher, mütterlicher Worte. Aber nie bekam sie Antwort. Mulmig blieben ihre Gefühle, wenn sie an ihren Jüngsten dachte. Wenn es ihm denn gut ging, warum antwortete er nicht?

In der Tat waren ihre Fortschritte immens. So sehr, dass sie neuerdings schon wieder beim Schnüren ihres Korsetts die Luft anhalten musste. Was sie morgens im Spiegel erblickte, war eine schöne, voll erblühte Rose. Farbe hatten die Wangen bekommen von den vielen Aufenthalten an der frischen Luft. Und ihre Augen! Sie sah es selbst. Sie strahlten wieder wie zwei Sterne. Nur wenn sie sehr genau hinschaute, entdeckte sie diesen trüben Fleck, den die stetige Sorge um ihren jüngsten Sohn hineinzeichnete. Und doch: So viel von der unerträglichen Schwere war von ihr abgefallen. Von ihrer Seele ebenso wie von ihrem Körper. Leichtfüßig eilte sie allabendlich über den kobaltblauen Läufer die Hoteltreppe hinab zu ihrer Kutsche. Sie hätte die ganze Welt umarmen können. Und das entging keinem Menschen, der ihr begegnete. Die schöne, junge deutsche Gräfin war wiedererwacht.

* * *

Fast erleichtert war Clara, dass sowohl der Vater (»Erntezeit, Kind, ich kann das Gut nicht alleine lassen«) als auch Thekla ihre Besuche absagten. Clara hatte gewusst, dass ihre Schwester im Juli niederkommen sollte, und fast schon so etwas vermutet. Das Kind hatte sich Zeit gelassen, und Mitte August war Thekla noch immer nicht reisefähig. Clara schickte ein großzügiges Geschenk für das kleine Mädchen, das neben zwei anderen Namen auch ihren erhalten hatte, und bot sich als Patin an. Und sei es auch nur, als Patin »aus der Ferne«, wie sie vorsichtshalber dem Schreiben hinzusetzte; sie war an einem Stand, der nicht einmal das Einweihen der Schwester erlaubte. Niemand durfte zum jetzigen Zeitpunkt etwas von ihren Plänen erfahren. Nicht einmal Martin weihte sie wirklich ein, denn Zukunftsmusik musste erst gespielt werden, so fand sie, wenn sich ihr Aufenthalt dem Ende zuneigen würde. Bis dahin wollte sie, kaum dass sie der Kutsche entstiegen war, die sie allabendlich zu ihm brachte, keinen Gedanken, kein Wort verschwenden. Allzu kostbar war die Zeit.

Kostbar!

Welch wundervolle neue Bedeutung doch dieses Wort für sie bekommen hatte.

* * *

Eines Tages war es dann doch so weit. Die kostbare Zeit war ihnen zwischen den Händen zerronnen, und Claras Abreise stand bevor. Wie all die wundervollen Abende saßen sie zusammen unweit des Hauses auf der lauschigen Lichtung. Es gab keine Zeit mehr zu verlieren. Jetzt wollte sie ihn endlich einweihen.

Stunden lauschte er all dem, was sie ihm nun über ihr Leben erzählte. Keine wichtige Station ließ sie aus und hörte ihn mehr als einmal vor Entsetzen scharf die Luft einsaugen. Doch er unterbrach ihren Redefluss nicht, hielt nur ihre Hand und drückte sie sehr fest, wenn Claras Erinnerungen Emotionen in ihr heraufbeschworen, die nach Trost schrien.

Längst war die Sonne untergegangen, nur das Licht einer kleinen Laterne flackerte in dieser mondlosen Nacht, als Clara ihre Erzählung schließlich beendet hatte und Martin die Quintessenz all ihrer Überlegungen mitteilte. Ruhig und entschlossen klang ihre Stimme jetzt.

»Ich will bei dir bleiben, Martin. Ich gehe nicht mehr zurück zu diesen schrecklichen Ungeheuern, die überall im Côte House lauern. Seien sie nun aus Holz geschnitzt oder aus Fleisch und Blut. Immer will ich hierbleiben, dir eine gute Ehefrau werden, Mutter deiner, nein, unserer Kinder, die wir in aller Freiheit in dieser herrlichen Natur aufziehen wollen. Ganz anders wollen wir sie aufziehen als meine großen fünf. Ich weiß, dass er mir die Kinder fortnehmen wird. Keines wird daran zugrunde gehen, denn sie kennen es nicht anders und leiden nicht. Nur Mortimer ... mein Gott, es bricht mir das Herz!«

Martin nahm sie bei den Schultern, drehte sie zu sich und schaute sie eindringlich an. »Wir hätten nicht viel, Clara. Würden uns sehr einschränken müssen. Noch genießt du allen Luxus, aber als Ehefrau eines Arztes würdest du viele Abstriche machen müssen.«

»Aber Martin! Das ist doch das Leben, das ich schon vor unserer Verlobung so heiß ersehnt habe!«

»Nicht ganz, Clara. Du hättest dir der Unterstützung deines Vaters immer gewiss sein können, hättest daheim in Thüringen nichts von deiner Stellung eingebüßt. Nun stünden wir vor anderen Voraussetzungen.«

»Weißt du was? Das ist mir ganz eins. Nichts, kein Tand, kein Geld, keine vermeintliche Sicherheit könnten das aufwiegen, was ich hergeben müsste. Ein zweites Mal hergeben müsste: die Liebe zu dir! Nichts ist wichtiger. Wenn du mich also noch willst, von ganzem Herzen willst, dann lass mich nicht gehen.«

»Ich will dich!«

»Dann ist doch alles gut, Martin. Ich ziehe aus dem Grandhotel aus, sage niemandem, wo ich geblieben bin, bin einfach fort und komme zu dir.«

Martin lachte bitter auf. »So einfach wird es nicht gehen, Clara. Ich erkenne doch, wie unglücklich es dich machen würde, wenn du deinen jüngsten Sohn nicht wiedersehen dürftest. Er scheint nicht deine Kraft zu haben. Du musst um ihn kämpfen, darfst ihn nicht allein seinem Schicksal überlassen.«

Clara wand sich unter seinen Worten. Wie selbstverständlich er erkannt hatte, welche Vorbehalte in ihr schlummerten, welches Wenn und Aber ihre eigene Argumentation ad absurdum führte. Nachdenklich ließ sie den Blick über den Waldrand schweifen. Ein einsames Rehböckchen stand äsend im tiefen Gras. »Sieh ihn dir an, den Kleinen da drüben, Martin. Er ist allein. So allein bin ich auch die ganze Zeit über gewesen. Menschen um mich herum, viele Menschen. Aber keine Liebe. Keine, die ich empfing, keine – und das wiegt viel schwerer –, die ich geben durfte.«

Das Blau seiner Augen blitzte auf. »Nicht nur du, Clara. Ich habe es ausgehalten, weil immer ein Funke Hoffnung in meinem Herzen überlebt hat, dass ich dich eines Tages wiedersehe. Jetzt bist du da, und wir können die Weichen neu stellen. Du hast, so würde ich es bei aller Vernunft einschätzen, deine Schuld Henry Ames gegenüber abgetragen. Sprich mit ihm, verhandle. Um deiner und Mortimers willen, dem ich allzu gern in der Zukunft den Vater ersetzen möchte.«

Ein warmes, vertrauensvolles Gefühl bemächtigte sich Claras. Lächelnd erklärte sie: »Mortimer ... er ist ein kleines Musikgenie, Martin! Er ist unendlich begabt. Du könntest ihn an der Orgel unterrichten. Ich weiß doch, wie gut du spielst. Ihr hättet eure Freude aneinander. Aber Henry ... dem passt er nicht in seine Vorstellungen von einem Mann. Es sind nicht alle Geschöpfe Gottes gleich, aber ich konnte mit Engelszungen auf ihn einreden. Ausgerechnet auf die Marineakademie musste er ihn schicken. Warum nicht nach Eton? Henry selbst ist in Eton erzogen worden. Dort nimmt man Rücksicht auf die unterschiedlichsten Begabungen der Kinder, fördert, was gefördert werden will. Manchmal habe ich den Eindruck, es ist pure Eifersucht, die ihn bewegt hat, eine solche Entscheidung zu treffen. Weil er weiß, wie nah beieinander unsere Seelen sind. Es ist, als wolle er nicht das Kind, sondern mich strafen. Wofür strafen, Martin? Dafür, dass ich immer nur gesucht habe nach einer Seele, der ich all meine Liebe schenken darf? Du weißt doch, wie lange ich gebüßt habe. Alles hat Henry mit meiner Hilfe auf der Karriereleiter erreicht. Höher hinauf kann er nicht mehr kommen. Was soll er schon noch mit mir anfangen, jetzt? Warum sollte er nach all der Zeit noch darauf bestehen, dass ich weiter und weiter Pflichten … Pflichten … Pflichten erfülle? Bitten will ich ihn, meinen Sohn und mich freizugeben.«

»Das klingt in meinen Ohren vernünftig, Clara. Brich nichts übers Knie. Auch ich möchte unser gemeinsames Leben nicht auf rauchenden Trümmern beginnen. Niemals soll man verbrannte Erde hinterlassen. Du bist erstarkt in den vergangenen Wochen. Wo auch immer ich dich unterstützen kann, werde ich es tun.«

Clara schüttelte zweifelnd den Kopf. »Wie solltest du mir helfen können, Martin? Diesen letzten Kampf werde ich allein austragen müssen. Tu du nur eines: Warte auf mich! So wie du es die ganzen Jahre getan hast. Erst dann, wenn ich mein … unser Schicksal zum Guten gewendet habe, will ich unser Wohl in deine Hände legen.«

»Es ist keine befriedigende Position für einen Mann, Clara«, seufzte Martin verlegen. »Aber ich fürchte, wenn ich mich ins Spiel brächte, würde er, so wie ich ihn einschätze, niemals einwilligen, auf dich zu verzichten. Lediglich von deinem Vater könntest du dir Unterstützung erhoffen. Ich kann mir nicht vorstellen, dass er uns ein zweites Mal Steine in den Weg legen würde. Alt ist er geworden. Alt, müde und milde. Du musst ihm schreiben. Er könnte gute Worte einlegen.«

»Das wäre er mir doch schuldig, nicht wahr, Martin?«

Zustimmend nickte er. »Glaube mir: Außer dir hat niemand mehr gelitten unter dieser unseligen Entscheidung, die er damals treffen musste. Er liebt dich. Und er wusste, wie groß das Opfer war, das er von dir verlangen musste. Aber was hätte er tun sollen? Erst Alexanders Spielschuld, dann der Brand, der …«

»Alexanders Spielschuld! Ja, Martin«, unterbrach sie ihn und spürte, wie ihre Stimmung plötzlich umschlug. Die bloße Erwähnung dieser Spielschuld wandelte duldsame Friedfertigkeit schlagartig in rebellisches Aufbegehren. Claras Stimmlage wechselte die Farbe, wurde schriller, und ein vorwurfsvoller Unterton gesellte sich dazu. »Ich ahne, warum mein Bruder niemals auf meine Fragen in all den Briefen geantwortet hat, die ich ihm schrieb. So viele, Martin! Von ihm kam bestenfalls mal eine Weihnachtspost an das ›Ehepaar Ames‹ zurück.«

Martin schaute sie merkwürdig von der Seite an, schüttelte erstaunt den Kopf. »Welche Briefe? Du weißt, wir sind immer beste Freunde gewesen. Und wir sind es noch heute. Alexander hätte mir davon erzählt, wenn er Post von dir erhalten hätte. Welche Fragen hattest du ihm denn gestellt?«

»Das fragst du noch?«, rief sie, nun in höchster Erregung. »Dein Abschiedsschreiben, du erinnerst dich? Ganz deutlich hat mir dein Vater gemacht, dass ich nie wieder etwas von dir hören würde. Immer habe ich strikt nach dem Versprechen gelebt, das ich dir gab. Niemals habe ich den zweiten Brief geöffnet, denn ich nahm den Schwur sehr ernst, den du mir abgenommen hast. Glaube mir, jedes einzelne deiner Worte hat sich in mein Gedächtnis gebrannt. Nur ›wenn du wirklich … WIRKLICH nicht mehr weiterweißt!‹ Alles habe ich getan, mich zusammenzureißen, und es fiel mir oft genug unendlich schwer. Dennoch wollte ich wissen, was du und Alexander mir verbergen wolltet. Was sollte ich lesen aus deinen Sätzen, die da lauteten: ›Ich weiß es seit heute Morgen. Seit dem Eintreffen eines Briefes meines besten Freundes, Deines Bruders Alexander. Und doch, auch wenn ich jetzt klar sehe, wird es nichts ändern. Du bist für mich verloren. Nichts kann ich tun, Deine Ehe zu verhindern, nichts, Dich in meine Arme zurückzuholen.‹ Das habe ich verstanden. Deine Sicht habe ich verstanden, habe sogar verstanden, dass du versuchtest, mich freizusprechen von aller Schuld, die ich an dem Unglück zu haben glaubte. Mit Gott habe ich gebrochen damals, Martin! Weißt du, was es bedeutet, mit Gott zu brechen?«

Tränen stürzten über ihre Wangen. Martin griff nach ihrem Arm, wollte sie trösten, aber sie drehte sich weg, war noch nicht fertig. »Verstehst du denn nicht, dass mich die Neugier plagte? Auch wenn an den geschaffenen Tatsachen nichts mehr zu ändern war, warum durfte ich nicht die ganze Wahrheit erfahren? Hätte sie nicht wenigstens meine Seele entlastet, die voller Schuldgefühle, voll Pflichtbewusstsein war, all das Unglück irgendwie wiedergutmachen zu müssen? Warum sollte ich blind bleiben, während ihr anscheinend beide sehen konntet?«

Leise sprach er jetzt, und sie fühlte, wie schwer es ihm fiel, ihrer verzweifelten Brandrede eine Erklärung entgegenzusetzen, die in ihrer schlichten Sachlichkeit nur plump und hartherzig klingen konnte. »Weil du es nicht gekonnt hättest, Clara. Wir kennen dich beide gut genug, um zu wissen, wie du zu Unrecht stehst. Du würdest gegen das Unrecht für andere Menschen kämpfen. Das beweist du doch gerade wieder, jetzt, wo es um deinen kleinen Sohn geht. Aber du würdest es auch für dich tun. Hättest du gewusst, was wirklich geschehen ist, wäre es dir niemals möglich gewesen, reinen Herzens durchzuhalten in deiner Pflichterfüllung. Das aber hätte all die Menschen, die damals vor dem Nichts standen, unweigerlich ruiniert. Wir mussten es dir verschweigen.«

Clara sprang auf, lief händeringend, außer sich vor Wut auf und ab. Ein schrilles Kreischen mischte sich in ihre Stimme.

»Ihr habt mich also absichtlich dumm gehalten, damit das *Geschäft* nicht gefährdet wird? Und Alexander hat den Inhalt meiner Briefe absichtlich übergangen?«

Martin versuchte, sie zu besänftigen. »Clara, ich bitte dich. Frag deinen Bruder nach den Briefen. Wenn du nicht willst, tue ich es für dich. Ich sagte es schon: Ich weiß nichts darüber, aber wenn er sie bekommen hätte, wüsste ich es. Wir haben doch nur deine Seele schützen wollen. Bleib endlich stehen und hör mir zu.«

Clara baute sich vor ihm auf, stützte beide Hände in die Hüften, funkelte ihn an. »Sprich! Ich bin gespannt.«

»Es hat keinen Sinn mehr, es dir zu verschweigen. Wir hatten einen vermeintlichen Schuldigen für das Feuer ausgemacht. Aber wir hatten weder hieb- und stichfeste Beweise, noch sahen wir Zusammenhänge, die direkt mit deiner Hochzeit zu tun hatten. Wir erkannten nur die unausweichlichen Folgen.«

Clara sah Martin verständnislos an. »Einen Schuldigen? Feuerwerk, Martin! Ein Feuerwerk zu Ehren unserer Verlobung, die Gott offenbar nicht gutheißen wollte. Funkenflug hat das Feuer ausgelöst!«

Martin senkte den Kopf, murmelte: »Nein. Höchstwahrscheinlich nicht.«

Bewegungslos stand sie vor ihm. Diese drei Worte zogen ihr den Boden der sicher geglaubten Wahrheit unter den Füßen weg. Kraftlos hauchte sie: »Was dann? Selbstentzündung des Getreides? Das glaube ich nicht. Es war doch so trocken. Worauf willst du hinaus? Womöglich ein Brandstifter? Nein! Wer denn? Und warum? Um Himmels willen, warum?«

»Clara, ich bitte dich, setz dich wieder zu mir.« Martin erhob sich, nahm sie in die Arme und zog sie neben sich ins Gras. Nur widerspenstig ließ sie es geschehen. »Du erinnerst dich?«, fragte er sanft.

»An nichts besser, Martin! An jede Sekunde dieses Abends.«

»Alexander brachte dir das kleine Mädchen. Inzwischen hatte ich deren dumme Elster gerettet und war hernach verletzt abtransportiert worden.«

Sie nickte.

»Gut«, sagte Martin.

Wie konnte er nur so gelassen sein? Claras Knie zitterten, in ihren Ohren rauschte das heiße Blut, ihr Atem ging stoßweise, sie fühlte sich einer Ohnmacht nah. Da half auch seine warme, tiefe Stimme kaum, als er fortfuhr.

»Alexander lief zurück, half, löschte. Dann kam der Regen. Es war das reinste Chaos. Und in dieses Chaos hinein brachte der Verwalter einen Mann, den er festgehalten hatte. Das Gut, das Schloss wimmelten nur so von fremden Menschen an diesem Tag. Du weißt es ja. Aber diesen Mann kannte niemand. Er war fremd, gehörte nicht zu den Gästen, sprach nicht unsere Sprache. Tagelang hat man ihn arretiert und verhört, bekam aber nichts aus ihm heraus. Er hatte kein Motiv, schien gebildet und wohlhabend. Allein die Tatsache, dass er sich unweit der Katastrophe aufgehalten hatte, machte ihn verdächtig. Dabei gab er zu Protokoll, auf einer Hochzeitsreise zu sein, logierte tatsächlich mit seiner jungen Gattin in einer Herberge im Dorf. Also mussten sie ihn wieder laufen lassen. Alexander aber war nicht von seinem Gefühl abzubringen, dass wir es bei diesem Mann mit dem Verursacher des Unheils zu tun hatten. Und ich vertraute seinem Gefühl. Allein, es fehlte jeglicher Beweis. Das ist der Grund, warum wir uns geschworen hatten, dir niemals etwas zu sagen.«

Clara starrte ihn an. Was sich jetzt in ihrem Kopf zu einer unfassbaren Ahnung zusammensetzte, jagte kalte Schauer über ihren Rücken. »Woher kam der Mann, Martin?«

»Aus England.«

»Und der Name dieses Engländers?«

»Er hieß Abraham Pinkerton.«

Tief atmete sie durch. Eisklar war ihre Stimme, als sie nun sprach. So klar wie die schockierende Erkenntnis. Sehr langsam, sehr akzentuiert sagte sie: »Jener Abraham Pinkerton, mit dessen Frau Elisabeth ich derzeit zur Kur hier bin. Jener Abraham Pinkerton, welcher der jüngere Bruder des besten, vertrautesten Kumpans meines Mannes Henry Ames ist. Jener Abraham Pinkerton, auf dessen Namen der Schuldschein lautet, den ich kurz vor meiner Abreise aus der verschlossenen Lade meines Gatten zog, die ich aufbrach, weil ich auf der Suche nach meinem Pass war. Ausgestellt am 20. August 1851 in Wien. Lautend über einen Betrag von zweitausend britischen Pfund. Unterschrieben von meinem Bruder Alexander!« Martin blickte sie entgeistert an, und Clara setzte einen vergifteten Pfeil nach: »Wie gut kennst du deinen besten Freund Alexander eigentlich wirklich? Wusstest du davon?«

»Clara, nun hör aber auf!« Martin war aufgesprungen. Jetzt war er es, der ruhelos hin und her lief. »Ja, ich wusste, wie hoch der Betrag war, den er verloren hat. Ich wusste, dass Alexander im Spiel zu Leichtsinn neigt. Aber er ist weit davon entfernt, süchtig nach dem Spiel zu sein, wie es manche meiner Patientinnen sind. Immer hat er von einem todsicheren Blatt gesprochen und konnte es nicht fassen, dass er dennoch verlor. Er war sicher, dass man ihn in jener Nacht übers Ohr gehauen hat.«

Wut kochte in Clara. »Du wusstest also, dass es ein und derselbe Mann war, der erst Alexander diesen unvorstellbar hohen Betrag abgenommen hat und hernach beim Gutsbrand festgehalten wurde?«

Martin nickte.

»Dann darf ich dir mal zitieren, was Abraham Pinkertons süße kleine Frau mir zu diesem Thema vor wenigen Wochen während der Überfahrt erzählt hat? Warte … ich versuche, es zusammenzubekommen. Sie sagte ungefähr Folgendes: ›Nach einem durchspielten Abend haben die beiden Männer sich immer köstlich amüsiert, wem sie in der Nacht alles einen Haufen Geld im Spiel abgeluchst hatten. Aber es spielte ja keine Rolle. Wer sich ins Kasino begibt, hat das Kleingeld, das er setzt, einfach übrig. Nur ein Spiel, nicht wahr, Clara?‹ Kleingeld! Sie hat wirklich Kleingeld gesagt.«

»Offenbar also sehr gewiefte, abgebrühte Spieler?«

»Anscheinend. Ja. Aber ... Martin, das kann doch alles kein Zufall sein.«

»Das glaube ich genauso wenig. Was ich aber absolut nicht deuten kann, ist die Tatsache, dass du diesen Schuldschein ausgerechnet bei deinem Ehemann gefunden hast. Wie kommt er da hin? Meines Wissens hat dein Vater die Schuld ausgelöst. Müsste nicht er ihn haben?«

»Ich weiß es nicht, Martin. Ich erkenne keine vernünftige Erklärung. Und noch weniger sehe ich eine dafür, was Abraham damit bezweckt haben sollte, den Brand zu legen, wenn er es denn wirklich getan hat. Weiß mein Vater eigentlich davon?«

»Nicht von uns. Du erinnerst dich, welch organisatorische Meisterleistung er nach dem Unglück zu vollbringen hatte. Was sollten wir ihn noch mehr in Aufruhr versetzen, indem wir ihm die doch offenbar so nebensächliche Geschichte erzählten? Es folgte doch nichts aus den Vernehmungen Pinkertons.«

Martin hatte sich wieder gesetzt. Er grübelte. Das Kinn in die Hände gestützt, starrte er in die dunkle Nacht.

Clara hielt es nicht im Sitzen, sie begann wieder zu wandern. Nebensächliche Geschichte? Beide Ereignisse in Folge hatten immerhin zum wirtschaftlichen Ruin ihrer Familie geführt. Und sie hatten dazu geführt, dass ihr vorgezeichneter Lebensweg einen so unerwarteten, verhängnisvollen Abzweig genommen hatte. War es nur eine Verkettung unglücklicher Zufälle gewesen? War es das *wirklich* gewesen? War Pinkerton etwa ein notorischer Brandstifter? Welchen Grund sollte er gehabt haben? Welchen? Misstrauisch beäugte sie die Rückschau. Suchte nach irgendeiner Logik, die dahinterstecken konnte. Oder hatte womöglich Henry etwas mit all diesen Ereignissen zu tun? Sie traute ihm einiges zu, aber welchen Sinn ergab das alles?

Clara rief sich die erste Begegnung mit Henry ins Gedächtnis. Sah das ausgerollte Bild des Côte House vor sich liegen, hörte seine Stimme. »Ich habe dein Bild gesehen, Clara. Und ich sah eine Frau, die mir für die Liebe geschaffen schien.«

Wieder schoss ihr, wie damals, ein scharfer Pfeil in die Brust. Für die Liebe geschaffen! Das durfte niemand anderes sagen als Martin. Und dann hatte Henry unzweifelhaft klargemacht, dass er es von nun an sein würde, den sie zu lieben hätte. Arrogant. Selbstsicher. Siegesgewiss. Keinen Widerspruch duldend: »Ich wusste, dass ich dich haben musste. Und gemeinhin bekomme ich, was ich will.«

Scharf und ironisch hatte ihre Antwort geklungen. Sie wusste es noch, als wäre sie gerade eben erst über ihre Lippen gekommen. Und doch begriff sie erst jetzt, wie bitter wahr ihre mädchenhaft und keck gesprochenen Worte wirklich gewesen waren: »Welch glücklicher Umstand, dass wir bankrott sind. Sonst wäre ich nämlich nicht zu haben gewesen.«

1869/70 – Das Mass ist voll

Clara erreichte London am 30. August. Exakt achtzehn Jahre, nachdem sich ihr Schicksal auf so dramatische Weise gewendet hatte. In ihrem Bauch trug sie kalte Wut. Im Herzen eine neugeborene flammende Liebe, die nichts und niemand würde auslöschen können. Wild und leidenschaftlich war ihre Entschlossenheit, koste es, was es wolle, mit Henry reinen Tisch zu machen und schleunigst zu Martin zurückzukehren. Zu kostbar war das Leben, um es weiterhin zu vergeuden. Kostbar!

Wie kostbar sie Henry anscheinend immer noch erschien, erlebte sie in den ersten Tagen nach ihrer Rückkehr. Begeistert zeigte er sich von ihrer Gesundung, wurde nicht müde, ihr Komplimente zu machen, überschüttete sie mit Geschenken, umwarb sie, schlug wie ein stolzer Pfau sein schönstes Rad. Genau das war es, was sie erwartet hatte. Und sie hatte vorgesorgt, denn es war keinesfalls zu erwarten, dass Henry mir nichts, dir nichts einem freundlich vorgetragenen Scheidungsbegehren zustimmen würde.

Vorerst, so hatte sie es mit Martin abgemacht, wollte sie auch ihren Vater nicht in Kenntnis setzen. Noch fehlten ihr einige Mosaikteilchen. Beweise, um das endgültige Bild, das sich in aller Ungeheuerlichkeit zusammenzufügen schien, nicht nur sehen, sondern auch belegen zu können. Noch wusste sie nicht genau, wie sie das anstellen sollte, aber diese Teilchen wollte sie finden. Wollte Henry am Ende mit dem Ganzen konfrontieren und so jeden Widerspruch seinerseits im Keime ersticken. Erst dann, wenn es für ihn keine Ausflüchte mehr gab, würde sie ihn vor die Wahl stellen: Scheidung oder gesellschaftlicher Skandal. Den konnte er sich nicht leisten, und Clara wusste, bei all den Vorbehalten, die das Königshaus gegen seine Person gezeigt hatte, würde sie zumindest in Albert einen Verbündeten finden, dem sich Henry schlecht würde widersetzen können. Ausgestattet mit der Kraft, die ihr Martins Liebe gab, und mit dem vollkommen neu entdeckten Willen, endlich eigene Entscheidungen zu treffen, wunderte sie sich richtig über sich selbst. Kühlen, ja, berechnenden Kopfes wollte sie handeln. Und sich das Leben zurückholen.

Clara geduldete sich. Geschützt durch ein Attest, welches Martin, höchst raffiniert, von einem befreundeten Oberarzt des Sanatoriums hatte ausstellen lassen, hielt sie sich Henrys Versuche, zudringlich zu werden, buchstäblich vom Leibe. »Noch nicht, Henry, Lieber, ein halbes Jahr musst du dich noch gedulden. Aber ich laufe dir ja nicht weg«, erklärte sie immer wieder und lächelte mit diesem ebenso neuen wie geheimnisvollen sphinxhaften Lächeln. »Wir wollen doch den schönen Kurerfolg um keinen Preis gefährden!« Sie beabsichtigte zu warten, bis er, wie geplant, Anfang Januar wieder in See stechen würde, und sich dann auf die Suche begeben.

Wochen vergingen. Wochen, in denen Clara auf das Einsetzen ihrer Monatsblutung wartete. Sie blieb aus. Zweifellos, sie trug Martins Kind unter dem Herzen. Überwältigend glücklich waren die Gefühle im Moment der Erkenntnis, aber Claras Kopf übernahm schnellstens wieder die Oberhand. Jetzt gab es wirklich keine Zeit mehr zu verlieren. Lange würde sie Henry ihren Zustand nicht verbergen können. Wann es zur letzten körperlichen Vereinigung zwischen ihnen gekommen war, wusste er. Er würde nur eins und eins zusammenzählen müssen, um sie des Ehebruches zu überführen. Nicht nur *ein* Kind, nicht nur Mortimer galt es, aus Henrys Fängen zu befreien. Nein. Nun trug sie die Verantwortung für drei Leben.

Henrys Laune hätte besser nicht sein können. Alles hätte sie in dieser Zeit von ihm haben können. Nur nicht das, was sie so heiß ersehnte. Stolz präsentierte er bei jeder sich bietenden Gelegenheit seine Frau. Keinen gesellschaftlichen Anlass versäumte er, um der Welt zu zeigen, welch beneidenswert schönes, perfektes Paar sie beide waren. Sogar an seinen Entscheidungen ließ er sie in gewisser Weise teilhaben. Als er verkündete (»Du hast mich zur Einsicht gebracht, Darling«), den Wochenlohn seiner Arbeiter auf einen Betrag von zwei Shillingen und zwei Pence heraufgesetzt zu haben, betonte, dass er damit einen glatten Penny über den üblichen Mindestentgelten zahlte, wartete er offensichtlich auf ein Lob von ihr. Obwohl ihr der Preis für vierzehnstündige Arbeitstage noch immer lächerlich gering vorkam (»zum Leben zu wenig, zum Sterben zu viel«), zollte sie ihm Respekt für seinen Entschluss.

Alltägliches, Organisatorisches, sogar Politisches konnte sie plötzlich ausgezeichnet mit ihm diskutieren. Nur wenn es ans Persönliche ging, wenn Mortimer im Zentrum ihrer Unterhaltungen stand, wenn Clara gar geschickt und diplomatisch versuchte, irgendeine belegkräftige Äußerung zu seinen Beweggründen herauszubekommen, warum er sie damals unbedingt für sich hatte gewinnen wollen, biss sie auf Granit. Aalglatt rutschte er ihr immer wieder aus den Fingern, wenn sie auch manchmal einen Augenblick lang glaubte, ihn am Haken zu haben. Claras Hoffnung, irgendeinen Anhaltspunkt aus Henry herauszubekommen, auf den sie ihn hätte festnageln können, erfüllte sich nicht, und eine zunehmende Nervosität machte sich in ihr breit.

* * *

Als die Familie kurz vor Weihnachten ins Côte House zurückkehrte, traf auch Mortimer aus Portsmouth ein. Fast ein ganzes Jahr hatte Clara ihren Sohn nicht mehr gesehen und war entsetzt. Mager war der Junge geworden. Blass war sein schönes Gesicht; von dunklen Schatten umrahmt lagen seine braunen Augen tief in ihren Höhlen. Aber was ihr viel schwerer wog, war die gebeugte, unterwürfige Haltung, die er einzunehmen gelernt hatte.

Clara holte den Jungen in ihr Zimmer, legte zärtlich den Arm um ihn, zog ihn neben sich aufs Bett. Warum er nie geschrieben hatte, wollte sie von ihm wissen und war empört, als sie erkennen musste, dass man ihm nicht nur ganz offenbar jeden ihrer liebevollen Briefe vorenthalten, sondern auch verwehrt hatte, seiner Mutter zu schreiben. Briefe zu unterschlagen schien eine sehr übliche Sitte in diesem Land zu sein.

Als »schwierig und renitent« habe er gegolten, so berichtete Mortimer verlegen. In den Karzer habe man ihn gesperrt, wenn er infolge der militärisch brutalen Ertüchtigungsstunden am Schreibpult eingeschlafen sei. Gehänselt hatten ihn die Kameraden, und … wie er voller Scham gestand, er hatte begonnen einzunässen. Eine für alle Welt sichtbare Schwäche, welche alles nur noch schlimmer gemacht hatte.

Clara brach sein Zustand das Herz. Sie nahm seine Hände in ihre, streichelte die filigranen Pianistenfinger und erstarrte, als sie Narben an seinen Fingerkuppen ertastete. »Was ist da geschehen, Mortimer?«

»Ach das …« Er zog die Hände weg, versteckte sie hinter seinem Rücken, saß da mit gesenktem Kopf.

»Sag es mir!«

»Bitte, Madam, bitte nein!«, flehte er.

»Du nennst mich Madam? Mortimer! Ich bin deine Mamá! Du kannst mir alles erzählen.«

»Doch nur das Lineal, Mamá. Nichts Besonderes.«

»Sie schlagen dich blutig?«

»Es ist doch schon geheilt. Nicht so schlimm …«

»Wofür hast du Schläge erhalten?«

»Ein falscher Buchstabe, ein schief gezogener Strich unter dem Rechenergebnis … all dies führt zu Schlägen mit dem Lineal. Bei manchen Schülern weniger, bei mir mehr.«

Clara war außer sich. »Ich werde mit deinem Vater sprechen. So geht das nicht weiter!«

»Nein!«, schrie Mortimer entsetzt. »Ich weiß, dass Vater die Anordnung gegeben hat, mit mir besonders hart zu verfahren, damit ein richtiger Mann aus mir wird. Du würdest mir damit keinen Gefallen tun. Es gibt Ärgeres als Bestrafungen mit dem Lineal.«

* * *

Henry schien es außerordentlich zu gefallen, was Portsmouth aus seinem Sohn gemacht hatte. Auch ihm waren die deutlich sichtbaren Narben nicht entgangen. Er jedoch wertete sie nicht als Körperverletzung, sondern als Beleg dafür, dass sein Sohn doch etwas »aushalten« könne. »Siehst du, Clara, er ist viel tapferer geworden. Noch zwei, drei Jahre, dann kann er vielleicht beginnen, in Johns Fußstapfen zu treten.«

Clara antwortete nicht, lächelte nur zustimmend. Doch ihre Gefühle waren weit entfernt von jedem Lächeln. Mein Gott … zwei, drei Jahre! Was Henry da in Aussicht stellte, verursachte schmerzhafte Krämpfe in ihrem Magen. Seit dem Gespräch mit Mortimer war sie allerdings extrem auf der Hut, ja keinen Fehler zu begehen, der dem Jungen womöglich noch mehr schaden konnte.

Claras Leib hatte sich bereits auffallend zu runden begonnen, und sie wusste, lange würde sie Henry ihren Zustand nicht mehr verbergen können. Folglich fieberte sie Anfang Januar Henrys Abreise entgegen, die direkt bevorsteht, jedoch nur für eine kurze

Abwesenheit sorgen würde. Das Kommando über jene Schiffe, welche alljährlich auf den langen Handelsrouten segelten, hatte er erstmals voller Stolz und Vertrauen seinem Lieblingssohn John übertragen. Bereits Ende März würde Clara mit Henrys Heimkehr rechnen müssen. Sie plante, derweil das Haus auf den Kopf zu stellen, notfalls jeden Winkel zu durchsuchen, um einen irgendwie gearteten Hinweis zu finden, der ihr Vorhaben mit dem so dringend notwendigen letzten Beweis untermauern sollte.

Erstaunlicherweise hatte Henry kein Wort über die aufgebrochene Lade verloren. Clara war aber nicht entgangen, dass ein neues, äußerst solides Schloss installiert worden war. Ob er überhaupt bemerkt hatte, welches Dokument fehlte? Sie hütete sich ebenso, ihn darauf anzusprechen, wie sie sich nach langem Abwägen gehütet hatte, bei der Familie Pinkerton Nachforschungen anzustellen.

Henry verließ Bristol am 3. Januar 1870. Clara stand gemeinsam mit Mortimer, der noch einige Ferientage vor sich hatte, am Kai.

»Weiter so, mein Sohn! Eines Tages werde ich stolz auf dich sein«, sagte Henry zum Abschied und kniff dem Jungen in die Wange.

»Ja, Sir«, erwiderte Mortimer und schlug die Augen unter den seidigen, langen Wimpern nieder.

»Und du, meine Liebe, mach dich bereit für meine Heimkehr«, flüsterte er Clara anzüglich ins Ohr. »Sechs Monate Schonzeit sind um, wenn ich zurück bin. Dann werde ich zur Jagd auf das scheue Wild blasen.«

»Flugwild, Henry!«, scherzte Clara und war sich sicher, dass er nicht verstand, welch doppeldeutiger Sinn in ihrer Antwort lag.

Aufatmend schauten Mutter und Sohn einander an, als der Klipper endlich ablegte.

* * *

Im Grunde wusste Clara nicht, wonach sie suchen sollte. Dennoch durchstöberte sie Henrys Arbeitszimmer bis in den letzten Winkel. Der pure Zufall war es gewesen, der ihr den Schuldschein in die Hände gespielt hatte. Warum sollte der Zufall nicht ein weiteres Mal auf ihrer Seite sein?

Nach drei Tagen akribischer Suche musste sie einsehen, dass es einfach mehr nicht gab. Es sei denn, versteckt in jener Lade, die sie allerdings jetzt nicht erneut aufzubrechen wagte. Enttäuscht zog sie sich am Abend ihrer letzten Durchsuchungsaktion in ihr Zimmer zurück.

Mary, die von ihrer Verletzung ein leichtes Hinken zurückbehalten hatte, klopfte einen Moment später. Ungewöhnlich aufgebracht wirkte die Zofe.

»Ich muss mit Ihnen sprechen, Mylady.«

Nie, in achtzehn Jahren nicht ein einziges Mal, hatte Clara solch ein Anliegen von ihr gehört. »Bitte, Mary, komm herein und setz dich zu mir.«

Was konnte es sein, das diese stets so beherrschte, fast unmenschlich kühle Frau derart in Erregung versetzte? Mary trat von einem Fuß auf den anderen, ihre Wangen waren hoch gerötet, ihre Augen spiegelten blankes Entsetzen.

»Nein, Mylady, bitte kommen Sie mit. Das müssen Sie sich ansehen. Sofort! Ich habe Master Mortimer versehentlich beim Baden überrascht. Er hat sich zwar umgehend aufgerichtet und in ein Handtuch gewickelt, aber ich habe eine schockierende Entdeckung gemacht. Kommen Sie!«

Damit griff sie nach Claras Hand, zog sie hastig über die Flure, riss die Tür zu Mortimers Zimmer auf. Der Junge war bereits in Hemd und Unterhose, schaute den Frauen überrascht entgegen. »Was ist denn, Mamá?«

»Ziehen Sie Ihr Hemd aus, Master Mortimer«, befahl Mary ohne Umstände.

Mortimer zierte sich, aber Mary duldete keinen Widerspruch. »Umdrehen. Hemd hoch!«

Claras Verwirrung über den ungewöhnlichen Auftritt ihrer Zofe wandelte sich in Grauen, als sie des nackten Rückens ihres Jüngsten gewahr wurde. Über und über war die Haut mit Narben und noch nicht vollständig verheilten Striemen überzogen. Clara schlug die Hände vors Gesicht. »Um Himmels willen, wer hat dir das angetan?«

Mortimer hielt den Kopf gesenkt, murmelte: »Ich habe es doch gesagt, Mamá, das Lineal ist noch harmlos ...«

»Wer wagt es, meinen Sohn so zuzurichten?«, schrie Clara. »Wer hat angeordnet, dass das geschehen darf? Dein Vater, mein Sohn! Nun reicht es! Das Maß ist voll. Du gehst nicht zurück nach Portsmouth. Wir verlassen sofort dieses Haus. Mary, pack die Koffer!«

Kein Widerwort kam von Mary. Dass ein Kind, dem sie auf die Welt geholfen hatte, für das sie jahrelang Sorge getragen hatte, so verletzt worden war, ging auch über ihr Fassungsvermögen. Knapp nickte sie und verließ hastigen Schrittes den Raum.

»Kleide dich an, Mortimer. Ich werde umgehend Dr. Gorlay rufen lassen. Er soll deine Wunden behandeln. *Und* ... er soll dokumentieren, was er hier sieht.«

»Aber Mamá!«, begehrte der Junge auf. »Es wird heilen. Es ist immer geheilt. Wir dürfen Papá nicht gegen uns aufbringen. Er hat doch Hoffnung, dass ich eines Tages seinen Anforderungen genügen kann. Ich will ihn nicht enttäuschen, werde es schon aushalten. Schau, ich bin doch ganz gesund.«

»Dein Vater ist kein Papá; ein Papá ist gütig und liebevoll. Er aber ist ein Schinder, wenn er sein eigen Fleisch und Blut ohne Not in solche Hände gibt und auch noch eigens verlangt, dass man mit ihm so verfährt. Pack, Mortimer, ich werde alles organisieren. Morgen verlassen wir England für immer.«

1870 – Die Hand an der Kehle

Lediglich ihr Eintreffen hatte Clara in dem knappen Telegramm an den Vater datiert. Henry würde sie später informieren. Er sollte nur segeln. So weit weg wie möglich. Erst wenn sie die Heimat sicher erreicht haben würde, wollte sie ihm eine Krankengeschichte auftischen, zu der sie der zutiefst schockierte Dr. Gorlay inspiriert hatte. So dramatisch, dass dem Gatten zwar der Schreck in die Glieder fahren sollte, aber auch so beruhigend, dass er leicht erkennen konnte, dem Jungen würde in Deutschland auch ohne sein Zutun geholfen werden. Zeit galt es nun zu schinden. Nichts lag Clara ferner, als den schlafenden Wolf zu wecken.

Die Töchter reagierten auf Claras Eröffnung höflich und gedämpft mitleidig. Aber sie nahmen es hin, wie sie immer schon alles hingenommen hatten. Kühl und distanziert waren ihre Umarmungen, und sie zeigten sich vorsichtig erstaunt darüber, dass die Mutter sie so fest drückte, als würde es das letzte Mal sein.

Schwer fiel Clara auch der Abschied von den vier Settern, die, anders als die Mädchen, die Endgültigkeit deutlich zu spüren schienen. Sie übergab das Schicksal ihrer treuen Begleiter,

Erben ihrer wundervollen Vorfahren Peter und Sheadie, dem ausgesprochen tierlieben und zuverlässigen alten Gärtner Gordon, mit dem sie seit Jahren ein beinahe freundschaftlich zu nennendes Verhältnis verband. Einmal drehte sie sich noch nach ihnen um, wischte sich die Tränen aus den Augenwinkeln. Dann bestieg sie mit Mary und Mortimer die Kutsche und ließ Côte House hinter sich, ohne auch nur das Bedürfnis zu verspüren, einen letzten Blick darauf zu werfen.

Was spielte es noch für eine Rolle, was Henry – möglicherweise, wahrscheinlich, höchstwahrscheinlich – vor achtzehn Jahren getan hatte? Was er jetzt zu verantworten hatte, genügte Clara vollkommen, um sich bar jeder Reue und fernab jeden Gefühls, ihm weiterhin in irgendeiner Weise verpflichtet zu sein, ein für alle Mal von ihrem Ehemann loszusagen. Gnadenlos, charakterlos, menschenverachtend. Das waren die Adjektive, mit denen sie ihn insgeheim versah. War es nicht genau das gewesen, was sie all die Jahre anlässlich verschiedenster Beispiele an ihm so bitterlich bemängelt hatte? Diskussionen fielen ihr wieder ein, Ereignisse, die seine Grausamkeit belegt hatten. Das kleine Mädchen mit den Zündhölzern ... der unsägliche Umgang mit seinen Arbeitern, nein, seinen »Produktionsbienen«. Seine Einstellung zum Sklavenhandel ... Ach, da war so viel, das belegte, dass kein Funken Gutes in ihm steckte.

Täglich salbte Mary nun Mortimers Wunden mit der Tinktur, die Dr. Gorlay ihr kopfschüttelnd gegeben hatte. In Portsmouth hatte sich nie jemand die Mühe gemacht, die Spuren der Torturen zu behandeln. Martin würde entsetzt sein! Und auch der Graf, da war Clara absolut sicher, würde ihre jetzt so überstürzt wirkende Flucht zweifellos nicht nur verstehen, sondern auch gutheißen.

Welche Wandlung in Mary vorgegangen zu sein schien, erstaunte Clara allerdings aufs Äußerste. Nie zuvor hatte sie auch nur die Spur eines Zweifels aufkommen lassen, dass sie ihrem

Herrn geradezu sklavisch ergeben gewesen war und nicht im Traume darauf gekommen wäre, eine seiner Anordnungen auch nur zu hinterfragen. Seitdem aber Mortimer peinlich berührt zugegeben hatte, dass Henry durchaus nicht nur in Kenntnis seiner Verletzungen gewesen war, sondern den Buben für das Aushalten der Quälerei auch noch Lob ausgesprochen hatte, glich Marys Aufgebrachtheit verteufelt der, die in Clara nur noch ein einziges Gefühl für ihren Mann übrig gelassen hatte: Hass.

* * *

Es war ein klarer, kalter Wintertag, als der Schlitten mit den drei Asylsuchenden vor dem Schloss hielt. Blendend reflektierte der tiefe Schnee die Sonnenstrahlen, kein Lüftchen ging. Wie damals, als Clara aus dem Schweizer Internat heimgekehrt war, standen alle Bewohner des Hauses in Reih und Glied am Fuße der Freitreppe zur Begrüßung bereit. Nur Thekla fehlte.

Heute gab es keinen Anlass für eine wirkungsvolle Inszenierung. Heute riss Clara selbst den Schlag auf, kaum dass die Pferde pariert waren, sprang aus dem Gefährt und fiel dem Vater um den Hals.

»Seid mir alle drei herzlich willkommen, Clara!«

»Vater, ich bin so froh, wieder zu Hause zu sein. Mary kennst du, und schau, dies ist dein Enkelsohn Mortimer.« Mit einem Strahlen schob sie den Jungen ihrem Vater zu.

»Verehrter Graf, ich bin entzückt, Ihre Bekanntschaft machen zu dürfen«, murmelte der Junge höflich.

Der Graf warf Clara einen Blick zu, der zwischen Amüsiertheit und Erstaunen lag. Dann nahm er seinen Enkel in die Arme und klopfte ihm herzhaft auf den Rücken. Clara verzog schmerzhaft das Gesicht, und ein Seitenblick zu Mary genügte, um festzustellen, dass sie es ihr gleichtat. Mortimer jedoch hielt es aus, ohne eine Miene zu verziehen.

»Mortimer, mein Junge, du scheinst extrem gut erzogen zu sein. Du kannst mich ruhig Großvater nennen. Wir sind hier nicht so steif wie ihr in England.« Damit hielt er den Buben um Armeslänge von sich und musterte ihn kritisch. »Füttern solltet ihr eure Kinder mal anständig da drüben hinterm Kanal!«, schimpfte er kopfschüttelnd. »Na, an den Burschen werden wir hier schon was drankriegen, nicht wahr, Emma?«

Emma löste sich just aus Claras inniger Umarmung. »Jawohl, Herr Graf. Der Bub ist ja so schmal, den können Sie in Ihrer Westentasche verstecken. Lassen Sie mich mal machen.«

Emma. Ganz die Alte. Rund und gesund immer noch. Mit diesem unwiderstehlichen Lachen. Lachen! Clara stellte es erst jetzt fest. Das Lachen, das war so sehr zu kurz gekommen. Endlich wollte sie es wieder tun.

Wie wundervoll! Mit Rieke Arm in Arm die Stufen zum alten Mädchenzimmer hinaufsteigen, den verliebten Hochzeitsplänen der kleinen Schwester lauschen, die Wärme spüren, die das Haus und all seine Bewohner ausstrahlten, einen Blick, so vertraut, hinüber zum Kirchturm werfen, die Augen über die verschneiten Dächer des Rittergutes gleiten lassen, zu Hause sein. Zu Hause! Nur Martin fehlte noch zum vollkommenen Glück. Aber er würde kommen. Spätestens an Ostern kam er doch immer, vielleicht würde er sich sogar zwischendurch beurlauben lassen können, sie eventuell schon mitnehmen? Nein, das wäre doch zu gefährlich. Zunächst musste mit Henry reiner Tisch gemacht werden. Nur diesem Ungeheuer nichts an die Hand geben, damit er am Ende noch als der feine Mann dastand, den alle bedauerten, weil ihm seine ungetreue Frau davongelaufen war.

Jetzt wollte sie erst einmal Atem holen. Hinter sich lassen, vergessen. Neuen Mut schöpfen, das Kind in sich in aller Ruhe wachsen fühlen. Sich freuen auf die Zukunft, sich des Vaters Zustimmung und Hilfe für ihren endgültigen Schritt versichern,

Martin einen langen Brief schreiben, ein frisches Tagebuch beginnen. Eines, das nur noch Glück und Sonnenschein enthalten und den Start in ein neues Leben belegen sollte.

* * *

Clara genoss das Daheimsein in vollen Zügen. Beinahe täglich verfasste sie nun wieder lange Briefe an Martin, und beinahe täglich trafen seine Antworten ein.

Mortimer gedieh prächtig unter der gemeinsamen Pflege von Mary und Emma, die sich ausgesprochen gut vertrugen. Er hatte begonnen, die örtliche Schule zu besuchen, profitierte sichtlich davon, zweisprachig aufgewachsen zu sein, machte mit seinem enormen Bildungsvorsprung dem Lehrer große Freude und hatte sogar schon Freunde gefunden. Zufrieden schaute Clara auf ihren Jüngsten und freute sich jeden Tag wieder über die getroffene Entscheidung.

Mary hatte ein wenig von Emmas Fröhlichkeit übernommen. Gerade so viel, wie es ihr ausgeprägter Sinn für Etikette eben noch zuließ. Für Marys Verhältnisse allerdings war es ein Wechsel zur Gelöstheit, den Clara nie für möglich gehalten hätte, und jetzt, nach all den vielen Jahren, begann sie Clara regelrecht ans Herz zu wachsen.

Claras Leib wuchs stetig, aber sie fühlte sich vollkommen wohl. Zeit hatte sie sich gelassen, das knapp gehaltene Telegramm an Henry zu versenden. So spät als möglich sollte er es erhalten, denn sie befürchtete den Tag, an dem sie sich mit ihm würde auseinandersetzen müssen.

Lange Winterabende verbrachte sie im ernsthaften Gespräch mit dem Vater am lodernden Kaminfeuer. Häufig ging es um ihre Zukunft, und obwohl ihn ihre Erzählungen mehr als einmal erschreckt hatten zusammenfahren lassen, machte er es seiner Tochter nicht leicht.

Als Ende Februar der Schnee zu tauen begann, die ersten Schneeglöckchen schon ihre Köpfchen aus dem Boden streckten und die Tage voll ungewöhnlich lauer Frühlingsluft waren, kam es wieder einmal zu einer solchen Diskussion.

»Du weißt, mein Kind, für mich ist es die schwerste Entscheidung meines Lebens gewesen, dich Henry Ames zur Frau zu geben. Du hast gelitten. Ich habe gelitten. Aber ich bin stolz auf dich. Stolz auf deinen unbedingten Willen, ihm eine gute Ehefrau zu sein, stolz auf deinen engelsgleichen Langmut. Nun aber hast du Fakten geschaffen. In Bälde wirst du das Kind eines anderen Mannes zur Welt bringen. Damit ist es unübersehbar, dass du dein Ehegelübde aufs Schwerste gebrochen hast. Günstiger wäre es wahrhaftig gewesen, wenn du *erst* dein Scheidungsbegehren mit ihm besprochen hättest, um hernach frei von Schuld ein neues Leben zu beginnen. Du hast dich ins Unrecht gesetzt. Das war sehr unklug von dir.«

»Oh Vater«, seufzte Clara, »natürlich ist es wahr, was du sagst. Aber erstens bin ich doch hier, um ihm dieses Kind zu verbergen, zweitens ... begreifst du nicht? Endlich winkte mir das Schicksal mit diesem Zipfel Liebe. Und nicht um die Liebe eines Dahergelaufenen ging es, nein, ich war sicher, es musste Gottes Wille gewesen sein, mich wieder mit dem zusammenzuführen, der mir seit meiner frühesten Jugend bestimmt ist. Liebe war es, worauf ich so lange verzichten musste. Ich habe es als günstigen Wink des Schicksals aufgefasst, habe geglaubt, Gott gestehe mir endlich zu, was ich mir so schwer verdienen musste, und außer mir vor Freude zugegriffen. Bedenke, jahrelang bin ich nicht mehr schwanger geworden von Henry. Ich konnte doch nicht ahnen ... so schnell ...«

Der Graf wiegelte ab. »Du bist Mitte dreißig, Clara. Warum solltest du nicht? Die Spanne, in der du Mutter werden kannst, ist längst nicht vorbei. Henry hat sich nichts zuschulden kommen lassen, nicht wahr?«

Clara fuhr auf. »Nichts zuschulden kommen lassen? Abgesehen von seinem Verbrechen an Mortimer? Er hat mich betrogen, wo er nur konnte. Kein Rockzipfel ist vor ihm sicher. Weder in Bristol noch in London noch sonst wo auf der ganzen Welt. Er hat einen Ruf wie Donnerhall als Frauenheld.«

Claras Vater schmunzelte. »Das nimmt er sich heraus, wie es sich die meisten Herren eben herausnehmen. Nichts Besonderes, Kind. Nein, ich meine, ob es irgendetwas gibt, das ihn tatsächlich in ein schlechtes Licht gerückt hätte. Was er deinem Sohn angetan hat, wird kaum genügen, obwohl wir uns einig sind, dass es absolut inakzeptabel ist. Gesellschaftlich, beruflich ... Versteh mich bitte nicht falsch, aber der Tag naht, an dem du wirst argumentieren müssen. Es wäre besser, darauf vorbereitet zu sein. Denk nach. Gibt es etwas, das dein Vergehen aufwiegen könnte?«

»Ich hatte schon einmal erwähnt, Papá, dass es gewisse Ungereimtheiten gibt, die im Zusammenhang mit Henry stehen könnten. Ich sage, *könnten*, denn es fehlt mir jeglicher Beweis. Im Grunde sagt mir mein Herz, dass irgendetwas rund um die Auflösung meiner Verlobung mit Martin nicht stimmen kann, und es sagt mir, dass Henry damit zu tun hat. Aber ich erkenne nicht das Ganze. Allerdings befindet sich ein Dokument in meinem Besitz, das ich bei Henry gefunden habe. Und dieses Dokument gehörte eigentlich absolut nicht in seine Hände. Warte, ich werde Mary rufen und es holen lassen.«

Clara klingelte nach ihrer Zofe, und nur wenige Minuten später erschien sie, wischte sich die Hände an einer Schürze ab, wie Clara sie noch nie an ihr gesehen hatte, und blickte ihre Herrin verlegen an.

»Was machst du gerade, Mary?«, wollte sie amüsiert wissen.

Mary senkte den Kopf. »Ich backe mit Emma Brot. Ich weiß, das gehört nicht zu meinen Aufgaben. Wenn Mylady wünschen, werde ich es nie wieder tun.«

»Ach was, Mary, meine Gute, back du Brot mit Emma, so viel du willst, wenn es dir Freude macht. Sei nur so lieb, lauf hinauf in mein Zimmer. In einem der Kästen, die wir noch nicht ausgepackt haben, muss sich meine alte Handtasche befinden.«

»Sehr wohl, Mylady. Ich eile.«

Mary rauschte, immer noch etwas verlegen, ab, und Vater und Tochter warteten.

Sie tranken Tee. Und sie warteten lange. Jeder in seine eigene grüblerische Gedankenwelt versunken.

»Wo bleibt sie nur?« Clara wurde nach einer halben Stunde langsam ungeduldig, läutete ein zweites Mal nach Mary. Die Zofe blieb aus, Clara lief in die Halle und rief nach ihr.

Niedergeschlagen wirkte Mary, als sie die Treppe heruntergeschlichen kam. »Ich kann sie nicht finden, Mylady.«

»Aber Mary! Sie stand im Côte House auf meiner Frisierkommode. Du hast doch alles eingepackt, was ich dort zurechtgestellt hatte!«

Marys Augen wurden groß. »Auf der Frisierkommode? Nein, Mylady, von da habe ich nichts genommen.«

Greifbar hatte Clara das Bild der aufgehäuften Gegenstände vor Augen. Noch immer spiegelte sich neben einem Stapel Lieblingsbüchern, dem Opernglas und einer ganzen Reihe Spitzenhandschuhen das brüchige alte Leder im Kristallglas der eleganten Kommode. Und nun? Nun spiegelte sich offenkundig noch immer das brüchige alte Leder am selben Platz.

Claras Herz setzte für einen Moment aus. In dieser Tasche befand sich alles, was sie aus gutem Grund stets wie ihren Augapfel gehütet hatte: Martins Briefe. Der Schuldschein. Und: das Tagebuch des vergangenen Sommers.

Henry musste nur in ihr Zimmer hinaufgehen und zugreifen. Und mit diesem einen Griff hatte er gleichzeitig die Hand an Claras Kehle.

März 1870 – Funkenflug

Aller Schmerz war vergessen, ein Gefühl vollkommenen Glücks überschwemmte Clara, als Mary ihr den in ein weißes Tuch gehüllten Säugling in die Arme legte. Er war so schön. Seine Züge so fein und zart, der dunkle Flaum auf seinem Köpfchen so weich. Der erste zaghafte Blick aus seinen leuchtend dunkelblauen Augen traf sie ins Innerste. Er hatte die Augen seines Vaters. Seines so geliebten Vaters!

Morgen würde er da sein. Martin hatte alles stehen und liegen lassen, nachdem Claras Nachricht bei ihm eingetroffen war. Nur zwei Tage nach der alarmierenden Entdeckung hatte sich eine neue und äußerst ernst zu nehmende Bedrohung angekündigt. Henry war unter günstigem Wind gesegelt und hatte Bristol früher als erwartet erreicht. Tiefe Dankbarkeit erfüllte Clara für ihren alten Gärtner Gordon, der es sich nicht hatte nehmen lassen, ihr umgehend zu telegrafieren, dass Henry auf dem Wege nach Deutschland sei. Mit der Tatsache konfrontiert, dass Clara gemeinsam mit Mortimer das Land und, wie er höchstwahrscheinlich schließen konnte, auch ihn verlassen hatte, kannte seine Wut dem Vernehmen nach keine Grenzen.

Martin hatte sofort reagiert.

Brich auf! – Fahr nach Berlin! – Ich arrangiere alles Weitere. – Vertrau mir! – In Liebe, Martin.

Das war der Inhalt seines Telegramms gewesen, und obwohl Mary alles versucht hatte, ihre schutzbefohlene Herrin so kurz vor der Niederkunft von einer derart beschwerlichen Reise abzuhalten, hatte sie sich letztlich doch fügen müssen.

»Dieses Kind bekommt er nicht, Mary, wir werden es verstecken!«, hatte Clara voller Entschlossenheit verkündet und ihre schimpfende Zofe mit den Worten »Geh packen, ich befehle es!« aus dem Raum komplimentiert.

Dem Vater, der haareraufend neben ihnen gestanden hatte, nahm sie das Versprechen ab, nicht nur für Mortimer Sorge zu tragen, sondern alles dafür zu tun, Henry den Jungen ja nicht auszuliefern. Sie wusste, welche Bürde sie dem Vater damit aufband. Wusste auch, dass er im Grunde kein Recht hatte, dem leiblichen Vater den Sohn vorzuenthalten. Aber nach allem, was sie inzwischen erfahren hatte, war sie sich der Mithilfe und Verschwiegenheit des Grafen absolut sicher und wusste zudem, was für ein unmissverständliches Gebaren Vater an den Tag legen konnte, wenn es darum ging, die Seinen zu beschützen.

Clara hatte ihm natürlich mitgeteilt, welch brisanten Inhalt die Tasche enthielt. Sie hatte den vermaledeiten Schuldschein nicht vorlegen müssen. Er glaubte ihr auch so. Außer sich vor Erregung war er gewesen, nachdem sich alle Teile des Mosaiks endlich zu jenem schockierenden Bild zusammengesetzt hatten, über das sie beide fassungslos waren. Sich selbst hatte er einen blinden Idioten geschimpft, auf Knien um Claras Vergebung gebeten und ihr jede Unterstützung zugesagt.

* * *

Nun war für einen glücklichen Moment all das an den Rand des Bewusstseins gerückt. Das Kind lag zufrieden an Claras Brust und saugte seine erste süße Milch. Mary saß lächelnd neben Mutter und Sohn auf der Bettkante.

»Sie möchten ihn selbst stillen, habe ich recht, Mylady?«, fragte sie augenzwinkernd.

»Und ihn selbst aufziehen, Mary. Ihm alle Liebe, alle Fürsorge und Wärme geben, die ich in so überreichem Maß auch für all meine anderen Kinder bereitgehalten habe, ohne sie ihnen jemals geben zu dürfen. Wir werden ganz neu beginnen und an diesem Kind alles wiedergutmachen, was die anderen vermissen mussten.«

Kein Widerwort kam heute von der Hebamme, obwohl Clara doch wusste, wie tief verhaftet sie den Erziehungsmethoden ihrer Heimat eigentlich war. »Schlafen Sie jetzt, Mylady. Sie haben schwer gearbeitet und haben es verdient.« Liebevoll klangen die Worte, ein wenig linkisch war ihre Bewegung, als sie nun, zum allerersten Mal, ihrer Anvertrauten flüchtig über die Wange strich.

Clara griff nach Marys Hand, hielt sie fest, schaute ihr direkt in die Augen. »Danke, Mary. Danke für alles, was du für mich getan hast.«

Verlegen senkte die Hebamme die Lider. Ihre Hand glitt aus Claras. Schon war der kurze intime Moment vorbei. Mary stand auf, strich sich den Rock glatt und hatte ihren kühlen, untergebenen Tonfall wiedergefunden. »Gute Nacht, Mylady. Klingeln Sie nur, wenn Sie irgendetwas benötigen. Ich stehe zu Ihren Diensten.« Leise schloss sie die Verbindungstür zu ihrem Zimmer hinter sich.

* * *

Clara erwachte von einer Berührung, die zärtlicher nicht hätte sein können, und blickte in zwei Paar strahlend blaue Augen. Der Säugling lag noch immer an ihrer Brust, hatte ganz allein den Quell für seine erste Morgenmahlzeit gefunden, schaute zu ihr hoch. Martin hatte Mutter und Kind umfangen. Stolz, Freude und unendliche Liebe spiegelten sich in seinen Augen.

»So schön ... so wunderschön seid ihr ... Womit habe ich so viel Glück verdient?«, murmelte er ergriffen und senkte seine Lippen auf Claras Mund. Einen Arm schlang sie um seine Schultern. Hielt sie fest. Beide. So fest, dass das Kind sich leise beschwerte.

Lachend ließen sie voneinander ab. »Schau, Martin, er weiß schon, wie er sich Platz verschaffen muss.«

»Er wird schon noch lernen, dass sein Platz ganz nah bei uns ist. Beschützt, behütet, getragen und dennoch frei, sich zu entfalten.«

Zart strich Martin seinem Sohn über den Kopf. Der Kleine ließ die Brust nicht los, aber er reagierte auf seinen Vater. Tauschte einen ersten Blick von Mann zu Mann, der nur heißen konnte: »Sie gehört mir!«

»Oh, hast du das gesehen, Martin? Er ist eifersüchtig«, juchzte Clara entzückt.

»Ich auch. Wir beide werden in edlen Wettstreit um die kostbarste Frau der Welt treten, und ich sage dir, mein Sohn ...«, bei diesen Worten hob Martin den Zeigefinger, konnte sich das Lachen kaum verkneifen und drohte dem Kind spielerisch, »ich sage dir, ich werde mit allen Mitteln kämpfen.«

Unbeeindruckt nahm das Baby ein Fäustchen unter der weichen Decke hervor und ergriff von Claras Brust Besitz.

»Du wirst es schwer haben, Liebster!«

»Er ist einfach ... einfach ... Clara, wie hast du das gemacht?«

Clara prustete. »Ich liebe dich, du dummer Mann!«

»Und ich liebe euch!«

* * *

Claras Herz war übervoll von Freude. Endlich gewährte ihr das Leben, wonach sie sich immer schon gesehnt hatte. Rasch war sie wieder auf den Beinen, fühlte sich körperlich so gut, als sei die Schwangerschaft dieses Mal vollkommen spurlos an ihr vorbeigegangen.

Der Frühling hatte sich seinen Platz zurückerobert, um die Mittagszeit war die Luft so lau, dass die beiden Verliebten sogar schon erste kleine Ausflüge mit dem Kind Unter den Linden unternehmen konnten. Täglich wog Mary es und wunderte sich, dass es nicht, wie es bei Neugeborenen üblich war, zunächst ein wenig an Gewicht verlor, sondern jetzt schon stetig zulegte. Clara aß mit dem Appetit einer »vergnügten Zuchtpute«, wie sie es augenzwinkernd nannte.

»Welchen Namen wollen wir ihm geben?«, hatte Martin am ersten Tag schon gefragt, und Clara hatte nach sehr kurzem Überlegen gesagt: »Hans! Wir können ihn nur Hans nennen. Weißt du, es passt so wunderbar zu einem Kind, das in vollkommenem Glück gezeugt und geboren wurde. Hans im Glück ... du weißt ...« Dabei hatte sie Martin ihr zauberhaftestes Lächeln geschenkt, und er hatte ihre Hand in die eine, die des Knaben in die andere genommen und zustimmend genickt. »Möge dein Leben vom Glück bestimmt sein, kleiner Hans.«

* * *

Das Glück währte ganze acht Tage. Am Morgen des neunten Tages zogen drohend düstere Wolken über die kleine Familie. Vom Vater kam die Nachricht, Henry sei eingetroffen. Voller Zorn hatte er sich ein hitziges Streitgespräch mit dem Grafen geliefert, als der Mortimer nicht hatte herausgeben wollen. In dessen Folge war es zu empfindlichen Handgreiflichkeiten gekommen. Und Henry war daraufhin mitsamt dem Jungen gen Berlin abgereist. Ein Stallknecht hatte geplaudert, nachdem

Henry ihn verprügelt und in den Schwitzkasten genommen hatte.

»Er weiß, wo Du bist, Clara. Seht zu, dass Ihr Euch in Sicherheit bringt, verliert keine Minute!«, hatte der Vater geschrieben.

Entsetzt schauten Martin und Clara sich an. »So schnell … mein Gott … was nun, Martin?«

»Sei ganz ruhig, Liebste! Ich habe vorgesorgt. Wir müssen jetzt nur den kleinen Hans zu meinem Onkel nach Stolpe bringen. Er ist dort Kantor. Alles ist bereit. Es ist nur ein kurzer Weg dorthin. Wir werden erwartet. Dann wollen wir uns gemeinsam deinem Mann stellen.«

Höchst gemischt waren Claras Gefühle, als sie nur eine Viertelstunde später die Kutsche bestiegen und aus der Stadt hinausfuhren. Die beiden Füchse galoppierten, dass ihnen die Schaumflocken von den Mäulern flogen, die Flanken vor Schweiß glänzten. Der Kutscher hatte dem Tonfall Martins entnommen, dass äußerste Eile geboten war.

Nicht viel mehr als eine Stunde später hatten sie ihr Ziel schon erreicht. Ein friedliches, verschlafenes Dorf inmitten der Kiefernwälder der Stolper Heide. Dicht an die Kirche drängte sich jedes schmucke Häuschen. Gänse watschelten der heranrasenden Karosse gemütlich in den Weg, stoben empört schnatternd auf, flogen unter die sichere Krone einer gewaltigen Eiche. Mitten auf dem Dorfplatz kam das Gefährt zum Stehen. Schon wurde eine Haustür aufgerissen, schon stand ein Mann am Gartentor, der Martins Vater zum Verwechseln ähnlich sah. Hinter ihm seine Frau.

»Da seid ihr ja! Kommt herein. Martin, mein Junge, ist euch auch keiner gefolgt?«

»Nein, Onkel. Die englische Gefahr nimmt jedoch just Kurs auf Berlin. Wir konnten euch keine Botschaft mehr schicken. Verzeiht den Überfall.«

Der Onkel machte eine wegwerfende Handbewegung. »Ich schicke Stine nach der Amme.« Dann beugte er sich über das Körbchen, in dem Hans friedlich schlummerte. Nichts hatte er von der ganzen Aufregung mitbekommen. »Was für ein wunderschönes Kerlchen, Gräfin! Macht Euch keine Sorgen. Wir werden gut auf ihn achtgeben.«

Clara tat sich entsetzlich schwer, ihren Sohn schon wieder hergeben zu müssen. Obwohl der Ort, an dem sie ihn nun untergebracht wusste, nichts für das Kind vermissen ließ, war sie auf dem Rückweg nach Berlin in Tränen aufgelöst. Selbst wenn sie Hans würde retten können, was war mit Mortimer? Nie würde Henry ihn wieder auslassen. Sein Schicksal war doch besiegelt! Da nützte es auch gar nichts, dass Martin sie nicht nur nach Kräften zu trösten versuchte, sondern auch (ganz Arzt) von »postnataler Depression« faselte.

»Mir ist es im Moment ganz gleich, wie man es nennt, Martin. Ich hatte wieder nur so einen kleinen Fetzen vom Glück. Schon ist es wieder vorbei. Ich leide. Leide furchtbar.«

»Ich weiß, mein Engel. Halt nur noch ein wenig durch. Ich bin doch bei dir. Werde von nun an immer bei dir sein. Du wirst sehen, ganz bald haben wir ihn wieder und dann kann uns nichts mehr trennen.«

Clara wollte ihm glauben. Und konnte es doch nicht. Zu oft hatte sie es schon erlebt, wie schnell die flüchtigen Sonnenstrahlen in ihrem Leben wieder von dunklen Wolken verdeckt gewesen waren.

* * *

Henry saß mit Mortimer in der Lobby des Hotels und starrte ihnen entgegen. In der Hand das unvermeidliche Glas voll Gin. Auf seinen Zügen die ganze Skala der Emotionen zwischen Wut, Hochmut, Hass – bis hin zu tödlicher Entschlossenheit.

Entschlossenheit, sich zurückzuholen, was ihm gehörte. Wovon er glaubte, dass es ihm noch immer gehörte. Mortimers Gesichtsausdruck sprach Bände über eine neue, schreckliche Erfahrung. Clara bemerkte einen bläulichen Schatten über seiner Schläfe, ein vollkommen verunsichertes Flackern in seinen Augen. Sie wollte zu ihm eilen, aber Henrys Blick allein genügte, dass sie erstarrt stehen blieb.

Nun erhob sich Henry, kam lässig auf die beiden zu. »Der Herr Klopstock, schätze ich? Wir haben ein Hühnchen miteinander zu rupfen. Oder ziehen Sie das Duell gleich vor?« Herablassend schaute er Martin an, der aufrecht und kühlen Blickes seinem Gegner entgegengetreten war. »Ach nein, Sie sind ja eher der pazifistische Menschenfreund, nicht wahr, Herr Doktor? Im Umgang mit der Waffe recht ungeübt, nehme ich an.«

»Flugwildjäger«, zischte Clara wütend dazwischen und stellte sogleich fest, dass sie mit dieser Bemerkung nicht gerade zur Deeskalation beigetragen hatte.

»Es reicht immer noch, um solch eine dumme Pute wie dich zu erlegen und heim in die englische Küche zu tragen, wo du hingehörst, damit man sie mir dort appetitlich zurechtmacht. Du weißt ja, mein Kind, Puten können nicht fliegen, die kommen nicht weit, wie man unschwer erkennt. Dafür reichen meine Schießkünste allemal«, fauchte Henry.

»Sir, ich gehe davon aus, es in Ihnen mit einem kultivierten Ehrenmann zu tun zu haben«, schaltete sich Martin ein und erntete ein unbeherrschtes Funkeln aus Henrys tiefdunklen Augen. »Lassen Sie uns die Sache wie zwei vernünftige Männer regeln. Ich schlage vor, wir Erwachsenen begeben uns hinauf ins Zimmer, ersparen Ihrem Sohn diesen unseligen Streit und bestellen ihm derweil ein Stück Schokoladentorte. Länger, als der Junge brauchen wird, es zu verspeisen, werden wir kaum benötigen, um unsere Differenzen beizulegen.«

Martin gab dem Kellner einen Wink und warf Mortimer ein Augenzwinkern zu.

»Darf ich bitten, Sir?«

Clara fehlte die Luft zum Atmen, als sie zwischen die beiden Männer gezwängt im Fahrstuhlkäfig stand. Sie spürte Henrys unbeherrschte Hitze an ihrer rechten, Martins gelassene Kühle an ihrer linken Seite. Wie viel mochte Henry schon intus haben? Stark roch er nach Alkohol. Und sie wusste, wenn er ein bestimmtes Maß überschritten hatte, war er manchmal nicht mehr ganz Herr seiner Sinne gewesen. Leicht reizbar, aufbrausend, unberechenbar. Würde das, was sie in der Hand hatte, genügen, um ihn klein beigeben zu lassen?

Beklommen ging sie einen Schritt hinter den beiden den Flur entlang zu ihrem Zimmer, schloss mit fahrigen Händen die Tür auf, bat die Männer herein. Sofort erschien Mary. Ihr blieb die Begrüßung im Halse stecken, als sie Henrys gewahr wurde.

»Du bist entlassen, Mary!«, war Henrys erste Reaktion. »Rechne nicht mit einem Zeugnis, denn ich nehme an, du wirst keine Freude daran haben, dich bei deinen nächsten Herrschaften als Verräterin und Schlampe bezeichnet vorstellen zu müssen. Pack deine Siebensachen und geh mir aus den Augen.«

»Du kannst Mary gerne entlassen, Henry. Aber ich werde sie weiterbeschäftigen«, erklärte Clara, um eine feste Stimmlage bemüht.

»Du?«, ätzte Henry und lachte teuflisch. »Du hast keinen Shilling, um sie zu entlohnen.«

»Womit wir bei einigen zu klärenden Fragen wären, wie du zweifellos weißt, Henry«, sagte Clara.

»Was hättest du denn gern geklärt, Putchen?«

Clara spürte Martin neben sich aufbegehren. Doch ehe er etwas zu ihrer Verteidigung erwidern konnte, hatte sie seine Hand ergriffen und einmal fest gedrückt.

»Du weißt, was ich in deiner Schreibtischschublade gefunden habe, Henry?«

»Natürlich weiß ich das. Und?«

»Wie kommt es denn, dass du im Besitz des Schuldscheines bist, den mein Bruder Abraham Pinkerton ausgestellt hat?«

»Er hat ihn mir zum Verwahren gegeben«, log Henry offenkundig.

»Soso. Diese Schuld ist ausgelöst worden, Henry. Ein ausgelöster Schuldschein gehört demjenigen, der gezahlt hat. Ist die Schuld beglichen worden?«

»Ja.«

»Aha. Und von wem wurde sie beglichen? Lüg nicht. Ich weiß es.«

»Was fragst du dann, wenn du es doch weißt?«

»Ich will es aus dem Munde des Mannes hören, der ein unvorstellbares Komplott gegen meine Familie geschmiedet hat. Aus dem Mund jenes Mannes, der mein Leben buchstäblich in Schutt und Asche gelegt hat. Aus dem Mund jenes Mannes, der weder Skrupel noch Gnade gekannt hat, um in den Besitz jener ›Kostbarkeit‹ zu kommen, die ihm die Türen in die so heiß ersehnten obersten Kreise öffnen sollte. Diese ›Kostbarkeit‹, Henry, war ich. Und du warst es, der erst Samuel Pinkerton ersucht hat, Bankgeheimnisse auszuplaudern, um dir einen Überblick zur pekuniären Situation meines Vaters zu verschaffen, dann seinen Bruder Abraham losgeschickt hat, damit er meinen ahnungslosen Bruder mithilfe des Falschspiels aufs Kreuz legt. Und als das dann immer noch nicht genügte, eben denselben Abraham Pinkerton zum Feuerlegen angestiftet hat, was uns endgültig ruinieren sollte, damit du dein Ziel erreichen konntest. Da stellt sich dem unvoreingenommenen Betrachter dann nur noch die Frage: Was hast du meinem Vater hinterher so überaus großzügig kreditiert? Um es gleich vorwegzunehmen … auch das weiß ich, Henry. Es waren exakt die zweitausend

Pfund, die du vorher meinem Bruder von deinen falsch spielenden Schergen hast abnehmen lassen. Nichts habe ich dich gekostet. Keinen Penny. Und dafür habe ich mein halbes Leben an dich verschwendet. Und du, du bist nichts als ein Verbrecher, Henry Ames. Hier ist mein Angebot: Ich werde dich in Ruhe lassen. Für den Rest deines Lebens schweigen, wenn du mich und Mortimer jetzt freigibst. Tust du es nicht, werde ich einen gesellschaftlichen Skandal arrangieren, von dem du dich niemals mehr erholen wirst. Entscheide, Henry Ames!«

Clara hatte die Fäuste in die Hüften gestemmt, sah ihm festen Blickes entgegen. Alle Angst war verflogen. Jetzt regierte nur noch die Wahrheit. Und die Wahrheit musste sich vor nichts fürchten. Nicht einmal vor dem Mann, der nun schnaubend auf sie losging.

Martin hatte an ihrer Seite gestanden. Bereit einzuschreiten, wenn Henry Clara auch nur ein Haar krümmen wollte. Jetzt war der Moment gekommen. Beide Hände hatte Ames nach Claras Hals ausgestreckt. Er schaute nicht rechts noch links, stürmte wie ein rasender Stier auf sie zu.

Und lag im nächsten Augenblick bäuchlings am Boden. Martin hatte nur den Fuß ausstrecken müssen, um ihn zu Fall zu bringen.

»Lauf, Clara!«, schrie Martin.

Sie reagierte, ehe Ames sich aufrappeln konnte, hastete zur Tür, riss sie auf. Henry stürzte Clara hinterher, erwischte sie kurz vor der großen Treppe, die in die Halle hinabführte. Martin war ihm auf den Fersen.

Hotelgäste, vom Lärm aufgeschreckt, traten vor ihre Zimmertüren, beobachteten rückzugsbereit das Schauspiel.

Kraftvoll war Martins Griff, der Clara aus Henrys Händen riss, sie so entschlossen beiseiteschleuderte, dass sie fiel und wie betäubt auf dem Läufer sitzen blieb. Ein gut platzierter Haken traf Henrys Gesicht. Er taumelte rückwärts ans Geländer, fing sich wieder und änderte blitzschnell das Ziel seines nächsten Angriffs. Jetzt richtete sich all sein Hass gegen Martin. Clara hielt die Hände vor den Mund. Ein Kampf auf Leben und Tod entspann sich. Martin, nüchtern und klaren Kopfes, schlug sich gut. Doch Henry war von entfesselter Wut getrieben, die ihm übermenschliche Kräfte verlieh. Sie schenkten sich nichts. Auch Martins Gesicht war jetzt wutverzerrt. Taumelnd griffen die Männer immer wieder nacheinander, hart flogen die Fäuste, Blut floss, spritzte Clara aufs Kleid. Martins Blut.

Die Mütze eines Pagen erschien über der obersten Treppenstufe. »Ich bitte Sie, meine Herren! So hören Sie doch auf!«

Keiner der Männer reagierte auf ihn. Jetzt standen sie voreinander, die Beine breit, die Hände dem anderen in die Schultern gekrallt. Die Blicke starr ineinander versenkt, rangen sie keuchend. Ein ruhiger Moment.

»Schluss!«, hörte Clara sich schreien.

Ein Blick von Martin. Ein einziger Blick nur.

Unaufmerksamkeit!

Der Bruchteil einer Sekunde.

Jener Bruchteil, der Henry genügte.

Mit allerletzter Kraft rannte er gegen Martin an, schob ihn an den Rand der Treppe. Martin schwankte rückwärts. Ließ Henry nicht los.

Clara sprang auf.

Die Männer fielen.

Menschen liefen zusammen. Niemand sprach.

Absolute Stille.

Wie ein Schneeball, der einen Hang hinunterrollt. Ineinander verknäulte Leiber, merkwürdig verrenkte Gliedmaßen.

Dumpf der Aufschlag.

Ruhe.

Keiner bewegte sich.

Claras Schrei gellte durch den Raum. Sie hastete die Treppe hinab, starrte auf die beiden reglosen Körper.

Da! Plötzlich bewegte sich ein Arm, ein Bein. Henry. Sie blickte in sein zerschundenes Gesicht. Er fasste sich benommen an die Stirn. Verdrehte seltsam die Augen. Dann fixierte er sie, als wolle er sie festbannen auf den Fleck, auf dem sie stand. Schob Martins Körper von seinem, erhob sich mit einem tierischen Stöhnen.

Schwankend wie eine Pappel im Sturm stand er da. Nun straffte er die Schultern, sah sich nach der Menge um, die dichter rückte, klopfte sich die Hose ab, schnippte ein Stäubchen von seiner Jacke, zog ein Taschentuch aus der Weste und tupfte das Blut von seiner Braue.

»Mortimer!«, brüllte er, dass Clara das Blut in den Adern gefror.

Der Junge kam aus dem Hintergrund geschossen. Irritiert schaute er von der Mutter zum Vater. Zu dem immer noch reglos am Boden liegenden Martin. Schüttelte fassungslos den Kopf. Schillernde Tränen in den Augen.

»Komm, mein Sohn. Wir sind hier fertig.«

Dann wandte Henry sich um, packte den Knaben bei der Schulter und schob ihn durch die Drehtür hinaus.

2011 – Was bleibt

Wie viel kann ein Mensch ertragen? Was bleibt von einem Menschen, der sich über Jahre und Jahrzehnte zurückgenommen und bis an den Rand der Selbstverleugnung angepasst hatte, der geben wollte und nie über einen beständigen Zeitraum geben durfte, jeden Strohhalm ergriffen hatte, nur um ein kleines Stück vom Glück zu erhaschen, und immer, immer wieder enttäuscht wurde?

Das fragte ich mich. Das fragte ich Mathilde, als ich sie endlich erreicht und über den Inhalt meines letzten Kapitels in Kenntnis gesetzt hatte. Constantin konnte ich damit im Augenblick gar nicht kommen, denn in den letzten Tagen hatte er mich schon ein paarmal gefragt, wie lange er mich noch als emotionsgeladene Blaupause Claras hinnehmen müsste und ob er nicht vielleicht endlich mal wieder seine Faye zurückbekommen könnte.

Claras Aufzeichnungen hatten mit dem Treppensturz geendet. Nichts erfuhr ich mehr, las nur noch ihre letzten Worte: *»Nach Hause. Ich werde nach Hause gehen.«*

»Was ist geschehen, Mathilde? Weißt du es?«

Ich hörte sie am anderen Ende der Leitung tief seufzen. »Generationen von Frauen unserer Familie haben sich das schon gefragt, meine Kleine. Willkommen im Klub. Zusammen mit Constantins Mutter habe ich jahrzehntelang Spurensuche betrieben. Alles, was wir an Greifbarem gefunden haben, war ein Grabstein Martin Klopstocks auf dem Dorffriedhof. Gestorben am 10. März 1870. Ob er nach dem Sturz noch gelebt hat? Ob sie noch Worte wechseln konnten? Ob sie sich wenigstens ein letztes Mal umarmen, vielleicht sogar küssen durften? Ich weiß es nicht, mein Mädchen. Ich weiß nur, dass die Geschichte meiner Großmutter das Traurigste ist, was ich je gehört habe.«

Wir heulten uns gegenseitig etwas vor. Ein Band entspann sich zwischen dem Kontinent und meiner blaugrünen britischen Welt, das uns einte in tiefem Mitleid um diese Frau, die so gekämpft und am Ende doch verloren hatte.

»Aber sag doch wenigstens, wie ist es mit ihr weitergegangen? Wie lange hat sie gelebt? Hat sie deinen Vater Hans wenigstens zu sich genommen und in dem Kind Trost für den entsetzlichen Verlust des Geliebten gefunden?«

Wieder hörte ich Mathilde leise aufseufzen. »Sie ist zu ihrem Vater zurückgegangen. Aber das Kind konnte sie doch nicht zu sich holen!«

»Warum denn nicht?«, schrie ich entsetzt in den Hörer.

Mathilde geriet regelrecht außer sich. »Weil doch der Ames es sofort für sich beansprucht hätte! Verstehst du denn nicht? Auch wenn Hans definitiv nicht sein Kind war, so war er doch schließlich in der Ehe geboren. Wenn Clara irgendetwas für ihren Sohn tun wollte, dann durfte er nirgends in ihrem Dunstkreis auftauchen, sonst hätte Ames ihn sofort abgeholt. Und was glaubst du, wie viel Freude es dem Drecksack bereitet hätte, den Bastard anstelle seiner untreuen Mutter bis aufs Blut zu quälen?«

»O nein!«, jammerte ich. »Nicht mal Martins Sohn durfte sie zu sich nehmen? Ist sie darüber nicht verrückt geworden?«

»Genau das steht zu befürchten, Liebes. Die Ortschroniken haben ja nicht umsonst immer wieder die Geschichte der ›weißen Frau‹ aufleben lassen, und ich glaube, die Alten sprechen heute noch darüber. Die Legende besagt, dass die ersten Tage und Wochen nach ihrer Rückkehr für sie ein reines Spießrutenlaufen gewesen sind. Dick und rund war sie weggefahren, und gertenschlank kam sie zurück. Aber ohne Kind. Die Leute fragten sich: Wo ist das Kind geblieben? Hat sie es womöglich umgebracht?«

Mir blieb die Spucke weg.

»Du sagst ja gar nichts mehr«, beschwerte sich Mathilde nach einer langen Weile.

»Entschuldige! Ich versuche, mich zu fassen und nicht durchzudrehen bei dem Gedanken.«

»Kann ich verstehen, Kind. Ging mir anfangs genauso. Jedenfalls war es wohl so, dass Clara wieder mit ihrer Schlafwandelei anfing. Es gehen sogar Gerüchte, man habe sie nachts im weißen Hemd durch den Park geistern sehen und sie habe immerfort gerufen: ›Wo ist mein Kind, wo ist mein Kind?‹ Tja, und manche durchgeknallten alten Weiber glauben wohl, dass sie heute noch spukt.«

»Habe ich gemerkt, Mathilde. Als wir ankamen, habe ich auch so einen Spruch gehört. Wahrscheinlich, weil ich im weißen Kleid angereist war.«

»Und weil du ihr verflixt ähnlich siehst, Faye. Du kennst ja die Bilder von ihr.«

»Nun sag schon. Wie ging es weiter? Was wurde aus der Ehe, was aus den Kindern?«

Mathilde holte tief Luft. Dann erfuhr ich das Ende des Dramas.

Henry hatte relativ flugs ein Scheidungsverfahren angestrengt, aus dem Clara schuldig geschieden und ohne jeden Anspruch vollkommen verarmt hervorging. Jedweder Kontakt zu ihren Kindern wurde ihr untersagt. Mortimer starb, kurz nachdem das Urteil rechtskräftig geworden war, in Portsmouth. Man vermutete, der Junge habe sich in der Akademie das Leben genommen, allerdings war der Fall sorgfältig vertuscht worden. Ihren Sohn Hans soll sie noch einige Male heimlich in Stolpe besucht haben. Allerdings kann sie zu dieser Zeit nicht mehr recht bei Sinnen gewesen sein. Überliefert sind Erzählungen des Kantors, der sie als geistig wirr, ja, nachgerade unzurechnungsfähig beschrieb. Henry heiratete ein weiteres Mal und zeugte mit seiner zweiten Ehefrau, einer Engländerin, weitere drei Kinder. Nur eine einzige bittere Einbuße hatte er hinnehmen müssen: Die Türen des Adels blieben ihm von nun an verschlossen.

»Immerhin«, sagte ich matt. »Aber eine viel zu geringe Strafe für das Vernichten eines Lebens ... nein, eigentlich mindestens dreier Leben. Clara, Mortimer und Martin hatte dieser Arsch auf dem Gewissen. Wie lange hat denn Clara noch gelebt, Mathilde?«

»Du erinnerst dich an das Mausoleum? Es ist kein Sterbedatum eingemeißelt.«

»Ja. Aber warum nicht?«

»Weil es niemand festgelegt hat. Manche sagen, sie sei schlafwandelnd vom Schlossturm gestürzt, was ich nicht glaube. Schlafwandler stürzen eigentlich nie ab, wenn sie keiner weckt. Andere behaupten, sie habe sich umgebracht. Manche behaupten, sie hat einfach aufgehört zu existieren. Und das ist das, was auch ich glaube. Insgeheim habe ich ihren Todestag immer auf den 10. März 1870 datiert. Die Clara, wie wir sie kennengelernt haben, starb in dem Moment, als Martin fiel. Was denkst du, Kleines?«

Ich schluchzte schon wieder. Sie hatte so recht!

»Und Hans?«

Mathilde lachte leise. »Das kann dir auch Constantin erzählen, oder lies es mal nach, wenn du Zeit hast, denn die

Geschichte, wie er zu Ruhm und Ehre gelangte, haben schon andere in Büchern verarbeitet. Aber zu deiner Beruhigung: Du weißt ja, er hatte die künstlerische Ader seiner Mutter geerbt. Er wuchs behütet und geliebt bei dem Kantor auf und wurde so gefördert, wie Clara es sich immer für ihre Kinder gewünscht hatte. Nur um die Geschichte seiner Mutter hat sich bislang niemand geschert. Ist dir eigentlich klar, dass es dein Verdienst ist, endlich die Lücke in unserer Ahnenlinie geschlossen zu haben? Das geht allein auf dein Konto. Ich danke dir, Faye. Und ich bin stolz auf dich!«

Verlegen lachte ich. Wir verabschiedeten uns, ich blieb allein zurück und statt Stolz fühlte ich nur eine entsetzliche Leere. Mein Weg führte mich ziellos durch unseren Garten, in dem der Frühling schon ganze Arbeit geleistet hatte. Die Frühblüher standen in herrlichen Farben, die Büsche waren in den letzten Tagen zartgrün geworden, meine Rosenbüsche trieben kräftig. Der Tag war mild und sonnig, kaum ein Lüftchen kam von See. Mein Hund trottete neben mir her. Ich fühlte Bobbies feuchte Schnauze an meiner Hand. Sie wusste, ich brauchte Trost. Auffordernd schaute sie zu mir hoch. Spielen? Nein, Bobbie, heute nicht.

Ich landete bei meinem Gewächshaus. Kontrollierte die kleinen Töpfchen mit den Linden. Ordentlich geschossen waren sie. Eine hatte schon drei Blättchen mit den typischen herzförmigen Blättern gebildet. Zärtlich streichelte ich das junge Grün. Du sollst meine Clara-Henriette-Linde werden! Unter deinem Blätterdach wird eines Tages der Platz für die schönen, für die glücklichen Stunden sein, hörst du? Und du ... – ich betrachtete liebevoll ein anderes Tonschälchen – du kommst demnächst zu Olivia und bringst Claras Geist in den ollen, gruseligen Kasten zurück. Wir sind weiblich, kleine Linde. Unsere Früchte, unsere Spuren bleiben durch all die Jahrhunderte!

Weißt du, auch wenn sich jemand alle Mühe gibt: Wir Frauen sind nicht totzukriegen.

Ich hörte Constantin nach mir rufen. Belegt ... und vielleicht ein bisschen panisch erleichtert oder sogar etwas ertappt, ach ... ich weiß nicht mehr genau, klang meine Stimme, als ich antwortete: »Ich bin hier, Schatz!«

Er nahm mich in die Arme. Er trocknete meine Tränen, die jetzt in hellen Strömen über meine Wangen liefen.

»Du bist fertig, Liebling?!«

»Ich bin fertig, Constantin. Im wahrsten und doppelten Sinne des Wortes.«

»Kriege ich dann auch meine Faye wieder?«

Ich nickte.

»Dann lass uns endlich wieder leben!«